红雪莲

杜文娟／著

陕西师范大学出版总社

图书代号　WX20N1960

图书在版编目(CIP)数据

红雪莲／杜文娟著．—西安：陕西师范大学出版总社有限公司，2020.10
　ISBN 978-7-5695-1875-7

　Ⅰ.①红… Ⅱ.①杜… Ⅲ.①长篇小说—中国—当代 Ⅳ.①I247.5

中国版本图书馆CIP数据核字（2020）第189079号

红雪莲　HONG XUELIAN

杜文娟　著

出版统筹	刘东风　冯晓立
责任编辑	田　勇　杨　杰
责任校对	庄婧卿
装帧设计	锦　册
出版发行	陕西师范大学出版总社
	（西安市长安南路199号，邮编 710062）
网　　址	http：//www.snupg.com
印　　刷	陕西天地印刷有限公司
开　　本	720mm×1020mm　1/16
印　　张	28.25
字　　数	395千
版　　次	2020年10月第1版
印　　次	2020年10月第1次印刷
书　　号	ISBN 978-7-5695-1875-7
定　　价	68.00元

读者购书、书店添货或发现印装质量问题，请与本公司营销部联系、调换。
电话：（029）85307864　85303629　传真：（029）85303879

目 录

001	热血青年
011	东江冰舌
022	星　星
040	小镇式恋爱
050	班公柳
062	水芹菜
081	鹰　笛
098	北方别
105	驮　羊
133	美人靠
145	醉马草
165	绿道菩提
183	遇　见
200	原机返回
208	懵懂时代
228	她已飞
241	娘　曲
251	雾林带
265	峡谷电站
278	泥石流

288　　溜　索

303　　度　母

314　　淘金说

329　　石锅宴

345　　秦　姨

359　　红雪莲

378　　大胡子

389　　赎　罪

406　　追　寻

423　　新　生

489　　后记：牧草样的生命

热血青年

柳渡江并非孤儿,也不是穷得穿不起裤子的人家出身。

他的父母高呼着"打过长江去,解放全中国"的口号,随大部队挥师南下。父亲的部队在渡江战役中所向披靡,顺风顺水先期到达南方,急着接收并管理南方的大中型城市。他随母亲和保育员后续跟上,名义上跟随母亲,大部分时间还是在保育员的背上。保育员实在背不动了,就把他放在运送物资的独轮车上,吱扭扭一路颠簸。

那个时候他还没有断奶,甚至连正式的名字都没有。按后来母亲的说法,忙呀,忙得奶水湿透棉袄都顾不上给崽子吃,哪还有时间琢磨名字?

有一天,他发起了横,年仅十三四岁的保育员,用米糊糊和甘蔗水都哄不安宁他,只好抱着他去找母亲。老远看见母亲一手叉腰,一手高高舞动在空气里,指挥人们有序上船,大着嗓门呼喊——这里是渡江战役的主战场,是英雄的渡江勇士用鲜血和生命换来的黄金江岸,大家要珍惜来之不易的胜利果实,保护好生命安全,为解放长江以南大好河山,建设新中国贡献力量!

恰在这个时候,一只小船从上游悠然而来。母亲望了一眼轻盈小船和蹁跹水鸥,顺便就看见了自己的儿子和保育员。儿子仿佛听见了母亲的声音,哭声突兀攀升。保育员以为母亲知道儿子饿了,就往母亲跟前凑,想请这位女英雄解开腰上的皮带,掀起衣襟给儿子喂一口奶水。母亲抓着自己的军帽,一挥手就碰到了儿子的小肩膀。儿子奇迹般地停止了哭泣,嘴里含着手指,忘记了吮吸,恬静得如同一团江雾。

母亲一定看见了这点羊脂玉般的嫩白，但没有看见保育员的眼神，眼神里饱含祈求和焦急。母亲把阳光轻轻拨了一下，就把保育员和儿子挥到视线以外去了。

终于轮到他们上船，母亲没有与儿子和保育员上同一条船，而是在最后的船上压阵。长江的宽阔超出了所有人的经验。

十多年以后，柳渡江乘渡轮过长江，北上读大学的时候，想起襁褓中的自己，在江风浩荡中奄奄一息的情景，心脏就剧烈跳动。

当然，这些经历是后来父亲被隔离审查，母亲不再在腰上扎一根皮带，肚子比胸脯高挺，愁苦得如同一只无家可归、拖儿带崽、毛发蓬乱的母猫，无处倾诉的时候，讲过无数次的事情。

船还没有划到江心，保育员就哭了。这一哭惊动了船上的男男女女。大人小孩全都挤过来，以致船身大幅度摇晃。艄公用他们不熟悉的方言提出抗议，要求大伙坐稳，保持船体平衡，如果不坐稳，掉到江里喂鱼吃。

一位中年女干部把他揽入怀中，唉唉叹道：柳政委忙大事，娃他妈还年轻，不懂得心疼孩子，等明白就晚了。我们两口子从抗日战争到辽沈战役、淮海战役，到现在渡江战役都胜利了，六七年生了四个娃，没有一个熬过三个月的。如果不是解放全中国、建设新中国的伟大事业召唤我们，都不想活了。

保育员说：知道活不了怎么还要生呀？

女干部苦笑着说：你还小，不懂，等你长大就知道了，战争总得有牺牲。

保育员说：只知道大人牺牲，今天这个战士牺牲了，明天那个连长牺牲了，哪有刚出生的小孩子牺牲的？牺牲的人是英雄，小孩子应该叫死，不应该叫牺牲。

女干部早从怀里掏出半块烧饼，嚼一嚼，嘴对嘴喂进他嘴里。哭声大了一会儿就低了，低了一会儿就睡着了，嘴角沾着几粒烧饼末子。

江风飒飒，浪涛滚滚，很少乘船征战南北的女兵和家属，有的吐得翻江倒海，有的眩晕呆滞。女干部的脸色越来越难看，保育员觉得奇怪，低头去看崽子，崽子的脸色比女干部还难看，简直都快成泥巴了。

她要伸手去抱，女干部没有松手的意思，平静地抱着他，并说：顺其自然吧，生死面前，人斗不过天地。

保育员望一眼浩渺江水，茫茫空阔无边；望一眼江岸，遥远得如同自己的老年，能引起注意的，只有破浪前行的大小船只和翻飞的嘎嘎鸥鸟。

起风了，艄公再次叮嘱大家坐稳。女干部解开军装衣扣，将他贴胸抱紧，嘴对嘴喂过一次水，没有喂进去。女干部把褪色的铁皮行军壶让给保育员，保育员一仰脖子，咕噜几口就喝干了。

女干部不急不缓地说：若是和平年代你还是个娃哩，你也为战争作了牺牲。

保育员说：我没有死呀，活得好好的呢。

女干部说：你以后如果嫁给一位带兵打仗的军人，今天不知道明天面对几个连的兵力，不知道脑袋能在肩膀上长多久，你就会明白，就知道战争不仅会牺牲千千万万的英雄战士，还会牺牲无数个娘肚子里的胎儿和牙牙学语的孩子。战争不适合生育，不适合妇女儿童走近，将来全国解放了，新中国成立了，一定要让更多的人知道这些历史和教训。

保育员茫然地问：教训是个啥子？

女干部把自己的军帽摘下来给他遮在脸上，抬手间，风把帽子吹到江里，引来众多鸥鸟喧哗追逐，鸣叫声此起彼伏。放眼望去，江面辽阔，水天一色。

彩霞一片一片落在江面上，粼粼一江红花，附近的船上有人挥臂歌唱，有人大声说话，唯独这只小船静谧如画。

黑夜来袭，江风徐徐，母亲终于抱起他。乳汁和体温一同夹攻，好一阵子，他才哭出声来。哭声从不连贯到连贯，从微弱到稍稍有力。

保育员哇地哭出了声，母亲则大呼小叫：崽子呀，你可救我命啦！你要是死了，我怎么给柳政委交代呀？怎么给党交代呀？

一个新兵愣怔了好一会儿，才明白过来，崽子的母亲从来不称呼自己的丈夫为爱人、丈夫、老柳、同志，而叫他政委，人多人少都这样称呼。

保育员抹一把眼泪才说：崽子都长三颗牙了，应该有个名字。

母亲顺口说：是的，应该有个名字，这是我和柳政委的第一个孩子，在伟大的渡江战役之后，在万里长江岸边起死回生，是一件值得纪念的大事，就叫他渡江吧。见到柳政委以后，给他报告，他一定会同意。

稍稍记事以后，柳渡江发现同龄的南下干部子弟，名字雷同如树：抗战、辽沈、淮海、渡江、南征、江南。比他小几岁的孩子，名字也出奇地相似：解放、国庆、抗美、援朝、建设、爱国。同伴在远处叫一声渡江或国庆，准有几个人应答。

最难的是老师点名，一个班有两个李江南，三个王南征，三个陈长江。李江南还好叫，因为一个是男生一个是女生，老师就叫男江南，女江南。王南征全是男生，按个子高矮叫，个子矮的叫小王南征，高的叫大王南征，不高不矮的那一位，老师尽量不提问，但同学们会叫他长脖子王南征。陈长江是一女两男，自然叫女陈长江，大陈长江，小陈长江。小陈长江其实比大陈长江年长半岁，一条腿有点瘸，听说是小儿麻痹后遗症，同学们直接叫他瘸腿长江。

玩伴中尽管只有他一个柳渡江，但并不觉得特别，感觉跟满眼的毛竹一样普通。

在北京读大学期间，派系斗争达到了白热化的程度，保皇派、造反派、走资派、毛泽东思想宣传队、军宣队、工宣队、五七干校，新鲜事物雨后春笋般层出不穷。

开始柳渡江参加的是军宣队，觉得自己是部队大院子弟，父母曾经是那个时期那个地方有名有姓的人物，参加军宣队是理所当然的事。但好景不长，军宣队很快知道他父亲已经被限制人身自由，母亲也不敢在人前大声说话。

暑假他回去过一段时间，忍受不了家庭巨变导致的各种怪事。从前人来人往的家门很少被敲响，终于来了几个人，连门也不敲，横冲直撞进来，进来以后好像也没有多重要的事，转一圈不打招呼又出去。邻里之间不再串门，连父亲以前的警卫员见了他们都快走几步，一溜烟顺墙根进了会堂。一起玩到大的发小，从前吹声口哨便前呼后拥、勾肩搭背，现在见了面，正想往一块凑，就被家长叫走了。母亲的表情更加僵硬，脾气越来越暴躁，兄弟姊妹吃着饭，吃得好好的，一句话不对劲，饭碗就砸到桌面上，碗筷饭菜弹片一样飞散，吓得金绿色苍蝇嗡嗡起舞。

最令他不能接受的，是父亲佝偻委顿的身影，映在阴暗腐朽的隔离间墙壁上，影影绰绰，仿佛阴曹地府半死不活的小鬼。这怎么是自己的父亲呢？自己的父亲之前走在部队大院里，脸膛发亮，双手总是背在身后，身旁跟着英姿飒爽的军人，迎面走来的所有人都要向他敬礼或点头致意。

回到学校，惊奇地发现，不管是教授、讲师、辅导员还是学生，每个人都前所未有地忙碌，只有他形单影只，孤零零地打饭，孤零零地睡觉，拉拉二胡，吹吹口琴，人少安静的时候吹一阵巴松。

有一天，隔壁宿舍的郭汉山拦住他，说，已经有人注意你了，如果再独来独往不参加组织活动，就会被当成反革命狗崽子批斗。

对各种斗争场面早已熟悉的柳渡江，立即紧张起来。郭汉山不失时机地搭救了他，将他领到一名戴军帽、扎军用皮带、穿黄胶鞋的学长面前。后来才知道，这个人不是别人，正是"文革"期间不可一世、红遍全国的学生领袖之一。

从一个组织跳槽到另一个组织，当然得有具体表现，得有"见面礼"。

批斗一位老教授的时候，他心中不安，让青砖悄悄顺裤腿溜下，急慌慌挤到人堆里，没有被人发现，任由震天的口号和唾沫星子飞溅。

来到教室，学长盯着柳渡江一眼一眼地看。

柳渡江被看得发怵，鬼使神差地，连脑子都没有过，那句话就脱口而出。

说出来以后，他木然地站着，不敢看学长，也没思忖这句话将意味着什么。

学长没有立即回应，尘埃在两人中间游弋飘浮，感觉像过了好几年。

学长反问道：决定了？真的与家庭决裂？

他点点头，什么话也没说。

学长说：天大地大不如党的恩情大，爹亲娘亲不如毛主席亲，向毛主席敬献忠心，可以牺牲一切，生为毛主席而生，死为毛主席而死，宁可前进一步死，不可后退半步生。断尾求生识时务，从今往后，你就是我们伟大光荣组织的一员，战天斗地，无往而不胜，团结起来到明天，英特纳雄耐尔就一定能实现。

柳渡江热血沸腾，精神抖擞，顺水推舟一般，没有同任何人商量，就把名字改成了楼卫东，"柳"与"楼"谐音，最重要的是写了一封脱离家庭的公开信。这封信被组织中书法最好的队员，誊抄在猩红纸上。由于内容丰富，又是狂草，一气呵成，满满三大张，端端正正贴在学校门口平时张贴大字报的地方，书信原件邮寄回家。

父母没有搭理他，或者是懒得搭理他，也可能是顾及不上，一个弟弟写来一封回信，其他弟妹分别在落款处按了印泥红手印。行文与气势，和千年前骆宾王讨伐武则天的《讨武檄文》相仿。

柳渡江，喔，现在已经是楼卫东了，看完第一遍倒吸一口凉气，又看一遍，骨头缝都冒着寒气，仿佛置身于冬至的晨风里。

多年以后，不管是楼卫东，还是恢复原名的柳渡江，再也没有跨过长江、南下江南，踏进柳家一步，没有与父母兄弟有一丝一毫瓜葛，就因为这封比钢刀还坚硬冰冷的半白话回信。

仓鼠不仁，豺狼不义，柳门孽障，日月不容，庆幸别过，千秋万载，永世勿晤……

那个时候，自己真年轻呀。

到农村去，到边疆去，到祖国最需要的地方去。到农村去，到边疆去，到革命最艰苦的地方去。这一伟大号召，改变了许多人的命运。

何去何从很快摆在了楼卫东的面前，令他思前想后，辗转反侧。

有人去了延安，有人去了井冈山，有人去了遵义，还有人去了北大荒，他不知道去哪里。其实也不是想去哪里就能随便去，而是根据家庭成分、组织派别、个人表现，分门别类，层层筛选，能去的地方似乎并不多。

正在他一筹莫展的时候，一张中国地图出现在眼前。站在地图前，上下左右来回观望，发现同学们去的地方遍及祖国大江南北，唯独没有人去的是西藏和新疆，整个中国版图雄鸡尾巴位置符号稀少，文字稀疏，比起密密麻麻的东部南部地区，显得冷清洁净。

盯着那片缺少符号文字标注的地方，盯着盯着，就盯出了去向。

每次大会小会呼口号，把对毛主席的忠诚，融化在血液中，铭刻在脑海里，落实在行动上。读毛主席的书，听毛主席的话，照毛主席的指示办事，做毛主席的好战士。

这里也是中国的领土，祖国的边疆。毛主席都号召了，为什么不去呢？

申请书当天递交上去。学校非但没有阻拦，还大张旗鼓进行宣传，把他树立为知识青年上山下乡、支援边疆建设边疆的典型模范，为他佩戴大红花，召开欢送会。别的同学出发的时候也开欢送会，几十个人上百号人，开一场欢送会，他的欢送会则像专场演出，主角只有他一个人。这在学校建校史上极为罕见，只有学校主要领导离休，或调离工作岗位的时候，才享受如此待遇。

楼卫东的这一辉煌壮举，成为名噪一时的新闻事件，报纸广播争相报道，自然载入学校大事记，也写进了他的个人档案。

临行前，郭汉山悄声对他说：你去的那个地方比较艰苦，人烟稀少。

楼卫东吃惊不小，反问一句：你怎么知道？

郭汉山说：你看的是全国政区图，太笼统，应该研究分省地图，你没见那地方，画着几个若有若无的白色小圈吗？

楼卫东说：看见了，说明那里蓝天白云。

郭汉山说：大概是吧，才旦卓玛唱得多好，高原春光无限好，叫我怎能不歌唱？你喜欢乐器，喜欢俄罗斯民歌，到了青藏高原，说不定能在音乐方面有所建树。革命战士是块砖，哪里需要哪里搬，毛主席的战士最听党的话,哪里需要哪里去,哪里艰苦哪安家。我支持你,卫东,这样更名副其实,时刻保卫毛主席,坚决捍卫毛泽东思想。噢噢,不能直呼其名,应该称毛主席,伟大领袖毛主席。

楼卫东没有需要专门告别的人,没有需要通知和探访的亲戚朋友,便直接从北京出发前往西藏。

在进藏的漫长路途中,他偶尔会想起家人,想起进藏这件事应该让父母家人知道,大报小报广播电台都宣传报道了,一同报道的还有他改名换姓的事。家人不可能不知道,尤其是檄文缔造者,不会不把这么大的事告诉父母。

偶尔也会怀疑自己是不是太标新立异,太冲动,太心血来潮,如果将来干不出一番事业,会不会招来同学老师和熟人讥笑。每当想起这些,就给自己打气,就用毛主席指示为自己加油鼓劲。

从北京到西安乘的是火车。到西安以后,当地青年学生热情欢迎,并请他演讲,现身说法。他穿上母亲送给他的那套无领章军装,站在课桌搭起的主席台上,学着伟人的样子,一手叉腰,一手在空中挥舞,首先歌颂祖国形势一派大好,然后才讲:

此时此刻,作为毛主席的一名战士,在十三朝古都西安,想起毛主席曾经在革命圣地延安战斗过十三年,想起毛主席的思想,毛主席的丰功伟绩,毛主席的伟岸身躯和音容笑貌,就热血澎湃,信心百倍。看到大家期待的眼神,更加坚定了我到边疆去,到祖国最需要的地方去的决心和信念……

讲完以后,引领听众一起喊口号:广阔天地,大有作为。头可断,血可流,支援边疆建设边疆的意志不动摇。知识青年到农村去,接受贫下中农再教育,很有必要。到大风大浪中去锻炼。雄关漫道真如铁,而今迈步从头越……

一名青年学生站在前排举起拳头,大声高呼:向楼卫东同志学习,到农村去,到边疆去,到祖国最需要的地方去。毛主席万岁,毛泽东思想万岁……

欢呼声此起彼伏,掌声经久不息。坐在前排的一名女学生自从看见他,眼睛就春光般羞怯温润,轻盈点点,双手拍得如深秋的枫叶,脸庞像刚刚上霜的柿子，眼珠圆得不能再圆，再圆一点就展翅飞到大雁塔尖上。

楼卫东一回到旅社，女学生就敲门进来，进来以后手足无措，好一会儿，口齿才清爽。女孩表达的意思大致是，毛主席一定接见过你，是不是在天安门城楼上接见的？天安门城楼真像报纸和课本上画的那样，光芒四射吗？你每天都到天安门广场演讲吗？我自己也参加过串联，到过洛阳和郑州，没能到祖国的心脏北京，进京的火车汽车太拥挤，两次差点都挤进车厢了，还是被拽了下来。

楼卫东不好意思说至今没有见过毛主席，更没有受到毛主席接见，就拈不痛不痒的话应付。他说天安门城楼就像西安的钟楼鼓楼一样，只是普通的古代建筑，并不闪闪发光。然后问她，西安的小雁塔是不是有些倾斜，城墙上是不是能骑自行车，碑林里面有没有王羲之的真迹。

女孩被问得脸颊更红，心想自己尽管是土生土长的西安人，这么专业的问题真还不大清楚。从来没听说小雁塔斜不斜，只是知道碑林，也没有进去过。城墙倒是经常上去，也是从垮塌的缺口爬上去，走不远就行不通了，曾经想象，要是城墙连贯起来就能骑自行车了。她希望楼卫东问一些熟悉的东西，老孙家羊肉泡馍，老樊家肉夹馍，铁蛋葫芦头，哪怕是回民街的甑糕、麻酱凉皮、肉丸胡辣汤，她都能对答如流，但他不问。

楼卫东不愧是时代精英，毛主席的忠诚卫士，优秀青年学生代表，不但胸怀祖国，而且知识渊博。

楼卫东望了她一眼，是那种专注与漠然之间的目光，他明白女孩的心思。在首都北京，也有女生向他表示过心仪之情，他都装聋作哑，不正面接招。他觉得一个男人应该先立业后成家，只要到广阔天地叱咤风云，事业有成，心爱的人就会跑过来。自己的父亲就是例证，战功赫赫当了政委以后，年轻貌美的女兵——母亲，因为崇拜走近父亲。部队大院发小们的父母的婚姻大凡如此。

婚姻这种事，如同清晨的朝阳，夜晚的星星，春天的花朵，夏日的蝉鸣，当春乃发生，时机到了，拦也拦不住，他觉得自己的时机还不成熟。

房间有巨大的木格窗，阳光照耀在窗棂上，斑驳的光束落在女孩身上。女孩见楼卫东注视她，但看不清眼神的翔实内容，便问他带着棍子做什么，西藏的狗是不是很多。

无名之火闪电般上蹿。眼前这名青年女学生，齐耳短发，面色红润，胸脯饱满，一看就在模仿江姐、韩英、刘胡兰，有浓烈的女英雄情结，大有时刻准备着，冲锋陷阵夺回阵地的气概。从皮肤和袖管上的标志来看，也是一名标准的红卫兵，到了谈婚论嫁的年龄。但从地理环境来看，她虽身处皇城故都，受秦风唐韵洗礼，怎么就这样浅薄无知呢？竟然把乐器王子巴松，当作打狗棍子，真的是酒逢知己千杯少，话不投机半句多。

楼卫东强行管住自己的情绪，压制住自己的怒火，三步并作两步，跨到本来就敞开的木门边，说道：不好意思，我得休息，明天还要赶火车。

女学生惊愕了瞬间，笑容凝固，转身走进鲜亮里。

太阳不温不火，微风轻拂，石榴树上的喜鹊不失时机地鸣叫起来，紫竹般的爪子弹跳不止，几片石榴叶正好落在女孩头顶，像一幅移动的油画，明艳，青春，彳亍，忧郁。

从西安上火车，经过两天两夜的行驶，沿陇海铁路到兰新铁路上的一个小站，柳园站。出了柳园站，再也没有火车可乘，按照当时的想法，应该拜谒敦煌，作为一名师范大学的学生，对敦煌的向往是理所当然的，但为了搭上一辆开往格尔木的大卡车，只好路过敦煌而未睹千年壁画容颜。

在后来的长途颠簸中，柳卫东稍微有些悔意，便自我安慰，机会总会有的，以后让司机开上北京吉普专程观光吧。

多年以后，柳巴松想起父亲这段经历的时候，的确为父亲感到遗憾。

如果在敦煌亲眼见到栩栩如生的飞天壁画、洞窟雕塑，细细探究众多佛界故事，领悟其中奥秘，是否会种下飞翔的种子，跳出三界之外？或许，会改变自己的行程，去往另一片天地？或许，会有一个全新的经历和归宿？

当然，这都是柳巴松的想象，与意气风发、志存高远的父亲楼卫东，一点关系也没有。

东江冰舌

南宫羽走在东江边上,腰肢依然轻柔,尽量绕开水葫芦,还是一踩一个响,鞭炮般噼里啪啦,声音欢快嘹亮。

汽笛声起,悠悠扬扬,一艘渡轮从下游向上游驶去,船舱装满细软的沙子,像起伏的山丘,在水中漂游。

她已经对大小船只不陌生了。有一次,一个男人从渡轮跳进江里,黑黑的脑袋冒了几下,就不见了。汽笛声渐渐弱小,还是不见男人。她从惊讶中清醒,急得啊啊直叫,望向四周,并无他人。便沿着江岸奔跑,边跑边继续呼叫,啊,啊,不会吧,不会吧。

大约跑出两百米,笑声一浪一浪跟来,哈哈,哈哈。猛回头,江里的男人正朝她挤眉弄眼,见她看他,一跃而起,水珠飞溅,赤条条一个精人儿。她脸上瞬间腾起热浪,赶快躲进三角梅丛。离开江岸好远,还能听见带水的笑声。

犹豫几次,想要返回岸边,将手伸向他。或者干脆他在水中,她在岸上,随便说点什么。

是的,只是想有人说话,不管是谁,只要有人说话就行。

最初,她分不清哪端是上游哪端是下游,有时候看见江面的水草从右边流向左边,有时候又从左边流向右边,渡轮驶过,尤其是两艘渡轮在江面相向驶过之后,水草似乎也乱了芳心,在江水中打着漩儿,改变了流向。

很长一段时间,南宫羽对这件事捉摸不透,不知道是自己出了问题,还是江水出了问题。她在清晨和黄昏一次次来到江边,在冬夏春秋不同季节来到这里。当然，东江流域是没有冬夏春秋之分的，四季只在她心里，在与秦巴山地有关的记忆里。这里似乎只有夏季，一年四季都可以穿裙子，穿薄如蝉翼的漂亮衣服，她越来越喜欢这里，喜欢东江的日出与日落。

每当穿睡衣睡裙的人经过，就会仔细打量。一身碎花衣裤的中年男人，怀里抱着小狗，趿拉着拖鞋，臂弯被少妇挽着，惬意悠闲。暗自思忖，他们是原配夫妻吗？一个穿粉红色睡裙的长发女子飘然而过，左右紧随两个男人，一个男人竟然摸了一把睡裙，不偏不倚，落手处恰是女人的臀部。女人嘻嘻笑着，她则后退几步，看那若隐若现的身姿。

现在，她已经能分得清上游下游了，一方面是从岸上的楼房桥梁定位，一方面是从江水的潮涨潮落分辨。涨潮时，水葫芦随江水随海浪鱼虾逆流而上，江面就漂着碧绿的水葫芦和嫩紫色的花朵。直到一簇水葫芦漂移到眼前，俯下身子拿捏到岸上，才发现紫色的花朵是水葫芦开放的，与水葫芦相伴相依。花朵洁净明媚，紫色里透着白皙，一点也不像随波逐流来的，倒像是一秒钟以前才绽放的。舍不得用手掌触摸花瓣，只用食指与中指指尖轻轻抚过，有一种雪的沁凉。水葫芦圆润光洁，绿茵如翠，剥开了，竟是细密规则的网，蜂巢一般，净白安谧。退潮的时候东江像大地上的所有江河，从高处流向低处，从陆地流向海洋。流淌的过程中，江面偶尔漂浮着枯枝败叶，有一次，竟然荡漾着一朵艳丽如火的芭蕉花。

拍婚纱照的男女也喜欢光顾这里，一位年过半百的女人坐着，洁白的婚纱几乎遮盖了轮椅，身边站着一位还算年轻的男人。摄影师让两人笑，两人就笑。摄影师让女人把头靠在男人的腰部，女人就靠在男人的腰部。摄影师让男人一手搭在女人肩膀上，一手握住女人的手，男人依次照办。她趁机看清了女人一只手上戴着两枚戒指，一枚是晶莹的钻戒，一枚是石榴红的宝石戒指。另一只手腕戴着翠绿的手镯，项链似乎有些重，压得她时不时抻一抻脖子，白色的粗项链是白金的呢，还是钻石的呢。看不清男人是否戴戒指，手表的表盘则格外硕大。

其实呢，东江并没有一下子流进海洋，而是流到了珠江口。

这是她在珠江三角洲寻找李青林的时候得出的结论，知晓这一事实的时候，她发了好一阵呆。东江离大海那么远，远得足可以走上一天，海水怎么就倒流到东江了呢？海边湿地伴生的连天碧叶水葫芦，就么悠闲自得，无根无基，漂呀漂，漂入河道，一直漂到人抵达不了的地方，又随江水流到大海之滨。

浮萍。南宫羽无数次望着浩浩荡荡的江水，倏忽间逆流而上，倏忽间顺流而下，望着脆生生泛着亮光的绿叶和娇美的紫色花朵，感叹嘘唏。

也许因为对东江的迷恋，无数次去往江水最终抵达的地方。那次短暂的艳遇，成为她永久的记忆，以至于后来每次置身于碧水蓝天，哪怕在泳池游泳，只要身心放飞，四肢漂浮，就会微闭眼帘，享受那份记忆的酣畅，身体的舞蹈。

顺着孜然花椒的香味望去，一缕青烟在棕榈树间弥散，不用看就知道是垂钓者在烧烤。新鲜的鱼虾，冒泡的啤酒，南腔北调的吹牛神侃。心中陡生一丝向往，李青林假如也这样吃喝，也这样吆喝该有多好，自己也参与其中该有多好。

忽然，啪的一声，抖擞间，三三两两垂钓的人或立或坐，有人把钓竿用力扔进江水，水面泛起圈圈涟漪。小小浪花消失以后，另一支钓竿高高扬起，在空中划出一弯柔韧的弧线，款款落在岸上的芳草萋萋里。一尾银色小鱼活蹦乱跳，在青草间拼命挣扎。垂钓者弯腰去抓，南宫羽的一只脚就快踩着银鱼了。噼里啪啦，水葫芦在短暂的寂静后发出爆响，惊得小鱼腾空跃起。南宫羽的身子向后一仰，同时看见垂钓者将身子弯得更低，差不多就要触到地面了。这个时候，银鱼像一只白鸽，在青草与江水之间变幻成玉兰，瞬间就消失得无影无踪。

海水中的男人，多么英俊哦，古铜色的皮肤，强健的骨骼，性感的唇齿，异国的新奇，全都随着银鱼逃逸。

南宫羽来不及看那飞走的银鱼，快速扫视了一下地面，地面阳光灿烂。她稳稳地站住，终于站在一小片裸露的地上，然后才看那垂钓者，那双眼睛正注视她，水滑的眼神背后是深深的惊愕。

她眨了一下眼睛，翕动嘴唇，想说一声：对不起，把你的银鱼吓飞了。

声音还没有发出，对方的惊愕就变成了羞涩。哦呀，中年男人还有这般表情，真是奇妙哦。看来不但吓着了他的银鱼，还吓着了他本人。

李青林，当年的羞涩远比这个男人深远广博。

她微微一笑，低了低头，什么也没说。

他也微微笑了一下，羞涩的感觉轻淡了一些，伸手捏起一小团钓饵，往钓钩上安放。

鸟儿从渡轮的旗杆上飞来，掠过垂钓者和南宫羽的头顶，停歇在木棉树上。那是一只羽毛华丽的小鸟，双翅暗红，尾羽鹅黄，是暗绿绣眼鸟，还是金绣眼鸟，或者干脆是八哥，她分辨不清。木棉花开得正艳，红彤彤的花朵炽烈似霞，点缀在蓝天白云间。鸟儿从木棉枝头飞到紫荆花枝上，摇曳的紫荆花绚丽清新，洋溢着香艳的色泽。

徜徉在四季开花的东江边上，南宫羽总会思考一个问题。也许是这些花香和鸟鸣，也许是这潮起潮落的江水，驱走了对李青林的怨恨，让自己的心逐渐平复，脚步不再凌乱。

这样说来，应该感谢李青林的。的确，应该感谢他，如果没有他，她就不可能从四季分明的秦巴山地来到空气洁净、树木葱茏、连树梢都开花的地方。

一阵打骂声传来，随声望去，浓密的橡树桉树下，有一条鹅卵石铺成的环形小道，一位看不清面容的女人正在训斥一位少年，少年摇摇晃晃，每迈出一步都显得困难，一旦弯腰或停歇，女人就举着一只黄色凉拖鞋，抽打少年的肩膀和屁股。她看得有些专心，女人再要举起拖鞋时，瞪了她一眼，没好气地咕噜道：有什么好看的，没见过走路吗？下一胎你也生个这样的娃儿。

这是哪里的方言呢？肯定不是岭南话。

这个时候，她听见了歌声。"在那桃花盛开的地方，有我可爱的故乡，桃树倒映在明净的水面，桃林环抱着秀丽的村庄……"

回眸间，再次与垂钓者对视，慌张里夹杂着丝丝难为情。音乐戛然而止，他举起手机，喂了一声，低一低头，把手机在掌心掉了个方向，继续接听，同时转过身去，腼腆中将笔挺的脊梁对着她。

她有点愕然，这分明就是李青林往昔的神态，似乎又不全是。那是谁呢？如此遥远又熟悉。

喔，可不是嘛，真的是多年以前的事了。

依然走在东江岸边，一阵馨香扑面而来。循着香味望去，是一树长在堤岸上的四季桂，芝麻粒般大小的桂花在光照下金黄温婉。

南宫羽一时兴起，拽住榕树的气根向桂花树攀去，气根红润柔软，握在手中仿佛握着一条小蛇。她自小最怕的就是蛇，柳巴松曾经把一条死蛇放进她的书包里，吓得她好长时间不理他，这个长相怪异的家伙好像对她有过好感。

是的，就是柳巴松，多少年不曾想起他了，想起可怕的蛇，他就突兀地蹦出来，还有他古怪的父亲。小学时两人就认识，自然也认识他爸，他爸怎么那样苍老呀，头发稀疏，总是低着头，显得木然刻板。

有一次，她忍不住问柳巴松：那是你爸还是你爷？你爸怎么不会笑呀？

柳巴松气鼓鼓地向她扔一颗毛栗子，她跳了起来，没有躲开，砸在右脚踝上，扎得她想哭。待要追赶，讨厌的家伙早跑了。

柳巴松，这个有着怪异名字的昔日同学，怎么也音讯全无了呢？

用力拉拽，气根发出细微的响声，她连想也没想，立即松手，气根仿佛秋千，在浓密的枝叶里荡了一个来回，哗啦啦，落在地上，恰好掉在几片榕树叶上，叶子显然是熟透了的，泛着玉红色的光华。气根确乎有些蛇的模样，慵懒地打着卷儿，不规则地盘在落叶上。她急促地看了一眼，害怕再看，伸手一揽，拽住一条柳枝。柳枝微风般飘摇，南宫羽的身体失去了重心，顺着斜坡向下滑，滑到半道上，被一株棕榈树拦住了去路。棕榈树有一个巨大而浑圆的罗汉肚，树干刚正挺拔，伸向天空，在白鹭扇动翅膀的地方，舒展着条形阔叶，盛开的花朵一样，阻拦阳光，带来阴凉。

依着棕榈树凸起的肚子，仿佛贴着大安富有赘肉的肚皮，伸手去摸树干上的纹路，圈状的纹路或粗糙或细腻。她轻轻地喘一口气，把脸贴在棕榈树上。

她有点想念大安了，想念大安的身体了。

雨滴就在这个时候落在脸上。

摸了一下脸颊，没有摸到雨的痕迹，阳光从棕榈树叶间倾泻而下，婆娑斑斓。再次仰望天空，几粒桂花正往下落，金灿灿，亮晶晶，原来不是雨滴，而是桂花粒儿。她一个箭步冲到桂花树下，双手抱住树干用力摇晃，如同欲望高涨时，与大安的肌肤之欢。

有一次，腹部紧贴大安高耸的肚皮，双手撑着大安的臂肘，正享受无限韵味和乐趣时，大安的手机响了，两人都没有搭理，继续抚慰和娇喘。待到第三次响起，扭着脖子去看，来电显示"老婆"。她便啪嗒一下，滑到地上，披了浴巾，光着脚丫子，冲进洗手间。

待沉醉中的大安反应过来，急吼吼地唤她：亲爱的，做爱如同打仗，还没有攻占山头怎么能撤退呢，下不为例噢。

下次再见面的时候，大安送给她一瓶香水，就是这个香型，桂花露。

桂花粒儿扑扑簌簌，连绵不断，雨滴一样下个不停。瞬间，浑身上下落满了桂花粒儿，仿佛沐浴在桂花雨中，树冠下铺了一层金色，间或还蹦跳一些桂花粒儿，明丽香醇，温软诱人，如同盛典时贵妃的拖地长裙，迤逦，妖娆。

索性顺着树干溜到地上，像小小少年一样无拘无束，随意躺在桂花间，望一眼满地落英，看一眼高耸的棕榈树，收住了自己的想象，毕竟直逼四十岁了，离无所顾忌的年岁有点久远。

顾盼的时候，树木边缘，一个广告牌吸引了她，"在那桃花盛开的地方摄影展"，并附有展览时间地点和主办方。广告语印在整张照片上，画面有些模糊，但看得出是一张从高处俯瞰拍摄的照片，画面上有油菜花和桃花，蜿蜒的河水中央长着一些绿树。

她以为看错了，水面上怎么会有那么多树木呢？从长势来看，树龄还不小，这是她第一次看见树在水中央。眼前的东江自然不长树，再高大的树木在浩荡的江水中也生不牢根。秦巴山间的河流也不长树，只在河滩泉水边长一些浅草和小灌木，这幅广告，颠覆了她对树的认知。

真稀奇哦。她嘀咕道。

仔细注视主办方的名字，更加惊讶，"西藏林芝"赫然在目。

天啦，西藏就已经够远了，林芝又在哪里呢？

只在电视里见过西藏，更多的是在歌曲里听过，还知道有人坐着火车去拉萨，并大张旗鼓把这件事儿谱上曲子唱出来，广场上跳舞的大妈大姐，最喜欢随着这首曲子载歌载舞了。

她像初夏晨光中的蒲公英，轻盈欢畅，离开东江江堤，在树木和鲜花掩映的绿道上走了不大一会儿，来到可园门口，几乎没有停留，乘上一辆出租车就到了目的地。

摄影展室不大也不小，观者稀稀拉拉，两位穿藏袍的男女与电视上的藏族男女一样，唇厚鼻阔，眼睛水灵，脸庞红中透黑。

她在与广告牌同一模板的照片前停下脚步，画面构图清晰，色泽亮丽。显然，这是一张用广角镜头拍摄的照片。田畴里的油菜花黄得醉人，油菜花四周是开得正艳的桃花，一树一树，树树娇艳，粉红，嫣红，殷红，桃红。红中有白，白里透红，田畴连着田畴，桃花连接桃花，田畴和桃花一直延伸到河面，河边有两头貌似牛一样的黑色动物，大概在低头吃草。河水像葳蕤的藤蔓，繁衍出粗细不等、长短不一的细小枝蔓，婉转迂回，白亮亮清幽幽，泛着缕缕晨光。水蔓之间，河水中央，屹立着株株绿树。

她上前几步辨析那树，是法国梧桐还是香樟树，或者榕树，随即否定了自己。法国梧桐太高大，枝叶繁盛招摇，属于阔叶树；榕树长有茂盛摇曳的气根，有独木成林的本领；而水中的树木看起来有些纤弱、孤零。

又走到另一张照片面前，这张照片是从低处向高处仰拍而成。由低及高，依次有金灿灿的油菜花，淡白浅红的桃花，油菜花与桃花中间，横亘着五颜六色的彩条布。彩条布上方是茂密的树木，也可能是森林，每株树都像利剑一样，直指天宇。树木之上，是白雪皑皑的山峦，山峦气势恢宏，散发着橘色光芒，雪峰之巅，飘着旗帜般的白云，离山巅越远，白云越淡，越不规则，直到更远处，与天空一个颜色。而那天宇，碧如浮萍，比珠江口的海面不知幽蓝几许，完全能与那次艳遇的海水媲美。

她猛吸一口气，后退两步，怕呼出的气息浸染了如诗的画面。梦一般地，不敢相信自己的眼睛，在她不长不短的生命历程中，见识过不少美景，从北方到南方，从天空到海洋，还在海水中演绎过旷世激情，坐在大安的越野车上，穿云度柳，欣赏过半轮月亮，一湖秋水，满眼龟背竹。一个夜幕降临的深秋，竟然在粉紫色的鸢尾花中，在铺展的防潮垫上，潦草地完成了一次肌肤之亲。穿戴整齐以后，依偎在大安肥硕的怀里，数星星，听蛙声。

大安说：从第一次遗精开始，就幻想能在鲜花丛中和心爱的人做爱，没想到你帮我实现了梦想，感谢你哦，亲爱的。

她用亲吻回应他，吻他的胸部胳膊，触碰到腋窝的时候，他用力推了一下她，将她推出垫子，压碎两朵花蕊。她以为他生气了，正待起身，却被揽入怀中。

后来，她随大安看过很多风景，无数次被自然景观震撼，但没有哪一处比得上这张照片多姿多彩，丰饶重重。

终于，忍不住伸出右手，用食指的指肚轻轻抚了一下照片上的雪峰，和旗帜一样的白云。

这是旗云。一个声音在她身后响起。

回头去看，正是那位穿藏装的年轻男子。

四目相视，觉得那眼神并不陌生，她回了一声：谢谢。

还是掩饰不住好奇，问道：什么是旗云？

男子说：旗云嘛，就是风把正在蒸发的积雪雾气，吹成旗子一样的云彩。

南宫羽指着彩色布条问：这是什么？

经幡啊，祈福的经幡，在风的吹拂下，相当于转动的经筒。

南宫羽说：电视上见过的，经幡。那是牛吗？

是牛，牦牛，西藏人把牦牛叫牛，与你们内地的牛不一样，不过套上犁铧也能耕地。

男子指着树木与雪山之间影影绰绰的白色说：你们那里见不到这个。

南宫羽凑近照片，努力仰望男子指点的地方，透过黑色的树木缝隙，隐约看见一些白色，应该是雪吧，但那白色只集中在一个地方，并没有遍布整片树林。

冰舌，见过冰舌吗？

男子似乎有些兴奋，还没等她询问，就自问自答起来。

听见"冰舌"，南宫羽倏地后退，不小心碰着了一个人。她没有向对方道歉，就低声念叨，冰舌，冰舌，好奇怪的名字噢，冰还长舌头呀？

忽然，她指着第一张照片问：河中间是什么树呢？一直长在河水里吗？

男子说：这是柳树，这是柏树。

南宫羽说：柏树还长在水里呀，柳树怎么没有长长的枝条呢？柳树不都是垂柳依依吗？

男子歪着脑袋，睁大眼睛，不解地问：什么是垂柳依依？

她被问得目瞪口呆，男子笑眯眯地望着她，很认真的样子。南宫羽摇摆一下腰肢，想用"婀娜"两个字回答，想一想觉得不妥帖，就用浅笑回答他。

然后，她指着田畴中间的绿色问：这是小麦吗？我们老家桃花盛开的时候，小麦长得正旺呢。

不，不是小麦，是青稞。男子声音异常洪亮，似乎还带着一点点气恼。

南宫羽不再问了，这个时候，她注意到照片右下角的几个字：巴松摄影。

巴松，柳巴松不就是这个名字吗？会不会就是这张照片的拍摄者呢？

想到这里，心跳加速：这么大气磅礴、内容丰富的照片，如果出自柳巴松之手，可真是戏剧又传奇呀。

莫名其妙地，想立即知道此巴松是不是柳巴松，侧目看那男子，男子已经走到大门口。她径直向穿藏袍的女孩子走去。见她走近，女孩子立即从座位上站起来，盈盈地迎着她。

南宫羽也微笑着，一边点头一边问她：请问巴松是柳巴松吗？

女孩被问住了，笑容停滞，迷茫地望着她。

南宫羽补充道：我是问摄影师巴松是哪位？

女孩立即扯开嗓子大叫：巴松，巴松。

刚才那位藏族男子绕过几位参观者，向这边走来，边走边问：掐烈卡日云啊？

南宫羽奇怪，这人说的什么话呀，根本听不懂，喔，或许是藏语吧，又问：他就是巴松，摄影师？

女孩子笑呵呵地说：他是我们西藏有名的摄影师，巴松啦。

南宫羽愈加迷惑：巴松啦？不是巴松吗？

女孩哈哈大笑，刚刚笑出声，又用手背遮掩，男子已经走到跟前。

女孩对男子说：她问你为什么叫巴松啦？

男子也笑起来，露出洁白整齐的牙齿。她暗自感叹：牙齿可真白呀，比银鱼都白，能够与大海中的那位异国男子媲美呢。

女孩说：巴松啦，是爱称昵称，藏族人喜欢在名字后面加一个啦，就是这个意思。

南宫羽笑一笑，表示已经听懂了。

女孩盯着她的眼睛，小声问道：你不快乐吗？

南宫羽吃惊不小，重新审视女孩，女孩神情泰然，目光澄澈。这样一双没有被污染的眼睛，当属十三四岁女孩的眼睛，可从面容来看，只比自己小几岁。

南宫羽装作没有听清的样子，追问道：你是说我吗？我很高兴呀。

女孩拨弄着胸前的菩提珠子，不连贯地说：你不想，让人知道，你不高兴。

南宫羽望望四周，还好，没有人注意她，没有熟悉的人，巴松也不见了踪影。

南宫羽轻声问她：你会相面？

女孩说：什么是相面？

南宫羽简直要爆炸了，这到底是些什么人？是不是跟冰舌一样，思维被冻住了？怎么连话都听不懂？唉唉，秀才遇见兵，自认倒霉吧。

女孩把一张彩页递给她,说一声:欢迎你到林芝观光旅游。

她顺手把彩页塞进手拎包里,走到展厅门口,有些不舍,更多的是为了打发时间,便返回展室,继续欣赏。

她从别样的风景走进霓虹灯闪烁的街区,感到了巨大的冲击。

梦幻一般,不真实,不确定。进了卧室,一头扑到床上,脑海中还上演着花海、雪山、冰舌、森林、牦牛。

一连几天,这些画面幻灯片一样,无处不在,时时萦绕,占据着南宫羽的大脑和光阴。

星　星

楼卫东拿着派遣证，带上他的巴松二胡和口琴，一路搭乘火车汽车倒还顺利，高兴的时候在车上或住宿的小店为同行人拉上一曲二胡，吹一阵口琴，多半是《社会主义好》《大海航行靠舵手》《东方红》等。

一位头发花白的男子摸着他的巴松说：好多年没有见过巴松了，还这样精致，很难得，巴松的音质太奇妙，高音哀伤痛楚，中音温和甜美，低音庄严深沉。真怀念啊，尽管巴松不适合室外演奏，对演奏环境非常挑剔，还是希望能欣赏一曲。

楼卫东压住胸部，使心脏不至于跳得太剧烈，随着海拔的增高，心慌气短愈加明显。他把全部力量聚拢起来，坐直身子，打量这位气质儒雅、谈吐亲和的男子，令他欣喜的是，此人竟如此熟悉巴松。大多数中国人对西洋乐器不甚了解，即便稍稍了解的人，也称这种乐器为大管，只有较为专业或留过洋的人，才叫得出规范的名称：巴松。

见楼卫东略显惊愕，男子微微一笑，并说：巴松演奏《匈牙利幻想曲》《黑桃皇后》《莫斯科郊外的晚上》都不错。

他更加吃惊，这是一种修养极好的口气和语调，专业、信任、欣赏。

楼卫东低声说：很多外国歌曲都被禁唱禁演了，你不知道吗？

男子说：茫茫青藏路，山高皇帝远，谁能管得着？况且，这是一辆开往拉萨的汽车，车上要么是西藏人，要么是进藏者，只要是在青藏高原工作生活过的人，都比较善良纯粹，没有人揭发咱们。

看一眼近旁的乘客，个个慵懒疲惫，表情平静，没有抓起枪棍就厮杀、抱住喇叭就呼号的凶悍和好斗气象。远处呢，是连绵起伏、白雪皑皑的山峦。

男子依然望着他，他再望一眼近旁的人和远处的山，就把巴松从行囊里取出来，用手绢轻轻擦拭管体和双簧片。

男子说：枫树木做的吧，灰中透红，纹理细腻，很正宗的。

楼卫东看似随意，心里却肃然起敬，轻声说：是的，枫木做的，到北京读书的时候，从家里带的，部队文工团的旧货，听母亲说，从华侨家里没收的。

男子说：太有缘啦，我也穿过军装，穿一穿，停一停，停一停，又穿。

楼卫东警觉起来，几年的大学生活没学多少书本知识，对不断涌现出来的新鲜名词倒非常敏感，阶级斗争、牛鬼蛇神、当权派、走资派、修正主义、臭老九、成分论、出身论，等等。男子的白发蜷曲整齐，穿一身随意便装，看不出实际年龄。

男子说：觉悟倒蛮高的嘛，放心吧，我不是走资派，也不是牛鬼蛇神，只是一位援藏者。

听见"援藏者"几个字，楼卫东顿感亲切，自己冲着建设边疆支援边疆而来，也应该是援藏者吧，防备之意锐减，对他的经历倒产生了兴趣，便说：军装也能想穿就穿、想脱就脱吗？据我所知，许多人脱了军装就很难穿上。

男子说：那要看组织是否需要，组织上让穿就得穿，组织上让脱，还得脱。

楼卫东依然盯着他，脸上挂着笑容，心里则产生了探究之意。

男子说：知道第三国际吗？

楼卫东眨巴着眼睛，愈加震惊。"第三国际"这个词如同一座伟岸的雪山，远远地屹立在那里，除了仰望就是远眺。

男子说：我的经历有点丰富，专说重要的吧。抗战时期，组织上派我到抗日根据地开展敌后工作，成为延安到乌兰巴托一线的国际交通员，将第三国际给党中央的文件缝进蒙古袍里，送回延安。又将延安到苏联学习的学员和养病的首长及家属,通过这条国际交通线护送到乌兰巴托,再由第三国际驻蒙古人民共和国的联络机构人员,护送到莫斯科。路上经常会遇到牧马的日本兵和巡逻队,断水断粮更是家常便饭。在一次劳累虚脱后,组织上派我到莫斯科休养学习,在莫斯科待过一段时间。这段时间穿过西装,戴过礼帽,吃过鱼子酱,喝过鸡尾酒,欣赏过各种音乐,分清了大小提琴、萨克斯、长笛、巴松、钢琴。回国以后,又穿上军装。西藏和平解放以后,需要各行各业人员建设新西藏,医疗人员稀缺,就主动报名到了西藏。

楼卫东本来要问,有穿上军装打过仗没有,一时激动,忘了询问。原来自己并非第一个主动请缨到西藏的有志青年。

他把巴松紧紧握住,恨不得赶紧为他吹奏一曲。

疑问不断涌现,便一迭声地询问:为什么穿蒙古袍?你是蒙古人吗?你是第一位援藏者吗?

男子咳嗽几声,清了清嗓子,舔了舔皲裂的嘴唇,和缓地说:看来不交代清楚祖宗八代,就欣赏不了你的巴松演奏,从首都北京来的年轻人就是不一样,警惕性高。我不是蒙古人,穿蒙古袍是工作需要,在辽阔的蒙古草原上飞马送信,总不能穿军装吧?不过我有一位蒙古喇嘛朋友,他帮助我们避开过敌人追杀,所以我对喇嘛,不管是蒙古喇嘛还是藏族喇嘛都有好感,蒙藏交好源远流长,宗教也相通。我不是第一位援藏者,汉藏两个民族交往历史悠久,有人说汉朝时往来就很频繁,有人说较早的援藏事件应该追溯到唐朝,文成公主、金城公主算是先驱者,如果有兴趣以后慢慢了解。你在拉萨需要帮助尽管吩咐,到拉萨人民医院,就说找白头发汉族人,或者直接问老白,就能找到我。

楼卫东豁然开朗,这位前辈大概不是普通人,既然不是普通人,应该乘坐小汽车,起码也是帆布北京吉普,怎么会与他们这些普通人挤一辆长途卡车呢?看来,西藏与内地真还不同。

楼卫东站起来,一只手扶住车帮,一只手握住巴松。老白赶紧让他坐下,并说:这里山连山弯道多,公路坑洼不平,汽车颠簸厉害,如果身体状况允许,傍晚住下以后请你吹奏,让我好好欣赏一回。

说话间，汽车停在几间土坯房前，大伙纷纷下车，连毛毡毯子和干粮都拿了下来。楼卫东跟在老白后面走进其中一间。小屋低矮简陋，几张木板床顺墙根一圈排开，没人洗漱，没人找餐馆，其实也没有专门供人吃饭的地方。有人往床上一躺就打起了呼噜，有人把毛毡铺在地上，和衣躺下。靠墙有一个土坯炉子，炉子周身黢黑粗糙，水壶滋滋冒着热气。老白拎起水壶的同时，给炉膛添了一把干牛粪，黑烟冒过，火苗上蹿。

楼卫东看得瞠目结舌，曾经见过焦炭炉子、煤球炉子、木炭炉子，也见过枯枝秸秆烧饭，第一次看见牛粪炉子。老白不失时机地告诉他，这里没有煤炭树木，藏族群众非常聪明，就地取材，拾些牦牛粪、羊粪作燃料。

楼卫东说：只知道牦牛是高原之舟，没想到这么快就接触到了。

老白给自己和楼卫东的搪瓷缸子，各放了一朵淡绿色干枯花朵，并说：内地人初上高原，体力消耗大，喝点雪莲花，既能驱寒，又能恢复体力。

听见雪莲花，楼卫东又重复了刚才的话：听说雪莲花开在高高的雪山上，没想到这么快就能见到，还能品尝到，祖国山河处处奇呀。

随即，浅浅地喝了一口，感觉开水并不烫，才放心大胆地喝起来。喝着喝着，觉出了苦腥味，抬头看老白喝得起劲，低头辨析杯中的花朵。热水浸泡过的雪莲花，花叶舒展，脉络清晰，花蕊娴静轻薄，宛若鹅绒。

老白看出了他的好奇，便说：内地不长雪莲花，你自然见不到。

楼卫东说：我连校园里的花草树木都没留意过，觉得那是文艺女青年关注的事。

老白说：到西藏以后，会想起曾经忽视的许多东西，尤其是绿色。

楼卫东怔了怔，抱着巴松跟了出来。老白指着不远处的雪山告诉他，那就是唐古拉山脉。

一时有些慌乱，以为自己听错了，稍稍抬起眼帘，就看见了，这么平缓的山峦怎么会是唐古拉山脉？这种事不好开玩笑的啦。

一只大鸟翩然而至，在头顶盘旋，声声鸣叫，高亢悠长，啸——啸——

楼卫东见过麻雀、斑鸠、猫头鹰，没有见过如此巨大的飞鸟，翅膀展开比摆渡人的斗笠还大出许多，就仰起脖子看稀奇。

老白说：雄鹰在欢迎你哩。

楼卫东笑一笑，不好意思重复刚才的话，离雪山不远的草原上有黑色和白色小点在移动，从柳园敦煌一路而来，知道黑点就是牦牛，白点是羊。激动不已的是，低头间，竟然看见了几朵鲜活的雪莲花，远比水杯里的花朵张扬娇媚。弯下腰，信手采撷，花就到了手中，嗅了嗅，如同泉水，素淡静谧。

老白说：这只是普通的雪莲花，最珍贵的雪莲是红雪莲。

巨大的信息量使他应接不暇，记也记不清，辨也辨不明，新鲜事物一件接一件，件件神奇，样样神秘，微醺摇摇，悦然迷离，吟唱的冲动一浪高过一浪，翻栏越杆，奔腾咆哮，倏忽间，真就唱了起来，行云流水，自然天成。

  一个美丽圣洁的地方
  蓝蓝的天上雄鹰翱翔
  牛羊悠悠雪莲花绽放
  这是自由幸福的天堂

天空渐成黛色，星星异常活跃，天宇高山，远处近处，甚至地平线上全都铺满了星星。以前在江南也见过灿烂星光，甚至观察过流动的银河，那都在高处，仰起脖子才能欣赏到。此时，他被星辰包围，伸手可摘，俯仰能闻，眨眨眼睛，睫毛上挂着星星，伸手间，指尖光亮潋滟，激灵亲近。

一颗流星向唐古拉大雪山划去，痴痴地望，静若星辰，任由同类辉映。

老白也唱了起来，情绪饱满，音质浑厚。楼卫东吹着巴松伴奏，仿佛多年的合作伙伴，心有灵犀、默契和谐、如梦似幻、心仪连连。

  多少次我问自己
  为何降生于世长大成人
  为何云层流动天空下雨

星 星

> 那遥远的星光吸引着我
> 要摘那星星却如此艰辛

楼卫东手指放在音键上，含住哨片，控制气息，上舌面前端点音，气息从弱到强，运气间，别样的乐音悠悠响起，和着老白的旋律，高亢，低吟，悠扬，舒缓，深情，含蓄。

使出浑身力气，让舌奏、指法、音域发挥到极致，但总觉得力度不够，手指偶尔找不准音键，老白一边歌唱一边挥舞双臂，深情陶然。

起风了，冷意渐浓，呼呼声中星光依然。

往回走的时候意犹未尽，两人一唱一和，反复吟唱：我会稍作等待，然后开始上路，跟随着希望与梦想，不要熄灭，我的星星。

回到房间却没有空床位，只好往不远处的土坯房走去，房门没有上闩，推门进去，酥油灯异常昏暗，一盘土炕占据半间房屋，炕上躺着两个人。还没来得及奇怪唐古拉山下怎么会有土炕，就打了个冷战，刚想挤一挤躺下，一回头发现老白直愣愣站在炕前，望着墙上的镜框发呆。

稍许，老白跨出几步，啪啪拍打里间的小门，门里闪出一位醉眼迷蒙的女人。

楼卫东看那镜框，只是几张老旧发黄的军人照片，并无特别之处。望一眼小门，虚掩着，声音忽高忽低，听不大清楚，听着听着，就睡着了。

次日上路，楼卫东多看了老白几眼，老白似乎有些变化，具体哪里变了，又看不出来。

从北京出发到拉萨，途中花费了十多天时间，他的感觉是辛苦且快乐。眼睛一睁开看见了高高的布达拉宫，激动得不知道怎样呼喊，怎样表达感激之情。如果不主动请缨来到西藏，就不可能见到如此雄伟的建筑，坦率地说，布达拉宫远比天安门城楼高大，但这句话不能说，只能在心里叨叨。

一位中年妇女热情地接待了他，并希望他留在拉萨工作，自治区团委或教育局都行，随便他挑。

楼卫东说自己学的是师范，希望到最艰苦的地方当一名教师，为当地培养一批又一批栋梁之材，成为建设西藏稳定边疆的新生力量。

女同志将他的派遣证双手捧在手里，认真地说：西藏就是最艰苦的地方，全中国找不出第二个比这里更艰苦的地方了。

楼卫东笑呵呵地说道：我看拉萨就不太艰苦，公路上跑着吉普车，街上有商店。你把我派到西藏最艰苦的地方吧，我在中国地图上看见，雄鸡尾巴上地名不多，想必那里更需要教师。

女同志仰起脖子，看了他一眼，又看一眼，才说：你是北京来的师范大学高才生，到大学任教比较合适。自治区区内目前还没有正规大学，干脆你到师训班教授汉语，以后成立了大学再推荐你去；要么就在拉萨的中学当老师，拉萨是西藏条件最好的地方。

楼卫东觉得对方答非所问，有些不耐烦，声音提高了几度，急促地说：如果去条件好的地方，我就不会来西藏。

女同志说：雄鸡尾巴？那可是阿里。

楼卫东说：阿里，什么是阿里？

女同志说：新疆与西藏交界的地方，那个地方叫阿里，西藏的一个专区，阿里地区。

楼卫东说：就那个地区吧。

女同志的手抖了一下，派遣证在空中发出窸窣的响声。

他望过去，不清楚对方的笑容为什么忽然停滞，双手将派遣证放在办公桌上，弯了弯腰，顺势抚平已经不太平展的派遣证，拎起暖瓶给搪瓷缸子续上开水，双手递到他手里，请他稍等，说完后转身走出办公室。

楼卫东捧着搪瓷缸子，喝了一口，没有滚烫之感，便生疑虑，同老白一起在唐古拉山下喝的雪莲花泡水，也无烫意，明明才从暖瓶里倒出来的，还冒着白色热气，温度怎么就不高呢？杯子上印着一圈红色油漆字，尽管字迹斑驳，还是能辨认出来——十八军进藏纪念。

十八军，十八军是哪支部队？女同志原来是一位老兵，怪不得如此较真。

洪亮的笑声最先响起，一位中年藏族汉子走了进来，后面跟着那位女同志。楼卫东挺了挺腰板，男子伸出双手，与他相握。

男子的笑声极富感染力，楼卫东也微笑起来。

男子握着他的手说：已经从汉文报纸上知道你的事迹，感谢你对西藏人民的支援，首都北京来的青年学生就是不一样，理想比珠穆朗玛峰还高，胆量比发情的牦牛都大。刚好明天有个工作组到阿里地区，你搭他们的车去。祝你工作顺利，有困难直接找阿里地区行署，让机要秘书给我们发电报，我们及时提供帮助，去了以后，让行署给你配把枪。

楼卫东想，当个教师还配枪，枪杆子里面出政权，谁持有钢枪谁就掌握权力，父亲以前也有枪。听一个发小讲，父亲被带走的时候第一件事是卸枪，第二件事是摘掉帽徽领章。父亲被关以后，他去见过，精神气质今非昔比，连腰板都挺不直，看来佩枪和不佩枪完全不同。

真的是时势造英雄，不久的将来自己也有一杆枪啦，不管是长枪还是短枪，有枪的感觉肯定和没枪的感觉不一样。

再次从布达拉宫脚下经过，阳光洒满大地，照得全身温暖如春，拉萨河畔的山峦，尽管光裸，线条却柔和，没有嶙峋狰狞之气。街上的人不多也不少，有人穿藏袍，有人穿中山装，有人穿军装，有人手持经筒，有人拨着念珠，有人双手合十默默诵经，脸上的表情是坦然的，平和的，愉悦的，与首都大学校园里的剑拔弩张大相径庭。学校的老师和同学总把心思挂在脸上，就连耄耋之年的老教授也不例外，焦虑，紧张，愤怒，失落。人人都是战士，处处都是战场，唉唉，还是不想为好。

怪不得拉萨被称为日光城哩，身处拉萨，不但身体温暖，内心也恬静。与人擦肩而过，无须防备，不必侧目，放缓脚步，放松心情，每个细胞都如云似风，安宁，祥和，没有争斗，没有告密，没有仇恨，没有你黑我红，你死我活。

好，真好，童年一般，自由快乐，无忧无虑。幸福，对的，幸福就是这种感觉。

没有攀上洁白的高高台阶，踏进这座巍峨宫殿，心想以后吧，以后有的是机会，待教出一批优秀学子，带领学生一起来，那才有成就感呢。

离开拉萨的时候，楼卫东想起老白建议他常戴帽子，他发现许多人戴着暗色宽檐帽，在街边小店也买了一顶。后来才知道，这种如同粗呢子的面料叫氆氇，是藏族人用织布机织出来的。戴上帽子，眼睛舒服多了，真想为老白再吹奏几首曲子，想听他浑厚的歌声，那首名为《星星》的歌曲虽然苍凉，倒有欲飞之意。

那一夜，老白与那个女人是怎样相处的，难道他们以前认识？呵呵，多有意思的称呼，白头发汉族人，那自己就是黑头发汉族人了。

笑一笑，耸了耸肩，巴松二胡口琴还在，安然在行囊里，以后吧，以后再来拜访白头发汉族人。

东风大卡车逆雅鲁藏布江行驶一天一夜以后，掉头北上，向藏北方向进发。楼卫东望着一成不变的旷野，终于忍不住询问：还有几个小时到阿里？

他的问话立即引来一阵大笑。

笑声落下，一位藏族男人说：你以为这是内地，从一个地区到另一个地区几个小时就能到达？这里可是西藏，咱们这些人，只有司机到过阿里，其余的人同你一样，牧民吃糌粑，牦牛生羚羊。

楼卫东一脸茫然，一个汉族人替他解围：青稞是农区作物，牧区没有，牧民吃糌粑，就是大姑娘上轿头一回，牦牛当然生不出羚羊，就像鸡生不出鸭一样。

楼卫东听得一头雾水，牦牛自然生不出羚羊，但糌粑与青稞是什么关系呢？

说话间就到了一座高山前，纷纷扬扬的雪花漫天飞舞，有人蜷缩在车厢不动，任由雪花落在身上，雪花落在雪花上。

车停了下来，司机爬上车厢与大家商量对策。楼卫东觉得奇怪，内地还鲜花盛开，这里怎么会大雪纷飞？

他把这份好奇说了出来。

藏族男人说：今年有点反常，这场雪下得有点早，恐怕只能原路返回。

楼卫东问：什么时候再次上路？

汉族男人说：通常情况下，这个季节一场大雪就封山，不出意外的话，明年四五月份开山，说不定再晚一点也有可能。

他继续问：什么是开山？

汉族男人还没有解释，藏族男人就说：开山就是冰雪融化，道路畅通。西藏大部分地区气候还是有规律的，一年一场风，从春刮到冬。一二三雪封山，四五六霜得苦，七八九正好走，十冬腊学狗爬。阿里地区更寒冷，冬季时间更长，有的地方长冬无夏，七月草绿，八月草黄，九月下雪。

楼卫东来不及细听，就急切地问：不会吧，难道明年四五月才能到达阿里？

汉族男人说：在西藏干事不能着急，着急也没用。你若急着去阿里，可以从当雄草原到可可西里，穿过柴达木盆地经过柳园到乌鲁木齐，阿里地区在乌鲁木齐设有办事处，找到办事处就好办了。

楼卫东有些恍惚，身处西藏，到西藏自治区内的一个地区，怎么要绕这么大一个圈子？起码数千公里。从西藏到青海、甘肃，从甘肃到新疆，从新疆才能到阿里，这是一条什么样的路噢？

见他犯愣，汉族男人就说：要么就跟我们回拉萨，什么时候路通了，什么时候出发，总不能走着去吧。

楼卫东提高嗓门，大声说：为什么不能走着去？是呀，可以徒步到阿里嘛。

汉族男人立即笑道：徒步？你试试，大雪纷飞，走半天连个囫囵尸体都保全不住。如果英年早逝，上对不起父母，下对不起孩子。得了，还是从新疆走，从乌鲁木齐到喀什，从喀什到叶城，出了叶城翻过喀喇昆仑山，就到阿里地区了，估计二十天就能到，就算一个月时间，抢在大雪封山之前翻过界山达坂就不怕了。

楼卫东问：界山达坂？界山达坂也封山？

汉族男人说：界山达坂是新疆与西藏两个自治区之间的区界，海拔比较高，一到冬天就封山。

楼卫东说：离冬天还远呢。

人们纷纷缩成一团,有毯子的裹上毯子,没有毯子的将身体蜷缩得更紧,顾不上回答他接连不断的问题。

卡车只能原路返回。路过一个湖泊的时候,雪小了许多,终于有人对他说:西藏是个神奇的地方,许多动人的故事等待你去探究,只要用心,也会成为故事的主人。

楼卫东不解其意,心里泛着嘀咕,行动一点不迟缓,在拉萨没有停留,风餐露宿,一路搭乘长途汽车,按照汉族男人指的方向,其实也是上次走过的进藏路线,只是反向而行。

一程一程赶到乌鲁木齐,没费多少周折,就找到了阿里地区驻乌鲁木齐办事处。办事处的工作人员一见到他,就热情地说:已经从电报上知道你要去阿里工作,非常欢迎北京来的知识青年。

千里迢迢长途跋涉,一身疲惫的楼卫东听说自己上了电报,行踪如此受重视,很感动。工作人员请他吃了大盘鸡和拉条子。他沉沉地长睡一觉,精力又充沛起来。

休整好以后,恰好有一辆货车回阿里,同行者礼让他坐进驾驶室,他没有推辞,跟着司机上了车。车厢里装着桌椅板凳、海带、棉鞋、铁皮炉子。穿戈壁,过沙漠,宿绿洲,一路来到界山达坂。

所幸,寸草不生的界山达坂还没有飘雪,汽车在雪线以下走走停停,晚上投宿在兵站旁边的小客栈里。宿舍是大通铺,有人高原反应呕吐不止,有人表情痛苦、沉默寡言,只有一个大胡子男人嗓门较高,不管有没有人听,总是说个不停。

楼卫东靠窗躺着,头有点疼,一直睡不着,夜色幽蓝,浮云低悬,开始还数星星,数着,数着,就数不清了。星星清辉繁密,泛着雪莲花叶片的亮色,点缀在深邃的夜空,如同蓝色钻石,晶莹、丰韵、温婉、高贵。

他们家当然没有钻石,但他见过钻石。一天夜里,一帮人捆绑了学校的一对老教授,夫妇俩曾经在苏联学习工作过。翻腾一圈毫无收获,一个比杂志稍大的浅黄色牛皮首饰盒,吸引了所有人的目光。砸开精致小巧的铜扣锁子，两只拳头大小的汉白玉圆盒，呈现在眼前。兴奋而年轻的手，纷纷伸向圆盒，一只盒子里面，有一枚白色大胡子列宁像章，另一只盒子里面，是一位打着领结、头发卷曲、英气逼人的男士像章。同卷发男士像章放在一起的，还有一枚小拇指大小的蓝色晶体，在昏暗的灯光下发出锐利的光。大伙立即来了精神，手电光全都集中一起照射，晶体是圆形，却有无数个棱面一样，每一面发出的光彩颜色略有不同。晶体在手与手之间传递，每只手都欣喜若狂，用力揉搓把玩，恨不得吞进肚子里。

队长终于发话了，双手往腰间一叉，虎口贴住皮带，大声吼道：老实交代，你们是怎样利用这个窃听器里通外国的？

老头慌张抬头，喏喏地说：不是窃听器，是苏联钻。

队长说：苏联钻，苏联钻能钻钢板吗？

老头说：苏联钻是苏联修正主义的钻石，钻石是最高档的宝石，比黄金白银珍珠都值钱，不是钻头。

队长踱了两步，抬一抬下巴，发出长长的拖腔：噢——

有人把卷发像章伸到老太婆下颚，厉声问道：他就是你的苏联上司吧？竟然把他与伟大领袖列宁放在一起。

老太婆低着头，一言不发，脸上掠过一抹笑意。

队长继续追问：难道是他送给你的宝石？看起来比我还年轻，一定是你的初恋情人。

老太婆摇晃了一下，淡笑依然。

老头在一旁帮腔：那是普希金。

队长夺过普希金像章，哐当一声摔到地上，随即骂道：到底是喝牛奶吃面包，卖国投敌的无耻之徒，连情敌的名字都记得清楚。

老太婆应声倒下，倒在普希金像章莹白的碎片上，几粒细微的碎渣，花朵一般散去，孔雀开屏一样，延展跳跃。慌乱中，楼卫东发现，那枚晶体流星一样，闪着蓝光，倏忽间不见了。

就是在那个夜晚，他第一次见识了钻石的光彩，也是在那个夜晚，对自己和团队的行为有了反思。

蓝色苏联钻石，怎么会在众目睽睽之下消失了呢？队长不可能愤怒得连普希金都不知道吧？尽管许多权威人士遭到批斗，但人人心里有杆秤，高低好坏还是分得清的。或许明明知道普希金，只是自己的祖国与苏联交恶，才故意漠视敌对国家的伟大诗人吧。

而在数年以前，两个国家亲如兄弟。不久以前，队长和他一样，见了这对教授夫妇彬彬有礼，恭敬有加。自己和家人也水火不容。人世间真的有友情吗？人情世故到底是什么？每当想起这些，就心烦意乱。

离开是非之地，少些烦恼和忧虑，申请进藏，或许就是反思的结果吧。

今夜的星辰真繁盛啊，有的在高处闪烁，有的仿佛就挂在眼角、额头、肩膀、耳朵上，偏一偏头，就能听见星星的低语，静静辨析，还能闻到星星的芳香，香馨中，浸润着幽光。好几次，伸手去抓，没有抓住星星，却抓了一把霜花。霜花沁凉，有着苏联钻石的韵味。

大胡子说，自己从河北来，到阿里想把父亲的尸骨迁移回老家安葬，逢年过节扫墓比较方便，上了阿里高原却扑了个空，根本找不到父亲的尸体。经人指点，挖开一座坟墓，挖掘的过程有些艰难，铁镐铁锹全都用上，雪沫冻土纷飞，棺木冻结，铁钉裹着红霜，尸体面颊红润，表情平静，头发胡须眉毛根根直立，双臂安静地放在身体两侧，跟睡着了一样，一点不像去世多年的死人。只好原样盖上棺材板子，这样安详的尸体，怎能忍心动迁呢？况且根本不是自己的父亲，我们家的男人个个都是大胡子，这具尸体胡茬短浅稀少，眉眼也不像自己。父亲走的时候自己还小，对父亲几乎没有印象，但从懂事起，就听母亲和奶奶念叨，自己和父亲就像一个模板刻出来的，鼻子眼睛一模一样，走路的姿势也相同。

奶奶去世的时候，拉着我的手，唤的却是父亲的名字。一天，正往地头挑粪水，母亲在拔花生秧，一抬头看见了我，慌忙直起腰，双手在衣襟上摩挲，泥土掉落的同时，脸上泛起惊喜，同时唤了一声父亲的小名。我愣了愣，才反应过来，母亲把我当作父亲了。

稍稍过了一会儿，母亲眼眸里的亮光闪烁了一下，就恢复到原来的样子，抬手间，背过脸，发髻在阳光下颤动。

大胡子咳嗽两声,继续自说自话。

寻找父亲的时间愈长,纠结愈深,一方面希望在阿里长期陪伴父亲,虽然阴阳两界,不知道父亲尸骨究竟埋在哪里,但父亲一定在天有灵,肯定能看见他,知道他在不远处,这样互相有个伴儿,自己和父亲都不孤单;另一方面也放不下,还得回河北老家照顾母亲和妻儿。

楼卫东开始并没有搭理他的意思,见无人吭声,觉得不好意思,躺在一张通铺上,不是朋友也是同路人,总得回应一下吧。

张口便说:那你每年清明节来扫一次墓,大部分时间陪家人不就行啦?

说完后继续看星星,顺便也看看月亮。星星少了许多,月亮泛着幽光,蓝莹莹,水光光,清晰得如同手指。夜风拂过,微微逸动,月色悠迷,星光旖旎。

他替月亮和星星担起心来,若是掉下来,会不会砸碎窗玻璃?

墙角的粗重喘气声戛然而止,立即响起了瓮声瓮气的声音,听嗓音像是一位中年人。

他说:清明扫墓?哎哎,瞧你对阿里就不了解。清明节在内地阳气上升,麦子抽穗,阿里高原还是冰天雪地,不管从拉萨到阿里还是从叶城到阿里,都还处在大雪封山期,连老鹰都飞不过去,谁有那大本事,比鹰还牛皮?

大胡子说:那我以后每年夏季来一次阿里,虽然找不到父亲的尸骨,在他战斗和牺牲的地方走一走看一看,陪陪他老人家的魂儿,心就踏实了。

中年男人似乎来了兴致,翻了个身,弄得床板咯吱作响,喘一阵,又说:老爷子是贩皮子死的,还是当土匪死的?这里曾经流窜过几股土匪,被王震将军的部队打散了。

大胡子的声音突然提高,甚至有些气愤,他说:告诉你吧,我父亲是革命烈士,我是烈士的儿子,我们家根红苗正,耕读传家。

楼卫东一听烈士,赶紧坐起来,披了一身月光,轻声说:失敬,失敬,原来你是烈属。

大胡子的气消了几分,接着说:我爸的经历是我长大以后才知道的,部队来人找到我们家,宣布父亲是烈士,还在我们家门上挂了一块光荣烈属的牌子,并发了抚恤金。

中年男人问:你父亲是进藏先遣连烈士,还是对印自卫反击战的烈士?

楼卫东想一想,就说:别的历史事件我不清楚,对印度的自卫反击战,好像才过去几年时间,他都这个岁数了,年龄上不相符。

中年男人说:哎哟,是的,穿帮啦。

大胡子接着絮叨:部队的人说,父亲最先去的是延安,参加了王震将军的三五九旅,后来到了新疆南部,成为骑兵连的一员,解放初期翻越喀喇昆仑山,解放了阿里地区。在挺进和驻守阿里期间,全连近半官兵光荣牺牲,父亲就牺牲在阿里高原,不知道是冻死的、饿死的、病死的,还是中弹身亡的。后来还听说,父亲所在的骑兵连,是解放西藏几支部队中的一支,另外几队人马,分别从四川经昌都进藏、青海格尔木进藏、云南梅里雪山北麓进藏。不久,中央政府和西藏地方政府,在北京签订了和平解放西藏的协议,西藏才算全面解放,十八军是主力部队之一……

还没说完,大胡子就打起了呼噜。楼卫东想起拉萨那位中年女干部和冒着热气的搪瓷缸子。进藏的时候,女干部还是个大姑娘吧,会不会也受过冻,挨过饿,打过仗呢?

想一想,躺进夜色中,枕着星星睡着了。

几天以后,来到一座荒漠小城,才知道已经到达阿里地区首府狮泉河镇了。教育局的人最先挽留他,没有留住。接着是行署办公室的人留他,说地委行署合署办公,好几年都没有来高学历秘书了,留下吧,留下来给地委行署领导写写讲话稿、汇报材料、年终总结啥的。

双层玻璃外的街道上有几株红柳,这是狮泉河镇指指点点就能数得清的树木,红柳叶子已经卷曲,随时都有飘走的危险。

楼卫东说:我从北京千里迢迢来到这里,目的只有一个,就是到最艰苦的地方教书育人,不能待在机关单位写一些可有可无的八股文。

工作人员哦了一声,接着说:西藏是地球第三极,世界屋脊的屋脊,阿里是西藏的西藏,已经是最艰苦的地方了。如果你还不满意,藏北几个县,地处羌塘无人区,你随便挑,那里是阿里的阿里,海拔最高,氧气最稀薄。

楼卫东点了点头,说:听从组织派遣,哪个县都行。

这一次,不知道是专门为他派的专车,还是搭的顺风车,总之,楼卫东坐进了一辆绿色帆布吉普车。

上车之前,迟疑了一下,拉萨那位声音洪亮的藏族男人说过,让行署给他配把枪,这么大的事,怎么就没有人主动提起?接待他的人都穿着厚厚的棉袄,看起来鼓鼓囊囊,说不定腰上有手枪呢?不过嘛,从走路的姿势和气质看,一点都不像持枪打仗的人,每个人都像背着沉重的东西,有的还佝偻着腰,与飒爽军人相去甚远。

或许他们忘了呢,忘了也没关系,自己是来教书的,原本就不是冲着佩枪来的,歌声飘荡的校园带支枪也不协调。

楼卫东发现,无人区的河流真不少,清澈碧蓝,蜿蜒绵长,过大半天就能见到新的河流,有时候还会沿着河流行驶。过一条阴坡下的河流时,汽车陷了进去,车厢灌进河水,座位下漂进几块浮冰。张望间,行囊在河面漂浮一阵就不见了,过了一会儿二胡浮出水面。他想也没想,一个猛子扎进去,冰凌碰撞在身上,发出簌簌的响声。他用力划过去,抓住二胡的胡柄,顺便拽起了行囊。

心里一阵慌乱,感觉告诉他出事了,巴松不见了,不见了,我的巴松,我的大管。

放眼望去,满河冰凌,如簸箕,如斗篷,如莲叶,如芭蕉,如太阳,如手掌,在河面浮动,漂移,碰撞,流动。岸上,是一望无际的草原,荒草萋萋,无遮无掩,天边则是一峰连一峰,峰峰绵延的雪山,是冈底斯山脉,还是喜马拉雅山脉,楼卫东一时分辨不清,也不想分清。

他只想哭,陪伴他几年的西洋乐器王子巴松,不见了,这是父母留给他的礼物。虽然与父母家人划清界限,念想还是有的,没有了巴松,对父母亲人的念想是不是就断了呢?

有人在一旁催促：楼老师赶快走吧，这是冰河，雪山融化的水温度很低，患上风湿是小事，冻成瘫痪截肢事就大了。

汽车陷进冰河上不了岸，后来的行程只能骑马。

在辽阔的无人区，白天骑马，晚上扎帐篷过夜，捡来牦牛粪燃烧取暖，还是冻得瑟瑟发抖。骑马的时候盼着天赶快黑下来，天黑就可以休息了，天黑以后又盼望清晨到来。太阳早早从地平线上升起，尽管巨大却不温暖。正午时分才感到暖意，紫外线也更加强烈，刺得两只眼睛不能同时睁开。幸亏在拉萨买了顶帽子，只要不傻愣愣盯着太阳看，有帽檐遮着，感觉好许多。

风声呼呼，马蹄嘚嘚，最先麻木的是双脚，然后是双腿，紧接着是全身。下马以后，胯部疼痛，双腿罗圈，好一阵站不直身体，站直了，又像棍子，不易弯曲。间或步行一阵，裤管从缀着冰晶的荒草上扫过，走不多远，裤脚摇晃着细细的冰溜子，发出清脆的当啷声。实在走不动，刚被人扶上马，就像麻袋一样瘫到地上。冰溜子纷纷折断，碎成一截一截晶莹剔透的小冰柱子，在阳光的照射下，散着五颜六色的冷光。

拾起一截冰晶向小腿肚子摁，想让自己有一点知觉，鲜红的血水流出来，还是没有痛的感觉。同伴用白花花的雪沫，给他揉搓双脚双腿，他才慢慢感知到，脚还是自己的脚，腿还是自己的腿。

刚到县城，有人用生硬的汉语告诉他：你很幸运，去年一位掉进冰窟窿的牧民冻坏了一条腿，县医院唯一的外科医生，锯羊腿一样，锯断了那条乌黑萎缩的坏腿。

医院就在一眼能看得见的地方，出于好奇，楼卫东总往那边张望。有几只野狗争来抢去，撕扯什么，另一只野狗向它们蹿去，哄哄然，带动着狗们跑向远方。

远方是荒原，望也望不到头，更远的地方，是更为辽阔的荒芜。

楼卫东没有再要求到最艰苦的地方去。

从西藏自治区首府拉萨到新疆首府乌鲁木齐，从乌鲁木齐到阿里地区行署所在地狮泉河镇，再到这个藏北小县城，路上花费的时间超出了他的想象。他有些累了，不想走了，不想再到更艰苦的地方去了，如果再提要求，连自己都过意不去了。

有人向他介绍，这个县的面积相当于内地半个省，人口不到一万人，整个县城千把人。

他听得心里发紧，头皮发麻。

更加严峻的现实摆在他面前，县城的汉族人寥寥无几，不但没有大学生让他教，连初中高中都没有，全县只有两所小学，县城一所完全小学，另一所初级小学设在百里外的牧场上。

小镇式恋爱

　　李青林与南宫羽走到一起，完全是因为小镇上没有更合适的年轻人。

　　夏克第一次见南宫羽，就开玩笑说，镇长点根烟从镇子东头走到西头，再从西头走到东头，来回三次，一支烟才会抽完。熟悉以后又说，镇长站在镇政府门口撒泡尿，能流遍镇子的所有街巷。

　　李青林在镇小学当老师，教算术，早晚屁股后面跟一帮孩子。尽管普通师范学校毕业，在小镇也算高级知识分子，铁饭碗端着，不比公务员差，引来众多人关注，尤其是家有待嫁女儿的中年妇女，常常把他挂在嘴边，嘀咕的时候，有意左顾右盼，做出一副不想让人听见的样子，其实呢，生怕别人不知道。

　　但他有自己的想法，姐姐已经出嫁，赡养父母的责任理所当然落在自己肩上。秦巴山地属于长江水系，观念上则受黄河文化影响和管辖，属于地道的北方人，儿子为父母养老送终天经地义。所以嘛，与他结婚的女子首先得接受自己的父母。还有一个条件，他认为自己好不容易从农村奋斗到城市，虽然小镇算不上城市，碗里盛着国家的商品粮，凑合凑合也算是城里人吧。况且，说不定以后还能调进县城，或者行署所在地呢。

　　女方家最好是城里人，逢年过节走亲戚串门子，走的是水泥路，团年饭桌上的大米白菜来自菜市场，而不是直接从田间地头搬上餐桌，桌前凳旁没有鸡飞狗跳，没有小孩子一边哭爹喊娘，一边撒尿拉屎，没有磨镰刀的霍霍声，没有劁猪时的吱唠唠声，大年三十晚上，不在星光下烤芦苇劈柴取暖，而在窗明几净的客厅，围着蜂窝煤炉子或电炉子，品茗龙安碧旋汉水银梭。

还有一条最重要，孩子一旦生下来得是居民户口。

学校已经给他分了两间宿舍，农闲的时候，父母从村里来学校小住几天，在房前开出几垄菜地，种些青椒西红柿苦瓜。有一次，他在宿舍备课，父母正采摘青椒，一位女教师与父母聊天。

母亲说：这事还得青林做主，我们说了不算数。

继而，就听见父亲呵呵的笑声。青林的印象中，父亲是个严肃的人，很少发出爽朗的笑声。

笑声感染了他，起身来到门前。

女教师转身离去时说：好多人羡慕你们呢，一家人其乐融融，多好呀。

见儿子走近，母亲说：青林呀，你得操心自己的事了。

李青林说：放心吧，面包会有的，一切都会有的。

傍晚，李青林送父母回村子，路上碰见几位学生家长，主动与两位老人打招呼。二老一边与对方客气，一边喜滋滋地乐着，走到一个沟坎处，父亲伸手拉了一把母亲。

李青林愣了一下，这是第一次看见父亲关心母亲。分手的时候，父亲递给他一支羊群烟，他惶惶然双手接过，不知道点上，还是夹在耳朵上。这烟还是外出挖煤的发小送给他，他又转送给父亲的，父亲平时抽自家地里长的旱烟。

父亲已经把他当男人，当大人对待了。村子里，只有成年人才相互让烟、借火。

父母的背影在山与山之间消失以后，他把纸烟夹在食指与中指之间，沿着水渠往学校走。水渠里的水丰满畅通，说明水电站正在满负荷发电。这个时候是用电高峰期，镇子和周围村庄用电都来自这座小水电站。

镇上的企业也就三家，一家花炮厂，一家菌菇厂，一家火柴厂。菌菇厂和火柴厂的女孩多如蜜蜂，所有蜜蜂都想围着他采蜜，但他都敬而远之。有人还以学生姐姐、二姨三姨、小姑表姑的身份与他接近，都被他的火眼金睛识破。花炮厂厂长的妻子找人给他传话，想把自己的妹妹介绍给他。他还真仔细看了女孩一眼，发现那女孩左手少了一根指头，还是食指，食指多重要呀，不能让自己的儿子一生下来，就管四指女叫妈吧。

　　轰鸣声渐渐大了起来，水电站快到了。说是水电站，不过也就几千千瓦的发电量，刚来了一位值班员叫南宫羽。一听名字就觉得稀奇，名字如同人的脸，包含本人诸多因素：出身、知识、理想、寄托。南宫这个姓氏肯定有来历，小地方人的姓氏比较大众，一般一个村一个姓，比如赵村、李湾、王家台子、高家岭，很少有令狐、司马、尉迟、公羊等这样的复姓。

　　在他很小的时候，他们李湾来了一户姓夏侯的人家，说是接受贫下中农再教育，男人给生产队的猪圈垫土、挑粪、喂猪，年底分猪肉的时候，只分到一只猪尿泡。修水库的时候打夯，其他打夯人故意松动绳子，男人的两根脚指头被压成了玉米粒。最可怜的是女主人，连山路都不会走，一走一个趔趄，下坡的时候，双手扯着树枝、藤条、龙须草，勉强往下挪步。那家的儿子也遭人恨，明明已经是农民了，穿得比谁都干净，他们见到老师一冲就跑掉，那小子还向老师鞠躬。每次见他这样，就一齐向他扔泥巴石子，一边扔一边喊：外姓人，滚出去。

　　有一次，小子终于把他们打趴在地，毕竟年长几岁，个头也高出许多，一人打他们几个并不费事。打不过他，就找他妈算账，乘他妈下坡的时候，扒开一个小水沟，水流快速冲下，吓得他妈连滚带爬，摔了个仰八叉。乐得他们大呼小叫，奔跑，大人在田间地头笑得前仰后合。

　　忽然有一天，李湾疯传着一个消息，说夏侯家平反昭雪了，落实政策要回城吃商品粮了，有人一改往日面容，送来鸡蛋洋芋，村长还想把女儿嫁给那小子，说先定下来，等两个娃娃满十八岁再过门。夏侯家却一去不复返，后来听说那小子上了大学，见过的村民都说，那小子咋总长不大呀，见人还那么客气，弄得都不好意思多说一句话。

　　从此，李湾更加纯洁了，没有一户外姓人。

　　小镇人的姓氏也不复杂。

　　忽然来了一位姓南宫的女子，听说是电力职工子弟，学的还是电气工程及其自动化专业，这件事和这个人，在小镇早被传成了旧闻。

　　信息其实来自镇团委书记夏克，夏克对镇上所有优秀青年，尤其是女青年都了如指掌，头一天来镇上报到，第二天女子的姓名、年龄、家庭背景、婚否、有无对象、对象家庭背景以及是否门当户对等，所有人们感兴趣的内容，一样不会漏掉，然后像其他八卦一样，迅速流传于坊间里弄。

李青林在街头巷尾碰见过几次南宫羽，没有交流，也不敢奢望。

他边走边想：就连自己这样的小镇高级知识分子对电气工程及其自动化都搞不清楚，整个小镇恐怕没有几个人真正了解这个专业。越神秘才越吸引人，才魅力无穷，南宫羽到底是个什么样的女子呢？

正走着，觉得有人注视他，顺手把纸烟装进衣服口袋，抬头去看，南宫羽正站在水电站机房前目不转睛地看他。

他说了一声：你好。

立即想起来，发电机轰鸣声太大，南宫羽根本听不见。又向她点点头，算是打招呼。

她跨出几步，走到水渠边，迎着李青林。

李青林说：今天你值班吗？

南宫羽说：是呀，一个人值班。

李青林说：只有你一个人上班？

南宫羽说：小水电站都是这个样子，全电站只有四个人，站长不值班，其余三个人连轴转，三人三班倒。我最怕上后夜，无论春夏秋冬，不管刮风下雨，睡得正香，还得爬起来上班。

李青林说：你好像刚来嘛，怎么知道冬夏春秋的事？

南宫羽说：我父亲上了一辈子这种班。本来我不想学这个专业，想学绘画，特别希望当一位画家，小时候画过一些素描，有绘画基础，但经不住父母唠叨，认为学电有保障，不管怎么样是电力职工，一辈子不愁吃穿，国有企业，垄断行业，听起来也体面。

李青林说：原来这样呀，听说你学的是电专业，想必应该进大电厂大供电局吧。

南宫羽说：我们同学有的进了供电局，有的进了变电站，有的进了装机几十万上百万千瓦的大型水电站或火电厂，但工作性质大同小异，进供电局的当调度员，进变电站和电厂的当运行值班员。毕业之前，我在几家大型水电站实习参观过，有的还是进口设备，原本是要进父母单位的，却到了这里。

李青林想安慰她几句，见她没有伤感的意思，就问：南宫这个姓氏不多见，有出处吗？

南宫羽说：南宫这个姓氏源于周朝。南宫子是周文王的贤良之士，是文王的朋友，帮助文王兴国伐纣。文王死后，又帮周武王打天下，立过汗马功劳。

李青林笑着说：幸亏不在周朝，要不我都见不到你这皇亲国戚了，南宫大小姐。

南宫羽笑一笑才说：都是多少辈子以前的事了，八竿子都打不着。

李青林抻长脖子朝发电机房看，南宫羽说：随便看，没关系的，设备都是新的，不需要随时盯着。这么小的水轮发电机，开关一开就发电，开关一关就停机，没有考核指标，多发几百度电，少发几百度电，没有多大区别，隔两小时抄一次表就行了。

李青林说：以为你上班很忙，原来很轻松嘛。

南宫羽说：学强电的人上这种班，就跟玩儿一样。在大电厂上运行，眼睛一眨不眨地盯着表盘仪器，时间久了，生物钟紊乱，有的神经会出问题。这里上班不操多大心，只是偶尔感到孤独，连个说话的人都没有。

南宫羽说到"孤独"二字的时候，笑出了声，并且直视李青林的眼睛。

李青林稍稍有些吃惊，脸热了一瞬，就平静下来，他不知道怎样接这个话茬。南宫羽依旧望着他，尽管夕阳已经西下，还是能感觉到水灵灵的眼里满含期待。

李青林咽了一下口水，像翻越了一座高山，忐忑而缓慢地说：如果你觉得方便，那我以后经常来看你，可以吗？

说出这句话的时候，脸上又腾地升起一团火，灼热滚烫。他想伸手揉搓一下脸颊，最终没有，他认为那是女人的行为。

南宫羽说：好的呀，谢谢你啦。

李青林迅速离开，像要逃离一场战争，脸上烫烫的，还有些不好意思，心脏比平时跳动得更快。走到镇子边上，回头望了一眼水电站，水电站无论什么时候都灯火通明，是小镇最明亮的地方，这个地方真好呀。

感叹的同时，一眼就看见夏克从另一条街巷向水电站走去。

南宫羽望着李青林的背影，有几分说不出的感觉。

大学期间，有的同学牵手了，有的同学分手了，她则一无所获。现在又到了这深山小电站，前后左右来来去去，除了山还是山，不但没有值得亲近的男士，连说话的人都没有。

偶尔，会浮现柳巴松的影子，他是除过父母以外，第一个主动保护她护送她的人，几年不见，不知现在如何。

而李青林呢，也就一个说话的人吧，多一个不多，少一个不少。如果能逃离山野，去往人多的地方，或许会遇见可心的人。

但她抵不住孤单，抵不住躁动不安，总希望有一个肩膀可以依靠，有一双大手与她相牵。

一连几天，李青林都在思考一个问题：南宫羽是不是看上自己了，是不是要与自己处对象？如果是这样，就是他高攀了。不管从哪个角度分析，南宫羽都比他条件优越，不说她是城里人，单那电气工程什么专业，就压得他喘不过气，但那小小的水电站也没什么神秘和高不可攀的，如果能结成良缘该有多好！

他又想起夏克，夏克的条件自然比他强，假如他们能成夫妻，也是一件美事呢。这样想着，就克制自己，不去想南宫羽。

但南宫羽好似百米冲刺的勇士，直奔他的脑海。一个黄昏忍不住想去看她，穿什么衣服好呢？还得带点礼品吧？长这么大，第一次为见一个人纠结。想来想去，拎起半篮子猕猴桃，这是母亲在老屋后面的山岩上采摘的，平时会分给其他老师和学生，这一回发生了变化。

就在他犹豫何时出门的时候，狂风骤起，瞬间下起了大雨，来不及细想，撑起伞就往水电站跑。刚跑到机房门口，看见夏克和南宫羽正用扫帚往外扫水，他站在原地不动，不知道进去还是离开。

夏克最先看见他，唤他一声：李老师快进来，雨小些再走。

南宫羽也大声说：快来帮忙呀，傻站着干吗？

李青林收起雨伞，接过南宫羽手里的扫帚，就在地上划拉，南宫羽哈哈大笑，夏克也哈哈大笑。李青林低头去看，早不见水的影子，抬起头，不知道把目光投向哪里。

夏克从李青林手里拽过扫帚，立在墙角，拍拍衣角，对李青林说：还好是阵雨，咱们都走吧，南宫羽上下午班，一会儿就下班了。

李青林看一眼夏克，再看一眼南宫羽，有些踌躇。

南宫羽伸手拉了一下他的袖口，似乎对他，又像是对夏克，说：你先走吧，待会儿我和李老师一起走。

夏克愣了一下，望一眼李青林，又望一眼南宫羽，眼神里有一种怪异的光，一转身就走进雨幕中。

李青林抓起自己的伞冲进雨中，把伞塞到夏克手里，折身返回南宫羽身边。

南宫羽低声说：别管他，自作多情。

李青林说：他来陪你是关心你哩。

南宫羽说：谁稀罕他陪？那么多废话，一点才气都从嘴皮子溜走了，我妈说，话稠的人出息不大。

正说着，霹雷般的一声巨响，灯泡在头顶晃动，灯丝闪着红光，快死的鱼眼睛一样，闪一下，又闪一下，机房就黯了。

李青林不知所措，想拔腿往外跑，走到门口，一抻脖子又缩回来。立即叫起来：镇上全黑啦，怎么搞的？

说话的当儿，他发现自己的声音异常巨大，跟刚才的那声巨响相差无几。回过神以后，才明白发电机不再轰鸣，机房陷入宽广的寂静。他在门口走也不是，不走也不是。犹豫间，南宫羽往腰上拴一个皮质工具袋，将一把手电筒摁亮后递到他手里，同时向他招手：跟上。

他随她走到一个铁皮柜子前，她戴上一双棕色手套，打开柜门，指点了一下红黄电线交织的地方，他赶紧把手电筒照向那里。她则不慌不忙，将红线和黄线分开，一根根接起来，接的时候，一会儿从腰上的工具袋里抽出一把小钳子，一会拽出一把小剪子，钳子和剪子的手柄上都有红色橡胶皮，与平时家用工具不同。

机房太安静了，第一次与年轻女子独处一室，他有点不习惯，如果不是噼啪的雨声，惶恐感会更强烈。

为了打破寂静，他无话找话：这剪子怎么和我们家的剪子不一样呀？

南宫羽说：当然不一样，这是绝缘工具，手套也是绝缘的，有了安全防护，就可以带电作业。

李青林大声说：你现在是带电操作吗？不怕触电呀？

南宫羽说：这算什么？超高压输电铁塔都敢上呢，不过嘛，咱们国家目前还没有几个地方有超高压，你要害怕，别碰设备和我就是了。

李青林正要问什么是超高压，浑厚的声音在身后响起：咋搞的？全镇都停电了。

慌忙回头，一个中年男人披着黑色雨衣站在机组旁边，从声音听出是电站站长。

南宫羽不慌不忙地说：保护出了点问题，马上恢复送电。

一束光由远及近，一直从门外晃到中年男人身上，然后把手电光在南宫羽和李青林身上由上到下，又从下到上扫射了两遍，才阴阳怪气地说：哎哟哟，原来只顾谈恋爱，把全镇人民送回旧社会啦。

站长唤了一声，镇长来啦。就从雨衣下面的衣服口袋，掏出一支烟和火柴，镇长正要伸手接烟，站长已经把烟含在自己嘴里了。

李青林打着手电筒，眼睛却没有闲着，把刚才一幕尽收眼底，心里暗暗思忖，水电站的站长根本就不把镇长放在眼里嘛。

站长喷出一口气，烟圈在几个人中间缥缈了一会儿，裹挟缕缕湿气，就不见了。

然后他大声说：人都有生老病死的时候，何况机器！平时有哪位领导光临指导过这里？黑灯瞎火的时候才想起还有这么一个小水电站，雷阵雨天气断个电，跟喝凉水有啥区别？

南宫羽关上柜子门，走到机组前，褪掉手套，用力扳了一下开关。随着咣的一声巨响，顿时，机器轰鸣，灯丝由黑变红再变白，灯泡骤然明亮，机房像升起了红太阳，照得角角落落红火亮堂。

镇长最先摁灭手里的电筒，李青林双手在手电筒上摸了两遍，才找到开关。这种手电筒也同家用手电筒不一样，家用手电筒装两节电池，这个手电筒足有五节电池。

站长又吸了一口烟，把烟圈朝门外吐去，镇长刚把头伸出门外，就大惊小怪地呐喊：哎呀，南宫姑娘，了不得噢，灯火通明，神奇，神奇，真神奇，我走啦。

李青林站在南宫羽和站长中间，进退两难，站长说：你俩先走吧，我替你值班，以后值班时多长个耳朵，设备出问题，会发出异常声音，仔细点能听出来。

南宫羽轻声说：谢谢站长，知道了。

旋即拿起自己的碎花伞就往外走，走出两步，发现李青林站在门口发呆，折回身，跺跺脚，水花四溅。他才跟着走进雨夜，风声雨声稀稀疏疏，不远处的村庄和小镇灯光闪烁，透过雨丝，显出别样的妩媚。而这光明是身边的女子给予的，南宫羽的手那么小巧，却能拨亮万盏灯火，这个女子可不是菌菇厂、火柴厂的女子能比的。这样的女子一辈子都有饭吃，按照母亲的说法，能养活自己的女子命好，下次问问母亲，像南宫羽这样，额阔鼻尖，眉心长一颗朱砂痣的女子，是不是旺夫。

见李青林一言不发，南宫羽故意将伞斜向一边，一滴雨恰好落在眼帘上，他惊了一跳。仰起脖子向上看，更多的雨滴落下来，伸手去抓伞，伞却离得更远，同时听见南宫羽娇柔的笑声。

小雨微风的夜里，没有月光，不失亮色，朦朦胧胧，无炎不凉，甜到心底的笑声真好听呀，这笑声成为巨大的新奇和诱惑。小说画报黑白电视中，男女缠绵的画面蜂拥而至，烧灼得他踩不实地面，脚步缓了下来。

似乎只一秒，又似乎很长时间，血液急剧上蹿，脑袋忽地热了起来，一个箭步，冲到南宫羽跟前，将她紧紧搂住，嘴唇也想贴上去，想要亲吻美妙笑声生发的地方。

南宫羽仿佛早料到要发生这一幕，她喘息着，他也喘息着，她挣脱着，他更加用力，同时感觉她的拒绝不够顽强，完全是半推半就的样子，这种感受像干柴烈火，熊熊燃烧。如同两艘航行久远的巨轮，终于在风平浪静的港湾相遇，又像戈壁中弹尽粮绝的男女，用尽全身气力，紧紧相拥，给对方最后的温暖与救赎。

雨是什么时候停歇的，风是什么时候静止的，都一概不知，想必她也不知。

尽管无雨无风，还是撑着伞，在迷醉的碎花雨伞遮掩下，他把她送进明亮的单身宿舍，幸福而羞赧，更多的，是无边的恍惚。

还没来得及请教母亲，南宫羽是不是旺夫，两人已难舍难分，一天不见就心慌意乱，不知西东。

班公柳

楼卫东就在这所全县最高学府——县完全小学任教，全校有五六十个学生，四五位老师，由于老师学生基本住校，还有几位管理人员。课程设有藏语文、算术、音乐、体育等。本来设有汉语文课的，只有校长扎西会一些汉语，不太忙的时候上几节课，课本堆放在教室一角，学生有时候自己翻一翻，有时候来了工作组，会汉语的干部客串教上几节，县上会汉语的干部和驻地军人，偶尔也来讲一讲故事，照本宣科，领读几篇课文。

楼卫东的到来，喜得扎西校长一会儿跑到他房间，一会儿跑到操场，一会儿又折回来。

开始楼卫东还问声好，扎西用磕磕巴巴的汉语回答他：你好，你好。

扎西来回跑了几趟以后，楼卫东只咧咧嘴，算是问候。比扎西校长跑得更勤的是学生，一堆一串地来，推来搡去，嘻嘻哈哈，见他抬头看他们，哄的一声散了，跑得不远不近。过一会儿，前呼后拥再次出现。还来过几位留长辫子穿藏袍的男女，皮肤黝黑得如同锅底，从乱糟糟的头发和脏兮兮的服装来看，显然不是学校老师。

打量一阵，发现学校没有院墙，教室和师生宿舍与牧民土坯房子混杂在一起。

他特意穿上绿军装，风纪扣扣得严严实实。平时舍不得穿这套衣服，只在重要场合才穿，比如首都某位学生领袖来学校演讲，比如学校为他开欢送会，比如在西安与青年学生见面，他才奖赏自己一样，郑重其事地穿一回。以前穿过父亲淘汰下来的军衣军裤，离开家读大学的时候，母亲把这套军装整整齐齐放进藤条箱子，将巴松递给他，拍着他的肩膀说，音乐能陶冶情操。他兴奋得真想拉一下母亲的手。

从小到大，很少主动拉拽父母的手，父母对他们几兄妹很少搂抱亲昵，他也没有看见父母之间亲密的言行，母亲称呼父亲永远是柳政委。即使父亲的职位变动过几次，母亲依然这样称呼，柳政委吃饭啦；柳政委二小子学校开家长会，我去啦。父亲叫母亲总是小鬼，小鬼我要下连队一周时间；小鬼下次大会发言简短一些。

当啷，当啷，一阵闷响，楼卫东才意识到要上课了，顺着声音望去，扎西校长正笑呵呵地望着他，一边望，一边敲击两只巨大而弯曲的东西，敲完以后放进吊在半空中的皮囊里，皮囊在风中摇摆不定。

他才恍然大悟，上课铃声是牦牛犄角敲出来的。

几步走到讲台前，扫视了一下学生。所有学生全都坐着，瞪大眼睛望着他，有的微笑，有的惊讶，有的恐惧，有的茫然。

他把课本往讲台上一放，大声说：上课。

安静，超乎寻常的安静，连风声都听不见。学生依旧坐着，奇怪地望着他。

忽然，教室门外传来一个声音，只叫了一声，所有学生都齐刷刷地站起来，齐声喊了一句什么，有的还向他鞠躬点头。几秒钟以后，所有学生又整齐地坐下。

一偏头，看见扎西校长离去的背影，方才明白，原来学生听不懂他的汉语。

稍稍平静一会儿，就讲了起来，忘了学生只会藏语，忍不住提问，没有人回答他，有人交头接耳，有人嬉笑不止。趁他转身在黑板上写字的时候，一个男生离开座位，走到教室后面，对着教室一角撒尿。他是听到唰唰声，才回头，确信自己没有看错，站在原地不动，大脑一片空白，牦牛犄角再次相互撞响，他还在发呆。

过了几天，一个男生背着一个婴儿来上课，前后左右的学生一会儿摸摸婴儿的小脚，一会儿摸摸小脸，闹得婴儿哭泣不止，他只好让那个学生出去。男生刚出教室，一个女人背着鼓鼓囊囊的羊皮袋子走到男生跟前，既不放下袋子，也不抱过婴儿，揭开藏袍就给孩子喂奶。男生歪着脖子、斜着肩膀，努力把婴儿往女人跟前凑。女人喂完奶转身离开，衣角在风中一路飘拂。

男生目送女人走远，在原地转圈，双手大幅度摆动，婴儿哼唧几声就不哭了。楼卫东走出教室，向男生招手，男生背着婴儿，重新坐回原位。

后来他注意到，这个男生不背婴儿的时候，一个肩膀高一个肩膀低，还喜欢佝偻着腰。

还有一次，一个女生没有请假就不上课了。扎西校长骑马出去了一天，带回一个陌生的男孩，并告诉他这是女生的弟弟，姐姐回家放牧，弟弟顶替上学。

楼卫东一时反应不过来，就问：女生还来上课吗？

扎西晃晃脑袋，摊开双手，吐吐舌头。

楼卫东逐渐发现，藏北的白天特别漫长，夜晚同样漫长。常常地，想起消失在冰河的巴松。

几年以前，刚把巴松带到北京去的时候还不会吹奏，只知道像一捆柴的精美乐器叫大管，一位老师告诉他这是西洋乐器，在西方被称为巴松，演奏巴松的大师很受推崇，巴松演奏家与钢琴大师地位相同。他喜欢这个奇怪的名字，好在有熟练的二胡口琴技法，摸索一段时间，竟然能像模像样地吹起来。巴松的音质既不同于萨克斯，也不同于大小提琴，具体有什么区别，自己也细分不清，只是觉得好，美好。

现在，那份好，只留存在记忆里。

他到县城周边转过几次，希望找到制作巴松的材料，结果发现这里不仅没有树木翠竹，甚至连一株高过小腿肚子的牧草都没有，哪能找到枫木？在这里想要制作一支巴松，如同痴人说梦。

庆幸的是，还有二胡和口琴，便一曲接一曲拉着二胡，《二泉映月》《听松》《空山鸟语》。口琴吹奏《小夜曲》《凤阳花鼓》《渔舟唱晚》。老师学生全都挤到他周围，笑容灿烂，眼眸明亮，有好几次，他都想告诉老师和学生：你们笑得真好看呀，比大学校园里的芍药牡丹都好看呢。你们的笑容千变万化，蹦着跳着都在笑，芍药牡丹只是一张面容、一种姿势。

一想到他们听不懂他的话，兴奋度锐减，沮丧之情陡增，对牛弹琴的感觉油然而生。

他发现，许多人没有见过二胡和口琴。看热闹的人越来越多，边听边咧嘴大笑，欣喜无比。没过几天时间，整个县城都沸腾了，年轻人，年老者，藏族人，汉族人，全往学校拥。

一天清晨，阳光刚刚洒满原野，学校来了几个人。他不知道来者何意，照常上课。扎西把他从教室拽出来，藏语夹杂着汉语，还双手比画，向来人指一下，再指指他的膝盖，一只手不停向外扩展。

终于明白来人是想听他拉二胡，他指指教室，意思是还要给学生上课哩。

扎西挥一挥手，指挥另一位老师进了教室。

他摇摇头，苦笑一阵，取了二胡，坐在木凳上，左手紧一紧内弦轴，右手刚握弓杆，大概用力过猛，起音高锐，吓得一个人往另一个人身后躲。躲避的同时，脖子抻得更长，脑袋抬得更高，眼珠子转得更灵活。

曲终以后，几个人咧开大嘴欢笑，牙齿整齐而洁白，有人搓着双手，有人拍一下别人的肩膀。他微笑着向他们点头，心里则想，怎么没有人鼓掌呢，跟内地的听众怎么不一样呢？

一天傍晚，一位眉骨高挺的小伙子抑制不住激动，合着他的二胡曲调跳了起来。接着是两个人，三个人，后来是所有人，房间容纳不下，就到操场，大家手拉手，围成一轮太阳，一轮十五的月亮，把他围在中间，绕着他转圈，欢笑，唱歌，跳舞。在他身边点起牦牛粪火堆，熊熊篝火燃烧起来，火苗跳跃，亲和缠绵，打着卷儿，做着伴儿，合唱一般，猎猎欢笑。

变戏法一样，篝火上架起了一口大铁锅。锅里放进从县城外的河里凿下的冰块，冰块化成水的漫漫过程中，有人紧紧抓住羊子的四只蹄子，将羊毛绳子勒进羊子嘴里。羊子还没来得及呻吟，一滴血不流，就无声无息地死去。一个汉子用尖刀轻巧地剥去羊皮，羊皮与羊肉之间有一层薄薄的白，丝丝缕缕，柔和温润。汉子一边开膛一边念念有词，旁边有人双手合十跟着念诵。一阵好闻的气息，随羊子的胸腔热气弥漫开来，内脏随即被掏出，有人清洗羊肠子，有人将羊油和青稞粉放进羊肚子，与胸腔里的羊血混合拌匀，再灌进清洗后的羊肠子。铁锅里的水沸腾时，血肠与羊肉一同入锅，过了一会儿，水面漂起一层褐色泡沫。

楼卫东发现自己的饮食习惯发生了天翻地覆的变化，自从来到藏北，就没有见到大米白面，取而代之的是糌粑和风干的牦牛肉羊肉。青稞炒熟以后磨出的面粉就是糌粑，他已经非常熟悉。经常吃羊肉，还是第一次看见杀羊，灌血肠的过程也是第一次领略。

人越聚越多，火越烧越旺，好几次有人拉拽他的手，他都不知道什么意思，直到扎西对他说：锅庄，锅庄。他才把口琴装进衣服口袋，一只手伸向扎西，一只手随便伸出去，立即被人拉住了。

手与手相牵，绕着大锅边唱边跳，所有人都在唱歌，所有人都在跳舞，所有人都兴奋异常。第一次理解了锅庄的含义，原来是围着篝火锅台起舞，藏族人的用词，也极为形象生动哦。

忽然想起舞蹈史诗《东方红》中的藏族歌舞，尽管只是在广播收音机里听过，热情欢畅高亢的歌声曾经长久地感动过他。记得才旦卓玛演唱的是《毛主席，祝您万寿无疆》。此时，置身于藏族人中间，远离首都北京，更能理解演唱者的情真意切、激情飞扬，对毛主席的祝福和爱戴。才旦卓玛是藏族人，唱的却是藏汉两种歌词，他也可以教身边人唱这首歌曲，虽然不大明确藏语字句意思，祝福赞美自然有的，想一想，就放声唱了起来。

> 毛主席的光辉
> 嘎拉亚西诺诺
> 照到了雪山上
> 依拉强巴诺诺

他唱着，有意放慢节奏，果然有人跟着哼唱，但唱两个字就咕噜开了，音调跑得遥远。

他笑着，继续教唱，还是没有人能完整地唱出一句。心想这里大概离北京太远，不大了解毛主席，对这首歌太陌生，还是教一首与当地风土人情有关的歌吧。想了想倒不好意思起来，满怀热情来到西藏，竟然连一首藏族歌曲都不会。还是教那首在唐古拉山下即兴创作的歌曲吧，只有四句，简简单单，歌词内容又是他们熟悉的，学起来应该不难。

这一次，他没有独自先唱，而是一字一句，声情并茂，像合唱团的指挥，双臂用力，打着手势，节奏分明地挥舞。反复几次，还是没有人学会，只是更多的笑脸望着他，仿佛在欣赏他的独角戏。

正当他有点灰心的时候，有人双手递给他一条冒着热气的羊前腿，并从腰上拔出腰刀给他。他接过羊腿，看其他人，大家只拿着小块羊肉或一截血肠，唯独自己捧着一条完整的羊腿。想都没有想，赶紧递给身边一位辫梢花白的男人，摇摆着双手，没有接那藏刀。男人又把羊腿转给身边的老年妇女，妇女的发辫如同两条干枯洁白的羊毛绳子，长长地垂在腰际。

忽然，男人捧起他的双手，放到自己脸颊上。楼卫东有些紧张，不知道要发生什么，慌乱地看着扎西校长，扎西正刀口朝自己，专心地割一块羊肉，嘴里嚼得正香。

只能任由男人摆布。双手刚触摸到男人的脸庞，第一感觉是粗糙，接着就有了温软的感觉，心里顿时热乎起来。这种感觉曾经有过的，只在模糊的记忆里，母亲的脸庞梦幻般一掠而过，携着江风的呼啸和乳汁的馨香。

仅仅一刹那，就被冷风驱散了。自从来到这里，风就没有停歇过，藏北的风真有毅力，无休无止，无处不在。

冬天来得可真早啊。心慌了一下，垂下双手，向老人点点头。

有人走到他面前，双手合十，羞涩地微笑，弯腰施礼，吐着舌头。有人把自己的额头抵到他额头上，他不知所措，又不好躲闪。直到扎西校长搂着他的肩膀，额头抵到他额头上，并用汉语说：你，我，兄弟，兄弟。

他才明白，这是藏族人表达友好的方式。

看着扎西黢黑的脸庞，那封言辞激愤的檄文上蹿下跳，奔涌而来。

文采飞扬的檄文书信出自亲兄弟之手，虽然可能会老死不相往来，还是佩服他的才华，那才是兄弟呢。如果真要算兄弟，郭汉山算一个。

感觉有些疲惫，想回房间休息，刚要转身离去，一个男孩一溜烟跑到他面前，学着他刚才的样子，唱了起来：一个美丽圣洁的地方……

后面是一串哼哼唧唧，嘻嘻哈哈。仅仅只这一句，楼卫东就激动不已。

还是有成绩的嘛，有人学会了一句汉语，这是一个良好开端。男孩拽住他的衣襟嬉笑，仰起脖子向他说着什么，他听不懂，只是觉得面熟，应该是一名学生吧。

男孩见他没有反应，把手伸进他衣服口袋，他感觉到了，啪一下，打着了小手。男孩后退几步，瞪大眼睛看他，眼里满是不解。

篝火还在燃烧，羊肉还没有吃尽，青稞酒继续畅饮，一位中年男人摇摇晃晃一阵，倒在地上，抽搐不止。

楼卫东快跑几步，想要扶起他，被扎西校长拦住了，指手画脚一番，他大致明白了意思。这个人犯病了，不能动他，安静平躺一会儿，自己就会爬起来。

夜空飘起了雪花，歌舞渐渐停歇，火苗跳一跳就熄灭了。有人用一张牦牛皮抬走了那个人，雪花落在牦牛皮上，落在男人身上，也落在楼卫东身上。他没有拍打雪花，任由自己穿风度雪，喘息连连。

夜朦胧，雪朦胧，偶尔能看见自己哈出的热气，热气很快飘逸到雪花中，与雪花邂逅相融。

原本要好好睡一觉的，翻来覆去睡不着，只好靠在床头，裹着羊毛被子，就着酥油灯，给郭汉山写信。好像有好多话要说，开了几次头都作废了，只好写了几句报平安的话，折好信，又纠结到哪里邮寄，想起听谁说过，开山季节地区和县城之间有邮车来往，半个月跑一趟，才昏昏睡去。

迷蒙之中梦见自己在喝酒，喝了一口就醉了，醉了以后向一座雪山跑去，跑到山下雪山不见了，出现了一条河流。河水清澈平缓，流速悠然舒缓，河畔长着荷花、茉莉花、菖蒲、芦苇、香榧树、榕树、棕榈树。小鸭戏水处，浮着一支油亮的巴松，暗黄的管体，淡黄的哨片，模样甚是好看。

巴松，巴松！他大叫起来。

惊醒以后，坐直身子，冷风飒飒，打了一阵寒战，重新钻进被窝，睁着眼睛等天明。

楼卫东惊奇地发现，自从来到西藏，长梦方醒一般，携风挟雪，对许多以前不曾注意和上心的人和事，记得异常清晰，花草树木，飞鸟走虫，春风秋雨，白鹭蒿草，都能分辨清楚。回味长久以后，对那位白头发汉族人更加佩服，他好像说过，到西藏以后会留恋内地的绿色，关注以前漠视的事物。

一天正午，阳光明媚，但不温暖，终于来了一位汉族人。他双手抱着一个锈迹斑斑的铁皮水桶，桶里有一株小树，从几片弯曲的金黄色叶子看，应该是柳树。来人放下水桶，摘掉帽子和墨镜，才认出是一位副县长，姓王。

楼卫东赶紧招呼，他却不坐，站在门口说：急着要到内地出差，顺便回上海探亲，不出意外的话，明年开山以后才回来。这树大概四岁，三年前路过班公湖，在湖边挖来的班公柳，这次走的时间久，请楼老师帮着照看一下，记住浇水保暖就行。

末了，挠一挠油光发亮的齐肩黑发，又说：知道县里来了一位高才生，早要来看望，这不，趁着大雪尚没有封山，修路刚回来，忙得几个月没有理发洗澡，生了一身虱子，先回去收拾收拾，得赶在大雪封山以前走出羌塘无人区。

王副县长重新戴上墨镜毡帽，楼卫东发现他额头上有一圈褐色纹路，纹路以上白一些，纹路以下暗黑一些，眼睛像熊猫眼，镜片以外的皮肤颜色更黑更红，想必是常年戴帽子墨镜留下的印迹。

都走到操场了，王副县长回头说：这里紫外线太强，会伤皮肤，搞不好还会患白内障，出门千万记住戴墨镜和帽子。下次路过拉萨给你带一顶帽子回来，咱这里帽子同衣服一样重要。

楼卫东暗自兴奋，总算认识了一位说汉话的人，尽管口音既不像上海话，也不像普通话，更不是藏语，还是感到无比亲近。

摸着班公柳的叶子，低头去嗅，有一丝清香，这是春天的味道、花木的气息，好长时间不曾闻到了呢。部队大院和大学校园的垂柳，春风时节，柳芽如一只只鹅黄色的小燕子，起风时，翩然翻飞，飘飘欲仙。春雨过后，柳絮如银，绵密细软，一会儿飘向海棠，一会儿游到池塘，似烟非烟，似雾非雾，绫罗浮萍一般。秋天的垂柳温婉华贵，淡淡的韵味，温和的气息，不刺眼不张扬，小金鱼小信鸽一样，摇曳婀娜，铺洒一地，踩在上面，舒缓如缎。记忆中柳枝的颜色，同样也是春天的风采，掐捏一番，一定能溢出春天的汁液，想起来就欢喜陶醉。

以前怎么就没有这种感觉呢？

上次在狮泉河镇，也见过柳树，铁锈红的枝干，应该是红柳吧。枝干直指天空，没有弯曲的气象，与内地的白杨、松树毫无二致，挣扎着，努力向天空生长，只是没有白杨、松树的高度，更没有随风飘摇的枝条、曼妙妩媚的柳丝。红柳枝丫繁多，蓬蓬松松一堆，辨不出谁是主干，谁是枝杈。王副县长的这株班公柳枝干为灰白色，拇指般粗细，主干上分出两根更细的枝条，枝条则是黄褐色，叶的边缘有小小的锯齿，弯弯地挂在枝头，悠然，闲适。

楼卫东把水桶轻轻抱起，放到床头跟前，比了一下高矮，树梢刚刚齐腰，枝条同红柳一样，也是一副向天歌的架势，不卑不亢，精神抖擞。

数一数，九片叶子。不放心，伸出右手食指，指点一遍，不多不少，九片。

四岁，班公柳四岁了，王副县长怎么把树比喻成人呢？只有人才说几岁几十岁的呀。

脚步抬得很高，在房间转了一圈，又来数，还是九片。

九九长久，九州四海，十拿九稳，鹤鸣九皋，呵呵，真好啊。藏北大地，还是有高过小腿肚子的植物嘛，而且是一株柳树，太惊艳了，简直像是天外来客。

几步就跨到门外，地上没有积雪，只有细小的砾石，环顾一番，没有看见一滴水。来这么长时间，还没有到河里背过一次水，凿开一次冰，甚至没有跟着拖拉机拉过一次水，这些事全由厨房师傅承担。性急中，抓起脸盆到了河边，发现河面只结了薄薄一层冰，也许夜晚冰结得厚一些，上次大锅煮羊肉的冰就有一指厚。

河边，一位看起来眼熟的女人正要背起木桶起身，见他走近，放下背桶，伸出手来。他不知其意，一脸平静，女人收回双手，在围裙一样的横格布上摸了摸。

河面不宽也不窄，与河岸几乎一个平面，河水想必不会太深吧。他想沿河边走一走，找块大一点的石头坐一坐，如果梦境能够复原，说不定能等来自己的巴松。

正在他想象的时候，身后传来嗨嗨的声音。

应声看去，女人向自己身边指一指，又向他指一指。他朝她点点头，说一声：谢谢。

女人笑一笑，背起水桶走了。他在河边走了许久，也没有找到一块能坐的石头，脸被吹得生疼，腿脚越来越麻木，只能弯腰前行。眯起眼睛，竭力望去，依然是一望无际的砾石滩，一片一片积雪凌乱散开，只有低头细看，才能分辨出砾石缝隙间浅浅的荒草和晶莹的冰雪，小草就像麦芒，尖细，有力，不卑不亢。

回眸间，县城是那样渺小，除了灰突突的土坯房别无他物，与广阔的原野相比，如同掌心的一颗痦子，桑叶上的一粒蚕卵，太阳上的一颗黑子，静静地卧在荒漠中，显得可有可无，微不足道。一转身，手里的搪瓷脸盆咣当掉在地上，弯腰去拾，没有拾起来，双手举到嘴边，哈出几缕热气，搓一搓手，再搓一搓脸。

河面封冻严实，连一条裂缝都没有，哪里才能取水呢？

蓦地，想起女人指过的地方，缓步而去，只是脸盆大小的坑洼，坑洼也结了冰，好在冰层脆薄，像是刚刚生出的新冰，举起脸盆去敲，咔嚓一阵，冰裂水出，咕咕上冒，冷气四溢。盛了水，端起脸盆往回走，走出几百米，感到手有些痛，想歇一歇，缓缓弯腰，脸盆放到地上了，手却粘在脸盆沿上动不了。心生惶恐，不知道将要发生什么，身体怪异地扭曲着，脸都快挨着水面了，蹲也不是，坐也不是，站立也吃力。

啸——啸——好熟悉的声音。

艰难地仰起脖子,真的是雄鹰,同唐古拉山的雄鹰一模一样,硕大,敏捷,翅膀展开足有半张竹席大小。雄鹰由远及近,头顶暗了下来,扑棱棱,哗啦啦。再抬头,尘土迷了眼睛,想要去揉,手还粘在脸盆上,同时感到被用力拉拽,向上拎起。

他惊得弹跳起来,弹起更多尘土,脸盆哐当落地,在砾石上转圈,清水泼出,飞起水珠连连。转眼间,雄鹰飞去,飞得摇摇欲坠,怪模怪样。

傻傻地望着雄鹰飞去的方向,不由得想起老白,如果他在身旁,会教给他高原生存技能,不至于被雄鹰吃掉或抓到天上。

看看双手,手掌好好的,只是有些红,揉搓一阵,麻木减弱。脸盆旁有一根拇指般粗细的羽毛,颜色呈褐色,其间夹杂着黑色细纹,羽毛上粘着些微冰碴。捏了捏乳白色羽骨,有些坚硬。脸盆倒扣在砾石上,水迹所到处,逐渐转化成冰晶,细细微微,轻轻薄薄。

他乐了起来,雄鹰没有叼走他,吃掉他,反倒被冰水粘掉了一根羽毛,怪不得飞翔的时候歪歪斜斜,随时都有掉下来的危险。

这一次,只端回小半盆水,走一走,歇一歇,搓搓手,哈口气,回到房间,水面竟然没有结冰。小心翼翼地给班公柳浇了几捧水,剩余部分过几天再浇。

第二天起床,盆里一滴水都没有,就像从来不曾盛过水一样。东张西望一番,也没找出原因,或许哪个学生趁他不注意洗脸了呢。

自从房间多了一株班公柳,进进出出的老师学生更多了,大家站在小树前,喜笑颜开,跳来跳去,他对大家说,只许看,不准摸。有人大概听懂了,恭恭敬敬地围观。一个男孩伸手拽下一片柳叶,急得他只能吼叫,不好意思驱赶。男孩做着鬼脸,跑了出去。目光追逐中,发现那男孩不是别人,正是掏他口琴的小家伙,也是第一个学会汉语歌词的小家伙。男孩后面,立即跟了一串孩子,时不时发出呼叫声:欧珠,久美,欧珠久美。

楼卫东总算记住了男孩的名字:欧珠久美。

既然学生喜欢树木,就上一节植物普及课,每个班轮流上,恰好有一篇课文，便领学生朗诵，他领诵一句，学生跟着念一句。

  我们村里种了许多果树。现在是春天，满树都是花，桃花，苹果花，海棠花，我们村是花园。到了秋天，树上结满果子，我们村就成了果园……

刚领诵了两遍，欧珠久美忽地站起来，问道：格根啦，花，什么是花？桃花是什么？

问完以后，欧珠久美依旧站着，哄堂大笑过后，更多的声音接踵而至：格根啦，果树是什么？秋天是什么？……

楼卫东愣住了，背靠黑板，站了许久。

他觉得累，前所未有的累。无奈，原来这般可怕，如此无坚不摧，直击心房。嬉笑声瞬间退去，消失得有些怪异，四周一片寂静，连喘息咳嗽的声音都不曾出现。

透过小小的窗户望去，黄豆般大小的冰雹从天而降，窸窣飘摇，扑朔迷离。

猛地，想起班公柳，风一般旋出教室，还没进到房间，就看见扎西校长正立在柳树旁，一手掀起藏袍，一手提着裤子，尿腥味异常浓烈。

看见楼卫东进来，便哈哈大笑，并说：施肥，施肥。

愕然过后，楼卫东道了声谢。再看那枝条，一片叶子都没有了，铁桶里没有落叶，地上也不见叶片，张了张嘴，最终没有骂出声。

定了定神，心想：河里结冰了，天上下冰雹了，该是落叶的时候了，花开一季，草木一秋，是自然规律，即便是遥远的江南水乡，这个季节，梓树楠树也会落叶，候鸟也会飞往岭南更温暖的地方。

扎西离开以后，楼卫东四处搜寻了好一阵，才在窗户缝隙间发现了一片柳叶，抚弄了许久，夹在笔记本里。心想再次见到柳树发芽，起码得到明年春天，或者开山以后，那个时候王副县长就回来了，还会带顶帽子给他呢。

想一想，就轻松了许多。

水芹菜

往后的日子，尤其是独自一人，在南方度日如年的漫长岁月里，李青林常常反问自己：与南宫羽的感情究竟是一时冲动还是水到渠成？他充当的是南宫羽孤独时的玩伴，还是一杯清茶？

随着时光的流逝，李青林已经不大纠结与南宫羽的关系了。这位拽着青春尾巴的女人再次联系他，说要与他告别，要去西藏支教。对这样一位不折腾就会死的女人，真是没有一点办法，他对自己没信心，对她也只是熟人之间的尊重。

多年以来，尽最大努力不去想这个女人，想起这个女人就会想起父母和家乡，青春与北方，但隔几年又希望知道她的消息，矛盾得如同养生与剜肉，叹息比剐猪的声音都悲戚绵长。

此时，他从宽大的办公桌前起身，踱到阳台，阳台上有两株枝繁叶茂的绿萝，首尾相连，将阳台编织成绿茵茵的世界，一人高的富贵竹丰韵妖娆，每片叶子都有欲望，翠绿光鲜，熠熠生辉。坐在红木椅子上，摆好工夫茶具，透过宽大的落地玻璃，将目光投向远方。

这种时候，助手就会谢绝一切来访者，把不管多重要的客户都拒之门外，让李总独自待着。这是老总的习惯，也是规矩。

极目远眺，目力所能及的最远处，是隐约的山峦，山峦之上是蔚蓝的天空，空气一如既往地湿润，花草树木依旧葱郁，云朵没有以前洁白，当地方言也不大刺耳了。

他在心里这样想着，想一想，就回到从前。

尽管不愿回忆，却阻挠不住思维之河，这条河流奔腾不息，汹涌澎湃向他袭来。

秦巴山间的小镇没有多少信息来源，南宫羽不知道从哪里弄来一张报纸，上面有几个巨大的黑体字，"东南西北中，发财到广东"。标题下面举例说明，一位安徽籍高中毕业生一到广东就进了工厂，一天工作八小时，每月除开吃穿用度，存款四五百元。一对年轻夫妻在南方打工，三年后回老家盖起了两层小楼。还有一位电工，月收入近千元。

南宫羽边念念有词，边伸出食指指点月收入数字。然后说：咱们两人月收入加起来才两三百元，什么时候才能过上锦衣玉食的生活呀？

李青林说：咱们的日子已经很好啦，两人拿工资两人花，你父母有工资，我父母有坡地，结婚以后有了孩子也是独生子女，吃穿不发愁的。

南宫羽噘着嘴巴，捏着他的耳垂，边捏边说：你那是小富即安的农民意识，三十亩地两头牛老婆娃娃热炕头，这种日子太没创意，跟类人猿相差无几。自打我懂事就希望过上城里人的生活，住高楼，看电影，逛商场，吃夜宵，可混到现在，眼看就要嫁人了，连城市的边还没沾上。

李青林说：你从小生活在电厂家属院，吃的是商品粮，喝的是自来水，不是城里人难道还是乡下人？

南宫羽伸出另一只手拍着李青林的肩膀，笑着说：看来你对电厂真不了解，我先给你普及一下常识，免得你将来拜见丈母娘丈母爹的时候不知道说什么话，闹出别扭，我还得两头受气。

欢笑声中，她便徐徐道来：

水电厂不比火电厂，火电厂一般离城市比较近，便于城市供电供暖，水电站根据河水落差岩体结构等地质参数，只要在一个较窄的山口修水坝，就可以拦蓄水源，库区上游降水越丰富，落差越大，发电量就越大，电站距用电城市越近，电力传输成本越低。但很难有各种条件都不错的站址，所以嘛，一般情况下只要不在无人区，哪里适合修建，就在哪里围堰筑坝，安装机组，架设电缆，输出电流。这样一来，大多数水电站都远离市区，建在荒僻的深山峡谷。

你知道吗？听说一个水电厂职工在大门口遭人抢劫，他去追赶，被拖拉机拖出几十米远。一个职工巡检的时候被野狗咬伤了腿。还有人下班后去打猎，掉进冰窟窿爬不出来。

发电自然需要技术，总工程师和技术核心部门水平要高，除此以外，大多数工人一旦掌握本职岗位技术，就能重复操作，十年前和十年后的技术相差不大。实习的时候，一个师傅告诉我，他在运行值班员的岗位上干了三十二年，原本想竞争值长的，老婆说当官的没一个好东西，结果就这么混着，混成了运行分场资历最老的人。现在儿子也当值班员了，如果在一个值，不知道叫爸还是叫师傅，对别的徒弟可以训斥，对儿子却不能，儿子比自己嘴快理多。专门给分场主任打了招呼，主任曾经是他徒弟，就把儿子安排在另一个值。父子俩进同样的门，坐同一把椅子，扭动同样的表盘，却不见面。后来，真见过师傅的儿子，简直就是年轻版的师傅，好像也不像他说的那么嘴快，倒有几分木讷，一点也不机灵。

安全生产是电站的基础和命脉，只要机组设备安全，发电就能稳定，只要稳定就会安全。国家把几个亿或几十个亿的资金投入到一个电站，目的就是稳定发电，创新技改只是小范围和局部的，几年十年不可能变来变去。如此一来，就形成了围城模式。

南宫羽停顿一下，看李青林的反应，见他眨巴着眼睛，听得入神，便用力拍他，他方惊醒，哦哦两声，自言自语：围城，围城，什么是围城？

南宫羽的思绪并没有中断，继续刚才的话题：

对的，围城，城里的人想出去，城外的人想进来。当然，想出去的人，是不甘心当青蛙被煮死，想进来的人，是想有个收入稳定，生活安逸的环境。我爸我妈和他们的众多同事一样，毕业于各大电力院校，来自五湖四海。从分配进厂到光荣退休，大部分人就像一颗偶尔生锈的螺丝钉，第一天上班被拧在哪里，退休的时候从哪里拧走。说来自五湖四海，其实有点勉强，只是五湖四海的农区和牧区，北京上海广州那种大城市的青年，绝对不会把青春献给这里。自然有满腔热情或稀里糊涂而来的都市子弟，来以后顿足大骂，千方百计调走的；以考研究生的名义或干脆辞职，黄鹤一去不复返的；哪怕在这里留了情，留下子女的人，也会抛妻别子，永不往来，和歌中唱的"村里有个姑娘叫小芳"差不多。

小时候有家邻居，只有父女两人，我以为女孩的妈妈生病不在了，还问过我妈。我妈说，学生应该好好学习，管那么多干吗。一天傍晚，我正在做作业，吵闹声四起，接着是锅碗瓢盆摔下楼的声音。急忙跑到阳台去看，一个女人正指挥几个穿着并不讲究的男人，拉拽那个女孩，女孩不哭不闹，只是流泪。女孩被拽走以后，再也没有回来过。没过多久，一个丧夫多年的女同事跟她爸住在了一起。

我妈跟我爸唠叨，那个女人呀，心高气傲，本事也不大嘛，只把自己调走了，老公还留在厂里，都争夺孩子的抚养权，倒霉的其实是孩子。早知今日何必当初，多少人给他俩撮合，反正没有其他人选，住一起得了，还扭扭捏捏，结果还是搭伴过日子，孤男寡女这么多年，有啥抹不开面子的。

留下来的职工，几十年干一样的工作，穿一样的工作服，一辈子交的朋友是同事，熟悉的人是同事，形同陌路的人也是同事，仇人更是同事。性情相投的不相投的，相处得好的，矛盾重重的，都得按部就班，土豆一样，长在同一片地里，汲取同样的水分，沐浴同一片阳光。有的人从踏入电厂大门开始，你看不惯我鼻子，我看不惯你眼睛，几十年不说一句话，末了，却前后相跟着进到火葬场，骨灰盒紧紧相邻，存放在一个小隔挡里。

也有一个车间的同事，从黑头发熬成白头发，从挺胸抬头意气风发，到勾腰驼背，靠打太极拳打发余生，一次都没有正视过对方的眼睛，但对方的婆媳关系怎样，昨夜夫妻是否吵架，是否有高朋和硬实的社会关系，倒是了如指掌。对方高兴的时候自己不高兴，对方悲伤的时候暗自庆幸，时不时还冒出几句风凉话。明明双手插在裤兜，耷拉着眼皮朝前走，见到对方，迅速甩开膀子大步流星，仰起脖子，久久盯着天空，好像天上正在上演汉调二黄或碗碗腔。也有出岔的时候，一不留神，撞到别人伸长的小腿上，哎呀一声扑倒在地，屁股朝天，下巴磕到石子上，流血不止，很快被扶进医务室缝针包扎。而那对方，老死不相往来的对方，早都记不得因为何事结下梁子的对方，这个时候，匆匆从桂花树下走过，脸上堆着广博而灿烂的笑容，众多牙齿暴露在外，辨析金桂银桂的香型。心里的笑意则持续久远，成为快乐的源泉，几年、十几年，乃至于生命垂危之时，时时想起，随意拎出，会意一笑，滋润干涸的心田。

最好玩的，是职工子女结婚、过满月、考上大学这样的大型饭局，一向是本厂职工最大的娱乐活动，人们的笑容一般会持续三到四天，见面问话也是你打算随多少份子，尽管不用问都知道数额差不多，还是无话找话，说道一番，因为实在找不出更新颖的话题。这种活动远比"五讲四美三热爱"和职工运动会组织有序，几乎全体出动，有专门通知请人的，有安排车辆往城里饭店拉人的，上车前有专人站在车门口，上一个人往名单上画一个钩，生怕漏掉了谁，如果漏掉了还得道歉补请。到了餐厅，还有引导员，指挥谁坐包间谁坐大厅，一般情况下领导会被安排进包间。随份子吃喜酒的永远是一个电站的职工，连外乡外县娘家婆家都很少来人。娘婆二家的人来一次不容易，隔山隔水隔方言，还要搭乘火车转乘汽车，钻隧洞搭渡船，除非必来不可的直系亲戚，没有谁特意来赶这种形式主义色彩极强的盛宴，来了也是陌生人，常常在热闹的酒席中愈加觉得自己是外人。更有甚者，哪几位常坐一个桌，基本成为定式，来得早的会给邻座放一把伞或一个包，占个位子，套个近乎，显得两人关系不一般。

当然啦，偶尔也有带上家属子女凑热闹的，家属子女可以打破同事之间面和心不和的尴尬，毕竟是稍微新鲜的面孔嘛。同事之间，谁能喝几两酒，喜欢喝苞谷酒、木瓜酒、还是泸康酒，谁家本来能上西凤酒却上了泸康酒，谁家烟酒是批发来的还是酒店自备的，谁家上了凉拌萝卜丝或酸白菜，也会被议论数天，甚至数年。谁喜欢吃青椒炒腊肉，谁爱吃焓莲菜，谁青睐浆水搅团，清楚得跟自己的手指一样。酒店也就那么几家，吃得久了，就知道第一轮菜，一定是八个凉菜，然后是八盘热菜，热菜中必须有鸡有鱼，年年有余嘛，醋熘土豆丝或尖椒土豆片上桌，就清楚没有菜了，想提前离席的人可以走了，没有打开的酒，可以不开了。

最后一道菜被称为撬菜，把客人撬走，把醉汉和赖着不走的人撬走。土豆这种家常普通的菜，就充当了撵人的角色。有人开玩笑说：为什么白菜、黄瓜、红萝卜不是撬菜，而单是土豆呢？因为土豆是圆的，容易滚嘛，滚蛋，滚蛋，哈哈。

也有一时马虎，吃错地方的时候，给李工程师随了份子钱，却被王技术员迎到了酒桌上，吃到一半，发现不对，装着上厕所，歪着脑袋到该去的酒桌。还有丈夫随了份子钱，却无分身之术，一顿吃不了三家酒席，妻子孩子分开去吃，请客的人同随份子的人是朋友，却看不惯代吃酒席的人，敬酒时酒杯在酒桌上方画一个圈，在代吃者面前连一秒钟都不停，眼睛自然也不看对方。这下就有了矛盾，结下疙瘩，下次坚决不给这家人随份子，哪怕迎面走来，装作吐口水，头一低，擦肩而过，自然不说话，避免一场尴尬。

也有人，恨不得自家孩子早早考上大学早早结婚，热热闹闹操办一番，把以前送出去的份子钱收回来，或者早点把礼钱送出去，还了人情，身心安宁。平日里，同事之间津津乐道的，还是毕业离开城市时的那点破事，有的职工十年没有进过省城，一辈子没有出过差，更没有旅游度假的概念。有的职工来自农家，上了几年大专院校，分配到远离都市的电站，观念和生活习惯上还是农民，只是拿工资的农民，老婆如果生的是女孩，总是低着头，顺墙根走，生怕被人问起。有的男职工一辈子不会洗衣做饭，所有家务活归老婆，过年过节发了福利，首先给自己家送回去，即便与老婆一起逛街，也不会帮老婆拎包提东西。还有人，如果买了生西瓜，哪怕只有三两块钱，也要等到第二天，把生西瓜送回给卖主，要回瓜钱。

几乎所有人，业余生活除过打牌搓麻将，就是顺着羊肠小路爬山，围着家属楼转圈。没有红白喜事，不会请客送礼。职工从进厂到退休，基本上没有吃过别人家的饭、进过同事家的门，更没有下馆子请吃或吃请的习惯。家属院与电站厂房一墙之隔，前面是高山，后面还是高山，两山之间的河流之上，就是水电站大坝。出门就爬坡，上了坡就能俯瞰水电站全貌，一湾碧绿的水域，就是水电站拦江大坝，是水电职工和子弟眼里永恒的风景，我就是看着那湾水长大的。

南宫羽兴许说累了，叹一口气，双臂交叉在胸前。

见女朋友叹气，李青林就说：原来这么单调呀，不过总比农家子弟强，不用为一日三餐发愁。

南宫羽说：那不一样，对于墨守成规、不思进取的人来说，这样的生活很不错，舒适平静，适合养老。但对志存高远、有理想抱负的人来说，简直就是画地为牢、作茧自缚。住我们家楼下的一位高级工程师，多年以前毕业于名牌大学电气工程自动化系，可他偏偏喜好天文，天天晚上在阳台上对着望远镜遥望星空，自打我懂事到现在，他家阳台上一直架着望远镜，从短小精悍型，到体型庞大的高倍天文望远镜，从组装到原装进口，长枪短炮，花样众多。

我上小学的时候，对他非常仰慕，最快乐的事是我家阳台上晾晒的衣服床单掉到他家阳台上，还没等我妈使唤，就屁颠屁颠下楼敲门，甜甜地叫一声叔叔，到了阳台先不拾散落一地的衣服床单，没等他主动邀请，就抱住望远镜不放，有时候还站在小凳子上，边看边听他讲解，尽管听不懂，依然愿意去他家。很长一段时间，小伙伴非常羡慕我，因为我比他们多看了几眼太阳上的斑点和更加明亮的月亮星星。大一点以后，连见都不想见他，我妈骂我没良心：小时候尿布掉到望远镜上，叔叔从来没嫌弃过，还主动送上来，现在倒不理人家了。我反击道：你们同事之间都不理人家，还说我这晚辈。

我妈就连连感叹，说以前大学老师讲，人是环境的产物，还嗤之以鼻，现在想来，简直是至理名言。听说他最近把望星空的资料寄给有关专家，人家说他的水平相当于二十年前的国内水平，气得他一星期没有望星空。我爸在一旁反驳：别老说人家望星空，望星空，人家那叫天文研究。我妈说，别装高雅，有人说他那叫初恋综合征，初恋是一位空姐，整日在天上飞来飞去，他是怀念初恋，才没白天没黑夜仰望天空，要不四十多岁的男人，又是高级工程师，还打什么单身？青林呀，这事说起来冤枉，原本与我家毫无关系，到头来变成了我爸我妈的战争，吵了几十年，也没吵出新意。

李青林说：这样也好，相对封闭，家庭不容易破裂。

南宫羽说：这一点你倒看得准确，就那么一个小圈圈，远离城市，又无流动人口，大门口进来一只狗，大伙儿也会围着狗议论半天：谁家亲戚带来的？打鱼人家的，还是大坝边三间石板瓦房李家的？公狗还是母狗？狗龄几岁？与野狗交配以后，狗崽子秉性更像野狗还是家狗？黑色皮毛多还是黄色皮毛多？前爪尖利还是后爪尖利？……

早晨院墙外的小菜场卖水萝卜，这一天全厂职工几乎家家饭桌上都有萝卜这道菜。炖萝卜、红烧萝卜、炒萝卜条、凉拌萝卜丝，形状不同，生熟不一，有一样是相同的，那就是所有人放出来的屁是一个味道，打出来的嗝也是一个味道。久而久之，大家总结出一个规律：只要自己吃了萝卜，就放心大胆地放屁打嗝，反正搞不清出自谁人之身。你想呀，这种环境里生活的夫妻就是离了婚，也找不到新人替补。也有人不知道什么原因离了婚，每天在一个院子里工作生活，一天能碰三次面，每次看见他们迎面走来，都替他们捏一把汗，赶快偏过头，不好意思看他们。也有因为天天看见自己的前夫或前妻与新人出双入对、欢天喜地，受了刺激，脑袋出了问题。也有离婚后各自结婚生子，大人不相往来，孩子却天天一起玩耍，争抢同一只皮球，乘坐同样的校车，上同一所学校……

李青林紧紧握住南宫羽的手，爱怜地说：总以为你们电力职工收入高，衣食无忧，生活幸福，子弟优越感强，原来也有不如意的地方。

南宫羽轻轻吻了一下他的额头，继续说：是啊，我们这种水电站，同大的供电局和电力局不能同日而语，属于电力系统基层单位，职工大都大专院校毕业，属于那个时代的精英分子，百里挑一的高考状元探花榜眼，谁会想到身陷大山一辈子，不但把青春年华献给了大山，还把子女的未来搭了进去？子弟们没有其他就业门路，也没有任何社会关系，提上礼品去找几十年以前的同学帮忙，可几十年能把人分成多个阶层，一个阶层的人不与另一个阶层的人交心，这是人的共性。所以嘛，电二代，电三代，就这样涌现出来，儿子与父亲一个分场，孙子与爷爷一个工种，我也脱不了俗，与父母学一个专业，但连与父母做同事的资格都没有，只能到这穷乡僻壤当一名小水电值班员，谁甘心呀？

南宫羽说着，顺势滑进李青林的怀里，双手环抱住他的腰，嗲声嗲气地说：亲爱的，幸亏遇见你，幸亏有你相伴。

李青林一只手插进她的发丝间，轻轻抚摸，一只手抬起她的下巴，吻了一下她的脸颊，轻言细语地说：亲爱的，我没有什么本事，不能给你带来优越的生活。

南宫羽说：毛爷爷说过，青年人就像早晨八九点钟的太阳，世界是属于你们的，也是属于我们的，但归根到底是属于你们的。咱们得有变化，人挪活树挪死，如果一成不变，一辈子待在小地方，顶多混得跟自己的父母差不多，可那是一种什么样的生活呀！由于山高谷深，平地稀缺，傍晚时分，全厂职工只能绕着几栋家属楼同一方向转圈散步，休闲聊天，遛狗逗乐，边走边甩胳膊踢腿，做扩胸运动。一个比一个打出的屁响亮，打完屁，呸一声吐口痰，有的吐到僻静的草丛，有的干脆就吐在脚下，下一圈转过来踩着了，刺溜摔倒，单手撑地爬起来，仰起脖子继续行走消食。如果来个外人，不懂规则，逆时针方向转圈遛弯，几分钟就碰见同一个人好几次。碰见的次数多了，客气话说尽了，才恍然大悟，拍拍脑袋，赶快调转方向。方才得出结论，不愧为学电的理工男理工女，智力的确非凡，竟然能想出避免连续打招呼的散步方式，约定俗成一般，顺时针转圈儿，匀速前进，排着队一样，永远往前走，永远不会碰面。

有的职工年轻时带儿女，年老时带孙子，在带儿女和带孙子之间的大段空白期，闲着也是闲着，就遛狗养猫。无论男女，不管是曾经的技术主管，专业骨干，还是汽车司机后勤厨子，一水儿牵着狗，遛着猫。也有曾经拥有话语权的人，大胆加入养狗遛猫的行列，自然招来窃窃私语，说此人以前大会小会批评职工养宠物，为禁止养狗养猫还专门发过文件，弄得宠物的主人只好把狗和猫装进布袋子，月黑风高的时候背到山梁上遛一阵，趁人不注意的时候才背回家。如果碰上人，要么按住袋子里的狗头，要么转身赶快跑掉。

狗喜欢扎堆，见面就抢食吃，咬脖子，当着主人的面爬上背交配。猫见了猫就追逐，一不留神跑得无影无踪。大狗小狗、大猫小猫的主人们，喜欢自称狗们猫们爸爸妈妈，见了面，不问老公老婆孩子老人，会问一声你家宝贝咋不见呢？也有某只狗边走边抬腿撒尿，后面的狗追上来，狗们亲热，狗爸爸狗妈妈就得搭讪：你家贝儿几天洗一次澡？我家宝宝可通人性啦，晚上睡在我俩中间，一会儿钻到我怀里，一会儿钻到他爸怀里，谁给的骨头肉多，在谁怀里亲热的时间就长，你说我们家宝贝聪明不聪明？

也有人平时不抽烟，因为给狗脖子上挂了一串耐火树籽，就专门拿一盒火柴，见有人注意，哗地划燃火柴，往树籽上点，狗狂叫几声，一溜烟跑掉，别的狗也紧随其后，围观者哈哈大笑。这样一来，几十年不往来的同事因为狗，也会冰释前嫌，成为狗友。

以前我讨厌狗，现在有了变化。我们对门那家，养了一只卷毛黄狗，最初如同小猫，两三年时间，足有二十斤重，白天瞎跑，夜里自然住在家里。一次回家有点晚，楼道漆黑，还没走进家门，一条狗就冲我扑过来，我妈及时打开房门，光亮中才发现，原来是一条陌生狗。我妈说，这是一条野狗，是你王阿姨家那狗的男朋友。

我惊奇地问，狗也有男朋友？

我妈说，你以为只有人才有男女朋友，所有动物都有男朋友呢，有的还很专一，比如鸽子啦，鸳鸯啦，终生只有一个配偶。

我爸白了我妈一眼，我妈就闭嘴了。

一次早起，果真看见那狗安静地卧在王阿姨家门口，我嗨了一声，狗没搭理我，眼皮虚了虚，睡眼蒙眬的样子，显得异常慵懒、高贵、不卑不亢。心中突地冒出无名火，干脆踢了它一脚。狗不得不起身，刚下几个台阶，门内的狗汪汪叫起来。那狗转过身，回过头，望我一眼，又望王阿姨家的门。

狗的眼神迅速发生了变化，一改刚才的虚无，变得敏捷、柔软、犹豫、温和。

实在不好意思再看它，赶紧下楼，那狗，肯定又回到门口了，那里有它一门之隔的爱人哩。

南宫羽说完，用力拍了一下他。

李青林边笑边说：一个深山水电站还有这么多奇闻逸事，我们局外人想都想不出来，不过电力职工生老病死、养老送终都有专人负责，比起自生自灭的农民不知好出多少呢。大多数农民生不起病，若是生了大病，只能等死，好多家庭摊上大病，拖垮全家，真的是辛辛苦苦几十年，一夜回到解放前。

南宫羽说：电厂好像也不是世外桃源，有一次我爸我妈回家念叨，说一位退休多年的职工去世以后，只有老伴守灵。孤老太婆在棺材前烧了一夜纸，点了一夜长明灯，第二天趴在油灯前起不来。待到次日上班，负责红白喜事的人赶到，长明灯早已油尽灯熄。按说棺材下的长明灯是不能熄灭的，熄灭以后家人不吉利……

李青林等不及南宫羽说完，便追问：难道没有子孙朋友守夜吗？我们村里如果死一个人就是全村人的大事，死者为大，多忙多难的事都得放下，全力以赴安葬死者。

南宫羽说：我妈说这位退休职工年轻的时候来电厂工作，老婆孩子一直在外省老家，夫妻多年调不到一起。由于长期两地分居，感情淡漠，你想呀，现在调动工作都不容易，那个年代想必更难，只好离婚再娶。老人去世以后，子女也来了，吃住都在宾馆里，来了以后首先问抚恤金怎么分配。我妈还说，无权无势、平庸一生的普通职工如果去世，守灵放炮送礼的人明显比位高权重的人少，有的为了增加人气，挣得面子，专门请人去火葬场凑热闹。

听说其他单位，有的死者离退休时间较长，火葬时太冷清，怕家属挂不住面子，老干办或工会给每位送葬人发误工费，按人头发，鼓励大家行善捧场。我妈说多年以后这种事可能会发生在自己身上，因为亲戚远在老家，我又不在身边，还是独生子女。唉唉，不说了，好无聊，这种事想起来都胆战心惊。咱们这个小镇，你是看到的，连个约会散步的地方都没有，如果咱俩并排在街道上走过，一顿饭工夫，全镇人都会笑模笑样、指指点点，可怜哦，春光这样明媚，只能在房间焖肉。

南宫羽的声音有些悲凉，把嘴唇贴在他颈下，哈出细微热气，刺激得他浑身酥软。

李青林没有回应她的缠绵，声音重重地说：太不公平了，我们村有人连饭都吃不饱，无论是生前还是死后，没有谁领公家一分钱，倒是要集资建学校架桥梁，你们那里的人活着养狗养猫，死后还有抚恤金，这世道什么时候才公平公正呀？

南宫羽好像没有听出李青林的伤感，嘴唇对着他耳朵，悠悠地说：亲爱的，咱们一起去南方，开创一个新世界，不但把咱们变成城里人，还把咱们的儿子变成都市中的富人，成为名副其实的富一代，你觉得如何？

李青林立即坐直，把南宫羽的身体扳直，严肃地说：你是说咱们把这里的工作辞掉，去南方打工？

南宫羽抚了一下刘海，离开李青林的怀抱，坐在木椅上，轻声笑着说：就知道你离不开你爸你妈，如果不想辞职当然可以，先去看看。如果情况不错，咱俩双双南下，待安顿好以后，再把你爸你妈接过去，咱生个大胖小子，一家三代其乐融融，想起来都幸福无比。

李青林也笑起来，连声说：是啊，一个高中生都能站稳脚跟，靠打工致富，你是大学毕业生，我是师范生，咱俩都学有所长，有自己的专业，应该不会太差。

南宫羽一蹦又蹦到他怀里，双手吊在他脖子上，高兴地叫起来：太好啦，太好啦，咱们要去广阔世界大有作为啦，咱们要发财当城里人啦。

李青林摇晃着她的肩膀，轻声说：这是大事，没有办成以前不能让别人知道。

趁着热乎劲儿，两人真就讨论起南下方案了。

经过无数次肯定与否定，兴奋与纠结，最终的方案是，李青林利用学校放暑假的机会南下，先去打探考察，如果前景光明，再回学校辞职，并带上南宫羽一同孔雀东南飞。如果情况不妙，就算南下旅游一趟，回来继续教书上课，一切风平浪静，什么也没发生一样。

有一天，南宫羽值白班，闲得无聊在水渠边走来走去，迎面走来一个老头。老人弓着腰，提着竹筐，满头白发，她只略略瞅了一眼，就仰起脖子看皂角树上的鸟巢。一只鸟儿扑棱棱飞去，飘下一根枯草，飘飘渺渺，蹁蹁跹跹，穿过弯弯皂角枝杈，抚过绿叶片片，一路绕行，一路曼舞，不偏不倚，落在老人头顶上。

金黄色的枯草落在银色白发上，鲜亮得令人生喜，正要欢笑，却向后退去，后退的同时，惊叫一声，哎呀。

因为老人抬起了头，不但头发白如新雪，胡须眉毛也一并洁白，似霜似雾又似阳光下的水波。喔，这不是柳巴松他爸吗？小学初中的时候，经常看见他爸提着竹筐打猪草，看见他们走近，就远远走开，感觉像是躲避熟人，尤其害怕柳巴松的同学看见。

一个清晨，冻得手都不敢伸出来，一说话哈出一团白气。小水沟里竟然有人捞水草，好像听人说过，稍微有饭吃的人家都不会用水草喂猪，水草没有营养，不会长膘，但可以让猪吃饱肚子，免得饿死，算是吊命。

沟沿有一双烂了脚后跟的黄胶鞋和一个旧竹筐，旁边有一小堆湿淋淋的新鲜水草，草叶细软水滑，绿晶晶亮闪闪，蚕豆大的螃蟹骨碌碌爬来爬去，比米粒长不了多少的小虾，在水草上翻着跟斗，一个同学一只脚踩住一个螃蟹，双腿叉开，像一个巨大的圆规，大呼小叫道：你们看呀，怪不得柳巴松是个丑八怪，原来他爸又丑又老，这么冷还捞水草，说不定这是柳巴松的午饭呢。

有人嘻嘻哈哈地响应：丑八怪才吃猪草，吃猪草的人跟猪一样丑。

捞水草的人没有抬头，没有抗议，头一个劲地往下低，几乎都沉到水里了，原本卷起的裤腿，话音一样落进水里，双脚被水草遮掩，看不清具体模样。也许是水在流动，也许是太冷的原因，那人的身体一直抖动着，摇晃着，如果水流大一点，一准会被冲走。

学校基本上一个学期开一次家长会，小时候南宫羽没有在意，有一次，妈妈郑重其事地问她，你们班那个柳巴松是不是孤儿。她被问得张口结舌，反问一句，怎么是孤儿呢，他有爸爸哩。

妈妈又说，老师也没有批评，只是有家长八卦，说从来没有见过这个同学的家长开会，还以为没爸没妈呢。

后来在柳巴松的作业本上，南宫羽无意间看到几个流畅大气的钢笔字，这字肯定不是老师写的，老师的字全班同学都熟悉，也没有这字成熟。对的，当时的感觉，就是成熟，蓝墨水的钢笔字非常非常成熟。

往事如同昔日的彩虹，一晃好多年过去了，当年踩死螃蟹的小子，听说承包了几亩地，在种黄连，已经当爸了。

老人怎么连眉毛都白了呢，而且还不勾腰驼背了，变化可真大啊。

啊呀，肯定不是柳巴松他爸，听爸妈说柳巴松他爸早死了。以前谁都不知道这个人，只因他实行了水葬，人们才知道世界上还有水葬这种事，顺便才知道身边还有这么一个人。

自然有人议论，只是把骨灰撒入江河，算不上水葬，水葬是把尸体裹上白布沉入江河湖海。也有人说，一定是孤家寡人，无牵无挂，来无影去无踪，倒也彻底干净，不给别人添麻烦。

母亲当时说得轻松自然，南宫羽倒是有些惊讶，柳巴松他爸为什么没有土葬呢？怎么开创了这么一种丧葬方式哦？好奇之后，有些伤感，轻轻淡淡，若有若无，雾一般的，烟一样的，气息似的。

为什么会有这种情绪呢？一时半会说不清楚。

南下前，南宫羽跟着李青林回了一趟家。

李青林的父母得知未来的儿媳妇要来看家儿，高兴得见人都咧嘴笑。未婚妻看家儿在农村算是头等大事，说明女方满意男方，也说明离结婚进门的日子近在咫尺。南宫羽可不是一般女孩，是拿工资的城里人，工资比儿子还高，这在方圆数里成为最大新闻，招引得左邻右舍全都挤到院子里看热闹。

也有对李青林不死心的女孩子和母亲们，躲在麦草垛后面、柿子树枝丫中间、土坯墙拐角处，看似随意走走看看，其实眼神儿就没离开过南宫羽和李青林，他俩的一举一动，一颦一笑，全都揳入她们眼帘。

有人扎着堆儿，交头接耳，说几句张望一下，再说几句张望一下。有人说李青林好福气，这女人额宽鼻高下巴圆，圆得好似金元宝，这样的女人旺夫。有人说你看那腰，削薄得豆腐和臭屁揉成的一样，哪能奶娃嘛。也有人嘴巴噘得能挂一串辣椒，咬牙切齿地说，我到跟前瞅过了，眉心有颗朱砂痣，颧骨比秦岭大巴山都高，女人颧骨高，杀夫不用刀。你们看吧，李青林的好日子已经到头了，到时候呀，哭着回来找俺闺女，俺都不拿正眼瞧他。

话还没说完，笑声哗啦啦骤起，自知说漏了嘴，干笑几声。唉唉唉，谁稀罕他们，咱以后说不定找个万元户亲家呢。

有人调侃，去去去，土老帽，万元户早过时啦，现在是十万元户。

那咱就找个十万元户的主家。

笑声一直萦绕在李青林家几间青石板瓦房上空，李青林根本没有让父母通知亲戚邻居，但不知道怎么搞的，叔叔婶婶，姑姑姑父，表叔表婶，阿姨侄子，堂兄堂妹，越聚越多，将堂屋厨房围得水泄不通。亲戚们都穿了干净衣服，梳洗了头发，身上散发着清爽的皂角味，几个人的裤子膝盖和屁股上打着补丁，精神头倒十足。

南宫羽惊奇地发现，只有年轻一点的女人胸脯高耸，走起路来兔子一样跳跃。中年妇女的乳房没有长在胸脯上，而是长在胸脯与肚子之间的位置。介于中年与老年的妇女，干脆没有乳房，整个前胸木板一样平铺直叙。老婆婆呢，乳房似乎长在脊梁上，高高凸显，分外抢眼，同脊梁同样引人注目的是嘴巴，恰似一个干枯的百香果，一分一毫的肌肤都放射出皱纹，无限延伸、蜿蜒、不屈不挠，直至脸部、脖颈、周身，中心位置，则是深不可测的黑洞。

几乎所有中老年男人都穿着草鞋，草鞋上粘着泥浆黄土。人手一根旱烟锅，有人握在手里，有人插在腰间的黑布腰带里，有人抬起一只脚，把烟锅往草鞋底子上磕。约好了一般，所有烟袋都是黑色老布缝制，自然是自家织布机上织出的粗布，粗布的源头——棉线应该来自房前屋后的棉田。烟袋拳头般大小，也有手掌大小的，秤砣一样晃荡在男人的指头和腰间。有人把烟锅伸进黑布烟袋来回掏，一只手隔着烟袋摸索一阵，再按几下，退出烟袋，烟锅就装满了黄灿灿的烟丝烟末，高高跷着大拇指，长长的黑指甲盖住了半个烟锅，指甲连同拇指按一按凸起的旱烟，浓烈的烟味弥漫而来。另一只手往衣服口袋不自信地伸去，南宫羽突生焦急，担心那口袋里根本没有火柴。一支闪着火星的烟锅善解人意地伸过来，烟锅对烟锅，胡子拉碴皱纹密布的嘴巴用力吸气，脸颊立即凹陷下去，又瞬间鼓起。两个烟锅冒出青烟，两张嘴吧唧，吧唧，吧唧够了，呼出一口气，白烟弥漫，缠绵萦绕。

一位老年婆婆手里握着仅剩三根梳齿、黑不溜秋的塑料梳子，笑的时候皱褶堆砌，皱纹与皱纹之间能夹得住小片榆钱儿，几颗长短不一，粗细不匀的褐色门牙，掩饰不住黑洞般的口腔。小小女孩的碎花衣服肩膀上也摞着补丁，紧紧拉住老婆婆的手往院子外面拽，一边拉拽一边说，换条裤子再来呀，别给青林哥丢丑。

声音尽管不大，还是被南宫羽听见了，眼珠一转，就看见老人的裤脚正在滴水，尿液臊味扑鼻而来。她翕动一下鼻子，装作什么也没看见。

其实也不怪李青林的父母高调，亲戚邻居大多住在房前屋后，站在院子喊一声叔，起码有三个人答应。最远的小姑家，也就三袋烟工夫。

南宫羽落落大方，一脸平和，移步到院子中间，与未来的婆婆坐在一条长凳子上剥豌豆，这下子所有人都看清她了。

她还不习惯地拉住了婆婆的手，婆婆的手粗糙得如同树棍，乌青的经络横七竖八布满手背，尽管大概特意抹了雪花膏，与母亲细软光滑的手还是不能相比。按说两人年龄相差不大，但两双手放在一起，就像绸缎与竹席，江米与谷糠。

未来的婆婆笑意盈盈，想说点什么，一直没有说出口。

南宫羽无话找话地说：院子很干净呀。

青林的母亲还没说话，一位中年妇女立即说道：你娘可贤惠啦！噢，是青林娘，知道你来看家儿，特意把猪圈门关严实，把狗拴起来，把鸡赶进鸡圈里，你瞧，槐树下鸡圈的鸡叫得多惨，平时四面八方跑得欢实呢。今天为了迎接你，青林他爹专门杀了两只小冠子母鸡，一只红烧一只炖汤，农户人家一年到头，只在大年三十晚上杀一只小冠子鸡，大冠子鸡舍不得吃。

青林的母亲迟疑了一下，继续手中的活计，南宫羽也稍稍停顿一下，想着马上就同李青林去南方淘金了，这个院落、狗圈、鸡舍跟她没有多少关系，想一想就说：鸡还分大冠子小冠子呀？

还是那位妇女，右手食指扣一扣鼻孔，在胸脯上抹一下，又在大腿上抹一下，顺便拍着大腿说：你是居民户口，对鸡呀狗呀不了解，不管是公鸡还是母鸡，鸡冠子越大越厚实越好，母鸡冠子又大又直立，下蛋就多，鸡冠子越小下蛋越少，要么卖掉，要么杀了给月母子催奶，给老人祝寿。

南宫羽望着鸡圈，又说：鸡圈里好像还有公鸡呢。

妇女说：鸡圈里公鸡母鸡当然都得有，就像男人女人喜欢挤在一个被窝里，公鸡能给母鸡壮胆，还能刺激母鸡什么激素产生，打雷下雨的时候，只要公鸡喔喔打鸣几声，母鸡就会安静下来，母鸡一旦安静，下蛋就多。

忽然，呸一声，一口浓痰飞了过来，不偏不倚落在李青林脚前，他转着圈子正散烟呢。南宫羽张了张嘴，说不出话来，心里一个劲儿地告诫自己，忍住，忍住，别一走了之，只是亲戚邻居，与李青林无关。

一位脸上有块刀疤的妇女高声大骂：瞎了眼的老狗，豁嘴子呀你，连痰都吐不远。

声音如同破锣，沙哑似铁，如果不看胸前突突跳动的肉团，几乎想不到她是女人。

毫无来由的，南宫羽陡然生出羞愧之意，觉得闯入了不属于自己的领地，给众人平添了麻烦，引起了骚乱。

她克制着，用了很大力气，让面部肌肉尽量舒坦，心里则刀绞一般，这就是李青林的全部社会关系，也将是她未来生活的一部分。

谁家不都是这样子呢？李青林还有个完整的家，许多人连父母家人都没有呢，比如柳巴松，单只一个父亲，还窝窝囊囊，父子俩过的啥日子噢。

记得母亲说过，不要和来历不明的人套近乎，不要和没爸没妈的人来往，不要和单亲家庭的孩子谈恋爱，缺少父爱母爱的人，同样缺少教养。父母是孩子的榜样，父母离异，孩子也可能离婚。对此她不置可否，但不愿走近柳巴松倒是事实。

心中惶惶，怵然难受，表情还不能波动起伏。

一位婶婶最先给她手里塞进五元纸币，接着是更多的长辈给她手中和衣服口袋里塞钱。她向李青林望去，用眼神求助他，他则装作没看见，转着圈，给男人们一个劲儿递烟点火，递的烟是纸烟，点的火是打火机的火。

男男女女，老老少少，咳嗽的，擤鼻涕的，大着嗓门说话的，挤来挤去，声音喧哗，饭吃得就潦草。

离开李家的时候，躲到李青林的卧室，把收到的所有礼钱抚平理展，整整齐齐压在一个少了指甲盖大小搪瓷的茶缸下面，最大面额五元，也有一元的，还有两张五角的毛票。

礼节性地与李青林的母亲拉了一下手，对他父亲只是笑了笑，算是告别。

走在回镇子的路上，凉风习习，麻雀斑鸠啼鸣，南宫羽逐渐豁朗，觉得终于为某件事画上了句号。

离开这里，离开这个贫穷而平庸的关系网，过上富裕高贵、令人羡慕的生活。南下，南下，到遍地撒满黄金的地方，建设自己的黄金屋，开垦自己的玫瑰园。

心里默默念着，笑意就疯狂地升起来。李青林见南宫羽心情愉悦，兴奋得如同野兔，在田间地头与小溪沟坎间蹦来跳去，拽下几根柳枝，为她编了一顶柳条帽，亲手戴在她头上，甩动齐耳短发的时候，柳叶在额头耳边上下跳跃。

弯腰间，采一束水芹菜，双手递给她。

水芹菜在山沟水沼随处可见，普通得如同空气与阳光，青林的七大姑八大姨，或许就是水芹菜呢。

握在手中，聚成花束，变成礼物，立即就隆重起来，花朵娇嫩明黄，细叶清新鲜亮，一点也不比玫瑰牡丹逊色，她非常喜欢，嗅着水灵灵的花朵，放声大笑。

她送他去车站，火车站不大，人却不少，只能在检票口与李青林分手，本来要拥抱一下的，身体刚凑到一起，就被轰然而来的人群挤散，留给对方的只是背影。南宫羽不甘心，从肩膀与肩膀、大包与小包之间，终于看见他频频回眸的眼神，惊惧而茫然。

南宫羽大吃一惊，与李青林相处了这么久，还是第一次看见这种眼神，平时的眼神是洁净的，无瑕的，羞怯的，单一的。此时此刻，怎么会有这种眼神？她以为看错了，拨开一个男人的背包，从那人的腋窝下面看过去，千真万确，就是李青林。

也就是几秒钟时间，他就淹没在人海中，再也辨析不出谁是李青林，谁是旁人。

她深深呼出一口气，喔，大概身处人海中，都是这种神情吧。

南宫羽想着，就减轻了对恋人的担忧。

鹰　笛

一天，楼卫东看见扎西校长低头忙着什么，欧珠久美蹲在一旁，双手捧着小脸，歪着脑袋观看。楼卫东觉得稀奇，自从认识这个男孩，就没见他安宁过，现在倒有些不同。

刚走过去，男孩就跳了起来，笑嘻嘻地拉他手，嘴里还一个劲儿地喊叫：老师格根啦，嘎苏徐格根啦。

楼卫东听得费劲，摇着头说：听不懂哟。

老师，老师。男孩兴奋地说。

扎西晃着手中的小尖刀，笑着说：欧珠说，欢迎老师。

楼卫东说：谢谢，哎呀，这枚雄鹰的翅骨羽毛我见过的。

欧珠甩开他的手，气吼吼地说道：阿妈啦，阿妈啦。

楼卫东见他生气，并不在意，他已经熟悉了一点藏族人的脾气，高兴时开怀大笑，生气时扭头就走，喜悦与愤怒瞬间转换，没有过渡，毫不遮掩。

扎西比画加口语，唾沫星子飞了几圈，楼卫东总算搞明白，鹰翅是欧珠妈妈背水时捡到的，既珍贵又稀缺。

楼卫东本来要说天上的雄鹰同地上的牛羊一样多，一根羽翅值几个钱。想起他俩不熟悉汉语，自己又不懂藏语，交流起来太困难，就没说。

楼卫东见欧珠不高兴，弯下腰，拉起他的手，往自己脸颊上放，欧珠吃惊地向后退。他干脆揽过欧珠，将自己的额头抵到欧珠的额头上。

欧珠果然笑了起来，并念念叨叨：突及其，突及其，格根啦，格根啦。

扎西主动翻译，欧珠说谢谢老师。

楼卫东听懂了，边笑边说：突及其，欧珠，突及其，欧珠久美。

欧珠大声重复，突及其，突及其。

楼卫东也笑着重复，突及其，突及其。

玩笑中，突然生出一个念头，为什么不跟扎西和欧珠学藏语呢，他教他们汉语，他们教他藏语，时间一久，自然就学会了，既方便交流，又方便教学，两全其美。

想到这，便脱口而出：咱们互相学习呀。

扎西已经拔掉鹰翅上的粗细软毛，正用小刀剔着翅骨上的绒毛和细肉。

他继续说：你们教我学藏语，藏语文，我教你们汉语，汉语文。

扎西说：你一来，我就会说你的话了。

楼卫东笑着说：校长的汉话确实流利多了，快赶上我了。

扎西说：以前在拉萨读师训班的时候，藏语文汉语文都学，老师逼着天天讲汉话，一年以后就能与同学对话了，还能写一点简单汉字。到这里教书以后，没有人讲汉话，以为全忘了呢。菩萨毛主席把你派来了，每天听你说汉话，听一听全都想起来了。

楼卫东兴奋地说：感谢毛主席，把汉语教给了你。

欧珠猛地扑过来，楼卫东一伸手，握住欧珠的两只小手转起圈来，转着转着，头就有点晕，便向欧珠讨饶：好了，好了，不转了。边说边拍自己的额头。

欧珠则说：口琴，口琴，昵，昵。

同时伸出两根手指，楼卫东知道他要求听两首曲子或两遍曲子，故意伸出一根手指逗他：一曲。

欧珠又伸出三根手指：松，松。

楼卫东变换成了剪刀手：昵，昵。

欧珠五指展开，伸出一个巴掌：啊，啊。

楼卫东也伸出巴掌，几乎裹住了欧珠的小手，两人一边击掌一边笑道：啊，啊，五，五。

两个女生恰好从操场边手牵手经过，扎西抻抻脖子，努嘴说：普姆，普姆。

楼卫东也说：普姆，普姆，两个普姆。

欧珠指着自己的胸脯说：普，普。

楼卫东也指着欧珠说：普，男孩，一个男孩。

接着，两人齐声说：普姆，女孩。普，男孩。一二三四五，几昵松西啊。

然后，楼卫东指指扎西，又指指欧珠，开玩笑道：阿爸啦，阿爸啦。

欧珠摆着小手：格根啦，老师。

扎西则拾了便宜一般，哈哈大笑，乳白色的鹰翅骨在风中抖动。奇怪，长长的羽翅怎么变成了半尺长的白骨？凑近细瞧，扎西正小心翼翼地割锯两端骨节，然后用小砾石轻轻磨平管口两端，再把羊毛细绳从一端塞进，从另一端拉拽，带出一截白中带血的骨髓。楼卫东已经意识到这管被掏空的鹰翅骨，将要发生变化，至于变成什么样子，还想象不出来。

很快，扎西在骨管上钻孔，钻到第二个孔的时候，他才恍然大悟。

笛子，这不是笛子吗？竹笛就是这个样子呢。只是竹笛略长一些，孔洞多几个。

扎西真是个天才，看起来壮如野马，手还这般灵巧。

完工以后，扎西按住所有小孔，吹了吹两端管口，吹出几缕细微骨髓，羽毛一样飞得无影无踪。欧珠伸手要抢笛子，扎西嘀咕了一句，欧珠住了手。扎西给一端管口又钻了两个对称的小孔，穿进一根羊毛细绳，绑扎好以后套在欧珠脖子上，欧珠双手捧住笛子，直往嘴里塞。欧珠没有吹出响声，只好递给扎西，扎西左右手齐上阵，有的手指按住音孔，有的手指或翘起或弯曲。管体微斜，嘴唇凑近吹孔，徐徐送气，两腮渐渐鼓起，手指不停替换，笛音悠悠响起。随着扎西的运气发力，声音缓缓攀升爬高，直到悠扬清亮。

仔细辨析，与口哨的声音相似又不似，与竹笛的声音相仿又不同。相比之下，比口哨和笛音多了几份奇特——这奇特是什么呢？

不由自主的，楼卫东鼓起掌来。扎西递给他，他没有推辞，学着扎西的样子吹了起来，舌尖抵住吹孔，轻轻送气，竟然吹出了声音，反复几次，声音愈加清晰悦耳。

　　他把笛子举过头顶，天空碧蓝，但无暖意，眯缝着眼睛，透过太阳光，能看见管体上有细小的骨纹，浅浅淡淡，若有若无，似红似白，细腻含蓄，整个管体如洁净的玉石，羊脂玉大概就是这个样子吧。雄鹰的翅骨也能做成笛子，还能发出如此美妙的声音，真的是一方水土养一方人，一方地域有一方地域的文化特色，广袤辽阔的荒原之上，还有这么奇妙的事情。

　　见他发呆，欧珠伸手夺去笛子，递给扎西。扎西不厌其烦，一遍遍吹奏，高处缓缓飞升，低处幽幽而来，急时直冲云霄，缓时缠绵慢慢。这声音不同于巴松，也不同于二胡，更不同于口琴。

　　天籁之音，对呀，来自天空的灵物，来自骄傲大鹏的声音，不就是天籁之音吗？

　　见过芸芸物品，柴米油盐酱醋茶，桌椅板凳笔墨纸砚，鱼虾螃蟹箜篌扬琴笙箫，每一样都来自大地，深植沃土，散发着泥土的芬芳，即便是飞禽走兽，也只是果腹的美味和飞翔的英姿。单这一管小小的笛子，发生质变，突出重围，精灵一般，幻觉一样真实存在，拥有出水芙蓉般的惊艳，月光星辰的亮丽，春华秋实的愉悦，牙牙学语的稚嫩，大器晚成的练达，还来自天宇，来自高原雄鹰，圣物一样翩然人间。

　　好像在哪里听说过，动物王国三分天下，海陆空各自拥有一位霸主。海上的霸主是鲨鱼，陆上的霸主是狮子，主宰天空的则是雄鹰。随着青春岁月的渐行渐远，已经明白一个道理，所有领域的精英分子，金字塔尖上的稀世瑰宝，都是依靠超乎常人的意志，经受严酷的磨砺和苦难，才铸就其超强的能力。雄鹰自然是空中的英雄和统帅，若在人世间，堪比秦始皇和彼得大帝。

　　古语云，丝不如竹，竹不如肉。弦乐器不如管乐器，管乐器又不如人的声音。这枚透骨生香的鹰翅骨做成的乐器介于哪个层面呢？这尤物应该有个名字吧，扎西说的是藏语名字，他听不懂，无法存放心间。竹子做成的笛子叫竹笛，木片做成的琴为木琴，在西安还见过一种叫埙的乐器，想那字的偏旁部首，就知道是泥土烧制的，雄鹰翅膀做的笛子应该叫鹰笛吧。得跟扎西好好学一学，他也教他们二胡和口琴，下次跳锅庄的时候，器乐合奏，会更热闹。

令他猝不及防的是，还没有正式学吹鹰笛，天地就变白了，学校放寒假了，楼卫东无处可去，独自一人留在学校，一日三餐自行解决。扎西校长说，西藏中小学寒假时间长，暑假时间短，气温更低的藏西藏北牧区和大雪封山的山区，寒假时间更长一些。

大雪无遮无掩，铺天盖地，白茫茫空阔无边。

人生第一次，他见识了死亡，邻居家的山羊绵羊有的被冻死，连牦牛崽子都有冻死的。风过处，雪越来越厚实，积雪堵住了土坯房的门窗，只能刨雪出门。铁皮房顶被大风刮得不见踪影，人们踩在藏式柜子、独木梯子上，从房顶爬出去。唯一的燃料牦牛粪羊粪被风雪漫卷，飘扬到远方，到整个草原，到雪原以外的世界。

风停了，雪也停了，整个县城只剩下常住的当地人，楼卫东是少数几个留在当地过冬的汉族人。机关学校街道就像荒原一样，了无生机，不见生命活力。他不想出门，懒得清除房前屋后齐膝盖的积雪。

寂寞，是的，寂寞就像无孔不入的空气，裹挟着他的身体，穿透着他的脏器，与他相伴相依，是他唯一的伴侣。

走过的生命时光里，还没有像现在这样，没有像现在这般急切，盼望一个人，一个能与他说话聊天，哪怕拌嘴打架的人。无论是谁，只要能在他眼前晃动，与他说几句话就好。已经不记得多长时间没有张口说话，没有吃大米白面，没有品尝绿色蔬菜和水果，没有鲜花，没有春色满园、花开花落。

直到现在，幡然醒悟，拉萨那位十八军老兵挽留他的含义，才明白阿里地区行政专署办公室人员，请他留在地区工作的良苦用心，那是对他的关爱，对一个普通生命的真切关照。

他无法理解，无法诠释如此艰苦的地方，还生活着众多藏族人和汉族人，难道这就是支援边疆，建设边疆，稳定边疆。如果是这样，他可以坚持，革命理想高于天嘛。但内心不情愿，不想同牛羊一样被冻死。他想活下去，一直活下去，不想死，不能死，风华正茂，年华正好，好比早晨八九点钟的太阳，处于人生初始阶段。诗词歌赋中把青春比作花，一朵艳丽无比的花朵，他的花朵还没有完全绽放呢，如果人生有九片花瓣，他才开放了一两瓣。他想有芬芳，有作为，有一位漂亮贤淑的妻子，一双无忧无虑的儿女，儿子聪明伶俐，女儿活泼可爱。

此时此刻，这一切都是那样遥远，遥远得如同大学校园和天安门广场。激情澎湃的言辞，热烈的掌声，排山倒海的歌声，一浪一浪的振臂高呼，就像梦境，无法复还。

独自一人在土坯房里，没有取暖的牦牛粪羊粪，没有照明的酥油灯。风，像一把利剑，穿透肌肤，直击骨髓，一床羊毛被子一床羊皮褥子是唯一取暖的物品。白天，蜷缩在里面，夜晚，蜷缩在里面，拉二胡的时候蜷缩在里面，吹口琴的时候蜷缩在里面，吃糌粑的时候蜷缩在里面，喝酥油茶的时候蜷缩在里面。

与孤独一起袭来的是身体的躁动，他想有个女人，有个能够揽入怀中，安抚身体和欲望的柔软肢体。

过往的日子里，曾经有过怦然心动的女同学，可不敢轻易表白，认为一旦牵手，就得结婚生子，白头偕老。他还没有准备好，没有结婚生子的迫切愿望。所以，与她们的关系就像胡杨与莲藕、云雀与鲸鱼、唐伯虎与唐朝、林冲与林黛玉。那些女同学，仿佛也很配合，被伪军装和皮带武装，个个英姿飒爽，目不斜视，松柏气质，红梅品格。就连赫赫有名的学生领袖都不敢冒犯她们，不过男学生领袖，一般不缺绕其左右的女青睐者，女崇拜者似乎更多。只是普通一员的他，更不敢轻举妄动，自讨没趣。

西安那位女学生，那样的眼神，那种真实的仰慕，那张荷尔蒙肆意的脸庞，如同沙地的萝卜，一带就能走。如果还能回到那个场景，绝不会考虑是否有共同语言，是否有远大理想与信念，随时随地，拉上就走。喔，如果有她相伴，现在就能揽入怀中，酣畅淋漓，享受一番。

想一想，手就滑向腹部，闭上眼睛，想象与那女生激情似火，耳鬓厮磨，肌肤相融。

高潮起，忘情处，一迭声地呻吟不止：小鬼，小鬼，我要你……

舒畅美妙，如痴如醉，热流喷薄而出，抽筋动骨一般，瘫软如泥，迷蒙微醺，飘飘欲仙，梦里醒来，忽然忆起，想要扇自己耳光，却毫无气力。

越想越羞耻，越后悔，越无地自容。

下一次，再冲动，努力克制自己，偏不把手往被窝里放，惩罚一样，露在外面，不触碰腹肚胸脯，一会儿就瑟瑟发抖。有时候，鬼使神差，糊里糊涂又伸向腹部裆部，控制不住的时候，语无伦次，唤的则是姑娘。

姑娘，我要你，姑娘，给我吧……

这样的自我慰藉、自我减压，也耗体力。短暂的高潮沉醉过后，是长久的疲惫无力、昏昏欲睡，昏睡愈久，羞耻感愈强烈。所以，欲望再次袭来时，双脚抵住墙壁，双手握成拳头，用力击打床头。久而久之，床边一圈泥土脱落，坑洼不平。

已经不记得从哪一天开始，腰板不再挺拔如峰。不记得从哪一天开始，淡忘了来西藏的伟大目的。最大的愿望是今天早点过去，明天早点到来；寒冷早点过去，气温早点升高。

越来越像一位老人，喘着粗气，咳嗽不止，吐着黏稠的浓痰，嘴唇皲裂，鼻孔间歇性流血。

没过多久，担心的事情终于发生了，他开始便血。天天见红，连绵不绝。

见不到人，没有人的任何气息，他在羊毛被子与羊皮褥子间度日如年。

房间里只有他和班公柳有生命，就把棉裤裹在班公柳身上，隔几天把碗里或盆里结的冰捏碎，揉一揉，搓一搓，直到碎冰渣子全都化成水，才给树根浇一浇，淋一淋。每次浇水，都要想一遍，冬天快点过去，春天快快到来，冰雪融化，大地回暖，王副县长就回来了，就有人与他海阔天空，畅所欲言，有人说话是件多么幸福的事啊。

终于，天边放晴，太阳升起来了，地上的积雪薄了许多。他来到河边，河面结着厚厚的冰，接天连地，绵延到天边。看到有野狗在河面走动，便试着走了几步,除了溜滑,还算安全,大着胆子踏上冰面。走得战战兢兢、小心翼翼,唯恐掉进冰缝里,还好,竟然顺利地到了河对岸。河岸不远处,有一个缓坡,坡上阳光灿烂,积雪并不连片,裸露出来的山体像火山爆发后的样子,寸草不生,灰头土脸。

他想好好晒晒太阳,脱下棉袄,捉捉虱子。

天气还算暖和的时候,用热水擦洗过身体,天冷以后,连擦洗都不曾有了,好在气温一直很低,没有出过汗。自从便血以来,裆部总是垫一团羊绒,最先垫的是从羊毛被角上扯出来的羊毛,垫上以后,扎得皮肤火烧火燎。试图打棉裤棉袄的主意,发现棉花板结,撕扯不开。好在藏族人不吃冻死饿死的牛和羊,勤快的主人把死掉的牛羊掩埋掉,来不及收走的尸体很容易找到。他从一只冻死的山羊粗毛根部,扒拉到柔和的细绒,轻巧绵软,洁白如云。垫上羊绒以后,全身上下的虱子仿佛进入冬眠期,瘙痒减轻了许多。待到换洗羊绒,奇迹般地发现,羊绒团里钻了密密麻麻的虱子,才知晓虱子原来喜欢温热腥臭的地方。由此受到启发,又找来一捧羊绒,分成两团,两个腋窝各夹一团,隔段时间取出来烧水烫烫,水面漂起一层虱子皮,捞起羊绒随便放到哪里,几个小时就干爽如初,周而复始,继续夹到裆部和腋窝。

这件事让他明白,这里蒸发量很大,嘴唇皲裂得实在受不了的时候,就在床前放一盆雪或几块冰。第二天一早,盆里干干净净,连水的影子都不曾发现,口腔鼻孔也舒适许多。

面朝冰河,坐在一块背风的石头上,摘下氆氇帽子,周身上下沐浴在阳光里。敞开棉袄,松开裤子,取出三团羊绒,捉捡一个个滚圆饱满的小生命,没有像以前,两个指甲盖一挤,挤死这些小家伙。太阳一晒,头皮发痒,伸手去挠,顺手滑下一只虱子,再挠,更多的虱子滚落下来,还抓下几根漆黑油亮的长发,上面有白色小粒。

这些从来没有见过的小东西是虱子的幼卵,还是别的小动物呢?如此小的生命不会对自己造成危害吧?他把虱子全都放在小石片上,低头观察,仔细欣赏,任由它们爬来爬去,相互追逐。一只虱子爬到另一只虱子背上,一只背着一只，显得亲密无间，相亲相爱。一只虱子一不小心落到石片下面，掉到积雪上，扭动了几下，就不动了。望着芝麻大小的虱子，白中透红的尸体，陡然生出一丝悲凉。

伸出食指，轻轻挑起一团积雪，清凉，淡幽，盖到尸体上。雪葬，对的，雪葬，雪葬一个小小的生命。这一刻，他觉得自己和虱子、牛羊、雄鹰、荒草，是一样的，平等的。如果有一天自己死去，是否有一个人守在一侧，如此细致地注视自己、怜悯自己？

无法压制这种想法，任凭想象驰骋。死亡不只是概念，而是真实呈现，如影相随，缭绕在脑海里，流淌在血液中。

缓坡的另一侧有一个小湖，湖畔有帐篷牲畜和牧人留下的痕迹。湖面结着连片的冰，冰的纹路像凝固的涟漪，大圈套小圈，圈圈流畅顺滑。透过迷蒙的冰层，能看出湖水幽蓝澄澈。向风的一片湖面并不洁净，狼藉杂乱。

开始，他并没有特别留意，心想大概是飓风裹挟的飞来物。

绕湖半圈，走近那些杂物，才一一辨清，山羊，绵羊，羚羊，鼠兔，旱獭，牛羊粪，牦牛毛编织的帐篷碎片，风干肉，酥油桶，木碗，佛像……

不敢靠近，怕冰湖一不高兴裂开口子吞噬自己，送进鱼腹，为这些物品殉葬。

转到另一个角度，再看湖面，惊得不敢挪步。两具尸体混淆在物什中间，一具穿着灰色藏袍，头发散乱地粘贴在冰面上，黑色毡帽扣在身旁的黄羊脖颈处。一位妇女面目模糊，穿着枣红色氆氇藏袍，腰上系一条帮典，那帮典由三种横条颜色组成，翠绿、嫣红、靛蓝。

现在，楼卫东已经认识了盘羊鼠兔菩萨像，还知道围裙一样的饰物——帮典，上面是藏族成年妇女喜爱的颜色，珍惜的色泽。上次那位背水妇女也围着一条，就没有这条鲜艳。这条帮典，宛在冰湖中央，在高原冬日的暖阳下，显得光彩夺目，妖娆生辉。

雄鹰在低空盘旋，一定是来啄食的，他有些害怕，怕连他一起吃掉，上次就差点把他当成猎物叼走。犹豫间，倒是希望被带走，离开冰天雪地、亘古荒原，去往树木葱茏、春暖花开的地方。

返回县城的时候，再次从冰河经过，低头间，一眼就看见了自己。抹一抹眼角眉宇，想看得真切一点，却沾了一手雪粒冰霜。

进藏以来，一直想看看自己的模样，想照照镜子。没有，没有能照得见脸庞的哪怕手掌般大小的镜子，县委县政府应该有的，但他不能为了看自己的脸专程去吧。此时，从冰面上看见了自己，尽管有些模糊，大致模样还能分辨，帽檐沿宽大，佝偻着腰，面容是看不清的，但能够肯定，不再玉树临风、激情飞扬。

数月以前，自己还是一名莘莘学子，自信潇洒、英气逼人。

盯着冰面发一阵呆，移步近旁更薄的冰层，面庞照得稍微清晰，盯着自己又发呆。

滴答，声音细微弱小，携着冷风，落到冰面上。他看见了，是一滴血，鲜亮的一滴血。然后是更多的血，吧嗒，吧嗒。最终，脚下全被染红，染红不一会儿，就与冰结成了统一联盟，冰血相融，变成了冰血。

沮丧而去，血滴紧紧相随，影子一样相依。

放眼望去，冰河蜿蜒，银装素裹，除了白色还是白色，除了晶莹还是晶莹。远处呢，依旧是雪山，古旧巍然，自从看见第一眼，就没有改变过颜色。

楼卫东已经知晓，自己身处藏北羌塘地区，再往北是可可西里山和昆仑山，翻过可可西里山，就是可可西里大雪原，那里是一片只有英雄才能繁衍生息，同样广袤苦寒的无人区。他不知道藏族人心目中的战圣格萨尔王是否曾经驰骋到这里。南边的雪山正是冈底斯山脉，曾经希望像众多信徒一样，去往冈底斯山脉的著名山峰冈仁波钦一睹芳容，据说那里被苯教、印度教、藏传佛教、古耆那教，这四大宗教尊奉为世界中心。

眼下，显然实现不了这一愿望。他似乎被风雪吓住，困在了这座荒芜小城，身体与心灵越来越飞翔不起来。前所未有的真切，感到了身心疲惫、身不由己。

他想挺直腰板，幻想回到几个月以前，思维敏捷、生机勃勃，试了几次，均是徒劳。

也许是触景生情，也许是过于悲伤，不由得想起一首吹奏过无数次、旋律熟悉的俄罗斯民歌：

冰雪覆盖着伏尔加河，冰河上跑着三套车，有人在唱着忧郁的歌，唱歌的是那赶车的人，小伙子你为什么忧愁……

忽然意识到自己在流血，不想擦拭流淌的鼻血，任其洒落，自由滴答。继续低吟：

为什么低着你的头，是谁叫你这样伤心，是谁叫你这样伤心……

就这样，他回到了冰窟一样的房间，房檐上垂着一尺长的冰溜子，他习惯性地一进屋就往被窝里钻。匍匐躺下的时候，感觉有东西挡了一下嘴唇，伸手去抹，鼻孔吊着的两根细小冰棍猝然断裂。顺手将殷红的冰棍扔出去，随即睁开眼看，担心击中二胡，却没有看见二胡。

他以为看久了雪山冰河，患上了雪盲症，或者像王副县长说的那样，紫外线太强会患上白内障，用力揉搓眼睛，一切如旧。墙角的冰凌霜花没有消减，羊毛被上有个破洞，一只搪瓷碗，一只脸盆，一双木筷子，一块坚硬的糌粑。

奔出房门，向冒烟的土坯房跑去，尽管只是很短的距离，跑得上气不接下气，进了房间，发现女主人不是别人，正是河边遇见的那位背水女人。

楼卫东携带的冷风没有影响她的兴致，她正专注地把破损的二胡往炉膛里塞，楼卫东木然地立在身后，女人终于转过身，看见了他，顺手端起木碗，欣喜地请他喝茶。他依然不动，女人干脆递到他嘴边。

一挥手，酥油茶连同木碗，在空中划出一条光灿灿的弧线。快速从炉膛里抓出二胡，只剩半尺长的一截琴轴。琴头，琴杆，琴筒，弓杆，早已消失。

他把还冒着黑烟的琴轴用力抱在怀中，弯腰蹲下，胸腔起伏，浑身抖动。随即，呜呜地哭了起来。

女人挪着碎步，移到墙角，一眼一眼地看他。哭声越来越高，女人的眼睛也越瞪越大。

棉袄燃了起来，烟味呛得女人想近又不敢近。他没有动，蹲在房屋中央一个劲儿地哭。

想死的念头如寒冷和飓风，挡也挡不住，避也避不开。要是死掉该多好呀，就像冰湖中的男人和女人，死得无声无息，一死解千愁。初来不久的那个夜晚，跳锅庄时倒下的男人，被牦牛皮抬走了，如果已经死去，也是在欢乐中死亡，幸福中上路，有二胡相伴，有《春江花月夜》萦绕，自己要是那个男人就好了。

他感到灼热，烧烤，呛鼻，假如被烧死，死得会很痛苦，他不甘心，不能这样结束自己的生命。如果这样死去，既对不起内心，也对不起父母给予的身体。

不由自主的，他叫了一声"妈妈"，又叫了一声"爸爸"。

听见叫声，自己吓了一跳，爸爸妈妈，好久远的称呼。多长时间不曾想起，多长时间不曾唤叫，仿佛是上个世纪的事了。

三下两下，脱掉棉袄，扔了出去，连同火焰和焦煳气息。

女人用手势告诉他，自己在门外拾到这把二胡时它已经散架，以为是他扔掉不要的，牦牛粪和羊粪全被龙卷风吹走，野外积雪太厚，一时找不到燃料，就把二胡当成柴烧。

楼卫东捂了捂脸庞，一言不发，正要转身，欧珠久美举着鹰笛，一蹦三跳到了跟前。看见楼卫东，咯咯笑个不停，一手拉住他的手，一手拉住女人的手，大声笑道：老师，阿妈啦，扎西德勒，哑咕嘟。

北方别

学校马上就要开学了,还不见李青林的影子,这让南宫羽生出不祥之感。这种感觉就像荷叶上的露珠,在心头滚来滚去,晃晃悠悠,却难捧于手心。又如阵阵秋风吹拂在脸上,冷在心里,但无可奈何。

刚开始,南宫羽还收到过李青林的一封信,字迹潦草,用力轻重不一,短短几句话,意思是深圳热已经过去,海南热也已过去,现在正热的是上海浦东,许多人在浦东发了大财,目前对广东用人市场还不了解,有着落以后再告知。

南宫羽捧着信,一头雾水,以前也知道深圳特区、海南特区、浦东开发区等等,都是些名词概念,跟自己八竿子打不着,而现在,几乎是一夜之间,同自己发生了关系。

在此以后的每一个清晨、每一个黄昏,期盼李青林的来信成为她的头等大事,有时候等不及邮递员的身影,假装路过邮电所,不断看那扇忽开忽闭的斑驳红漆木门,待邮递员将绿色帆布口袋架上自行车后座,快速立在他身边,直勾勾盯着邮件袋。被惊吓几次以后,邮递员每次从邮电所出来都条件反射,顾盼四周,看有没有近乎麋鹿般的眼睛。后来她有点不好意思,街巷里毕竟人来人往,熟悉和不熟悉的眼睛与她相视的时候,闪烁着不确定的星光。她干脆直接到邮电所分发室,分发报刊邮件的小伙子一边忙碌,一边与她搭讪,聊一些可有可无、无盐无油的闲话,有时候她被问得实在不耐烦,翻开报纸,低头去看,眼角却不停地瞟那两个木格框子,一个是水电站,一个是镇小学。

一天，她正抻长脖子往油腻腻的帆布袋里探望，一阵凉风掠过，后颈窝处被什么东西击中，随即骂骂咧咧的女高音响彻整个空间，唾沫星子夹杂着浓重的油墨味。

飞来的是一个年轻女人，女人皮肤白皙，一条辫子垂在胸前，另一条蜷曲在肩上，左眼下方有一颗黄豆大小的肉色痦子，薄薄的嘴唇蝴蝶般翻飞。

女人一手叉腰，一手直指她脸，大着嗓门骂道：仗着自己是个大学生，四处勾引男人，破鞋一样到处跑，你不要脸，我们还要过日子呢。

待她反应过来，才感到后颈窝生疼，伸手去挠，抓了一手稀泥，随即向一旁甩去，一甩就甩到女人脚背上。女人穿了一双暗红色人造革凉鞋，看见扔出去的稀泥最终回归自己，嘴角用力抽动，一个猛子扑上来，揪住南宫羽的头发，就往没有刷过漆的报栏木柜上撞。

南宫羽眼前一黑，接着就听见砰的一声，然后是剧烈疼痛，一股热流由上而下，从额头流淌到脸颊，再滴到脖颈和胸脯。

小伙子呵斥一声，女人像扔烂白菜一样，扔掉南宫羽的脑袋就跑，跑也没跑几步，刚跑到门口，怪声怪气地叫了一声，妈呀，顺着墙根就滑下去了。

南宫羽睁开眼睛，感觉自己变成了血人，倚在木柜上，有些恍惚。小伙子显然已经被吓住，站在原地一动不动，但只迟疑了瞬间，就向那女人冲去。南宫羽充了电一般，三步跨栏，越过男人和女人，向有阳光和青草的地方跑去。奔跑的时候，把顺手抓走的报纸紧紧罩在头上，像围围巾一样从头顶围到胸前，报纸在头顶和脸颊边飘荡，呼呼作响。跑到电站旁边的水渠边，以为没有人注意，正要蹲下身子清洗，夏克从几株绿茵茵的枇杷树下走来，一脸惊喜，然后是愕然，接着就欢天喜地地说，你怎么跟魔术师一样，分秒间就变成了戏中人？

南宫羽恨不得吐他一脸，想起几分钟前自己被侮辱，就后悔有这种想法。抓起报纸遮住脸便跑，一个趔趄，没有站稳，整个人掉进水渠里，幸好水只没过膝盖，顺势将头扎进水里，水面浮出几缕红艳，打着旋儿，留留恋恋，丝丝缕缕地随波而去。夏克走到跟前，她已浑身湿透，变成了落汤鸡。

夏克把手伸过去，她没有理会，双手在渠坎上一撑，双腿一荡，就坐在了水渠沿上。

夏克站在她身边，连连感叹：额头怎么在冒血呀？快让我看看。

南宫羽一跃就站了起来，洒出些许水珠，头也不回地走了。

李青林刚走没多久，父母照常来学校给菜地浇水间苗，把门窗打开，让空气对流。偶尔与相识的老师客气几句，有人就问什么时候喝李老师的喜酒。老两口笑呵呵地回答：快了，快了。歇息的时候，就在儿子房间里烧水做饭，把桌椅板凳擦拭一番，地扫一遍，还给地上撩些水。太阳偏西的时候，才相跟着离开学校，专程绕到水电站，若是南宫羽值班，就进去打声招呼，顺便问问青林多会儿回来。头几次，南宫羽还信心十足，一一回答老人的问话。后来，连她也困惑纳闷，怎么还不来信呢？但对老人依然笑脸相迎，尽量轻松地说：可能就这几天吧。

连阴雨过后，母亲把儿子的所有被褥、棉衣、单衣晒到晾衣绳上，发现儿子只有一件过冬的羽绒服，还是上师范学校第二年买的。那一年天气助人，漆树特别出漆，老头子割了一季漆，自家留了一桶，为两口白皮棺材上了两层漆，卖给供销社两木桶，买了一床大花被面和两条床单。分配这些东西的时候，意见高度统一，被面装进新棉花，里衬依旧是自家织的白色老粗布，连同一条床单硬让青林拿到学校，剩余的钱也塞到他手里，儿子就是拿这笔钱买的羽绒服，纯黑色的，绵软柔和。留在家里的那条蓝色仙鹤床单，只在儿子回家的时候铺到他床上，儿子前脚离开，后脚就收起来折叠好，装进松木箱里。

有一次邻居家大儿子结婚，要借这条床单铺婚床，父亲一口拒绝，不借，坚决不借。迎亲队伍都出村子了，母亲才把床单抱在怀里，急急慌慌到了邻居家，女主人连连抹泪，抹得脸上的红色印油斑斑驳驳。收起床上滑了丝的老布床单，请儿女双全、命又好的李青林母亲和其他几位妇女铺床，在床头床尾枕头底下撒些红枣花生莲子。

末了，女主人把几颗带壳花生塞进她手心才说，以前是我们对不起你家，建茅厕的时候多占了你家巴掌宽一溜地皮，不过嘛，你们家老头子硬在茅厕边上种了花椒树、桑树。后来听说房前屋后不能栽种这些不吉利的花草树木，花椒就是焦子，晚辈焦苦，桑树就是丧事。茅厕挖好第二年，没发洪水，没下冰雹，光天化日的，河水才过小腿肚子，竟能淹死人。挖石斛的又不是大牛他爹一人，偏偏淹死了大牛他爹。死鬼一死，大牛一气之下，才砍了你家的花椒树和桑树。你家老头子见到我就像见了母老虎，那个恨呀，唉唉，如今，大牛二牛摞起来，连青林指甲盖里的垢圿都不如，结个婚就这么难场，亲家说好要陪床单被褥的，临到昨天擦黑捎信来，说要留给儿子娶媳妇用，你说这亲家多坑人，全家人就是去偷，也偷不来全新的床单被褥呀。

想起这些，母亲浅浅地笑了。羽绒服在晾衣绳上抖动，忍不住轻轻去摸，绵绵的，软软的，一根丝挂到手指的老茧上，抬手时，扯得老长，赶紧低头，上下牙一咬，咬断了丝线，鼻子和脸全都埋进羽绒服里。熟悉的气味好闻极了，微微闭眼多闻了一会儿，刚睁开眼睛，就看见老头子故意撇过脸。老头子手背上的黑色印痕非常明显，每年割漆，都会被割伤或被漆感染，手心手背的伤疤一年半载都是黑的，有的疤痕终生不褪，直到带进棺材。

母亲木木地望一阵，缓缓转身进屋，取出两双棉鞋，一双是半新不旧的化纤布黑胶底鞋，一双是鞋帮已经松软的人造革毡鞋。拍拍鞋子上的灰尘，松开鞋带，放在房檐下的地上，想一想，怕狗叼走，便整齐地摆在窗台上。最后取出的是一条红色绒裤，裆部已经磨得透亮。坐在小凳上，手抚绒裤发了好一阵呆，才从一条破床单上剪下一块纹路稍微密实的布，垫到里衬，给针鼻穿线的时候费了好一阵工夫，即便把线头含在嘴里打湿，嘴唇捋了一遍，手指捋了几遍，拿捏揉搓几次，还是穿不进去。

老头子看见了，没有丝毫表情，心想老伴真是老了，当年半夜三更坐在床头纳鞋底，闭着眼睛穿针线，现在照着太阳也枉然。

不知道穿了多少回，大半生不知道重复过多少次的动作，终于穿进去了。穿一次不容易，线就穿得特别长，比胳膊都长出许多，捋抹了好几次，防止线与线打结，还算听话，一个小结都没有打。针脚细密地缝好，还把床单叠成几层，破洞叠在里面，晾在绳子上，这样别人就不会笑话儿子都当老师了还用这么破旧的床单。当然,这床单早就不能用了,好好留着,将来给孙子当尿布。

老两口摘了几个紫亮的茄子,一抱粗细不一的黄瓜,几条鲜嫩的丝瓜。黄瓜顶花带刺,黄艳艳的花朵柔和温润,花粉时不时滴落出来,丝瓜花已经枯萎,恹恹地顶在头上。茄子、黄瓜、丝瓜都有老得吃不了的,就没有摘,任其挂在枝丫藤蔓上,霜降以前摘下来,留到明年当种子,丝瓜瓤还能刷锅洗碗当抹布。两人还在茄子地垄一侧栽下一溜韭菜,韭菜根是从家里背来的,连土带须,一小撮一小撮分种在地里,培土浇水以后,才拍拍手离开。

他们要把采摘的蔬菜留一些给南宫羽,明知道她不稀罕,还是去了。

老人一出现在水渠边,南宫羽的心跳迅速加快,竭尽全力使自己平静,说出的每一句话尽量温和礼貌,但还是掩饰不住慌乱,手都有些颤抖。父亲背着背篓一脚朝前一脚朝后,站在一簇米兰前吃旱烟,嘴里喷喷有声,眼神却没有离开她俩。

母亲早看出了端倪,原本就心慌掉气,看见南宫羽无主的神情,终于没有忍住,猛地拉住南宫羽的手,声音有些变调,明显带着恳求。

她说:闺女,这几天梦好乱,前天天快亮的时候,梦见他爹穿了一件皇帝穿的长褂子,唱的咋是汉调二黄,台下人吵吵嚷嚷,把我闹醒了,从床上爬起来。有东西扑棱棱从猪圈飞走了,我以为是九斤红冠子公鸡,听叫声才知道是乌鸦,清早睁眼就看见乌鸦,心里不安噢。昨儿夜里梦见堂屋垮塌,压着了大牛家的肥猪,赶忙拿铁锨刨猪。猪一头蹿起,惊得我一身冷汗,清醒以后,听见在下雨。你说怪呀不怪,咱这儿半夜三更不常下雨,唉,阿弥陀佛,保佑青林平平安安。

老人的手在她手背上揉搓,有一种将她吸进肚子的感觉,浸透着浓烈的依赖和无助。

忽然间,她想哭,想依偎在老人怀里放声大哭,就像小时候柳巴松把死蛇放进她书包,吓得她跑回家一头扑进妈妈怀里哇哇大哭一样。而此时此刻,她不敢哭,也不能哭。老人把她当成救星,当作主心骨,她得像未来的女主人,让老人放心。

她把手从老人的手心抽出来,抽出的时候,老人指肚上掌心上的老茧和粗糙的指甲,划得她手心手背锐痛。她伸出双臂,把老人揽了一下,拍拍老人的肩膀,安慰道:别着急,说不定青林在外面干大事哩,等发财以后你二老跟着享清福吧。

几十年来,老人还是第一次被人拥抱,而且是被未来的儿媳妇揽在怀里,尽管只是短短一小会儿,这种事在村里想也不敢想,更不可能见到做到,老人立即转忧为喜,不自然地笑了笑。

老人走后,南宫羽对着一渠丰韵清水,愣怔了很久很久。

暑假结束学校开学以后,父母再也不到学校来了,没人浇水施肥,辣椒、茄子、韭菜、丝瓜全都枯黄起来。老人从其他老师和熟人眼里看到了与以前不一样的内容,这让他们更加焦虑。

李青林没有履行任何请假手续,擅自离岗,应该除名,但学校没有这个权力,只能将情况上报给县教育局,等待教育局批复。学校找到李青林的父母,让他们把宿舍的东西搬走,腾出房间给接替他代课的老师住。

青林的二叔和堂弟来到学校,两背篓就背走了他的所有东西。堂弟建议把被褥、脸盆、水壶放在南宫羽的宿舍,省得结婚的时候还得往镇子上背。

二叔的脸明显被马蜂叮过,额头鼻梁上有几个黄豆大小的坑,脸色蜡黄,表情古板,挥舞着骨节粗大的右手,哼出几声,才大声骂道:自打第一眼看见这个女人,就知道不是个安生果子,眉心那么大一颗痣,简直要把男人管死。喔,管定,管牢。

堂弟说:五婶还说我青林哥的媳妇银盘大脸,下巴像金元宝,标准的旺夫相,让我以后照着这个样子寻媳妇呢。

二叔说:寻你娘的腿,头发长见识短,才相处多长时间,你青林哥活不见人死不见尸,好不容易挣到的铁饭碗说没就没了,你婶急得躺在床上起不来,眼睛都快哭瞎了。明明是克夫,还旺夫?旺她娘的巴子。

堂弟说:不是说他到南方发财去了吗?要是那样就好了,打虎亲兄弟,上阵父子兵,他当老板,我给他当保镖,兼管保险箱。

二叔把搭杵撑在背篓底下,抓住背篓带子,直起身子,继续大骂:放你娘的狗屁，一个李青林折腾得全家鸡犬不宁，你还想上房揭瓦不成？老老实实给老子待在家里。

这些情景，李青林是不知道的，后来堂弟当然念叨过，也是片段的，不连贯的。

多年以后，绿萝藤蔓，落地玻璃，李青林独自喝着工夫茶，脑子里时而空空荡荡，时而饱满异常。

时间过去了那么久，想起来后颈窝依旧冒汗，后怕之情还在疯长，那是一段多么难忘的时光啊。

火车原本直接到广州站的，却在汉口停了下来，停下来就没有走的意思，有人换乘其他列车，有人搭乘长途汽车，还有人去了长江码头，乘坐渡轮。他不知道怎么办，就在火车站广场游荡。说是游荡，其实也没有多大空地，地上几乎都是移动的脚步和汗湿的屁股，太阳赤裸裸照在大地上，烘烤得人焦躁不安，干渴得嗓子冒烟。最难的，还是找厕所，离厕所几十米，恶臭味就扑面而来。相比之下，李青林更喜欢傍晚，凉风微拂，影影绰绰，随便在树影墙角方便。

开始，他还期望能躺在候车室的长椅子上过夜，被驱赶几次以后，就像众人一样，把提包往地上一放，或枕或抱在怀里，就地蜷缩在地上，随时能看见星星，不敢睡得太死，怕有车出发不知道，耽误了赶车，迷糊一会儿，竭力睁开眼睛，看几眼星星，顺便看看有没有人奔跑，一旦有人奔跑，爬起来就跟上。

几年教师经历，使他更相信自己的眼睛，愈加觉得眼见为实、耳听为虚的道理，火车站广场上的脚步，单凭耳朵就能辨析。有一回，他差点误上了火车。幸亏听到一个女人细声细气呼叫同路人，这声音只在镇政府的电视里听过，是绵软悠扬的四川腔调。迅速向车窗下面的运行区间标识字样看去，才发现是一辆长沙开往成都的普通快车。

在广场上睡到第三个夜晚，月色朦胧，只有几颗若有若无的星星。迷糊间再次睁开眼睛，发现一个穿黑色汗衫的男人正弯腰蹲在一个女人身边，一手轻轻抬起女人的臂腕，一手缓而稳地从臂腕抚下小包的带子。女人哼唧几声，一翻身，侧向一边。男人将小包塞进汗衫下面，弓着腰，踩梅花桩一样，在满地的头脚肩膀屁股之间绕来拐去，稍后便消失在夜色中。李青林忽地坐直身子，下意识地把手伸向自己的提包，还好，一切正常。

望一眼男人逃走的方向，看一眼近在咫尺睡得正酣的女人，陷入深深的纠结中，是叫醒她，还是拔腿去追那男人？最简单的方式是大喊一声抓贼。正在他试图扯开嗓子喊叫的时候，一眼就看见好几双眼睛正盯着他看，那眼睛有男人的，也有女人的，有壮汉的，也有老人的。尽管夜色浓重，晚风逸动，还是能分清灯光与目光。

迟疑间，将提包环抱在臂弯里，复又躺下，但睡不着，眼前总是晃着一把尖刀，对着他的脸庞。他不想睁开眼睛，也害怕睁开眼睛，怕眨眼的工夫，尖刀真的刺向自己。如果他死了，父母怎么办？他还没有好好孝敬父母呢，还有南宫羽，这个精灵般的女人，脑袋瓜里装满了远大理想、宏伟目标，令他越来越着迷，越来越顺从。相恋的日子，每天都快乐无比，能与她白头偕老，生多多的孩子该多好。喔，不能生太多，国家不允许的，一对夫妇只生一个孩子。生一个也好噢，负担不重。有几间自己的房子，种一片菜地，养几只鸡，祖孙三代，衣食无忧，快快乐乐，呵呵，真好呀。

稀稀疏疏的声音若有若无，想睁开眼睛看看是不是有去深圳或广州的火车，但他忍着，忍着，仿佛能听见自己睫毛跳动的声音。雨滴就在这个时候落下来，一滴两滴，然后是细碎的噼啪声。忽然，毫无提防的，撕心裂肺般的哭声划破夜色，穿过雨幕，响彻整个空间。猛然间站起来，听见女人汹涌的哭号，肌肉抽搐了一下，明明知道女人就在自己的左前方，努力不看那里，深深地吸了一口气，打了个冷战，酷暑季节的汉口夜晚怎么还这样冷呢？

他向车站进口处跑去，恰好一辆南下的绿皮火车进站，人们像脱缰的野马，冲向检票口，棍棒根本拦不住有勇气的人，检票口的栏杆如同虚设。李青林和众多没有车票又身强力壮的男人一样，绕开车厢门口验票的乘警，连滚带爬从车窗爬上车。

车厢的拥挤超出了他的想象，到处都是人体的各个部位，双脚不能同时踩踏实，他的一只脚在半空悬了足有几分钟，轰隆隆的声音由悠长缓慢逐渐急促高亢，车身前后晃动了几下，就奔驰起来。如同竹筐里的青草，在摇晃颠簸中体积变小空间变大，李青林终于收住了金鸡独立的姿势，双脚稳稳落地。只要中途不出差错，再过十多个小时就能安全到达广州。从报纸上得知，那里的土地不长庄稼，长的全是厂房，厂房里全是机器，机器一转，钞票哗哗响。想到这里，焦灼感减弱，心情好了许多，眼前的艰辛算不了什么，不久的将来就可以见到广州的天蓝地阔了。

　　他在肩膀与肩膀之间，大腿与大腿之间，摇摇晃晃，偏偏倒倒，实在站不住的时候，眼睛一闭，脑袋一歪，呼呼睡去。

　　待他醒来，发现倚在一个中年男人的肩膀上，他向男人道歉，男人只是笑一笑。车厢一片光亮，依然拥挤不堪，却还安静。他想喝水，想去车厢与车厢衔接处找水，抻长脖子，越过齐刷刷的人头望去，觉得这个想法实在奢侈，过道根本无法通行。喉结上下滑动，咽了一下口水。就听到肚子咕咕在叫，用了很大力气才弯腰从提包掏出烧饼。有人往外挪了两步，中年男人一屁股坐在地上，差点坐在李青林的左脚背上。

　　男人仰起脖子望了他一眼，凸起的喉结颤抖了一下。李青林一低头正好看见，顺手将半块烧饼递给他，递出去的同时，自己的脸先热了。看那衣服装扮，虽然不富裕，一包方便面还是买得起的。

　　男人笑了一下，向一侧靠了靠，让出一小块空地，李青林会意地笑笑，赶快将包放在那里，直着身子坐在包上。他把烧饼握在手中，不知道再次递给他，还是继续细嚼慢咽。

　　男人指指厕所方向，又指指自己的肚子。他立即明白了，原来是上厕所不方便，干脆就不吃东西。看来他是有经验的乘客，既然是同路人，应该对广州比较了解，试图跟他说话，男人只笑不答，大概是个哑巴，或者根本就不愿意和他交流。

　　窗外，稻黄树绿，沃野千里，两湖熟天下足，课本上是这么说的，今日果真见识了。车窗旁的小茶几两侧坐着几位男女，正嘻嘻哈哈说话嗑瓜子。

一位与自己年龄相仿的小伙子，脸上长满疙疙瘩瘩的青春痘，鼻子尖上的那一颗红得透亮，如一粒饱满的小樱桃，大有一触即破的样子。他替他捏了一把汗，那粒青春痘可不能破，一破血水就射到对面女孩的脸上了。女孩笑得多开心呀，笑着笑着，将一块圆圆的饼干喂到男孩嘴里。

就在这一瞬间，他对男孩充满了嫉妒。酸楚过后，似乎明白了一个道理，人长得好赖不重要，重要的是要有一个属于自己的位子。

太阳升起来了，车厢更加闷热，酱肉、啤酒、甜瓜、苹果的味道在车厢弥漫，汗臭越来越浓烈，还有一种气味，李青林一时半会儿辨别不清楚。这味道以前似乎很美好，小时候在母亲怀里闻到过，后来在南宫羽的身上也闻到过，那味道有种童话般的甘美，令人痴迷留恋。

又嗅了嗅，是的，的确是的，又不全是。与母亲和南宫羽的味道相似，但感觉南辕北辙。

这是一种什么味道呢？

喔啊，想起来了，体味。

体味，人体的味道。人体的味道原来不全是好闻的味道，竟然这般难闻，简直可以用恶臭来形容嘛。

悄悄地抬起臂膀，把鼻子埋进臂弯里，只轻轻吸了一下，就不好意思起来。自己也不干净，也有那种味道，体臭，真的是体臭。身体不但能生发各种各样的语言和表情，还会制造这种味道，奇奇怪怪的人呀。

正感叹着，眼前就出现了一双细腻白嫩的大腿，短短的月白色裙子连膝盖都没遮严实，一双米黄色塑料凉鞋半新半旧，光裸的脚丫子上有一块污渍，明显是被人踩踏过的，脚趾甲有一些长了。

李青林不好意思盯着看，又不得不看，太近了，近得都快触到额前的发梢了。抬头仰望，只能看见女孩的下巴，下巴上有几颗褐色雀斑。

正在他观察琢磨的当儿，给他让位子的男人身体扭动了一下，越过李青林的肩膀，望了女孩一眼，这一眼望得有点久。过一会儿，又望她一眼，望着望着，头就低下了。

李青林有点诧异，将头颅向后仰，再次仰望，女孩没有什么稀奇的，与刚才见到的神情一模一样。斜着眼睛看男人，男人的脸红彤彤的，布了一层羞色，像正要向恋人表白的神情一样。

他又仰望那女孩，从头顶打量到脚跟，这一望不打紧，差点惊得跳起来，脸颊瞬间灼热，羞耻感倏地升腾，恨不得立即跳出车窗，彻底消失。

自从进入青春期，就知道女孩子与男孩子最大的区别是每个月来一次月经，小时候从母亲躲躲闪闪晾晒一小团一小团棉花絮开始，就意识到母亲隔一段时间就神秘，隔一段时间又光明正大。初中以后，男生常拿女生开玩笑，其中就开这方面的玩笑。师范期间，学过生理卫生课，课堂上一目十行，听的时候大而化之，老师干脆说，这节课自习。其实又特别愿意看那些文字，看到敏感的字词句，脸热心跳，想入非非。直到与南宫羽牵手，对女人的身体大致有了一点了解，也只是表象，还没有实质性的进展。南宫羽生理期时也很神秘，女人一旦神秘就有吸引力，就愈加美好，愈受男人呵护。

眼前这位近得不能再近的女孩子，大腿内侧蜿蜒下来一条血线，一直流淌到脚踝。他不敢看，不想看，不能看，多看一眼就是对母亲的不尊重，对南宫羽的不尊重，对自己眼睛的亵渎。

他扭捏起来，坐卧不宁，巨大的无奈狂风般袭来。如果有一块布，一定给她遮羞。如果有一卷软纸，一定送给她擦拭。唉唉，自己不是还有一方领地吗？尽管只能坐下一个屁股，也能稍稍安抚一下自己的心绪，让自己的内心平静稍许。

他立即起身，轻轻拍了一下女孩的肩膀，指点了一下地面，头也不回，用力钻进人群。他不想看清女孩的脸庞，不想知道她漂亮还是丑陋。多看她一眼，就是拿刀子杀她，他在尴尬之中，她更是尴尬中人，尴尬者相遇，羞辱就平方立方一样暴增。

没有同时能容纳一双脚的地方。

不知道越过了多少人的肩膀，闻过多少人的汗味体臭，终于顺着车厢靠稳。更浓烈的臭味萦绕不去，不用探究，就知道离厕所太近。似乎是条件反射，想去厕所的愿望愈加强烈，只好硬着头皮进去，头刚伸进去，就往后缩，没有后退的余地，紧紧咬住双唇，屏住呼吸，快速小便以后，咣地关上厕所小铁门，张开嘴巴，仰起脖子，呼出一口长气。

就在这一瞬间，眼角有点潮湿，特别想喊一嗓子，想哭一声，在他二十多岁的生命历程中，从来没有经历过如此不堪的旅行。

这是一种怎样的状态啊？怎么会有这么多人，行进在如此拥挤的道路上呢？

后来，就是现在了，不到万不得已，坚决不乘火车，即便是有了动车高铁，依然不愿踏上列车一步。

这一切，南宫羽当然也不知道。

驮　羊

　　大地稍微回暖，县城有了嘈杂声，学校开学了。身体稍显清爽，楼卫东的感觉好多了，特意烧了热水，洗头剪发，擦拭身体，还刮了胡子。试图穿上那套没有领章的军装，里面得穿棉衣，太紧身，无法套上，只好作罢。

　　本来要扔掉腋窝下的两团羊绒，想到再便血时可以当护垫用，就用开水烫了烫。水面浮萍一样漂了一层虱子，他将羊绒随意搭到绳子上，不多久就干了。

　　不好意思直接扔掉那团污血斑斑的羊绒，又没有包裹的纸张和树叶，瞅一瞅没人注意，扔到砾石地上，用脚去搓，去踢，去踩。一条黑狗狂奔而来，赶紧躲闪，再回头，那狗已经叼着羊绒团跑远了，后面跟着汪汪乱叫的大狗小狗。

　　好熟悉的画面，这个场景在哪里见过的，在哪里见过的呢？想了好一阵，无奈地摇了摇头。

　　一天下午，一位脸庞黢黑、身材魁伟的牧民冲他说着什么，他不明其意，一脸茫然。那人拔出腰上的藏刀向他胸部刺来，从对方的眼神和面部表情来看，要置他于死地的样子。幸亏快速避让，一直退到墙角，才没有伤着。

　　扎西校长及时出现，叽里咕噜了一阵，男人才把藏刀插进刀鞘，紧一紧腰带，吐吐舌头，晃着脑袋走了。

　　这事大概有点复杂，扎西说得磕磕绊绊，他连猜带蒙，总算明白了事情的缘由。

扎西的大致意思是：这个人是他小时候的伙伴，儿子升到咱们完小来读书，女儿还在牧区的初级小学，他嫌一次不能同时看望两个孩子，请求你把他女儿收进咱们学校，你没有理会他，就向你动武。我说你是毛主席菩萨派来的，从北京天安门来，专门教他儿子女儿学习汉语，学会以后见到毛主席，就能听懂毛主席的汉话了，如果杀死你，毛主席会不高兴的。他就接女儿去了，我已经答应把他女儿转到咱们学校来读书，没事了，别害怕。

听完扎西的解释，楼卫东哭笑不得。同时向他表示祝贺，汉话说得越来越流畅，还能叙述这么曲折的故事。

然后感叹道：咱们这里离北京多远哦，牧民对毛主席感情还这样深，真难得呀。

扎西说：我们这一代藏族人从奴隶社会一下子跨入社会主义社会，从没有一块草场、一只羊、一匹马，甚至连身体都是牧主的，忽然有一天来了工作组，把牧主的草场分给我们，牛羊分给我们。刚开始大家不相信这是真事，放牧以后，还会像原来一样，把牛羊赶到牧主的圈里。以前随意鞭打我们的牧主像雪后的酥油草，躲藏起来不敢见我们。时间一久，以前的奴隶胆子越来越大，有的还会用鞭子抽打牧主和他们的小主人。这个家伙以前经常打我，还把干大便弄碎，放进我的酸奶碗里。

楼卫东哦了一声，惊奇地说：你们家原来是牧主呀。

扎西摇着头说：我们家和他们家一样，从一无所有的奴隶变成了新社会的主人，有了多多的草场和牛羊，他可能想把祖祖辈辈受牧主欺压的怨气全撒出来，见了谁都想当老大，想成为新牧主。我们全家都感谢毛主席，给牧场派来了工作组，把我接到拉萨读书，我这个放牛娃变成了学生，明白了文明人是不随便欺负人的，要不然我可能跟他一样，莽汉一个。

楼卫东说：你还恨他吗？

扎西呵呵笑道：小时候恨过，现在不恨了，反倒有些同情他。如果他也读了多多的书，知道人与人之间最好的关系是朋友，就不爱动刀子了。还好，他的儿子女儿喜欢读书，等他老了，孩子长大了，能够影响他了，他就平和了。

楼卫东说：牧场人烟稀少，人人都知道毛主席吗？

扎西说：工作组经常到牧场放电影，电影里播放新西藏的变化，送《毛主席语录》和像章，翻身农奴对毛主席的感情就更深了，毛主席在藏族人心目中就是菩萨活佛，尽管现在不让提菩萨活佛，有的寺庙被砸，喇嘛还俗回家，人们心里还是有菩萨的。

楼卫东笑着说：感谢菩萨毛主席救了我一命。

扎西说：毛主席能让我们翻身得解放，让我们当家做主人，但也改变不了这里的生存环境，我们还得像这里的雪山和野牦牛一样，祖祖辈辈生活在这里。一年级一个学生天天尿裤子，被亲戚带到林芝过寒假，没有念经拜菩萨，没有吃药，自己好了。另一个学生从拉萨随大人到咱们这里来，开始几天还活蹦乱跳，过了几天，天天躺在床上，好几天都没来上课了。唉唉，海拔高，氧气少，没有树，气候坏。

楼卫东第一次听人抱怨这里的气候，索性把自己的真实感受说出来：我发现咱们的学生比内地同龄孩子发育晚，接受知识缓慢，这里不适合人居住，应该全民迁移。

扎西说：搬家？呵呵，我们都走了，外国人就来了。咱们这里尽管贫瘠，战争却没有断过，牧民打架争夺牛羊牧场，国家打仗争夺土地，边疆如果没有老百姓居住，就像学校没有围墙，人马牛羊随便出入。

楼卫东说：守卫边疆原来这样日常普通，一点都不神圣，感觉不到自豪和庄严，还是手握钢枪的边防战士，看起来有仪式感和崇高感。

扎西说：神圣？神圣是什么东西？

楼卫东说：不是什么东西，就是太艰苦，不划算。难道边疆的人一直过这种日子？一匹马，一杆枪，一个女人，一群羊，一辈子两辈子，祖祖辈辈无穷无尽，静悄悄地生，静悄悄地死，来过人世间与没有来过别无二致。

扎西指指楼卫东，又指指自己，说：你，我，所有人，就像牧草，牦牛，黄羊，狼，全都会死，土地不会死。土地是万物之本，有了土地才有牧草，有了牧草才有牦牛羊子，有了牦牛羊子才有你我，有了你我，才能培养多多的学生，生多多的孩子，有了学生孩子，才能放牧读书。

楼卫东愣了愣，觉得扎西不简单，到底读过师训班，有自己的思考，但似乎哪里又不对劲，他不知道如何应答，就问：咱们学校一共培养出了多少大学生？

扎西说：还大学生呢，能送出去几个初中生高中生就是头牛了。

楼卫东说：那还办什么学校呀？毫无意义。

扎西说：学了藏语文汉语文能读书认字，人多的时候敢说话不受欺负，学了算术能清点牛羊数目，牛羊走丢了能及时找到，还能当大队会计，读过书的人有礼貌，不会动不动就拔刀杀人，用处大着呢。

楼卫东点点头，又摇摇头。

扎西说：绿色，操场哪怕有一棵高树，学生的积极性就会提高，跟树一样高。

楼卫东觉得扎西答非所问，又挑不出毛病，便说：感觉自己的记忆力在减退，体质也差了许多。

扎西说：绿色，操场哪怕有一棵高树，你就跟牦牛一样，坚实。

楼卫东笑一笑，觉得他能用坚实这个词，已经很了不起了。

就说：咱们有一株班公柳哩。

扎西说：拉萨的树才是树，比我还粗还高，你的班公柳死啦，早死啦。

楼卫东说：胡说，好好的，浇过水，还裹了棉裤。

扎西说：全县只有老王县长会养树，其他人养不活。

楼卫东不想与他辩驳，难道树还趋炎附势，认门第攀高枝？想一想就不说了，他已经习惯了沉默。

回到房间，急忙取掉班公柳枝干上的棉裤，没有看见芽苞，更不见绿叶。按照月份推算，内地已经草长莺飞，山野田埂郁郁葱葱。蹲下来，继续观察，还是没有看见绿色，咦，枝丫怎么是黑色的？原来可是灰白色的哩。用指甲轻轻去刮，掉下一缕黑皮，黑色下面是白色木屑，再用力去刮，嘎嘣一声，枝丫竟然断裂。

后退几步，一屁股坐在地上。

晚霞从天边生发，在雪山消失，月色清了暗了，星星近了远了。就那样坐着，一直坐着。星星那么多，自己是哪一颗？哦哦，哪一颗也不是，到不了天空，成不了星星，顶多只是地上的一粒砾石，一片雪花，在与不在一个样，多一个少一个，一个样。

最终，他被冻得实在坐不住了，只好爬进被窝，和衣沉沉睡去。

学生在窗外叽叽喳喳，推推搡搡，用简单的词语唤叫：格根啦，口琴，口琴。

知道学生想听他吹口琴，他在这里没有隐私，小城中的所有人似乎都没有隐私。二胡被风吹走，被欧珠久美的阿妈当柴火烧掉的事，如同雄鹰一样飞走，同学们像商量好了一样，只喊叫口琴，不喊叫二胡，大概怕伤他的心。

此时，他却起不来，两条腿石头一般沉重。

枯木逢春犹再发。是啊，怎么就忘了这句话呢？枝丫枯死了，树根说不定还活着，虽然这里长冬无夏，没有春夏秋冬之分，气温也有回暖的时候，说不定过不了多久，绿叶会挂满枝头。

想一想，用力揉搓膝盖和小腿肚子，渐渐有了酸痛感。双手支撑，靠在床头，再拿捏一阵，才下床，摇晃了几下，扶墙站稳，顺便摸着了墙上的坑洼，脸稍稍热了一下。回头看窗外，学生全跑了，兴许不见他回应，没了耐心。

松开裤子，向树根尿去，开始还唰唰响，稍稍一会儿，就变成了簌簌声，滴滴答答，连不成线。暗自感叹，连撒尿都不如以前有力度了。

再次给班公柳裹上棉裤，轻松了许多，树木和庄稼一样，应该经常施肥。刚从体内出来的尿水，既当肥料，温度也适中，过段时间，兴许就枝繁叶茂了呢。

他像其他老师和邻居一样，不用锁门，有的人家门上插根牛羊骨头，防止野狗羊羔闯入，他则把门掩一掩就走了。上完课回来，发现风把门吹得一开一合，呼啦啦作响，军装散落地上，棉裤散落地上。

弯腰去拾，抓起一根树枝，当意识到发生了什么的时候，他呆住了。

真的死了，方圆数百公里范围内，唯一高过小腿肚子的植物，就这样断送在他手里。

不记得扎西是什么时候进来的,只感到他也很伤心,好一阵才说:人得顺天,老王县长是林业专家,到我们这里工作好多年,只养活了这一棵树。

楼卫东转了一下眼珠,什么也没说。

开学好多天了,学生稀稀拉拉,一些学生还没有到校,县教育部门和学校老师得到牧区找学生。

楼卫东与扎西校长一个小组,两人各骑一匹马,去远离县城的牧场执行任务。

阳光照耀在荒原上,紫外线刺得眼睛不能同时睁开,楼卫东最喜欢帽子被吹下马,这样就理所当然地下马,坐在地上歇息一阵,喝几口羊皮袋子里的青稞酒。喝完以后,舔着嘴唇,再递给扎西。

扎西说每年这个时候都要到牧区找学生,多年以前,自己就是被工作组从牧场找到,送到拉萨读师训班的。刚到拉萨,欧耶耶,简直不敢相信自己的眼睛,布达拉宫和大昭寺比唐卡上画的高大雄伟,怪不得里面住着活佛菩萨高僧大德。去过拉萨以后,才明确了后来的目标,培养多多的学生,生多多的孩子,将来带他们到拉萨,有福泽的人才有缘到拉萨。

楼卫东说:到一次拉萨能当校长,到过北京天安门,就能当县长吧?

扎西说:比我大和比我小的好多人,都是工作组从帐篷、草场找到的,有的送到内地,有的在自治区内读书,小个子去的,长高以后才回来,有人当了县长,有人当了医生,有人就是我。还有人去的时候太小,记不住自家的详细地址,也不会写信,有时候还会转学,从这个省转到另一个省,转来转去,不通信息,家里人以为他死了,请了喇嘛念经超度。几年以后,忽然又回来了,邻居吓得跑得远远的,父母已经变老,想跑都跑不快。还有的出去上学年龄太小,又不懂汉话,实在没有汽车,只好和犯人挤在一辆车上,拉到劳改的地方,管教人员觉得奇怪,这么小的人都成犯人了,找来人翻译,费了许多口舌,才把学生挑出来。

楼卫东呵呵笑着,任由他独自絮叨。

扎西继续说:工作组的人对我阿爸阿妈说,你儿子如果到拉萨读书,不用放羊,每天都有羊腿吃,如果到内地读书,树上结着核桃苹果,爬上树随便摘随便吃。阿爸阿妈不知道核桃苹果是啥东西,工作组指着彩色画报上的果子讲了好久。师训班毕业以后到日喀则实习过一段时间,几年以后回家,阿爸阿妈没有认出我,以为我是工作组的人,妹妹看我穿得干净整齐,不打她不骂她,还教她数羊子,一定要出去读书。妹妹到外地读书以后,现在已经是干部了。

楼卫东想起围着篝火跳锅庄的夜晚,有人递给他一条前羊腿,就问有羊腿吃是不是说明富裕。

扎西说:当然啦,能吃上羊肉自然是富裕人家,不过一般把前羊腿留给长者或贵客。

楼卫东点点头,又问:家长为什么不支持孩子读书呢?

扎西说:山羊绵羊牦牛和人一样,各有各的爱好,有的喜欢吃阳坡的草,有的喜欢吃阴坡的草,有的喜欢吃河滩和环湖草原的草,牦牛吃的草最杂,游牧的海拔更高。为了不影响牛羊产奶量,大羊小羊分开放,大牛小牛分开放,放牧的人手不够,孩子就得帮忙。

一位穿着鲜艳藏袍的女人骑着一匹小青马,撵着一群绵羊从远处走来。

扎西迎风呼喊:土丹卓玛,土丹卓玛——

马蹄嘚嘚,三匹马熟人一样点头甩尾,女人一手勒住缰绳,一手拉了拉裹得严严实实的围巾,露出两指宽的眼睛和嘴巴,笑声脆亮,楼卫东这才认出来,牧羊女不是别人,正是那个烧了他二胡的、欧珠久美的阿妈。

下得马来,女人从马背上的褡裢里摸出一口小铁锅和一个羊皮袋子递给扎西,扎西推让着。女人指指远处的雪山,又指指楼卫东,笑一笑,露出一口洁白的牙齿,甩一下羊毛鞭子,抛出一粒石子,羊群立即规整,队伍一样,悠悠缓缓,随着土丹卓玛的马蹄而去。

两人继续骑马上路,楼卫东说:土丹卓玛一个人去那么远的地方,遇见狼就麻烦啦,欧珠的阿爸怎么不去呢?

扎西说:阿爸,阿爸的没有,男人钻了卓玛的帐篷,生下欧珠,男人跑了。有的女人抱着孩子找到男人家,惩罚男人几只羊子当抚养费,卓玛不去，就没有多多的羊子。如果好几个男人，都不承认是自己的孩子，等孩子长大以后看长相，孩子长得像哪个男人，哪个男人就得承认，就得养活孩子，这些事由村长判，村长就跟法官一样。

楼卫东问：是不是熟人？不好意思讨要？

扎西说：熟人也有，不认识的人也有，如果乱了辈分，威信高的人会用撒上盐巴的生牛皮子，把坏了规矩的人裹起来，投进大河。现在不这样惩罚，会把那男人撵出村子。

楼卫东说：你可以当欧珠的阿爸呀。

扎西哈哈大笑：我有老婆，老婆在日喀则，每年寒假探亲一次，有一次大雪封山，两年才见面。前三天坐在一起吃饭，她总低着头，我也不好意思看她。我们像客人一样互相敬着酥油茶，说着客气话，都不看对方眼睛。晚上躺在床上，克制住自己，不翻身打呼噜放屁，身体蜷缩着，不敢伸直，不小心碰到对方，赶紧往一边避让。第四天晚上，我先躺下，她给我压被角，手碰到一起，趁机拉住她，她顺势倒进我怀里。呵呵，我们在房子里关了五天五夜，除了吃喝拉撒，身体都挂在对方身上。那次折腾得太厉害，把铺床的氆氇都撕扯破了，累得我一个学期不敢骑马。

马儿缓走，扎西坏笑着说：你棒吗？那个家伙。

楼卫东不想理会这个话题，就说：你俩睡觉，不生多多的孩子啦？

扎西说：一个都生不出来，没有，一个孩子都没有。

说完后，扎西连连叹气，叹息声太大，楼卫东不忍追问。

过了一会儿，扎西说：土丹卓玛喜欢不喝烂酒、不打老婆、干净整齐的男人，你当欧珠的阿爸合适，你是个好男人。

楼卫东以为听错了，见扎西没有开玩笑的意思，倒吸了一口冷气。

随着马的自由行走，悲哀之情愈加强烈，简直是天方夜谭，滑天下之大稽，风马牛不相及嘛。

襁褓中就随中国人民解放军大部队南下，在军号嘹亮声中长大，尽管不是显赫人家，也是军人之后，父亲也是有警卫员的前英雄。从小生活的环境，是南中国最丰饶的地区，瓜果飘香，翠竹青青，暴雨过后，河水依然清澈见底，夏天傍晚，蛙声蝉鸣四起，萤火虫蜻蜓飞舞，荷花凌霄花木槿花争相绽放，那样的美景不是普通人能想象得出来的，更不是所有人能享受得到的。

这份珍贵是他躺在床上睡不着、睡不醒的时候，一个人琢磨、回味、细细品味出来的。就连以前视而不见、熟视无睹的江河气息，蚊虫声音，都是近期慢慢捡拾回来的。说来奇怪，那些陈谷子烂芝麻就像春风，没人激励，没有阻拦，轻松自然扑面而来，那是一个多么美丽的地方呀，真的是人间天堂呢。

况且，自己还在首都北京读过大学，万里之遥心怀理想而来的有志青年，怎么会与一位语言不通，带着私生子，黢黑的脸庞泛着两团红晕的女人扯上关系？单从面容来看，土丹卓玛可能三十岁，也可能四十岁，无论怎么看，只会比他大，不会比他年轻。扎西也是受过教育的人，还会说汉话，汉文化中的门第观念尽管被批判，还是有一定道理的，难道他真不懂？怎么能开这种不可理喻的玩笑呢？

几只雄鹰在空中盘旋，扎西仰起脖子叫了两声：啸——啸——

雄鹰声声回应：啸——啸——

忽然，他想到扎西大概把自己当成扎根边疆的知识青年了，一辈子就在这里工作生活，所以才替他考虑未来。

而此前自己怎么就没有思考过这个问题呢？当初决定来西藏的时候，只是想支援边疆建设边疆，并没有想到要扎根边疆，考虑的是怎样逃离当时的纷争与纠结，没有想到中年老年的事，对终将老去的事没有任何概念。既然是支援，应该是暂时的短期的，与长期和永久毫无关系，更不可能拿一生作赌注。还模糊地想过，支援边疆一段时间就去该去的地方，那地方一定不是这样亘古荒凉的地方，不是给完全小学的学生当老师——而且语言不通，要去的地方肯定是能够施展才华、大显身手、有大作为的广阔天地。

当然了，主要还是怪这边疆太艰苦，泱泱祖国大地，怎么还有如此蛮荒的地方呢？如果是江南水乡，哪怕在小城镇工作，或许会考虑娶妻生子，但最终还是要携家带口，去往理想之地。

如此想来，当初的确脑门太热，做事太莽撞了。

扎西似乎看出了他的不快，不好再说什么。

马蹄移步间，鼠兔逃窜，几只羚羊回眸一阵，匆匆远去。

远远地，一队黄苍苍的东西迤逦而来，四个汉子有的骑马，有的徒步，马匹走走停停，时不时游离队伍。

楼卫东用力眺望，疑虑顿生，移动的景物是什么呢？如果是羊子，腹部怎么会巨大如鼓？如果是羚羊，怎么会任人驱赶？羚羊那样自由机灵，才不会任人驱赶呢。如果是黄羊盘羊，怎么会与人为伍？从体型看，自然不是牦牛、马匹、藏野马这样的大牲畜。

扎西大声说：想着给家长送盐巴，盐巴就来啦。

楼卫东随口问：盐巴在哪里？

扎西说：羊背上呀，一会儿和他们相遇，千万别问东问西，驮盐人也叫盐人，忌讳多，自成一个组织，有人充当父亲，管大事儿。有人扮成母亲角色，负责生火煮茶，诵经煨桑。大家在湖中铲盐、收盐、装盐的时候，一般有两个人，把牲畜赶到草场放牧，装袋完毕，准备返程，才把牲畜赶到湖边。盐队有一套我们听不懂的专门语言，几十天或几个月驮盐的时间里，不与女人交往。驮队最常见的是牦牛、马匹、山羊，现在有了拖拉机和汽车，驮队少多了，有人还是愿意吃驮队驮的盐巴。

你看，前面的驮队全是山羊，就是驮羊。盐湖是菩萨赐给我们的大大珠宝盆，年年驮走，年年都有，那个词叫什么呀，就是总也拿不完的意思。

楼卫东笑着说：无穷无尽，取之不尽。

扎西呵呵笑道：欧耶耶，欧耶耶，取之不尽。因为取之不尽，也不需要跟谁打招呼，就像大家的公共财产，谁都可以背走，驮走，想拿多少，随便拿。驮盐也是有季节的，一般在周围雪山还没有融化，刚刚开湖——开湖就是湖面的冰开始解冻，只有小块冰凌——这个时候是一年中湖水最少，天气慢慢变暖，也就是现在这个季节，按照你教给学生的，春夏秋冬，对，就是春季。再过一段时间，气温升高，雪山融化，湖水上涨，收盐就困难了。这个季节，四面八方的驮盐人，赶着驮队到盐湖驮盐。平坦广阔的盐湖边，一夜之间长出一片帐篷，黑色的帐篷是牦牛毛编织的，蓝色的帆布帐篷是工作组送的。刚到盐湖，要举行祭拜仪式，诵经祈祷，离开盐湖的时候，也要诵经，感谢盐湖无私给予，盐湖就是圣湖、度母。也有天不怕地不怕的人，进湖前没有祭拜，离开时没有诵经，结果离开盐湖不久，有的被雷电劈死，有的从山崖摔死。

楼卫东问：为什么要这么辛苦驮盐呢？盐又不能当饭吃。

扎西说：欧耶耶，盐就是饭噢，用盐换粮食，拿羊毛牛毛换茶叶呀，如果这一年不驮盐，一年就没有饭吃。你看到的，咱们这里不产粮食，要吃主食，就得到农区买，没有钱买，就用盐巴交换，汉话的意思是，物物交换，盐粮交换，毛茶交换，有的牧民至今还吃不上糌粑哩。

驮盐人确实辛苦，在湖中把盐巴堆成小山，又把小山一点点背到湖边，干爽一点以后，再装进袋子中，袋子也叫驮子，全是羊毛织的氆氇，结实耐用。来一次盐湖不容易，有的相距几百里路，尽量给驮子多装一点，会用木棒扎实，木棒也是从农区用盐换来的。扎帐篷用的木头杆子，固定帐篷的铁钉子，打酥油的木桶，桌子、柜子、木碗、铝锅，也是用盐巴换的。驮盐是件大工程，单独一个人干不了，一般以村为单位，一个村一个驮队，村里的青壮年男人集体出动。春天把盐巴驮回村子，等秋天农区的青稞收获之时，又赶着驮队从藏北到雅鲁藏布江边的农区，一个来回三十四天，用盐巴、羊毛、皮子、羊油、酥油等，换回青稞、茶叶、菜油、布匹、木材等。一般是等量交换，去的时候驮的是盐巴，回来的时候就变成了青稞，有多换一点的，也有少换一点的。

每个驮队有相对固定的互换乡村，有到尼木县的，有到曲水县的，有的到堆龙德庆县，每年都去，有的成为多年的朋友，如果哪一年不去，还会请其他盐人带礼品哩，礼品无非也是羊油或者藏香啥的。

楼卫东问：那么长劳累奔波，大家愿意去吗？

扎西说：当然愿意，在咱们藏北，只有驮了盐的人，才算男子汉，每个男孩子最大的理想，就是跟着大人去驮盐，认为驮盐是件了不起的事，驮盐以后，就算成人了。如果一生能驮九次盐，就报答了母亲的养育之恩，因为给母亲换回来多多的粮食,所以没有不乐意的。驮盐的日子,每个人自带糌粑和酥油,合在一起吃,住同一顶帐篷,年轻人非常喜欢。不管在牧区还是农区,沿途还能见到陌生人,听到有趣的故事,也有胆子大的,顺便找个女人。单调的时候只能唱歌解闷,也说与女人有关的玩笑。

楼卫东说:你会唱他们的歌吗?唱上一首,先听为快。

扎西也不推辞,拍拍马屁股说:这种歌用藏语唱才有味道,汉语我不会唱。边说边悠悠扬扬地唱起来。

唱完以后,楼卫东说:曲调优美,可是我一句都听不懂。

扎西说:那我给你翻译出来,有的字句不一定与藏语一致,理解个大致意思就行了。

> 我从家乡出发的时候
> 我盐人比菩萨还美
> 当走过荒凉草滩地带
> 我盐人成黑色铁人

雄鹰又一阵鸣叫:啸——啸——

楼卫东说:从菩萨到黑色铁人,变化还真大,这么庞大缓慢的驮队,遇上强盗匪贼怕是要乖乖就擒哩。

扎西说:青藏高原一般没有盗贼,如果真的遇上强盗,只抢东西,不杀人,还会留给被抢者足够活下去的口粮。

说话间,就见驮队向另一个方向游移,扎西吆喝一声,马蹄起起落落,向那片雪地冲去。楼卫东紧随其后,一个驮盐人怪异地望着他,口里念念有词,不停地扬起鞭子,仿佛抛洒东西,向羊群另一端躲避。

楼卫东拽住马缰绳,下得马来,知趣地站在原地,注视负重的羊子。每只山羊背上驮着褡裢一样的驮子,从黑白两色条状的氆氇缝制的驮子缝合处,依稀能看见暗白色的盐粒。氆氇中的黑色应该是牦牛毛,白色自然是羊毛。

一只羊子扭动着羸弱的身体，蹒跚着，低头撅起雪地上的砾石，露出两根绣花针一样的草茎，那草有一丝绿，一丝白。他暗自感叹，雪盖下面原来还有这般顽强的生命。羊子舔舐了一会儿积雪和草茎，继续以唇齿为武器，撅起砾石，寻觅荒草和新芽。看着羊子小小的躯体，却驮着沉重的盐巴，真想把袋子取下来，让它歇一歇，还原羊子的本来面目，悠闲食草，自由游荡。

不由自主地，想起童年少年时期的青草萋萋，花木葱茏，整个南中国大地上的生生不息，一年两熟，一年三熟，水稻、甘蔗、芝麻、花生、玉米、毛豆、芋艿、番薯等农作物，枯荣交替，首尾相连。采了花生种豇豆，枯了豇豆种白菜。水稻与甘蔗为邻，知了与萤火虫齐飞。竹笋与雪菜齐眉，黄瓜与秋葵呼应。土地似乎从来就没有裸露过，总是被粮食和青草覆盖。感觉像是插根扁担会长成树木，栽一根筷子能长成芦苇。山有多高，翠竹香榧山核桃杜鹃花就能长多高，台风过后，大雨瓢泼，湖泊还是那样幽蓝，江水还是那样清澈，空气还是那样纯净，只是江上湖面多了雾纱烟罗。轻烟曼舞下面的水，泛着蓝色钻石、绿色琉璃的色泽。和风细雨中，洋溢着仪态万方的富庶，风姿绰约的贵气。

同在一片蓝天下，这里却四野苍茫，冰天雪地，与其说羊子在啃食砾石缝隙间的枯草新绿，不如说在舔食石子泥土。内地许多地方随处可见火车、汽车、拖拉机，长途运输肯定不会用马匹，更不会让小小的山羊担此重任。

原始，贫穷，喔，简直就是原始社会嘛。

楼卫东越想越悲怆。

扎西大着嗓门说着什么，从土丹卓玛赠送的羊皮袋子里，掏出一坨黄亮亮的酥油递给盐人。那人接过酥油，再扬扬手，扎西就在羊群里绕着走，一边走一边喊叫：楼老师，取驮子，一个。

楼卫东听见了，巴不得赶紧照办，早点减轻羊子的负重。弯下腰，就近取那只羊背上的驮子，用了很大力气，没有取下来，抬头看，扎西还没有走近。他搓了搓手，猛吸一口气，鼓起腮帮，半蹲成马步，两只手伸向羊的脊梁两侧，抱起盐袋就站起来。

咩咩——嘶啦——咕咚——楼卫东抱着两包鼓胀的驮子，惊得不知所措，羊子怎么会发出如此惨烈的尖叫呢？低头间，一下子就傻眼了。

羊子已经倒在地上，脊梁处的皮毛撕裂，几条肋骨白中渗血，仅仅一瞬间，血便像剑一样刺向四周，血雾腾腾，热气袅袅，整个躯体抽搐着、挣扎着皮肉一跳一跳，发出突突的声音，颈部的毛发春笋一般，陡然间根根直立，在风中微微颤动。脖子扭曲着，回眸一样，望向自己腹部，腹肚的皮毛杂乱无章，盐渍斑斑，斑驳间偶有毛发竖立。

楼卫东不敢看，闭了闭眼睛，再睁开，与羊子的眼睛对视，水汪汪的圆眼睛由黑变白，猛然突起，光芒闪烁，抖动间依依不舍，仿佛与恋人道别。那眼帘，如同迟涩的幕布，颤颤悠悠，迟迟缓缓，合上了，紧闭了。那睫毛，弯弯的睫毛，新月一般的睫毛，被露珠压弯了一般的嫩草样的睫毛，扑闪、跳跃，似乎还迟疑，似乎还莽撞，最终，也安静了。无风的湖面一样，恬淡，安然。细软的羊毛耷拉下来，遮蔽了眼睛，就像从来不曾有过眼睛一样，只有两只犄角坚硬地、弯弯地兀在头顶。躯体渐渐地缓缓地停止了挣扎，间或稍稍抽动，微微起伏。

楼卫东终于呼出一口气，呼到一半，闭紧嘴唇，丝丝缕缕，从鼻孔而出。

忽然，羊子火山爆发一般，大幅度震荡、摇摆、抖动，仿佛用尽最后气力，强劲地抽动。稍许，再稍许，风吹残烛似的渐渐微弱、舒展，平平地躺在雪地上。血由喷射变成了汩汩流淌，热气逃逸，腥味淡淡。

楼卫东双手一软，两包盐巴贴着前胸溜下，不偏不倚，落到羊子的四蹄之间，溅起几缕血线，盐袋添了几道新红。

呆呆地、不错眼地看着白的雪、红的驮子、热气渐消的血泊，惶恐愕然，他觉得后悔，不该那样鲁莽地取下驮子，应该缓慢一些，再缓慢一些，轻轻地，不知不觉，悄悄减压。

可怜的驮羊，刚才还寻觅雪地砾石间的细草、针尖般的新芽、麦芒样的草茎，转瞬就倒毙身亡。生命真的脆弱，生死无常，残酷得毫无过渡，一点都不暧昧。

风过时，眼睛不能睁开，没有弯腰没有躲避，任由冷风拂面，寒意袭身，帽子被吹得一丈远，也不管不顾。

咔嚓，咔嚓，扎西踏雪而来，走到近旁，发出更加清脆的响声。

楼卫东翕动鼻息，追逐着声音，就看见扎西一只靴子踩在白色的雪上，一只靴子踩在红色的冰凌上。意识忽然清晰，这么快呀，血泊已经变成了红色的冰，血迹变成了红色的雪。

红色的冰，妍艳，光亮。红色的雪，晶莹，妖娆。

一个驮盐人走了过来，面孔模糊沧桑，站在薄薄的雪地上，俯视尸体，双手合十，念念有词，稍后，扬扬手，走进羊群。

见楼卫东还在发呆，扎西说：不哭，驮盐巴的牦牛和羊子都会这样越走越少，风雪、冰雹、冰河、狼、棕熊、严寒、干渴，都会摧残它们，出发的时候一大群，回家的时候一小群。

楼卫东嗓子发干，咳嗽一声，才说：喔，没哭。

说完以后，蹲下身，用力扒拉积雪砾石，往尸体上堆放，羊皮手套即刻脏污浸湿。扎西也在默诵，帮着一起掩埋，不一会儿，一个小小的雪泥堆，凸显在眼前。

扎西把盐袋放进马背上的褡裢里，感叹道：藏区最难莫过驮盐人，比驮盐人更苦的是羊子，牦牛马匹驮盐，傍晚时分，驮子会被卸下，与主人一道休息吃草料。羊子一旦驮上驮子，白天晚上一直驮着，刮风下雪，闪电冰雹，走戈壁过冰河，翻高山下河谷，不取不卸，不增不减，就像长在身上的巨大瘤子。风餐露宿几十天，从盐湖到雪山草原深处的家乡，从牧区到农区，用盐巴换上青稞，再把青稞驮运回来。如果遇上冰雪融化，河水暴涨，会在岸边等待数天，运气不好的，会被河水冲得一只不剩。也有被雪崩泥石流掩埋的，被大风吹进河流湖泊淹死的。路上没有冻死、饿死、渴死、病死的，也会在卸去重物以后倒地累死。或者像刚才一样，卸货太猛，皮开肉绽，死去以后，连肉都没人吃。

楼卫东张了好一阵嘴，捡起帽子，才问：羊肉不是牧民的主要食物吗？

扎西说：羊子常年驮盐，羊皮羊肉被盐渍腐蚀，羊肉板结咸腥，味道不纯正，遭人嫌弃。藏族人不吃死掉的牛羊肉，也不吃驴肉、狗肉、蛇肉。

再次骑上马的那一刻，楼卫东感到了冷，抓缰绳的手微微颤抖，回头望去，天空湛蓝，白云如花，驮队渐行渐远，去往更加遥远的荒芜。

经过一处河滩的时候，风速减缓，四周寂静，忽然听见吱吱声，随了声音望去，楼卫东惊得差点滑下马背。

一只体型似猫、尾巴细长的棕色小动物，撵着四五只鼠兔满地乱跑，纵身间，闪电般击倒一只肥胖的鼠兔，同时张开尖利的牙齿狠狠咬住鼠兔的脖子。咔嚓一声，鼠兔毛茸茸的脑袋如同熟透的苹果，耷拉到地上，立即涌出一摊鲜血，染红了薄薄的积雪和浅浅的枯草。

小家伙并不急着享用美食，瞪着乌亮圆滑的小眼睛扫射四周，见没有危险，才狼吞虎咽撕咬起来，三下两下，整只鼠兔连皮带骨头全被吞咽下去。吱吱声再次响起，小家伙翘起一只前爪，捋一捋长长的胡须，晃了晃脑袋，眼睛一亮，箭一般射向另一只鼠兔。那鼠兔反应敏捷，嗖地钻进附近的地洞，小家伙一缩脑袋，也钻了进去。楼卫东的马蹄刚刚挪步，又一阵吱吱声响起，小家伙晃着脑袋，捋着胡须踱了过来。

见此情景，楼卫东浑身来了力气，羡慕嫉妒顿生，如此寂寂荒凉的原野，还有这般体力充沛、伶俐敏捷的精灵古怪，真的是天涯何处无芳草，墙里秋千墙外道。

河面开始解冻，河水并不湍急，流水夹杂着小块冰凌，与马蹄相撞，哗啦啦，簌簌响。扎西回头见楼卫东趴在马背上，战战兢兢，便用力吹出一串口哨，打马上岸。楼卫东的马紧紧跟上，水花飞溅，晶莹闪光。

仅仅一河之隔，河对岸艳阳高照，旷野一览无余，呈现出点点绿意，只在云层厚密处，投射下移动的阴影。小草从砾石和泥土中冒出，有的已经分出两片小叶芽，间或，马会低头吃草，楼卫东不吆喝，也不勒住马缰绳，任由马儿走走停停。

偶尔，有一簇两簇分外娇嫩的草，草尖开着指甲盖般大小的紫色花朵。他觉得奇怪，别的地方积雪覆盖，这里不但长出了新绿，还盛开着小花。

能结果的树就是上品,能开花的草就是仙草,马匹比自己更辛苦,应该犒劳一下。

勒一勒缰绳,让马接近开花的草簇。马则像警惕的战士,嗅闻一会儿,歪着脑袋啃噬砾石间的细草,对娇艳的花草毫不理会。楼卫东又勒一勒缰绳,偏让马儿吃那花那草。马儿似乎很给面子,勉强吃了几口,扬起脖子嘶鸣几声,嘚嘚,嘚嘚,追上扎西的坐骑。

楼卫东把自己的疑惑讲出来,为什么河那边冰天雪地,河这边绿草青青,却不见牛羊。扎西说这边离山口近,暖湿气流强一点,牧草长势好一些,牧民有意留着,冬季草料缺乏的时候才来这里放牧,现在这个季节会到海拔更高、更遥远的春季夏季牧场放牧。

楼卫东点着头,心里则想:土丹卓玛刚从春季牧场回来吧,那里肯定还有冰雪。

然后,他不失时机地称赞扎西,汉语表达越来越厉害了嘛。

扎西说,师训班毕业时尽管不太会写繁难的汉字,简单的汉话还能说,回到藏北教书,周围没有说汉话的人,连汉语文都教不了,实在过意不去勉强凑合几节课,很长一段时间,对自己产生了怀疑,是不是再也不会说汉话了。楼卫东来了以后,终于有了交流对象,自己都吃惊,汉话说得还算流利。

正说着,远远看见一顶黑色牦牛帐篷,帐篷前一位老人蹲在地上看羊子打架。扎西招呼了一声,老人手搭凉棚,眯着眼睛打量他俩,佝偻着站起来。楼卫东下了马,最先看见老人一挂白花花的胡子编着小辫子,用细细的羊毛绳子捆扎在一起,两根辫子花白蓬乱,辫梢荡在胸前,脸色黝黑油亮,每一寸皮肤都褶皱深陷。

扎西叽里咕噜一阵,老人摇着头,眯缝着眼睛。

扎西叹口气,用汉语对楼卫东说:他说眼睛疼痛,看东西模糊,估计是白内障。咱们这里紫外线强烈,这种病比较普遍,家里有个男孩,总是喘气,放不了羊子。

楼卫东说:是不是心脏病?听说羌塘地区先天性心脏病患者也较多,咱们送他去医院看看吧。

扎西说：县医院连像样的医疗设备都没有，哪还能治疗心脏病？白内障手术应该不难，在这里也是难到云朵上的事。

老人步态不稳，摇摇晃晃进了帐篷，楼卫东和扎西跟了进去。帐篷外阳光灼热，空气澄澈，帐篷内却阴暗许多，气味难闻，阳光从帐篷缝隙照射下来，映得一切斑斑驳驳。牦牛粪炉子上放着一把黑不溜秋的铜壶，咕咕地冒着白烟，炉子边的牦牛皮上堆着几根红色连肉骨头，几只苍蝇嗡嗡飞舞。绕帐篷内圈一周有三个矮床，皮子藏袍卡垫乱作一团，一只毛发翻卷的小狗飞一般冲出帐篷，这才看清杂乱的矮床上有个男孩。男孩坐直身子，眨巴着眼睛，惊恐地注视着他俩。

楼卫东张口就说：哪里不舒服，几岁啦？

男孩眼珠鼓胀，剧烈地咳嗽起来，扎西用藏语说了几句，男孩才微微点头，神情舒缓了许多。

楼卫东气恼自己：要是说藏语，就不会吓着男孩。唉唉，得赶紧跟扎西和欧珠久美学藏语，学会以后，交流就方便多了。

男孩扶着床沿站到地上，楼卫东低头去看，地上竟是沙石枯草，与辽阔的旷野一模一样。男孩身体瘦小，与大大的脑袋和充血的眼睛极不协调。

忽然间，一只辨不清颜色的小鸟飞了进来，正巧落在男孩头顶，仰起脖子张开小嘴，露出鹅黄色的口腔，男孩伸手去摸，没有逮住。楼卫东看得真切，暗自担心男孩，千万不敢再摇晃脑袋，再摇晃，脑袋有可能掉下来呢。

老人从腰间摸出一把小刀，拾起皮子上的一块带肉骨头，一并递给楼卫东，苍蝇嗡嗡地缭绕过来。楼卫东盯着带血骨头，向后退去。扎西伸出双手，接了过来，刀口向着自己，轻轻用力，割了一片鲜肉送进嘴里，大嚼的同时连连点头。然后把小刀和骨头放到皮子上，嗡嗡声随之而去。

扎西走向自己的马匹，从褡裢里取出一袋盐和几捧青稞。老人和男孩摸着盐粒直乐，再摸那青稞，又一阵惶恐布满脸庞。

扎西继续掏出土丹卓玛送的小铁锅，架到火炉上，准备午饭。

铁锅烧热，将青稞放进锅里，热气升腾，噼里啪啦炸响，香味渐浓。小狗猛地从帐篷外面蹿了进来，老人搂着男孩，慌慌张张向帐篷外面跑去。

楼卫东愣在原地不动，扎西却嘻嘻哈哈，大声叫唤他们，并从锅里捧一手炸开花的青稞，走出帐篷，递到他们手里。一老一少弓着腰，袖着手，不接。扎西一粒一粒扔进自己嘴里，咯嘣脆响，满口飘香。男孩咽了咽口水，光滑的脖子一动一动，老人嘴里喷出膻腥的味道。扎西旋风一样，转了几个圈，及时把炒熟的青稞递到他们手里。楼卫东看见，一大一小两双手污垢密布，粗糙皲裂。

交涉一番以后，老人终于答应他们，可以带男孩到县城读书，但有一个条件，想看一场完整的《地雷战》电影。原因是几年前工作组到牧区放这部影片，片子还没有放完，大风把银幕吹成了碎片。

扎西翻译给楼卫东听，他想笑又笑不出声。山高路远，交通不便，最新的报纸都是几个月以前的，县城人都很少看到电影，如何满足他的请求呢？

再一轮商议，老人不看电影了，要一顶电影中雷主任的那种帽子。

楼卫东听明白以后，与扎西面面相觑，不知如何是好。忧虑中抹下自己的宽檐氆氇帽子，递到老人手里。心想不久的将来，王副县长会给他带一顶回来，短时间不戴帽子，脸上应该晒不出高原红，眼睛不会患上白内障。

老人乐呵呵地戴上帽子，楼卫东的脑海里，闪现出白头发汉族人的影子，萤火虫一样，一掠而过。

扎西把男孩抱上马背，男孩叫着：阿爸、阿爸，叫几声就不叫了。

楼卫东觉得奇怪，小小的男孩怎么会有这么老的阿爸呢？如果在南中国，这种模样的男人应该是祖父或曾祖父。如果称童年少年生活的地方为家乡，三代同堂四代同堂的家乡人比比皆是，这里却不常见，这里人的面容比内地同龄人，显得太过苍老。

他思忖着，却找不出原因。

三个人两匹马，走出几百米，男孩咳嗽起来，扎西勒住马缰绳，由着男孩咳嗽。忽然，男孩哇的一声，口吐鲜血，血珠飘飞，吓得两人从马背上溜下来，将男孩平放在砾石地上。

过了一会儿，咳嗽停止，喘息声平稳，扎西用袖管擦拭了一阵男孩的嘴唇，血迹消失，平平地抱着男孩回到帐篷，向老人说着什么。

楼卫东尾随进去，男孩重新躺到矮床上，眼球凸出得像两粒熟透的龙眼，闪烁几点星光，刺得他不敢细看。

离开帐篷，两人继续上路。有好几次，楼卫东感到屁股生痛胯部麻木，想下马歇一歇，都不想开口，心里有点堵得慌。

鼠兔从沙石地带逃窜到草地上，从洞穴爬出来又爬进去，一只雄鹰在高空盘旋，转瞬俯冲直下，叼起一只鼠兔就飞。又一只似猫非猫的小家伙追着鼠兔奔跑，跑一阵，猛扑上去，咬断鼠兔脖颈，生吞活剥地吃掉。扎西说，鼠兔太可恶，牧民不怕狼，不怕野牦牛，就怕鼠兔，别看鼠兔体格小，孩子生得又多又快，专咬草茎草根，绿油油的草场几个月就会变成沙石滩。牧民最喜欢香鼠，这家伙自带香气，一天能吃好几只鼠兔，是草原的保护神，死掉以后还能当药材。不过嘛，去年和今年天气干旱，毛虫可能会多，毛虫啃噬牧草也很厉害，同鼠兔争抢牧草，牛羊恐怕要饿肚子了。

楼卫东一言不发，任由扎西独自言说。

马儿过河，他在马背上；马儿吃草，他在马背上；马儿踮起后蹄排泄，他还在马背上。白云悠悠，蓝天洁净，风吹拂在脸上，吹在光裸的头上，尽管在紫外线和风的夹击下，双眼不能同时睁开，只能睁一只眼闭一只眼，依然无动于衷。

天边出现了乌云，排着队，遥远而低矮，栅栏一样，看似凌乱，实则有序。

乌云快点来吧，长一双雄鹰的翅膀，叼啄鼠兔一样，将自己叼走，裹挟走，夹带到大风大浪中，把自己烤死、冻死、摔死、饿死。不管什么样的方式，只要快快死掉就好。男孩会不会像那头驮羊，流完最后一滴血，丧命荒原？堂堂七尺男子，连一个小小少年都带不走，都见死不救，连简单的白内障手术都无能为力，还支援什么边疆？建设什么边疆？广阔天地大有作为，革命青年四海为家，无垠的藏北羌塘就是广阔天地，也视这里为家，但他干了些什么？作为了什么？

多窝囊哦，渺小得连香鼠都不如呢。

黄昏时分，来到另一顶帐篷前，两只猎狗叫个不停，一位中年妇女摸一摸暗红淡绿相间的帮典，迎了出来。见到扎西和楼卫东，灿然而笑，牙齿洁白整齐，皮肤红中透黑。扎西把马缰绳随便一扔，进了帐篷，楼卫东见没有拴马的柱子或石头，犹豫行亍。女人走过来，把缰绳在马鞯角上绕了几圈，拍拍马屁股，马儿快走几步，向一片浅草荡去。

然后，女人走到他跟前，做着"请"的手势，楼卫东跟了进去。稍稍闭一下眼睛，就看清了帐篷内的全部内容。

铁皮炉子摆在帐篷中间，黑不溜秋的铁皮烟囱高高地伸向帐篷外面，羊毛绳子横亘在帐篷中间，上面搭着马鞭、皮子、风干肉。帐篷同样是黑色牦牛毛编织，显得紧密厚实，透进的光线极其稀少。帐篷靠里正中间有一处佛龛，佛龛上供着楼卫东不认识的佛像，香炉里冒着淡淡的烟雾。佛龛两侧下方分别摆着一张矮床，床上的氆氇毯子和藏袍码放整齐。

女人示意他俩坐在矮床上，然后端来酥油茶和风干肉。扎西与女人交流了一会儿，女人面露难色，匆匆出了帐篷，骑上一匹马向雪山方向飞去。

楼卫东抻长脖子张望，旷野无人，只有他俩的马儿悠闲吃草，不见鼠兔，不见香鼠，更没有雄鹰，只好嚼着风干肉，喝着酥油茶。他已经习惯了这种食物，对糌粑酥油茶、风干牛肉羊肉有了基本认识，一看一闻，就能分辨出酥油茶的新鲜与陈旧，风干肉的酥软与坚硬，甚至能分清牦牛和羊子，哪个部位的肉更好吃，只是还不习惯吃血淋淋的鲜肉。

两人一边细嚼慢咽，一边有一搭没一搭地聊天。楼卫东说这家人看起来日子过得很惬意。扎西说大多数藏族人没有过多想法，家里有个佛龛，心中有尊活佛，草场有群牛羊，放牧挤奶，看牛打架，晒晒太阳，捉捉虱子，心安理得，知足常乐。

吃饱喝足，楼卫东歪着脑袋闭上眼睛休息，扎西也打起了呼噜，帐篷异常安静，呼噜声分外响亮。迷蒙中听见马蹄嗨嗨，小狗汪汪，楼卫东推推扎西，扎西打着哈欠，揉着眼睛，两个人相跟着出了帐篷。天上不见星星，也无月亮，两团黑影由远及近，移动，奔腾。

最先下马的是一个男人，身材高大，携着膻味冷风，黑暗中摘下帽子，向楼卫东和扎西鞠躬施礼。楼卫东学着扎西的样子，鞠躬还礼。女人进到帐篷，用铁棍捅了捅炉子，挑起一团火球点燃酥油灯。灯芯忽闪几下，就亮了，映得铜质灯盏和鹅黄色酥油灿烂若金。女人弯腰从地上抓起几把干牛粪投进炉膛，几缕黑烟冒过，火苗呼呼，艳红似霞，黑黑的铁壶架在火上。

扎西恰到好处地把盐巴送给主人，心平气和地交谈。不一会儿，男人脸色大变，有些气愤。楼卫东紧张起来，有意看了一眼男人的腰间，腰上果然佩有藏刀，尽管酥油灯不太明亮，还是能分辨出刀鞘是银子锻造，刀柄上镶嵌着两颗油光发亮的绿松石。

就在楼卫东站也不是，坐也不是，正想一伸手拽走扎西，快速离开这个危险之地的时候，扎西变戏法一样，从藏袍怀兜里摸出一枚核桃般大小的毛主席像章，双手捧着，恭恭敬敬供到佛龛上，后退时，酥油灯闪烁，发出橘红色的亮光。

楼卫东还没有反应过来，男人和女人一改刚才态度，满面堆笑，双手合十，面向佛龛和毛主席像章，念念有词。礼毕以后，女人提起炉子上吱吱作响的铁壶，给他俩续上热气腾腾的酥油茶。

扎西用汉语对楼卫东说：家长同意了，明天到牧场接孩子，晚上咱们在这里过夜。

楼卫东悄声说：他们是夫妻吧？

扎西笑模笑样地望一眼男人和女人，继续用汉语说：她有两个丈夫，这个是大丈夫，能管事拿主意，小丈夫是他弟弟，也在牧场放羊。孩子管大丈夫叫阿爸，其余的叫叔叔，不管是婚内孩子还是私生子，都一样对待。

楼卫东听说过藏族人的婚俗，一个女人嫁弟兄两人或三人，一个男人同时迎娶姐妹俩，或两三个不同家庭的女子，近年来政府也宣传婚姻法，推行一夫一妻制，但在广袤的荒漠草原上，牧民依然过着自己乐意又习惯的生活。

他悄声询问扎西：众多弟兄为什么不各自娶妻，自立门户另起炉灶呢？

扎西说：怕弟兄分家、财产流失，一家人生活更团结。

愕然过后，愈加不可思议。此时此刻，身临其境，算是理解了财产的概念。帐篷内的陈设值不了多少钱，游移在牧场的牛羊或许是牧民的全部财产吧。

这户人家应该同草原上众多牧民一样，逐水草而居，年复一年，游牧到哪里，帐篷就扎到哪里，帐篷在哪里，女人就在哪里，家就在哪里。帐篷里有了女人，炊烟就碧青直上，炉火就燃烧旺盛，酥油茶就滚热暖心。女人像太阳，男人像月亮，牛羊自然是星星。男人游来荡去，与星星为伴，风雨无阻，操劳数日，回到有女人的帐篷，抖落一身星光寒气、尘土风霜，喝上一碗热气腾腾的酥油茶，搂着女人睡上一觉，如同当了一回神仙菩萨。不久，月亮继续赶着星星，漫游在空旷与辽阔之上，寂寞与孤单之中，青草与飞鸟之间。

见楼卫东不语，扎西又说：他们俩睡一个床，你我睡一个床。

楼卫东听明白了，用力摇头：不，不行。

扎西说：如果不愿意只能睡羊圈，我可不去，羊虱子会咬死人。

楼卫东向主人点点头，走出帐篷，朝黑乎乎的羊圈走去，扎西干咳两声只好相随。主人吼了一嗓子，一只牧羊犬蹦蹦跳跳，跟在他俩身后。

楼卫东说：校长你住帐篷吧，我不怕的。扎西勾着他的肩膀说：一起吃苦，一起吃肉。楼卫东笑着纠正：有福同享有难同当。

羊圈有半人高，扎西一抬腿跨了进去，咩咩声此起彼伏，待到楼卫东颠着屁股滑进去，咩咩声低缓下来。扎西倚着土坯墙，脱下靴子当枕头，躺下的同时，顺手揽了一只羊羔入怀，羊羔轻唤几声就不叫了。

借着朦胧夜色，楼卫东看见大羊小羊全都挤在扎西身边，他像一只小船，荡漾在羊子的海洋中。楼卫东摸索着，想找一把稻草或牧草，垫在身下防潮，也能减轻砾石和泥土硌身子。伸手抓起一把黄豆大小的羊粪颗粒，快速扔掉。恶心中有些难受，自己不就是那只驮羊吗？从小到大，从来没有进过羊圈、猪圈、马厩、牛棚，想象中，无论什么牲畜的圈棚，都会有干草秸秆铺垫，继续移步寻找，咩咩声一浪连着一浪。

扎西含糊地说：别找了，毯子氆氇在帐篷里，羊圈只有羊子，奇怪的汉族人，有床不睡。

楼卫东越发感到愧疚，又不知从何说起。

从懂事起，他就知道男女有别，坚决不与女生过从亲密。女生看到男生也会躲得远远的，无意间看了对方一眼，脸红心跳好一阵子，好几天都不好意思，再见面，只好低着头。大一点以后，对年轻女子敬而远之，对年长女性彬彬有礼。在他的意识中，夫妻的卧室是不能随便进的，小时候几个兄妹捉迷藏，床上床下，厨房柜子，哪里都敢躲藏，唯独不会踏进父母的卧室。这种事，就像肚子饿了要吃饭，瞌睡来了要睡觉，无师自通，约定俗成。要他与别的夫妻同处一个屋檐下，同睡一顶帐篷，无疑违背了做人的准则，而这些，他无法与扎西沟通。

牧羊犬狂叫几声，楼卫东一屁股坐在羊粪上，忘记了羊粪的腥臭硌人。扎西被羊子淹没，说出的话像被羊毛过滤了一般，隔山隔水，含糊不清。

他说：牧羊犬守着，狼吃不了你我。

刚说完，响起一阵脚步声，两片黑影云朵一样飘了进来，落在羊子身上，引起一阵骚动。楼卫东发出一串惊叫，缩起肩，佝偻成一团。

扎西起身，拨开雾一样的大羊小羊，从羊背上拖拽两张牦牛皮子，并说：主人送的皮子，上等的皮子，好睡。

边说边把一张皮子卷成圆筒，钻了进去。夜色中，楼卫东也钻进鞣制过的牦牛皮里。

羊子大概睡意渐浓，歪歪斜斜卧倒一片，扎西的呼噜声悠悠响起，楼卫东却无法入睡。他琢磨自己不知从什么时候开始，已经能从羊子的叫声分辨出大羊小羊、山羊绵羊。山羊体格稍大，脊骨凸出，羊毛粗长，叫声高亢脆亮，胆大好动，驮盐巴的羊子就是山羊。绵羊体型稍小，羊毛细软，肚鼓腹圆，声音幽细，胆小温驯。

羊子完全安静下来，他的身体渐渐放松，四肢舒缓。前后左右都是羊子，有的趴在他身上，有的倚在他腿上，或轻或重，或动或静。尽管隔着一层牦牛皮，还是能感觉到拥挤的温暖，羊子的体温。羊圈原来这般好，羊子的躯体仿佛人的身体，有温度，有呼吸，有起伏，还能移步翻腾，这不就是人吗？小时候同弟弟妹妹挤在一张床上，嬉闹玩耍够了，沉沉睡去，睡得正香，脸上忽地抡来一条胳臂，肚子上架来一条瘦腿。过一会儿，咯嘣作响，以为谁在偷吃山核桃五香胡豆，仔细去听，原来是某个弟妹在磨牙。

再睡去，感到脖颈有东西叮咬，伸手去摸，抓了一手颤悠膻腥的哈喇子，羊子的哈喇子真难闻哦。

喔，一脸稚气，细胳膊细腿，偶尔还恶作剧的弟妹们，个头是否已经长高？是否还参加各派斗争？是否与他一样，同父母划清界限？如果个个都远走高飞，父母是否会难受？父母真有错误吗？他们是南征北战数年的资深军人，把青春和年华奉献给了祖国的解放事业，是战功赫赫的功臣，新中国的建设者。如果父母没有做错什么，一定是自己错了，要不怎么会断绝关系？如果自己错了，错处又在哪里呢？

越想心里越乱，越理不出头绪，想一想，干脆不想了，努力去睡。

起风了，呼呼作响，回忆被迫中断，嘴角翕动，伸手摸一摸脖颈，什么也没摸到，空气清冷，臭味依然。鼻子不觉酸了起来，眼眶温热，尽量让自己平静，眼睛又睁开了。

天宇漆黑，没有月光，也无星辰，同翻越界山达坂时的星光灿烂相去甚远。翻来覆去，无法入睡，每翻动一次，羊子就波浪一样逐流，晃动扭曲，偶尔咩咩几声。

暗暗骂一声自己，别翻身了，赶快睡去。刚骂完，又翻一次身，再骂一声自己。

许久，羊子不叫了，他也不骂自己了。

迷蒙中，不但听见扎西的呼噜声，也听见了自己的呼噜声，轻轻缓缓，若有若无。他发现自己伫立在一艘轮船上，海水蔚蓝，碧空万里，远处的山峦清晰可见。不可思议的是，那样远的距离，竟然能辨认出漫山的花草树木，香樟、毛竹、香榧、桃李枝繁叶茂，杜鹃、蕙兰、蔷薇、丁香、雪梅盛开，整座山峦就像巨大无比的花园，姹紫嫣红，娇妍斑斓。就在这座花山之巅，站立着两位穿军装的人，领章红艳，帽徽耀眼。两人离得那么近，近得如同重叠，好似两张贴在一起的油画，彼此呼唤着对方的名字。

认真倾听，尽量不受风声呼噜声的影响，也不受羊子的喘息声咀嚼声影响，听了好一会儿，终于听清了呼叫的内容。

一个声音叫道：柳政委，等等我，柳政委，等等我！

另一个声音叫道：小鬼，小鬼！

声音轻如寒蝉，细若游丝，分不清男女，辨不清老少。他觉得这声音好听极了，如同月光下的凤尾竹，摇曳点点，若隐若现。

不由得，他也跟着喊叫，唱和一般，助威一样。

——柳政委，等等我，柳政委，等等我！

——小鬼，小鬼！

骤然，模糊的影子变成了真真切切的人，呼叫声也渐次清晰。

轮船匀速前进，马上就碰撞到山峦了，山巅上的人手牵手，肩并肩，纵身一跃，就跳到船舷上了，携风带香，翩然落地。慌忙躲闪，没有避开，被两人紧紧拥抱，抱住的同时，发出怪异的惊叫：渡江，渡江，我的儿啊。

楼卫东听见了自己的叫声：渡江，渡江，我的儿啊。

叫着，叫着，忽地惊醒。脸颊滚烫，脖颈温热，羊子正在撒尿，不偏不倚，撒在自己脸颊上。

伸手擦拭，挪了挪身子，继续入睡。梦境不复存在，既没有柳政委的叫声，也没有小鬼的叫声。渡江，柳渡江不就是自己吗？从小到大的名字，刻在心里，长在肌肤里，如影相随，好比阳光和空气。但此渡江似乎很遥远，与他没有关系一般。

莫名地，唉唉叹出几口长气，摇摇头，确实想念父母了，对亲人的思念不会因为划清界限而消失。

夜幕下的思绪像草原上的小溪，潺潺流淌，无声无息。当初为了奔前程，不被孤立，不被打入大狱，实现自己远大理想和抱负，与家庭决裂，远走他乡。此时此刻，羊圈里的自己，渴望有人体温度的自己，是否实现了人生理想，达到了奋斗目标？

想不明白，也不愿想明白，不明白或许更好。

大脑却有意作祟，闪出那只驮羊，皮开肉绽，鲜血四射，惊得他无法入睡。

风声小了许多，雪粒，真的是雪粒，稀稀疏疏下个不停，羊子最先抖动，接着他也颤抖起来。无处躲藏，只能将身子蜷缩在皮子里。牧羊犬和羊子出奇地安静，雪粒落下的声音和扎西的呼噜声格外鲜亮。陡然生出羡慕，扎西可真了不起哦，这样的风雪夜，还能酣睡。

瑟瑟地，哆哆嗦嗦，能感到羊子离他更紧，挤得更稠密，如果没有皮子隔开，羊子肯定能钻进他怀里，偎依在他臂弯。想到这里，从皮子里伸出手，揽过一只小羊，贴在脸上，既挡风雪，又能取暖，空空然，昏昏睡去。

牧羊犬最先狂叫，睁开眼睛，雪止风依然。哦，星星，繁密得流动起来都艰难的星星，熙熙攘攘，相互碰撞，璀璨明亮。

一个词猛然蹦出：银河。

银河大概就是这个样子吧，星星和羊子一样，贴着自己，前呼后拥，卿卿我我，能把自己烘托拔高，也能将自己淹没殆尽。天空黛蓝低矮，白云隐约可见，一颗星星偏离银河，滑翔而去。眨眼间，又一颗星星汇入银河。看着看着，眼睛就闭上了。

一只羊子叫起来，几只羊子叫起来，接着是排山倒海的咩咩声，喧腾得他裹着皮子，弯腰坐起，揉揉眼睛，还没清醒。山羊、绵羊、大羊、小羊纷纷起立，游弋，挪步，转圈。有的撅起屁股，唰唰唰唰，撒落一地粪粒。有的连腿也不抬，尿液便哗哗喷出。有的奶囊鼓胀，乳头粉红，饱满颤悠，感觉轻轻一碰，就会爆裂或者喷出奶浆。有的肚腹滚圆，皮肤白皙，指头一戳就会掉下崽子一般。有的小羊明显已经过了哺乳期，还叼着母羊乳头不放，活活将乳房吊成了布口袋，乳头拽成了杨梅干。有的一跃而起，趴上另一只羊子后背，光明正大地交配。有的犄角抵犄角，一抵就抵到圈墙上，几个回合，扭头跑散。

太阳从地平线上升起，巨大浑圆，红光满面，温厚敦实，不温不火。霞光绚丽，穿云过雾，迤逦而来。头顶的天空，深邃碧蓝，云朵洗过一般，胜似柳絮春茧。

扎西已经出了羊圈,主人家的帐篷上,炊烟青青,袅袅悠然。牧场上,新雪簇簇,马儿款款,牧羊犬缓步其间。

酥油茶喝了三轮,小男孩才骑马回家,身后没有牦牛,也没有羊群。来到近处,楼卫东觉得面熟。扎西用汉语低声说:小家伙喜欢随地大小便,还爱招惹其他同学。他才想起来,这不是在教室一角撒尿的男生吗?一个寒假,竟然变得黝黑粗野,蓬头垢面,怪不得没有认出来。

男孩的父亲一同跟到学校,紧挨学校扎了一顶帐篷,天天观察有没有老师同学欺负他儿子。隔了一段时间,似乎放心了,收起帐篷,打马而去。

美人靠

秦巴山地不常下暴雪，不知道怎么回事，冬至这天黄昏，竟然飘起了鹅毛大雪。

雪花太稠密，给很少经见大雪的人带来无限惊喜。李青林的堂弟也没见过这样铺天盖地、连绵不绝的架势，应该欢天喜地，但他一脸焦苦，没有一丝一毫喜庆色彩。

枯水季节，水渠水位降低，小水电只能保证晚高峰用电，快到熄灯睡觉的时候，值班员将机组控制盘上的开关一拧，镇子就漆黑一片，全镇人立即进入无电时代，拉闸限电在冬季是家常便饭。

这会儿，还没到拉闸时分，发电机轰隆隆响得正欢。

堂弟到来的时候，南宫羽仰起脖子，伸开双臂掌心向上，正在接雪花玩。她想接住最大的雪花，每次接到的都差不多大小，只在手心待一小会儿，便成星星点点的水珠。

看见南宫羽轻松快乐的样子，他的愤怒之情陡然剧增。本来他对南宫羽没有任何成见，可经不住家人亲戚整日唠叨，大家一致认为，所有灾难源自南宫羽，这个女人是李家祸事的罪魁祸首，是她一手策划了青林哥的失踪，导致了大婶的死亡。在青林出走的半年时间里，大婶的低血糖病症加剧，以前一年半载犯一两次，犯病以后躺着不动，缓和以后，慢慢进食，一旦恢复体力，静好如初。这种病平时不能饿着，不能焦虑，只是唯一的儿子不打招呼，一走了之，走得既彻底又干净，谁能受得了？

冬至前几天，大婶下地窖取了一些红薯，也不多，小半背篓的样子，弯腰往背上背的时候，一头栽倒。大牛妈发现以后，招呼人抬回家中。茶水不进，迷迷糊糊几日就断气了，咽气以前眼睛半睁了一小会儿，嘴唇努力张开，想说什么。谁也听不清她在说什么，但谁都知道她在念叨青林。

按照亲戚们的意见，坚决不让南宫羽知道消息，更不能让这个丧门星参加下葬仪式，还没娶进门就搞得家破人亡，这种女人，滚得越远越好。

雪花飘下来的那一刻，他正跪在棺材前烧火纸。执事把他叫到跟前，告诉他还是得通知一下南宫羽，如果不让她知道，怕青林以后回来落抱怨。

就这样，冒雪踏霜，一路走来，任由雪花落在脸上身上，好在头上裹着厚厚的孝布，头皮不至于冻痛。自从大婶咽气以后，不知跪过多少次，磕了多少头，其他堂弟堂妹有的在上学，有的说不了转头话，有的不敢往人面前站，跟成年人说话就脸红、低头抠指甲。青林不在，他和青林的姐姐姐夫就担当了报丧这个重任，头上裹着孝布，腰上扎一条孝带，看起来比平时疲惫许多。

一路上斟酌见到南宫羽该行什么礼，她是青林哥的女朋友，还没有订婚，既不是近邻也不是远亲，更不是长辈，婶子这一走，家中三年不能嫁娶，她暂时不算李家人，那就不磕头吧。也不能握手，握手是城里人的礼节，小叔子与嫂子不能有身体接触，若是被人抓住把柄，会笑话一辈子，开一辈子玩笑。

南宫羽在原地转着圈儿，雪花在掌心很快融化，融化以后跳来跳去，继续追逐雪花。回眸间，眼前出现一个人，一动不动，盯着她看。

隔着曼妙纷飞的雪花，丝丝缕缕沁凉的风，朦胧又恍惚，稍稍愣了愣，便惊呼道：青林，青林，终于回来啦，这么久也不来信，急死人啦。

待她跑到跟前，立即后退两步，眼珠子都快蹦出来了，来人不是李青林，而是戴着重孝的李青林的堂弟。立即打了一个冷战，迟疑地垂下双臂。

堂弟不忍心注视南宫羽惊愕的眼神，迅速把眼睛移开，一眼就看见夏克沿着水渠往这边走，边走边舞动手臂，仿佛与风雪共舞。夏克似乎没有看见堂弟，更没有注意堂弟的装束，笑盈盈地来到南宫羽跟前，将一本杂志塞到她怀里。

杂志掉在雪地上，雪落在杂志上，夏克才看清南宫羽的表情，随后，才细瞧李青林的堂弟。稍稍愕然以后，拾起杂志进了机房，出来的时候，两手空空。他没有向南宫羽打招呼，也没有向李青林的堂弟打招呼，拍拍头顶肩膀上的雪花就走了。

堂弟一直望着夏克走进夜色渐浓的雪夜，走向已经朦胧的小镇。

牙齿咬牙齿的声音，在雪花飞舞的夜晚异常清晰，清脆，响亮。长这么大，第一次听见自己牙齿的声音。青林哥，你好窝囊，大婶，死得真冤枉。

堂弟没有给南宫羽磕头，也没有鞠躬，只淡淡地说一句：婶子殁了，执事让给你说一声。

旋即，走进更加浓郁、更加黯淡的夜里，冷风轻拂，雪花肆虐。

许久，她变成了一片雪花，飘来荡去，无处依附。

次日清晨，雪花小了许多，地上尚有积雪，南宫羽一身素装，去了李湾。灵堂设在青林家的堂屋里，见她走近，所有人像约好了一般，让出一条通道，表情冷淡而悲伤，断断续续的啼哭也戛然而止。油漆过的棺材上披着一条半新半旧的红花被面。香炉放在棺材正前方的方形供桌上，放大的黑白遗像靠在棺材顶头，香炉前面放有香烛和油灯，黄亮亮的半碗灯油，不用猜就知道是上好的菜油，棺材下方燃着同样一碗油灯，她知道，这是长明灯。桌上有四个供碟，碟子里分别盛着花生核桃、粉蒸肉、素炒香菇木耳、油炸土豆片。

她站在供桌前不知道如何是好，立即有人指导她点香磕头。

接过三炷香，凑近供桌上的油灯点燃，双手合十，举过头顶，眼睛微闭，再把香举到胸前，三鞠躬过后，将香插进香炉里，手抽回的速度慢了一点，差点被冒烟的香烧着手背。按照引导者的指点，在供桌前的稻草蒲团上跪下，拿起几张火纸，在蒲团前的瓦盆里点火，眼看点燃了，举到手里，忽闪着又熄了，第二次去点，还是没有点燃。

嘀嘀咕咕的声音在棺材两侧响起，不用抬头，就知道所有人的心思都在她身上，目光盯在她脸上，她为自己鼓劲，镇静，别慌张。

依旧跪着，捧着火纸往瓦盆里的火星上凑。冷风吹来，有人在她身边蹲下，拿起一沓火纸，轻轻搓开，变成扇形，像一副展开的纸牌，将扇面轻轻对折，每张纸都呈弓形，往长明灯上一挨，火苗跳跃，欢快起舞，扭着腰身，你追我赶，结着伴儿，轻盈飞升，明丽金黄，哗啦啦、忽悠悠燃烧起来。

南宫羽感激地望那人一眼，是一张木木的女人脸庞。

低了头，一一照样做了，果然火花四溅，火苗上蹿，熊熊燃烧，正要起身，就听见一声叹息。

嘀咕声消失，四周异常安静，她以为周围人全走了，抬头去看，全是眼睛，有的悲哀，有的平静，有的愤怒。她不敢张望，深深地低下头，连老人家喜滋滋的遗像都不敢看。不用推测就知道，那照片一定是青林当教师以后，陪父母到镇上拍摄的。

又一声叹息，她听得真切，这声音有些熟悉，来自额前的棺材，确切地说，应该是李青林母亲发出的。

巨大的恐怖笼罩着她，慌乱地起身，差点绊倒瓦盆和长明灯，同时喊道：阿姨没有死，阿姨还在叹气呢。

鸦雀无声，似乎许久，又似瞬间。空前绝后的寂静以后，是一声悠长而缓慢的哀鸣，接着是狼一般的哭号。

一个披麻戴孝的年轻女人凌空飞来，长长的手臂还没有碰到她，就被众多女人拦住了。

有人推她一掌，小声递话：走吧，走吧，别再来啦。

也有人说：都在气头上，别胡说八道，省得添乱。

后来，从李青林那里，才知道会飞的女人是他姐姐。认家儿那天，见到的姐姐客气小心，与重孝在身、臃肿笨拙的女人毫不搭界，如同地瓜与轮船，镰刀与星星，扁担与云彩。

当然，往后的日月里，再也没有见过姐姐。

时至今日，南宫羽依旧记得再次收到李青林来信的情景。

那是除夕中午，赶集人陆续离开镇子，邮递员骑在自行车上，铃铛叮当作响，南宫羽抬头望了一眼，就不望了。自从在邮电所分发室遭遇袭击以后，再也没有去过那里，从漫山遍野蔷薇刺梨花盛开，到莲叶枯萎芦花如银，李青林像一只一去不复返的大雁，不见踪迹，也无消息，她在渴盼中一次次消沉，热情几乎归零。

青林的母亲去世，令她深深反省。如果不是她鼓动李青林南下，他就不会丢了工作，一走数月，音讯全无。两位老人就不会遭受精神折磨，落到如此惨境。低血糖是一种病，但不至于立即夺走人性命。除夕夜团圆时，三个人的家庭，一下子变成了一个人，青林父亲的这个年夜饭该如何吃哦？

南宫羽越想越难受，越想越沮丧。假如事先知道这个结局，哪怕让她在这个小水电站当一辈子值班员，发一辈子电，她也不敢有意见。而如今，一切都晚了，都无法挽回。

有段时间，她陷入两难之中，既盼望李青林回来，回来可以照顾家人，起码父亲老有所依。又害怕他回来，一旦回来，繁华热闹的都市美梦就会烟消云散。偶尔，还会想到最可怕的事，如果他已不在人世，追随母亲去了另一个世界，她该如何走完未来的路？背负着沉重的愧疚十字架，即便活到一百岁，又有什么意义？

每当想到这些，就心慌气短，纠结，不安，焦虑，痛苦。幸亏夏克时不时来陪伴她，跟她聊聊天，说说话。关于她和夏克的议论越来越多，她也知道自己的名声不怎么好了。

还有一种办法能够减轻磨难，就是逃避，三十六计走为上计，远离是非核心，才能得到新生。夏克无疑是比较理想的救命稻草，但她不能，她觉得如果上了夏克的人生之舟，自己的良心会永远不安，她得等待，等待李青林的消息，如果可能，她希望以后尽最大能力弥补李家的损失。

铃铛声没有停止，邮递员没有下车，侧身弯腰，从横搭在自行车后座上的绿色帆布袋里掏出一封信，远远地扔向她，同时喊一声：接住啦，你的信。

又一阵铃声响过，茫然地望着邮递员渐行渐远的背影，这才收回目光，拾起地上的信，邮戳模糊，字迹熟悉。

唰地撕开信封，囫囵地读了一遍，又读了一遍，读了三遍以后，才算理清头绪。

她把信贴在胸前,能感觉到心脏跳动的节奏,呆呆地站着,一动不动。一位提竹筐的女人经过,偏着脑袋看她,差点掉进水渠,伸手抓住榆树的枝丫,收住歪歪斜斜的身体,仿佛后怕一般,发出一声尖叫。

这一叫刺激了她,方才明白手里捧着的,是一件多么重要的东西。内容大致两层意思,其一是询问父母情况,其二是让南宫羽打听一下,能否回学校继续教书。

她把两页信纸翻来覆去,想找到第三层意思,正面反面都看了,没有,连省略号都没有。信封地址既不是广州,也不是深圳,而是一个从来没有听说过的地名。

她有些恍惚,觉得这是一封发错地址的邮件,李青林不应该是这种风格,但又能是谁呢?她对李青林到底了解多少,或许,压根儿就没有走进过他的内心。

恰好李青林村里的一个熟人路过,她把信交给那人,请对方转交给李青林的父亲。

李青林还活着,这是最好的消息,没有什么比这更让人安心的事了。纠结又随即而来,县教育局已经将他除名,取消了他的教师资格,他回不成学校了。最重要的是,她不知道如何告诉他,母亲去世的消息。

忐忑,焦虑,忧伤,彻夜难眠。

过了不长时间,又接到李青林的来信,意思是他暂时不回来,等他稳定以后再联系她。

这封信既让她踏实,又惴惴不安。显然,李青林已经知道家里发生的一切,不需要她挖空心思,斟酌惶惑地答复他,捉摸不透的是末尾那句话。

最终,她没有等他联系,就追随而去,这一去,就到了现在。

多年以后,想起这件事,南宫羽自己都无法解释,是什么样的魔力使她义无反顾,自己把自己送上了一条波折之路,是爱情的力量,还是逃离小地方的信念?又或者是赎罪?似乎都是,但最大的动力,大概要归咎于脑袋发热,也叫青春的莽撞吧。

在生机盎然的南中国大地上，李青林留给她的印象好似一幅一幅绘画作品，只是一个一个横截面，每一个片段之间是辽阔的汪洋大海，极目远眺，也是徒劳。

毫无征兆地，南宫羽从天而降。

李青林正在给幼儿园的孩子上绘画课，小小的黑板上画了一朵巨大的向日葵。

开始是一个孩子叫了一声阿姨好，接着是和声，甜腻稚嫩：阿姨好，阿姨好。

李青林就望过来，南宫羽的眼珠子再睁大一点，眼眶就容纳不下了。从她惊诧的眼神，他读懂了自己的变化，何止是变化，应该是异乎寻常的巨变。

头上长出了白发，眼角布满皱纹，这怎么是青涩青春的李青林呢？

还好，只稍稍不安了一小会儿，就恢复了平静。

安顿好孩子以后，领着南宫羽走进宿舍。宿舍是四人间，其他教职工都在上课。他把自己的水杯递给南宫羽。南宫羽将绿色塑料杯捧在手心，直直地望着他，等待下文。

许久，却没有下文。

李青林转身离去，回来的时候，身后跟着一位中年女人，女人干净利落，短发短裙，笑盈盈地伸出右手，一迭声地说，欢迎欢迎。

南宫羽慌忙站起来，伸出右手与她相握，莫名而机械地握过手以后，就被女人牵走了。

女人说，跟我来，咱们到女教员宿舍。

她就跟着女人到了一个散发着香水味，墙壁和床头贴满港台明星照的宿舍。女人指着一张木板床说，你就住这里，有事直接找我。

当了绘画老师以后，常常感谢年少时期的素描基础，因了这些，她在这张床上一睡就是两年。

干练的女人是这家民办幼儿园的园长，熟络以后对她说：要不是李老师竭力推荐，又把自己的岗位让给你，说什么也不敢随便接收一个北妹。

两年间，李青林来看过她两次，一起吃顿饭，匆匆就走。她想追问点什么，话到嘴边又搁置了，他不说，她就不问。

有一次，他来找她，说大朗镇有家香港独资电子厂，正在招聘技术人员，与她所学专业可能对口，不妨试试。第二天，她就去了，招聘人员看了她的大学本科毕业证书，脸上像盛开的木槿花，连简历都不细看，就发给她一个工作牌，告诉她戴上这个牌子，可以到车间随便检查工作。

她果真戴着牌子来到车间，最先引起她注意的是无限延伸缓行的传送带，传送带上是一眼望不到头的传呼机，而这些传呼机，是一双双或灵巧或机械的男人和女人的手，组装并放上去的。有人戴着口罩，有人没戴，从没有戴口罩的脸庞看得出，那是李青林和自己几年前的脸庞，是北方小镇山村人的脸庞，洁净、单薄、羞怯，清泉一般，没有污染。

她在长长的传送带和青春的脸庞间站立良久，心中生念，决定寻找李青林，找回以前的他和从前的自己。

她从本厂展销柜台买了两只传呼机，并申请了传呼号。本想两个呼机号码相挨着，被告知如果要连号或吉祥号码，得另外加钱。考虑了好一阵，只好随便要了两组号码。

可是她找不到他，在人口稠密的珠江三角洲，走过一村又一村，村村都像城市，过了一座城又一座城，各城都像乡村。

在一处霓虹灯闪烁的大桥下，有几个卖藏药的人，长袍长褂，一个肩膀裸露在外面，不叫卖不穿梭往来散发小传单，只蹲在一个个小布袋前，安静而拘谨地张望，与熙熙攘攘摩肩接踵的环境形成鲜明对比。

南宫羽稍稍停下来，心被什么东西刺了一下。

灯火阑珊，喧嚣阵阵，模糊的神态，依稀的眼神，怎么与柳巴松那样相像？难道柳巴松和他们同宗同族？但柳巴松他爸的长相却不是这个样子，尽管老得辨别不出年龄，看不大清楚他爸的面容，那也是一副汉族人的模样，只是萎缩、佝偻而已。汉族，是的，柳巴松他爸绝对是汉族，跟周围每个人一样。这样推理，难道柳巴松不是汉族人？不是汉族，难道是卖藏药的那个民族的人？父子俩不是一个民族？不会吧，太穿越了，天下怎么会有如此荒诞的事呢？

仔细再看卖藏药的人，表情是超然的，与柳巴松极其不同，柳巴松向来是冲锋陷阵的，不把天地戳个窟窿是不罢休的。有一次，柳巴松蹲在地上，看他爸给斑鸠腿上缠绕破布条，一个小子一个箭步冲过去，一低头，就把斑鸠抢到手中，待他反应过来，忽地站起来，紧追而去。追出没多远，那小子猛一用力，将斑鸠扔到正在扬花的稻田里。柳巴松没有去找斑鸠，而是把那小子按在地上一顿好打。柳巴松他爸没有上前劝阻，反是挪步往稻田去，还没走近田埂，斑鸠扑棱棱飞起，飞得有些吃力，腾起浓郁的稻花香息。

南宫羽恰好看到了这个场景，心里纳闷：柳巴松他爸怎么跟其他家长不一样呢？要是柳巴松把人打残了，人家爸妈找来了该咋办呀？

现在想来，那个时候的柳巴松他爸，应该不算老，从整体状况来看，一点也不健康，简直就是个病人。但也不至于弓腰驼背成那样，难道是装出来的？如果伪装成老态，那又为什么伪装呢？柳巴松呢，其实也不是丑八怪，只是跟大家的长相不同而已。

时光真的如梭哦，细细想来，已经是童年的事了。

这次寻找也有收获，真切地体会到，这是一片与秦巴山地北方小镇完全不同的富庶繁华之地，地面上高楼林立，机器轰鸣。公路上车水马龙，南来北往。江河里渡轮鸣笛，声声悦耳。还有许多奇怪的现象，住平房的人比住楼房的人富有，分不清城市居民还是农村人口，小小一个村庄甚至有几百家工厂，生产出来的产品大到机床汽车，小到充气娃娃羽毛球拍子。怪不得成千上万的北方人西部人，拖家带口，呼朋唤友，孔雀东南飞，在这片只长厂房，不长庄稼的土地上，奔忙，挣扎，生育，喜忧。

寻找的结果，使她幡然醒悟，根本找不到李青林，但李青林能找到她。这让她倍感委屈，也使她重新考虑自己的未来。

一次，与一位男士约会，选择在岭南公园木棉阁见面。面对面坐下以后，男士从身后闪出一朵玫瑰，快速递过来。她稍稍愣了一下，伸出两根指头接住，顺手插在小桌上的水杯里。

这是第三位送给她玫瑰的男士。第一次是九朵，花瓣上洒着水珠，仿佛刚刚从晨雾中采摘的,水珠温润晶莹,散发着迷人的柔光,双手接过花束,在唇前嗅了一会,才放在桌上。第二次是六朵,花瓣上没有水珠,多了几点金色纸屑,她单手接过,直接放在桌上。这一次,变成了一朵,拇指与食指一捏就接住了。

巧合的是,三次玫瑰全是处于盛年时期的花容,灿烂得不能再灿烂,稍微再烂漫丝丝缕缕,就会腐烂变质。

南宫羽笑着,笑得恬淡,望向窗外。男士的笑容也轻浅,属于可有可无、可多可少的那一种。

木棉阁的窗棂非常讲究,黑褐色的材质,横平竖直,卯榫严密,造型古旧,或许是某位已故华侨的私宅吧。海水到处,就有华侨,也是她寻找李青林的过程中意外获知的。

珠江三角洲,保留着众多百年故居,大多是从南洋归来的游子倾其所有,置办的养老之地。也有下南洋的男人一生未归,时不时给家里的女人寄些汇票,汇票是女人在家族和邻里间,或者说在人世间活着的唯一信念和身份的证明。

女人将汇票变成砖瓦、檩条、彩色玻璃、雕梁画栋、深宅大院。在天井里种上红豆、美人蕉、二花、合欢树。长着长着,只剩下依墙而生的二花和纤细的美人蕉。斗拱太高,飞檐神兽威武依旧,高大的红豆和合欢树仿佛女人的容颜,年岁愈久,渐次枯萎凋敝,无声无息。天井之上的长廊上,不起眼处,伸出一尺宽几尺长的平台,围一圈木栏杆,刷上精良的枣红色油漆,如同一条长形靠椅,喻为美人靠。

这是阳光明媚和星光灿烂时分,女人待得最长时间的地方,以做女红的名义,从长裙青丝,一直待到短褂华发。某个清晨或黄昏,从墙壁的缝隙间,取出亲手绣制的粤绣锦绢,将白发与青丝再次放在一起,用枯枝般的手指理顺,抚摸揉捻,良久,用最和缓、最后的指温,包裹好,再一次眺望院门之外,莽莽原野和青山绿水,轻叹一声,放回原处。

双手自然搭在光滑、温良、褪了颜色的油漆栏杆上,弓腰驼背,眼袋耷拉。月光明了黯了,星辰密了淡了,萤火虫繁了飞了,蛙声高了低了,知了盛了败了，二花开了谢了，美人蕉枯了没了，都不影响她，似乎与她毫无关联。

一般情况下，这位习惯远眺的女人，就此消失，不再偎依蹒跚在美人靠上。

南宫羽向高处望去，看见一处美人靠。

坚决不能成为美人靠上的主人，她这样告诫自己。

透过美人靠暗红色的木围栏，一树红彤彤的木棉花开得正艳，每一朵花都像一团火，只有繁花，没有绿叶。这是她从来没有见过的景致，这红是大红，艳红，明红，多姿多彩的红。

这红，火焰一般，点燃了她，风摆杨柳似的，起身离座，连看都没看那朵玫瑰，便向花红走去。还没走到近旁，就发现了另一片天地。

一树一树的花，铺天盖地的红，从脚下的草地一直红到天空，只有娇艳纯美的花朵和粗粝健美的枝丫，除此之外，别无枯枝，没有败叶，也无飞鸟，连蜜蜂蝴蝶都不起舞。

花朵一向是点缀品，附件一样存在，木棉树竟然因为花而傲然长存。简直不敢相信自己的眼睛，不明白花朵怎么能开遍整株树木，单纯的花朵，繁盛的花朵，娇贵的花朵，成为树的主宰。

就在她被红花熏染得如醉似痴的时候，在人稠的一树木棉下，一条鹅黄色的长裙吸引了她，盯着看了两眼，这一看，就看见女孩修长的胳臂正挽着李青林。

李青林的头发显出花白，脸色润泽光鲜。

惊喜过后，便踌躇犹豫：过去打声招呼，还是扭头就走？长裙摇曳飘逸，迤迤优雅，那是水芹菜花朵的颜色，嫩黄，娇艳，水灵。

水芹菜在空中挥舞，柳条帽在山野飘扬，齐耳短发甩来甩去，追着青林的方向。

突兀地，她唤了出来，满腔满腹的喜悦，珍珠般滑动的音质。

青林，青林——

一片花瓣落下来，落在她的额上，摇晃一下脑袋，落在脖颈处，没有去拿捏，任由那红贴在肌肤上。一定是媚的，可人的，她这样想。

李青林抬头望向她，稍稍惊愕，就走过来，走得从容款款。女孩只望了她一眼，臂腕就离开他，独自站在一树红花前，毫无观望他们的欲望。

她迎上去，那瓣红，也迎上去，近了，再近一点，就挨在一起了，就是拥抱的姿势了。半步之遥，两人都停住了，静止了，连呼吸都不曾有似的。

仰起脖子，看见他的脸色由神采飞扬，瞬间变得焦躁惶恐。

她吃了一惊，脑海中浮出同样的画面，那是几年以前，李青林被淹没在火车站人海中的神情。

她立即拘谨起来，羞愧渐渐浓郁。不能再搅扰他的生活，希望他幸福快乐，健康平安。

后退两步，离他远一点，远得足可以让彼此安宁。

她没有说话，他也没有说话，她盯着他的眼睛。他低着头，将一颗西服纽扣扣上，解开，扣上，解开，反反复复，不厌其烦，不停不歇。

由好奇转向惊讶，再看他脸庞的时候，焦躁和惶恐消失，取而代之的是苍白与木然。

她想抬起手，抚摸一下他魔镜般变换的脸庞，像以前那样，随意自然。但已经回不去了，心情和环境全变了，犹豫再三，递给他那只款式已经过时的传呼机。

木棉下的青草地上，落英缤纷，延展到远方。女孩徜徉在盎然春色中，明艳的拖地长裙，与蝴蝶一样闲适悠悠。

南宫羽笑一笑，抬起头再看他，眼睛就酸涩了。

她扭头就走，走着走着，就奔跑起来，胸前的花瓣迎风飘扬，飘着飘着，就变成了往日时光。

醉马草

每次看见干枯的班公柳，楼卫东就纠结不已，一方面希望王副县长赶快回来，回来以后就能随意聊天，不用翻译，也能听懂彼此的心声。另一方面，又害怕他回来，担心他承受不了活树变成标本的现实，四岁班公柳，陪伴他三年。按照扎西的说法，这是方圆几百公里内唯一高过小腿肚子的植物，许多人没有见过树长什么样子，花是什么颜色，而这稀世珍宝却毁在自己手里，铁石心肠的人都会痛惜。

漫长的封山期已经过去，通往羌塘以外的高山、荒漠、戈壁、草甸，积雪逐渐融化。开山季节到了，休假的干部职工陆续返岗，时不时地还能看见一两张新面孔，沉睡一冬的荒漠小城逐渐有了生机。奇怪的是，王副县长没有回来。情急之中，楼卫东装作没事人一样，到县委县政府的土坯房里寻找报纸，却被告知，运送报纸邮件的卡车在一个山口不幸翻车，汽车残骸倒挂在半山腰，司机和搭车人全部失踪，山石嶙峋，还有积雪，生还的可能性不大。听此消息，楼卫东脸色大变，王副县长会不会搭乘这辆卡车？

默默祈祷，惶惶回到学校。扎西一把拽住他，领他到马厩前，指着他骑过的那匹马，问他是不是让马吃了醉马草。

他被问得莫名其妙，反问一句：什么是醉马草？

扎西没好气地说：就是草，开小花的草，比其他牧草发芽要早，花开得格外好看。

楼卫东抻长脖子看那马，马四蹄狂躁地乱蹬，口吐白沫，鼻孔冒出串串泡沫，步态蹒跚，如同醉汉。拍拍脑袋，猛然想起，一迭声地说：是那种开紫花的嫩草吗？难道是毒草？

扎西说：放羊骑马的人都知道是毒草，就连牦牛羊子都不吃，你咋让马吃了？噢噢，怪我没有告知你。

楼卫东说：不会死吧？对不起呀。

正说着，那马摇摇晃晃，没有站稳，扑通一声，倒在地上，蹄子伸直又弯曲，弯曲又伸直，抽搐间，躯体舒展开来，口鼻流出一摊白沫，喘息戛然而止，肚腹微微抖动几下，就不动了。

楼卫东顿时慌了神，不停地重复：对不起，对不起。

扎西叫来专门屠宰牛羊的人，诵经超度以后，趁躯体还没有完全僵硬，三下两下剥了皮子，往矮墙上一搭，在不远的沙石地上挖了个坑，匆匆掩埋了血淋淋的尸体，馋得野狗跑前跑后，上蹿下跳。

楼卫东见证了整个过程，胸闷恶心了好几天。

风和日丽的正午，一位衣着整齐的藏族小伙子慌慌张张跑来找他。从眼眸来看，来人与自己年龄相仿，从面容看却比他年长许多。小伙子汉语藏语混合着说，草原毛虫成灾，牛羊没有草吃，要他解决困难。

楼卫东听得一头雾水，紧张地望着他。难道去了一次草场，找回一个学生，死了一匹马，还引来一场灾难？

来人是县政府的干部，神经应该没有出问题吧？

见他迟疑，小伙子放缓语速，说说停停，夹带着手势，楼卫东终于明白过来。以前牧场发生各种灾害，大都是王副县长指挥抗灾，去年大雪封山以前王副县长去内地出差，顺便回家探亲，如今大半年过去了，不见返岗，电报发去几份，不见回音。草原毛虫蔓延厉害，牧民纷纷告急，县上领导召开紧急会议，知道王副县长有写工作笔记的习惯，县城只有他这么一位精通汉语的大知识分子，请他帮看看王副县长有没有留下关于草原毛虫的防治办法。

楼卫东脱口而出：王副县长不是林业专家吗？还会治理草原病虫害？

小伙子张了张嘴，茫然、疑惑、不解，一言不发，似乎在等待下文。

楼卫东意识到说了错话，这种地方，找个能断文识字的人都不容易，哪还能分科辨系？

两人一起来到王副县长的房间，一床，一桌，一凳，一只铁皮水桶，桶里有一把铁皮水勺，同水桶一样干涸落寞。墙壁光秃秃的，露出粗糙的土坯原墙，床头和床尾土坯剥落严重，感觉像是手脚抠动和踢蹬过的样子。想起自己床头床尾也是这个样子，原来王副县长同自己一样，以同样的方式排解压抑和孤独。

有意向别处张望，不好意思看那墙壁。这印痕如同幽长狭窄又冷清的甬道上，瘸腿人遇见了瘸腿人，侏儒遇见了侏儒，哑巴遇见了哑巴。

是啊，都是寂寞人哦，两个远离故土家园，远离语言环境的孤独汉族人。

一位中年藏族男人走了进来，笑呵呵地与他握手。小伙子用汉语说这是县长，对他的到来表示欢迎。楼卫东纳闷，平时经常见到这个人的，原来是一县之长，县长怎么跟牧民装扮相似？

小伙子把一本笔记本展开，对楼卫东说：好像就是这个本子。

楼卫东问：王副县长不会有危险吧？

小伙子说：他带走了手枪，遇到狼和棕熊可以防身。

他忽然抬头，像是想起了什么，这里人佩枪原来为防身之用，与身份地位关系不大嘛。

楼卫东合上笔记本，双手在封面抚摸了一番。尽管与王副县长只是一面之交，因为有班公柳的托付，觉得走得很近，已经是知心朋友了，现在他音讯全无，怕是凶多吉少，这笔记本或许就是遗物呢。

叹息中，翻开扉页，滑落一张照片，介于一寸与两寸之间，黑白照，泛着淡淡的黄，显得古旧典雅。一对年轻夫妇抱着一个男孩，女人头发蓬松蜷曲，碎花衣领微微立起，像旗袍，又不像旗袍。男人穿着西服，系一条暗色领带，面容与王副县长有几分神似。男孩三四岁的样子，白白胖胖，一脸婴儿肥，倒是看不出像谁。背面有几个钢笔字，已经模糊不清，感觉像是涂抹过的。

小伙子也看见了，指着照片上的男人问：阿爸啦？阿波啦？

楼卫东明白他问的是父亲还是爷爷,心想这般洋气高端的照片会不会藏着王副县长的身世隐私?单看衣着气质,不是解放前的富家子弟也是留过洋的知识分子。

揣摩的同时,摇了摇头。

将照片小心翼翼放回原处,匆匆向后翻去,翻着翻着,几页洒脱的字迹引起他的注意,便细细阅读起来。

青藏高原草原病发生与防治

青藏高原地域辽阔,植被多样丰富,从温热湿润的墨脱察隅,到地形复杂的三江流域,从富饶的江河农区,到气候恶劣的藏北草原,均有病害发生。

以藏北羌塘草原为例,雪灾、风灾、旱灾、冰雹,等自然灾害频发,就目前技术来看,有的灾害能够预报,做到提前防灾,降低灾害损失,有的还需要先进技术支援和普及。

自然灾害之外,直接威胁草场,影响牲畜存栏的有醉马草、草原毛虫、蝗虫、草原鼠等几大病害。

醉马草:藏语俗称通扎,植物学名冰川棘豆,生长在海拔较高的草地、砾石山坡、河滩砾石地、砂质地。家畜误食鲜草,两三个月以后出现慢性中毒,口吐白沫,精神沉郁,食欲减退,四肢僵硬,体温升高,形同醉酒,有时倒地不能起立,呈昏睡状态,严重者出现气喘腹痛,直至死亡。通过多年走访调研,发现干枯后的醉马草几乎没有毒性,牲畜食后体肥长膘,从保护草原生态,防止草原沙化考虑,不能因为醉马草有毒而大量烧毁铲除,应该研究合理用途,变废为宝,用作造纸或药物。

草原毛虫:又名红头黑毛虫,草原毒蛾。大量取食牧草幼嫩茎叶,严重影响牧草生长,造成草原缺草,妨碍畜牧业生产。目前消灭毛虫的方法主要是喷洒农药,藏族老百姓忌讳杀生,有的把农药喷洒在沙石滩上,而不喷洒在生有毛虫的牧草上,怕杀死毛虫,消减功德。草原一旦发生毛虫病害，面积会逐渐扩大，应该使用车辆喷洒农药，如有飞机喷洒最好，这只是愿望，不知道我这一代援藏工作者能不能实现。

蝗虫：藏北草原目前还没有发生蝗虫灾害，但防蝗治蝗不能懈怠。就青藏高原其他地区蝗灾情况分析，以西藏飞蝗和西藏土蝗为主。草原地广人稀，药物喷洒人力有限，应该改善小气候，把蝗蛹消灭在萌芽状态。目前只是想法和建议，尚无实践数据支撑。

草原鼠：草原鼠也叫草原鼠兔，与兔鼠是一个物种，同根同源，是藏北草原重要害虫，身材浑圆，尾巴较短，分布广，数量庞大，以家族形式生活在一起，成年鼠兔一年能产三窝仔，一窝三四只、五六只不等，繁殖不但迅速，食量还大，喜欢啃食新鲜牧草，打洞时连草根一起破坏，严重者会导致草场沙化，影响牧业发展。每年天气转暖，大量鼠兔侵害草场，牧民心急，政府也无可奈何。棕熊、雪雀、乌鸦、苍鹰、香鼠等等动物，算是鼠兔的天敌，扑食量毕竟有限……

楼卫东看得津津有味，心里顿时生出敬意，王副县长并非单纯的林业专家，还是藏北草原的大门巴，对草原病害了如指掌。

小伙子显然着急起来，一个劲地催促：有办法吗？能管住毛虫吗？

楼卫东眨巴着眼睛，急急地又看草原毛虫那一节，生怕声音大了伤害到小伙子，只好低声说：没有具体办法，只说喷洒农药，最好的办法是动用车辆和飞机喷药。

小伙子更加迷茫，忐忑地说：飞机，飞机，电影里下炸弹的飞机吗？不要，飞机的不要。说完后摇着头，一溜烟跑开了。

日子在经意和不经意间流淌，如同天上的白云，飘走了，游来了，仿佛远去了，一会儿还在身边。有时候低矮得伸手能触，却总是够不着；有时候远在天边，与乌云雄鹰蹁跹；有时候扳着指头数日子，有时候又激情四射，对未来信心满满。

郭汉山终于来信了。

匆忙又急切地撕开信封,看了一遍又一遍,心情才算平静。这才想起关注邮票和邮戳,从模糊的邮戳看出,这封信在路上整整走了八个月时间。信不长,两页纸,但透露出大量信息,有的是他知道的,更多的是前所未闻令他震惊的。

……你大概已经知道,刘少奇被开除出党,撤销党内外一切职务,中共九大把林彪是毛泽东同志的亲密战友和接班人写进了党章。珍宝岛事件以后,我们参与了声讨苏修入侵的示威活动,个个踊跃报名,恨不得扛起钢枪上战场,把苏联老贼打个落花流水。南京长江大桥通车以后,天堑变通途,大江南北发生了翻天覆地的变化,还发行了几枚大桥胜利建成的纪念邮票,邮票太抢手,排队都买不上,如果买到下次给你邮寄几张。

大学停止招生以后,中小学倒还正常,咱们系一部分同学分配到中学当了教师,也有上山下乡到农村插队落户的,听说有的大学可能招收少量工农兵学员,具体情况还不清楚。走上工作岗位的同学联系不多,偶有书信往来总会提到你,大家一致认为,你是我们这个时代的杰出代表、母校的骄傲、同学的楷模、造福边疆人民的有志青年……

楼卫东把信折起来又展开,展开又折起,心慌慌的,喘气有些凌乱。

自从记事起,就知道世界上最伟大的人是毛主席,最敬爱的人是毛主席,最想说的话是毛主席万岁,最熟悉的画是毛主席在天安门城楼的彩色画像。尽管知道人肯定会死,但伟大领袖毛主席不一样,他老人家一定会万寿无疆,永远神采奕奕。毛主席多伟大呀,危难时刻挽救了中国共产党,挽救了革命,还救过他的命——各派斗争中,死伤过多少人,因为响应他老人家的号召,来到西藏,这里没有派系斗争,没有唇枪舌剑,这样算来,自然保护了自己。上次学生家长拔出藏刀对准他，扎西校长如果不说自己是毛主席派来的，恐怕早变成了刀下鬼。如果没有那枚毛主席像章，那个调皮捣蛋随地大小便的男孩，可能还在草场放牧。

如果自己留在内地，起码也会像郭汉山一样成为一名中学教师，与学生交流比较容易。在这里只能从汉语拼音教起，从认字说话开始，最痛心的是付出与收效不成比例，一句汉语教三天，还有学生盯着自己，眼神一尘不染，如同头顶的天空，说得好听点，叫纯洁无瑕，不好听就叫笨。常常有秀才遇到兵、璞玉掉进沙滩的感觉，这样比喻或许不合适，应该是羚羊进了羊群，牦牛吃了盘羊的草，鸡肚子钻了只鸭。但这一切，他不后悔，因为心中有个信念，做一辈子毛主席的好学生，听一辈子毛主席的话。毛主席有了接班人，以后是听毛主席的指示呢，还是听接班人的话呢？

珍宝岛打仗的消息，已经听说过，当时还吓了一跳。上小学就知道苏联是中国人民的老大哥，援助中国建起了许多重大工程，为新中国打下了社会主义工业化的基础，每建成一个重大工程，举国上下一齐欢庆，大人开会庆祝，小学生戴着红领巾唱歌跳舞。后来苏联专家撤离，两个国家打起了口水仗，现在竟然真枪实弹地动了武，噢呀，亲兄弟也会打仗，这样说来，自己与家庭决裂也很正常嘛。

瑟瑟地拿着信，从门口走到床前，绕开班公柳，再到门口，周而复始。

忽然，噗的一声，声音细微低缓，如同布谷鸟腾空展翅的声音，如同蒲公英绽放的声音，如同涟漪碰涟漪的声音，如同雪花落在牦牛身上的声音。班公柳齐根折断，瞬间变成了粉末。

他以为看花了眼，愣怔了一会，确信千真万确，三步并作两步跨出房门，心脏怦怦作响。变化太剧烈了，只见过树枝断成小节小棍，还没见过直接变成粉末的，难道这就是所谓的质变？

他吼了一声，缓过气以后，又长长地吼了一嗓子。双手紧紧捂住胸口，压住心脏，慢慢弯下腰去。

他想找人说话，扎西校长算是最好的朋友和同事，也只停留在说话的层面，无法谈得更深，更不能理解他的痛楚。是的，他有了伤痛。

望一望四周，几个学生在玩耍，土丹卓玛正给羊挤奶，奇怪，平时羊子都在牧场，今天怎么撵了回来？女人看见他，憨憨地笑了笑。

掠过女人和羊子，匆匆而去。

王副县长，对了，他应该回来了，在强大的压抑面前，树算不了什么。他向县委县政府的土坯房走去，房前屋后光秃秃的，除过荒砂砾石和刮也刮不尽的风，什么也没有。

他不甘心，绕着房屋转圈，转了一圈又一圈，转着转着，几只野狗出现了，尾随着他。他快，狗也快；他慢，狗也慢。狗越来越多，跟在他后面，像一支队伍。他仰天长啸，大声吼叫，狗也仰起脖子，效仿一般，嗷嗷大叫。头有点发晕，浑浑噩噩，模糊混沌，似乎有人走近，张望一阵，远远躲开，仿佛他是瘟神。想起了巴松、二胡和口琴，如果三样宝贝还在，把大狗小狗组织起来，成立一个乐队，教它们唱歌、跳舞、吹拉弹唱。可惜，巴松被冰河吞噬，二胡被土丹卓玛当了引火柴，口琴，喔，好久不曾吹口琴了，怎么忘记自己还有一只口琴呢？也难怪忘记，曾经倾城出动，前呼后拥看热闹，欣赏二胡、口琴演奏的场景早已消失，如同古老的传说和去年的彩虹。

他倒下了，倒在砾石地上，有东西簇拥着，撕咬着，疼痛得厉害，意识飘忽不定，一会儿附着躯体，一会儿不知去向。颤抖着，蜷缩着，麻木控制了他。

他发现自己变成了一只倒毙的驮羊，皮肉模糊，鲜血喷涌，在白的雪与红的雪之间，抽搐，挣扎。转瞬又变成了被醉马草毒死的马匹，剥了皮子，血迹斑斑。还变成了班公柳，无风无雨，倒地成灰。

感觉被扶起，摇摇晃晃，走在飘雪中。七月草绿，八月草黄，九月下雪，以前听说过的，谁说过的呢，不记得了。

按照月份推算，正是内地盛夏季节，还不到九月嘛，怎么又下雪了？

躺进破洞渐大的羊毛被里时，他看清了那张同龄人的脸庞，是请他帮助查看，王副县长工作笔记的藏族小伙子。

精神一点以后，想起那封信，寻来寻去，只找到破损的信封，信笺却不见了。

指肚久久抚摸邮票，邮戳的墨汁浸染在红色图案上，依然能辨清小小邮票上每个人物的神态和构图，笔画深浅，颜色浓淡。邮票正中是工农兵手持《毛主席语录》和战士手持钢枪，"革命委员会"的红旗汇成红色海洋。下方为工农兵群众热烈欢呼的场面。上方为中华人民共和国地图，除台湾省以外全部绘成大红色，并印有"全国山河一片红"的金色字体。

看着，看着，觉得画面好熟悉，仿佛在哪里见过，或者身临其境。但又不确定，不真实，场景有些拼凑，笑脸有些陌生。

木木地坐着，抚摸信封。

风过时，吹走房间所有游离的东西，信封首当其冲，接着是军装、口琴、笔记本，连同班公柳的金色叶片。

他没有追赶，没有捡拾，而把自己坐成一尊雕塑，指点间，可能也是一撮尘埃。

一种声音由远及近，断断续续，悠悠扬扬，不用辨析就知道，那是鹰笛的声音。

楼卫东听见了，依然坐着，似乎习惯了这种姿势，不想有任何更改。稍许，声音变得沙哑、停滞、生涩，不用细听，也知道是口琴的声音。广袤的羌塘无人区，一座荒漠小城，就像大海中的一叶扁舟，天宇间的一只云雀，难道还有同道人，与他一样吹奏口琴，喜欢音乐？

冷风扑来，呼呼作响，欧珠久美蹦蹦跳跳跑了进来，肩上搭着他的军装，一只手挥舞着鹰笛，一只手扬着口琴，嘴里一个劲儿地呼叫：老师，格根啦，老师，格根啦。

小家伙一边打招呼，一边把军装扔到床上，将口琴递到他手里。楼卫东一眼就认出这是自己的口琴，漆皮有些脱落，显得更加陈旧。他抚了抚口琴，稍稍迟疑了一下，就把口琴放进欧珠手中，大手还握了握小手。

欧珠说：格根啦，我的？口琴。

楼卫东又握了握欧珠的小手，轻声说：你的，普，口琴。

欧珠旋转着身子，钻进楼卫东怀里。在楼卫东的记忆里，很少有肌肤之亲的经历，他很少投进柳政委和小鬼的怀抱，柳政委和小鬼也很少揽他入怀，全家人就像路边的白杨，岸边的水杉，彼此听见对方沙沙作响，却相互独立，永不相依。偶尔全家人坐在一起说事，也像召开政治局缩小会议。

楼卫东轻轻搂住欧珠久美，他无法用汉语也无法用藏语，教授吹奏口琴的常规知识，吸气换气，指法口型，颤音，回音，短调，休止符等等。欧珠也无法听懂长句子汉语，干脆直接吹奏，熟能生巧，久而久之，或许小家伙能摸索出规律呢。

《凤阳花鼓》属于安徽民歌，《渔舟唱晚》由古曲改编，《小夜曲》则出自歌曲之王舒伯特的套曲《天鹅之死》。相比之下，他更喜欢《小夜曲》，尽管不知道天鹅临将死亡时有多悲伤，但能想象夜色中的男子渴望爱情，深情倾诉衷肠的痴态。对这首生命绝唱的钟情，或许也渗透着对英年早逝舒伯特的悲悯情怀。

不清楚从什么时候开始，逐渐对生命的消失，特别是对年轻生命的逝去，产生了巨大悲伤，无论是冰湖里冻僵的牧民，还是昼夜不息、日月不停、驮盐不止的羊子，或者是被香鼠三口两口连皮带肉一并吞下的鼠兔，甚至被他烫死冻死的众多虱子，都感到难受、心疼、忧郁。这种情绪如同寺庙的桑烟，羊肉的余香，藏香的味道，缭绕依依，久久不去。

曾经闪现过一个念头，在金碧辉煌的演奏大厅用巴松还原这首曲子，现在想来，纯属痴人说梦。《小夜曲》安静、凝重、深情、温婉、炽烈，蕴含了人间最深最丰富的情感，是浪漫主义爱情大百科。以前，怎么就没有这样细腻地解读《小夜曲》呢？单单用优美比喻，真的是狭隘了。

如此想来，觉得身处的环境也不错，起码可以信马由缰，随意想象，还可以根据喜好传道授业。在人海茫茫的内地，这种爱情乐曲早被视为毒草，哪怕是世界名曲，也无人问津，没人敢碰，这里则无人关注，更没人听懂。看来藏北羌塘，是一个和平安宁的福地，没有仇恨，没有争斗，最大的敌人，大概就是恶劣的气候，物资的匮乏。

他把欧珠推到对面，两人相对而坐。自己吹一段，欧珠学着他的样子，甩甩口琴，再吹一段。口琴在大手小手间变换传递，到后来，在小手停留的时间长了起来。两人还试着吹鹰笛，叽叽哇哇，总也吹不成一首连贯的曲子。

吹奏累了，欧珠就问：格根啦，楼卫东是什么？

他知道欧珠想问他为什么叫楼卫东，就说：誓死保卫毛主席，保卫毛泽东思想。

欧珠说：毛主席是牦牛还是草场？

楼卫东想一想，又说：毛主席是牛羊，也是草场，还是口琴和鹰笛。

欧珠说：菩萨毛主席。

楼卫东说：毛主席是菩萨，可是我不想叫楼卫东了，还是柳渡江。

欧珠说：柳渡江，柳渡江好。

楼卫东叹口气，悠悠地说：回不去了，只能是楼卫东。

欧珠咯咯笑着，对他的叹息置之不理。

他知道无人理解自己，但又无处倾诉，欧珠在他面前，只是增加人气，显得热闹，身体不至于太寂寞，并不能减轻心理的压抑和郁闷。

从此以后，楼卫东经常给欧珠上小课，觉得小家伙比其他学生接受能力强，思维活跃。首先教他辨别方向，口里念念有词，手足一起比画，比画的时候，新买的羊皮帽子总会掉下：早晨起来面向太阳，前面是东，后面是西，左面是北，右面是南。

两人站在门外，向着太阳指指点点，几天时间，欧珠就学会了。

还教他好听的歌曲：让我们荡起双桨，小船儿推开波浪，海面倒映着美丽的白塔，四周环绕着绿树红墙。小船儿轻轻飘荡在水中，迎面吹来了凉爽的风……

当然，他还教那首自己创作的歌曲：一个美丽圣洁的地方，蓝蓝的天上雄鹰翱翔，牛羊悠悠雪莲花绽放，那是自由幸福的天堂。

每当唱起这首歌曲，就想起白头发汉族人，他的阅历可真丰富哦，留洋苏联的过程中，一定有太多故事。夜宿唐古拉山下的那个夜晚，老白与那位睡眼蒙眬的女人经历了什么？难道他们以前认识？简易土坯房子的墙上，怎么会挂有军人的照片？老白说过，自己当过兵，穿一阵军装，脱下，又穿上，难道那女人也当过兵？更加奇怪的是，还有一盘巨大的土炕，那可是在唐古拉山下，在青藏公路边上哦。来西藏这么久，还没有见到第二盘土炕哩。呵呵，老白可真神秘噢，那女人好像也不单纯。遗憾的是与老白相处太短，下次见面，一定好好聊聊，讲讲心中的压抑和难受，老白一定是一位能倾诉心声的长辈。

楼卫东发现，教唱歌曲并不难，难的是回答不完欧珠的提问，几乎每个词语都得费一番口舌，有时候连自己都糊涂：简单得不能再简单的双桨、白塔、小船、凉爽，怎么就解释不清楚呢？

无计可施，干脆直接灌输，不作任何解释，没过多长时间，小家伙还真学会了一首完整的歌曲：学习雷锋好榜样，忠于革命忠于党，爱憎分明不忘本，立场坚定斗志强……

显然，欧珠已经变成了小老师，汉话说得越来越流利，还能用汉语教学生唱歌、朗诵课文，教大家向左转向右转，经常也会闹出笑话，转着转着，转成了脸对脸、背靠背，嘻嘻哈哈一阵，重新开始。

一天，楼卫东正在打盹，听见操场闹哄哄的，走出房门，发现学生正在打架。两个男生骑在欧珠久美背上争夺着什么。欧珠嗷嗷大哭，极力躲闪，看热闹的学生指手画脚，喊声阵阵。见他走近，嬉笑停止，人却不散，有的还笑模笑样地朝他扮鬼脸。

他喊了一嗓子，两个男生吐吐舌头，快速跑开，欧珠久美翻身起来的同时，举着一块巴掌大的风干肉，一边大笑一边擦拭眼泪，伸手把肉干递向楼卫东。楼卫东没有接，帮他拍打尘土扶正帽子，本想揽住他肩膀的，当着众多同学的面，不能失去为人师表的威严，也怕同学说他偏一个爱一个，推一推欧珠，将他推到一边。

欧珠家的羊子一只只在减少，楼卫东并没有在意。直到有一天，欧珠跟着母亲土丹卓玛去往很远的牧场，他才知道草原毛虫蚕食了连片草场，牛羊生存受到威胁，载畜量急剧减少，众多牧民陷入恐慌之中。

夜里，他梦见自己吃了一碗小白菜炒米饭，激动得大呼小叫。惊醒以后，摸一摸嘴唇，有些黏稠，带着腥味。细细想来，自从来到这里，就没有吃过大米、白面、青菜、水果，每天重复一样的饭食，肉干、酥油茶、糌粑，现在连糌粑也吃得少了。怪不得学生无法理解桃花、苹果花、海棠花，无法理解春天开花、秋天结果的自然规律。连他都想不起苹果的味道、笋干的味道、鲫鱼的味道。想不起从河谷一直翠绿到山巅的江南山水，想不起喜鹊、荆棘、青蛙的模样，想不起人间还有四月天，春夏秋冬，四季更迭。

而此前的所有日子，从懂事到进藏以前，即便是自然灾害困难时期，部队食堂也有窝窝头供应，只是肉片少见，豆角、茄子、南瓜、丝瓜、土豆、番薯还是有的。一次父亲的警卫员提来一筐大闸蟹，说一些农民没有饭吃，到湖泊河湾打捞大闸蟹鱼虾，采马兰头、蒲公英，挖鞭笋充饥，有的偷偷拿到集市兜售，司务长见他们可怜，买了许多大闸蟹，食堂留一部分，其余的分给各位首长，柳政委家孩子多，又在长身体阶段，分的就多一些。

此时此刻，月色清辉，星辰点点，稻花的热息，苹果的清香，大闸蟹的金色外壳，毛竹的摇曳风姿，香榧子的黏稠汁液，香樟树的浓密翠绿，势不可当，阵阵袭来，电影一样，一幕一幕上演。前所未有地，为一碗小白菜炒米饭动容，为梦中的一餐饭食欣喜若狂；空前绝后地，想要吃到哪怕一个橙子、一截甘蔗、一碟青菜、一碗白米饭。

喉结滑动，咽一咽口水，知道是妄想，望着窗户发呆，一颗流星闪闪烁烁，滑翔而去，靠在床头，心往下沉，百无聊赖，不觉轻轻哼唱。

> 多少次我问我自己
> 为何我降生于世长大成人
> 为何云层流动天空下雨
> 在这世上别为自己期盼什么
> 我想飞上云际但却没有翅膀

这是老白唱过的歌曲，此时愈加后悔，当初如果留在拉萨，这样的夜晚，孤单得能听见自己心跳的时刻，还能与他畅饮聊天，说说心里话。老白，怎么会想念你呢？老白，什么时候再能相见？

《小夜曲》翩然而至，寂静月色中，男子在深情告白，期待是具体的，真实存在的，而自己却满腹惆怅空对月，更与谁人说？

一阵慌乱，他把自己脱了个精光，赤条条躺在床上，躺在月光星辰间，想象着有位姑娘，与他一样孤单，渴望温柔与爱情，向往缠绵与倾诉。紧闭双眼，神情迷离，双手游移至每一寸肌肤，久久爱抚生命出发的地方，呻吟，喘息，大声呼喊。想象中，有了沉醉，有了高潮，有了一泻千里。

疯狂过后，是长久的安宁与疲惫。然后，是厌恶，自己恶心自己，鄙视自己的所作所为。这是一种多么下流、见不得阳光的行为，只有流氓、反动派才干得出这种不齿之事。

人死万事休，一死百了。以前觉得这些词与自己毫不搭界，现在却无比喜欢，万分亲近。感觉不到夜有多长，不想知道夜有多长，只想让自己毁灭，消失，快快失去思维，能够死掉更好。

灼热的阳光照在身上，才明白死亡离自己有些远，想死就能死的想法显然是滑稽的。还没来得及细想，疼痛就侵袭而来，双手用力压住腹部，痛得牙齿咯吱作响。居然还冒出了细汗，他清楚，在藏北，汗水同苹果青菜一样稀缺珍贵。

挣扎，呼喊，皆无回应，只好在清醒中疼痛，疼痛中昏厥。

扎西校长把他送进医院。酥油灯和手电筒在四周晃来晃去，一个男人手持手术刀，向他腹部切割，一阵沁凉，接着是更加剧烈的疼痛。他惊叫起来，却无法动弹，扭头去看，手脚被羊毛绳子捆绑在土台子上。

他不停地重复：不，不，不能杀我，我没有罪。

有人说：阑尾炎，小手术，没有麻醉药，忍一会儿就好了。

听见麻醉二字，精力陡增，一头蹿起，挣脱绳子，就往外跑。磕绊中，撞到一个小伙子身上，小伙子背着一位老人艰难地走着。

一溜烟跑向旷野，几只野狗巴望着，似乎专门在等他。他在前面走，野狗跟在后面，优哉游哉。他伤口流着血，却感觉不到痛。

后来听扎西说，被他撞着的小伙子从拉萨分配到这里工作，父亲不放心他独自一人出行，就来送他，一到这里就患上了感冒，没有及时打针吃药，背到医院就死了。

感冒发烧竟然会死人？阑尾切除手术没有麻醉药？只能五花大绑在台子上硬割，手术室还没有电灯照明。如果不是亲身经历，打破头都想不出来。自己没有死，还好好地活着，被手术刀吓唬活了，既然没有死，是不是可以做点事？忙碌可以让人忘记痛苦。

假如自己懂医，不但能保护自己，还能治病救人。鲁迅当年弃医从文，自己也可以尝试，学点真本事，做点切实可行的事，保护好自己，不给别人添麻烦，就是对社会有益的人。

他果真去了医院，医生是上次把他吓跑的藏族男人，汉语词汇还算丰富，笑着向他摊开手：氧气，氧气的没有。输血，血库的没有。手术，麻醉的没有。药品，过期的有。

医生一边说，顺手递来一盒阿司匹林，凑近窗户，借着阳光看那汉字标注，过期已经五年了。

楼卫东请教他，怎样防治便血。

结果发现交流起来难度相当大，只能连蒙带猜，慢慢梳理。大致意思是，便血、嘴唇干裂、皮肤皲裂、鼻孔流血都是小毛病，调理饮食就能痊愈。痛风比较麻烦，如果一直在高海拔地区生活，治愈周期比较长，还会出现反复。只要氧气充足，多吃蔬菜水果，加大维生素摄取量，注意保暖，口服一段时间降尿酸的药物，便血就会停止，痛风也会逐渐好转。

正想咨询痛风症状，就感到膝盖一阵酸痛。

两个男人扶着一个女人进来，后面还跟着一个背包的男人。女人肚子滚圆，一脸惶恐，脸庞暗黑得如同锅底。医生招呼女人坐下，女人双手托着肚子，坐不下去，只好站在原地接受医生询问。问完以后，让孕妇家属在医嘱单子上签字，三个男人同时凑近医生。楼卫东觉得稀奇，生怕漏掉一个环节，尽管他们说的是藏语，还是能辨别二三。

医生说：丈夫签字就行了。

三个男人同时说：我们都是她丈夫。

医生随口说：大丈夫签字，其他丈夫先准备毛绳和小毯子，生完孩子顺便结扎。一连生了十个孩子，才活了三个，照这样不停歇地怀孕生子，牦牛都吃不消，你们这些丈夫，一点都不心疼妻子。

说完后推开一扇门，门楣上没有"手术室"的字样，但那的确就是手术室，不久以前，他就是从这扇门逃出去的。

几个人鱼贯而入，不大一会儿，就听见女人撕心裂肺地哭喊，想必也是没有麻醉药，自然生产或剖腹产。他想冲进去，救出那女人，让女人回到广袤草场上，挤奶、晒太阳、捉虱子、撵狼、捡拾牛羊粪，看羊打架、牛抵犄角。一个女人与其这般痛苦地生孩子，还不如压根儿就不怀孕，一个男人如果让女人遭受这种磨难，还不如远离女人，让女人永远闪耀着太阳般的光芒，星星般的清辉。

女人的哭喊弱了下去，婴儿的啼哭一声声高涨，哦，一个新生命诞生了。他却没有喜悦，一点都高兴不起来。想着女人正被五花大绑，痛得死去活来，医生一定也很痛苦，谁愿意目睹苦难的场景？而这苦难又是他无法逃避，无可奈何的，丈夫们一定也心疼不已。

不由得，想起自己的母亲。多年以前，小鬼生他的时候，是不是也这般艰难？尽管没有母子情深、舐犊难舍的记忆，还是要感谢她的生育之恩。天大地大不如党的恩情大，爹亲娘亲不如毛主席亲，千好万好不如社会主义好，海深河深不如阶级友爱深。随着岁月的流逝，经历的增加，愈加觉得歌词的深邃含义。父母养育了他，但毛主席给了他广阔的生活空间，让他来去自由，安全温饱地行走在祖国的大地上，况且还有同学郭汉山的友情。或许，他不该那样决绝，家庭亲情，阶级友情，与对毛主席的恩情可能并不矛盾。

转瞬，又忧心忡忡，如今身心自由了，但常常受罪，生活的艰难，身体的不适，心情的压抑，使他举步维艰，苦不堪言。

最近一段时间，总是丢三落四，思绪紊乱，颠来倒去，剪不断理还乱，难道心理和身体都患上了高原疾病？

婴儿的啼哭渐渐微弱，女人的啼哭再次高涨。高涨一会，猛然止住，就像急刹车的汽车，停得有些急促。停住就停住了，再也没有哭声，既没有女人的哭声，也没有婴儿的哭声。

寂静，恰似旷野无人的寂静，东张西望，想要发现点什么。咣当一声，手术室的门被撞开，一个丈夫抱着头出来，站在楼卫东身边跺脚。又一个丈夫冲出来，蹲下身子撕扯头发。紧随其后的是医生，医生像一截木头，向走廊尽头移去。

楼卫东一摇一晃走出医院，走在冷风翻卷的砾石路上，自言自语地唤了一声：妈。

天边越来越黑暗，乌云排着队向县城方向逼近，下起了冰雹。

他已经熟悉，冰雹过后，就会降雪，几场大雪过后，整个藏北地区就会改变颜色，变成约定俗成的白色，真正意义上的雪域高原。出入这座小城的所有道路就会被封死，一直要到来年草绿的时节才会开山，出去的人才能出去，进来的人才能进来。

学校又放寒假了，四周再次安静，飞鸟少了许多，连野狗都寻找稍稍暖和的地方去了。

一天醒来，膝盖红肿得像两只金瓜，小腿肚子如发酵的面团，一按一个小坑，除了疼痛还是疼痛，双腿失去了站起的力气，迈出一步都非常困难。只能像一只爬虫，从床上爬到存放风干肉和青稞面的地方，狼吞虎咽以后，再爬到门跟前，抱住门框撒尿。刚扭头，撒出的尿液就变成了冰柱子，吐出的口水直愣愣立在地上，一阵风来，冰凌打在脸上，一股尿腥味。

没过多久，便吃掉了所有能吃的东西，明知道欧珠久美和他母亲土丹卓玛去了远处的牧场，也不好意思爬到他家的土坯房偷吃风干肉或糌粑。饿得实在忍受不住，就向空空荡荡的羊圈马厩爬去。记得王副县长的调研报告中说，干枯后的醉马草几乎没有毒性，牲畜食后体肥长膘，马厩里还真有一堆醉马草。

他坐在醉马草堆里，抓起几根，在手里抚摸一会，放下，又抓起几根。这是牲畜的粮食呀，怎么变成牛马羊子了呢。踌躇间，想起抗日英雄杨靖宇，不就是吃野草维系生命的吗？两万五千里长征途中，还有红军吃树皮草根呢。在肚子的咕咕叫声中，再次抓起几根醉马草，竟然有一朵干枯的紫色花朵，指甲盖般大小，扁平、亮丽。用力揉搓一会，就变成了粗细不一的草节和粉末，如同班公柳的质变，还飘着丝丝清香。

闭了一下眼睛，就张开了嘴。

每嚼一次，肠胃就灼热难耐，吞下冰溜子和积雪，会好受一些。

更加汹涌的便血开始了，他奇怪身体怎么会像一眼泉，流也流不尽，淌也淌不完。他记得医生的话，只要多食水果蔬菜，病情就会减轻，没有水果蔬菜，可以增加房间湿度，呼吸顺畅，或许便血能够停止。扎西好像说过，酥油茶也能增加维生素，减轻高原反应，可眼下既没有酥油，也没有茶。不得不像一条狗一样，匍匐到门外，捡拾来更多的冰凌积雪，第二天眼睛睁开，水迹全无。又怀疑，是不是蒸发的水分变成了体内的血液，然后以便血的方式回归自然。

他把原本塞到腋窝的两团羊绒也垫到裆部，自然碰到了睾丸，稍稍吃了一惊，睾丸怎么变成了铁疙瘩？捏一捏，不痛不痒，除了坚硬还是坚硬，仿佛河畔的鹅卵石，与他本人毫无瓜葛，井水不犯河水。

没过多久，连爬行的力气都没有了，好在枕边存有一抱醉马草。腹部憋得难受，却尿不出来。只能睡一睡，醒一醒；醒一醒，睡一睡。清醒的时候，会对心说：死了也好，死了膝盖就不痛了，腿肚子就不肿了，睾丸也不坚硬了，膀胱也不憋屈了，便血也会停止，更不会像爬虫，吃着连马匹牛羊都不愿碰的醉马草。过得连牲畜都不如，活着还有什么意义？

还是死了好，思维停止，内心安宁，没有生不如死的想法和难堪，菩萨保佑，快快死去吧。死去心就不疼了，死者为大，死者为仙，死者得清闲，也会显得尊严。

剥夺尊严是人世间最重的惩罚，但他似乎根本没有尊严。

支撑着，挪腾着，坐起来，费了好大力气，才穿上那套早已褪色的草绿色军装。把羊皮帽子放在枕边，用手捋一捋头发，摸一摸脸颊、嘴唇、鼻子，尽量抹去所有尘埃。

然后，平稳躺下，有意不盖那床破烂不堪、腥臭浓烈的羊毛被子。

努力让自己麻木，无牵无挂，什么也不思，什么也不想，躺到生命尽头，躺到另一个世界，躺在通往仙境的路上。

彼岸，有健康、温暖，人的声音，画眉的声音，梅雨落在杨梅上的声音，蜻蜓停在兰草叶上的声音，茉莉开花的声音，小鸭戏水的声音，香榧破壳的声音，竹叶婆娑的声音。

隐约间，有人在呼唤：渡江，渡江，我的儿呀。

喔，渡江是谁？渡江是谁的儿？渡江是什么东西？儿是什么东西……

迷蒙中，有人喂给他汤药，苦涩、难闻，他摇着头，想吐出来，却无力挣扎。

汤药一次次喝下，又吞服一种腥味浓郁的暗红色糊糊。意识渐渐恢复，认出是欧珠的母亲，土丹卓玛。他没有动，无喜无忧，雪山般宁静，荒漠般坦然。

能下床了，能走路了，能蹲着撒尿了，能重新站立起来，尽管走得摇摇晃晃、蹒跚不稳，扶着门框看远处的雪山、近处的雪原，倍感陌生。

不远处，土丹卓玛正一手持刀，一手轻轻抚着牦牛脖颈，脚边放着一只黄色铜盆。他惊得目瞪口呆，难道她要屠宰牦牛？却不敢出声，更不敢往前挪步，怕走不稳摔倒，给她添乱。

女人把藏刀往牦牛脖颈上轻轻一点，枣红色的血液流出来，流成一条血线，落进铜盆里，流一会就不流了。女人把藏刀插进腰间的刀鞘，举手就把一小团黄色酥油，涂抹到牦牛的血口上，顺手摸一摸牦牛肩胛，抚慰一般，缓慢绵长。牦牛一如既往地摇头晃脑，什么事也没有发生一样。

土丹卓玛端起铜盆就走，一直端进土坯房子，放到铁皮炉子上，向铜盆里加上酥油，添上雪团，咕嘟咕嘟煮起来。腥味飘散中，暗红色的糊糊煮成了，他一直盯着，目不转睛地追随女人的一举一动。

喂给他吃的原来是牦牛血，给他能量的是活着的牦牛。

举目四望，什么也没有，羊圈里早没有羊，马厩里早没有马匹，欧珠久美也不见踪影，这头牦牛大概是她家唯一的牲畜。小小的草原毛虫杀伤力如此严重，侵害了牧场，造成牛羊锐减，土丹卓玛家也到了断粮断炊的地步，只能饮血度日。

女人看见他,红里泛黑的脸庞也波澜起伏,慌乱、惊喜、微笑。

他向她点点头,望向旷野。

又一年,雪山开山草原泛绿,县政府那位衣着整齐,与他年龄相仿,请他帮忙查阅王副县长工作笔记的藏族小伙子失踪了。

有人来找楼卫东,问他有没有小伙子的消息,他想一想,说头一年见过的。对方说,大雪封山以前办了休假手续,大半年过去了,还没有返岗,给家里发去电报,回复说,根本没有回家。

楼卫东觉得蹊跷,王副县长回内地出差探亲,一去不复返;小伙子休假,有去无回。他便跟着大家一起寻找,撬开小伙子的房门,房间落满灰尘。

一行人向县城外找去,在河边,发现了小伙子的尸体和行李,说尸体其实有点勉强,只是一副骷髅架子。不用想,就知道被狼或野狗撕扯过,被鸟雀、鼠兔、旱獭挑拣过。

飓风肆虐,雪山巍峨,雄鹰翱翔,移步间,楼卫东的眼睛模糊起来。

绿道菩提

时光像波光粼粼的东江水,在她体内流淌,每个细胞都洋溢着南国芬芳。如今的南宫羽,已经是一位彻彻底底的都市人,来也香风,去也婀娜,颇具小资风尚。

苦恼嘛,怎么会没有呢?

偶尔,也有打动心扉的男人,相处一段时间,秋风一样,又分手。花儿嘛,也是绽放过的,有几朵涟漪,还是蛮留恋的。

那一次,是在离珠江口不远的海面上,她在浅水区游泳,游了一阵抬头换气,刚拂去眼帘面颊上的水珠,就看见一位高鼻梁棕色头发的男士,正往这边看。尽管对方戴着泛着蓝光的墨镜,还是能看出表情是友善的,眼睛应该幽蓝多情吧。

她礼貌地点了点头,他也点点头。她笑一笑,他说了一声,哈罗,同时一只手在水面拍击浪花。她也说了一声,哈罗。双脚踩实,能感到棱棱海沙凹凸有致,细腻光滑,波浪一样,无穷无尽,一边延宕到深海,一边伸展到沙滩。

伸出双臂划了一下,掠起朵朵浪花,男士向她游来。她仔细看了一眼,那是一张棱角分明,轮廓俊朗的脸,臂膀健壮,肌肉发达,皮肤呈古铜色。

真英俊哦,周身散发着荷尔蒙呢。

如果能听见自己的心音,一定是这样说的。

透过清明的碧水,看见一只手伸过来,行云流水,自然天成。她也伸出手,他伸出的是左手,她伸出的是右手,她甚至看见他手指上的一枚蓝宝石钻戒。两只手刚触碰到一起，她就漂起来了，眼睛微闭，装作不那么羞涩，手指相扣，微妙如羽。他向后仰去，自然浮起，她向前倾去，随波逐流。

她与他，云彩一样，在湛蓝的海水里游弋。他与她，枫叶一样，在光波里逸动。

云彩与云彩，战栗；枫叶与枫叶，紧随；她触到了他的膝盖，他挨着了她的臂弯。不知是谁，稍稍用了一点力，或者干脆就是海浪所致，两人就到了一起。她与他相拥，接吻。在海面上，在阳光里，在浪花中，在天蓝海蓝之间，她使出浑身力气，与他相拥，与他亲吻。她漂着，他也漂着，他游着，她也游着。他脚踩海底，她拍击浪花，他浅浅弯腰，她微微仰脖。他的唇是咸的，舌是醉的，口腔是磁性的，四肢是温婉的、强健的。她相信，自己的唇也是咸的，舌是醉的，口腔也是迎人的。

微启双眸，爱恋着他的肌肤，他的唇，他的舌，他的手臂，手臂的温度，怀抱的宽度，臀部的力度。她自然是配合的，千载难逢的，无师自通的，双手不够用一样，抚摸，滑翔，翩翩起舞。享受他的温柔，感应他的痴狂，迷醉于他的肢体，陶然于他的能量。

舌尖再次相接，吮吸，缠绵。四肢紧紧缠绕，不分彼此。

嘭，一只水球突兀飞来，挟着水花，直击背部。她惊惧地睁开双眼，回眸间，一群孩子正嘻嘻哈哈望着他俩，有的向这边游来，有的双手击掌，拍出水花点点，示意他俩将水球扔过去。

他松开她的腰肢，她离开他的怀抱，他将水球扔给他们，她低了低头，轻轻说了一声：Thank you。

他也说了一句什么，不像英语，更不是汉语，她听不懂，似乎也没有听懂的愿望。

他后退着，水波阵阵，脸一直朝向她，向深水海域游去。游去的时候，向她挥手。

她也挥手，挥手的时候，眼眶湿润。

终于，她转身向岸边游去，离银色沙滩只有几米远，忍不住回头，望向他去的地方，望向水天一色的蔚蓝。小小的黑点漂浮在海面上，那里是他，是给予她惊艳，令她怦然心动的男人。

面向大海，挥了挥手，然后，蹲下来，蹲在浅浅的水里，潮起潮落，最终将她拍打成坐的姿势。她坐着，坐在细沙上，坐在海水里，任由海浪袭来，浪花荡漾。四肢舒展，一动不动，遥望远方，那是他可能去的方向。

海风潮汐过后，每当想起，都觉得不真实，却又那般清晰。

这大概就是艳遇吧，艳遇原来这般美好，这般娇艳，如同昙花，稍纵即逝。如果将生活比作河流，艳遇就是万里河道上的一挂瀑布，势不可当，声震如雷。如果把生活比作大地，艳遇就是久旱后的甘霖，酣畅淋漓，绝处逢生。如果把生活比作天空，艳遇则是飞架南北的彩虹，过目不忘，遐想永久。

为什么要冒出那句英语呢？谢他什么呀？喔，需要感谢的似乎太多，太稠密。分不清主，理不清次，主是什么，次又是什么，她更不明白，总之是要感激的。

往后的岁月里，愈加觉得，艳遇其实就是一场猝不及防的即兴表演，可遇而不可求。只有在身体和心灵都艳的时候，才可能遇。身体疲惫了，内心委顿了，自然艳不起来。

也许是这次艳遇太过华美珍贵，常常幻想情景再现，愈多愈好，愈猛烈愈好，但一直不曾出现过。

与大安相遇，已经是手机时代了。

她从一个槽跳到另一个槽，感觉越跳越随意，心里却依然荒芜。每到春天，迎着能嗅出花香的微风，举起电话，不知道打给谁。

一天夜里，手机骤响，慌忙抓起手机，以为是家里来电。几天前父亲胆囊炎发作，疼痛之下做了胆结石切除手术，她取笑老爸变成无胆英雄了，说完后还哈哈大笑。母亲骂她没心没肺，连个外人都不如。

电话里却传来一个男人的声音，中年男人的声音，温厚，恳切，不慌不忙。她还没有喂一声，对方便侃侃而谈，感觉像电台的都市夜话，独自一人，自说自话。

……此时此刻，我坐在青石板街边，粉墙黛瓦，山茶花盛开，小木桌旁流水潺潺，身后有一片竹林，婆娑摇曳，沙沙作响，记得《月光下的凤尾竹》那首歌吗？感觉就是歌中的景象，多么希望你在我身边，我为你吹奏一曲葫芦丝，你就是竹楼里的姑娘。青石板上有一个巴掌大的水潭，水潭里倒映着月亮，半轮月亮，洁净明亮，噢噢，不单只是半轮月亮，还有山顶上的积雪呢，尽管隐约朦胧，倒也不失妖娆。对了，这里的空气异常清冽，完全是你喜欢的模样，亲爱的，别生我气啦，我们冰释前嫌吧，来吧，来吧，一分钟都等不及了，马上为你斟上红茶。这样，桌面上就有两只杯子了，亲爱的，想你了，想你的身体了……

南宫羽一开始就清楚对方打错了电话，但没有打断他的意思，听着听着，就知道是恋人之间的长夜倾诉，听到"想你的身体了"，血液突然上蹿，身体剧烈燃烧，不由自主地喃喃说道：亲爱的，我也想你的身体了。

电话戛然而止，男声消失，寂静，再寂静。

只有自己的声音，娇喘的声音，呻吟的声音，心颤的声音，双手忙乱的声音。这一夜，她抚遍自己的每一处敏感区，闭上眼睛，努力想象与一位中年男人的缠绵，与中年男人的肌肤相亲，与中年男人的如胶似漆。

中年男人，哦，中年男人的性爱是什么样子呢？我想你的身体了，我想你的身体了，你的身体在何方？

第二天夜里，眼睛大睁，透过窗外的霓虹灯，盯着天花板上的装修图案看来看去，一直等到蛙声停歇，月光如洗，也没有等来电话。连续几夜，辗转反侧，实在想得不行的时候，鼓了很大勇气，将那个手机号码反拨过去，提示音是转入秘书台。

匆忙又不匆忙的日子里，常常想起那个声音，迷蒙中的那些场景，粉墙黛瓦，半轮月亮，一杯红茶，月光下的凤尾竹。多么明晰的风景，多么浪漫的夜色。同是孤独人，男人还有风景可以欣赏，有恋人可以诉说衷肠，而自己呢，自己有什么呢？

没有锦衣玉食的生活，没有感情依托，没有归宿感，唯一的安慰是，混迹都市。

其实，直到现在，也没有搞明白，什么样的生活才算是锦衣玉食的生活。只是觉得是一种好，一种富有和富贵，具体怎么一个好法，真还一无所知。那通毫无来由的电话，开启了她对风景的全新认识，以前怎么就没有风景概念呢？

像被无形的手牵引似的，一次次走出高楼街巷，沿着东江向远处走去。夕阳西下的湖面色彩丰厚，晚霞照耀在湖面上，半湖瑟瑟半湖红，一湖秋水满湖波，环湖芦苇尽婆娑。远山，落日，湖水，彩霞满天，渔舟唱晚，晚风习习，十分惬意。

想把这些景致绘在画布上，将瞬间美丽变成永久风景。画架前的她，时而瞩目，时而调色，然后泼墨作画。以至于一群人从眼前经过，也没有引起她侧目，只是觉得人群中有一位魁梧的男人，多望了她几眼。她继续着彩用色，还没有画完，天就黯下来，刚收起颜料画夹，就听见汽车鸣笛的声音，一连几声，声声嘹亮。不得不望向汽车，一个男人正向她招手，并示意她上车。莫名间，认出那男人正是那男人。

一张中年男人的脸，噢，中年男人。

中年男人的性爱是什么样子呢？冒出这个想法，脸就灼热起来。

这个男人会不会就是打错电话的男人呢？

鸣笛继续，立即背起画夹，想也没有多想，就向汽车走去。走近的时候，看见车牌号上自然数相连，心里惊了一下。男人下了车，像见到老熟人一样，将她的物件接过去，放进后座。他为她打开副驾驶车门，她坐了上去，又为她关上车门，才从车头绕到驾驶座，开出几十米，两人才开始说话。

当然，这个男人不是打错电话的人，而是大安。

喝茶，聊天，吃饭，开着越野车兜风。没过多久，两人在龟背竹繁盛的度假小木屋里，像二花藤蔓一样，缠绵缱绻。被蛙声吵醒以后，睁开眼睛，看见大安凸起的肚皮上悬着半轮月亮，用手抚摸，只摸着肚皮，没有抓住月光。斜了眼睛望窗外，半轮月亮明净皎洁。盯了很长时间，觉得缺少什么，轻轻起身来到窗前，没有看见粉墙黛瓦，月光下的凤尾竹，也没有看见雪山和山茶花。倒是看见了自己的胴体，光洁，性感，韵致。再看大安的睡姿，安静，陌生。

　　有一回，她取笑他，场面上的男人是不是都膀大腰圆，养尊处优，没有力气高置上位，或者是不屑于把女人压在下面。

　　他笑着说，能混到场面上的人，一般都不是嫩葱，尤其是我们这种靠自我奋斗，脱了九九八十一层皮，才冒出来的经典男人，看够了眉高眼低，深谙世态炎凉。年轻的时候不分白天黑夜拼命工作，拿命换功名，终于熬到事业有成，在各自的领域有一定话语权，看起来油光水滑，器宇轩昂，其实人人都是半残废，要么腰肌劳损，要么椎间盘突出，要么高血压糖尿病心脏病，最小的毛病也是痔疮。你以为名牌旋转靠背椅子好坐，如果不是进进出出的人对你客客气气，点头哈腰，倍感尊严，一天十个小时八个小时，坐在同一张真皮椅子上，那简直就是如坐针毡，跟坐老虎凳差不到哪去。笔挺西装下面的腰上，还会绑扎一圈硬腰带。有软和的床垫不敢睡，睡硬板床，还不垫枕头，生怕剧烈活动，咯嘣一声，腰椎间盘突出。早生华发，更是不可抗拒的自然规律。你们这些局外人经常感叹，某人一进去头发怎么就白了，告诉你吧，场面上的男人女人，大部分都染头发，监狱又没有染发业务，时间一长，就露馅显峥嵘了。床笫之事吧，是个力气活儿，颠鸾倒凤，热血沸腾，血压一高，椎间盘不听使唤，闪了腰，就因小失大，马失前蹄了。

　　另一个小秘密，是在酒桌上，听醉汉们说的，就是眼袋，呵呵，眼袋。

　　她立即笑起来，做爱，跟眼袋有什么关系呢？扯得有点远吧。

　　呵呵，是啊，我也觉得没关系，那人却说，上了年纪的男人，千万别趴在女人身上，尤其是青春靓妹身上，要么就把灯关掉，黑灯瞎火。要不然噢，核桃大的眼袋滴溜溜垂挂在半空中，哪个靓妹不害怕。如果平躺着，就不大突兀了。

　　还有一个原因，就是场面上的人平时都端着，戴着面具工作生活，身心疲惫，好不容易和女人在一起那个啥，面具就卸了，精气神就没了，架子就垮了，坍塌了，神情就放松了。跟毫无姿色的女人做吧，纯粹就是娱乐，锻炼身体，增加血液循环。说白了，就是一场活塞运动，那叫什么做爱哟，简直就是对做爱这个词的污蔑和亵渎。人世间最缺什么噢，就是爱，如果做一做，就能生出爱，那每一分每一秒，做就成了呀，用得上奔波辛劳，忍辱负重流血流汗吗？

庸常的男女活动，就跟吃饭喝酒一样，眯着眼睛享受就行了，感受女人在肚皮上撒娇、发嗲、忙上、忙下，会有一种被伺候、被尊重、被敬仰的感觉，几十年的辛苦，终于有了回报，值得了。一个男人的床上功夫，与事业功绩成正比，事业有成的男人，这方面的功夫也强。你看那些帝王将相，盖世英雄，哪一个床上功夫弱了，个个都既爱江山，也爱美人。呵呵，场面上的男人最明白这个理儿，就是那些秃瓢，一看就知道肾功能差到极点，可能直接就是阳痿，也要或明或暗，炫耀自己有几个情人，其实就是对脸面的保护，延伸的意思是，他的权威不可撼动。

她扭动身子，眼睛闪烁了一下。也许是看到南宫羽表情发生了变化，大安稍稍停顿了一下，刮一下她的鼻子，继续说：亲爱的，你可不是一般女人，你是走进我心中的女人，我们是有爱的呢。你非常懂事，不像有的女人，拎不清轻重，摆不正位置，上一次床，就死乞白赖地要扶正，如果不答应，跑到单位找领导，散发传单，写匿名信，给正室打电话，说你已经人老色衰了，赶紧退位吧。甚至，还给孩子买礼物，讨好孩子，幻想取得孩子的认可。那样的女人吧，简直就是白痴，脑子进水，谁见了头都大。哎哟，跑题了。

刚才说了，做爱是个力气活，也是个技术活，不是谁都兼具这两种能力。我的技术全发挥在你身上了，你太棒了，太是女人了，简直就是人中凤凰，太让我死去活来，欲罢不能，只能委身你之下，甘拜下风。嗯嗯，还有一个小小的原因，就是我肚子太高大，如果在你上面，怕你纤纤腰肢，承受不住我的强健体魄，我是心疼你呢，亲爱的宫羽。

她微笑着，心里清楚，他并没有自己标榜的那样强壮，根本无法与大海中的异国男子相媲美，也知道如果他在上位，巨大的肚腹横亘其间，操作起来恐怕也困难。

唉，怎么会与这样的男人同床共枕呢？答案大概只有一个，身体需要，不但能安顿对方的身体，更重要的是安顿自己的身体，各取所需，如此而已吧。

这一需要，就是几年。

几年间，他给了她中年男人的体贴、周到、呵护，她给了他还算青春的肌肤、柔情、痴迷。

她盼望他出差，出差的时候，自然离开妻儿老小，她的位置迅速提升，每天晚上准时接到电话，有时候手机放在枕边，听着听着，就睡着了。久而久之，她希望他天天不在家，这样嘛，天天都能听到他的甜言蜜语。

有一次，她感冒了，躺在床上起不来，打他手机，不接，短信回复得倒很及时：在家，不方便接电话。

几天以后，送来一张购物卡，数额有点大。

她把卡放回他的公文包里，同时深情地说：除了你，我什么都不要。

他叹息一声，认真地说：除了我，什么都可以给你。

她仰起脖子，偎依在他怀里，一言不发，看他。

他揽着她，默然不语。

当两人都觉得安静得不好意思的时候，她为自己点了一支烟，他才说：你知道我是北方人，北方男人有北方男人不可改变的基因。

她依然仰起脖子看他，四只手缠绕在一起，一会儿捏他大拇指，一会儿抚摸他手心手背，轻烟忽而扶摇直上，忽而缭绕在手与手之间，脸庞与脸庞之间。

他似乎用了很大力气，终于说：一直没有说出来的原因，是怕伤害你，更怕失去你。

她眨着眼睛，一副无辜的样子。

握着她的双手，尽量避开烟头红色的星子。四只手合在一起，手背上落了一缕烟灰，轻轻吹一口气，吹得烟子蹁跹，烟灰飞逝，他缓缓地说：请原谅我直言不讳，北方男人会把家庭放在第一位，何况我是场面上的人，场面上的人必须遵循场面上的游戏规则，家庭必须稳定和谐，哪怕是表面上的夫唱妇随。我们这种人的家庭好比一级政府的形象工程，形式大于内容，舆论大于实质。家庭成员中，父母排在第一位，本人第二位，子女第三位，妻子第四位。情人嘛，喔，抱歉，只能排在最后。

她清了清嗓子，哦了一声，补充道：情人是可有可无的角色吗？

四只手，继续合十，在空气中摇摆不定。

她又问了一句：情人是什么呢？

大安的语气依旧缓慢沉稳，他说：情人是咖啡、茶点、酒水。妻子是大米白面。一个人一生可以不喝咖啡不喝茶，但不能不吃主食。有了主食才有健康，有了健康才有立身之本，有了立身之本才有身份，有了身份才有价值，有了价值才算活出生命意义。宫羽，我是爱你的，需要你的，只要你乖巧温顺，不争名分，我可以让你过上锦衣玉食的生活。

她以为听错了，将烟子和烟头一并摁进烟灰缸里，挪动身体，让自己面对他，坐端正。

她说：锦衣玉食的生活，什么样的生活才是锦衣玉食的生活呢？

大安双手放在她脸颊上，一边抚摸一边说：只要你不太固执，愿意接受我的安排，乐意住在我的另一套房子里，不用上班，不用操心，每天逛逛街，购购物，兜兜风，化化妆，美美容，健健身，旅旅游，喝喝茶，遛遛狗，搓搓麻将，如果你愿意，也可以生一两个孩子，养一养。

南宫羽说：这就是锦衣玉食的生活吗？如果我生个孩子，你老婆什么态度呀？

大安吻吻她额头，悄声说：傻瓜，这种事，正房都是睁一只眼闭一只眼，只要正室的地位不变，不被逐出家门，什么都能容忍。古往今来，场面上人的正室，都是久经沙场，枪林弹雨中摸爬滚打出来的，堪比刘胡兰和江姐，个个都是钢铁女战士。有句顺口溜形容场面上的男人：工资基本不动，老婆基本不用，烟酒基本靠送，住房基本靠贡。老婆其实是世界上最势利的动物，有时候连一条狗都不如，大难临头各自飞。知道这四项基本原则中缺失一项，就特别看重和掌控其他三项，庞大丰厚的物质，能够淡化身体的需求，嫉妒在名分和面子跟前，不值一提。

南宫羽伸手握住他的双手，摇晃了一会，动情地说：感谢你几年来的陪伴，也感谢你的真诚，我会照顾好我自己。

说完以后，再点烟，两支烟一并含在唇间，兰花指翘成一朵鸢尾花，大安直接把纸烟摁熄，然后说：男人尽管喜欢风情万种的女人，但在场面上，还是希望女人端庄大方，知性理智。好女人能少抽烟，尽量少抽烟，能不喝酒最好不喝酒，不管是男人还是女人，喝醉酒都不好看，会失体统，丢面子，有时候还会坏大事。

南宫羽笑一笑，又为自己点了一支烟，香雾氤氲中，猛地喝了一口烈酒。

往后的日子里，偶尔与大安也见见面，吃吃饭，做做爱。只是少了最初的激情与渴望，其实两人都心知肚明，与其说是思念对方，不如说是安顿自己的身体，与安顿灵魂好像很远。

越来越觉得，安顿灵魂是件奢侈的事，如同神话和传说。

随着时间的流逝，再后来，连相互安顿身体的欲望都不曾有了。

常常的，也思考与李青林的关系，得出的结论是，说不清道不明。

也就一个熟人吧，只能这样告诫自己。

欣赏过"在那桃花盛开的地方摄影展"以后，知道了地球之上，竟然还有那方盛景，雪山与森林同在，冰川与鲜花共存，桃花与牦牛互搭，这是多么不可思议的景象啊。就在国土之上，在离自己大概不远的地方，不需要办护照，不需要费多大力气，只要愿意，就能抵达。

光影在东江扑朔迷离，情欲一样，无法入眠，还是那树紫荆，伸手可触，已经盛开了繁花朵朵。紫荆把开花这件事渲染得招摇过市，磅礴霸气，相比之下，北方就没有如此盛大的花事。

打开小包，想看看手机，有无来电未接或短信。手机像花边新闻，咸淡混杂，多一点不多，少一点不少，知也可，不知也可，但时不时总要瞅一瞅。没有摸到手机，拽出来的是那张从摄影展上顺手拿走的彩页纸。

只看了一眼题目就兴奋起来，真好呀，多好的消息。本地一家机构与西藏林芝地区合作，招聘几名支教老师到西藏，音乐美术老师优先，没有工资，只有少许生活补助。

这条消息轻轻掠过指尖，没有经过脑子，就敲定了，进藏支教。

进藏就像逛街、美容、游泳、思考，平常如水，既然这样，有什么犹豫的呢？

她有一种冲动，想把去西藏的消息告诉给李青林，而不是大安。喔，李青林就像她的主食，大安只是咖啡和茶点。

木棉花正艳的那一日，她送给他一只传呼机，他没有呼过她，再后来，传呼机像烈日下的雪花，消失得无影无踪，只留在单相思人的记忆里。不几年手机洒满人间，号码也是知道的，联系却并不多。

平时忙碌热闹的时候，想不起来他，端午、中秋、春节这种日子，尤其与大安分手以后，特别想见他，希望一起吃顿饭、说说话。

一个中秋，独自在一家餐馆吃饭，要了素炒芦笋、清蒸鲈鱼、水煮大虾，本来想要一盘蚝油六头鲍鱼的，怕太多吃不了，就没要。这是家乡没有的味道，秦巴山有菌菇、木耳、天麻、野兔，只有山珍没有海味，她吃得有些投入。

忽然，一对男女在旁边争吵，一听口音就知道是东北人。

日月轮转，她惊奇地发现珠江三角洲是个海纳百川的地方，大概从改革开放以来，几乎容纳了各种人，国内国外人，南方北方人，千万富翁，讨饭老人，建筑工人，坐台小姐……大量外地人涌入，各种文化撞击，新生事物孵化，博士与文盲共进晚餐，老鸨转眼变成家庭主妇。一辆车上五个人，来自五个不同省份，说着五种不同方言。机关干部穿拖鞋上班；会场休息十分钟，有人端着饭碗吃河粉；大型讲座正在进行，有人扛一根木头进来，木头的分岔处四个红字非常清晰——立木取信，在众人的哄笑声中，木头在乌泱泱的人头之上方，晃来晃去。

头一天的百万富翁，第二天一贫如洗。三个人能开一家公司，一个总经理，两个经理。一个人开出租车，同学、朋友、亲戚、邻居全来开出租车。一个人来蒸米面皮，全村人都来干同样的营生。只要老乡熟人见面，一溜儿说家乡话，机关单位车间上班才说普通话。也有为了显示自己富有，学着香港台湾老板说话，学来学去说成了夹生粤语。

她偏了头去看，男人的鼻头像一枚独头蒜，巍然屹立在脸庞中央，女人的皮肤白皙漂亮，嘴唇比木棉花还娇艳。

男人大声说：螃蟹有什么好吃的？半钱肉都没有，要吃你吃，我不等你。

女人把手中的杯子推了一下，嘟囔道：就吃，秋风起，蟹脚痒，中秋不吃螃蟹难道吃萝卜白菜不成？

男人说：萝卜白菜有啥不好？萝卜乃大参也，萝卜上了街，药铺取招牌。

女人嘴噘得如同一朵喇叭花，继续说：跟你这么多年，吃够了萝卜白菜，吃得我满脸白菜色，就要吃螃蟹，今儿个我说了算。

男人说：凭什么你说了算？一只螃蟹吃一个钟，时间就是金钱，咱浪费不起。

女人说：凭什么？你说凭什么？五年前的今天你单腿跪地向我求婚，难道你忘啦？

男人一拍脑袋，表情从白纸变成了彩纸，拽起女人就走，边走边说：看把我忙的，把这么重要的事都忘了，走吧走吧，还是到天长地久酒楼，你点什么，我吃什么。

女人的长裙在桌子与桌子之间飘逸漫卷，飘着飘着，就不见了。

裙子可真好看呀，柔软轻薄，飘飘欲仙，乳白色纱底上点缀着紫色小碎花，星星点点，素雅恬淡。这花在哪里见过的，窗帘、上衣、雨伞、背包。喔呀，是雨伞，小碎花布伞，那把北方小镇的雨伞，为她遮过风，挡过雨，与李青林第一次相拥，就在碎花伞下，那是一个雨夜，因为她的妙手回春，小镇从漆黑变得光明。

真久远啊，匆匆已去多年。

水煮大虾像复活了一般，从南宫羽的手中跃进调料碟里，啪啦一声，花朵般开放。试图握住筷子，夹起小块鲈鱼，筷子碰着了鱼骨，滑向一边，恍惚间，觉得那鱼骨是另外一双筷子，筷子与筷子在杯盘相遇。随着筷子的颤动，鱼肉不偏不倚，也落在调料碟里，汁水羽毛一样飞了出去。低眉间，看一眼座位对面，真有一套餐具，碗碟茶杯全都摆着，安安静静，空在那里。

呆呆地看那碗碟，肯定不是汝窑烧出来的，倒有几分神似，考究，洁净，细腻，温润。

就那样坐着，坐着。

杯盘热气早已散尽，鲈鱼大虾依然。

慌乱地付完款，追随出去，已经看不见那两人的踪影。

她向东江走去，一眼就看见了炊烟，轻轻淡淡，飘飘袅袅，在屋顶繁衍散漫。这种烟火，是小家小舍的味道，曾经万般抗拒，甚至逃离，现在却如此迷恋，无限向往。

炊烟来自一间偏厦子，好生奇怪怎么与秦巴山间的房屋相似，或者干脆就是柳巴松的家呢。

有一次，随几个小子到柳巴松家，家里连一条板凳都没有，土坯墙上钉了许多钉子，钉子上挂着草绳书包腊肉衣服。衣服应该挂在柜子里，怎么挂在墙上了？他们家怎么还点煤油灯呢？太老土了吧？自己生下来就被电灯照着，一直照到现在。自家床上可是铺着沙发垫子，或者棉垫子，柳巴松的家只有一张床，床腿还是带皮的树桩，床上铺的竟然是稻草垫子。一块蓝色粗布充当枕巾，处于好奇，揉了揉同色粗布枕头，发出窸窣的响声，枕芯应该是谷糠了。两个枕头分别放在床的两头，靠门的枕头边，还有两本厚书。床下有一些长长短短的稻草，大概就是猪睡觉的地方吧。

猪有点肥，屁股一扭一扭，被小子们推来搡去，用树枝赶着跑，骑在背上，尘土飞扬，嘻嘻哈哈。柳巴松他爸穿着褪色的蓝色制服，一双龙须草草鞋，弯腰正在给韭菜地壅土，对他们的嬉闹不理不睬，感觉像局外人一样。

有一次，老师布置作文，让写《我的家》，忽然想起柳巴松他爸，他们家可真穷呀，家徒四壁大概就是这个意思吧。穿草鞋的人怎么会有那么厚的书呢，真奇怪。

喔，终于明白过来了，少年时期有意冷落他，故意远离他，其实有个重要原因，就是穷，穷让人隔山隔水，永不往来。

李青林家也穷，但李青林出现的时间段不同，与李青林相遇的时期，是躁动压抑高峰期，随便一个小伙子，只要不厌恶，都能牵走她。

如果是现在，身处繁华都市，李青林怎么入得了她的眼睛哟？

呃，的确已经实现了繁华都市梦，高楼林立，车水马龙，但却依然孤独，依然不快乐，仅仅一间老旧的偏厦子，几缕缥缈炊烟，就难以挪步。

注目良久，眼角渐渐潮湿起来。

不知道过了多长时间，她把手机掏出来，按下一串数字，一滴泪珠落在手心，拨出去，猛然发现，对方拒绝接听电话。

愣怔间，丁零一声，短信而至：谈事，有事短信告知，祝你中秋快乐，李青林。

只看了一眼，就删除了。心里默念：有什么了不起的？如此绝情。

月光在水面荡漾，亮晃晃一片洁净。水鸭嘎嘎游荡，伤感还是有的，给父母打了一个问候电话，深呼吸了好一会，吸进满怀夜香，心情渐渐平复。

这件事过去了两年吧，或者三年，不管几年，反正没有来往。

现在，南宫羽忽然来到李青林的写字楼前，来之前短信告诉了他。从短信回复来看，对她去西藏支教表示祝贺，并祝她一路顺风。

但她希望与他面对面，看着他的鼻子眼睛和表情，亲耳听他把这些话重复一遍，甚至，希望在他肩上靠一靠。

有这个想法也不奇怪，她尚无婚配，他也单身，用用肩膀应该不算过分。有时候，她会纳闷，已经是医药代理商的李青林，有车有房，经常出入高档会所，阅人无数，经历丰富，怎么也还单身呢？

就在她按动电梯上键的瞬间，手机响了，显示是李青林的手机号码。

立即后退，与电梯几步之遥，如果进入电梯，信号不好，会影响通话质量。自从使用手机，拨打接听过无数电话，李青林主动来电还是第一次。

点一下接听键，对方声音传了过来。

女人的声音甜腻急促，如一杯浓香的酸奶：你好，李总有事，请改日来访，抱歉。

南宫羽将手机从耳边移到眼前,又移到耳边,倾听,无声无息。

再移到眼前,没有丝毫异样,确信对方手机已经挂断,确信是李青林的手机号码,嘴角抽动了一下。

就在她恨不得一头撞进电梯,跑到李青林面前破口大骂的时候,手机再次响起,铃声响了好一阵,她才接听。

打来电话的是一个客气礼貌的女声,让她去拿机票。

稍许迟疑以后,离开写字楼,向一条绿道走去。

多日以后,回想起来,特别要感谢那两张机票。

绿道上有人散步,有人骑自行车,有人一蹦三跳,伸长胳臂够棕榈树上的棕榈果,再从果核中剔出菩提籽。一个男孩走在前面,两只手轮换着向上抛菩提籽,抛起一粒,接住一粒,空中还有一粒,三粒菩提依次在空中起起落落,周而复始,每一粒又都落在男孩掌心。女孩一只手扯着男孩衣襟,一只手舞动着一束三角梅,花朵美艳得有些失真。因为要精准地接住每粒飞起落下的菩提,男孩在前面跑前跑后,忽左忽右,女孩随着男孩的步伐,扭成一弯溪流。

好熟悉的画面啊。南宫羽暗自感叹,顺手摘下一片梧桐树叶。她把树叶握在手中,悠悠地走着,柳巴松的影子忽地冒出来,突兀而立体。

在一个拐弯处,柳巴松将三粒梧桐果依次抛向空中,高高低低,错落有致,如果某一粒抛得更高,就会晚一点落在手心。南宫羽跟在后面,想要接住抛得最高的那一粒,向前跑了两步就接住了。柳巴松接到了两粒,寻不见第三粒,仰起脖子继续寻找,左看没有,右等不见,干脆跳起来,拽住枝丫摇晃,摇来晃去,依然不见那粒果子。

一只麻雀恰好飞过头顶,南宫羽指一指麻雀,柳巴松明白了,顺手把一粒梧桐果扔向麻雀,没有打着,又扔出一粒。只好拍拍巴掌,吹出一串口哨,再跺脚拍巴掌。南宫羽伸出小拳头,一直伸到柳巴松眼前,缓缓展开,梧桐果子早被摩挲得没了软刺,光滑得如同板栗,柳巴松睁大眼睛,发出一声长长的惊叹,咦——

南宫羽仰起脖子直乐,不小心碰到一株槐树上,树上有一个鸟巢,在空中轻轻晃动，一片枣红色羽毛翩然而下，南宫羽正要去接，柳巴松踮起脚尖接住了。伸手去抢，柳巴松极力躲闪，咚的一声，又撞到树上，随即就哭了起来。

见南宫羽哭泣，柳巴松赶紧把羽毛递给她，南宫羽不接，揉着眼睛只管哭。母亲就在这个时候出现了，一手拽起南宫羽，一手拉着柳巴松，边走边骂，真是没妈教的野孩子，总爱欺负我家小羽，你家住哪里？找你老子去。

柳巴松用力往后退，退着退着，就退到槐树跟前，一把抱住槐树不放，柳巴松和母亲展开了拉锯战。一拉一拽间，枝杈哗哗，更多的羽毛飘落下来，间或有几根干黄枯草落下来。南宫羽忘记了疼痛，伸出双手去接，一片两片，不一会儿，握满双手。

母亲见状，放了柳巴松，拉着南宫羽走了。回家以后，再三叮嘱，以后别跟没妈的孩子玩耍，没妈的孩子缺少教养。

南宫羽说：每个孩子都有妈，柳巴松怎么没妈呢？

母亲没好气地说：不清楚，有人说他爸也不是亲爸，爷俩长得一点都不像，唯一相同的是黑，就像整天在大太阳下面晒着一样。

南宫羽说：我长得就不像我爸，柳巴松怎么像他爸呢？你见过他爸妈吗？

母亲叹口气说：没有，我见过你们班好多学生家长，就是没有见过柳巴松的家长。

稍微懂点事以后，南宫羽发现，与柳巴松一起疯跑的孩子要么贪玩要么学习不好。

一只脏兮兮的搪瓷缸子伸到南宫羽面前，并伴随含糊的声音：行行好，行行好，我被骗了，啥也不剩了。

回过神以后，从包里摸出几枚硬币，叮叮咣咣放进去。没有理会一迭声的道谢，甚至连看都没有看对方一眼，只知道是一个老年男人的声音。

抛洒菩提籽的男孩轻松而去，手握三角梅的女孩也相随而去。

绿道宽敞蜿蜒，流水般自然，走在绿荫下，鸟语花香，微风习习。她常常感叹，一生一世都走在这样的道路上，该有多么惬意。她喜欢绿，喜欢铺天盖地、浓密无限的绿。所以嘛，当看见摄影展上林芝的森林雪山花海河流，便怦然心动，心向往之。

忽然，她被哭声吸引，一个女孩蹲在绿道边，不管不顾地号啕大哭，乌黑的披肩长发几乎遮住了整个脸庞，男孩站在一旁，惊慌失措。

她想走过去劝劝女孩，迟疑瞬间，没有放慢脚步，继续走在暖洋洋的绿道上。唉唉，还是太年轻，认为感情就是生命，当在生活的旋涡中撞得头破血流，再回首，尽是一地鸡毛。她和李青林，和大安，不就是这样嘛。

每人两张机票，一张是从广州白云机场到成都双流机场，另一张从双流机场到西藏林芝机场，售票员告诉她，林芝机场建在米林县，也叫米林机场。她把两张机票捏在手中抚弄，广州成都名字熟悉，米林是个什么东西呢？显然不是东西，而是一个地名。这地名很有意思，不用想，就知道丰衣足食，有大米和树木。好呀，好呀，真是个吉祥的名字。

递给她票的女孩用标准的粤语告诉她，是联票。

她朝对方点点头，说声谢谢。

也许受母亲影响太深，越来越觉得无论是人还是地方，名字很重要，名字既是外表，也是气质，名字响亮、高端，人的精气神就好，就越自信，会直接影响事业成败、未来发展。当然，也有叫军长旅长团长连长的，一辈子连村长都没当上。

母亲说过一位叫段笠桑的同事，刚参加工作没几天，到电站水库检测数据，船划到最深处，无风无浪，莫名其妙的，船翻人亡。大家后来议论，说这个人名字取得不好，段谐音短和断，笠有富贵短命之意，桑则暗含亡意，三个倒霉字组合在一起，不短命才怪呢。

母亲的故事总是来自同事，深山水电站，想与外界联系，也是枉然。母亲说一位女同事几十年来一点都不顺，女人的不幸大多与婚姻有关。好好一个电厂女工，偏嫁了个电厂外的民办教师，这个职业后来被精简缩编。男人嘴勤手快也倒罢了，可怜的是屋漏偏遇连阴雨，那个懒呀，屁股眼里钻一条蛇，都不愿意扯出来，油瓶子倒了都不愿扶一把。在床上一躺一整天，春困，秋乏，夏打盹，冬眠，一年四季，没有不睡的理由。睡得床单上一个人印，印子还能渗到席梦思床垫上，感觉是汗渍，其实是人油。几年下来，席梦思上印着男人四仰八叉的印子，画家能画出人油汗渍的颜色，却画不出那种味道。女工一个人的工资不但养活孩子，还得养活这位前民办教师。三十年前进厂当检修工人，退休的时候还是检修工人，其实在进厂第五年的时候，不用过脑子就能完成所有工作，硬是睁着眼睛浪费了整整一辈子。

母亲得出的结论是，谁让这个傻瓜叫梅欣娟呢。还有哦，这个家伙额窄头尖，不管男人女人，这么个长相，不来世间还好，一来就劳碌，越忙越穷，越穷越忙，好像祖宗干了缺德事，专让她来还债似的。

母亲不无炫耀地说，梅呀，不仅有飘香之梅，也有枯败之梅，生在冬季梅花盛开的季节，就是梅花，命运尚好。如果生在梅花开败的季节，就是枯枝败叶，再怎么努力，也好不到哪里去。梅欣娟偏偏生在大暑，连向日葵叶子晒得都打卷儿，莲花躲在荷叶下都不敢舒展花瓣，哪来的梅花盛开？欣，这个字，斤欠组合，天生的缺斤少两，肯定大富大贵不了。娟呢，女字旁占据字的首位，争强好胜，不甘人后。右上角的口字，说明这个人心直口快，祸从口出，得理不饶人。下面的月字，感情多坎坷。这么一个梅欣娟，单从名字表面看，秀外慧中，花开富贵，其实是标准的劳心劳神苦命大妈。

所以呀，就给你取了南宫羽。南宫无法改变，祖宗的姓氏，羽有羽毛、羽扇、羽翼之意，会展翅飞翔，成为仙女。母亲每次说到这里，就啧啧赞叹，自我感觉特别良好，自恋之情溢于言表。

久而久之，南宫羽的意识里大概就埋下了飞翔的种子，从北方到南方，现在又要飞到一个叫米林的陌生之地，或许与名字中这个"羽"，有着千丝万缕的联系吧。

林芝，米林，灵芝遍野，稻花飘香，树木茂盛，多么丰饶美好的名字啊，一定是个处处有绿道的地方。

她还没有告诉父母自己要去西藏支教，要是告诉了，母亲是否对会飞的女儿唠叨一番呢？呵呵，那是肯定的。

遇　见

柳巴松不懂事的时候，跟父亲要过妈妈，要一要就不要了，大一点以后，逐渐明白一个道理，妈妈不是想要就能要到的。

当然，也有要得到的，一个小伙伴跟自己的爸爸要妈妈，爸爸真就给他找了个妈妈。开始妈妈还把他打扮成小公子，衣服干净，瓜子、花生、红薯干不断。没过多长时间，妈妈总被酒气熏天的爸爸打得呼天抢地，妈妈把气全撒到小伙伴身上，小伙伴经常揉着眼睛啼哭，柳巴松就减弱了跟父亲要妈妈的想法。

想法只是弱了，不等于愿望消失。

记忆中，家里几乎没有出现过陌生人，更没有出现过女人。这是一个巨大的谜团，比这个谜团更大的，自然是他的身世。

父亲在世的时候，家里时刻笼罩着撕扯不开的浓雾，压抑、黯淡、寂然。他开始并不知道父亲有过西藏经历，更不知道自己从哪里来，郭汉山的意识时好时坏，糊涂时仿佛懵懂少年，清醒时如同醉汉一般。郭伯母的讲述也是只言片语，连缀不成完整的故事，说服力似乎也不强。自己的出身及父亲离开西藏以后的生活，只能靠想象和推理来完成。

他无法想象年轻的父亲楼卫东在藏北的日日夜夜，所思所想，季节变换。但鬼使神差一般，总是会放飞心情，浮想联翩。

首先，他想到那应该是个县城，一切可能从县城出发。

那是一个什么样的县城呢？这个县城在何方？

县城公职人员的工资一年发一次，每年开山以后，阿里地区派人把成捆的钞票和食盐青稞用卡车运进来,如果遇上雪山融化冲毁路基、雪崩淹没路段、汽车抛锚或翻车,就换成马匹牦牛驮运进来。

有一次,汽车在一个缓坡抛锚,附近牧民赶来帮忙。几个人帮着把散落的大小袋子捡拾到一起,冰雹就噼里啪啦下了起来,司机只好把盛装工资的袋子藏到岩石底下,以免打湿纸币。忙完以后去取,什么也没找到,急得捶胸顿足,这么多钱,怎么赔得起呀?

几天以后,已经到县城的司机和押车员正哭丧着脸,一位牧民赶着马,驮着破袋子而来,解开袋子细数,一分钱不少。牧民说在一个藏羚羊的窝里发现的,知道是政府人丢的东西,就送来了。

以前,楼卫东领了工资随便一放,用的时候才想起来。

这一年,则格外珍视这笔收入。

他把工资和肉干装进一只羊皮袋子,同时带上一小包火柴和一把防身的刀子,戴上羊皮帽子,穿上所有能穿的衣服,那套军装已经破得不能再穿,就没有携带。

出了县城,身后跟着几只野狗。

按照所处地理位置,出西藏有两条路选择,一条是从县城向西,到阿里地区行署所在地狮泉河镇,再从狮泉河镇北上翻越喀喇昆仑山和昆仑山,到新疆南部的叶城喀什,再到乌鲁木齐辗转回内地,那是他几年以前来这里走过的路线。另一条从县城向东,穿越辽阔的羌塘无人区,到达藏北重镇那曲,从那曲往北经过青海回内地。他放弃了第一条线路,害怕在狮泉河镇遇见那位曾经挽留过他的工作人员,怕遇见任何知道他经历的人。

他想做一个健忘的人,最好患上失忆症,把从前的所有经历统统忘掉,开始一种全新的生活。

砾石滩上的草绿了,是一种浅浅的苍绿,他曾经请教扎西,这种草叫什么草,那种草叫什么草,扎西说细叶的叫酥油草,尖叶的叫薹草,宽叶的是披碱草。他问藏族人为什么把好的东西都与酥油联系起来,酥油茶,酥油灯,酥油花,酥油草。扎西嗒嗒了好久,回答不上来。其实心里明白,只是闲得无聊,无话找话,想同这位能说汉话的人说说话而已。

原本对花草树木鱼虫鸟兽没有多少概念，认识不了几种草，分辨不出几种花，在无树少花的藏北待了几年，真的变了，老白的话应验了，对过往的绿以及与绿相关联的一切都格外怀念。大到连绵青山，浩渺湖泊，望也望不到头的稻田，小到一株狗尾巴草，一夜蛙鸣，一群小虾，都历历在目，如诗如画。

同样是草，藏北的草与江南的草差别怎么就那样大呢？

在江南，刚刚发芽的小草一定是嫩绿的，有一种新鲜的稚气美，生命初始的羞涩与一低头的温柔，含着胸，携着露珠，弯成月牙儿，少女一般娇媚。而藏北的草，从积雪砾石间挣脱出来，自带一种沧桑，如同一位女性，没有童年少女少妇的过渡，生下来就是一位中年妇女，顶天立地，坐看云起云落。

在回味与苍绿中走了不久，就进入白雪皑皑的世界，所幸，积雪并不深厚，尚能迈开脚步。

有的野狗打道回府，有的就地觅食，当最后一只野狗低头离开的时候，他转过身去，对着视野中消失的小城方向，望着雪原上的野狗点点，郑重其事，三鞠躬，然后，继续上路……

多年以后，柳巴松努力想象，父亲楼卫东离开生活工作过几年的藏北小城，一定是三鞠躬的。至于为什么鞠躬，内容应该多种多样，失望，遗憾，感激，愧疚，永别，决绝。

哪一种成分多，哪一种成分少，他分析不出来，但非常清楚，父亲当时一定是痛苦的，纠结的。

父亲在雪原上行走，孤身一人。

那个时候，父亲仍然叫楼卫东。

楼卫东在雪原上行走两天以后，忽然想起北京的那张地图，那张引领他来到这里的中国地图。版图上雄鸡尾部几个若有若无的白色小圈，应该就是积雪，就是脚下的雪盖，周围的雪原，一望无际的雪域大地。他像众多经验丰富的牧民一样，戴着羊皮帽子，眼睛上罩一层牦牛尾巴上的毛编织的网状罩子，防止患上雪盲。

自从把那顶在拉萨买的宽檐氆氇帽子送给牧民，很长时间他光裸着头，紫外线刺得头皮发麻，眼睛不能同时睁开，曾经期盼王副县长真的送他一顶帽子，后来也落了空，好不容易等到一辆物资车到县城，赶紧买了这顶帽子。

在一处废弃的帐篷前，拾到一根红柳棍子，在帐篷里蜷缩了一宿，第二天太阳还没有升起，手脚快冻僵了，挣扎起来活动一阵筋骨，拄着棍子一路走去。

走得越久，对土丹卓玛的感激就越深，如果不是她熬煮雪莲花给他喝，不给他吃牦牛血，不说走几天几夜，就连站立行走都很困难。苦涩的汤药是雪莲花水，也是扎西后来告诉他的，还说雪莲花能祛湿驱寒，增强体力。

楼卫东对身处的环境已经清楚，藏北大地盛产飓风，常常发出狼嚎般的吼声，偶尔会有哨子样的尖叫，卷走所有能卷起的东西。积雪上结了厚厚一层冰盖，风沙吹来，冰盖坚硬微黄。口渴的时候，用棍子把雪盖捣碎，褪掉手套，吃一阵碎雪，嚼几口肉干，再用酥油涂抹一番嘴唇虎口，皲裂就会减弱，疼痛也会减轻。

雪原有个好处，白天夜晚都能行走，月光洒在雪地上，将大地衬托成圣洁的颜色，空明，洁净，一尘不染，前无古人后无来者，亘古恒久一般。拄着棍子，缓慢前行，活动不能太剧烈，不能耗尽体力，又得保持运动状态。不能停顿，停歇太久，骨骼就会疼痛，肌肉就会麻木。

一边行走一边观察，没有指南针，只能依托周边的参照物。南边的冈底斯山脉和空中的太阳月亮给他定位，使他不至于迷失向东的方向。

后来，柳巴松向南宫羽描述父亲离开西藏的具体细节时，常常陷入迷茫。无法还原父亲是怎样独自一人走过茫茫雪原的，这个过程留白太多。

父亲如何离开荒漠小城，走过广袤无人区，怎样与他相遇，路上是否遭遇了飓风、冰雹、大雪、狼、雪豹，他都虚构不出来，毕竟是上个世纪的事了，相隔已经三十多年，那个时候他还小，几乎没有什么记忆。

柳巴松绞尽脑汁，希望把故事连缀得稍微合理一点，把自己与父亲的邂逅描绘得神奇一些。

在一个山口，楼卫东坐在玛尼石上歇气，经幡哗哗作响，一对母子出现在不远处。母亲步履蹒跚，磕着长头，儿子头发蓬乱，出溜着长长的鼻涕跟在后面，越往近来，女人匍匐在地上的时间越长，站立行走的时间越短。

楼卫东推测，可能是前往拉萨朝圣的母子。许多藏族人把能去拉萨朝圣，当作一生中最重要最幸福的事，有人把放牧几年的牛羊卖掉做盘缠，五体投地，虔诚之至，跪拜于冰雪砂石之上，一路磕着长头到大昭寺，余款会捐到佛龛前，身无分文地回家继续放牧，积攒足够以后，又一次踏上朝圣之路。也有人赶上羊子去朝圣，山羊驮运行李，绵羊当口粮，朝圣完毕，风餐露宿乞讨回来。祖祖辈辈，周而复始。

尽管这几年有的寺庙被拆除，菩萨佛龛被砸烂，唐卡法器被扔到田间地头河滩沙地，佛事活动被取消，依然阻挡不住虔诚信徒朝圣的脚步。

女人望了一眼楼卫东，目光模糊不清，匍匐在玛尼石上，从怀里掏出一沓印有经文和马的纸片，吃力地扬起胳膊，纸片在风中纷纷扬扬，四散而去。楼卫东知道纸片应该叫风马，同经幡一样有吉祥祈福之意。

他望向冈底斯山脉方向，思忖风干肉还能吃几天，如果饿死在路上怎么办。回头间，发现风马已经飘得无影无踪，女人还没有起来，男孩趴在女人背上啼哭，楼卫东只好走过去，扶起男孩，却搀扶不起女人。刚才还以为女人太疲惫，需要休息，看来估计失误。

褪掉手套，手心手背试了几遍女人的鼻息，呼吸已经停止。

长长地，叹出一口气，白雾从唇边飘出，氤氲漫漫。取掉眼罩，揉揉眼睛，望着男孩，男孩也望着他。四目相接，男孩停住了哭泣，眼睛圆睁，惊愕地盯着他。

慌乱了好长一段时间，他向四周望去，原野上积雪还没有完全融化，一片一片陈雪清晰可见，黄羊岩羊羚羊若隐若现，雄鹰盘旋，鼠兔逃窜，远处的雪山逶迤依然。他希望有人到来，收走女人的尸体，将她安放到能够安放尸体的地方，带走孩子，将他安顿到可以安顿身体的地方。

继续远眺，目力所能及的地方，没有行人，没有帐篷，更无寺庙。

男孩满眼好奇，不眨眼地看他。过了一会，男孩似乎累了，偎依在女人身边，闭一会儿眼睛，忽地又睁开。

他想走，趁着太阳正当空，走起来稍微轻松一点，月亮升起来也能走，只是太冷，冷得实在招架不住，只能躲在低洼的地方，或岩石后面，迷迷糊糊蜷缩一阵，风小一些再上路。

他把红柳棍子拄在手里，背上羊皮袋子，转身想走。

就在扭头的瞬间，男孩叫了一声：阿妈啦——

他像一尊雕塑，僵硬在风中。这种声音是藏族孩子特有的语调，天真，洁净，阳光，如同头顶的天空，澄澈，湛蓝，一尘不染。完全小学的学生都这样称呼，阿妈啦、阿爸啦，有的叫阿妈、阿爸。称呼后面加一个啦字，是敬语。欧珠久美总是这样叫土丹卓玛：阿妈啦，阿妈啦。

他问过扎西，扎西是什么意思，欧珠是什么意思，被一一告知，扎西是吉祥的意思，扎西德勒，吉祥如意。欧珠是事遂人愿，久美是永恒不变的意思。

事遂人愿，一切随缘，为欧珠久美取名字的喇嘛或长者一定是高人，他曾经如此感叹。

男孩的叫声让他想起欧珠久美，欧珠久美让他感受到作为长辈的耐心与亲近，而不仅仅是教师的严厉。他教他吹口琴，教他读书识字，一遍一遍，反反复复，从不厌烦。那次他举着风干肉抹着眼泪，笑模笑样地跑到他跟前，特别想将他揽入怀中，就像父亲对儿子，长辈对晚辈，为受了委屈的孩子擦干眼泪，悉心安慰，但是他没有。

还想起久别的二胡和口琴，熊熊篝火和飘香的羊肉，欢快的锅庄和花朵般的笑容，土丹卓玛熬煮牦牛血的背影清晰可见。甚至，还想起了母亲，母亲递给他巴松的时候，拍着他的肩膀，笑盈盈地说，音乐可以陶冶情操。

毫无来由的，他叫了一声：巴松。

他是向着旷野叫的，向着无垠莽原叫的。

男孩受了惊吓一般，向女人怀里钻去，见楼卫东没有恶意，便站起来，站在母亲的尸体旁边。

楼卫东伸出手,伸出褪掉羊皮手套的手,伸向他,伸向冷风和空寂。

男孩走了过来,忽闪着亮晶晶的眼睛,也伸出手,把皲裂脏污的小手放进他的大手。楼卫东稍稍用了一点力,就捏住了小手,两只手相牵着,离开了玛尼石和浩荡的五彩经幡。

走出好远,两人同时转身,回望山口,经幡点点,雄鹰盘旋。

一天傍晚,风硬得能把人吹上天,只好躲到一块岩石底下,瑟瑟地坐下,发现地上有些枯草,仔细辨认,原来是醉马草。他如获至宝,卷了一些装进羊皮袋里,以备断粮时充饥,这草曾经毒死过马匹,也救过他的命。直觉告诉他,这种天气夜晚很难挨过,得生火取暖。他给男孩拿出一片肉干,示意他坐着别动,自己则到附近寻找牛粪,男孩倒也听话,安静地嚼着肉干,抚弄着红柳棍子。

背对着风向,深深地弯下腰,生怕被风吹走,走出不远就拾满了衣襟。这粪不像牦牛粪,也不是羊粪,说不清是什么动物的干粪便,只要能燃烧就好,管它是什么粪便呢。

还没走近岩石,就听见男孩在哭,快步跑到跟前,男孩正与一只动物厮打,那家伙似狗非狗,似猫非猫,毛茸茸暗黄色皮毛,脖颈后腿颜色更深,两只耳朵直立,身后散着几只毛茸茸的崽子。

念头一掠而过,狼,可能是狼。来不及思索,操起红柳棍子就打,三下两下,那家伙瘫倒在地。拎起羊皮袋子,拽上男孩就跑,一口气跑到稍微低洼的地方,风小了许多,发现男孩指头冒着血珠,便褪下手套捧着小手揉搓,哈出几口热气,弥散薄薄白雾,男孩咧嘴笑了。

寒气越来越重,天黑以前得捡拾足够的动物粪便,以备取暖。

这一次,他不敢让男孩独处,走到哪里便牵到哪里。地上覆盖着薄薄的积雪,好久找不到一块干粪,只好手脚并用在雪地上扒拉,收获甚微。开始男孩只顾含着被狼咬伤的手指,蹦跳玩耍。过了一会,似乎明白楼卫东在干什么,挣脱他的手,在雪地上跑来跑去,一圈下来,藏袍衣襟满满当当。楼卫东竖起大拇指在他眼前晃动,男孩露出皎洁的牙齿,指着雪地上一个又个凸出的地方，他才明白，有粪便的地方会高出雪平面一点点。

摸清规律以后，有的放矢，果然拾到更多的干粪。

在一个更低的背风处，刨开一小块积雪，把干粪堆在一起，划了两根火柴都没有点燃干粪，火柴太珍贵，不敢轻易浪费。见他犹豫，男孩弯下腰，双手撩起藏袍，围成一个小小的空间。楼卫东会意，捏出一小撮醉马草，想当引火柴，马上就要划火柴了，想一想又把醉马草放回袋子，从衣襟扯出一小团棉絮，丝丝缕缕撕开点燃，再把稍微干爽的粪便掰碎，拥在一起，火苗跳跃，笑笑的，欢腾的，借助风势，立即燃烧起来。

就着篝火吃了肉干和几把雪，两人相拥着卧在火堆旁。月亮在风中飘摇，在云中穿梭，一会看得清楚，一会儿消失得无影无踪，星辰稀疏，忽明忽暗。风声有些吓人，时而凛冽尖利，时而哨声如诉。张望一阵，除了黑暗，还是黑暗，无边无际的黑暗，宽广无垠的清冷。

毫无防备的，打了个冷战。努力让自己镇定，想象黑暗是有围墙的，就像羊圈和帐篷，终有边缘，有边有沿的地方就安全安心，好在还有一个男孩，有个相互取暖的身体。想着想着，便在火光、星光、月光映照下沉沉睡去。

不知过了多久，感觉身体蜷缩成一个圆球，小腿酸痛困乏。男孩打了个激灵，扭扭脖子，偎依在他怀里。摸了摸灰烬，余热早已消退，地面倒还干爽，赶紧将男孩放在灰烬上，拥着男孩继续入睡。偶尔，男孩迷糊地叫几声：阿妈啦，阿妈啦。

红彤彤的太阳终于在地平线上升起，天边橘红一片，云彩层层叠叠，艳酽不一，大地逐渐光亮，气温并没有升高多少，风倒是安然了许多。雪山的阳坡，金色熠熠，草地与积雪之上，游弋着羚羊、黄羊、盘羊、野马，间或有鼠兔、香鼠、旱獭奔跑追逐，雄鹰飞去又飞来。溪水草滩上，偶有丹顶鹤觅食，更多的是起舞的斑头雁、棕头鸥。草尖上顶着水珠，晶莹剔透，悠然生辉。甚至，还有盛开的小花，细细微微，芊芊柔弱，稍不留神就会忽略。地平线上的太阳就像女高音，转个身就蹿得老高，积雪显得更新，小草愈加鲜嫩。腾腾然，大地弥散一层轻烟，淡淡渺渺，如绸似缎，恰似江南水乡细雨中的湖面。

新的一天开始了,荒原的清晨也这般生机盎然。恐惧感渐渐消失,心情豁然开朗,胳膊和腿,按摩拿捏了好一会儿,身体才活泛一些。男孩没有醒的意思,干脆背上袋子,抱着男孩继续上路。

几天以后,终于走出了浩瀚广袤的羌塘无人区。

在一顶冒着碧青炊烟的帐篷前,楼卫东费了好大力气,主人才理解其意,双手摊开,摇晃着脑袋。男孩紧紧捏住楼卫东的食指,仰起脖子看他。他被看得惶惶不安,牵着小手匆匆离开。不远处有一座红墙寺庙,寺门关闭,一群野狗在门外晃荡,一个似僧非僧的人在白塔前整理玛尼石。他让男孩原地不动,独自过去祈求那人留下男孩,对方点头同意,并走到男孩面前,摸了摸男孩的额头,笑意连连。

楼卫东长出一口气,头也不回地向前走去。走过一大片雪地,走到戈壁滩了,觉得棉花堵在胸口,麦芒伏在背上,根根扎进肌肤,令他举步维艰。

只好回头,男孩正踢踏、踢踏跟在后面。他静静地站着,一动不动,直到一步之遥,褪掉手套,伸出右手,同时唤了一声:巴松,柳巴松。

男孩拽着他的食指,学着他的样子,扬起脖子,叫了一声:巴松,柳巴松。奇怪的是,大手小手一旦相牵,楼卫东便身轻如燕,有种想飞的感觉,背上的麦芒不知去向,胸口的棉团飘到天上,变成云朵,游弋到远方,到有枫树有翠竹的地方。

穿越可可西里无人区时,肉干早已吃完,只能就地取材仰仗大地。起初,见到野马野牦牛躲着走,后来发现只要不主动招惹它们,就相安无事。野马野牦牛的胎盘不易拾到,有一次真还捡拾到了,暗红柔软,大如蒲团,不好携带,只割取了一小块。羚羊黄羊也可能是岩羊的胎盘,帮了他们大忙。

胎盘随崽子一同来到世间,崽子们蹒跚着随族群而去,胎盘遗失在原野上,雄鹰乌鸦不失时机地俯冲而下,啄食新鲜美味,间或把胎盘叼到半空,在阳光照耀下,旗子一般,红艳,通透,飘逸,翻飞。楼卫东与柳巴松见缝插针，举着红柳棍子，与雄鹰乌鸦争抢胎盘，往往还一举夺得。

饿极了的楼卫东早已把不食生肉的坚持抛之脑后，肚子问题高于一切，现实是一把锋利的巨斧，将风花雪月、神话传说、理想信念，砍落一地。

柳巴松的名字来得自然轻松，根本没有花费楼卫东的一点心思。在一次次争夺动物胎盘的战斗中，柳巴松发出欢天喜地的叫声，如果雄鹰乌鸦将胎盘叼到天上，他就一路追赶，呐喊跳跃。看见柳巴松稚气可爱的样子，楼卫东的情绪好了许多。

刚离开母体的胎盘柔软细腻，有嚼劲，但不能一次吃完，得留存一些作储备粮。隔一夜，胎盘变成了冰片子，就用刀子削成肉片，脆生生一片一片吞下。鼠兔香鼠尽管常见，逮起来也费时费力，机会到时，举起棍子打死，第二天也变成了冻肉，切割时发出轻微的吱吱声。幸运的是，遇见了一只死黄羊，被狼或什么动物咬断了脖子，没来得及仔细吃掉。

用刀子剥皮开膛，将精肉切割成块，装进空空的羊皮袋子，柳巴松把黄羊皮反面披在身上，迎风而行，像一个小小的斗士。走出一阵，又跑回来，跑得气喘吁吁，将滚圆的黄羊肚子抱在怀里，如同抱着一只皮球，踉跄两步，落到地上，粘了一层泥土。皮子吹得老远，又去追赶皮子，弯腰去拾，将自己裹在皮子里，一时站立不起来，见楼卫东已经走远，躺在原地哇哇大哭。楼卫东折回身，一手牵着柳巴松，一手抱着坚硬的黄羊肚子，心想：柳巴松终于有玩具了。

大手牵小手，一路前行，走过戈壁、荒漠、雪地、草场，楼卫东的靴子磨破了，脚趾全是血泡，小腿肚子肿胀起来，疼痛越来越严重，行走变得艰难而缓慢。坐在地上歇息，看见野马刚排泄的粪便冒着热气，赶紧将脚伸进粪便，将热乎乎的粪便覆在腿肚子上，三番几次，胀痛减弱。柳巴松把皮子往楼卫东脚上裹，小小的动作给了他巨大启发。他把皮子割开，给自己和巴松裹在脚上，再把剩余的皮子割成长长的细条，捆扎在皮子外面。

宽阔的水域挡住了去路，暂且称为河流吧，他们在河边停下脚步。

这种江河以前不曾见过，河流应该有明显的河道，河水顺着一个方向流动，或缓缓流淌，或汹涌澎湃，一眼就能分辨出哪边是上游，哪边是下游。

眼前的河呢，河不像河，塘不像塘，湖更不是湖。

是一种蔓，枝蔓藤萝，缠绵缭绕，接天连地，四溢潆潆。脚下是水，天边还是水，水面波光粼粼，扑朔迷离。有的地方，水面中间，露出大小不一、形状不同的砾石滩，光裸在银色的水域里，偶有水鸟翻飞，水雾弥散，烟云漫漫。

偏着头向右看，没有看到尽头，向左看，见不到尾。向更远的右边和左边望去，原野苍茫，雪山不变。想要分辨上下游，如同从芝麻里面挑选更大的芝麻，星星里面找寻更亮的星星。

他是见过长江的，江水浩渺无冰，江面百舸争流，鸥鸟蹁跹，还有大桥飞架南北。眼前这些漫溢的水，无遮无拦，肆虐弥漫，还漂浮着冰凌，有的地方似乎浊深，有的地方显得清浅。如果是封冻的冰河还好，两人相牵着从冰面走过。若是长江也好，有桥过桥，无桥渡船。若是江南的江河湖泊也好，冬天不冷，夏季不凉，可以驮着巴松游过。而眼前的无际水域，无序无章，散漫无常，摸不清脾性，掌握不了规律，天下怎么会有这样自由随性的流水呢？

柳巴松似乎也意识到危险，将楼卫东的食指捏得更紧。

他不敢与巴松对视，怕把恐惧情绪传递给他，越戈壁过草地一路走来，孩子已经吃了太多苦头，尽管不知道未来的路还有多长，也不知道最终能去往哪里，既然与孩子相处一天，就得像大人一样保护他。

他捏了捏孩子的小手，神情尽量放松。

低头间，蚯蚓般的水线从脚下流过，再细看，更多条细线从砾石荒草间流出，静谧，清幽，缓缓而去。数条细线汇集一起，变成拇指粗的水流，众多这样的水流，绕石穿土，汇成手掌宽的水渠，水渠们听了号令一样，全都流向这水域，水塘，江河。

的确，应该是江河，只能用江河才恰如其分。严格地说，应该是江河的雏形，江河的源头。如果把长江黄河比喻成树干，眼前的漫天银光就是叶片上的脉络。雪山，冰川，冻土层，无声无息渗出的细水、溪水、水渠，则是通往叶脉的纹路。

眺望远方，一如既往，看一看近处，寂寥空旷，除了哗哗流水，簌簌冰凌，飞翔的水鸟，别无他物。干脆坐下来，取掉眼罩，望着水面发呆。

第一次，他感到了绝望。数日里，几乎过着茹毛饮血的生活，不分白天黑夜，日夜兼程，行走成为唯一目的，成为活着的标志。没有熟食热水，头发板结，皮肤瘙痒，抓挠不清。哈出的热气，变成雾状，凌晨冻醒，眉毛睫毛挑着霜花，胡须吊着小冰溜子，走起路来，叮当作响。种种一切，都已过去，在大河面前，却一筹莫展。

如果蹚水而过，走不到对岸，恐怕会冻成僵尸。

越想越难受，越想越不敢张望。

饥饿和寒冷步步紧逼，咕咕声响过一阵又一阵，巴松迷迷糊糊，靠在他的膝盖上，有气无力地叫着，阿妈啦，阿妈啦。雄鹰从头顶飞过，下意识地低下头，生怕再被叼啄而去。勾腰驼背的瞬间，碰着了黄羊肚子，鼓胀饱满，沾满尘土。黄羊、羚羊、盘羊应该同绵羊山羊一样，啃食野草雪水，肚腹里的内容或许能够充饥。

起意动念间，将柳巴松轻轻放到砾石滩上。

抱着黄羊肚子就向水边走去，水边结冰分外厚实，举起一块砾石砸冰，咔嚓，咔嚓，冰面碎裂。

正要清洗黄羊肚子，巴松在身后大叫：罗布，罗布。

回头时，巴松已经冲了过来，手没抓稳，黄羊肚子浮在冰水之间。

伸长手臂去捞，没有够着。巴松将红柳棍子递给他，楼卫东一把抓住，扒拉几下，溜圆的肚子滚了过来，还带出几条活蹦乱跳的鱼。

巴松最先欢呼起来：罗布，罗布。

楼卫东看见了，手忙脚乱，抓住一条鱼抛到岸上，再去抓，一抓一条，有的一尺有余，有的两寸不到。响应巴松一样，连声惊呼：罗布，罗布，宝贝，宝贝。

刨开鱼肚不多久，鱼肉结了一层霜，轻轻去削，发出刀削木片或镰刀割草的声音，吱吱，吱吱。狼吞虎咽吃过一阵，巴松把一片薄如蝉翼的鱼片，举过头顶，迎着太阳的方向，鱼片泛着忽红忽白的光芒，楼卫东也把一片鱼肉举起来，心想没有火柴的日子也能过，没有熟食也能活命。

举着，举着，楼卫东就不动了。

一群野马顺着河岸跑来，后边跟着几个骑马的人，嘚嘚，嘚嘚，尘土飞扬。喔，野马其实就是藏野驴，扎西告诉过他的。

嗖嗖，砰砰，枪声响起，野马倒地。

楼卫东一把拽过柳巴松，紧紧搂入怀中，双手护住他脸庞，不让看那枪响的方向。

奔腾嘶鸣过后，一位藏族小伙子从马背上一跃而下，稍稍打量他俩一番，用普通话问他：要去哪里？

楼卫东依旧搂着柳巴松，不敢出声，警觉地看着对方。

那人又说：可以骑我们的马过河。

楼卫东听出了善意，试探着说：那就麻烦你们了。

他与柳巴松合骑一匹马，随着他们到了对岸，只是没有带上黄羊肚子。

楼卫东不敢久留，牵着柳巴松的手就走，小伙子问他从哪里来，到哪里去。他说：从西藏来，到内地去。

小伙子立即兴奋起来，说自己到内地读书好几年了，还没有回过西藏，真想早点看见大昭寺和拉萨河，闻一闻西藏的味道。

楼卫东暗自思量，原来已经离开西藏，进入青海或甘肃地界了。

小伙子又说，他们是内地一所大学的师生，因为粮食欠缺，吃不饱肚子，经请示有关部门，同意他们来青藏高原猎杀野马野羊，运回学校补给食堂。还问他，是否愿意搭乘他们的卡车到内地。

楼卫东又惊又喜，又急又忧，不知道答应还是拒绝，目前这种说不清道不明的身份，是否适合与他们同行。

身份，是啊，自己究竟属于哪一类人，英雄还是逃兵？时代的弄潮儿，还是组织的罪人？

进藏路上，意气风发，昂着头颅，巴不得让第三世界的人民全都知道，自己是支边青年，援藏学生。时间真是一把杀人不见血的刀，荏苒几年，不用提醒，无须压制，眼睛自然瞅到地面，恨不得钻进地缝，从此不见光明。

柳巴松的眼睛乌黑透亮，如同晨曦中的启明星，捏着楼卫东的食指，仰起脖子看他。他则尽量不看他，却看见了黄羊皮子包裹着的大脚小脚，巴松的脚拇指露出来，颜色与泥土不差分毫。

迟疑间，抬起头，说道：感谢好人。

楼卫东耷拉着头，尽量少说话，牵着柳巴松的手，顺从地跟在后面。

披星戴月，风雪兼程，猛然间住进遮风挡沙的帐篷，吃上有盐的挂面，楼卫东觉得不习惯，甚至感到恶心，但是还想吃，滑溜细腻的感觉真好，食物的香气太迷人了。

几年来，第一次吃上白面，吃得有点多，肠胃灼热难受。柳巴松看着长长的面条，不往嘴里吞，只往他身上靠。

他对巴松说：罗布，宝贝。

边说边做示范，教他如何使用筷子，柳巴松把筷子放到地上，伸出两根手指往嘴里扒拉。

大伙像没有看见一样，自顾自地吃饭聊天，只有那位藏族小伙子摸着巴松的脑袋，喜滋滋地说：跟我小时候一模一样，不会用筷子，不习惯吃大米白面，等学会用筷子吃大米白面了，又怀念糌粑、肉干、血肠，啧啧。

小伙子说：你儿子很机灵，三岁了吧？

楼卫东愣住，他对小孩子的年龄没有概念，三四岁，四五岁，好像都差不多，况且，还没有思考过柳巴松几岁这件事，便微微一笑，点点头。

小伙子又说：我们从陕西来，那里有所专门培养藏族学生的学校，我们经常搞联谊活动，见到家乡人就兴奋。

楼卫东激动起来，郭汉山就在陕西一所中学教书，还有同学在大学教书，教的应该是工农兵学员吧。这种学员社会关系丰富，打听人容易，但他不敢询问，一问就把自己套进去了。如果对方知道眼前的自己，就是几年前的青年楷模、学生标兵、千万人推崇和仰慕的典型，该怎样面对他，他又该怎样应付收场？

小伙子说：许多在西藏工作生活的内地人，把孩子送回内地上学读书，时间久了与父母感情淡漠，缺少亲情。有的孩子好几年见不上父母，父母觉得亏欠孩子，孩子觉得父母不关心自己，一辈子都别别扭扭。有的孩子缺少管束，自由任性，游手好闲，以至于走上犯罪道路。你们这些援藏人，上对不起父母，下对不起儿女，中间愧疚另一半，遗憾终生，一生纠结，死的时候连眼睛都闭不上。

楼卫东浑身一热，他怎么知道自己是援藏人？

抬起头，惊恐地望向对方，确信对方并不认识他，只是随意聊天，才恢复平静。

柴达木盆地比可可西里无人区气温高出许多，动植物更加丰富，碱茅草沙打旺沙蒿高过膝盖，大片荒地上覆盖着浅白色的盐碱，有的草尖上顶着晶莹的盐粒，偶见一个湖泊，也被白茫茫的湖盐覆盖。

很快，一行人马断了水源，干涸袭击了他们。无垠的盐碱地戈壁滩白天灼热难耐，夜晚寒冷风大，大卡车上猎杀的野马羚羊黄羊盘羊也面临着腐烂变质的危险。楼卫东低声向小伙子建议，把猎物分割成片状，铺展在戈壁滩上晾晒，几天就能晒成肉干，简单易行，方便运输。小伙子拍着脑袋大声笑道，嗨呀，怎么全忘啦？真是锦囊妙计，以前吃的风干肉，内地人晾晒玉米辣椒就是这个样子嘛。

有人提出异议，晾晒肉干费时太多，没有水喝会坚持不住，难以走出柴达木盆地。

楼卫东想起柳巴松的黄羊肚子，指一指不远处游荡的野骆驼，便说，它们可以帮忙。

随着一声枪响，一峰骆驼应声倒下。剥皮开膛，把肉分割成片，晾晒在砾石粗沙和皮子上，取骆驼的胃液饮用，没想到骆驼胃里储存的水量还真多。

肉干还没有完全干爽，一阵龙卷风从远处袭来，黑色柱子一样，转着圈儿，打着旋儿，就转到他们跟前。楼卫东把柳巴松摁在怀里，随即匍匐下去，将柳巴松遮了个严严实实。哗啦啦，轰隆隆，飞沙走石，疯狂袭过，砾石、细沙、蒿草、尘土，纷纷落下。楼卫东屏住呼吸，好一阵睁不开眼睛。

黑雾过后,终于看清天空和戈壁,才缓缓直起身来。柳巴松趴在地上嗷嗷直哭,边哭边捂住下巴,指缝间露出一根沙蒿。楼卫东帮他拔掉,下巴上立即冒出血珠,试图从敞开的棉袄下摆撕点棉花擦拭,摸到的则是疙疙瘩瘩的棉絮,便拉他到卡车跟前,从肉干上扯下一小块白生生的肥油,一手托着下巴,一手覆在冒血的地方,不急不慢,悠缓揉搓,又把小手的手心手背涂抹个遍。巴松乖顺安静,仰起脖子直直地看他。

看着看着,巴松唤了一声:阿爸。

楼卫东停了一下,以为听错了,继续重复刚才的动作。

柳巴松又叫了一声:阿爸。

楼卫东听清楚了,迟疑间,小声说:爸爸。

柳巴松跟着说:爸爸,爸爸。

楼卫东摸着巴松的小手,微微一笑。

柳巴松一溜烟跑向一簇红柳,红柳枝干红艳,枝叶蓬勃,边跑边叫:爸爸,爸爸,爸爸……

龙卷风过后,大家恢复了活力,在沙砾和蒿草间捡拾被风卷上天空,又落到地上的肉干,柳巴松明显比以前好动多了,绕着楼卫东跑前跑后。

在烈日的曝晒下,踏上了返回内地的行程。一路颠簸,日出而行,日落而息,楼卫东尽量缄默,与同路人保持适当的客气。

汽车在西安的一所大学门口停住,楼卫东牵着柳巴松的手,匆匆离开。

有好几次他都想停下来,转身对小伙子说点什么,除了感谢,还想说点别的,别的是什么呢?唉唉,太多了,以前、现在、今后。以前自然不能提,还是说说现在吧,现在该往哪里去?以后又该怎样生活?这位藏族小伙子让他想起扎西和土丹卓玛,想起万籁俱静的夜空,羊圈和星辰。

忽然置身于车水马龙之中,惶恐大于新奇。

一辆绿皮公交车呼呼开过来,楼卫东站在原地没有动。喇叭一声高过一声,柳巴松拽了拽他的手指,公交车已经滑到一步之遥,他惊出一身汗,慌忙走向人行道,解开棉衣纽扣,回头张望,卡车已经开远,倒有许多眼睛在看他。

父母那边是回不去了,北京又无亲无故,西安也不能久留。

他在城乡接合部找到一家不需要户口本、工作证、介绍信也能入住的小旅馆，与柳巴松匆匆吃完裤带面就住下了。躺在燥热的竹席床上，久久不能入睡，想起几年前那位对西安小吃如数家珍的女学生，那双眼睛多明亮哦，周身洋溢着掩饰不住的欣喜、仰慕、期盼。

还有身下的竹席，附着童年的记忆。夏夜里，萤火虫飞舞，栀子花飘香，蝉声还没有停歇，蛙声就响起一片。部队大院外面，就是稻田，稻花浓香，稻米晶莹，田间地头，毛竹点点。下课后，冲向稻田埂，吹着哨子，走着正步，走着走着，就折一根毛竹编灯笼。酷暑时节，家家铺着竹席，坐着竹凳，躺着竹摇椅，摇着蒲扇。父亲在位的时候，和母亲一样，坚决不用扇子，哪怕汗流浃背蚊蝇叮咬，哪怕干旱持续整整一个夏季。父亲倒霉以后，母亲才勉勉强强，尽量不在人面前摇扇子。扇子也不是随便什么扇子，不是稻草麦秸或者芦苇叶子编的扇子，而是精致小巧一点的竹扇子。

楼卫东不能再想，一想心就有点疼。天一亮还要赶火车，从西安出发，绕道宝鸡，再从宝鸡向南前往秦巴山地。还没有告诉郭汉山想去他那里看看，写信太慢，发电报太急，两种办法似乎都不妥，要命的是还不知道郭汉山是否理会他，毕竟时光如梭，此一时彼一时，现在的自己早不是时代楷模楼卫东了。

最好的办法只有一个，隐姓埋名，悄无声息，先到郭汉山那里，有个落脚的地方，再作打算。

迷迷糊糊刚入睡，就听见哐哧哐哧的敲门声，他像脱兔一般，快速披衣下床，不敢拉亮电灯。敲门声再次响起，才听出声音来自楼上。拉开一条门缝，想看个究竟，店老板正从楼道经过，他冲着老板轻轻咳了一声。

老板后退两步，退到他跟前，悄声说：在查拐卖妇女儿童的人口贩子，有证件的人放过不查。

楼卫东暗自吃惊，自己不但没有证件，连身份都解释不清楚，若是被逮住更加麻烦。趁老板不注意，抱起熟睡的巴松就跑，连那根与他们相依为命、溜光水滑、立过赫赫战功的红柳棍子也没带上，跑到火车站，四周还漆黑一片。

原机返回

本次到西藏支教一共有六人，三位音乐教师，三位美术教师，南宫羽算作美术教师。由于她在幼儿园教过几年绘画，还有小学教师资格证，报名审批比较顺利。不知道什么原因，六个人分两批出发，她与一男一女两位教师同行。

换登机牌的时候，三个人第一次见面。阳光洒满停机坪的时候，登上了广州白云机场至成都双流机场的飞机，三人座位自然在一排，飞机盘旋几圈以后，平稳飞行。

南宫羽的座位靠舷窗，女教师坐中间，男教师坐在靠过道位置。三人互通姓名就算认识了，女教师叫欧美尼，神态自信，丰韵貌美，衣着时尚。男教师身材高大，留一圈络腮胡子，眼神犀利敏锐，一看就不是南方人，说不定是刚刚南下的落魄艺人呢。一开口，中气十足的河南话就冒出来。他自我介绍：本人高宏伟，男性公民，叫我大高也中，从此咱们就是一个战壕的战友啦。

南宫羽推测，两位同行者和自己一样，来自广东以外，属于粤漂族。第一眼，就发现男子的头发粗糙，乌黑，营养过剩，过剩的部分可能叫欲望。

见到高宏伟，立即想起远离珠江口的碧海蓝天，和那位戴墨镜的异国男子，那是一场多么美妙的艳遇喔，那一位同样伟岸，甚至比他年轻俊朗。

高宏伟说：知道我那幅《东江画廊》售价多少吗？说出来吓坏你们。

南宫羽一脸茫然，没有摇头，她怕摇头对他不尊重，但真不知道这位同路人是画家，画作既然售价很高，应该很成功，大画家干吗支教呢？

欧美尼似乎很配合，瞪大眼睛，普通话很标准，音色也很甜美：哇，太好啦，大款呀，到西藏请我们吃水果，听说那里蔬菜水果奇缺无比。

男子说起了夹生粤语：小菜一碟，毛毛雨啦。

南宫羽轻声问：你准备给学生教国画还是油画？

高宏伟说：哎哟，我的姐姐噢，还真难为你了，小屁孩子，能学什么呀？随便教点铅笔画、蜡笔画，涂上五颜六色的颜料就行啦，艺术家不是教出来的，是自己冒出来的，况且还不知道藏族孩子愿不愿意当画家呢。

欧美尼接过话茬：听你这样说，好像糊弄学生嘛，那你何必去西藏？听说那里连氧气都吃不饱，冬季漫长寒冷，夏季低温短暂。

高宏伟说：当今社会还有这么马列的人，你跟知青好像不搭噶嘛。知道吗？人一辈子可以不出国，不能不去西藏，尤其是艺术家，青藏高原是一个每时每刻都生长灵感的地方，西藏是摄影家的天堂，画家的福地。如果不出意外，支教一年，画遍西藏的蓝天白云，草原戈壁，春天的雨，夏天的花，秋天的红叶，冬天的飞雪，到那个时候，我的画就不是现在这个价码了，肯定会翻几倍。我要把莫奈和凡·高的技巧融会贯通，洋为中用，创造出属于本人的绘画风格，自成一派，高氏画派，成立自己的书画院，书画不分家嘛，也不拐弯抹角了，直接叫高宏伟书画院。

欧美尼呵呵笑道：好啊，好啊，届时到你画院喝茶品画。

见两位女士有兴趣，他继续说：电影界有个标准，不管电影有没有票房，只要获得奥斯卡奖、柏林国际电影奖、戛纳国际电影奖，就站在了全球电影的顶端，获奖的男女演员终身享誉影帝影后荣耀。音乐界也有规则，谁要在人民大会堂举办个人演唱会，就能登上国内一线歌唱家的宝座。能在维也纳金色大厅开个人演唱会，就是世界级歌唱家，艺术大师。国内画坛也有约定俗成的规则，画遍江南水乡、黄山劲松、海上日出、人物肖像，都难显山露水，一旦涉猎西藏元素，雪山牦牛、信徒牧人、经筒唐卡、菩萨喇嘛，立即引起轰动，不但能参加各种画展，还能获奖，价码像火箭一样，飙升得连自己都不敢相信。

欧美尼侧脸看一眼南宫羽，又看高宏伟，不慌不忙地说：人在大自然面前脆弱得不如一棵草一朵花，支教期间能保证身体健康，安全返回内地就是万幸，到一次西藏就想名扬天下，纯粹是痴人说梦。你以为西藏是广东呀，有雨有花，告诉你吧，那里只有冰雹飞雪，狂风肆虐，没有草长莺飞，四季也不分明，除了冬天，还是冬天。没听说过嘛，七月草绿，八月草黄，九月下雪。六月雪，七月冰，一年四季都过冬。天气奇冷，氧气稀薄，有人喝完酒，走在路上，走着走着，一跤摔倒就起不来了。也有人只是患个感冒，稀里糊涂就死了。现在情况好多了，还有飞机可乘，以前进藏得搭汽车，听说20世纪50年代，为了修建进藏公路，死了很多人，路基下面到处都是尸骨。

高宏伟干咳了一声，低声说：电视上好像说过，进西藏的公路很危险，所以这么多年不敢开车去，第一次听说路基下面还有尸体，太危言耸听了，瞎编的吧？

欧美尼一脸严肃地说：不信你到西藏以后，顺便到青藏公路、川藏公路走一走，扒开路基看看，听说有的尸体还跟活着的时候一样，栩栩如生，真人一样。

高宏伟打了一声嗝，接着一声连一声，嗝，嗝，嗝。声音有些大，鞭炮一样。

打嗝的间隙，问道：为，为什么，嗝，嗝，跟真人一样，不是死了吗？

欧美尼说：冷呀，刚才不是说了嘛，六月雪七月冰，和冰冻在一起了呀，冰雕，就像北方冬天的冰雕。

南宫羽顿时紧张起来，还是第一次听这样的话呢。她向欧美尼靠近一点，碰了碰对方胳臂，轻声问：真的吗？那么容易死人呀？

欧美尼凑近她耳朵，悄声说：别怕，咱们去的是林芝，比藏区其他地方气候好得多，我是吓唬他，看把他狂的。

南宫羽笑了笑，透过舷窗俯瞰，雾气还没有散开的意思，飞机穿梭在云雾间，一团一团晨雾裹挟着机身，机翼上水珠点点。紧贴窗玻璃，想看到不同于浓雾的景象，一眼就看见一架飞机在机身下航行。她不敢相信自己的眼睛，微微闭了一下，再看，的确是一架飞机，小型飞机，但飞机周围有一圈橘红色的光晕。惊愕之中，重重地碰一下欧美尼，指给她看。

欧美尼倾斜着身子，差点压着她，张望了一会，没有发现什么。

南宫羽将脸再一次贴到舷窗上，再俯瞰，还是一圈光晕围着一架飞机，一直向前，没有停歇的意思。

欧美尼干脆把腰上的安全带取掉，学着南宫羽的样子，斜着身子向下望，同时大声惊呼：佛光，天呀，真的是佛光耶。

欧美尼的惊叹有些突兀，南宫羽一迭声地说：听说寺庙才有佛光，飞机上怎么会有佛光呢？

欧美尼恋恋地再看一眼，轻快了许多：听说能见到佛光的人身体健康，生意兴隆，看来咱们到西藏一路上会非常顺利。

高宏伟停止了打嗝，但声音有些变化，变化在哪里，一时半会辨不清楚，他说：佛光是自然现象，阳光照在云雾表面，所起的衍射和漫反射形成，你俩看到的是一架，同咱们乘坐的飞机一模一样的飞机吗？

两人齐声说：是的，跟咱们乘坐的飞机一模一样，只是微缩版。

高宏伟说：飞机在云雾夹层中飞行，阳光照在飞机上，把飞机映射到下面的云雾上，就形成了佛光，你们带红景天了没有？头痛。

南宫羽问：什么是红景天？

欧美尼说：还没有到成都就头痛啦，不会吧？真把你吓着啦，对不起，对不起。

高宏伟说：一周前我就在喝红景天口服液，还吃了一盒红景天胶囊，怎么天旋地转的？

南宫羽和高宏伟的饮料杯子已经被空姐收走，欧美尼只好把没喝完的饮料递给他，并安慰说，大概快到成都了，红景天口服液放在托运行李中，到成都以后，取出行李，喝上两支就好了。

高宏伟有气无力地说：到成都换成小飞机，但不能取行李，要到终点才能取呢。

欧美尼说：成都转机的时候应该有卖的，你好好休息，到了我们叫醒你。

高宏伟没有答话，没过多久，就听见凌乱的呼噜声。

忽然间，南宫羽对这对男女产生了好奇，他们怎么那么了解西藏？对进藏这件事如此重视，提前一周喝口服液，自己却稀里糊涂，一无所知，西藏与其说是一个地方，不如说是一张白纸。

她还是提出了那个问题：什么是红景天？

欧美尼说：到西藏这么大的事，难道你没看攻略？

南宫羽不好意思问什么是攻略，便微微笑了一下。

欧美尼用近乎演唱的腔调说：红景天是生长在高寒地带的一种药材，有抗缺氧、抗疲劳、增强耐力的功效，我都喝好几天了。西藏与内地不同，环境非常恶劣，至于恶劣到什么程度，我也不清楚。

南宫羽说：广东又不缺氧，飞机上也不缺氧，提前喝不是浪费吗？

欧美尼说：不能这么说，早一点喝，能增加体内血红蛋白数量，提高血氧含量。这些都是从网上查到的，其实我也是一知半解，只知道飞行员潜水员运动员喜欢服用。

然后问她为什么去西藏，南宫羽本来想说去支教，想一想还是告诉她，只是喜欢，喜欢桃花盛开的地方。

两人便有一搭没一搭地闲聊。欧美尼说自己开一家咖啡店，每天听各种各样的音乐，听着听着，就喜欢上了唱歌，经常参加歌咏比赛，还总拿奖。拿奖也不过瘾，就去世界各地拜访音乐大师，几年下来，没有见到几位活着的大师，倒是拜谒了多位大师的坟墓，贝多芬、莫扎特、肖邦、李斯特等，许多大师的墓地都留下了她的足迹。最喜欢的还是捷克斯洛伐克花腔女高音歌唱家，格鲁贝罗娃，乐坛评价她的歌声像夜莺一样婉转，颤音像绸缎一样美艳，清泉一样沁人心脾，有时候细若游丝，有时候直冲云霄，对她演唱的《茶花女》和《弄臣》喜爱到如痴如醉的地步。

她对这位女教师陡生好感，连连感叹：太好啦，太好啦，咱们三个人多热闹哦，有画家，有歌唱家，我水平最低，只是个学生，你准备教孩子唱歌剧，还是民歌呢？

欧美尼说：什么都教，咱们支教的重点是传播理想与爱，让孩子开阔眼界，知道外界更多文明。不仅教唱歌跳舞，还讲古今中外名人典故，让他们从小树立远大志向，放眼全球，胸怀世界。

南宫羽说：能与你们共事，真是幸运，太感谢你俩啦，让我大开眼界。

欧美尼说：咱们同行，但并不共事，到了林芝会被分到各个学校，大概只有到周末或节假日才能见面。

飞机颠簸得越来越厉害，仿佛擦着冰块飞行，磕磕绊绊，间或发出隆隆声。南宫羽的身体随机身前后晃动，收起小桌板，双手交叉在胸前。不紧张是不可能的，心想是大飞机，广州与成都都是省会城市，两城之间的航班应该比较安全。眯起眼睛，睡不着，于是又望向窗外，艳阳高照，晴空万里，侧目低头去看，佛光消失。一架飞机闪着银光由远及近，身后是移动的太阳，飞机走，太阳也走。过了一阵，太阳不见了，飞机拖着长长的白色云雾，由近及远，徐徐而去。碧空之上，白云一幕一幕，瀑布一样倾过来，由高到低，斜着飘拂，纯净透迤，光滑自然。白的云絮与蔚蓝的天空，将天宇映衬得灵动多姿。浮云缭绕，变幻成沟壑与山峦，河流与田野，耕牛与树木，更多的是辨不清形状的云彩。

颠簸没有影响她的兴致，一眼一眼观望天空，就听咕咚一声，一个倒栽葱，高宏伟倒在过道上。

最先冲过来的是坐在经济舱第一排的一位小伙子。小伙子英武清爽，棱角分明，肌肉健硕，南宫羽眼前一亮。小伙子缓慢而沉稳地松开高宏伟腰上的安全带，将他仰面朝上平放在过道上。高宏伟口吐白沫，抽搐不止。两位空姐分别从过道两头走来，款款地蹲下身子，因为裙子太短，一只膝盖抵到地毯上。几位乘客押长脖子望向这边，欧美尼和南宫羽慌忙起身。

一位身材挺拔、玉树临风、穿制服的空乘人员，拎着一只保健箱健步而来，从箱子最先取出听诊器，听了一小会儿心脏，伸手从座位某个位置拉出一根细细的软管。待他从容熟练地将软管伸向高宏伟的鼻孔，南宫羽方才明白是氧气管。那人偏着头向小伙子嘀咕了一句，小伙子迅速向驾驶室方向走去。

南宫羽一眼不离地看他，注视他的背部，两肩与后背形成一个大大的V字，双臂摆动得很有节奏，步履有致。

"青春"二字油然迸出，接着是"力度"。的确，小伙子走路的样子充满力量，应该受过正规训练的吧。力度是什么呢？健康，有爆发力，活力四射，精力充沛。

经济舱与头等舱之间挂着一道蓝色布帘，帘子一动，小伙子就不见了，阻隔了南宫羽的目光。她把目光收回来，看地上的高宏伟，脸色铁青，双目紧闭，嘴角的白沫已经被擦拭干净，输氧管直通鼻孔。再看身旁的欧美尼，已经坐好，双拳紧握，有点发抖。她探过身子，想到高宏伟跟前，帮着做点什么。空姐制止了她，要她坐好，别紧张。

机舱响起了广播声，男声音调温厚平和：各位乘客大家好，一位乘客突然患病，请问有没有医生乘客？最好是有医师资格证的乘客，请给予帮助。

稍许，一位穿西装的中年男人走了过来，空姐一脸感激，伸出一只手，做引领状。男人翻了翻高宏伟的眼皮，双手握住高宏伟的一只手，用力捏虎口，又按压手腕的脉搏。

反复一会，高宏伟喃喃自语：我要回家，回家，回家，看我妈……

南宫羽一眼不眨地看着地上的高宏伟，蹲着的医生，心跳加速。

又一架飞机披着银光迎面而来，银色闪闪，炫目耀眼，顿时生出慌乱：高宏伟不会死吧？两架飞机不会相撞吧？这个念头一旦翻腾，缭绕盘旋，驱赶不散。

高宏伟依然躺在过道上，没有好转的迹象，空姐询问她俩是不是病人家属。南宫羽摇晃着脑袋，一个劲儿地说，同路人，同路人。欧美尼没有回应，面如白纸，哽咽了一会儿，泪珠就下来了。

她说：没想到真把他吓倒了，对不起，不会出事吧，呜呜。

南宫羽愈加紧张，一共三个人，一个倒下了，一个流泪了，她该怎么办呢？正在她为难无奈之时，广播声再次想起：由于一名乘客突然患病，本次航班需要原机返回广州白云机场，请各位乘客谅解。飞机大约在半小时后着陆，地面温度摄氏××度，华氏××度。

周围顿时哗然，纷纷交头接耳，有人再次站起来，将目光投向高宏伟。只骚动了短短一小会儿，一切如常。

　　欧美尼抽抽噎噎，弯腰想要搀扶高宏伟，被空姐伸手拦住。南宫羽就势握住欧美尼的手，欧美尼脑袋一歪，靠在她肩膀上。

　　欧美尼哭出了声，哭声无遮无掩，彻彻底底。空姐没有阻拦她，南宫羽也没有阻拦她，旅客像什么都没有发生一样，有的闭目养神，有的翻阅航空杂志。

　　盘旋几周，飞机停稳，乘客全都站起身，目送担架把高宏伟抬走。南宫羽和欧美尼被空姐叫到机舱门口，询问高宏伟发病前有无其他病症，两人都说没见异常，以前根本不认识。

　　空姐说：你们回座位吧，家属已经在机场等候了。

　　南宫羽追问一句：不要紧吧？

　　原本的意思想问会不会死，"死"字快要出口，觉得不妥，生吞回去，才冒出这么一句。

　　空姐说：大概他没休息好，精神紧张，情绪亢奋，血压升高，血压降下来应该就正常了。

　　欧美尼哎哟一声，音调轻松了许多。

　　南宫羽问：血压降下来以后，他就到西藏吗？

　　空姐被问得莫名其妙，眼睛像两弯新月。

　　欧美尼轻轻拽一下她的衣袖，相牵着，走回座位，刚坐好，飞机就起飞了。

懵懂时代

多年以后，体格健全思维敏捷的柳巴松，越来越想念父亲柳渡江，特别是自己当了父亲以后，更是情到骨髓。

一次与朋友聚会，有人说父亲生病了，不能再喝，得回家看看。

柳巴松端起酒杯，一口喝干，拍着朋友的肩膀，动情地说：我，我想我爸，真的想我爸了。

说着便趴在桌上抽泣起来，胳臂碰落了一只调料小碟，细碎一地，发出景德镇瓷特有的响声。

而从前一起生活的许多年，父子俩就像喜鹊与山泉，石头与白菜，天天相见，好似贴心贴肺，知己知彼，但总隔着什么。

在柳巴松的记忆里，自己比同龄孩子懂事晚，行动慢半拍，尽管不知道自己的出生年月。长大以后才知道，应该叫发育迟缓。年少时期除过疯玩，还是疯玩，不是把这个打伤，就是把那个惹哭，间或，还会想起与父亲走过一段奇特而漫长的道路。

直到一个春天，他跟父亲要妈妈，父亲的脸由黄褐色变成暗青色，那种颜色一直滞留，就像长在脸上一样。

很长一段时间，他以为这是父亲的本来脸色，可在父亲叹完最后一口气，没有了呼吸，没有了心跳，一只眼睛合上，一只眼睛直愣愣睁着，瞪着他看一样，他哇地叫了一声：爸。

一滴眼泪不偏不倚，掉在父亲睁开的眼睛里，父亲的眼睛还睁着，没有合上的意思。他又叫了一声"爸"，泪珠又滴进父亲眼睛里。他俯下身，把脸贴在父亲脸上、眼睛上、头发上，紧紧贴在一起，还捋了捋父亲稀疏的白发。呜呜咽咽哭了许久，抬头时，惊讶地发现父亲的双眼全都合上了，感觉从来没有睁开过一样，真真切切地合上了，睡着了一般。

这是他记事以来，第一次深情而悲怆地亲吻父亲。

而且，令他万分震惊的是，父亲的双眼不仅合上了，眼角还缀着泪滴，面容也从暗青色变得有些白，久远得不能再久远的，记忆中的那种颜色，苍白。苍白里满是安详、宁静、平和。如同在医院实习时，见到的新生婴儿那种面容，单纯无邪，无欲无求，坦若仙桃，静如凝膏。

是的，父亲离开人世的面容，不能用神情神态描述，只能用"样子"这个词最恰当，最妥帖，最合适。

那是水的样子，水的神情，水的姿态。

他给父亲擦拭眼泪，用手心和手背擦拭，这是他小时候哭泣时，父亲惯常的动作。他倒了半盆热水，正要用毛巾给父亲洗脸洗身子，被郭汉山伯伯制止住，要他用酒精擦拭，他如实照办。父亲果然比任何时候都干净白皙，差不多和他的头发眉毛一个颜色。

这是父亲留给他的最后样子。

当自己成为一名正式医生，死亡与新生连续剧一样天天上演，想起父亲死亡时的样子，终于明白，数年不变的容颜，忽然在生命结束以后改变，这是精神的解脱，压力的释放，生命的回归，返璞归真，回到生命的原初状态。

他觉得父亲死亡以后，脸色的巨变与回归，应该与他的经历有关，与他的社会关系有关。

从小到大，柳巴松没有见过妈妈、爷爷、奶奶、外公、外婆、叔叔、姑姑、阿姨、舅舅，没有直系亲属和旁系亲属，也没有亲戚的概念，唯一有点关系的，是中学教师郭汉山。

父亲原来是一个孤儿。父亲的离世又把自己变成了孤儿。

这是他独自生活以后，幡然醒悟的事实。

那个时候，尽管医学专科学校临近毕业，实习也快结束，似乎才发育成熟，才知道追问父亲的前世今生，思考自己的前途命运。

随着疑问的逐渐增多，发现父亲像一个黑洞，一个深不见底，让人莫名恐惧的深渊。

他去找郭伯伯，郭伯伯已经病退，天天绕着学校围墙转圈，初中和小学在一个校园，围墙比较长。

院墙外有条小溪，溪水是从秦岭山间流淌出来的，流出的地方有一处山泉，叫玉泉，冬日水雾袅袅，夏季微波荡漾，清澈见底。

比溪水和树木更醒目的，是白石灰水和红油漆写的大幅标语，几乎围绕院墙一圈。"毛主席万岁""工业学大庆，农业学大寨""一胎生，二胎扎，三胎四胎，刮！刮！刮！""打出来，堕出来，流出来，就是不能生出来！"

标语依旧在，有的字迹斑驳，有的用石灰水刷白，重新写上新标语。有的墙皮脱落，露出狰狞的泥土和稻草节。"毛主席万岁"时刻都是新鲜模样。

当时，有好多字不认识，也不解其意，一个小子问一位男老师：打出来后面那个字念啥，是不是肚子里的气太多，在肚子里面转着圈刮风呀。

男老师笑眯眯地瞟一眼不远处的女老师，努着嘴说：我也不认识那个字，你问她。

小子跑到女老师跟前，重复了刚才的话，女老师的脸立即腾起两团红晕，没有回答他，歪着脑袋，狠狠地瞪了男老师一眼，扭着细腰快步离开。引起男老师哈哈大笑，小子们也跟着笑起来。

从此，知道那不是好话，不是好话怎么写在学校院墙外面呢。

那个时候，经常与一帮小子沿着小溪奔往玉泉，在泉水里洗过澡，抓过鱼虾，捅过斜在玉泉上方树杈上的鸟巢。鸟巢掉进水里，一只夜鹭扑棱棱飞走了，一只刚孵出壳的小夜鹭，连同几只破蛋壳沉进水底，不一会儿又浮出水面。鸟巢里的碎草秸、黏土、羽毛，浑浑噩噩，顺着水波流动的方向，流出了山泉，漂到小溪里去了。

小子们不放过飞走的夜鹭，更不放过沉到水底又浮出水面的幼鸟。扑腾几下，划到幼鸟跟前，抓住死鸟，打活鸟，死鸟在半途啪啦掉下来，落在泉边的草丛里，刺梨茅草芦苇，锋芒毕露。小子们自然欺软怕硬，惹不起大地上的小草小刺，倒也没有失望的意思。用力吸一口气，捏住鼻子，一个猛子扎入水底，摸出几粒鹅卵石，抢过弹弓，拉弓瞄准，啪一声，一粒石子飞出去，又一粒石子飞出去，没有打着刚刚飞走的夜鹭，落下来的则是一只长尾巴荆棘鸟。大家争相抢夺，拔毛捋腿，三下五除二，瞬间工夫，明红色，暗红色，枣红色，铁锈红颜色，诸多漂亮羽毛保护的荆棘鸟，在小子们的嬉闹声中，变成了秃头怪物。再把光裸滑溜的荆棘鸟，放在水面上强迫其游泳。鸟挣扎着，煽动一下血淋淋的肉翅膀，一个趔趄，倒栽入水，打捞上来，早耷拉着脑袋，变成了尸体。

顾不上穿戴整齐，将荆棘鸟连同几条小鲫鱼，还有一只活蹦乱跳的癞蛤蟆，挤压混搭在一起，裹上几片梧桐树叶，扯几根野茅草缠绕几圈，糊上一层稀泥，裹一裹，找几根树枝架到旱渠上，将包裹物放到树枝上，旱渠下塞些蒿草、黄豆秸秆、枯藤树皮枝丫，点燃就烧。原本要连同死蛇一起烧的，蛇比拇指稍粗，怎么裹也裹不进树叶里，况且蛇已经死了老半天，一会儿抛到天上，一会儿扔到水里，一会儿又拖在屁股后面，在地上拖来拖去，已经褪掉了几缕蛇皮，臭味都跃起两丈高了。

火苗刚刚蹿过头顶，癞蛤蟆就像刚睡醒一样，冲破泥浆和梧桐树叶，从火焰中呼啦一声，腾空一跃便不见踪影，飞越途中发出惊悚的叫声，呱呱，呱呱。

癞蛤蟆跳走了，荆棘鸟和鲫鱼树倒猕猴散一样，从火苗与树枝间纷纷坠落，落在火焰上，落在黑灰中，树枝也被烧断了。一个小子冲劲十足，爬上更高的树干，拉拽韧性十足的猕猴桃藤枝，实在扯不断，双腿一夹，抱住藤条荡秋千，有人抱住他的双腿，有人拽住藤条枝梢，两三个人不行，三四个人，三四个人不行，全都上阵，石块瓦片切割砍剁，总之要把看准的枝条扳弯、折断。齐心协力终于拽断了，太拖沓，一个人搬不动，几个人排成一溜，抬一会儿挪一会儿，整根藤枝上全是小黑手，一起架到旱渠上，重新搭好烧烤架势，把荆棘鸟和鲫鱼重新包裹结实，悬在粗壮的藤枝上。拾来更多的豆秸、干草、树叶、枯藤、枝丫，熊熊烈火再次燃烧，青烟袅袅，噼里啪啦，一粒粒黄豆黑豆在火焰中爆裂，从豆荚中飞出，发出脆亮的响声，膨胀变胖的豆粒，冒着滋滋水泡，热气四溢，清香诱人。

期间，一个小子被妈妈连拽带拉拖走。不用说就知道，又要被藏起来了，上次藏到玉米秸秆里面，计划生育工作组半天不走，直到星星满天，蚊子咬得他实在睡不着，才哭丧着脸回家，妈妈一见他，摸着鼓鼓的肚子说：咋不死远点，死了就省心了。

见小子跟着妈妈往桑树林走，就齐声高呼：宁添十座坟，不添一个人。一人超生，全村结扎。哈哈，哈哈。

小子回过头，吃吃笑着。他妈把一口痰，呸一声，吐到一片肥硕的桑叶上，桑叶颤抖几下，恢复原样。他妈则昂头腆肚，朝着天空骂道：扎你妈的×，把你妈埋进坟里，就知道好歹了，兔崽子们。

眨眼间，另一个妈妈跑过来，大声嚷道：三小子就在这里玩噢，一会如果有人问你，是不是我儿子，千万别承认，就说是我侄子，把我叫姑姑，姑姑只有一个娃，记住哈。

正说着，忽见一户人家的房顶上，趴着两个穿制服的男人，用长长的树棍敲打房顶，青石板瓦片啪嗒、啪嗒掉下来。一个女人牵着一头小猪在田埂上奔跑，女人在前，小猪在后。稍许，小猪跑在前面，女人跟在后面。跑着跑着，摔倒在地，哎哟一阵，爬起来，披散着头发，揉着膝盖，小猪却不见了。随后是一声接一声的咒骂和哭泣。

小子们愣住了，只是短短一瞬间，一个小子忽然喊道：喝药不夺瓶，上吊就给绳。

接着是嘻嘻哈哈的叫声：该扎不扎，房倒屋塌，该流不流，扒房牵牛。

笑够了，喊够了，又一轮争抢开始了，黑烟、黑灰、黑豆粒、黑手、黑脸庞、黑嘴唇、黑牙齿，夸张的咀嚼和笑声。黄豆黑豆吃完抢光以后，再去撕扯变成黑疙瘩的荆棘鸟和鲫鱼。扒拉一阵，终于看见冒着热气的白肉，一只黑手精准抓起，很快被更黑的手推搡拉扯，不一会儿，香气诱人的熟肉掉在地上。野狗不失时机地一口叼起，拔腿就跑。黑手、黑腿、黑脸、黑嘴巴，追着黑色野狗奔跑，打闹一阵，前呼后拥，曲终人散。

小子们在疯跑疯闹中长着见识，下次再烧烤的时候，就知道用多粗的树枝，烧烤多少野味，用什么样的树枝藤萝做燃料，味道更好。得出的结论是柏树、桂花树、猕猴桃枝叶最好，干枯的菊花、牵牛花、金银花的花朵和藤蔓也不错，坚决不能招惹漆树、臭椿、夹竹桃。他们把小鱼、小虾、麻雀、斑鸠、知了、田鼠、青蛙、土豆、红薯、玉米棒子、山芋、板栗等等，只要能入口的东西全都架火烧烤。吃一口，抹一下小嘴，个个腮帮鼓圆，脸庞花哨。更聪明者，把烧烤的东西串在竹签树枝上，架在火上烧烤，火至灰烬时，山珍野味也烤熟了。说起当初用胳臂粗的藤枝，烧烤荆棘鸟和小鲫鱼，就哄堂大笑，简直是高射炮打蚊子嘛。

一个黄昏，一个小子把小拳头伸得老长，让大家猜是什么东西，猜对了，可以摸一下，猜错了，一眼也不让看。掰扯中，小手展开，是一枚毛主席像章，比蚕豆大不了多少，金色的头像，红色的放射状光芒，映照得大家啊啊惊叫。

猛然间，小子的哥哥不知从什么地方冒了出来，啪地一掌扇过来，小子哇哇大哭，同时扬起小手，扔出像章，被另一个小子捡起，又扔出去。哥哥追着像章跑，跑着跑着，天就黑了，就找不到像章了。

小子不哭了，哥哥蹲在萤火虫萦绕的溪水边，反倒大哭起来，边哭边说：麻烦了，我咋给组织交代呀，他们一定会开除我。

小子们全都吓傻了，这位哥哥一直是他们心中的英雄，高大、英俊、干净，还会在舞台上挥舞刀枪，引起阵阵掌声。大家平时不敢欺负他弟弟，就是仗着他有这位哥哥。

正在大家不知所措的时候，哭声停止，发出几句喃喃自语：哦啊，应该不要紧的，上次一个同志不小心把红袖章烧破了，就没有受处分，一个人上厕所把"红宝书"掉进粪池里，也没有处罚，无意嘛，都是无意嘛，对啊，我这也是无意啊。

说完以后，立身站起，连他们望也不望，晚风一样，消失在夜色中。

阳春三月，小子们又集聚到小溪边，溪水太凉，没有人愿意脱裤子光屁股下水，就把树棍伸进水里，将水搅浑，顺势捞起几条小鱼。人多鱼少，按人头分，一人一条不够分。有人提议到谁家鸡圈掏几只鸡蛋，筛选淘汰以后，目标锁定在郭汉山家，推来让去，柳巴松担此重任。理由是他最熟悉郭老师家，知道考试试卷放在哪里，郭近都的连环画放在哪里，更清楚鸡圈在哪里。

柳巴松顺利地掏到两只鸡蛋。

春天的树叶刚发芽，没有大片树叶包裹，便把鸡蛋直接往火堆上放，火苗翻卷，爆炸声响，鸡蛋从火堆噼里啪啦飞向天空，变成了万花筒，天女散花一般，伴着香气飞散而去。这一次，谁都没有吃上鸡蛋，连蛋壳蛋花都没拾到几片。

柳巴松沮丧得像个稻草人，低着头往家走，还没走进家门，郭伯母已经在家等候。父亲当着郭伯母的面痛打他一顿，这是父亲第一次打他，也是最后一次。

父亲打过他以后，躺在床上半天没有起来，他则全身上下瘙痒难耐。不敢哭也不敢叫，趴在窗沿瞄了好几眼，确信父亲一时半会没有再打他的意思，一溜烟跑了出去。看见他面红耳赤抓挠的样子，小子们先是笑，笑着笑着，也抓挠起来，所有参与烧烤的小子全都变成了猴子，抓耳挠腮，坐卧不宁。不大一会儿，哭爹喊娘的，靠在桃树上左右磨蹭的，抵到墙拐角摩擦的，原地跳起来揪鼻子扯耳朵的，鼻涕更悠长，衣衫更破烂，鼻涕涎水糊满脸。

家长们不敢漠视，纷纷赶来拽走自家孩子，几乎每个到场领走自家孩子的都是母亲。有人边跑边喊，兔崽子，中邪啦，脸肿成发面馍馍啦。话没说完，拦腰一抱，揽住儿子就跑，轻快得如同抱着一捆芝麻秆子。有人一把拽下儿子的裤子，伸手就打，啪啪两下，便大呼小叫，哎哟哟，沟蛋子咋变成关公脸啦，打骂声立即变弱。也有忘了提裤子的，小屁股暴露在光天化日之下，白嫩的肌肤上红疙瘩密布，一扭一扭，叫着妈妈，紧跟母亲一路小跑，树叶一样飘去。

柳巴松张口叫了一声：妈妈。

听见叫声，仿佛意识到什么，赶紧偏了头看，见没有人注意他，捂住嘴巴，缩起脖子，靠在榆树上抓挠肚皮。

哭着的，嚎着的，不哭不闹的，全都走了，只剩下他一个人。开始他并不觉得与众不同，挨过打，该打，不应该偷人家鸡蛋，还是郭伯伯家的鸡蛋，皮肤红肿瘙痒，只是皮肉之苦。此时，他难受，从来没有过的难受，无人寻找，无人唤叫，无人认领，无人抱走，无人牵去，来也可去也可，有也可无也可，这种感觉以前怎么就没有呢？怎么比挨打瘙痒都难受啊？

黄昏时分，还是回了家，如果不回家，又能去哪里？除了与父亲相依为命的低矮偏厦子房，没有第二个可以安身的地方。

父亲没有再打他，也没有骂他，而是取下土坯墙上挂着的一撮枯草，在陶罐里煎熬以后，让他喝下。他喝了一口，呸，呸，吐到地上，连声叫着好苦。父亲给药碗里掺了几勺蜂蜜，再喝时，有一丝甜。

喝完药以后，父亲把平时誊写资料的一张黄纸揉搓一阵，卷成柔软的细棍，用细棍蘸上剩余的药汁涂抹红肿的地方，并告诉他，春天万物生长，柴藤、一品红、夹竹桃、蓖麻、箭毒木、漆树，这些有毒的花木也会发芽，毒性很强，以后少碰带毒的东西，更不能烧着玩耍。

本来想问一品红箭毒木是什么东西，觉得好像有更重要的事要做，就没有顾上问。

父亲边说边涂抹，药汁一挨上皮肤，凉爽清新，瘙痒减弱几分，父亲把最后一滴药水涂抹到他肚脐眼上。

一种强烈的愿望豆荚遇火一样，山崩地裂，拦也拦不住，忍也忍不了，他想抱住父亲，更希望父亲将他抱在怀里，就像记忆中的某个画面，父亲抱着他走了很久很久，走在白茫茫的地方。但他刚惹祸，又挨了打，怎么能跟父亲撒娇呢？算了，忍住吧。伸出一根手指头，绕肚脐划拉一圈，指尖就沾了一线药汁，晶莹剔透，金黄欲滴，他把手指伸向父亲的嘴唇，父亲鼻孔翕动，嘴唇就张开了，张开以后，咧嘴笑了。

笑容增添了父亲的美感，两条白色的眉毛一跳一跳。

仿佛用了很大力气，生怕父亲听不清楚，高声说道：爸爸，别的小孩都有妈妈，我为啥没有妈妈？我想要一个妈妈。

笑容凝固，黄褐色的面容，变成了暗青色，后来，就不变了。

父亲不说话，一直不说话。

一个小子在窗外叫他，见父亲没有阻拦，一个箭步冲了出去。

有一段时间，他特别喜欢帮人打架，不管张三李四，打架双方都会请他帮忙，不管谁有理谁没理，也不问青红皂白，上去就打强势一方，三下两下，打得对方苦苦求饶。一顿饭工夫，输赢双方重归于好，联手将他打趴在地。如此这般，常常感到孤单。

其实，他根本不喜欢蛇，但蛇可以当武器，让自己变得强大，看见谁不顺眼，就把蛇放进谁的脖子里、书包里、抽斗里、座位上。

开始，并没有把蛇放进南宫羽书包里的打算，只是一个小子说，他想要南宫羽的一支彩笔，和南宫羽一同画画，才导致了那件事情发生。

学校位于城市不是城市、乡村不是乡村的地方，生源来自附近的乡村和工厂子弟，工厂其实也就一个水电厂和一个化工厂，化工厂是制造雷管炸药的厂子，家属一般不住在厂区。水电厂的职工来自全国各地，大部分是具有专业知识的大中专毕业生，素质和收入相对高一些，子弟吃穿用度自然比周边人家孩子阔绰优越，尤其与衣衫不整、脏兮兮的柳巴松们站在一起，就像玫瑰与狗尾巴草，蛋糕与苦荞馍，南宫羽在柳巴松眼里，就是童话中的公主。

南宫羽白净活泼，两眉间那颗朱砂痣，怎么看怎么稀罕。她还有个奇怪的姓，全班同学都是单姓，张、王、李、赵、刘，普通得掉渣渣，还有一个姓苟的，小子们捡了便宜一般，大狗、小狗、黑狗、白狗叫个不停，有时候迎面而来，什么也不叫，汪汪几声，就算欺负了对方。单就一个她，姓南宫，齐天大圣孙悟空和牛魔王打架的地方，就在这个宫里吧？白娘子和许仙也在这个宫里成亲的吧？

那小子，还没有他个头高，木讷口吃，一根裤腰带结两个疙瘩，凭什么要她彩笔？说明他喜欢她，要喜欢也应该是自己喜欢，他一直都喜欢南宫羽的呀。

　　有了这份心思，就希望南宫羽多看他几眼，跟他笑一笑，最好跟他坐同桌。便去跟南宫羽的同桌商量，用一个铁环作交换，那小子拿了铁环却不跟他换。他又追加一个陀螺，外加一根抽陀螺的龙须草鞭子。这一回小子同意了，并主动把书包捧到柳巴松的座位上。柳巴松一脸乐呵，抱着书包就往南宫羽跟前跑。刚跑到桌边，南宫羽的眼睛一瞪，他就站住了。再一瞪，就把他瞪到原位上。回到原位上的柳巴松就跟那小子要铁环，要陀螺，还要龙须草鞭子，小子只归还了陀螺和鞭子，坚决不还铁环。两个人厮打起来，自然惊动了老师，老师罚他俩站了一节课。下课后，趁人不备，他把一条死蛇放进南宫羽的书包，算是报了痛失铁环的大仇。

　　从那以后，南宫羽视他为敌人。

　　南宫羽的干净整洁、快乐阳光，是自己没有的，她的能歌善舞、聪慧早熟，也令他羡慕不已。上初中以后，愈加在意她，喜欢她坐在前排的样子，喜欢她跳皮筋的样子，喜欢她画素描的样子。

　　一个同学的辍学改变了她对柳巴松的看法。

　　有一天，一个小子一连两天没有上课，第三天，柳巴松把那位同学的书包送到他家里，回来以后不打不闹，安宁了几天。后来听别的同学说，那位同学家实在没饭吃了，连谷糠和南瓜秧子都吃光了，南宫羽听后只是稍稍难受了一下，对柳巴松不太反感了。

　　初中毕业前不久，晚自习从一节课，增加到两节课。从学校回电厂家属院，中间要经过一片浓密的槐树林，树林尽头有一段土路，土路就是江堤，夏秋季涨水或电站泄洪，常常被淹没。天晴月朗的夜晚，几个同学说说笑笑也倒不怕。

　　一天晚自习结束以后，老师多讲了一会儿模拟试题，回家的时候只剩她一个人。快到树林了，南宫羽放缓脚步，树影婆娑，蝉声还没有完全退去，回望的时候，一眼就看见了柳巴松。她停下脚步，柳巴松只好跟上来，对她说：只管往前走，别害怕，有我哩。

　　南宫羽说：你经常送我吗？

柳巴松说：人多的时候不送，人少的时候就跟在后面，看见你进电厂家属院大门就放心了。

南宫羽说：怪不得总感到有东西跟在后面，以为是狗呢，以后别跟了哦，我胆子小。

柳巴松说：知道你胆小，才送你嘛。

南宫羽说：不要你送，我妈知道就麻烦啦。

柳巴松说：那你尽量和你们电厂同学一起回家吧。

南宫羽哼了哼，算是回答。

毕业合影的时候，南宫羽发现柳巴松紧挨自己站着。她有些犹豫，毕业照是要留存几十年的，与谁比肩而立似乎很重要。尽管柳巴松已经与邋遢贪玩告别，从内心来讲愿意与他亲近，但他长相太另类，衣服太廉价。相比之下，更愿意同穿着的确良衬衫、灯芯绒套装，父母有正式工作的男生站在一起。想一想，装作寻找发卡，一猫腰，钻到了前排。

初中还没有毕业，父亲就劝他考中专。他问父亲，当兵不收费，上师范也不交学费，为什么偏偏让他学医？为什么不让他上完高中直接考大学呢？

父亲依然低着头，不正面回答。

柳巴松根本没有打算学医，也没有初中一毕业就上卫校的想法，他的理想是学体育，体育多好呀，篮球排球羽毛球，蹦蹦跳跳，快快乐乐，当一名体育教师，带一帮更小的小子，玩耍一辈子，快乐一辈子，多开心呀。

他拗不过父亲的武断，父亲让他学医，他不敢不听，上了中专上大专，父亲去世以后，还进修深造过几次，这是后话。

上卫校前夕，去找过南宫羽，还给她写过信，想去她家告别，走到半道又折回来。电厂家属院的大门高大宽阔，平时进去打个篮球，就有低人一等看人脸色的感觉，专程去拜访她，胆量还是不够。以前见过南宫羽的母亲，表情严肃，穿着时尚，头发一丝不乱——自己如果有母亲，应该是什么样子呢？

随着年龄的增长，柳巴松越来越害怕见到母女俩、母子俩手牵手肩并肩，如果见到已经是大姑娘的南宫羽与母亲手挽手迎面走来，躲都不知道往哪躲。

天下没有不散的宴席，老师总这么说起，理解这句话的时候，已经太晚，还没有来得及向她说点什么，距离就变成了鸿沟。

南宫羽初中毕业上高中，高中毕业考大学，学的又是电气工程及其自动化，柳巴松对这门专业知之甚少，听说还是强电。为此他纳闷过好一阵子，考分有高分与低分之分，人有好人与坏人之分，山有高山与丘陵之分，看不见摸不着的电，还有强电弱电之分，真是天下之大，无奇不有。仙女般的女孩子变成了理工女，学了一门深奥专业，愈加觉得高不可攀。

父亲一成不变的暗青色脸庞，让他感到压抑，与其他同学差异巨大的长相，也令他常生烦恼。

学医以后，懂得了遗传、基因、细胞等等，也曾怀疑自己是不是父亲的亲生儿子，但他害怕伤害父亲，害怕事实真相，也就不去深究。

父亲对他的好，需要细细回味。

有一次，顶着一脸血污回家，父亲给他洗完脸，又把双手握在手心，一边搓洗一边说：男孩子不打架是不可能的，但打架不能打脸，伤了脸，容易伤心，伤了心，生活就没有意义，生活没有意义，活着跟死了一样。不过嘛，你一定要好好活着，不论遇到多大困难，活着就有希望。

他特别迷恋父亲给他洗脸洗手，每次搓洗都很仔细，话也稍显稠密，尽管听不大懂，还是爱听。偶尔的，故意把自己弄脏，换来父亲抚摸手心手背的机会。

父亲会说：走路不要把两只手同时插进口袋里，尤其是走夜路，万一摔倒，伤得会很重，如果有一只手放在外面，及时应对险情，就不会出大问题，那只手就是自己的后路。

一次，活蹦乱跳回家，看见父亲坐在门外的小木靠椅上，一位中年妇女露出两颗长长的门牙，摇晃着椅子靠背，不停地重复：还我家米，还我家米。父亲微闭着眼睛，面色比任何时候都青，青得都快成菠菜色了。妇女继续摇晃，父亲一直闭着眼睛，没有一点要醒的样子。

柳巴松挥舞着棍子，把椿树雪松打得噼啪作响，惊得麻雀蜜蜂乱飞，松针纷纷落下，像雨丝，似细发，纷纷扬扬，飘飘洒洒。如果在以往，父亲一定会阻止，这一天，他玩得自由任性，快乐无比。

装米的瓦盆里没有一粒米，面盆里没有一捧面粉，灯盏干枯得只剩一枚坚硬的灯捻，无法点燃，父亲让他早早上床睡觉。

睡梦中，脚步声从窗外传来，开门关门，床下的小猪依然打着呼噜。浓郁的泡菜酸味扑鼻而来。柳巴松动一动嘴唇，继续睡觉，咀嚼声随即响起，眼睛却睁不开。意识告诉他，父亲大概饿极了，在吃泡菜坛子里的萝卜。

过了一会，就听见呼啦啦的声音，接着是通红一片。

柳巴松惊醒，发现房间如同火海，父亲正撩起衣服，把一块片状的石头往腰上摩擦，散发着肉皮烧焦的胡味，小猪发出烦躁的哼唧声，他大声喊叫：爸爸，爸爸。

就见父亲把平时洗脚洗衣服用的大木盆反扣在火上，并提来水桶，哗哗一阵，大火随即扑灭。

伸手不见五指，黑暗增加了恐惧，柳巴松正要哭泣，父亲将他搂在怀里，轻轻拍打，不长时间，他又睡着了。不知道过了多长时间，水珠重重地落在他脸上，滴答，滴答，顺着脸颊蜿蜒到脖颈。

睡得正香，听见嘭嘭的声音，一声比一声急，凉风起，迷迷糊糊感觉到父亲的双脚正在撞击墙壁。

第二天放学回家，远远看见偏厦子屋顶冒着炊烟，新鲜土豆的味道真香呀，皮都顾不上剥，狼吞虎咽吃了两碗拇指大小的煮土豆。吃完以后，稍稍生出疑虑，平时吃的土豆大如拳头，这一次怎么这般小气？

父亲在给小猪拌食，他把一个土豆喂给父亲。父亲摇着头，没有吃的意思，脸色像青皮萝卜，眼神躲闪，想看又害怕看他的样子。

有段时间，肚子总是咕咕叫，下课铃声一响，就往厕所跑，刚蹲下，小屁眼儿像机关枪，三下两下扫射完毕，提起裤子正要站起来，旁边一位同学吭哧不停，脸颊憋得绯红。柳巴松奇怪，拉屎这般轻松的事，怎么生出这么大动静？就歪着脑袋看，一看更加稀奇，这位男同学的大便是连贯的、扭曲的、黏稠的，而自己的屁股眼儿就像水龙头，喷出的全是水。

本来要问父亲，为什么自己和别人的大便不一样，疯玩一阵就忘了。

他有个奇怪的发现，父亲每天做完饭，用热灰烬掩埋几截没烧完的树棍或木炭，第二顿做饭时，扒开火星，架上树叶枯草，鼓起腮帮用力吹，吹一小会儿，火苗飞舞，锅底生辉，添上柴火煮水做饭，也煮猪食。起初他不清楚父亲怎么有这个癖好，大一点以后，才知道是为了节省火柴，火柴需要用钱买，秦巴山地的树枝干柴到处都是。

野菜猪草格外茂盛，父亲不让他打猪草，不让他睡觉前把猪牵到房后的粪坑大小便，这些活全由父亲干。但猪会影响他睡眠，冷不丁哼唧几声，吵得他不停翻身，一翻身竹席就扎着屁股，如果碰上下雨，雨滴落进鼻孔，痒得他一夜不得安宁。

家里的猪就像别人家大门上的春联，总把大猪换小猪。春上还是一个小猪娃儿，白天追逐玩耍，晚上同睡一个屋檐下，冬去春来，春节前的某一天，肥滚滚的活猪变成了墙头的挂肉。多数情况下，再用几块猪肉换回一个小猪崽子。

新鲜白净的猪肉被涂上食盐、花椒、酱油，就像众多秦巴山地的人家，烟熏火燎以后，变成金黄色的腊肉，从头一年的年尾吃到第二年年尾。也有挂了几面墙，肉上生了绿霉，彰显富裕的人家。他家的肉还没来得及长绿霉，就吃光了。

每年杀猪前后，柳巴松会莫名生气，觉得朝夕相处的伙伴没了，父亲把肥肉片子夹到他碗里，他都爱理不理。

父亲的养猪历史一直持续到他考上卫校以后。

这也是他不愿意把同学领到家里的原因，或许也是长大以后不喜欢吃猪肉的缘故吧。

变成孤儿以后，明白了许多道理，猪肉只是副食，不是主食，没有副食不影响生存，三天不吃主食就会命丧黄泉。想起无田、无地、无身份、无工资的父亲竟然将自己抚养长大，而且健康阳光，都替父亲捏一把汗。

有时候，能感觉到父亲在疼痛，腿痛、腰痛、胃痛。父亲不说，也没有觉得多重要。成年以后，想起父亲在夜深人静的时候，鲤鱼一样翻来翻去，双脚拍打床板和墙壁的声音，就格外难受。父亲一定在疼痛，不但身体疼痛，内心一定也是疼的。

从小学开始，就不希望头发花白、胡须蜷曲的父亲在同学面前出现，不想让同学说他怎么管爷爷叫爸爸。读卫校以后也不让父亲送行，有一次长途汽车开出几百米，汽车爆胎，一个多小时以后才重新上路。经过一棵百年核桃树时，无意间发现父亲站在树荫下，手搭凉棚，盯着每一辆过往汽车。

看见父亲，略微起身，父亲看见了，伸出右手挥舞，腰板似乎挺直了，笑容火苗一样飞腾，转瞬又熄灭，手也随即放下，感觉像敬了一个军礼。

在柳巴松的眼里，郭伯伯是他们家唯一的社会关系，有时候显得亲密，有时候恍若路人，对于这种奇怪的关系，从来没有问过，也想不到要去打听。

自从偷了郭伯伯家两只鸡蛋，很长一段时间见了郭家人就躲。郭伯伯郭伯母像众多同龄人一样，只有一个孩子，每月领几块钱的独生子女费，尽管孩子也是男孩，长得剑眉星眼，额宽鼻高，腰板挺得比门板都直，取名郭近都，比他小一些，具体小几岁，不得而知，却很少在一起玩耍。

有一次，郭近都经不住诱惑，凑过来跟他们玩玻璃球。刚弹出一粒红绿相间的小球，就被郭伯母看见了，郭伯母站在枣树底下，轻轻咳了一声，郭近都就跑了。郭近都离开以后，郭伯母没有离开，站在树下骂个不停。小子们往枣树上扔玻璃球扔石子，青枣和绿叶掉在肩膀上头顶上，她都没有抖擞一下。

郭伯母的骂声高亢悠长：没耳性的东西，跟你说过多少遍，别学你老子的样子，认贼作友，百无一成，一辈子倒霉不够，还要祸害几辈人……

柳巴松只顾多赢几枚玻璃球，哪会明白郭伯母的骂声里隐藏着惊人秘密？

时光水一般流淌，把父亲流走了，把郭伯伯流成了病退教师，也把自己流成了实习医生。

柳巴松在学校院墙外的小溪边找到了郭伯伯,他知道郭伯伯的心思,便说:郭伯伯好,近都在上海都好吧?

郭汉山弯下腰,将拐杖抵在胸前,一只手指向院墙内的教室,口齿清楚地说:都大学二年级了,咋还念《木兰辞》?简直是开历史倒车嘛。

院墙内的国旗,猎猎飘扬,有些褪色。柳巴松望一眼破败的院墙和一成不变的计划生育标语,望一眼溪水边盛开的栀子花,认真地说:郭伯伯,这里是中小学,你在这里教了几十年书,不是大学。

郭伯伯说:胡说,我是大学教授,正高级教授,才不教这帮小屁孩子。

听说郭伯伯病了,没想到病得如此严重,心有些沉,继续望那旗子。

郭伯伯说:喔,巴松小子,从西藏回来啦?

柳巴松惊得差点叫出声,西藏,西藏跟我有什么关系?简直是病糊涂了,胡言乱语嘛。

惊惧中,后退一步,转身离去。

郭伯伯的声音在身后响起:小子,楼卫东说你家乡有红雪莲,下次回来带几朵,给老子祛祛风湿。

柳巴松不得不停下脚步,折回身,规规矩矩站在郭汉山面前。

为了确信郭伯伯的存在,上下牙齿互相咬了一下,发出咯咯声。然后,紧紧盯住对方,郭伯伯的眼神一改刚才的浑浊恍惚,清澈了几分,转瞬又飘忽起来。

柳巴松一字一顿地说:郭伯伯,楼卫东是谁?我到药房问问,看有没有雪莲花,至于红雪莲,倒是很少听说。

郭伯伯直起腰板,拐杖在地上咚咚戳两下,喘一阵,咳出一口痰,呸一声,吐到地上。一只蝴蝶受了惊吓,展开翅膀,飞到一片香雪梅细叶上,长长的叶子在风中颤悠。

郭伯伯说:近都在美帝国主义晒太阳,天天在反动派的轮船上跑来跑去,狼心狗肺的卖国贼。

柳巴松没有急着离开,陪郭伯伯在小溪边走了一阵,才送他回家。

郭伯母一见他,就像鼓胀的氧气袋子,不宣泄就爆裂一般,一迭声地唠叨：你老子简直划不来，好不容易盼到你能自食其力，社会风气也宽松了，却无声无息地走了。早知今日何必当初？充当什么时代楷模、青年标兵，到边疆去，到祖国最需要的地方去。边疆有什么好待的？好好一个有志青年，几年时间就变成了窝囊废。哦哦，这话你不爱听，可不是窝囊废，又是什么？痛风关节炎，腰肌劳损，还有啦，连生娃的事都干不了，为了养活你，偷鸡摸狗，借东家补西家，一点尊严都没有，我们一家还跟着受牵连，人面前都不好意思说，老郭和你老子是同学。

　　柳巴松吃惊地望着郭伯母，没有看出疯癫的样子，又看郭伯伯，没有发现新意。

　　郭伯母又说：老郭清醒的时候总爱唠叨，说做梦也想不到你老子会落到这步田地，简直是天差地别判若云泥。真想不出来你老子以前是什么样子，难道比杨子荣和洪常青还英武？老郭还说，你老子大学读的是师范，没有教出一个学生，知道你不乐意上卫校，当兵自然好，还有可能晋升军官，但当兵政审多严格，那个时候谁能逃脱政审这一关，这不是自投罗网嘛？估计他知道自己时日不多，希望你早日端上铁饭碗，才让你考中专读卫校，卫校和师范花费也少。你卫校毕业，他发现自己还活着，又鼓励你继续读书深造。别看你老子莫名其妙一辈子，为你倒是操碎了心。

　　柳巴松满脸涨红地望着郭伯母，希望她继续说下去，却没有下文。印象中，这是郭家人向他说得最多的话语。

　　他只能将郭伯伯和郭伯母的只言片语连缀起来，加上自己的点滴记忆，经过编织、想象、填补，组成了一幅既陌生又奇异的画卷。

　　画卷中的主人公就是父亲楼卫东，还是称柳渡江吧，当然还有他本人，柳巴松。

　　原来他来自西藏，是一个地地道道的藏族人，是父亲柳渡江在途中捡的孩子。

　　父亲领着自己投奔郭伯伯的情景，也得靠合理的推理和丰富的想象，为此，他花费了不少精力。

柳巴松自然不记得父亲当年的样子，只是感觉周围的人有点多，天气有些热，地上不光长牧草，还长树木和庄稼。树木和庄稼是大一点以后才知晓的。

当时的情景是什么样子呢？

胡子蜷曲，已生白发，手里牵着一个长鼻涕男孩的楼卫东，出现在郭汉山眼前，着实惊起一阵波澜。终于弄明白楼卫东的来龙去脉以后，郭汉山忧心忡忡，不知道如何面对这位前英雄、前模范、前标兵，试图劝慰他返回西藏，继续戴上炫目的光环，穿上耀眼的荣誉之衣。

楼卫东全以沉默应对。

口干舌燥，仍旧无动于衷，郭汉山才意识到，真的是光阴似箭，物是人非。热情，矫健，阳光，自信，这些与青春有关的词语早已从他躯体逃逸，眼前这个面容焦苦，年龄模糊的男人，与进藏前的楼卫东相比，好似神仙与魔鬼，孔雀与麻雀。

郭汉山向他表明，不回西藏，就等于丢了援藏者的身份，丢了荣誉和立身之本，教师是天底下最为阳光的职业，不能为这个职业抹黑。眼下现实则是，处处要证明，步步要检查，买粮需要粮票，买布需要布票，买油需要油票，没有工资收入，没有户口本，没有工作证，没有介绍信，没有个人档案，就等于是黑户。没有身份没有证明，简直是寸步难行，身份太重要，身份没有了，饭碗自然丢了，身份不清白的人想混一碗饭吃，如同乞丐和小偷。

楼卫东依旧一脸平静，一言不发，卑微地低着头。

看着楼卫东的神情，郭汉山慌乱异常，无所适从，他怀疑眼前这位彻底失去青春和光彩的男人，是否真是楼卫东。那位与时俱进意气风发，多才多艺才华横溢，激励过无数青年学生的同学朋友、青年才俊哪里去了？

他望了望四周，一切如旧，没有烟雾消散的样子，更没有灵异发生。

楼卫东只会给他带来麻烦，不会带来荣耀，但不向他伸出援助之手，谁又能帮他呢？郭汉山陷入沉默，尽量控制情绪，不至于太暴露心思。

真的是怒其不争，哀其不幸。冒出这个想法，倒有些不好意思。

在郭汉山家里，楼卫东有意照了照镜子，觉得镜中人异常陌生，头上怎么生出白发了？胡须怎么蜷曲了？后背怎么佝偻了？皮肤变成树皮了，只有那双眼睛，眼睛还是原来的样子。仔细瞧，也变了，以前的眼神犀利敏捷，直来直去，从不转弯，现在则呆滞迟钝，飘忽不定，躲躲闪闪。

看着看着，有点想流泪，倏忽间，却笑了，心也稍稍平静下来。

为了安顿身体，避免被搜查和引起注意，任由胡须自由疯长，头发顺其自然，又怕头发太长，被人当成流氓坏分子，也会自己剪一剪、修一修。

偶尔，老白的影子一闪而过，要是变成拉萨那位白头发汉族人，就没有人认出自己了。

久而久之，同龄人郭汉山和楼卫东站在一起，就像儿子与父亲，学生与老师。

他不叫楼卫东了，而叫老楼、老刘或老柳。反正楼、刘、柳，三个字音近，人家叫得含糊，他答应得更含糊。

他租了一间偏厦子矮房先落脚，在铁匠铺打过铁，蒸面铺子烧过火，拉过风箱，还在一个苞谷酒场翻铲过酒糟子。

有一天，他带回一茶缸苞谷酒，请来郭汉山，就着半碗浆水菜喝酒。喝着喝着，楼卫东抽泣起来，拿出一张皱皱巴巴的纸给郭汉山。郭汉山看完以后，双臂交叉在胸前，好久说不出话来。

哭够了，他断断续续地说：有一天我在羊圈里过夜，梦见自己站在一艘轮船上，海水蔚蓝，风平浪静，岸边有一座高山，山上树木茂盛，鲜花盛开，我爸我妈站在山顶，互相叫着对方的名字，好像还叫过我，从山上跳到船舷上，拥抱过我。没想到就是那一天，父母同时跳崖身亡，还落了个畏罪自杀、自绝于人民的罪名。

郭汉山没有搭话，他继续说：曾经想过合适的时候向二老道歉，没想到连忏悔的机会都不给我，真的没有退路了，一点退路都没有，人生真的没有后悔药可吃。

楼卫东说完哭够以后，郭汉山才说：如果当年不急于表决心，把绝交信和你弟弟的回信小字变大字，家书变大字报，张贴出去，或许能挽回面子，得到家人谅解，你也不会这样孤单恓惶。唉，回家的路堵死了，你兄弟这封信，同多年前的檄文一样绝情。

说完以后，把楼卫东扶到床上，给父子俩盖上老布被子，才掩门出去。

过了一段时间，发现没有人认识和盘查自己，楼卫东就用仅剩的工资买下这间偏厦子，置办了简单的家具，过起了隐姓埋名的日子。

郭汉山介绍他到学校当后勤人员，他坚决不去，不愿跨进校园半步，不愿往人多的地方去，最后在郭汉山的怂恿推荐下，为一个单位誊写材料，万不得已使用名字，就用柳渡江。

转眼，柳巴松到了上学的年龄，为了不让人怀疑柳巴松父子是黑人黑户，郭汉山动用了所有关系，才把柳巴松送进学校读书。这件事郭伯母念叨过多次，大概因为类似之事，也影响到郭汉山后来的发展。大学同学已经有人在大学当助教，在中学当教导处主任，他还是一名初中教师，而且当了一辈子普通教师。

一年又一年，社会发生了翻天覆地的变化，粮票油票布票失去了崇高和威严，从圣坛上一落千丈，户口本工作证介绍信还大行其道，人们像被焊枪焊住一样，不能随意迁移，柳渡江更是不敢轻举妄动。他也动不了，没有能力稍微挪动一下，哪怕到几十公里以外的地方，希望自己像泥鳅和蚯蚓，活着，但不被人关注。

楼卫东完全被柳渡江代替，见人低着头，不见人也低着头，工作时低着头，不工作时也低着头，不苟言语，一脸寡淡，在人前佝偻着腰，是他的常态。

柳巴松就在这种环境下度过了童年和少年时光。疯玩、瞎跑、捉鱼、掏鸟填充了大片记忆，关于父亲的印记反而不多。

后来，后来就到了现在，柳巴松从医院药房真的找来雪莲花，配上其他中草药，为郭伯伯煎熬服用。

时光如同江河水，奔流不息，潺潺向前。柳巴松无法孝敬父亲，不能为父亲做出哪怕一丁点事情，常常悔意满怀。

她已飞

到成都双流机场的时候，下起了小雨。

雨珠点点，变成丝线，悠悠漫漫，一条一条由上而下，天女散花一般，缤纷烂漫，连绵不断，在天地间形成巨大的水帘。落在机翼上，溅起水花，一朵一朵，此消彼长，喇叭花一样开放，白的花蕊，白的花瓣，白的叶蔓，白的气息，接连不断，相互比肩，一朵比一朵开得更璀璨，一朵比一朵消失得更瞬间。看不见天空，看不见远方，只看见白茫茫水淋淋的地面。

飞机降落得沉稳而缓慢，起落架着地以前，随着机身旋转，水帘被气流吹成弧线，抛撒出细碎的水珠水线。着地的时候，发出巨大的声响，既像水与水撞击的声音，又像机器与机器摩擦的声音。起落架在地面划出两道水辙，水花像夹道欢迎的人群，激情热烈。

终于，戛然而止，起落架停止滑行，稳稳地泊在雨花中。地面快速腾起一阵烟雾，旋即消散。

欧美尼感叹一声，嗨。

南宫羽收回目光，有人打开头顶的行李架取行李，有人站在过道上，等待出舱门。路过经济舱第一排的时候，偏着头多看了那位小伙子几眼，欧美尼轻轻推了一下她，并说：空中警察，有什么好看的？

南宫羽侧身凑近她，惊讶地说：公路上有交警，社区有片警，火车上有乘警，原来飞机上还有空警呀？

欧美尼说：自然的啦，各行各业都有帅哥。

在候机厅等了许久，一直等到肚子咕咕叫，才被告知今天没有飞西藏林芝的航班，要到明天才有消息。

两人取出行李，就近住下，雨水连连，心中惶惶。第二天早晨来到机场，依然没有飞往林芝的航班，有人改签飞拉萨贡嘎机场，她们商量了一阵，还是等待。

等待的时间里，一起吃饭，一起聊天，同时也知道了这位衣食无忧的咖啡店女老板名字的由来。欧美尼说，原来的名字土得掉渣渣，年龄越大越不好意思让人知道，生活条件改善以后，生出改名字的主意，完全是崇洋媚外西为中用，才为自己取了这个名字。南宫羽也向她解释自己姓氏的由来，欧美尼说，如果时光倒流两千年，她这小家碧玉，连南宫羽的婢女都见不着哩。

介绍年龄的时候，表面上都说自己大，对方年轻，说到具体年月时，则含糊其辞，遮遮掩掩。尽管如此，南宫羽大致称欧美尼为姐姐。

两人一起逛了武侯祠，喝了宽窄巷子的云雾茶，吃了锦里的龙抄手、卤兔头、酸辣米粉。吃米粉的时候，欧美尼多放了一小勺红艳艳的辣椒油，并自言自语：四川人不怕辣，湖南人是辣不怕，贵州人怕不辣。

南宫羽随口说：你的普通话很好听耶，一点都听不出方言。

欧美尼笑一笑，没说自己是哪里人，南宫羽也没有追问。

第三天，终于登上飞往西藏林芝的航班，登机的时候，南宫羽奇怪地发现，无论是汉族人，还是藏族人，几乎每个人都大包小包，恨不得长出千只手，再多的行李都能带上。

当她能辨认出藏族人的时候，恍惚了好一阵，觉得这是个巨大发现。藏族人身材普遍高大魁梧，脸部轮廓比汉族人更立体，脸色暗红，或者称为古铜色，脸庞有晒出的红晕。眉骨挺立，眼睛总是汪着水，有的眼神犀利，有一股穿透力，有的眼神波澜不惊，静若处子。相比之下，摄影展上见过的两位藏族男女，衣着更讲究，气质更大方。

一个小小少年不知从什么地方蹿了出来，笑嘻嘻地望着她俩，匆匆走过，回眸间，少年还满面笑容，觉得在哪里见过似的。

哎呀，在哪里见过呢？南宫羽疑惑起来。

这是一架小型飞机，每排四个座位，中间一条过道，一边两个座位。乘客并不多，坐得稀稀拉拉。

两人自然坐在一起，空姐在示范安全事项以前，要求乘客最好集中坐在机舱中间，保持飞机前后左右载重量平衡，防止遇到强气流机身颠簸。

南宫羽的心思却在少年身上，左顾右盼一番，没有看见。

明眸皓齿，清晰洁净，眼里放射着夏日清晨太阳的光芒，她被映照得回味悠长。柳巴松的影子忽地蹦出来，那少年，不就是柳巴松吗？飞机上那么多藏族男人女人，水汪汪的大眼睛，不就是柳巴松的眼睛吗？

柳巴松是藏族人？柳巴松原来是藏族人啊。多年以来，一直没有柳巴松的消息，当然，她也很少与其他同学联系。

怪不得他长得与其他同学不一样，性格张扬，喜欢惹是生非，被招惹过的人大骂他丑八怪、猪八戒、怪模怪样的小混蛋。

难怪在摄影展上见到摄影师巴松，觉得那双眼睛似曾相识，原来柳巴松一直藏在记忆里。

她被这个惊天发现弄得脸颊滚烫，激动不已。

伸手摸一下脸颊，烫得落不住一根兰花指。索性向卫生间走去。大部分飞机卫生间在中部和机尾，这架飞机卫生间则在靠近机头的位置。飞机没有头等舱经济舱之分，也就没有布帘子隔断。

卫生间外的电子屏上显示里面有人，便站在过道上等待。

一位身着便装的小伙子仰起脖子，对她说：您好，请坐下。

她没有反应，依旧站着，脑子里全是柳巴松的模样。

因为柳巴松长相与众不同，似乎也没人疼爱，衣服破破烂烂，吸气鼻涕变短，出气鼻涕变长，整日里两条黏稠的鼻涕，在鼻孔与下嘴唇之间跳跃游荡。现在想来，他应该是孤单，才四面出击，招蜂惹蝶，讨人厌恶。趁她不注意，喜欢拽她马尾巴似的头发，在一个同学的作业本写上另一个同学的名字，把黑板擦藏到班长的抽斗里，给篮球画上乱七八糟的颜色，把老师自行车轮胎扎漏气，将蚂蚱、蜻蜓放到男同学的脖子里、女同学的头发上。这一切，或许是想引起关注，争取平等与友爱吧。

小伙子又说：您好。

南宫羽低头看他，对方的帅气和英俊超出了她的想象，同广州飞往成都航班上的那位空乘一样，年轻飒爽，但比那位汉族小伙子更特别，感觉用什么样的溢美之词都无法准确表达，挺拔、健康、干净、双目含情。她向他微微点头，算是打招呼。他也向她点头，并伸出一只手，向身边的空座位示意。

南宫羽想，这位藏族小伙子可真帅气呀，大概也是空乘，或空中警察吧。柳巴松如果穿上这套服装，如此彬彬有礼，全班同学恐怕都无地自容，羞愧难当。初中快毕业的时候，柳巴松已经显示出别样的俊美，只是太单薄，青涩。

恰巧，卫生间的门开了，进去以后，拧开水龙头浇了一脸凉水，然后望向镜子，镜子里映出年少的自己。课间休息时，一位女生从后面推了她一掌，额头碰到墙上，痛得她差点哭出声。放学铃声刚响，柳巴松一个箭步冲到那位女生身后，一把揪走她的红领巾，龙卷风一样跑到操场边上，向上一跃，双臂吊到樱桃树上，在树枝上荡了一阵秋千，折下一根树枝。再一跳，双脚着地，将红领巾缠到树枝上，举起树枝就跑。同学们嘻嘻哈哈跟在后边，南宫羽也夹杂其中，那位女生哭声忽高忽低，忽长忽短。南宫羽乐得呵呵直笑，时不时回头看那女生。女生大叫一声，追了上来。正要推她，柳巴松掉转头跑到跟前，把树枝在空中一挥，大刀一样砍下来，将两个女生隔开。女生就势拽下红领巾，一溜烟跑去，飘散一路哭声。

拍打声中断了她的思绪，慌忙出了卫生间，发现门外有人等候。再望那小伙子，觉得格外亲切，感觉他就是当年的柳巴松，一位有意无意照顾她的少年。

送饮料和零食的小推车挡住了去路，她站在原地没动。身旁一位中年男人面前的小桌板上，已经放了三只饮料纸杯，还把手伸向空姐。

空姐说：只有三种饮品，都给您了。

男子说：那就每样再来一杯。

空姐稍稍迟疑一下，每样饮品又倒了大半杯递给他。男子的小桌板上一下子摆了六只纸杯，几乎占满了小桌面。南宫羽惊讶不已，一眼一眼地看他，发现他有些精瘦。

男子大概感到有人关注，仰起脖子看她，笑呵呵地说：内地人真小气，小碗吃饭，小盅喝茶，价钱还死贵，好不容易有免费饮料，不喝白不喝。

南宫羽笑一笑，没有回应，空姐推着小车向前走去。

男子指一下身边空位，对南宫羽说：随便坐，随便坐，这种小飞机不必严格对号入座，想坐哪里就坐哪里，跟你们内地的公交车差不多。

望一眼几步之遥的欧美尼，正歪着脑袋睡觉，一低头，真就坐下。

见她坐下，男子顺手递给她半杯茶水。她摆摆手，说声谢谢。他则一仰脖子喝了，又端起一杯，仰起脖子喝了。

喝完以后，吧唧一阵，连声说：过瘾，过瘾，还是西藏好，想咋个吃就咋个吃，想咋样喝就咋样喝，自由王国，神仙宝地。

南宫羽依旧没有搭话，微笑着，任他自言自语、自说自话。那人弯了弯腰，变戏法一样，将一把南瓜子递给她。

稍稍迟疑一下，接住了。握着南瓜子，不知道是吃，还是不吃，干脆握着不动。脚下被什么东西绊住了，低头去看，是一堆包裹，将双脚收回，规规矩矩端直坐好。

猛然想起，登机的时候，许多人大包小包，有的包袱比头顶都高，觉得奇怪，就说：好富裕哦，这么多东西。

男子像引燃的导火索，絮叨个不停：西藏不比内地，从一个地方到另一个地方好远哟，粮食蔬菜运输很不方便，西藏人一年能去一次内地就是了不起的大事，大部分西藏人没有出过藏区，好不容易到内地，回来的时候给老人买一件保暖内衣，给孩子买几样玩具零食，给同事朋友买点西藏没有的香烟围巾口红。现在还好，很少带瓜果蔬菜，以前西藏没有蔬菜温棚，长途货车也少，人们从内地回来，个个都带大包蔬菜水果，走亲戚看老乡，水果蔬菜是最珍贵的礼物，一个熟人总爱说他小时候过年，邻居送给他家五个青椒，青椒炒羊肉，啧啧，成为他童年最难忘的记忆。

南宫羽想一想问：西藏没有南瓜子吗？

男子说：有，都是千里迢迢从内地运去的，价钱高得咬人。说起来通往西藏有几条公路——川藏公路、青藏公路、新藏公路、滇藏公路，可这几条公路你也是知道的哈，翻山越岭，泥石流塌方雪崩啥啥都有，不能保证天天通车。你算有福之人，有飞机可坐，成都到林芝通航时间并不长。青藏铁路也通车几年了，火车一跑，整车皮的南瓜子、葵花籽、西瓜子、花生豆、葡萄干、怪味胡豆、炒青豆，好多好多好吃的东西都运进去，但火车只开到拉萨，从拉萨到林芝还有好几百公里路程，技术好的司机也得开上一两天，豆腐都盘成肉价钱了。

南宫羽说：你喜欢吃零食呀？

男子说：不是我喜欢吃，是我卖这些东西，水果蔬菜贩子，我的店在八一镇紧靠尼洋河边上，欢迎光临，说是水果蔬菜店，大部分卖干果。

南宫羽说：飞机进货，够奢侈的嘛。

男子说：不是进货，是回老家盖房子顺便带点干货。飞机多方便，一个多小时就到，以前搭乘长途汽车，从成都到林芝一千多公里，路上走六七天或上十天，上车的时候互不认识，遇上河水暴涨道路中断，患难见真情，下车的时候成为难兄难弟，有的成为终身朋友，有的结为夫妻。你第一次进藏，不知道这边情况，有藏族人的地方，就有四川人重庆人，架线修路的，开饭馆教书的，当官开出租的，当兵坐台的，什么行当都有。

南宫羽不觉笑了起来，这人很幽默哦，继续说：你怎么知道我第一次进藏？

男子说：嗨呀呀，内地人西藏人，一眼就能分清楚，林芝城区几万人，机关单位也就几十家，不用扳着指头都能数得清，做生意开店铺的都是熟人，一年三百多天，通航时间就算一百天，乘坐飞机的人非贵即富，沟子大个地方，抬头不见低头见，谁不认识谁呀？你看，那一位，脸色多黯呀，知道嘛，她是一位军嫂，丈夫在一个通信连当连长，每年丈夫回内地探亲一次，她来林芝探亲一次，结婚十多年了，还没生孩子，焦心呀，唉唉。

南宫羽还没看清军嫂长什么样子，男子又指着前两排一位秃顶男人说：瞅瞅他，愁得头发都没几根了，老婆孩子在内地，他在林芝工作，辛辛苦苦挣一年工资，全都花在路上，一年回家一次，七大姑八大姨，家家都得行礼。一辈子挣钱，一辈子受穷，你说难不难？

然后，男人回头望了望后排，偏着脑袋悄声说：后面那位藏族老头，不知道得了什么病，林芝拉萨几家大医院都看了，查不出名堂，这次到成都住了一个多月医院，你猜怎么着？好啦，高兴地捻了一路佛珠，诵了一路菩萨。

正说着，飞机颠簸起来，男子伸出两条胳膊，环成弧形，把六只杯子围在中间。其中一只杯子里的雪碧泼了出来。一手继续围住杯子，一手快速端杯，喝干一杯再喝一杯，一边喝一边吧唧嘴巴，然后把六只空杯子重叠在一起，咬住杯沿，吹起了喇叭，吹一阵，又放下。

南宫羽起身想走，被男子拽了一下衣袖，并说：这个时候可不敢动，飞机正遇上强气流，不稳当，坐着安逸。

飞机似乎很配合，果真上下颠簸得厉害，她只好坐着不动。

男子说：西藏的飞机跟内地的飞机也不同，你知道这飞机上有几位机长？

南宫羽还真被问住了，从来没有想过一架飞机有几位机长，眨巴着眼睛，歪着脑袋，用眼神询问他。

男子伸出剪刀手，果断地说：两个，不知道吧？西藏的机场都是高高原机场，气流多变不稳，气温又低，飞机一般是在上午飞来飞去，不太在高高原机场过夜，怕把油路水管冻坏。清早从内地飞西藏的时候坐的人多，返回内地的时候乘客少，这与机场温度有关，机场气温高，载重量就会减少，就要少卖几张机票，气温低载重量增加。飞机还得保证足够的自身载油量，得保证在备用机场上空盘旋足够时间。一个机场一般有多个备降机场，多个备降机场一般不在一个气压带。所以，咱们这架飞机看起来小，乘客不满，返回内地的时候乘客更少，就是这个原因。

南宫羽顿生兴趣，问道：这与两个机长有什么关系呢？

男子说：哎哟，差点忘了，能飞高高原机场的飞机，性能高于普通飞机，一般是进口高档飞机，对驾驶技术要求更高，普通飞机一般一个机长，飞高原机场的飞机一般配双机长，有的机长很厉害，还给其他机长当师傅，属于同领域顶尖人物，吃饭都不能随便在街边小摊上吃，怕不安全，吃出胃溃疡胃穿孔就麻烦了。

南宫羽说：感觉你像机长。

男子说：你在西藏待久了就会明白，西藏不像内地，把人分成三六九等，农民没有乡长朋友，县长不敢同省长开玩笑。西藏却不同，牧民丢一只羊，直接跑到县长办公室，让县长帮忙找羊，小商小贩经常同县长一个桌子吃饭，在内地想都不敢想。

南宫羽说：你咋知道？

男子说：县长是我老乡，小贩就是我，我们经常一起搓麻将，吃石锅鸡。

南宫羽忍不住笑出了声，说：机长也是你老乡吧？

男子说：机长不是我老乡，机长的一个老乡经常到我店里买核桃。朗县薄皮核桃非常有名，我送给他几斤，请他给机长说一声，帮我机票打个折，人家不同意。

南宫羽说：下次去你店里买核桃，喔，石锅鸡是什么鸡？

男子说：石锅鸡嘛，主要是锅有特点。墨脱人用喜马拉雅山石头凿的锅，煮饭炖菜味道一绝。到林芝不吃石锅鸡就算白来，下次我请你，你到八一镇打听马干果，没有不知道的。

南宫羽笑着说：原来你是林芝名人，墨脱，墨脱不远吧？

男子哼哼两声，才说：像你这种来一次西藏，就算征服地球的人，说了也是白搭。

南宫羽说：你怎么知道我只来一次西藏？我又不是游客。

男子说：你看看飞机上的人，有几个像你俩这样？薄衣短衫，浓妆艳抹，告诉你吧，花架子再多的人，在西藏待久了就跟我一样，回到出生时候的模样，呵呵，原生态。

张望出去，穿藏袍的男女脸红齿白，有的安详平静，有的兴奋喜悦。穿西服运动装的汉族人，有的昏昏沉沉，有的一脸木然，她和欧美尼的着装，真的有些时尚。

望了一眼欧美尼,还在沉睡,表情似乎略有变化。

与马干果说了再见,向自己座位走去,正要坐下,随意地望了一眼舷窗外,这一看,立即屏住呼吸。

白雪皑皑的山峦,一峰连一峰,连绵不断,辽远得没有尽头,扶着前面座位靠背,一动不动。空姐走到跟前,伸手示意,说着什么。

她没有听见,依然盯着雪山。这是她从来不曾见过的,不曾想象过的景象。摄影展上,看到的雪山是立体的,局部的,此时的景象是平铺直叙的,大气磅礴的,坦坦荡荡的,无遮无掩的,俯瞰的,真实的。

她望了一眼马干果,希望得到共鸣和呼应,他则抻长脖子与前排人说话。她无法独自一人承受这份震惊,这份突如其来的撞击。

空姐轻轻拍了一下她的肩膀,还是没有反应。这个时候,她看见了一片蓝色水域,雪山与水域之间有一条貌似瀑布的白色小河,水域近旁,有几个凹下去的漏斗样白色坑洞。

她倾斜着身体,将脸几乎贴到舷窗上。空姐拽了一下她的衣襟,再次示意她坐下。她坐了下来,手指却指着窗外。

空姐微笑着说:刚到西藏不能过于激动。

南宫羽终于合上大张的嘴巴,一个劲儿地问:怎么会有那么蓝的水?比珠江口的海水还蓝,怎么会有瀑布一样的白色小河?还有漏斗,雪山上怎么会有漏斗呢?

空姐依然笑着,请她系好安全带的同时,告诉她:青藏高原上的湖泊含盐量高,即便结冰,颜色也很蓝,你看到的是冰瀑布和冰漏斗。

冰瀑布,冰漏斗。啊,冰瀑布是不是冰舌?南宫羽激动得声音都变了。

空姐笑一笑,缓步走开。望着空姐婀娜的背影,枣红色印花藏袍,南宫羽方才意识到,空姐是一位藏族姑娘,标准的普通话,彬彬有礼的举止,沉稳的气质,都是那般恰到好处。

舷窗像一个磁场,全心全意地吸引着她,一眼一眼望出去,每一眼都有惊喜。后来,不需要俯视,随意地打量,就能看见雪山。再后来,就看见了森林山谷和一条蓝幽幽的河流。

飞机在山与山的谷地中间滑翔,几乎贴着地面,又没有着陆。她觉得奇怪,其他机场,飞机下降的时候会盘旋,由高到低,盘旋数圈,才缓缓着地,在跑道上跑一阵就停住了。而这架飞机一直低飞,一个方向低飞,顺着山谷和河流飞行,几乎没有盘旋,一直向前。

一片绿,又一片绿,绿到地老天荒,绿到天涯之角,飞机才停住,停得戛然而止,毫无提防。她舍不得停,舍不得这份绿,舍不得飞翔时经见的前所未有的景致。

她靠在座位上,任由大包小包从她身边挤过,任由汉语和听不懂的藏语在她耳畔低低缓缓流过。她没有动,没有站起来的一点想法,没有离开飞机的丝毫欲念,想成为其中一分子,与环境融为一体,想把那些惊艳拥入怀中,据为己有,想一直在这架飞机上,在飞往西藏的飞机上。雪山、冰瀑布、冰漏斗,结着冰雪还蓝彻心底的湖泊,还有那天空,蔚蓝洁净的天空,碧空万里的明澈,洁白似银的云朵——这种壮丽,这份澎湃,秦巴山间不曾有,东江也不曾有。

那些安详的、宁静的、表情丰富的、一成不变的脸庞,全都变得轻松、快乐、踏实,有的低头看她一眼,有的端直走出机舱。

一个声音传向她:妹儿,下飞机啦,记着来找我哈,请你吃石锅鸡。

她听见了他的声音,记住了他的名字,马干果。但她没有回应,她不想下飞机,想一直沉浸在飘飘欲仙的状态中,想让这种气场一直存在,笼罩她,护佑她,不灭,不朽,不离,不弃。

四周安静下来,过道里没有行人,空姐走近她,确切地说,是她们,她和欧美尼。那位英俊得无与伦比的藏族小伙子,也走近她们。

空姐的笑容依旧职业,小伙子的笑容相对矜持。空姐双手半握拳,上下叠放在胸前,微微含胸,微笑。小伙子双手紧贴裤缝,望着她们,微笑。

她望向窗外,依然的绿,绿里有些色彩,一定是花朵。她这样想着,就有走出机舱去到绿地的想法。忽地,就站了起来,安全带在腰间挡住了她的脚步，低头看，欧美尼还在沉睡。

摇晃着她，没有醒，继续摇晃，还是没有醒。表情是有的，除了痛苦还是痛苦，偶尔轻轻呻吟一声。

空姐望一眼小伙子，小伙子伸手示意她离开座位，南宫羽起身离座。小伙子弯下腰，用手背试了试欧美尼的鼻息，向空姐点了点头。

南宫羽再次摇晃了一下她的肩膀，不急不缓地说：欧姐，到西藏了，下飞机啦。

欧美尼猛然惊醒，炸雷般地叫道：到西藏啦？真的到西藏啦？刚才梦见演唱《多么亲切的名字》，学生不喜欢，把我撵了出去，那可是格鲁贝罗娃的经典唱段呀。

南宫羽说：他们可能听不懂外语，你得用藏语演唱。

欧美尼说：藏语难学吗？我都资深成这样了，恐怕学不会藏语吧。

两人拎起包就往机舱门口走，走了两步，想起应该有人接机，打开手机一看，提示有过来电。反拨过去，一位男士说在出口等候，牌子上写有三位老师的名字。

南宫羽说：只有两个人，两位女士。

对方啊呀一声，挂断了手机。

接机口外的阳光格外明艳，前面走着一位身材魁梧，背着加长旅行包的男人，一手扔掉遮阳帽，一手扔掉登山杖，伸开双臂在空中挥舞，边舞边大声呐喊——西藏，我来啦！

啪，只一声，男人就像布袋一样，轰然倒下，不偏不倚，恰好倒在阳光里，背上的旅行包滚了过来。

欧美尼避让不及，脚背被男人的旅行包压了个严严实实。南宫羽帮忙去搬，觉得那包格外沉重，用了很大力气都没有挪动。

马干果不知从什么地方冒了出来，飞起一脚踢开那包，并且大叫：哎哟嗨，刚到西藏不能干重活，更不能大哭大笑，用力过猛，用情太烈，都会高原反应，现世现报，看看吧，多少人就这样，就这样……

有人向这边冲过来，立即给男子吸氧施救，南宫羽和欧美尼站在原地，目瞪口呆。

马干果催促她俩快走,并说有什么好看的,这种事在西藏天天发生,记住了,西藏可不是内地,海拔高,氧气少,能坐着别站着,能躺着别坐着,能少出力就少出力。

南宫羽感激地望一眼马干果,觉得他像马戏团跑出来的丑角,浑身上下挂满包裹,背上背的,肩上挎的,双手拎的,腰上拴的,大大小小,花花绿绿,看得她眼花缭乱。

南宫羽腾出一只手想帮他提一个包裹,他一扭身,周身发出窸窣声,螃蟹一样横在接机口。

南宫羽追问道:那人不会出事吧?

马干果说:说不清,这种事在西藏跟喝凉水一样,机场医务人员已经救他了。

南宫羽问:那他什么时候能恢复正常呢?

马干果说:这种事嘛,好比小伙子逛窑子,三眼枪打兔子,没个准数。

说话间就看见一块高举的牌子,上面写着三个人的名字:高宏伟,欧美尼,南宫羽。

看见高宏伟的名字,南宫羽方才想起那位美术教师,庆幸他原机返回广州,若是来到这里,说不定跟刚才那个男人一样——倒在陌生的西藏还不如倒在家门口。

她朝那牌子走去,边走边回头轻唤:欧姐。

没有回声。

又叫一声:欧姐。

还是没人应她。

她把包放在地上,转身张望,发现欧美尼一瘸一拐正往这边来,奔过去搀着她就走。走着,走着,心慌气短,腿脚有点不听使唤。

心里升起一缕悲凉,出发的时候精神抖擞、豪言壮语的三个人,才几天时间,还没有走到西藏的田间地头、教室校园,没有教学生画一幅画、唱一首歌曲,就成了残兵败将。

恰在这时，欧美尼咳嗽起来，咳得上气不接下气。

马干果在一旁大声惊呼：赶快送医院，越快越好，刚来西藏就感冒咳嗽，可不是好兆头。

南宫羽正想骂他乌鸦嘴，就被接机人叫住了。

娘　曲

接机人直接把欧美尼送进医院，南宫羽一路陪同。

医生是一位年轻小伙子，戴着宽广的口罩，他把温度计递给欧美尼，欧美尼扬起胳臂，乐队指挥一般，把温度计在空中来来回回划出几条银光闪闪的弧线，收手间，张开嘴，把温度计往口腔里面塞。南宫羽一把抓过温度计，帮着放到欧美尼的腋窝。

接下来医生用听诊器给她听心脏，又把听诊器伸进后背，听完以后似乎不放心，曲起两根手指头，用指关节敲击背部，耳朵也贴在背上倾听。

这一动作立即引起南宫羽的警惕，以前医生使用听诊器，一般只听前胸不听后背，此时不但听了后背，还用手敲击，她感到自己心跳明显加快，但不敢询问。

望了一眼医生，睫毛扑闪了几下。医生没有理睬她，接着给欧美尼又量血压，水银柱像地热喷泉，猛地上蹿到顶，南宫羽屏住呼吸，能听见自己心跳的声音，呕吐的欲望蓬勃向上，她把眼睛闭上，默默忍住。

终于，听见医生脆生生地说了一句：急性肺水肿。

南宫羽双手压住胸部，用力太大，怕一松手心脏跳出来，污物喷发。

她怯怯地问：什么意思？

医生说：高原病的一种，情绪波动，劳累，急性感染，都可能引起，我们柳主任在高原病防治方面经验丰富，应该不会有危险，放心吧。

南宫羽说：真的不要紧吗？

医生说：高原病来得快，只要治疗及时，治愈也快。

接机的小伙子在一旁说：南宫老师，不要紧的，初上高原的人容易患上这种病，以前得这种病，无药可治会变成脑水肿，三四天时间人就不行了，林芝的医疗条件在全自治区排在前列，欧老师不会有事的。

南宫羽说：进藏前我们都体检过，一切正常，才几天时间，高老师原机返回，欧老师病倒了，怎么会这样呢？

接机人说：没关系的，这种事再正常不过了，我们都见怪不怪，好多游客以及援藏者一上高原就生病，这是身体的事，与道德品质没有关系。南宫老师你也检查一下，有病治病，没病心里也踏实。

南宫羽在忐忑中接受了医生的检查，看见水银柱忽高忽低，跳跃不定，再次闭上眼睛，紧抿嘴唇。

医生还没有发话，小伙子笑着说：看把南宫老师吓得脸色都变了。

南宫羽睁开眼睛，恰好与欧美尼的眼睛相撞，欧美尼被护士搀扶着去输液，眼睛呆滞无神，没有一点波光，这与她的高档服饰、精致妆容相差万里。

她吃了一惊，起身要去扶欧美尼，被医生的眼睛制止住了。

医生说：高压160，得降压。

南宫羽惊恐道：我没有高血压，我们全家都没有高血压。

医生说：只是常见的高原反应，吸一会氧气，喝点降压药，别焦急劳累，注意休息，过两天就正常了。

接机人说：是哦是哦，南宫老师到援藏公寓休息吧，那里有氧气罐，吸氧方便，我们照顾欧老师。等你高原反应好转，雪莲花小学的校长来接你。

过了两天，南宫羽专程到医院看望欧美尼，欧美尼也精神了许多，两人说着闲话。

欧美尼说：南宫老师，没想到初到西藏就这么不顺利。世界上多少人向往西藏，但这里不是谁想来就能来的地方，来了也不一定能坚持到底，坚持到底不一定能做出成绩，最终实现人生目标和理想。

南宫羽说：好像是吧，有点像高考。

欧美尼说：是呀，参加高考的人不一定能考上大学，考上大学的人不一定有好工作，有好工作的人不一定有作为，有作为的人不一定快乐，南宫老师，你快乐吗？

南宫羽微微一笑，认真地盯着欧美尼，她为这句话感到奇怪。

稍许，她才点点头，说一声：当然啦，还好。

欧美尼说：行为与理想统一的时候人就快乐。多羡慕你呀，能与西藏结缘，能在西藏干自己喜欢干的事情，真是上天赐予的福祉。南宫老师，你应该感谢上苍。

南宫羽不知道说什么好，她来西藏的动机，只是受到摄影展上美丽照片的吸引，想改变一下一成不变的生活，逃离李青林留给她的阴影，为空虚无聊添点光彩，根本没有要画尽西藏美景的想法，也没有欧美尼要把世界音乐大师的逸闻趣事，讲给西藏孩子的目标。自己的理想是什么呢？以前是想向李青林赎罪，以前的以前是考上大学，到繁华都市工作生活。而现在，只是想饱眼福，见识气吞山河的雪山、森林、河流、鲜花，这与欧美尼对自己的想象一致吗？

心里有点虚，便把话岔开，问一声：你分在哪所学校？什么时候动身？

欧美尼呼呼喘一阵，低缓地说：不知道，在大自然面前，人真是无能为力，一切行动来自身体，身体决定内心，心让我留下我就留下，心让我离开我就离开。

南宫羽没有拉她的手，没有留存手机号码的强烈愿望，欧美尼似乎也不主动，只随意地道了一声再见。

转身离开病房的一刻，一位身穿白大褂、戴着白口罩的男人，正往病房里面走。擦肩而过的瞬间，南宫羽仰起脖子看了一眼，男人的眼睛闪着黑夜星辰的光芒，炽烈鲜亮。

已经走到龙爪槐树下了，还感到后背有团火在跟随、跳跃、燃烧。

来西藏才几天，明显感觉到因为自己是女性，属于年岁不算太大，也还算漂亮的女性，加之内地人比西藏本地人白皙，白能遮丑，回头率自然比在内地高。

她没有回头，一直走向林芝街头。木瓜花开得正艳，林芝的木瓜花，与东江边的木棉花颜色相同,形状相似。木瓜树冠稍稍低矮,枝叶稠密,木棉树高拔疏朗,接天连地。

雪莲花小学校长洛桑嘉措,没有开小汽车来,也没有开摩托车来,而是牵了两匹马,一匹马有鞍子,一匹马没有鞍子,只在马背上搭了一块粗布垫子。见她一个劲盯着看,洛桑嘉措告诉她,这叫氆氇,藏族妇女手脚并用织出来的羊毛氆氇。南宫羽疑惑一阵就跟着走了。

出了林芝城,洛桑嘉措让南宫羽骑上有鞍子的棕色公马,自己起身一跃,上了没鞍子的母马,在马屁股上一拍,马便嘚嘚嘚往前快走。南宫羽牵着马缰绳,踩了两次马镫子,不敢上马,只好大步流星跟在后面步行。

尼洋河的确像照片上一样蜿蜒漫溢,河面散长着绿树,乍一看像人工栽植的行道树,细看则沿着水线分布,或许是河水传播种子长成的呢。河岸上青稞翠绿,金色的油菜花快要开败,呈现着苍黄色。照片上那些粉红淡白的桃花,已经卸下盛装,绿云般的核桃花,飘拂在尼洋河两岸,由河边渐次向山上攀升,山上林木茂密,各色花团簇簇,山顶白雪皑皑。雪峰与森林衔接地带有稀疏的树木,如剑的树顶应该就是针叶林吧。

洛桑嘉措回头,叽里咕噜说着什么。南宫羽没弄明白,抹了一下额头的细汗,冲着他笑一笑。

洛桑嘉措勒住马缰绳,停了下来,待南宫羽牵着马跟上,又用汉语说:现在道路平坦,最好骑马,上山的时候再步行吧。

边说边从马背上跳下来,扶着南宫羽爬上马背。她不敢端直骑在马背上,只好佝偻着腰,紧紧拽着缰绳,生怕一不小心摔到地上。洛桑嘉措与她并行,劝她别着急,慢慢走,离天黑还早着呢。

她问:很远吗?难道要走到天黑?

洛桑嘉措说:不远,六七个小时吧,走得快的话,太阳还没偏西就能到。

南宫羽倒吸一口凉气,腰弯得更低,几乎把脸贴在马背上。

洛桑嘉措笑着说:南宫老师是我们学校第三位支教老师,前两位是男老师,一共待了不到两个月时间,希望你能待够一个学期。他们来的时候,骑的也是这匹马。

南宫羽抬起头，问道：怎么只待这么短时间？

洛桑嘉措说：生病的，想家的，饮食不习惯的，反正都走了。

南宫羽说：可以打电话上网呀，网上可以与家人QQ聊天。

洛桑嘉措笑声更大，笑够了才说：那是你们内地沿海地区的文明，我们这里酥油灯和松明灯才淘汰几年，有手机没信号，有电脑没网络，不过比墨脱条件好多了，墨脱现在还不通汽车，是全国唯一不通公路的县。

南宫羽哦哦两声，问他洛桑嘉措是什么意思。

洛桑嘉措说：洛桑是心地善良的意思，嘉措是大海的意思，洛桑嘉措就是心底如同大海一样善良。我们藏族人的名字分两类，一类是贵族和活佛，这些人名字中带姓，如阿沛·阿旺晋美，阿沛是姓，他家在民主改革以前是大贵族，所以有姓。第二类是平民，名字就是我这种两个词语，三四个字组成的。这些词包含美好愿望，大部分请德高望重的喇嘛来取，有的按出生时间取，生在星期几取名星期几，从星期一到星期天分别叫达瓦、米玛、拉巴、普布、群吉、边巴、尼玛。达瓦是月亮的意思，米玛是火星的意思，尼玛是太阳的意思，扎西是吉祥的意思，次仁是长寿的意思，顿珠是事业有成的意思，卓玛是女孩子的意思，也被当成度母。你一定知道度母，度母是普度众生的女神，如果你站在八廓街叫一声达瓦或米玛，起码有十个人回头朝你张望。

南宫羽不好意思说自己根本不知道度母，也不知道这么多藏族人名字的意思，只好问：八廓街在林芝吗？

洛桑嘉措说：啊呀，八廓街就是围着大昭寺的转经道，在拉萨呢，我们藏族人心中的圣地，人人都想朝拜的地方。

正说着，迎面走来两位背羊皮袋子，穿藏青色藏袍的男人，每人头上都戴着枣红色宽檐帽，其中一位还戴着墨镜，看见洛桑嘉措，止步招手，朝南宫羽笑一笑。其中一位从怀兜里掏出一张皱巴巴的纸，仰起脖子递给洛桑嘉措。洛桑嘉措拽紧缰绳，一边说着什么，一边看那纸，看完以后摇摇头，把纸还给那人，再嘀咕几句，挥挥手，各自上路。

走出不远，洛桑嘉措说：前几天帕隆藏布江暴发洪水，冲走了一辆拖拉机，连同一家三口和五只羊子，亲戚印了告示，请人沿途散发，还张贴在墙上、树上、电线杆子上，捞到尸体悬赏十头牦牛，找到活人悬赏三十头牦牛。

愕然了好一会，南宫羽说：洪水这么厉害，能把人冲走，奇怪，牦牛能当钱用。牦牛很值钱吗？

洛桑嘉措说：牦牛是大牲口，是牧民家最值钱的东西，一个牦牛卖到六七千元哩，牦牛越多，说明这家人越富裕，一般不卖的，这也是没有办法的办法，人总比牦牛值钱嘛。

说话间就到了一片河水宽广的地段，两条河流汇到一起，洛桑嘉措指点着说：狭窄一些的河流叫尼洋河，宽一些的河流就是雅鲁藏布江。尼洋河是我们工布地区的母亲河，又叫娘曲，翻译成汉语是"女神的眼泪"。雅鲁藏布江是西藏最大的河流，发源于千里之外的阿里地区，从这里流出去不远有个急转弯，流向南边的印度和孟加拉国，再流入印度洋。藏布嘛，就是河流的意思，西藏的藏布就是你们内地的大江大河。

南宫羽感激地侧过脸看他，竟然有这么多不曾知晓的知识，她希望能与这位看似青年，又似中年的校长相处久一些，最好待够一个学期。

不深不浅的河流横亘在前面，河水碧蓝清幽，山峦云彩，倒影绰绰。西藏的天真蓝啊，藏蓝、青蓝、靛蓝，各种各样的词汇都无法形容的蓝、都形容不够的蓝，蓝得让人只有一个想法，就是将其揽入怀中。

家乡秦巴山地，山清水秀，山有多高，水就有多高，树根崖缝中的涓涓细流，汇聚成小河，明月松间照，清泉石上流，流着流着，就流成了大河。水电站拦截的水域，船儿悠悠，碧波荡漾，白鹭飞翔，群鸭戏水。后来到了南中国，更是天蓝水碧，天高云淡，那一条东江水，浩浩荡荡，大部分日月也是碧的。如今到了西藏，置身于西藏的天空下，才知道西藏的天有多蓝，云有多白，水有多幽。

西藏竟能如此好！西藏怎么会这样好呢？南宫羽默默感叹。

黄鸭和黑颈鹤在水边觅食，洛桑嘉措打马涉水，南宫羽抓紧马缰绳，紧随其后，盯着水面不敢张望。树的根须，水草，细沙，鹅卵石，清晰可见。水淹没了马的小腿、大腿。她匍匐在马背上，双腿尽量抬高，以免没入水中。隐约间，感到自己在漂浮，在游移，在随波逐流，自由起伏，如同春天的柳絮，山泉的小鱼，梦中的睡莲，风中的木棉花，东江的水葫芦，哦，真的是水葫芦浮萍的样子呢，无牵又无绊，恍惚又缥缈。

猛然，她听见哗哗的水声，接着是马的嘶鸣。睁大眼睛打量，胯下的马匹像一叶小舟，载着她在水中滑翔，棕色的马蹄像灵巧的船桨，在清凌凌的水中，变换成白的水花、绿的水花、棕的水花、云一样的水花。

黄色花朵扑面而来，星星点点，娇艳水灵。

这花儿真像水芹菜呀。李青林送给她水芹菜的情景，飓风般袭来，撞击着她，那是她今生收到的第一束鲜花。和大安相处的时光，也曾在风光秀丽中见到过。

马嘶声再次响起，洛桑嘉措叫了一声：柳大夫好哇，去哪里出诊？

声音来自身后的水面，一个男人的声音：好久不见，嘉措校长可好？水电站有人病了，电话求助，我去看看。

水电站，几个字鸽子般飞来，伴着水声而起，如同巨大的磁铁，强烈地吸引了她，久违而亲切。

父母是电力职工，从小在水电厂家属院中长大，大学所学专业还是电气工程及其自动化，毕业后在小水电站当过值班员，自从到了南方，虽然干过与电器有关的工作，与真正的电力专业相去甚远，相隔万里。

南宫羽转过身去，在万里蓝天下，在漂浮的马背上，在娘曲里，在水波中，缓缓转身回望。

两匹马从身后跟来，水花荡漾在脚踝上，沁凉刺激，还没有看清楚来人的脸庞，胯下的马受惊一般，停止了游弋，一跃而起，从水面奔上河岸。快速勒紧缰绳，低头间，一条青蛇昂着脖子，正与她对视。

惊慌中，锐声叫道：蛇，蛇。

一只手便擒拿了青蛇，镰刀割草一般，精准地将蛇脖子紧紧卡住，那蛇就像失去初恋的女子，萧瑟萎靡，姿容凄凉。

南宫羽在奔驰的马背上大呼小叫，洛桑嘉措吹了一声口哨，马匹停了下来，低眉信首，突显羞涩与温柔。

南宫羽顺势从马背上溜下来，没有站稳，一个趔趄向前扑去。

摇晃中，有人扶住她，才没有摔倒。回眸间，看见男人一只手还抓着软软的死蛇。

她抖动了一下，站在原地，无声无息。

因为，她看见了男人的眼睛，离开欧美尼时，在她身后燃烧过的眼神，好像不仅仅是这些，似乎还有其他内容。

男人显得异常激动，手里的蛇哆哆嗦嗦，想扔又没有扔。

他说：南宫羽，是你吗？真的是你吗？上次在医院见过你一面，觉得眼熟，向那位女患者打听，她说你叫南宫羽。我想世界上只有一个人叫这个名字，只有一个叫南宫羽的女孩子，只有一个人配叫这个名字，没想到真是你。

南宫羽惊愕地望着对方，这位古铜色脸庞的藏族男人，怎么会知道她呢？而且他像洛桑嘉措一样，看不出确切年龄，三十岁，四十岁，五十岁，好像都符合，紫外线把高原人渲染得粗犷，难以分清细枝末节。

南宫羽疑惑着，浅浅地笑着。

男人举起手中的死蛇，摇晃着，草绳一样毫无生机的死蛇，被他舞得灵动盎然。她不好意思躲闪，竭力不望那蛇，单只看他，迅速启动记忆库。

终于，她咧开嘴，想笑又没有笑出来，缓缓地叫道：你就是柳大夫？哦，柳巴松。

向前跨一步，又后退到原处。柳巴松看见了，呵呵地笑着，扬起胳臂，远远地将蛇抛到河里，水花溅起又落下。她还是不敢走近，不敢与他握手，就那么站着，任由柳巴松拍着她肩膀，笑声朗朗。

她从柳巴松的脸上看到了自己的沧桑，尽管分辨不出藏族人的详细年龄，柳巴松与自己的年龄相差无几，难道自己也像柳巴松一样，已经是一位中年人了？哦啊，中年女人，多么残酷的现实。柳巴松原来是藏族人，怪不得在东江边的摄影展上,第一次看见藏族摄影师巴松,就觉得似曾相识,来西藏的机场和飞机上看见藏族男孩和男子,都有在哪里见过的幻觉,这一切,都是少年柳巴松留下的印迹。

柳巴松说:骄傲的公主啊,怎么踏着我的足迹来西藏啦?

南宫羽噘着嘴说:是你踏着我的足迹前进的呀,我们的马在前,你紧随其后。

柳巴松说:也是,你到雪莲花小学支教吗?我们可以同行一段路,还得踏着你的足迹前进。

然后向洛桑嘉措说:请多关照南宫老师哦,她是我的发小同学。

洛桑嘉措笑着说:欧耶耶,没问题,是初恋情人吧?

柳巴松呵呵笑道:差不多是吧,我单恋她,给她写过信,她不理睬我。

南宫羽装作没听见,指着一棵直径足有两米的古树说:那里面好像有人哩。

洛桑嘉措说:老柏树,空心了,小孩、老鼠、狐狸都往里面钻呢。

南宫羽说:西藏居然有这么古老的柏树,我以为只有热带雨林才有大树。

柳巴松说:我们西藏也有热带雨林,呗,翻过前面的雪山,到喜马拉雅山脉南麓,就有热带雨林,古木参天,猕猴欢跳,翠竹青青满山崖,随处都有报春花,一年两百多天云雾缭绕,由于光照时间太短,沼泽泥泞,以至于羊蹄子会泡烂,只能养牦牛犏牛。

南宫羽说:是墨脱那边吗?

柳巴松说:不全是墨脱,边境线上好多地方都是这样。如果你足够勇敢,我愿意陪你翻越喜马拉雅山脉,欣赏绝世美景。

洛桑嘉措说:别听他瞎说,上次他差点冻死在嘎隆拉山口,都惊动到自治区援藏干部管理部门了。

南宫羽说:你是援藏干部哦,什么时候来援藏的?

柳巴松说:我不是援藏干部,是援藏医生,嗨,其实就是地地道道的西藏人。

南宫羽说：什么意思？难道娶了位西藏老婆，当上西藏的乘龙快婿，就是西藏人了？

洛桑嘉措说：柳大夫的老婆很白净，是汉族人，我见过的，是不是娶二老婆啦？

柳巴松笑着说：马登，你才娶二老婆呢。

边说边伸出一只手，准备扶她上马，南宫羽迟疑了瞬间，抓住他的胳膊，爬上马背。

洛桑嘉措骑马走在最前面，柳巴松和年轻助手群吉，跟在南宫羽身后。他们在古树与新树间穿行，有的树冠比房屋还阔绰，走到近旁，认出是桑树和核桃树。有的人家房前屋后篱笆一样栽着青冈树，这些民居，南宫羽也是第一次见识，墙壁为石块垒砌，屋顶或为木板铺成，或为红色蓝色铁皮铺就，院落和屋顶飘着几缕五彩布条和白色印字的旗子，门窗绘有色泽艳丽的图案，窗户上沿挂有白色帷幔，感觉像艺术品。

柳巴松说：西藏随处可见这种经幡风马旗，房顶树枝上的经幡叫角旗，如果愿意，可以绕着经幡转几圈，祈福保个平安。

南宫羽方才知道，这种五彩斑斓的彩色布条原来叫经幡，飘荡的旗子叫风马旗。

暖阳温煦，轻风拂面。南宫羽想，身处的地方与摄影展上的照片一模一样，来西藏看风景，简直是来对了，不但身临其境，还邂逅了少年时的同学柳巴松。

四个人，四匹马，走在越来越崎岖的山道上，树影婆娑，流水潺潺。

雾林带

在一个山口，经幡猎猎，林木苍翠，云雾缭绕，洛桑嘉措提醒大家，这个地方还有信号，拐个弯就没有信号了，需要打电话赶紧噢。

洛桑嘉措首先举起手机说了起来，时不时还笑出声来。南宫羽发现她听不懂，就使劲地听，还是一句都听不懂，想必应该是藏语吧。便想，西藏真是个奇怪的地方，同为一个中国，语言竟然不通。群吉高喉咙大嗓门，对着手机哇啦、哇啦，他的马儿甩着尾巴，甩出一圈嗡嗡声，蚊虫纷纷逃逸。柳巴松伸手撕扯栎树上的绿松萝黄松萝，松萝飘飘，像华丽的纱幔，又像缕缕云彩，飘飘渺渺，有风起舞，无风摇曳，遇雨滴翠，见雾温润。

南宫羽本来想给父母打个电话，想一想没有打，她怕父母知道自己骑马走山路为她担心，长这么大还是第一次骑马。李青林说过有事发短信，骑在马背上没有办法字斟句酌发信息，便一手抓紧马缰绳，一手拨打李青林的手机。

李青林不急不慢地说：到西藏了吗？一切都好吧？

南宫羽说：我在马背上，在前往支教小学的路上，一会儿就没信号了，给你打个电话，报个平安。

电话那头一片沉静。南宫羽还以为李青林挂断了电话，看手机屏幕，处在通话状态，她喂了一声，对方没有应答，有点疑惑，不知道李青林是否安全。

两腿夹了夹马肚子，棕色大马仿佛明白她的心思一般，向一旁踱了几步，站在一块巨大的砾石旁边。李青林那边还是寂然无声。南宫羽将手机紧紧贴在耳际,生怕漏掉一个字。

她听见了风的声音,松树枫树云杉的声音,轻轻悠悠,飒飒作响。还听见了鸟的叫声,莺声燕语,啁啾灵动。甚至听见了花朵开放的声音,色泽各异,香馨漫漫。

终于,手机里响起了李青林的声音,音调严肃清晰。

他说:真的对不起,因为我,你来到南方,这么多年过去了,没有给你一个应有的归宿,害得你独自一人远走西藏,那里很艰苦吧?

南宫羽静静地听着,受了惊吓一般。在南方的数年里,两人同处一个城市,却像熟悉的陌生人,从来没有听过这么贴心的话语。

语调立即温婉亲和,她说:一切都是我自愿的,愧疚的应该是我。当初不该怂恿你去南方,不该奢望繁华生活。虽然我不知道你当时经历了什么,但我知道如果你在老家,父母双全其乐融融,生活一定非常幸福。

李青林说:喔,你照顾好自己吧,需要什么药,告诉我。

她愣了愣,觉得他又不正常了,便说:你把我当成客户啦?我是南宫羽,不需要什么药。

李青林说:除了药,我什么都没有,不知道该怎样帮你。

心里有点生气,语气尽量温和,又说:感谢你的帮助,你帮我越多,越觉得对不起你。

李青林说:不说这些了,方便的时候给你写电子邮件,保持联系,让我知道你安全就好。

挂断电话,发现柳巴松正在看她,目光相接,有一丝羞涩。

她不知道柳巴松为什么有这种眼神。

一挂瀑布从天而降,飞珠溅玉,银光闪闪,氤氲腾腾。岩石滑润,晶莹光鲜。轻盈的松萝上散着颗颗水滴,珠玑丰韵,美妍饱满。瀑布潭中,水花翻卷,涟漪款款。一条小溪从潭边流出,漫溢到绿草葱翠鸟语花香间。紫色黄色蓝色红色各色花朵,点缀其间。阳光从茂密的枝丫间洒下,光影一束一束,斑驳明艳。

见南宫羽看得出神,柳巴松一一指给她看,近处的叫勾儿茶、土半夏、紫色百合、米饭花、野蔷薇、草芍药。那边的叫蓝蝴蝶、报春花、桃儿七、点地梅、齿叶忍冬。

然后他问：南宫羽，记得咱们学校后面的那条小溪吗？源头是一眼山泉，从秦岭流出，冬季云蒸霞蔚，夏季清澈凉爽，溪水流淌处，漫延一路烟云。

南宫羽说：怎么不记得？那山泉叫玉泉，是混世魔王的天堂。

柳巴松说：现在想起来，那才叫幸福童年，无忧无虑，蒿草一样疯长。

南宫羽说：最喜欢的还是溪边的栀子花，洁白清香，西藏有栀子花吗？

柳巴松说：这个还真没见过，但西藏有更壮观的花，一会儿你就知道了。

马儿继续前行，树木越来越茂密，大有遮天蔽日之势。直径一米左右的大树比比皆是，树干上布满绿雾一样的苔藓，有的古树上还生长着寄生树寄生藤，寄生树新叶蓬勃，如同盛开的绿芙蓉，葱郁的吊兰；寄生藤缠绕而上，叶生空中，花开顶梢。黄色白色菌菇，从盘根错节的树根，一直攀升而上，有的攀附到两丈高的树杈上。

杜鹃花树与东江边的紫荆木棉相比，有过之而无不及，树有多高，花就有多高，花朵比绿叶更繁盛，更大气磅礴。马背上的南宫羽不时摘一朵杜鹃、两束松萝、三朵菌菇。

一头类似麋鹿的动物，就在那一刻出现了，在古树青藤松萝间一跃而起，抻长脖子够岩石缝隙间的一丛黄芪。南宫羽盯着细看，身为棕色，鼻端两侧和下颌呈白色，鹿角扁平灵巧，两只长而尖的耳朵竖立在鹿角两旁。

洛桑嘉措唤了一声：哈马。

小鹿微微摇晃一下脑袋，耳朵煽动，四蹄交替，蹦蹦跳跳，消失在苍绿翠绿新绿里，梦境一样，来无影去无踪。

南宫羽拍马上前，与洛桑嘉措并排而行，问他：哈马是什么东西？

洛桑嘉措说：哈马就是白唇鹿，跑了。

柳巴松在后面补充道：先给你卖弄一下那个家伙，白唇鹿是学名，藏族人叫它哈马。白唇鹿有点像变色龙，外观随季节变化而变化，冬季体毛暗褐色，还有栗色小斑点，所以有人叫它红鹿。夏季颜色鲜明，整体为黄色。当地人的叫法多种多样，岩鹿，白鼻鹿，黄鹿。这家伙可不得了，全身都是宝，皮能制革，鹿茸、鹿胎、鹿鞭、鹿血，都是名贵药材。

南宫羽回头笑着说：士别三日刮目相看哟，柳大夫不但认识那么多奇花异草，还是白唇鹿研究专家。

洛桑嘉措说：柳大夫第一次援藏的时候就是专家了，病人离不开他，援藏期满，有人请求他留下来，这不，他就留下来了，现在是高原病防治专家，对吧，群吉？

马蹄嘚嘚，喘息呼呼，群吉高声回应：对呀，我们柳主任是援藏干部中为数不多连续援藏的医生，医术越来越高明，好多单位请他当医疗顾问呢。

南宫羽本来想问柳巴松为什么连续援藏，觉得这个话题有些私密，就没问。低头看一棵倒树，直径一米多宽，横亘在路面上的树段，被马匹行人踩踏得腐烂破碎，没有被踩踏的树段，苔藓密布、菌菇密布。在一处树杈上，长着一簇粉红色花朵，花朵艳丽，叶片细碎。

南宫羽说：好漂亮的花呀，有名字吗？

柳巴松说：这叫长鞭红景天，旁边那个塔形黄色植物叫大黄。

南宫羽惊讶万分：大黄怎么这样高呀？噢噢，应该是长吧，两米都有呢。正感叹着，柳巴松在身后失声大叫：南宫羽，向后仰，快。

黑暗遮蔽了光束，眼前一片漆黑，南宫羽向后仰去，脊背紧贴在马背上，稍许，光影斑驳，一切如旧。

南宫羽勒紧缰绳，坐直身子，回头去看，柳巴松已经下马，正弯腰钻过一棵倒树，马背几乎挨着倒树，群吉正从马背上往下溜。南宫羽心跳不止，假如刚才不及时仰面朝天从倒树下通过，倒树就会将她拦腰截住，或撞伤身体，或被扫下马背。如果从马背上摔下，可能会伤筋动骨。

柳巴松重新跃上马背，与南宫羽走得更近，南宫羽感激地说：谢谢你，柳巴松。

洛桑嘉措呵呵笑道：你们两人喜欢礼貌，感觉不像老朋友。

南宫羽笑着说：校长的汉语有特点。

马儿继续行进在山道上，云雾没有散去的意思，林木深厚处，光束斑驳，能见度很低，显得更加阴暗潮湿，枯枝，败叶，残花，铺展在小路上，遮蔽了盘根错节的树根和山石，尽管在马背上，依然能感觉到地面的泥泞和坑洼不平，马蹄时不时打滑不稳，她佝偻着腰，差不多匍匐在马背上。

好几次看见松鼠在枝头跳来蹦去，都不敢细细欣赏。蝴蝶似乎也格外兴奋，身前马后纷纷扰扰。间或有水珠落下来，冷不丁滴在脖颈里，南宫羽伸手摸了几次，有一次偏着脑袋，身体倾斜度有点大，马蹄一滑，吓了她一跳。柳巴松告诉她，不要紧的，只是云雾凝结的水珠，如果前往墨脱，才会有蚂蟥。

南宫羽说：蚂蟥，太可怕啦，你去过墨脱吗？

柳巴松说：只走了一部分路段，没能到达县城。过蚂蟥区的时候每人手里拎一小袋食盐，往皮肤上擦一些盐，会减轻蚂蟥叮咬。

群吉附和着说：用烟头烧也行，只是蚂蟥太多，防不胜防。

南宫羽说：你们去墨脱干什么？

群吉说：给患者看病呀，我们能干什么呢？除了看病还是看病。

一处开阔地出现在眼前，古木大树稀少了许多，出现了一些灌木，云雾也淡薄了一些。洛桑嘉措首先下马，从背包掏出几个馒头。柳巴松和群吉约好了一般，找来干枯枝叶，在地上燃起一堆篝火，把馒头串在细树枝上，再将树枝斜插在火堆边，树枝吱吱冒着水泡，馒头皮渐次显出焦黄。四匹马在周围悠闲吃草，蝴蝶蜜蜂绕着马匹转圈儿，偶尔还停歇在马鬃上，马尾一甩，纷纷四散，稍许片刻，又纷飞而至。小鸟呢，从来就没有闲着，与蝴蝶蜜蜂蚊蝇做一会伴，发现施展不了才华，便飞得更高更远。

这种烧烤方法让她想起遥远的童年，想起柳巴松一伙烧鲫鱼烧黄豆的情景，但无论什么，都阻挡不住眼前景象给她的震撼。

不用仰望就能看见众多山巅，有生以来，第一次踩在如此高拔的地方，有一种居高临下、一览众山小的感觉，惊喜得浑身燥热，眼睛潮润。

柳巴松紧随左右，指着刚才走过的森林告诉她：那是雾林带，夏季云雾笼罩，有良好的温湿气候，不但是动物的天堂，也是花鸟药材的故乡，雾林带一般在植被好的高山峡谷，相对稳定呈带状。你看，那还有几株桫椤，许多树种只有在这里才有，冷杉、高山松、润楠、红豆杉、西藏吊樟，喜马拉雅山脉不但是动物王国，更是植物的圣殿呢。

南宫羽说：听说桫椤很珍贵，有的国家把它当国宝，没想到这辈子还能与喜马拉雅山脉结缘，如此近地接触和感知。

柳巴松没有受南宫羽感慨的影响，指着云雾翻滚的峡谷说：那就是瀑布云，由上到下，气势磅礴，比刚才那座瀑布气派多了，李白的飞流直下三千尺，大概就是这个样子吧。如果清晨从这里远眺俯瞰，就能看见云海茫茫，还能看见云上日出，应该非常壮观，至今我还无缘欣赏到。

然后，他转过身，面向高山，指给南宫羽说：喜马拉雅山脉垂直分布明显，云遮雾罩之处有雾林带，上面还有林线，树木灌丛生长的最高线就是林线。再上面是雪线，雪线以上终年积雪。你看那些旗帜一样的冷杉多坚强，长在林线与雪线交错的地方，顶着狂风，顽强生长。

顺着柳巴松手指的方向仰望，南宫羽果真看见了，几株一人高的树木的确像旗帜，倾斜着身子，一侧枝叶繁茂，一侧枝叶光秃，屹立在高高的山崖。山巅还飘着一面白色旗子，远比那树更飘逸更庞然。

南宫羽说：旗帜一样的树叫旗树，旗帜一样的云，是不是叫旗云呢？

柳巴松说：学历高的人就是智慧，一点就通。积雪在阳光照耀下融化蒸发，在山巅形成一面巨大的旗子，随风向飘散，温度降低消失，温度升高就很壮观。

置身美景，幸福指数飙升，忽然想起一首老歌，便说：雄伟的喜马拉雅山哎，奔腾的雅鲁藏布江哎，旗树英雄冷，漫卷旗云妖。

柳巴松说：记忆中父亲喝醉酒以后唱过这首歌，还会唱《翻身农奴把歌唱》，没想到你也喜欢。

南宫羽说：我是身临其境才想起来，我们这一代人几乎没人唱这些经典老歌了，下一代或许更不感兴趣。记得你父亲年岁有些大，好像，嗯。

原本想说，好像你长得不太像你爸，你怎么是藏族人呢。话到嘴边止住了,现在已经人到中年,不能想到哪里说哪里。

柳巴松说:其实我爸年龄一点都不大,只是显得苍老,他已经不在俗世间,去往江河,过上了闲云野鹤的生活。

刹那间,她觉得柳巴松变成了李青林,说起话来神神道道,飘在空中,猜不透摸不着。哦,或许每个人都有不愿细说的伤痛,还是不追问的好,免得揭人伤疤,对方难受,自己尴尬。

望着柳巴松,只看了个侧面,眉骨凸起,鼻梁高拔,骨骼强健,不胖不瘦,恰到好处,皮肤呢,古铜色。嗯呐,很性感嘛。

大安个头也高,但大安的腹部赘肉太多,拥抱时,如同抱着一只啤酒桶,躺在上面,就像躺在棉花垛上。哦,大安,曾经填充过她寂寞时光的中年男人。柳巴松不也是中年男人嘛。

哎呀,怎么把两个天各一方、毫不搭界的男人拉扯在一起呢?罪过,罪过。

更多的小鸟在树梢叽叽喳喳,两只胸脯泛红的鸟儿从眼前一掠而过,南宫羽忍不住赞叹,这里的鸟可真多呀。

柳巴松说:我们平时见得多了,见怪不怪,你是初见,说得太多,感觉这是我家的宝贝,有些炫耀,但又管不住自己,呵呵。

南宫羽说:你说你说,希望多多了解林芝的山水,喜马拉雅山脉的神韵。

柳巴松说:那我继续卖弄啦。你知道,林芝是西藏的江南,雨水丰沛,不但是植物的天堂,还是飞禽走兽的乐园,雪豹、獐子、白唇鹿、鹦鹉、猕猴、黄鸭,都能见到。墨脱沿雅鲁藏布江河谷地带,还有孟加拉虎、黑熊、云豹、熊猴。你看呐,这种鸟与麻雀百灵体形相似,脖子上有一圈围脖样的白圈,叫白颈鸫鸟。那一只,看见没有?羽毛深蓝腹部淡白的,叫蓝眉林鸲鸟。再看那边,野石榴枝上那只长嘴鸟,叫棕腹啄木鸟。

南宫羽的眼睛似乎不够用,随着柳巴松的指点仔细辨认,鸟儿飞舞,林涛阵阵。

仿佛从天而降,一只绚丽无比的小鸟从地上腾起,扑棱棱,飞得低缓,感觉从她指尖擦过。黑嘴稍长，圆圆的脑袋呈紫色，红背黄腹，宝石蓝的长尾巴末梢，有翘翘的黑，展翅的羽毛，煽动着银灰色的光亮。

南宫羽啧啧赞叹：看呀，柳巴松，这只鸟占尽了整个春天哩。

柳巴松双手做成喇叭，仰起脖子吹几声口哨，如花似朵的鸟儿，扑棱棱翩然而去。两只金绿色的鸟儿，几乎交着颈，相互依偎，飞得有些心不在焉，感觉几秒钟之前，还如胶似漆，欢快无比，讨厌的哨声打断了它们的好事。

见此情景，南宫羽生出涟漪，赶忙收回眼神。

柳巴松转过身，望着地面说：我给你找点零食。

南宫羽微微红着脸，盯着柳巴松，看他把零食放在哪只口袋里。见他弯腰扒拉几片枯树叶，拾起一枚干果，顺手递给她。

南宫羽接过来，拍拍尘土，笑道：喜马拉雅真神奇，不但长稀缺的树木，土里还长果子，哦啊，不像核桃也不是榛子，是什么神仙果呢？

柳巴松说：野果子，不是地里长的，而是刚才那鸟埋藏的，有些鸟会给自己储备粮食，常常又忘记埋在哪里。

南宫羽说：看来鸟跟人一样，有聪明的，也有笨拙的。

说话间来到一块布满苔藓的巨石跟前，柳巴松拍着湿漉漉的苔藓说：你能相信吗？这是一块冰川漂砾，看看，像不像猛虎下山？不同季节来这里，会看到不同颜色的老虎。冬季冰雪覆盖是白老虎，春夏季节苔藓丛生，是绿老虎，秋季就变成了黄老虎。咱们站立的地方在多年以前，应该是冰碛垄，现在灌木茂盛。

抬手间，南宫羽捏着干果，在漂砾上画了一个大大的头像，用力处，苔藓脱落，青石裸露，画完以后，将干果按在鼻头位置。

柳巴松说：到底有童子功，眨眼工夫，就把我画出来啦。以后可不敢得罪你，免得把我画到斑马线上、公厕墙上，千人踩，万人踏，还往脸上吐口水。

南宫羽笑着说：自作多情啦，怎么说是你呀？

柳巴松说：你瞅瞅，高鼻子宽眉骨，不是我又是谁呢？

南宫羽端端地看了，是啊，不是柳巴松又是谁呢？高鼻子宽眉骨，哦，他只说对了一部分，还有深陷的眼睛呢。只是随意涂鸦，怎么就画成了这样？分明就是记忆中的模样嘛，面容俊朗，力度的感觉，海浪的感觉，肌肤相亲的感觉，异性相吸的感觉，珍惜珍贵的感觉。

天呐，久远得如同传说的异国男人，怎么出现在苔藓上了呢？难道那是她的真爱，真正喜欢过的男人？稍纵即逝的情事，真的能够喂养寂寞之心么？《罗马假日》中的俊男靓女，结局也不过如此吧？

真爱过他吗？大概不是吧，刻骨铭心的应该是那一刻的自己，那个瞬间，自己的真情释放，饱满放荡，随意风骚，袒露绽放，像一只天鹅，一只夜莺，一尾鲤鱼，一朵莲花，身体和心灵同时放飞，天人合一，自由翱翔的裸体女人，如同金绿色的飞鸟。

或许，爱的是自己，那一刻的自己，那一刻的身心感知。

而此时，面对数年前的发小同学柳巴松，怎么想起了天边的海洋，水中的艳遇呢？

柳巴松可真高大呀，初中毕业的时候，细高单薄，无法与雄伟扯上关系，现在竟然是个伟岸的男子了。从少年一下子到中年，太突兀，太遗憾，没有见证彼此的风华正茂。

时光，怎么就不能像回忆，反反复复，无限绵长，将自己送回那个年代？那是含苞待放的时代，一个眼神就能落泪和欣喜若狂的年华，是时时刻刻躁动不安的岁月。那个时候李青林不理睬她，两个人如同云彩与水面，相互映照，永远分离。日出日落，孜孜不息，硬是将青春岁月遗弃。如果，如果柳巴松恰好出现，在她最空寂的时候走近，记忆是否多些美好？

他似乎出现得太早了，早到李青林还没有出现的时候。又似乎出现得太晚了，晚到此时此刻。

青涩时代，曾经收到过他的信，尽管大众而普通，也是有好感的，那是多少年以前的事了噢。

柳巴松拽了一下她，并说：发什么呆呀？看花去。

跟随柳巴松绕过漂砾石，就惊住了。

映入眼帘的是大片杜鹃灌丛，色彩缤纷，姿容各异，她只知道是杜鹃，分不清种类，看不够美艳，忍不住大呼小叫：好壮美的花海啊。

接着，她哼唱起来，水到渠成，轻松自然。

> 一个美丽圣洁的地方
> 蓝蓝的天上雄鹰翱翔
> 牛羊悠悠雪莲花绽放
> 那是自由幸福的天堂

柳巴松稍稍愣了一会儿，也合唱起来。

歌声还在回荡，柳巴松就迫不及待地一一指给她：粉色的叫林芝杜鹃，红色的是裂毛雪山杜鹃，紫色的是雪层杜鹃，水粉色的是钟花杜鹃，玫瑰红的是栎叶杜鹃，白色花瓣红色花柄的是木兰杜鹃，紫红色的是尖叶杜鹃。最别致的是这种，黄杯杜鹃，含苞时花瓣的尖端略带紫红色，展开时全是黄色，近似橙黄，与黄牡丹的焦黄有点透亮不尽相同，是一种比较厚重的黄。还有这种紫色山育杜鹃，鳞线杜鹃，看看，像不像天鹅绒的颜色？

南宫羽完全被众多杜鹃征服，柳巴松的讲解如同耳边风，惊喜和花香熏得她飘飘欲仙，痴迷乖巧。

不觉想起同样气吞山河、铺天盖地的美景来，那是与大安相处的美好时光。两人驱车前往一片水域，南方的水域就像北方的寒鸦，处处皆是。

那一天，台风刚过，湖水暴涨，平时闲散岸边，与稻田芭蕉不分彼此，根本吸引不了眼球的芦花芦叶，全都浸泡在水中，随风摇摆，荡气回肠。放眼望去，水天一色，水有多阔，芦苇就有多远，宽阔得望也望不到头。

大安显然也被这猝不及防的气势震撼，好一阵才将她揽入怀中，强劲亲吻。他们在芦苇荡里演绎了一场情爱大片，身轻如燕，酣畅淋漓。

不久以后，在同样气势逼人、满眼满地都是龟背竹的绿色海洋中，与大安耳鬓厮磨，缠缠绵绵。躺在他棉花垛一样的肚皮上，一声一声呼唤：老公，老公。大安捏住她的鼻子，轻喘着说：你不能叫我老公，你叫我情人，我们只是情人，不是夫妻。

她忽然惊醒，的确，他们只是情人关系，连小三都算不上，甚至在迷醉中唤一声老公的资格都没有。他曾经严正地说过，他是北方人，深受儒家思想影响，家庭关系中，父母为大，本人、子女、妻子续后。这样排序，她这种多一个不多、少一个不少的情人，同麻雀辣椒又有什么区别？既然如此，还有什么迷恋的？

哦，过往的情事都过去了，恋爱过，艳遇过，小三过，一夜情过。真爱过，假爱过，深爱过，浅浅地也爱过，匆匆而去，不再复还。

苍天赐福，竟然邂逅了中年男人柳巴松。世界上最丰饶的人，大概就是中年男人和少妇吧。

尽管没有做过少妇，也经历过中年男人，经历过，就不稀奇了。哦哦，感谢经历过的所有男人，才使自己终于安神静心。

微醺中，脸颊就不太灼热了。

柳巴松还在讲解：这一丛是牡丹花苞，杜鹃花开过一阵子，牡丹才开放。黄牡丹开败以后，芯核，就像红色的小灯笼，清晨和黄昏，气温低的时候滴着冰水，简直能用冰清玉洁形容。你看，这里还有藏黄连、棱子芹、假凤仙、金脉鸢尾。这个季节林芝的花最艳，花事最隆重，顺着山势从低到高依次开放，万花千草争奇斗艳，猜猜这朵花叫什么？

南宫羽微闭眼睛，似醉非醉的样子，双手抚摸各色花朵，明艳的，黯淡的，透亮的，温厚的，绚烂的，极盛的，含苞的，残败的。她觉得仅有一双手不够，一双鼻孔也不够，一双眼睛更不够，想生出千手千眼，醉卧花丛，在花海轻歌曼舞，时时沐浴在这花香鸟语中。如果李青林置身于此，会不会冰释前嫌，与自己和好如初？

多年来与李青林藕断丝连的相处，有一种强烈感觉，他好像不正常，总沉浸在往事之中，他是医药代理商，接触各种各样的药品，难道众多药物都治愈不了他的病？究竟是什么病呢？记得有这样一句话，人是环境的产物，假如李青林倘佯在如此磅礴的花海中，是否能恢复健康？

柳巴松向她招手，继续说：第一次见识这花吧？

终于从幻境回到人间，绕花过枝，来到柳巴松跟前，看见一簇肉质稍厚，粉嘟嘟的趴地杜鹃，顺手摘了一朵。

　　柳巴松从趴地杜鹃旁边的砾石间，采了一束连土带根、淡黄娇嫩的花递给她。南宫羽双手捧住，仔细观察，根黑，叶绿，花茎上有一层若有若无的绒毛，几片绿叶像少女的兰花指，轻轻托捧着娇柔得无法形容的花朵。花瓣淡黄透明，薄如羽翼，每片花瓣微微收拢，拳头一样悠悠握住，像一只灯笼，又像一枚曼陀罗，花蕊呈褐色和深黄色。

　　显然，这花既不是杜鹃，也不是红景天。

　　欣赏够了，喜悦又疑惑地仰起头来，柳巴松欢快地说：这就是雪莲花，苞叶雪莲。西藏有好多种雪莲，绵头雪莲，小果雪莲，丛生雪莲，水母雪莲，肿柄雪莲，等等。在医药界，雪莲被称为百草之王，药中极品。当初为治疗郭伯伯的病，好不容易才从药房找到焙干的雪莲，不曾想到了西藏，不费吹灰之力就能找到，而且新鲜无比。

　　南宫羽说：你是说郭汉山老师吗？你很关心郭老师嘛。

　　柳巴松说：几十年里只有郭伯伯一家与我们有来往。喔，不扯远了，雪莲虽好，但最名贵，药用价值最高的还不是这些。

　　南宫羽急切地问：你不是说雪莲是药中极品吗？难道还有比雪莲更名贵的药材，莫非是冬虫夏草，或者藏红花？我在南方见过冬虫夏草的广告，好像被称作仙草。

　　柳巴松说：红雪莲，红雪莲是雪莲中的雪莲，极品中的极品，连郭伯伯至今都没有服用过。

　　南宫羽问：郭老师不是你们家最重要的亲戚吗？是不是太昂贵了，舍不得送他？

　　柳巴松说：不是，是因为红雪莲太稀缺，我到雪线附近找过好几次，都没有寻到，连藏医院的医生都很少见过。有谚语说，红雪莲开在冰山，千朵一红，百年一见，盛世开花，乱世迹绝，常人难见，采到它的是圣人神仙，拥有它的人快乐无限。

　　柳巴松说完以后，安静下来。

南宫羽手捧苞叶雪莲，不知道说什么好，心里则感叹不已。红雪莲，哦，红雪莲，千朵一红，百年一见，那是什么样的灵丹仙草啊？

再次打量柳巴松，眼含荧光，目光润泽，如此练达沉稳、知识广博的男人，怎么会是自己的发小，自己的同学？那个拖着长鼻涕，除过疯玩还是疯玩的少年，去了何方呢？

喔，相逢是首歌，同行是你和我，心儿是年轻的太阳，真诚也活泼。柳巴松和自己，不就是同行的你我吗？我们真诚，似乎也还活泼。

不觉生出不能小觑这位男子的想法，两人便闲聊起来。

你用雪莲花治好郭老师的病了吗？

体质上好多了，思维还是时好时坏。

红雪莲能彻底治好郭老师的病吗？

不清楚，目前还没有翔实的临床案例和数据支持。

红雪莲能治好总爱回忆往事的病吗？

柳巴松盯着她，认真地说：喔，总喜欢回忆往事，是不是反复回忆以前发生的不幸事件？担心不幸还会发生，明知道不可能发生，却不能克制，经常情绪紧张和恐惧。

南宫羽说：不太清楚，好像是吧。

柳巴松说：我可能没有表述清楚，还是举例说吧。比如已经锁上了抽屉，刚走出房门又回来检查锁好没有，甚至打开重新锁上。摆放东西一定要对称对齐，不断重复，有这些症状吗？

南宫羽说：记得好像把纽扣解开又扣上，扣上又解开，还慌乱紧张，其他情况不了解。

柳巴松说：这种症状可能是患上了强迫症。强迫症患者，常常过分夸张负面影响的严重性，过高估计风险，同时对不相关的干扰缺乏控制性，以至于长期被强迫所困扰，严重的，可能会走上自杀道路。

南宫羽急切地说：不会吧？怎么会自杀呢？太可怕啦。

柳巴松问：不会是你父母吧？小时候见过你母亲，衣着整齐，头发一丝不乱。

南宫羽没好气地说：乌鸦嘴，你父母才生病，才患强迫症哩。

柳巴松说：我倒希望父母患病，患病起码还活着，还可以给他们治疗，可我连这点孝心都尽不上了。

南宫羽连声说：对不起，对不起，说错话了。不过你别生气，你们父子俩长得一点都不像，小时候不懂事，还骂你怪模怪样。

柳巴松说：我其实是孤儿，是父亲把我从老家领到内地的，父亲曾经援过藏，是咱们国家较早一批援藏教师。

南宫羽大吃一惊，极力搜索柳巴松父亲的样子。委顿佝偻，头发花白，胡子乱飞，这样的人怎么与英雄般的援藏干部相提并论呢？话到嘴边又咽了回去。

只说：啊呀，那你家乡在哪里？还有家人朋友吗？

柳巴松说：父亲生前没有告诉过我，听郭伯伯和郭伯母说，大概在藏北地区，可能是羌塘草原，具体方位不清楚。

南宫羽说：那里应该有红雪莲吧，羌塘草原，听起来都非常壮美。

柳巴松说：可能有，但那里太艰苦，常人难以到达，我被吓到林芝了。

南宫羽说：你父亲都能在那里教书，你为什么就不能去呢？况且你父亲去的时候大概还不通汽车，现在连青藏铁路都通车了，还有什么好怕的？

柳巴松说：在西藏做事只凭热情和毅力远远不够，那样只能枉费一腔理想，徒劳无益。

南宫羽话题一转：强迫症能治愈吗？雪莲花能否治好强迫症？

柳巴松说：首先得搞清楚，患者当初患病的原因，从病因入手，心理治疗和药物治疗相结合，应该有效果。但病情会反复，属于慢性病，治疗时间可能较长。

两人正聊得火热，洛桑嘉措的呼叫回荡在薄雾花海间。

峡谷电站

　　四个人四匹马，走在鸟语花香又崎岖的山道上，南宫羽还以为一直要顺着山势向上行，抵达林线和雪线，就可以近距离看一看旗形冷杉的风采，走着走着，拐了一个弯，便向峡谷走去。

　　透过茂密的树木、花草和雾岚，高高地俯瞰一湾碧水，静卧在山与山之间。洛桑嘉措最先下马，柳巴松和群吉也在他身后下了马，南宫羽疑惑着，跟着溜下马背。

　　柳巴松似乎明白她想知道什么，就说：上山不骑是君子，下山骑马非君子，林间潮湿，路窄坡滑，很危险的。

　　南宫羽将柳巴松给她的苞叶雪莲揣进衣服口袋，望着云雾缭绕的连绵山峦，阵阵发怵，不好意思问还有多远到学校。

　　便翻着花样问：学校是不是有很多雪莲花？

　　柳巴松说：雪莲花一般生长在雪线以下，雪莲种子在零摄氏度发芽，能经受零下二三十度的严寒，三到五年才开花结果，实际生长天数只有几个月时间，在生物学上相当独特。咱们这里气候垂直分布明显，植被随海拔高低变化而迥异，山下湿润温热，雪莲自然无法生长。

　　南宫羽说：学校既然不在雪线附近，没有雪莲花开，就名不副实嘛。

　　柳巴松说：雪莲不但是药中极品，更是花中之王，在藏族人心目中也是一种精神象征，高洁坚韧，不畏艰难，许多人用雪莲取名字，寄托理想和希望。山谷没有雪莲，但开另一种花，这花巨大无比，你会感兴趣的。

　　南宫羽果真来了兴趣，急问：什么花呀？难道比牡丹芙蓉都硕大吗？

柳巴松说：牡丹芙蓉是自然界的花朵，这花则是人造之花，有了它，山乡就能改变面貌，百姓就能走向富裕。

南宫羽见柳巴松如此说，一时不知是什么花，有这样大的魅力，又不好瞎猜，就闭口不问。

洛桑嘉措拍拍马屁股，笑呵呵地说：南宫老师别听柳大夫卖关子，不就是一座水电站嘛，小小一个电站能把文明推进几步？要是能把骡马路变成水泥路，汽车代替骡马背夫，才算真文明。

南宫羽说：咱们这里还有背夫吗？

洛桑嘉措说：职业背夫少了，但出门上山，下地干活，还是离不开肩挑背扛。以前县上干部的粮食、盐巴、工资，都靠背夫背进山，现在林芝地区只有墨脱一个县城不通汽车，咱们这里许多村镇通了公路，山下原本有一条土公路，前不久下雨塌方，就只能绕道从这里爬山路。

南宫羽说：背夫背工资，遇上抢劫怎么办呀？

洛桑嘉措说：藏族人视盗窃为耻辱。听说以前背夫在前面背工资，后面跟着财政所或公安局的工作人员，算是押钞人，跟一阵跟不上就不跟了。背夫脚力好，跑得快，遇到风雪天气，在山洞里躲几天，或投宿路边人家，工资也不会少一分。

正说着，迎面走来两个人三匹马，马背上驮着长短不一、形状不同的生锈铁板，隔着好几棵一抱多粗的铁杉和开着粉白花朵的杜鹃树，就相互打招呼，并对南宫羽说，老师好。

擦肩而过以后，南宫羽诧异地问：他们怎么知道我是老师呢？

洛桑嘉措说：近几年总有支教老师来我们学校，学生家长大都知道，其他人很少到这里来。

南宫羽说：旅游者也会来吧？

洛桑嘉措说：旅游者用不上我去接，况且你跟游客的穿着打扮不一样，人家牛仔帽、登山服、登山靴、雪杖、墨镜、围脖、就差给牙齿戴护罩。

南宫羽问：他们是去卖废铁吗？

洛桑嘉措说：差不多吧，把报废的拖拉机驮运出去卖掉，再买一辆新拖拉机，当然买好以后得把拖拉机拆成小件，让马匹驮运回来再重新组装，柴油也由马驮运进来。

南宫羽说：能跑拖拉机，说明村里的路还平坦。

洛桑嘉措说：只是短距离跑点运输，干点农活，大部分时间闲着，加之雨水多，空气潮湿，容易生锈，农牧民购买农具家电，政府还给补贴，条件好的人家喜欢折腾，旧换新，小换大。

磕磕绊绊之中，终于来到峡谷深处的水电站，从周边堆放的工程尾料来看，应该是一座新电站。

洛桑嘉措执意要走，柳巴松望一眼南宫羽，对洛桑嘉措说：我先看看患者情况，你和南宫老师歇口气再走不迟。

一位穿工作服的藏族汉子急匆匆迎了过来，抓住柳巴松的手心急火燎地说：噢呀呀，我们的门巴终于来啦，真是祸不单行，欧珠总工忽然病倒，一台机组阀门漏水，搞不好会水淹厂房，菩萨保佑，快请柳大夫救救我们欧总。

群吉问道：是水电专家欧珠久美吗？

藏族汉子说：是的，是的，拜托啦。

说完以后，把柳巴松的马缰绳往松树上一拴，拽住柳巴松就走，群吉背着药箱，紧跟其后。

南宫羽回味着那句话，水淹厂房。

水淹厂房，天呐，这种事对水电站来说就是灭顶之灾，是高悬在水电人头上的魔咒，水电生产最残酷的事故莫过于此。一座水电站动辄投资几千万元，甚至几百亿上千亿，选址、勘探、浇筑、建坝、装机、运行、检修、维护，直到发出电能，把电输送到工厂、机场、码头、千家万户。消耗的人力物力财力不计其数，有的电站修建几年，有的修建十多年。一场洪水泥石流或机械故障造成水淹厂房，就等于前功尽弃，大量投资打了水漂，甚至还会造成电网瘫痪、机器报废、人员伤亡。有的水电工程师谨慎一辈子，临到退休的时候遭遇这种灭顶之灾，这个人就会一蹶不振，背上永世不得翻身的骂名，愧疚、落寞到死，也不可能再仰起脖子说一句话，连与徒弟并排行走的勇气都没有。

当然，眼前这座水电站一看就是小型电站，不可能影响电网正常运行，但一旦发生这种事故，损失也不会小。麻雀虽小五脏俱全，水轮机，发电机，继电保护，所有设备一样不少。这种峡谷电站，单是把设备运送进来，就是一件了不起的壮举，组装校验，发电送电，简直就是人间奇迹，怪不得柳巴松形容电站是一朵大花，倒也十分恰当。

南宫羽的脚下像安了弹簧，弹跳间，就跟了进去，一直跟到发电机层。一位中年男人坐在一堆破棉絮上，几个人头戴安全帽，或蹲或站在他身边，个个焦虑不安。

厂房异常安静，没有机器轰鸣，照明显然来自备用电源，有人说着汉语，有人说着藏语，见柳巴松身后跟着一个女人，全都瞪大眼睛，奇怪地紧盯不放。

走到近旁，才看清破棉絮上的藏族男人面色苍白，疲惫乏力，眼睛想睁又睁不开的样子，这应该就是欧珠久美了。

南宫羽几步跨到他跟前，想询问阀门漏水的事，见群吉已经打开药箱，柳巴松取出听诊器，就把话咽了回去。

大家屏住呼吸，看着柳巴松的一举一动。量完血压，听完呼吸以后，柳巴松张开嘴巴，吐出舌头，示意欧珠张嘴。欧珠没有反应，有人提醒他，欧总，张开嘴巴。

欧珠久美仿佛用了很大力气，照着做了一遍。

柳巴松见他舌尖偏红，舌苔正常，问题应该不大，便问：感觉哪里不舒服？欧珠绵软地说：看不清表盘仪器，耳鸣，心里慌乱。

柳巴松说：是不是近期经常到内地去？

有人立即帮腔：发电机，水轮机，保护自动设备，厂家全在内地，欧总就得一次次飞到内地，验收设备，核对参数，还跟着火车一路把设备押运到拉萨，大货车再从拉萨运到八一镇，从八一镇又送到这里，遇到塌方路断，骡马还驮运过小配件，整个机组安装调试阶段，欧总都亲自动手，全程跟踪，纯粹是累病的。

南宫羽霎时寒毛倒立，胆战心惊，幸亏是小机组，各种设备体量也不大，如果是单机几万千瓦、几十万千瓦的机组，照这种运输方式，一个人花费八辈子的精力都完不成。

柳巴松取下听诊器，对群吉说：高原性贫血，配药输液。

有人嘀咕：只听说高原性高血压，还没听说过高原性贫血，欧总跟牦牛一样健壮，怎么会是贫血呢？

柳巴松像是对群吉讲解，又像对大家解释：通常人们从平原到高原，由于缺少氧气，肌体产生过多的红细胞以适应缺氧环境，血红蛋白升高。到平原地区以后，血红蛋白会逐渐回到原来水平，并持续下降，三星期后出现轻度贫血，随后血红蛋白再上升至正常水平。因此，从高原到平原地区后的一个月以内，不宜重返高原，否则，处于贫血状态下的人，更容易患上高原病。在较短时间内频繁往返于平原与高原之间，血红蛋白忽高忽低，就会出现贫血症状。

南宫羽对柳巴松顿生反感，火都烧到眉毛了，还大讲高原高血压、高原贫血，纯属不合时宜。难怪说隔行如隔山，武大郎不操心武则天的事，卖茶叶蛋的不操心造导弹的事，大海不操心秦汉的事。

不知从什么地方冒出一个声音，惊恐而高亢：一号机阀门完全失控，喷水严重，二号机阀门也在漏水，情况紧急。

南宫羽顾盼四周，寻找声音的主人，没有发现迹象，站在欧总身边的几个人更加慌张，有人急走几步，又返回来。举着的输液瓶在空中轻轻晃动，输液管涟漪一样荡漾。欧珠久美两眉之间的几字纹，连连跳动，眼神像风中的香烛，忽明忽暗。

南宫羽终于忍不住了，向前跨一步，弯腰对欧珠久美大声说：我想看看阀门喷水情况。

欧珠的眼睛睁开了一下，随即又闭上。人们再次把目光聚到南宫羽身上，有人用藏语低声耳语，有人懒得看她。她能感觉到脸庞、头顶、脊背落满了气愤和厌恶，石块一样啪啦作响。

举着输液瓶的男人似乎也忍不住了，他说的是汉语，完全要让她听得真切的架势，声音铿锵洪亮。

他说：这里不是景区，谢绝参观。

有人用汉语补充：如果不是同柳大夫一起来，连电站的边都不让你沾，哪还让你进来？

洛桑嘉措立即拽了一下南宫羽的衣袖，轻声说：走吧，走吧，人家忙着呢，以后路过这里再看吧，其实这花还没有格桑花好看呢。

南宫羽一时语塞，不知道如何解释。

忽然，她盯着柳巴松，柳巴松也正盯着她，两双眼睛对接的瞬间，她看见他眼里火星四射。

柳巴松猛地拍了一下脑袋，声音兴奋又急促。

他哎哟了一声，才说：对啊，南宫老师学的是电气工程什么来着，正宗大学毕业，还是电厂子弟。

窃窃私语声又起，感觉像东江的浮萍，娘曲里的波影，雾林带的水汽，旗云的余晖。

南宫羽依旧弯腰，蹲在欧珠久美面前，仰起脖子，望着大伙，恳切地说：让我看看，如果解决不了问题，也不影响什么。

欧珠的神态没有任何变化，有人就说：去吧，去吧，看一眼又看不丢设备，一时半会儿也淹不死人。

南宫羽如同接到令牌，抓起角落的一顶红色安全帽，边走边往头上戴。立即有人前面引领，后面紧跟。走在前面的人手里握着应急灯，灯光闪烁间，就到了喷水的地方。一个阀门像喷泉一样，水花四散，一个阀门正往外刺水。喷出来的水，流走的方向，也还畅通，眼下还没有水淹厂房的可能，如果压力变大，刺水的阀门变成喷水，排水一旦受阻，水淹厂房的惨剧随时可能发生。

她大声问道：快速门落下没有？

见没有人应答，又问：取水口阀门，关闭了没有？

这才有人回应：试了好几次，自动关闭不了，只能人工操作，已经派人到取水口了。

南宫羽问：检修门关闭了没有？如果取水阀门关不住，先关闭检修门也能截断进水。

有人说：那我们去看看。

边说边往厂房外面跑，南宫羽说：用手机或对讲机就能询问呀。

有人说：这里没有信号，有手机也打不通，对讲机不知怎么搞的充不上电，只有两部座机电话，现在也派不上用场。

背心顿感凉意，原来还有如此原始的水电站。尽管比她当值班员时期所在的小水电装机容量大得多，但设备并不是最先进的。所幸，大型水电站与小型水电站结构原理相似，况且她曾经在大型水电站实习过，当过几个月运行值班员和检修工，也经常到父母上班的水电站转悠，进过风洞，钻过进人门，对进口设备和国产机组还算熟悉。

快速出了厂房，有人紧跟着她。顺着从岩石上开出的一条小道，向高一点的地方走去，看得出这是一座利用水流落差发电的水电站，一个拐弯处果然有两个人正低头忙碌。走到近处，发现两人正用力扳动取水口阀门操作柄，与水源接近的第一道防线——检修门，却高高地悬着。

南宫羽说：先关闭检修门。

有人回头望她一眼，嘘唏一声，然后大声嚷嚷：欧耶耶，是可以先关检修门的啊，我们怎么跟站着睡觉的野驴一样？

说完便立即行动，扳动检修门操作柄。哗啦，哗啦，一浪一浪的水花巨响，检修门匀速落下，切断了进入电站内部的水源。

人们欢呼起来，拍着对方的肩膀哈哈大笑，有人想拍南宫羽的肩膀，笑一笑，没敢动。

提着应急灯的小伙子笑着笑着，摁亮了开关，对着白花花的太阳晃动，一晃又晃到同伴的脸上，推搡间，嬉笑声此起彼伏。

笑够了走到南宫羽面前，认真地说：刚才你一说快速门，就知道你是内行，这是标准的专业术语，平时我们习惯说取水口阀门。现在好啦，检修门和快速门都关上了，相当于上了双重保险，关闭了进水源，就不会有水淹厂房的危险，欧总想病到啥时候都不怕，噢呀呀，你是佛祖派来的绿度母吧，为我们解除了水淹厂房的危险。

大家簇拥着她回到发电机层，人们的表情一目了然，轻松喜悦，气氛活跃，欧珠也精神了许多。

有人争着介绍南宫羽是怎样指挥大家落检修门和取水口阀门的经过，欧珠不错眼地盯着南宫羽，看着看着，扑哧一声就笑了。扬起胳臂向一个人挥了挥，那人一溜烟跑开，眨眼间又回来，手里捧着几条哈达。首先给南宫羽敬献，南宫羽向后退了一步，回头看柳巴松，柳巴松正冲她点着头。

那人上前几步，双腿并拢，身体略微前倾，将一条哈达双手举过头顶，南宫羽微笑着，款款低头，脖子上就有了一条洁白的哈达。

伸手抚摸，光滑，柔和。莫名的，一股热浪涌遍全身。

这是她人生第一次接受哈达，尽管对藏族文化不了解，但非常清楚哈达在藏族人心目中是尊贵圣洁美好的象征。曾经看过一部电影，有一句台词至今记得：哈达不要长，洁白就好，话不要多，算数就好。

那人又给柳巴松敬献哈达，柳巴松弯腰接受哈达的时候，南宫羽看得出了神，一幅画面腾云驾雾穿越而来，艳如夏花，静若晨露。

一位衣着整齐，走起路来马尾发辫甩来甩去的女孩，正给一位头发蓬乱，四颗扣子只扣了一颗的男孩佩戴红领巾。这是学校一年一度在六一儿童节前，发展少先队员的仪式，老队员给新队员佩戴红领巾以后，还要一起举起拳头，向少先队队旗宣誓。印象中男孩比她个头低，脚拇指从黑布鞋的破洞里钻出来，跟锅底灰一般。系好红领巾以后，想顺手帮他扣上三颗没有扣上的扣子，撩拨了一下前襟，发现三颗扣子应该存在的位置，光溜溜的，什么也没有。

从那个时候开始，才意识到同在一个教室的同学原来是有差别的。再后来，这个家伙总在她眼前晃来晃去，直到把一条死蛇塞进她书包里，就不跟他玩耍了。初中临毕业的时候再次来往，她则是被动的。

真的是时光荏苒，岁月如歌，眼前这位身材魁梧、目光润泽的援藏医生，怎么会是那个脏兮兮、疯玩瞎跑的男孩呢？

碧海蓝天下的那位异国男人一掠而过，高拔的大安也挤进脑袋，如同风中的萤火虫、夏夜的蛙鸣。

她淡淡地笑着,心里则告诫自己,柳巴松只是同学、发小,不能有非分之想。

有人大声说:洛桑校长怎么不见啦?看看马还在不在。

这才想起来,原本要跟洛桑嘉措去雪莲花小学的。快步向外走去,发现洛桑嘉措正闷头抽烟。

哈达在胸前旗云一样飘逸,还没走到跟前,就说:校长好,咱们走吧。

说话的同时咽了一下口水。

身后跟来几个人,纷纷说:欧总叮嘱一定请南宫老师留下来,帮我们恢复运行。

洛桑嘉措扔掉烟头,看一眼南宫羽,又看一眼天上的云彩,眼睛眯成一条缝。

柳巴松脖子上的哈达泛着海鸥般的银光,翻飞飘移,荡荡漾漾,他走上前来说道:洛桑校长如果着急你先走,到时候我送南宫老师。

有人接过话茬:洛桑校长你放心,我们把宿舍让出来,请南宫老师住,不会亏待她的。

洛桑嘉措看一眼南宫羽,又看一眼天空,淡淡地说:好像要下雨了,注意安全,我先走了。

傍晚时分,果真有雨,雨不大也不小。阵雨过后,山色更加空蒙,有着烟雨浩渺之美。峡谷中的电站像雾中的栀子,娘曲中的柏树,笑脸上的酒窝,戈壁中的垂柳。

欧珠久美能站立行走了,对南宫羽的临危指挥深表谢意,并一起讨论设备维护和运行方案,后来还聊起西藏电力现状。南宫羽越听越兴奋,感觉像是遇到了知音。

欧珠说:按说西藏不应该缺电,青藏高原是千山之祖,万水之源,长江、黄河、澜沧江、怒江,这些中国最重要的河流发源于此,就连发源于阿里地区的狮泉河、马泉河、象泉河、孔雀河,也是恒河、印度河与雅鲁藏布江的源头，金沙江、澜沧江、怒江在横断山区深切大地，形成鬼斧神工的三江并流奇观，处于中国地势第二级阶梯与第一级阶梯交界处，北高南低，河流落差大，水力资源非常丰富，是中国目前最具魅力的水力资源富集区之一，吸引了众多中外水电人的目光。水力资源既丰富蕴藏量又大，尚待开发利用的地区并不在那里，而在我们这里。

南宫羽知晓欧珠久美要说什么，只是不言语，任由他自说自话，心里则清楚那只是愿景，恐怕不是一代人两代人能够实现的。

果然，欧珠久美继续说：咱们这里有雅鲁藏布江噢，雅鲁藏布江从藏西阿里地区流淌千里来到藏东南，流水平缓，河谷宽阔，是西藏最重要的农区，养育了千千万万的藏族百姓，是西藏名副其实的粮仓和母亲河，创造了悠久的藏文明和藏文化，支流雅砻河谷，更是藏文化史上最夺目的星辰。就是这样一条圣河，到了我们这里一改温顺习性，变得汹涌澎湃，绕过南迦巴瓦峰，形成巨大的马蹄形大拐弯，一路狂奔向喜马拉雅山脉南麓，山谷幽深，惊涛拍岸，成为世界上水能资源最富集的地区之一，这是上天赐予雪域高原最丰厚的礼物。

有人附和：的确，上帝为西藏关上了一扇门，使这里高寒缺氧，土地贫瘠，又为我们打开了一扇窗户，雪域茫茫，山高水长，水力资源丰富。

欧珠说：有专家指出，西藏之水救中国，我对这个观点非常认同，保护涵养好青藏高原的水源，就是保护了中国和南亚东南亚的大江大河，优质丰沛的江河之水流向中原，流向东部沿海，乃至南亚东南亚地区，就是对人类最大的贡献。咱们国家的三条南水北调线路，从表面上看与西藏毫无关系，任何一条线路都不从西藏的土地上经过，但哪一条都与西藏息息相关，都是从青藏高原流淌出去的洁净之水。

南宫羽不停地点头，这是久违的话题，全国各地大江大河地理分布，水能资源蕴藏情况，煤炭石油天然气资源储量，各种矿藏地质结构，都与电力十指连心，唇齿相依。火力发电，水力发电，风力发电，太阳能发电及核电等等，多种发电类型优劣对比，各自所占比例大小，未来前景如何，是所有大学电力专业的基础课程。自从走出校门，就淡忘了这些知识，此时此刻，身处喜马拉雅山脉峡谷之中，听一位藏族汉子讲中国水力资源状况，感到无比亲切和喜悦。深山水电站还有视野如此开阔的人才，而且是装机容量不大，机组设备并不先进的小型水电站。这让她想起一句老话——山不在高有仙则名，水不在深有龙则灵。

有人说：欧总，南水北调与咱雅江的水好像没有关系嘛。

欧珠说：南水北调工程，解决我国水资源分布不均衡问题，西电东送工程，解决西部与东部能源和电力负荷不均衡问题。我国水力资源居世界前列，西部地区水力发电潜力巨大，但开发的装机容量比例还小。有水就有电，电能促进经济发展，水电互通互融，假如在咱们雅鲁藏布江落差最大的河段，筑起多座梯级电站，装机容量会比三峡水电站、二滩水电站、刘家峡水电站，这些著名电站加起来都大，发出的电好几个西藏都用不完，还能输送到外省区乃至国外。

南宫羽忍不住说：这个方案多年以前就有专家提出来，在国际性河流上修建水电站难度太大，来自技术以外的困扰会更多，况且，电又不能储存，输送出去谈何容易？

欧珠说：大概是吧，假如咱们在雅鲁藏布江上修建水电站，还得与下游国家协调，搞不好会引起国际争端。

南宫羽说：我来西藏刚几天，对西藏的用电情况不了解，既然青藏高原江河众多，想必西藏不缺电吧？

欧珠说：不缺电是假象。多年以来，西藏一直是电力孤网，内地的电输送不进西藏，西藏的电也输不出去，自治区内部也只是区域电网。目前现状是，有水无电，有电无网，电流流通不了，许多地区缺电，枯水期水电站发不出电，拉萨冬季电不够用，只能用柴油发电机发电，机器一转，人民币雪花一样，转眼不见，广大农牧民依然把草皮牛粪当主要燃料。

南宫羽说：区域电网电压频率不稳，容易造成电网崩溃，看来还是电力结构有问题，西藏全区只有一个电网吗？

欧珠说：不全是，偏远牧区就没有联网，为了解决小城镇用电，在城镇附近利用水流落差发电，青藏高原上的小水电站，就像牦牛一样多，季节性明显，拉闸限电是常态。

南宫羽问：为什么不用煤炭发电呢？这样可以解决枯水期，水电站发不出电的难题。

欧珠说：整体来讲，青藏高原植被脆弱，许多矿产资源属于国家战略储备，不允许随意开发开采。煤炭发电在咱们国家所占比例最大，但煤炭属于不可再生资源，污染还严重，哪有水力、风能、太阳能这些清洁能源上乘？不但环保还一本万利。

南宫羽问：除了水力发电，西藏在风力发电和太阳能利用方面怎样？

欧珠说：西藏风大，但因为山高谷深，风速不稳，产生的能量大小也不稳定。广袤草原上人烟稀少，用电量小，风能是新型能源，相应的设备也不是很成熟。青藏高原海拔高，太阳辐射能量巨大，目前建有几座光伏电站。

南宫羽说：要是把星星一样多的水电站和光伏电站发出的电汇聚到银河就好了，这银河就是电网。如果有强大的电网支撑，无论枯水期还是丰水期，所有用户都能用上稳定安全的电能。内地早就有特高压电网了，西藏的老百姓什么时候才不缺电呢？

欧珠说：你担忧的正是我们西藏电力人思考的，这个问题可能不久的将来就能解决，据可靠消息，青藏交直流联网工程和川藏联网输变电工程有望上马。

南宫羽说：你是说要把西藏与内地的电网联通，这样西藏就不缺电了，也不用柴油机发电，更不需要烧草皮牛粪，西藏用不完的电，也可以上网出售卖给内地，对吗？

欧珠说：是啊，但这项工程与修建青藏铁路一样，会面临许多挑战。如果能实施，不但是西藏人民的大喜事，也是中国电力史上的大事，应该载入世界电力史册……

刚开始，柳巴松对他们的交谈没有多大兴趣，听着听着，就激动起来。援藏几年，饱受缺电之苦，尤其是冬季，常常拉闸限电，房间没有暖气，洗不上热水澡。白天靠太阳取暖，晚上靠被褥取暖，长夜漫漫，总是蜷缩着睡觉，后半夜能把人冻醒，醒来后摸着疼痛的膝盖发呆，感觉骨头缝都结着冰。

气温低的时候为患者输液，得把输液瓶夹在胳肢窝，借助体温，避免药液冻结。有一次护士为患者做青霉素皮试，刚扎完针电灯就熄了，眼看间隔时间已到，还漆黑一片，只能用手电照明，手电却照不见细微的血管，凭经验一针扎下，痛得病人从凳子上滑下去。

还有一次更不堪，去一个小镇出诊，刚为一名骨折病人做完手术，还差几针就缝合好了，叮的一声响过，手术室漆黑一片。他立即怒火中烧，破口大骂。理论上来讲，除了地震、海啸、台风等人力不可抗拒的自然灾害以外，无论何时何地，医院都是重点保护单位，正常照明是基本要求，怎么能在手术期间断电呢？后来得知，那天电力部门检修线路，自然供不上电。医院的自备发电机，刚转动一会儿轴承就断裂了，电就接续不上。这件事让他后怕了很长一段时间，再出诊时，尽量不在乡镇做手术。

哦，电力联网，如果西藏与内地电网联通，无论用电高峰期还是低谷期，枯水期还是丰水期，白天还是夜晚，想用电就用电，想用多少就用多少，就像冬暖夏凉的玉泉水，取之不尽用之不竭，青春不老，日夜不涸。这是一个重大变革、伟大壮举，对西藏经济建设，肯定会起到举足轻重的作用。

所以，他插话说：多好的事啊，西藏和平解放以后，修通了进藏公路，便于汉藏人民自由来往。民主改革以后，一条银线连接北京，藏族同胞能听到来自首都的声音。再后来，通信光缆也铺设到了雪域高原，前几年还修通了青藏铁路，如果西藏与内地真能实现电力联网，不但造福西藏，也能惠及内地，按照你们的说法，假如雅鲁藏布江修起了梯级电站，源源不断的电能就像道道彩虹，飞架各地，贯通万里，想起来都热血沸腾，希望在你们手里能够实现。

说完后望向南宫羽，她正殷殷地望着他，相视之间，两人都笑了。

泥石流

次日一早，群吉留在水电站，继续为欧珠输液换药，柳巴松护送南宫羽去往雪莲花小学。

两人骑马并肩而行，路上并无其他行人马匹，心中纳闷，但有柳巴松相伴，也就没有多想。

土路沿着小河向山峦深处延伸，路面长着浅浅的绿草，与秦巴山地的种类有些不同，便无话找话，问这是什么花，那是什么鸟。柳巴松在马背上指指点点，这是狼尾草，那是紫云英，岩石缝隙中开着各色小花的，是黄花苜蓿、百脉根、红豆草。尾巴展开像小扇子的是百灵，翅膀展开像扇子的是云雀，头黑嘴尖尾如剑的叫鹡鸰。

南宫羽微笑着，非常享受此刻的惬意。显然，柳巴松早已脱胎换骨，完全是一位知识渊博、沉稳练达、风度礼仪俱佳的中年男人了。

唉唉，他是中年男人，自己是中年女人，中年女人面部不再饱满，腰肢不再婀娜，胸部不再丰韵，就连乳头都从葡萄变成了葡萄干。她不甘心，自己连婚姻还没有呢。从秦巴山地到东江岸边，一路追随李青林，十多年匆匆而去，既不开花，也不结果。如果把自己比作一棵草一株树，这草就是地毯草，树就是铁树。而这十多年，应该是她人生中最光鲜亮丽的时光，一个人一生中，有几个十多年呢？二十岁以前听父母的，一切由父母做主。六十岁以后听后人的，耳顺，不就得听后人、听别人指挥嘛。二十岁到六十岁，自己主宰自己，自己做自己的主人，却把自己主宰成了爱情缺失、青春消融的现实。从年龄段来说，真的是青春不再，眼角的鱼尾纹清晰可见，但心里跟自己较劲，还算青春，还处于青年与中年过渡阶段。所以，同人一般不说年龄，大而化之，含含糊糊，就连欧美尼，从白云机场到林芝，相伴几日，彼此也不知道对方的实际年龄。

青春哦青春，多么丰饶美丽，她却把她弄丢了，丢了就永远找不到了。

她希望一直从青年向中年过渡，就这样拽住青春的尾巴，拽着总比没有拽好，拽着就像高音的下滑音，晨雾中的莲花，趴地杜鹃下的雪莲，尽管不是主宾，不是太阳，不是月亮，也有边缘的好，外围的光，静静地反思，回味地享受。

离六十岁还早着哩，还有段距离呢，有距离，沿途自然有风光。一条水渠，从深山中的水库流向城市，笔直顺畅，两岸除了石头水泥树木，别无他物。同样，一条小溪从山涧流淌到城市，其间有拐弯、瀑布、水潭、漩涡、鱼虾、鸥鸟、水草、小船、水车、廊桥，等等，一切都是附件，都是寄生物，也衍生出风光无限。

人生路上，有人把自己过成了水渠，有人把自己过成了小溪，水渠少磨难，小溪多妩媚。半生已过，对自己也有了判定，只能是坎坷多湾的小溪，那么就坦然接受笔直不了的人生吧。

此时此刻，南宫羽的人生小溪，就流淌到了喜马拉雅山涧，顾盼间，没有嫌弃，倒有万分喜悦。

深山峡谷，河水蜿蜒，微风和煦，鸟语花香，高头大马，男士相伴，多么浪漫的画面。不好意思再添油加醋，驰骋想象，一想脸就有点灼热，有意将注意力投向路旁。

头一年的金色沙棘还没有完全脱落，新的沙棘花已经绽放，花瓣娇黄，花蕊淡绿，嫩绿色的花苞上漫着水珠雨露。河边有几株树干呈螺旋状的古沙棘，顶着一头风华正茂，如同巨大的华盖，美艳妖娆。

她不觉感叹：这么古老的树也不例外，同娘曲里的树一样，树冠倾斜，树身向一个方向扭动。

柳巴松说：这与水流和风向有关，与山顶的旗形冷杉一样，顺着风向生长，天长日久，树干和树冠都向一边倾斜，有的树干扭曲得像陀螺，这沙棘比咱们不知年长多少岁呢。

南宫羽说：我发现你对这里的一草一木都很了解，书本上学的，还是进藏后实地了解的呢？

柳巴松说：小时候是被动学习，父亲让学什么就学什么。学医以后，对药理略有了解，许多药材就来自大自然。也许因为骨子里流淌着藏族人的血液，回到西藏以后，思维、意识和行动，仿佛佛祖加持一般，忽然开窍。

两匹马走得很近，一扬脚就能碰到对方的马肚子，南宫羽转过脸说：你真的把自己当成西藏人啦？

柳巴松说：原本就是么，在西藏工作几年，主人翁的感觉更强烈，以前从来没有接触过藏语，一到他们中间，竟然一学就会。大家一起说藏语，吃糌粑，喝酥油茶。他们的心思我了解，他们的困惑我知道，我与我的民族没有一点隔阂，好像从来就没有离开过西藏。

南宫羽问：那藏族人最大的困惑是什么呢？

柳巴松说：和天下所有人的困惑相似，生存和病痛，有限生命中的不确定残缺，身处恶劣环境中的人，无奈和无助更加凸显。还好，他们有宗教信仰，相信来世，笃信轮回，面对生死，比没有宗教情怀的人多几分坦然。

南宫羽说：藏族人生病以后愿意接受西医治疗，还是中医治疗？

柳巴松说：中医在藏区几乎没有市场，西医相对于藏医来说是新生事物。西藏和平解放以前，接受高等教育的人不多，有学识的多是贵族和僧人，许多高僧大德都是很好的医师，农牧民对藏医有着与生俱来的感情和依赖，患病以后还是会找喇嘛活佛医治。现在西藏有多家藏医院，有的县区即便没有藏医院，也设有专门的藏医科室。

南宫羽问：中医、西医、藏医区别大吗？

柳巴松说：这么说吧，世界上有四大传统医学体系，分别为印度阿育吠陀医学、藏医学、中医学和西方传统医学。西医以消灭为手段，中医以调解为目的，藏医则以融合为本怀。西医治标，中医治本，藏医则寻根溯源。西医注重科学技术，中医讲究辨证施治，藏医兼容文化传承。西医多靠仪器诊病，中医则用望闻问切，藏医融合修行体验。

南宫羽说：医学原来这般复杂。

柳巴松继续说：西药一般由化学合成，中药多取自大自然，藏药生长在雪域高原，源自天降甘露。西药副作用相对大一点，一旦上瘾，则与毒品无异。中药副作用小，不会上瘾。藏药副作用微乎其微，又因制作过程保密，且经修行人发菩提心和念咒加持，所以对一些疑难杂症有意想不到的功效。西药是上帝的礼物，中药是仙人的恩赐，藏药是菩萨的化现……

南宫羽打断他的讲述，说：忽然发现你有宗教意识，满口菩萨、恩赐、加持，感觉有些奇怪。

柳巴松说：藏区是个巨大的磁场，只要身临其境，时间一久，自然会用这些词语。况且我是地地道道的藏族人，拥有宗教基因，血液中流淌着藏元素。

南宫羽说：这些我不懂，只想知道如果生病，是看西医还是藏医，你给欧珠总工用的好像是西药噢。

柳巴松说：是的，西药见效快，藏医对治疗慢性病效果好，强心、驱寒、祛湿、利关节等。现在藏区的医生，尤其是乡村赤脚医生，西医藏医兼通，有的藏医生，患病也会去大医院看西医，大医院的西医大夫，也会请教藏医生。年轻农牧民在电视上看见患者吊瓶输液，觉得时尚，一点小毛病也要求挂瓶输液。

南宫羽呵呵笑道：感觉你是西医、中医、藏医兼通的医生哩。

柳巴松说：不敢当，我只是一位医术浅薄的普通医生。

南宫羽说：这是你的奋斗目标吗？

柳巴松说：我可没有这么大的野心和志向，各种学科自成一体，很难样样精通，尽最大能力治病救人，救死扶伤就好。

忽然，他指着远处的雪山说：看呀，那就是南迦巴瓦峰，被称为云中天堂，世界上最具魅力的名山之一，平时总是云遮雾罩，今天恰好雨过天晴，真容方现。能一睹南迦巴瓦峰的人吉祥如意，咱俩都很幸运呢。

南宫羽说：这山的确超凡脱俗，与其他山峰真还不一样，同样都是山，从这里仰望雪山，和在飞机上俯瞰雪山，欣赏到的景致不同，给人的感受也不一样，飞机上就看不到旗云飘拂如纱的样子。旗云真奇妙哦，旗帜一般，一个方向，飘向远方，内地人敲破脑袋都相像不出这样的画卷呢。

正说着，南宫羽的棕色公马调头向后，嘶鸣两声，柳巴松的黑马也慌里慌张，两人都勒紧缰绳，生怕滑下马背。

再次仰望南迦巴瓦峰的时候，一道彩虹横空出世，一端架在南迦巴瓦峰顶，一端凌空于崇山峻岭之间。南宫羽吃惊不小，不敢相信自己的眼睛，难道人世间真有"回眸一笑百媚生"的奇迹？

她想让马停下来，想把这前所未见的美景刻在心里，蓝天，白云，彩虹，雪山，旗云，这是怎样的奇幻异景呀？少年时期的秦巴山地不曾有过，青春时期的东江岸边不曾有过，来西藏才几日，盛景就铺天盖地，还受到欧珠久美总工和同事的尊重。

蓦然间，她想起进藏的最初动因，那场撼动人心的摄影展，那张彩页宣传纸，高宏伟就是冲着西藏的美景来的，却原机返回，欧美尼是否还在林芝？如果在林芝，是否也同自己一样，徜徉在大美之中，成为风景的一部分？再次想起李青林，既然柳巴松说强迫症是慢性病，藏医对治疗慢性病有效果，青林是不是可以接受藏医治疗呢？

柳巴松大概也被凌空悬浮的彩虹惊住了，对南宫羽说：另一头应该架在雅鲁藏布江大拐弯方向，这彩虹很神奇，像神话一样贯通山川，连接江河。

马蹄嘚嘚，两匹马都没有停下来的迹象，一个劲地向前快走，偶尔还奔跑一阵，柳巴松怕刚会骑马的南宫羽不适应，提醒她尽量勒紧缰绳不让马跑得过快，心里却疑虑忐忑。

窸窣声不时响起，南宫羽还以为是白颈鹇鸟或百灵，或者干脆就是麻雀画眉，就没怎么在意，直到一块马头般大小的石头，从高处骨碌碌滚落到路中间，才仰起脖子，顺着石头滚落的方向望上去，脸色顿时就变了。

更多的石块和泥土依山势滑落，青草小树哗哗向下倾泻，棕色大马急促地甩着长长的尾巴，鞭子一样抽打在脚踝上，就在马昂头嘶鸣的瞬间，呼啸声响彻山谷，水雾、尘雾、泥土腾空而起，直冲云霄，哎哟间，将阳光驱逐得无影无踪。

来不及张望，黑暗就笼罩了她。

同时，感到身体从高处落下，疼痛飓风般袭来。

睁开眼睛，发现自己被枝丫树叶掩埋，奋力拨开枝叶藤蔓向外爬去，光亮渐渐多了起来。

意识告诉她，自己被山体滑坡携带下来的青冈树冠压住了，所幸压在身上的只是枝叶，而不是树干。有意看了一眼树干，比自己的腰身还粗壮，倒吸一口凉气，疼痛顿时减弱。

环顾四周，浑水流淌，无雨无雹，天空依旧鲜亮，没有顾上寻找彩虹。更多的泥土树木还在滑动推移，一直推到身旁。一边是高山，高山在流动，一边是河流，河水湍急。忽然，影视画面在脑海闪现，整面山体滑塌下来，淹没了村庄、良田、人和牲畜，堵塞江河，形成堰塞湖，堰塞湖溃坝，淹没更多房屋、良田、人和牲畜。眼前的景象不正是影视中经常出现的惨状吗？

大脑轰然炸响，柳巴松怎么不见了？两匹马也不见踪影。她喊了一声，声音不大，带着浓重的颤音：柳巴松，柳巴松。

哗啦啦，哗啦啦，松软的泥土，流沙一样淹没了脚踝。挣扎着爬起来，站上倒树的枝杈，大声呼喊：柳巴松，你在哪里？柳巴松，你在哪里？

呼叫急促紧张，声带干裂沙哑，另一个声音在空中响起，悠长，缓慢，沧桑，遥远，辨不出男声还是女声。

柳巴松，你在哪里？柳巴松，你在哪里？

怎么会有这样奇怪的声音呢，自己呐喊，那声音也在呐喊，自己停止，那声音也停止。

倒树被什么东西推了一下，摇晃中没有站稳，差点摔倒，弯腰间，抓住树杈上的葛藤。葛藤比手腕细一些，苔藓像糠麸一样依附在藤蔓上，几朵橘红色花朵，已经被泥水污染。藤叶像一枚枚小扇子，稀疏地散布其间，与繁茂的青冈树叶略有不同，青冈树主干上的苔藓，更温厚一些，点缀着几朵淡黄色的菌菇，喇叭似的菌菇上，有黑头蚂蚁爬动。

接着，就看见了一条蜥蜴，在几米开外的泥沼中蠕动。她颤抖着，停止了呼叫，不敢向高处仰望，怕抬眼间被塌方掩埋。也不敢向身旁的河流张望，怕河水堵塞暴涨，将她吞没。更不敢前后瞭望，因为非常清楚，青草萋萋的土路，已经被倒树和泥石流中断。除过簌簌垮塌声和河水拍击岸边的声音，什么声音都没有。巨大的青冈树树冠，像一个高高隆起的绿色孤岛，将她高悬在污泥浑水之上。

孤单和恐惧像一把利剑，直抵身心。她想哭，想大声哭出来，又不敢哭，怕哭声引来更大的塌方和泥石流，怕那可怕的、似曾相识的声音回荡在灾难中。喔，那粗劣的、苍老的声音，应该是自己的回声吧，山谷是有回声的，是的，就是自己的回声，豺狼虎豹般的嘶鸣，就是这种声音吧。

顺手折断一根树枝，如果蜥蜴爬到自己身边，只能决一死战，尽管被泥石流包围，随时都有被冲进河流淹没的危险，但在没有死以前坚决不能输给蜥蜴，尽管在所有动物中最惧怕蛇，但西藏是个陌生的地方，谁知道这蜥蜴会不会有剧毒呢。

一个想法突兀而强烈，她要看见柳巴松，在被河水吞噬以前，应该知道柳巴松在哪里，知道他安全才好。

随口嘀咕了一声，柳巴松，柳巴松。

奇怪的是，没有那种沙哑遥远的回声。

紧紧抓住树枝，侧耳倾听，寂静，亘古般的寂静，没有回声，连河流似乎都停止了流动，泥石流仿佛停止了滑塌，荆棘鸟、白唇鹿、蚂蚁、百灵、云雀也不曾出现过似的，寂静；空前绝后的寂静，恐惧，前所未有的恐惧。

就在这个时候，一个声音隐约传来，似是喘息，又如呻吟。

屏住呼吸，努力让心静下来，一点声音也没有，望一眼蜥蜴，已经爬到脚下的污泥中。她更加紧张，一旦蜥蜴钻进茂密的枝叶间，唯一让她立足于人世间的方寸之地就岌岌可危，来不及多想，举起树枝啪啪打去，随着树叶纷纷飘落破碎，蜥蜴扭曲一阵慵懒地躺在泥水里，失去了鲜活的迹象。她不想看见蜥蜴的尸体，用树枝挑起来，扬场一样用力扔出去，死蜥蜴像抛物线一样，远远落进河水里。

啊——

真切的人的声音,男人的声音。

没有丝毫迟疑,南宫羽一个箭步,就从树杈上跳入泥沼,泥水淹没了小腿,蹒跚着,艰难地向那声音挪去。

声音来自河水,她把头伸向岸边,看见柳巴松的同时,眩晕就上了头。努力让自己镇定,上天保佑,柳巴松还活着,但柳巴松悬在崖壁,双手抓住一棵倾斜的杨树,树干不过胳臂粗,双脚浸泡在水里,任由河水冲击。河水不知在什么时候失去了碧绿的色彩,变得浑浊不清,水流湍急咆哮,翻卷着阵阵黄色浪花。

柳巴松扭动着身躯,似乎想向上攀爬,离杨树不远的悬崖上,凸出一块脸盆大小的石头,被泥石流覆盖得面目全非,柳巴松一只手抓住杨树,一只手向那岩石伸去。她想提醒他,岩石太湿滑。但她不敢出声,生怕一说话吓着了他。看一眼手里的树枝,仅有几片碎叶,她想把树枝伸向他,让他抓住树枝,从上面拉拽他。这个想法立即破灭,细细的枝丫根本拽不住柳巴松,况且她在泥水中,脚下太滑,没有生根的地方,他在下面稍微动弹,她就可能翻滚到河水里,丧身浊浪。

低眉间,看见了浓密的青冈树冠,如果柳巴松能抓住青冈树的一根枝丫,就能顺势爬上岸,但青冈树太粗壮,她挪不动哪怕一根枝杈。

一片葛藤叶摇曳了一下,蝴蝶一样,招摇蹁跹。眼珠一转,猛然跑向那蓬绿,溅起阵阵泥花。

快速从树干上一圈一圈松开缠来绕去的葛藤,常识告诉她,不能全部解开,得让葛藤的大部分依然缠绕在树干上,这样就不容易挣脱。感觉长度差不多了,把葛藤在腰上缠绕两圈,再次来到河岸,看见柳巴松的头上脸上全是泥水,他还没有抓住岩石,杨树摇摇欲坠。

南宫羽心跳加快,夹着嗓子,声音尽量不尖利,慌乱地叫道:抓住藤子,柳巴松,抓住藤子。

南宫羽边把葛藤往悬崖下面送,边在岸上唤他。

柳巴松的一只手稍稍晃动了一下,就抓住了葛藤,并熟练地在双臂间缠绕几圈,双脚抵住悬崖,缓缓向上攀升。南宫羽用尽全身力气,一个劲儿地向青冈树跟前拉拽，深深地弯下腰，四肢着地，像一头耕地的老黄牛，又像一个拼命挣扎的纤夫。

泥石流还在下滑，石块、树木、泥土还在垮塌，泥水快没膝盖，石渣硌得脚痛。这疼痛瞬间又被腰痛腹痛代替，痛得她阵阵恶心。

坚持，挺住。她暗暗告诫自己，咬紧牙关，将身体弯曲得更紧凑，如同煮熟的对虾，头低得快要触碰到泥浆，麻木接踵而至，双手在泥浆里乱抓，慌乱之中，就抓住了树枝，接着是树干，饿狼扑食一般，向前；狗一般地，爬行。

最终，她发出了声音，哭喊起来，撕心裂肺，无遮无掩，闭着双眼，一边大哭，一边用劲，麻木越来越重，重到全身匍匐在青冈倒树上，失去了知觉。迷蒙之中，感到腹痛，开始是微微地痛，接着是钻心地痛，好像被背着，扛着，或者抱着。清醒以后，发现柳巴松半裸上身，自己则躺在一片草丛中。

没有紧张，似乎失去了一切感知。多日以后，南宫羽思忖当时的情景，这样反省自己。

柳巴松用草药汁液涂抹她的虎口手臂，她才看见那些地方曾经流过血，一小块一小块的瘀青。她动了一下，腰肢更加疼痛，知道最应该涂药的地方应该在腰部，却不好意思开口。苦笑一下，双手撑地，勉强坐直身体。

柳巴松说：看不出来，一揸细的腰身还能救活一个大男人，谢谢你的小蛮腰。

疼痛难忍的南宫羽，被这句话逗得咯咯直笑，同时摸了一下自己的腰部，感觉有些黏糊。紧张立即上蹿，想揭开衣服去看，又有点迟疑。

柳巴松说：放心，只是伤了表皮，没有出血，已经给你涂了三七和艾叶汁。

释然的同时有些羞涩，她的腰，他早看过了哦。中年女人的腰，算不上小蛮腰，还有一些赘肉，但中年女人的腰也是腰呀，怎么能轻易暴露呢？男人的头，女人的腰，只许看不能摸。女人的腰一旦被男人看见，就失去了神秘感，失去神秘感，就失去了好感。失去了好感，就会被这个男人轻视。

状况来得太突然了吧,她有点蒙,怎么会这样呢?

在林芝街头见过一幅标语:短短几十年,跨越上千年。开始觉得莫名其妙,想起西藏从奴隶社会直接到社会主义社会,几十年来发生了翻天覆地的变化,才明白其意。

她与柳巴松一二十年不曾相见,一见面就被看去了腰肢。离别时尚是少男少女,再见时已人到中年。短短一两天,跨越几十年。感觉太突兀,不流畅,不自然。

应该有怎样的相见和未来呢?一时半会儿理不清。

似乎过了许久,似乎仅仅瞬间,笑一笑,问一句:哪来的三七?

柳巴松指着身边几株头顶红花的叶片和嫩绿的艾草,说道:喜马拉雅无闲草。

南宫羽顾盼一阵,缓缓地问:马怎么不见了?

柳巴松吹一声口哨,黑马欢快地向这边跑来,身后跟着南宫羽的棕色公马,马背上的褡裢安然无恙。

溜　索

棕色公马温顺地紧挨南宫羽站住，她抚摸着长长的鬃毛，不知是该爬上马背，还是停在原地，腰部疼痛，浑身像散了架。

柳巴松看一看天空，洁净浩渺，有了鸟鸣和风声，看一看泥石流掩埋的道路，在黑马屁股上拍了一下。黑马像听话的孩子，向小岔路走去，走了一会儿低头饮水，待两人走近，发现有一汪泉水。

连互相看一眼对方都没有，约好了一般的，同时席地而坐。南宫羽脱掉脏污的运动鞋，卷起裤腿，刚沾水，哎哟一声，弹了起来。

柳巴松说：这可不是玉泉水，冬暖夏凉，这水从喜马拉雅山石缝隙渗出，山顶和阴坡还被冰雪覆盖，水温太低，搞不好会痉挛，我帮你揉搓一下吧。

南宫羽说：不敢劳驾柳大夫，晒晒太阳就好啦。

柳巴松说一声稍等，就向树林走去，不一会儿抱来一堆枯枝败叶，其中一根枝上悬着几朵白玉般的绒状花朵，花朵有些奇特。柳巴松把那好看的白色花朵往南宫羽身边一放，从马背上的褡裢里掏出打火机，咔嚓一声点燃柴火，并把南宫羽的鞋袜快速洗净，侧放在火堆旁烘烤。

南宫羽拾起一朵白花左右端详，无数枚细小的利针遍布周身，呈现着羊脂一样的光泽，伸手触摸，有一些弹性，还未凑近脸颊，清香已经袭来：分不清草香花香还是泉水的氤氲，或者是枯枝的味道，苔藓的味道，抑或是老树枝叶的馨香，树脂的气息，或者干脆就是露珠的味道，山岚的味道，阳光的味道。

见南宫羽爱不释手,柳巴松就说:这叫玉髯菌,颜色如玉,样子像老人的胡须,所以叫这个名字,长在冷杉倒木上。由于数量少,极其珍贵,媲美灵芝和羊肚菌,是上好的食用菌和药材,据说对肿瘤有抑制作用。

南宫羽说:这么神奇啊,有红雪莲功效大吗?

柳巴松说:这是两种不同的药材,功能不同,各有千秋,就像一座矿山和一艘轮船,一头牦牛与一湖秋水,槐树与荷花,没有孰优孰劣。

南宫羽说:喜马拉雅真的无闲草哦,如果做药材生意,应该能发财。

说完后,恬静地看着葱茏的四周,绿雾一样的山峦,又看柳巴松。

柳巴松把菌子一朵一朵串到旱柳枝上,斜插在火堆旁的草地上,任其被烧烤。顺手拨开几片被什么东西顶起的枯叶,一朵玫瑰色菌菇显露出来,拇指食指轻轻一捏,菌菇便到了掌心,在泉水里划拉两下,串到另一根柳枝上。并说,这叫红菇,树林里应该还有很多菌菇。

然后从马背上的褡裢里摸出一撮食盐,撒在吱吱作响的玉髯菌和红菇上,拍拍手,又掏出几片风干肉,抬手间递给她。

南宫羽不眨眼地盯着柳巴松看,没有注意已到眼前的风干肉,柳巴松被看得不好意思。便说:西藏不比内地,随处都能找到饭店餐馆,这里山高路远,出诊路上什么情况都会遇见,得随身带干粮,食盐可以防蚂蟥蚊虫叮咬。如果注射针头不够用,煮针头时撒些盐可以消毒。还可以像现在一样,野炊时当调料。

南宫羽一脸茫然。

柳巴松继续说:这里可没有你家乡的烧黄豆烧土豆,泉水里也没有小鱼小虾,河里有鱼,但水流湍急,抓不上来。若能抓到,就能烧着吃,就像小时候一样。

南宫羽说:为什么是我家乡?难道不是你家乡吗?

柳巴松愣了一下,迟缓地说:以前一直认为秦巴山地是我家乡,咱们的家乡,可在那里连一个亲人都没有。刚援藏那会儿,曾经到藏北寻找过家人,结果一无所获,原来自己是一个没有故乡的人。我们这种人,一生一世心无定所,既没有身体的故乡,也没有精神家园,内地人把我们当西藏人,西藏人认为我们是内地人，我们就像无法入土的孤魂野鬼，除了孤独，还是孤独。

南宫羽张了张嘴，玉髯菌、红菇的香味沁人心脾，喉结滑动时，咽下口水。回味了好一阵，才明白过来。

她说：你不是有家室吗？

柳巴松说：这是两码事，两种层面上的东西，家人不等于家园。家园是一种归宿，精神与文化的相融地，故乡才能让人有归宿感。没有归宿感的人哪怕枕着爱人的臂弯，心里也空空荡荡，寂寞凄凉。

南宫羽说：如果你故乡还有亲人，如果常与他们联系，或许会好一些，亲情能御寒，能抵挡孤寂。你说过藏族人有宗教信仰，能坦然面对生老病死，人死以后好像不进祖坟，没想到你会在意归宿。

柳巴松说：我同你一样，接受的是汉文化教育，受儒家文化影响，修身齐家治国平天下，落叶归根、魂归故里，不孝有三、无后为大，耕读传家久、诗书继世长，家和万事兴，等等。思考和纠结越多，痛苦就越深。

南宫羽爱怜地望着柳巴松，不知道如何安慰他。与柳巴松邂逅的短短一天多时间里，他像一个谜团，又像一潭深不见底的泉水，让她看不清真实面目。没想到高俊、矫健、练达、博学的柳巴松，还有这么细腻的心思，如此伤怀的情感。

柳巴松轻叹一声，说道：不说这些了，聊点轻松的话题吧。你其实应该从事电力工作，见过你在水电站的表现和欧珠总工的交流，觉得你对电力生产很熟悉，不干专业太可惜。

南宫羽说：我只是一名志愿者，临时当一阵子支教老师，哪能有这份奢望？欧总也叫欧珠久美，多好听的名字哦。

柳巴松说：欧珠久美是他的全名，简化就成了欧珠，我对他不太了解。你不觉得欧总身份奇特吗？他对西藏和全国电力生产了如指掌，以前也见过水电站的厂长和技术人员，没有谁像他那样精通全局，高屋建瓴。

南宫羽说：难道欧珠总工是水电站聘请的技术顾问，或者是兼职总工？

柳巴松说：很有可能，或者是西藏自治区电力方面的专家，西藏与内地电力联网工程如果上马，你就参与进去，我觉得这是一项伟大工程，人一生能干几件有意义的事，才不枉来此一生，才有荣耀感。

南宫羽笑着说：学而优则仕，光宗耀祖，全是汉族人的想法。

柳巴松说：在荣誉尊严和仁爱面前，汉族人和藏族人的需求是一样的，无论哪个民族都相同。

南宫羽说：大概是吧，能参与那样的工程自然好，但我决定不了自己的未来。哦，无雨无雪无冰雹，好好的天气怎么就发生泥石流了呢？

柳巴松说：喜马拉雅山脉处于亚欧板块与印度洋板块碰撞挤压带，地质构造运动活跃，容易发生地震、泥石流、滑坡。李白说蜀道难难于上青天，那是李白当年没有机会涉足这里，如果抵达这里，或许连东南西北都分不清呢。

南宫羽咯咯笑着，连声附和：那是，那是。

烤菌菇就风干肉，味道奇美，吃完以后，继续上路。转过几道弯，来到一条小河边，河水浑浊而湍急。

南宫羽说：这里的河可真多，一会儿工夫就遇见了两条。

柳巴松说：还是刚才那条河，山路十八弯，转来转去还在山里，山与山对面，水与水相连。

说话间就见河上架着一条藤桥，一根溜索。藤桥中间有几处破洞，一副风烛残年的样子，显然已经废弃。

来到河边，立即紧张起来，只是在东江边的摄影展上见过藤桥和溜索，觉得那是另一个世界的物品，是艺术作品，与自己相隔万里，属于欣赏与被欣赏的关系，此时却生猛地横亘在眼前，来势凶猛，猝不及防。

她望了一眼柳巴松，柳巴松一脸坦然。

他拽了拽溜索和套绳，抓了一手黄色铁锈，从马背上的褡裢里掏出哈达，向南宫羽伸出一只手。

问她：你的哈达呢？与溜索套绳扭结在一起会更结实。

南宫羽说：放在发电机层的工具柜上了。

柳巴松说：以后有人给你献哈达，记住要带走，这是对主人的尊重。河那边不远处就是雪莲花小学，通往学校的路被泥石流掩埋，只能从这里过河。

南宫羽说：我不过，掉进河里连尸首都找不到。

边说边双手抚摸腰部，尽管柳巴松给她涂抹过草药，葛藤勒过的地方还是灼热作痛。

柳巴松说：不去学校也可以，那就跟我回林芝地区，请求重新安排工作。我向他们建议，看你能不能到电力部门上班，发挥长项，传帮带几个新员工。

南宫羽哎哟一声，接着说：那可不行，我们只是公益性支教，不是正式援藏干部，不好意思给地方政府添麻烦。

柳巴松说：回林芝你不同意，去学校不愿过溜索，总不能插上翅膀，想飞到哪里就飞到哪里吧，咱们又不是神仙。

南宫羽盯着波涛翻滚的河水一动不动。柳巴松整理着溜索和套绳，把自己的黑马拴到一株松树上，将南宫羽马背上的行囊背到自己身上，然后把套绳拴到自己腰上腿上，双手抓住溜索，蹬腿用力间随时就会溜走的样子。

他轻唤一声：南宫羽，过来吧，已经试好了，你先溜过去，双手抓紧套绳用力往后拽。记住啦，两只手不能同时离开套绳，要是害怕，就把眼睛闭上，眼睛一睁开就到对岸了。

说完后回头望一眼南宫羽，顿时纠结起来。

那是一双小女孩的眼睛，可怜，惊恐，愕然，慌乱。喔，不对，分明是成年女人的眼睛嘛，眼角有细小的鱼尾纹，眼眸滞缓。多年以前，眼珠儿如同小鹿，随时蹦蹦跳跳，波光如同繁星，映照得四周通亮。脸庞皎洁如月，泛着青红苹果的光泽。喔，此时呢，似乎都变了，唯独不变的，是突如其来的神态，那久远的，为了引起她注意，拿死蛇吓唬她的那个瞬间。

那个为自己佩戴人生第一条红领巾，想要给他扣上纽扣的女孩，多么遥远，多么温煦。那个时候，他觉得她是姐姐，仰望她的时候，真想叫一声姐姐。初中时期的那片树林，江堤小路，树影婆娑中的青涩背影，曾经令他如醉如痴。那段日子，又觉得她是妹妹，觉得她好，所以，他应该保护她。感谢上苍眷顾，竟然将她送到西藏，让两个别离太久的人，重逢在喜马拉雅山间。

现在她是姐姐还是妹妹呢？哦，既不是姐姐，也不是妹妹，而是女人。喔，女人，不能单单只称她女人，这样有亵渎之感。女同学，还是女同学好。

泥石流差点冲走他，是她搭救了他，还负了伤，给她敷药的时候，真切希望角色互换，受伤的人是自己，被保护的人是她。她是连接自己与美好记忆的桥梁和纽带，能够维系一种感觉，这种感觉是什么呢？应该是童年与快乐，踏实与亲切。

这是一种久违的情愫。几年来，同事们把他当作援藏医生，加之医术尚好，待人和气，对他甚是尊重，无论在医院上班还是在出诊路上，都有助手相随，属于被关照和保护的对象，南宫羽的出现，一下子把他拉回到从前。

同妻子师子伊在一起的时候，连一根蒜苗都不让她拿，对她爱护有加，后来有了儿子柳玉珏，对妻子一样呵护备至，不让她干一点重活累活，令师子伊的女伴们羡慕不已。在藏工作以后，对所有患者一视同仁，淡忘了特别关爱某个人的想法，也弱化了这种能力。就是给妻子打电话，也只是口头上好话连篇。好在她是一名外科医生，天天置身于生死之间，练就了泰然处事的素养，理性大于感性，少有小女人的娇气小气，对他远在天边，浮云般的关心从不计较。

柳巴松走近南宫羽，向她伸出手：要不我抱着你过溜索？这样得把你捆绑在我身上，我一个人拽溜索就可以了。把你送过去以后，再把你的马匹拽过去。

南宫羽好像没有听见，恐惧依然。柳巴松重复了刚才的话，南宫羽眨着眼睛，才说：你是说还要让马过溜索？

柳巴松见她紧张，索性聊点别的，分散一下注意力，就说：这里山高谷深，看见对面山，抬腿走一天。以前人们在河上结上葛藤，编成藤网桥，呶，就是这种藤网桥，已经废弃不用了。后来人们肩挑背扛，骡马牦牛运来长长的钢丝，在河上架起溜索，方便百姓来往。到对岸播种青稞，收割油菜，打猎，走亲戚，甚至修房盖屋，所用物什都从溜索上溜来溜去，马匹，牦牛，衣柜，炉子，婚丧嫁娶，都离不开这溜索，只有在人口集聚的地方，才修建钢筋水泥的跨河大桥。

南宫羽说：昨天在山上碰见的那几个人，带着拆开的拖拉机，是不是也从溜索上过的？

柳巴松说：不一定，如果大路没有被掩埋，可能会从跨河大桥上过，如果同我们现在一样，别无选择，只能过溜索。

南宫羽说：这么宽的河流，钢丝是怎么固定到岸上的呢？

柳巴松说：以前我也好奇，一位在藏干部告诉我，把钢丝绑扎在炮弹头上，炮弹打到对岸岩石上，钢丝就固定住了，原理其实与藤网桥一样，藤网桥的跨河粗藤，就是猎人用弓箭射过去的。

南宫羽问：我知道你是援藏干部，怎么还有在藏干部呢？

柳巴松说：我也不算纯粹的援藏干部，本身就是西藏人嘛。举例说明吧，孔繁森那样的内地干部，来西藏工作期间被称为援藏干部。像欧珠久美总工和洛桑嘉措校长这种土生土长的西藏人，被称为在藏干部或在藏人员。还有一部分外来者，被称为老西藏，如解放西藏的各路官兵，修建青藏公路和川藏公路以后，留在藏区长期工作的人。老西藏的子女，被称为藏二代，孙子辈，自然是藏三代。

南宫羽说：那你属于哪一类？在藏干部，援藏干部，还是藏二代呢？

柳巴松呵呵笑着，没有作答。变戏法一样，从马背褡裢里掏出一卷羊毛绳，在手里拉扯着。

南宫羽迟疑一会儿，缓步走到柳巴松跟前。柳巴松和缓地安慰她，别怕，有我哩。说着，就把绳子往南宫羽和自己身上捆绑。她发现自己像一个婴儿，瞬间变得毫无自我，任其摆布。双腿搭在他腿上，背部紧贴在他怀里，双手在胸前交叉，温顺地抚在腰部。

他让她闭上眼睛，她真的紧闭双眼，他在拉拽，运动。风在耳边响起，挟着潮湿的气息，哗哗流水，仿佛就在脚底，在飘忽和悬空中，身轻如燕，自由飞翔。阳光照耀在脸上，四肢上，温暖极了，惬意极了。身体和心灵全都飞了起来，飞向幸福无限，飞向想要去的任何一个地方，那个地方叫乐园，叫美艳。暖流涌遍全身，歌唱的愿望洋溢四射。

她轻轻地说：我想唱歌。

风声淡淡，从自己身体晃动的幅度，能感觉到他骨骼紧绷，双臂用力交替拉拽绳索的力度。她感到背部灼热，那是柳巴松的胸膛。喔，自己正沉浸在男人宽阔的怀抱里，安稳中掺着羞涩。这种感觉有别于其他男人，在南国的日子里，除过大安，也接触过其他男人。碧海蓝天中的那次艳遇，激情美好，但太短暂。如果把艳遇比作浪花，李青林和柳巴松就是大海；如果艳遇是一座山峦，李青林和柳巴松就是山脉。

喔，怎么会把柳巴松与李青林放在一起比较呢？李青林是曾经的恋人、现在的亲人，柳巴松是什么呢？

猛然间，一片绿云浮过，在眼帘上拂来抚去。微风习习，惊涛拍岸，夹杂着鸟鸣狗吠。仍然紧闭双眼飘飘欲仙，感受绿意盎然，万花盛宴。

轻言细语地，生怕声音高亢就会吓退这份醇美，她问了一声：柳巴松，能睁开眼睛吗？

柳巴松高声大笑：早到啦，傻瓜。

绿树掩映中有一个庭院，溜索一端就固定在院墙边。绿的树，红的花，鸟的啁啾，蝴蝶的风姿，相互映衬。那花有些霸气，高高地开在枝头，应该是杜鹃花，娇红艳丽，能同东江边的木棉花媲美，只是比木棉树低矮一些，比林芝的木瓜树又略高一等。

仰起脖子，摘了一朵，带着羞意望着柳巴松。

柳巴松把背上的包往树杈上一挂，转身向溜索走去，边走边说：我把你的马儿溜过来，你先歇着。

南宫羽问：黑马也过来吗？

柳巴松说：黑马就拴在河对岸，把你送到学校我还要返回来。

南宫羽说：你不怕有人偷走你的马和行李吗？

柳巴松说：外地人很少来这里，藏族人认为布施和乞讨是对等的，没有高低贵贱之分，宁愿乞讨也不偷盗。

说话间，呼呼一阵，溜索抖擞，柳巴松就到了河对岸。

脚步声在身后响起，南宫羽转身去看，一位老年妇女双手合十，向她说着什么。妇女面色呈黄褐色，皱纹密布，上浮一层愁云，手腕处有蓝色纹饰，藏袍陈旧，颜色模糊。

她听不懂，学着妇女的样子，也双手合十，连连点头。妇女展开双手，平伸到她面前，像端着无形的盘子，转身的同时，依然平伸双手，然后向屋里走去，边走边焦急地望着她。

南宫羽终于明白了，妇女是要领她进家门。她疑惑着，不知是随妇女进去，还是站在原地等候柳巴松。她望了一眼河对岸，只看见绿树红花，山峦起伏，明媚阳光，没有看见柳巴松和溜索。

妇女继续双手平端，做着请的手势，她不再犹豫，几步就跨进屋里。房间漆黑一片，什么也看不见，闭了一下眼睛，适应了一会儿，才看清房间有一圈沙发样的矮床，床上躺着一个老年男人，骨瘦如柴，凸起的大眼睛浑浊不清。

妇女示意她坐下，她感到不安，环顾四周，没有看见凳子，只好坐在矮床上，矮矮的桌上有一只小木碗，看不清真实颜色。妇女拎来一个暖水瓶，给木碗斟着淡黄色液体，液体刚冲出水瓶，就散发着浓浓的香气。味道既熟悉又陌生，熟悉的是自从在成都登上前往林芝的飞机，这种气息就飘忽不定，若有若无，似风似云又似雨。这味道在林芝医院也弥漫过，那是柳巴松工作的地方，陪护欧美尼的时候，这种味道总在门窗、过道、病房萦绕，与空气相融合，雾岚一样，剪不断理还乱的样子。

妇女把暖水瓶放到矮桌上，伸出双手，翅膀一样，上下煽动。南宫羽不知所以，望着妇女发呆。妇女弯腰端起木碗递到她手里，才知道是请她喝下去。接过木碗，香味裹挟着热气，刺激得胃液翻滚，想喝，又不敢喝。万一是毒药呢，柳巴松不是说喜马拉雅无闲草么，毒草也是药呀，不会对她下毒手吧？她与她并不认识，既无仇也无怨，没有理由害她。抬头看妇女，友善中掺杂着焦虑。

踌躇间，男人哼了一声，又哼了一声，长长短短，呻吟不断。

南宫羽端起木碗又双手放下，似乎觉得不妥，干脆起身去看男人。妇女揭开男人身上的粗布被褥，男人光裸着上身，胸腔肋骨突兀清晰。妇女双手平伸，指向男人，又指向南宫羽。

南宫羽大致明白了她的意思，男人病了，想请南宫羽看病。

好生奇怪，怎么会把过路人当医生呢？太随便了吧？

正想着，一个声音骤然响起，惊雷一般，又不像雷声，也不像牲畜发出的声音，而是沉闷的声音夹杂着水声。

她愣了一下，连一秒钟都不到，就飞奔出去。

跑到河边，一低头，看见毛发一样的东西在波涛中沉浮，随波逐流，忽隐忽现。

南宫羽不顾一切，疯了一般，拼命疾呼：柳巴松，柳巴松——

没有回声，风声水声都消失了，鸟儿也不知去向。

南宫羽向溜索扑去，几乎停止了呼吸，双手抓住溜索的同时，一只有力的大手，抓住了她的胳臂。

一回头，就哭出了声，呜呜咽咽，上气不接下气。

没有过渡，没有思考，直接扑到对方怀里，语无伦次，慌乱急剧：柳巴松，别吓唬我，我害怕，真的害怕，呜呜……

尽情地哭，不假思索地哭，无遮无掩地哭。多少年了，不曾这样，六岁？十岁？不记得了，反正是很久以前的事了。在父亲怀里，在母亲怀里，抽咽够了，撒娇够了，总有一双大手拍拍她肩膀，摸摸她脑袋，理顺她头发，然后捧住她脸庞，拭去泪水，笑靥陡生，灿烂漫开，泪水还挂在脸上。最后，大手再拍一下她肩膀，拍得有些重，感觉像是安慰，实际是告别，这场戏就算收场了。而自己，已经记不起来为什么哭泣，为什么流泪，好像专门为了得到父母的亲昵和抚摸才落泪的。

正青春时，独自一人在东江边生活，自己照顾自己的衣食住行，自己打理自己的失落、失意、失恋、屈辱。多少个白天，无数个夜晚，只能把泪水流进自己的臂弯、枕边。躺在大安庞然凸起的肚腹上，也曾泪流满面，感谢上苍，终于有一双大手将她收揽，终于有一个温暖港湾。但那终究不是归宿，只是繁盛树冠上的一枚叶片，浩渺天宇上的一朵云彩。而后来，泪水越来越少，似乎就不流泪了，都想不起泪水的味道了。偶尔，看到一部电影，一个场景，别人哭得稀里哗啦，自己却流不出眼泪。她明白，这是糟糕的，心壁结上了一层膜。有时候，她会反思，难道成熟就是以失去率真为代价？她希望快快成熟起来，能够抵御身体和心理的双重压力，但又无限留恋，甚至迷恋纯真，觉得既可爱又练达，才是一个女人的最高境界。哪个年龄段都应该保持一份真诚，一份可爱，但谁能修炼得到呢？

直到现在，终于明白了心疼的哭与身痛的哭是不一样的。记得住的身痛的哭有两次，一次是从秦巴山地追随李青林南下，中途下火车购买卫生护垫，从站台向火车上冲，最后从车窗爬上去；一次是几个小时以前，葛藤缠在腰上，用力拉拽柳巴松的时候。

火车上的哭泣，将少女的茧渐渐剥开，生出了能够飞翔的羽翼。后一次哭泣，将几十年的人间距离迅速拉近。经验告诉她，无论是心疼还是身痛，都是失去，至于失去什么，一时半会无法言说。

这一次呢，此时此刻的泪水，是心疼的泪，还是身痛的泪呢？

她继续哭着，没有停歇的意思，这种感觉有些好，有些安心，踏实，妥帖。等待着大手拍她肩膀，抚摸脑袋，梳理头发，拭去泪水。

期待着，静静地期待着。

果然，大手真地拍拍她肩膀，再拍脑袋，抚摸头发，但没有双手伸进发丝，由上到下梳理。微闭双眼，静静享受。大手却没有落下，没有放在她身体的任何部位。

疑虑中仰起脖子，哭声已经消散，泪眼蒙眬，看不清大手主人的表情。向前倾了一下，触碰到他衣领处。他向后退了一步，她没有站稳，向前斜的同时，双臂环抱住他的腰部。

忽然，她感到肩膀被紧紧搂住，整个脑袋在他怀里，热浪般的气息在发丝间游走。

轻轻地抬起头，看见了唇——温厚，敦实，性感；看见了脸——古铜色，结实，惊喜，慌乱。

这不就是大海中异国男人的唇和脸吗？瞬间的激情酣畅，长久地回味荡漾。

喔，但那是艳遇啊，艳遇是昙花、浪花、雪花、露珠、彩虹，只能是记忆，不是锦缎、粮食、和蔬菜。

踮起脚尖，稍稍向上，就能触碰到那唇、那脸。

但她一动不动，没有任何进展。因为，因为他的手臂松开，身体挺直，如同一株台风过后的巨枫，树静风止，威严复原。

似乎过了许久，又似只一瞬间。柳巴松拍拍她的肩膀，将她扶正。

心有灵犀一般，她也像一株枫树，与他站在一起，却又各自独立。

就在这一刻，脚步声响起，两人同时转过身去，老年妇女快步而来。

老人眼里明显多了光彩，噢呀呀，噢呀呀，重复不止。

柳巴松用藏语同老人家打过招呼，然后用汉语对南宫羽说：她丈夫是老乙肝，大概药已用完。你的马溜到溜索中间掉进河里了，太沉，好难捞的。

南宫羽向河边走了几步，紧张地说：麻烦，给洛桑嘉措校长没法交代啦。

妇女用藏语说着什么，同时对着河水指指点点，柳巴松朝南宫羽不好意思地笑了笑。

柳巴松随妇女进了屋，南宫羽拭去眼角的泪痕，河水流淌，一切如故，看不见马的踪影，只好跟进屋去。

妇女把另一只木碗端给柳巴松，柳巴松双手捧住，低头就喝，碗底还剩一点，将木碗伸给妇女，妇女又斟满。连喝三碗，才赞叹道：好醇美的酥油茶啊。

南宫羽心想，乙肝不是传染病吗？怎么敢碰木碗。

柳巴松见她犹豫，低声说：藏族人每个人一生有一只木碗，相对固定，外出的时候揣在怀兜里，吃糌粑喝酥油茶都用它，酥油茶有自动杀菌功效，也可减轻高原反应，想喝就喝吧，我实在太渴了。

南宫羽端起已经不冒热气的酥油茶，试着喝了小小一口，有点甜，有点咸，有点香。心想，既然来到西藏，就得适应饮食习惯，进藏以前，怎么就没有想到这个问题？原来还要过吃饭喝茶这一关。想一想，又喝了一口，香味渐浓。

柳巴松说：藏族人喝茶吃饭都有讲究，顺便给你说说，避免以后闹笑话。喝这种酥油茶，如果碗底留一点，说明你还要喝，如果喝干净，说明喝好了，主人就不再续。喝啤酒的话，三口一杯，也就是要续三次，再喝完。吃饭的时候尽量不说话。

南宫羽望着他，感觉费解，他继续说：西藏地域辽阔，但产粮区少，为了吃上主食，牧民会把盐湖里的盐巴驮到农区换青稞和菜油，也用羊毛和皮子换茶叶，风餐露宿千里迢迢。你到学校就知道了，吃的大米白面，大部分从内地长途运来，察隅和墨脱也产稻谷，但山高谷深，产量不大。自古以来，藏族老百姓就缺衣少穿，饭不语，是对来之不易粮食的尊重。当然了，有汉族人在场，这种习惯会打破。

房间的窗户有点小，男人躺在黯淡里，他走到门跟前，拉一下电灯绳，不亮。叽里咕噜几句，女人双手一摊，摇摇头。转身的当儿，端来一盏油灯，灯盏金黄，灯光闪烁，灯捻周围有流动的明黄色灯油，外围一圈灯油，呈黏稠的鹅黄色。

柳巴松说：她说停电个把月了，只能点酥油灯。

南宫羽说：现在又不是枯水季节，水电站应该满负荷发电，怎么会没电呢？哦啊，想起来了，欧总他们电站还没有正常运行。

柳巴松说：这里一家与一家相距太远，拉一根电线得翻山越岭，投入大，用电量低，供电单位赚不到钱的。

借着灯光，柳巴松给男人号脉，再将两根手指按在男人胸腔，另一只手的指关节敲打自己的手背，示意男人张开嘴巴，啊啊两声。

柳巴松用藏语同患者交流了一会儿，嘱咐妇女几句，便出了房门，从树杈上取下南宫羽的包，背到身上，南宫羽不解地跟在后面。

柳巴松说：乙肝治疗周期长，住院治疗花费太大，没有更好的办法。

南宫羽说：为什么不喝药呢？我妈的一个同事患的也是这种病，喝了十多年中成药竟然痊愈了。

柳巴松说：你以为药不要钱呀？这种人家连正常生活都困难，哪有闲钱住院吃药？

南宫羽说：你不是说喜马拉雅无闲草么？采些草药不就行啦？

柳巴松说：单靠几种草药很难治愈复杂病症，制成一种药没有那么简单，成分配比，温度湿度，都有严格要求。藏区多药材，但制药厂少，大部分药品得从内地运来，同样一种药，千里迢迢运到西藏，价格自然昂贵。

正说着，一老一少迎面走来。老年男人远远地就打招呼，门巴啦，门巴啦。

柳巴松也用藏语回应。走到跟前，老人把柳巴松的双手握住，抬起，放到自己脸颊上。柳巴松捧着满是皱褶的脸，笑容可掬。然后低下头，把额头抵到老人的额头上。说笑一阵，用手指着河对岸。

与南宫羽擦肩而过时，老人双手合十，南宫羽也双手合十回礼。

这个时候，她才明白这是藏族人的礼仪，同内地人见面握手一样，额头碰额头，相当于拥抱。那么，把对方的手放到自己脸颊上，是什么意思呢？

经过一片核桃树林时，柳巴松才说：我给他治过病，每次见面都非常热情，我让他过溜索以后到马背上的褡裢拿些常备药。那孩子认识汉字，按照包装盒上的要求服药，一般不会出差错。

南宫羽说：你每次出诊都会带药吗？药钱谁出呀？很贵的吧？

柳巴松说：有的药品医院免费提供，有的药我自己购买，每次从内地回西藏，带得最多的就是药，妻子也会批发一些药品邮寄给我。这里的百姓生活水平低，不好意思跟人家要钱。

南宫羽笑一笑，不自然地说：看来你妻子很支持你呀，幸福的男人。

南宫羽嘴里这么说，心里则生出淡淡的、若有若无的、说不清道不明的情绪。

柳巴松不清楚她的所思所想，回答说：她也是一名医生，来过这里，对西藏很有感情。援藏人员有一份补贴，收入比在内地稍高一些，吃喝用度够了就好，存钱没有什么意义。

南宫羽说：这一点可不像受过汉文化熏陶的人，内地人有钱喜欢存起来，置一份家业，留给孩子。

柳巴松呵呵笑道：我又不是汉族人，我是地地道道的藏族人哩。

南宫羽收起笑容，丝丝缕缕的伤感涌上心头，一路惊险让她觉得尽管分别数年，从来就没有分开过，是非常好的朋友，甚至有几分理不清的感觉，这感觉是什么呢？喜悦，暧昧，关爱，熨帖，幻觉。

这句话却将她拒于千里之外。她把叹息强压下去，李青林又冒了出来。斟酌再三，还是说出了一闪而来的念头。

就说：我有一位医药代理商朋友，就是那位可能患有强迫症的人，能否与他联系，给咱们这里提供一批稍微便宜的药品？

柳巴松朗声笑道：好呀好呀，太棒啦，如果能办成，真是积德行善呢。他把成品药运到这里，把林芝的药材运到内地进行精加工，也可以请他来林芝疗养考察，换个环境，能缓解病情。

南宫羽说：这个办法不错，手机有信号了，我就告诉他。

柳巴松说：你学校所在的镇子可能有信号，但愿能促成这件好事。

说话间，棕色公马一身水珠出现在前方。南宫羽惊叫一声，扑了过去，不停地拍打抚摸马腹马鬃，亲热一阵，咿呀唤道：马鞍咋不见了？

柳巴松说：马能平安回来就不错啦，舍一个马鞍算不得什么，洛桑校长不会怪罪你的，藏族人不会在意这种小事。

南宫羽眼帘跳跃，看一眼柳巴松，愈加觉得两人中间隔着什么。

隔着什么呢？

度 母

洛桑嘉措领着几位老师和几十名学生迎接了南宫羽，为她献上一条哈达，她把这条哈达挂在宿舍窗框上。

学生趴在窗台上挤来挤去，胆子大一些的学生猛地跳起来，叫道：老师，老师。

回眸间，学生又缩回脖子，鸦雀无声。刚转过身，又有学生跳起来，叽叽喳喳。顾盼久一些，学生只好乖顺地趴在窗台上，喜滋滋，乐呵呵，胳膊肘两边开弓，左右扩张。

实在忍不住了，有人说：你说，你说。

有人说：我不说，是你要问的。

南宫羽只好走出房间，学生一哄而散，边跑边回头张望，每张小脸都开着花儿。

一个男孩没有走，大而黑的眼睛闪烁着，水汪汪亮晶晶，鼻梁高挺，帽檐遮挡着灼热的阳光。

蓦然，时光穿梭，仿佛回到童年时光，柳巴松当年不就是这个样子么？因为长相与其他同学迥异，常常被当作怪物，遭遇欺负和白眼。现在想起来，当年他之所以在人堆里窜来窜去，捉弄同学，玩些小动作，目的应该是想引起同学的注意，得到周围人的友爱，不至于太孤单吧。

男孩快而用力地说：老师，他们说你漂亮，他们不敢说，让我说。

南宫羽笑出了声，伸手把男孩拽到臂弯里，亲和地问他，叫什么名字，读几年级。

喧嚣声忽地高涨起来，蜜蜂蝴蝶一样，全都拥了过来。

南宫羽上美术课，也教汉语文，在老师和学生的怂恿下，偶尔教唱几首歌曲。她惊奇地发现，好多学生对汉语并不陌生，有的甚至会说几句简单汉话，还能反复重复几句广告语。心中顿悟，原来是广播和收音机的功劳哦。

教学生唱歌的时候，偶尔想起欧美尼，如果有她在，一定会高唱格鲁贝罗娃的名曲，大讲音乐大师的奇闻逸事，还会讲寻访名家的浪漫经历，说不定，也会讲各种咖啡的产地和香型。每当这个时候，才会为当初没有留下欧美尼的手机号码后悔，她是否与自己一样，已经到了某所学校，还是返回内地，不得而知。

学生非常喜欢上美术课，气氛轻松活泼。她发现学生画画时，喜欢用大红大绿的彩笔着色，对过渡色毫无兴趣，一上手都是牛羊、雪山、菩萨像。内地同龄孩子更喜欢画花朵、楼房、一家三口手牵手。

其中一个学生画的菩萨栩栩如生，洛桑嘉措告诉她，这个学生的父亲是远近有名的唐卡师，给好几座寺庙画过壁画佛像，给修新房的人家，画过宝瓶莲花白海螺，唐卡师相当于你们内地的画家，受人尊重。

几位老师宿舍都挂有唐卡，画面多为菩萨、牛羊、牧羊女，色泽鲜亮，颜料为矿物细粉。有人告诉她，一个唐卡师绘制这么一幅阿底峡大师讲经图，少则数月，多则几年。她惊异地望了许久，觉得这种艺术离她好远。

有一天，从内地来了两位驴友，给学生带来一些巧克力和彩笔。人多礼品少，每人一份不够，就按班级分发，一个班一盒巧克力两盒彩笔。分到后面，差一盒彩笔，回头时，看见一位年轻教师，正把一盒彩笔往脚下的编织袋里塞，匆匆把编织袋踢到桃树下。

南宫羽怔住了，不知道该喊一嗓子，还是干脆从编织袋里取出彩笔。她向四周望去，大家都沉浸在欢乐中，没有谁注意这个细节。

学生有的住校，有的走读，当天晚上，几个住校学生揉着肚子哭个不停。洛桑校长找来酥油，在炉火上化开，温润盈盈，醇香晶莹，酽酽地让腹痛的学生喝下去。不多久，学生纷纷从厕所跑出来，破涕为笑。

南宫羽惊奇地看着，问洛桑校长是不是施了魔法，或是在酥油里加了灵丹妙药。洛桑校长说酥油是个宝，能当茶喝，能当你们内地人的糌糊用，也能当护肤用品，涂抹皲裂的伤口，防止皮肤晒伤，还能消食润肠，相当于健胃消食片。大部分学生第一次吃巧克力，吃得太多太猛，吃惯酥油糌粑的肠胃，一时半会适应不了其他食物，在肚子里打架哩，打着打着，就把肚子打痛了。

上语文课时，她要求学生用汉语提问和回答问题，有的同学做不到，说两句汉语就拐成了藏语，常常引起哄堂大笑。

笑声中，有人举手说：老师，他我打。南宫羽摇着头，眨巴着眼睛，引起更加持久的笑声。

课后洛桑嘉措告诉她，藏语和汉语语序不同，他打我，用藏语直译就是他我打。

南宫羽问：为什么大众场合，学生不愿意说汉语？明明会说几句的嘛。

洛桑嘉措说：习惯吧，就像你当着欧洲人说英语德语，怕说不好被人笑话。藏族人有个习惯，见到本民族的人自然说藏语，不管是拉家常还是做工作报告，就像你们老乡见面，喜欢说家乡话一样。

还没说完，校门口进来几只羊，咩咩声此起彼伏，后面跟着一男一女。洛桑嘉措迎上去，将羊赶到厨房后面的场院里，把钱给他们以后，接过男人手里哆哆嗦嗦的纸，刚念了几句，女人就开始抹眼泪，呜呜声越来越亮。

南宫羽不知道发生了什么，好奇地走过去，见是一封藏文信，更是一头雾水。

洛桑嘉措用汉语低声对她说：这对夫妻的一个儿子，从咱们学校考到内地西藏班，由于水土不服，总是病病恹恹，已经一年多了，夫妻俩每隔几个月就送来几只羊，换成现钱邮寄给儿子，顺便送来儿子的信，我帮他们读信。为附近不识字的农牧民读信写信，是学校教师几十年的义务。

见洛桑嘉措与南宫羽聊天，女人抹着眼泪跟着丈夫出了校门。

南宫羽说：可以把学生接回家休养，或者家长到内地照看孩子呀。

洛桑嘉措说：路上花费太大，普通家庭负担不起，有的学生从初中到大学毕业,加上预科班一年,一共十余年,中间回来一两次,还有一次都回来不了的。走的时候是小小少年,回家的时候胡子比山羊胡子都长,也有爷爷奶奶阿爸阿妈去世,都回不来的。从咱们学校走出去的一个学生,大学毕业后在内地工作,有一次探亲回来告诉我,梦里总出现同一个场景——父亲仰望天空,指着飞鸟念叨他的名字,母亲站在红柳夹道的小路中间,抻长脖子眺望远方。当他千里迢迢回到家乡,发现房屋道路一切如故,小时候的伙伴种地放羊,重复着父辈的生活,心里非常难受。

南宫羽说:拉萨也有大学,为什么非要去内地读书?幸亏青藏铁路通车了,以前要乘飞机搭长途汽车吧,路途的确遥远。

洛桑嘉措说:这个不难解释,就像你们汉族人喜欢把子女送到国内外名校读书一样。藏族人是一个包容向上的民族,向往雪山以外的世界,向往文明和进步,越来越多的家长,把孩子能考到内地读书视作极大的荣耀,送孩子到内地读书的隆重程度,不亚于举办婚礼,亲戚邻居送礼献哈达的,请藏戏演员演出跳锅庄的,放录像放电影的,杀羊喝酒的,怎么热闹怎么办。

南宫羽说:听起来就很喜庆快乐。

洛桑嘉措说:是呀,短暂的热闹之后,是长久的孤独和亲情的缺失。所以这些远离家乡的游子,一旦事业有成衣食无忧,会非常慷慨热情,成为尽职尽责的父亲和母亲,为家乡做许多实事,把加倍的爱给予家人和他人。

南宫羽说:听说咱们学校就是校友资助修建的。

洛桑嘉措说:学校是政府统一修建的,电视电脑是校友捐赠的,但用电不正常,电器常常形同虚设。

南宫羽问:这些校友都在内地工作吗?

洛桑嘉措说:也不全是,大多数藏族年轻人同祖辈一样,更愿意回到藏区工作生活,也有走得远的,世界各地都有藏族人,做学问的,经商的,哪个行业都有。

南宫羽说:内地学生有个特点,学习成绩优异的学生,家长多是政府官员、医生、教师,学习成绩差的学生,家长多是商人、打工者和农民,咱们这里一样吗?

洛桑嘉措说：咱们这里没有那么多身份界定，河谷地带和小河沟口的农牧民，人口相对集中，学生从小见多识广，成绩好一些。住在深山峡谷，依然保持着刀耕火种习惯的农牧民和猎人后代，学习成绩差一些。

南宫羽说：刀耕火种的人家很开明嘛，愿意把孩子送来读书。

洛桑嘉措说：政府规定适龄孩子必须读书，县乡村层层把关，完不成任务的干部会受到处罚，目前入学率还比较高。

夜色渐浓，灯泡在头顶闪烁几下，灯丝变得赤红，忽明忽暗之间，红丝亮了瞬间，就彻底熄灭，校园影影绰绰，学生躁动了一会儿，便安静下来，像什么事也没有发生一样。

她问洛桑校长为什么停电。洛桑说经常停电，搞不清原因。

望一望夜空，星光并不璀璨，她说到电管所看看，洛桑不好意思拒绝，打着手电筒一起往镇子中心走去。镇子同样漆黑一片，偶尔有小亮点闪烁，想必是蜡烛或酥油灯。两个学生争抢着什么，见他俩走近，一个一溜烟跑进旁边忽明忽暗的房间，另一个抹着眼泪，站在原地哇哇大哭。

走到近旁，发现正是那位酷似童年柳巴松的男孩，便摸摸他脑袋，问他怎么啦。

男孩边哭边叙说，还没说完，一阵打杀声飘然而至。男孩听了号令一般，转身冲进那间房屋，哭声瞬间变成了笑声。

南宫羽抻长脖子向那房间张望，一眼看见一台老式录像机，正在播放多年前的一部香港武打电影，老老少少几个人看得正起劲，两个小家伙已经勾肩搭背嬉笑在一起。

一个小伙子手里握着几枚彩色玻璃球和纸币，一手空空地伸向南宫羽。

南宫羽愣怔了，不知道该不该进去，踌躇间，脚下一滑，绊到一个铁家伙上，低头细瞧，原来是一个轰隆炸响的小型柴油发电机。

洛桑嘉措用汉语问小伙子：怎么涨价啦？

小伙子说：自家发电成本高，涨价理所当然。

洛桑嘉措说：让我们新来的支教老师看看，老价钱行吗？

南宫羽方才明白,洛桑嘉措是想请她看录像,她赶紧退到街巷,头也不回地往前走。

洛桑嘉措追上来,向她解释,小镇平时没有娱乐活动,这个小伙子在内地跑了几年,带回来一部录像机和一台柴油发电机,有电的时候放录像票价便宜,停电以后用柴油机发电,票价贵出几倍。

南宫羽说:既然有电为什么不看电视?这部电影属于中年人的少年记忆,早老掉牙了。

洛桑嘉措说:几年以前这里不通电,有了电,电压不稳,有电跟没电差不多,酥油灯和蜡烛经常准备着。听说水电站正常发电以后,电视网络就能覆盖到这里,以后家家看上了电视,那家伙的录像机就得扔进帕隆藏布,喂肥肥的大鱼。

南宫羽说:如果这样,录像机大概很快会成为历史,被电视机替代,他都老大不小了,怎么还玩玻璃球呢?

洛桑嘉措呵呵笑道:不是他玩,是小孩子没有现钱,用玻璃球作抵押,他又把玻璃球卖给有现钱的小孩子,刚才那两个学生就在争夺玻璃球。

南宫羽愕然的同时有些酸楚。

借着手电光,走到一个拐弯处,发现一间房子灯火通明,门前围了许多人,有人把手电光束,专门往玻璃窗里面的人脸上照。尽管光与光相遇几乎影响不了什么,还是有人出来制止,三言两语间,竟然争吵起来。

南宫羽一时半会听不懂争执内容,但清楚他们肯定为电而战。

洛桑嘉措用汉语对南宫羽说,大家问电管所的人,全镇人都用不上电,为什么这里有电?南宫羽说,这里用的是备用电呀。

洛桑嘉措不解地望着南宫羽,望着望着,像是想起了什么,心血来潮一般,拽着她的衣袖往灯光里面走。边走边说:你帮看看,说不定能找到多多的电呢。

房间里的人哗地围了过来,待看清洛桑校长拽着一位汉族女人进来,门外的嘈杂声很快又风平浪静。

有人说:格根啦,南宫格根啦。

南宫羽稍微发了发呆，就恢复平静，问值班员，哪里出了问题？

洛桑校长嚩着嘴，细细地呼出一口长气，几步跨到门外，显出得意的神情，立即被人包围，疑惑与问候裹挟了他。

南宫羽换上绝缘鞋，戴上绝缘手套，打着手电筒，和值班员一道，一一打开铁皮柜子，把红线、黄线、蓝线理清楚，又把几个表盘合上，断开，断开，又合上。当洛桑校长都失去耐心的时候，随着一声重重的空气开关巨响，整个镇子瞬间明亮，与多年前秦巴山间那个雨夜，竟然一模一样。

那个夜晚第一次与李青林肩并肩，同撑一把碎花雨伞，第一次相互亲吻。记得还有一位倾慕者，叫什么来着，想不起来了，只记得是镇上的团委书记。时间过得真快哦，都记不清有多少年了。

欢呼声随即响起，值班室门大开，有人走了出来，汇入欢乐的人群。有人从窗户伸出头，欢喜得大声嚷嚷。大伙立即把洛桑校长推来搡去，有人一把抱住他，额头抵着额头。有人竖起两个大拇指，对着南宫羽鞠躬。

忽然，一个年轻的声音，清脆而响亮：拉姆，拉姆——

接着是洪流般的和声：拉姆，拉姆——

南宫羽跟着大伙一起乐着，不明白人们在喊叫什么。

洛桑嘉措挤到她跟前，用汉语说：南宫老师，你知道他们叫你什么吗？

南宫羽仰起脖子，一脸无辜地说：他们没有骂我吧？

洛桑嘉措说：怎么会骂你呢？拉姆在藏语中是仙女、神仙、仙女姐姐的意思。度母，就是女神，佛教中度母是观世音菩萨化身的女性菩萨。

南宫羽大吃一惊，有些不确定，又问：你是说他们把我当成了神仙？

洛桑嘉措声音高亢，不容置疑：没错，人们对造福一方的女人，都这么称呼，拉姆，度母。

南宫羽说：这个比喻太夸张啦，只是零线短路，接上就好了，这么小的事怎么敢惊动神仙大驾？

说话间，有人往她手里塞了一块青稞饼，有人邀请她去家里做客，有人说有困难尽管盼咐。

洛桑嘉措依次翻译给南宫羽，她连声道谢。

南宫羽想，第一次给全镇人带来光明，收获了爱情；第二次情景再现，收获了尊重。爱情与尊重同样重要，是人世间最宝贵的情感，相比之下，尊重似乎更稀缺，更难获得。藏族人真纯朴啊，太容易满足了。天冷取暖，天热用空调，夜晚有灯照，这些都市中再自然不过的事情，在喜马拉雅山脉腹地竟如此隆重。拉姆，度母，菩萨，太崇高了，担当不起哦。

返回学校的路上，南宫羽说：听说镇子上有信号，手机怎么总是打不通，电脑也上不了网？

洛桑嘉措说：好像有一个地方能上网，明天我领你去。

第二天两人出现在镇子上，人们最先与南宫羽打招呼，再招呼洛桑校长，校长高兴地说：以后你去哪里不需要我当向导了，你已经是小镇名人了。

一位留着齐耳黑发的小伙子嬉笑着冲到南宫羽面前，用汉语说道：南宫拉姆，免费为你服务，无线网卡上网。

洛桑校长拍拍小伙子的肩膀，对他说：照顾好南宫老师，我走啦。

小伙子的电脑正在播放一首藏语歌曲，南宫羽不懂歌词意思，但旋律悠扬高亢，非常悦耳。她刚坐下，小伙子就关掉音乐，给她面前放了一杯香气扑鼻的清茶。茶杯是玻璃杯，茶叶呈绿色，针状茶叶像排了队一样，竖立在杯中，漫移，漂浮，游弋，蹁跹。

端起杯子，深吸一口，清香浓郁温软。上下左右仔细端详，叶片渐渐舒展，像小小花瓣，含苞待放，茶水由清亮变成淡绿，鹅黄。摇晃间，热气氤氲。喝一口，满口生香，清爽悠悠，一种久违亲近的味道。

小伙子说：喝吧，看看西藏茶有没有你们内地的西湖龙井、武夷山大红袍醇香。

她匆匆惊问：这是西藏茶？西藏还产茶？

小伙子说：别激动，把心放回肚子里，西藏怎么就不能产茶？易贡茶场听说过吗？西藏著名茶厂。察隅农场知道吗？产的茶连自治区领导都喝不上，那个抢手噢，跟你们春节采购年货一样。

南宫羽连喝几口，果真口感与以前喝过的茶叶略有不同，她没有喝过龙井茶和大红袍，只喝过秦巴山地的富硒茶、南方的凤凰乌龙和荔枝红茶，所以无法回答小伙子的问题。

小伙子给她续上开水，问她是不是读过大学，学的还是电专业。

南宫羽愕然地望着他，见小伙子一脸单纯，反问一句：你怎么知道？

小伙子说：我怎么不知道？凡是上过大学的人，都能从对方脸上读出得意和失落，也能称出自己几斤几两，不过你毕业时间有些长，特点不明显。

南宫羽说：你说话怎么跟内地城里人一个口气？

小伙子说：我从西藏民族学院毕业，校址在陕西咸阳，这所学校在藏族人心目中，相当于北大清华，中央民族大学相当于牛津哈佛。

南宫羽说：真了不起，一定学到不少本领了吧？

小伙子说：本领谈不上，精华糟粕都学了一点。如果你在我身上看到不顺眼的东西，很可能就是从你身上学来的。呵呵，玩笑话，别介意。

南宫羽笑着问：这么大个人才，在这里做什么呀？

小伙子呵呵笑道：当大学生村官哩，人人都说我有出息，可离我爸的愿望相差十万八千里。

南宫羽在电脑上打开自己的邮箱，随口问一句：你父亲想让你干什么？

小伙子说：当县长。

南宫羽抬起头，瞪大眼睛，用力控制自己，才没有笑出声。

正要点击邮件，撕心裂肺的哭声在隔壁响起，年轻男人的哭声，独自一人的哭声，洪水猛兽一般。南宫羽顿时慌乱起来，鼠标在手中不停抖动。

张望时，小伙子已经跑到门口，哭声裹挟着她，向门外跟去。自己也哭过，心疼地哭过，体力不支时哭过，也经见过街头巷尾的哭泣，只是嗓门大一点，音调高亢一些。此时的哭喊，是不要命的，身体疼痛到极点，用完最后一点力气的嘶叫，铺天盖地的，无遮无掩的。

一定是生命处于危机，向这个世界发出的最后呐喊。南宫羽快步走着，慌乱中小伙子折了回来，与她撞在一起。

小伙子说：修房顶时摔下来一个人，你帮看着，我去找医生。

小伙子一溜烟跑开，几个人正焦急无措低头叹息，见她进来，惶惶闪开。哭声来自矮床，试探着走近男人，面容模糊，看不清伤在哪里，也不见血迹，只能从哭声判断，他还年轻。

她在墙上摸索一阵，找见灯绳，用力一拉，灯泡闪了一下，灯绳却断了。暗暗骂一声自己，望一眼那边，男人痛得死去活来，翻滚扭曲。

黑暗中，她摸索着，手在空中划了一下，想要捋一捋刘海，或者只是伸一伸手，没有任何目的，就在她收手的瞬间，手腕被牢牢钳住。

开始是一只手，蛾子扇动翅膀般的一小会儿，接着是两只手同时抓住了她的手腕，坚硬生痛，惊慌中才意识到是男人的手。她不喜欢见人就套近乎，更没有与陌生男人如此接触的经验。她想抽出手来，用一只手掰开两只粗壮宽厚的大手，就在她鼓足力气想要挣脱时，而那手，那双力大无比的手却像漏气的皮球，渐渐缓缓，疲软下来，晚风一般。

同时，她感到那手是湿漉漉的，有温度的，滑润的。

没有迟疑，连半点犹豫都没有，轻轻抽出手来，双手在空中晃了一下，就落在男人的手背上，用了一点力度，捏住男人的手指手掌，几乎就是四手相握了。终于，感到了男人的脉搏在跳动，指尖忽而有力，忽而无力，有力的时候勾住她的手指，无力的时候粗布一样瘫在她掌心。

偏一偏头，小伙子还没有返回，门外阳光灿烂，空气格外明净，屋外愈光亮，屋内愈黯淡。顺手抓起一件衣服，给他擦拭脸颊脖颈手上的湿汗。气味有些腥，仔细嗅，能分辨出汗水、泪水、酥油、藏香的味道。

她对藏香越来越敏感，雪莲花小学的老师和附近居民，几乎每家都焚烧藏香。藏香盒子极其讲究，有的是核桃木的卧式香盒，香盒上镂刻着莲花宝瓶图案。有的用座式香炉，香炉有铜制的，也有陶制的，还有景泰蓝花纹的。炉里固定香烛的物品也稀奇古怪，有的是一捧陈年青稞，有的是干爽的大黄，洛桑嘉措房间的香炉里，则是朵朵干枯的雪莲花，毛茸茸、软绵绵，香烛燃烧到底部，雪莲花哗啦啦跟着燃烧，欢笑一般，淡白色的烟子袅袅一阵，藏香与雪莲全都燃尽。香炉则像真正的宝瓶，半炉花魂，点点灰烬，暗香盈盈，款款飘散。

是呀，男人家里也应该有香炉酥油的。松开男人的手，想找到能燃烧照亮的东西。男人紧紧抓住她，奇迹般的，低微的哭声逐渐高涨起来。

有人急慌慌地跑来，走到近处，叽里咕噜一阵，转身又跑进阳光里。

一位中年男人手里拎着小箱子，稳健而来。南宫羽顿时轻松许多，男人的哭声却有点变异。

有人在墙上摸索，什么也没摸着，便点亮蜡烛摁亮手电筒。南宫羽趁机离开包围圈，环顾四周，看见有个独木梯子靠在墙上，她向梯子走去，立即有人帮她移动木梯。弯腰拾了一根细木棍，以木棍当电笔，爬上梯子，三下两下接上灯绳，啪啦一声拉亮电灯，房间霎时雪白一片。人们纷纷关掉手电筒，吹熄蜡烛。

再次看那男人，男人的裤子不见了，光裸着屁股卧在血泊中。

脸腾地变热，转身走出房间。

大概被这场景吓住了，有人向外走，有人向里挤。

犹豫间，她不知道匆匆离去还是继续留下。一位中年妇女拽她胳臂，说个不停，同时双手合十，向她鞠躬。她明白女人需要帮助，可她不懂医术，更不了解男人下半身的病情。

意识告诉她，男人出血过多，应该输血。

她把想法告诉给大学生村官，小伙子说：输血，血的有，没有办法从我身上流到他身上。

南宫羽说：直接输呀，应该能行。

小伙子说：血型，没有检验血型的仪器技术，血的输不了。

哭声变成了呻吟，高一声低一声，声声凄厉。

南宫羽让小伙子进去看看，旋即，小伙子就跑了出来，低声对她说：从房顶摔下来的时候，阴囊被尖尖的石头扎破了，正在缝合哩。

南宫羽翕动嘴唇，想询问是否用了麻醉药，是否有消毒液。

最终，什么也没问。望着雪山顶上依稀的旗云，困乏地眨了一下眼睛。

淘金说

几封未读邮件显示在电脑屏幕上,有父母问平安的邮件,问她手机怎么总是不在服务区,有以前同事熟人的问候。李青林竟然连着来了三封邮件,从来信时间看,第一封写于傍晚时分,第二封在次日黎明,第三封与第二封之间相距两周时间。

她先给父母回了邮件,然后给其他人回复,一时半会不知道如何回复李青林的邮件。只能阅读,越读心里越乱,越难以忍受,她默默地念着,咀嚼着,口腔和内心弥漫着苦味。

邮件一:

南宫羽:

为什么要去西藏?为什么去那么艰苦遥远的地方?是惩罚我吗?是对我多年来没有给你一个归宿实施报复吗?当年你盅惑并追随我南下,从此失去了安稳和单纯。没能让你过上富裕高贵的生活,没有给你一个幸福的家庭,只实现了所谓繁华都市梦,令我愧疚难当。如今你又孤身一人远走他乡,如有不测,我就是罪人,永远背着十字架,终生不得安宁。我有罪,我是你的罪人,是你全家的罪人,是众人不齿的罪人。

李青林

邮件二：

南宫羽：

对不起，我知道自己病了，慢性病，反反复复，总不见好，非常后悔昨天晚上给你发的邮件，一旦发出删除也没用，特此向你道歉，就当我是个出尔反尔的小人吧。

我曾经那样爱你，你的一颦一笑就是我的风向标，与你恋爱，非常幸福，同时也深感不踏实。尽管早不提门当户对，但这个东西总是深潜在人们的观念中，这是与你交往以后逐渐意识到的。

东西南北中，发财到广东，这场飓风吹遍大江南北，我们像众多不甘心命运安排的人一样，热血沸腾，被淘金梦冲昏了头脑。还记得吗？你把我送进人海般的站台，第一次感到惶恐、混乱和无序历来都不会有好结果。我在肩膀与包袱，汗臭与唾沫星子后面寻路，直到被裹挟而去，我都在注视你。你是那样焦急，真真切切替我担心，这个画面伴随我度过了那段如夜时光，也是你留给我最后的美丽。按说你一直都是漂亮的，只是我的心变了，变成了铁人，失去了对美的感知。

我只能将当年的经历如实告诉你，这样你就明白我对你的残酷不是有意为之，而是迫不得已，常常的，我管束不了自己的行为，管束不了自己的思想。

火车上的拥挤和臭味，令所有南下打工者不堪回首，但最丑恶、最大的伤害是是对心的伤害，对人性的摧残。幸运的人躲过了这一劫难，成为阳光快乐的劳动者，衣食无忧，终于摆脱了贫困。我却没有躲过灾难，才变成现在这副模样。

下了火车，终于呼吸到新鲜空气，精神为之一振，郁郁葱葱的植被，从草地一直开到树梢的花朵令我新奇，火车站广场上拉着长长的横幅，这家电子厂招工，那家制衣厂招工，玩具厂、塑料厂，皮包厂，各种名字的工厂听都没有听说过。

稍稍思考了一下，就站到电子厂招工队列。我想试一试，当过教师的人到这种厂子做文字秘书应该不成问题，办公室的行政人员也不错。但我忽视了一个问题，同我一起排队的人大部分衣衫廉价，皮肤粗糙，焦虑，欲望，失落，全都挂在脸上。放眼望去，四周全是这种人。还是试一试吧，坐在办公室管理这些人也是可以的。

大家纷纷拿出身份证、毕业证、暂住证等证件，轮到我报名的时候，我问在哪里能领到暂住证，对方抬起头，瞪我一眼。我再问，被身后的人一推，就推到了编织厂报名处。

问题有些严峻，没有暂住证就报不上名。我把毕业证书铺展在招工人员的眼皮底下，对人家说，我是正规师范学校的毕业生，招工的人还没有答复我，哄笑就肆意响起。我莫名其妙，不知道自己错在哪里，便像老鼠一样从人堆里钻出来，沮丧地在广场上走来走去。

傍晚时分，我到附近一家旅馆住宿，人家问我要单位证明或介绍信，我拿出毕业证说自己是师范学校毕业生，还教过几年书，请相信我是正经人。

登记员是个中年妇女，一边嗑瓜子，一边学着我的腔调，阴阳怪气地说：赌博嫖娼，贩毒吸毒，投机倒把，人口贩子来住店，都说自己是正经人。白天是教授，晚上是禽兽，你敢保证黑地里也是正经人？哼哼，鬼才相信呢。

看着女人唇红齿白，一张一合，不住声地吧唧，瓜子皮乱飞，我强忍厌恶，捏紧拳头，恨不得一拳打向她不停翻动的唇。一片瓜子皮不偏不倚，正好射到我脖颈里，伸手一摸，捏在手里，朝女人的脸上扔去，还没跑开，骂声狗一般追了上来。

再次游荡在火车站广场上，心想夜里干脆到候车室将就一宿，明天早上继续找工作。一位四川口音的瘦个子男人主动搭讪，我像见到久别的亲人，顿感温暖，总算有人与我说话，还十分和气。他告诉我，在火车站广场大张旗鼓招工的厂子，都是正规大厂,各种证件都得齐全,你得往村子里面走,那里有各种各样的小厂子,用工灵活,干一天活,就能领到一天的工钱。

我问,村子里面怎么会有工厂,那庄稼长在哪里。男人往地上吐一口唾沫,大着嗓门说,那是北方农村,贫困山区的农村,我来珠江三角洲好几年了,就没有见过一块打粮食的土地。我急忙问他,那打什么呢?他有点卖关子,还有点骄傲地说,什么庄稼也不长,长的全是厂房,厂房里全是流水线传送带,和你我这种苦命汉子。哦哦,你好像不穷,细皮嫩肉,不像出苦力的人。

我问他村里有学校吗?中学小学都可以。他说当然有,有大人的地方就有小孩,有小孩的地方就有学校,怎么,你想读书?哪个太大了吧。我说想当老师,有当老师的经验。他受了惊吓一般,站在原地一动不动。

然后,眨巴着眼睛问我,你想当老师,你说你想当老师?你以为你想当老师就能当上?我说是的,就是这么想的,来这里以前就是这么想的。

他说,你知道我以前在四川干什么吗?说了吓你一跳,我是财政所的所长,因为一笔扯不清的烂账,说明书写了不下十回,上面还是查来查去。妈的巴子,此处不留爷,自有留爷处,一气之下,孔雀东南飞。好赖我也有会计师资格证,吃过多年皇粮,在工厂里面随便当个会计出纳啥的,一点问题都没有,但你知道我现在干啥子工作?厨子,你相信吗?就是这厨子,今天掌勺子,明天还不知道拿焊枪,还是拿油漆刷子。

我惊讶万分,从男人的面部表情体格形态,一点也看不出财政所长的影子,倒像一个挖煤工人。

男人说刚送走一个老乡,来的时候跟你一样,觉得珠三角地区遍地都是黄金,其实是羊屎蛋子外面光,里面是个烂草包。你继续做你的老师梦吧,我走啦,记住晚上别到火车站候车室睡觉,一抓一个准。

我问是抓人吗？为什么要抓人？

他转过身来，认真地说，你不知道这里白天晚上都有人巡逻吗？专门抓盲流。我问什么叫盲流。男人有点气愤，回我一句，就是没有暂住证、工作证、身份证、介绍信的流浪汉。我说，原来是这样哦，我有身份证和毕业证哩。男人没好气地说，真是个菜鸟，撞到南墙就明白了，以后见人别说你什么学校毕业，有多高学历，这些东西球都不顶。

男人径直向一辆公交车走去，我紧跟着他。男人说，别跟我，没有证件哪个招待所都不让住。我央求他能不能收留我一晚上，明天就出去找学校，找到学校立即离开。男人说，刚好老乡走了，他的床铺空着，你想住也行。不过么，出门在外都不容易，得收钱，当然比宾馆招待所价钱低。

虽然不大乐意，也只能跟着他走。下了公交车，曲里拐弯走了很久，领我到一间低矮的平房前，告诉我睡觉警觉一点，有人敲门坚决不能开，也不能出声，更不能开电灯。发现巡逻人来，从后面窗户翻出去，往远处的荔枝林跑，跑进树林躲起来，安全以后再出来。荔枝林套种有菠萝，小心菠萝叶子，刀子一样尖利，北方人没见过，割着了别怪我没提醒你。

他要我先交一晚上的住宿费，并说要是我晚上跑了，他就亏大了。

这一夜怎么也睡不着。南方的白天炎热，晚上也闷热得厉害，蚊子嗡嗡声响彻房间。迷迷糊糊刚睡着，就被咬醒了，醒了以后听到脚步声，迅速披衣下床，拎起包就往窗口跑。一只脚还没搭到窗沿，听见脚步声已经远去，叹口气，继续躺在床上，抱着提包辗转反侧。

第二天一早，连招呼都没打，就到周围找学校去了。学校的确比较密集，但连小学一年级的代课老师都是大专毕业生，我这个中专文凭的师范生，简直就是一棵小草。迎着朝霞，满怀希望出门，夕阳西下，垂头丧气再到那间小屋。四川男人照样来收房钱，此后的每天晚上都如此。

饿了，吃方便面，干吃，没有泡方便面的开水，每包方便面的调料袋里，有三十五到四十粒味精，一次次数啊，数啊，数得心脏痉挛，胃酸上泛，还得数，不数味精粒，还能干什么呢？想回去，回到你身边，继续在小学教书，想宿舍前面的那片菜地，爸妈一定又在浇水培土了，想一想，就想哭。这个时候，我给你写过一封信，非常简短，不敢写更多，怕你担心。周围所有学校都找遍了，没有一所学校愿意要我，只能自降身价，到工厂碰运气，最先还是想找一份办公室工作，几天下来，发现这个想法很荒唐。

工厂门前的招工队伍总是排得很长，好不容易排到登记处了，名额招满。我们久久不散，想要抓住救命稻草，想要询问，保安一阵乱棍横抢，打得我眼冒金星。这是我长这么大第一次挨打，小时候连父母都没有打过我，在改革开放的前沿地区，繁花似锦的南国大地，却遭受到这种侮辱。继续回到蜗居的地方，继续数方便面里面的味精颗粒。

一天晚上，忽然听见女人的哭声，哭得我心慌意乱，蒙着头都无法安睡。四川男人一脚踢开房门，对我大发雷霆，说这日子没法过了，不知道王法掌握在哪些人手中。老婆到菜市场买菜，走的时候还唱着"左手一只鸡右手一只鸭，身上还背着一个胖娃娃"，菜还没买就被人盯上了，不由分说，拉到卫生所作了结扎手术。天老爷呀，叫我怎么活啊？双胞胎女娃还不会走路，这一扎就断子绝孙啦，我该如何向爹妈交代，向祖宗交代啊？

男人气呼呼地说完，正要转身，四个穿统一服装的男人就向我们扑来。四川男人从口袋里掏出暂住证，他被放了，我却被双手反剪到背后，牢牢地戴上手铐。那一刻，我的心都要炸了。你知道的，咱们从小接受的教育，手铐都是戴在犯人手上的，哪有戴在咱们这种人手上的道理？我还是为人师表的人民教师，从事的是天底下最为阳光的事业。是我错了，还是他们搞错了？

一定是他们抓错人了，来南方的数日里，目的只有一个，就是找一份工作，既没偷盗，也没强奸，处处小心翼翼，生怕冒犯任何人。但现在，冰凉的手铐却戴在手腕上，不得动弹，任由他们带到东带到西，最后把我带到一个救助站。

卸下手铐，用探测棒在我身上晃来晃去，搜查有没有危险物品。检查完以后，分给我一卷席子一个枕头。

抱着卧具向房间走的时候，差点摔到地上。自尊被扒光了，颜面全失，我想死去，想一头撞到墙上一死百了。可这也是一件奢侈的事，过道，房间，餐厅，到处都是人，到处都是凸现凶光的眼睛。

十二个人一间房子，架子床上下铺，头抵着头，脚抵着脚，叹息呼应着叹息，脚臭掺杂着咳嗽。令我不敢相信的是，好多还是应届大学毕业生，像我一样，全是蜂拥而来的淘金者。

在这里只住了两个晚上，就被赶上一辆闷罐子车，摇摇晃晃大半天，来到一个采石场。打石放炮，把大石头砸成小石头，将规则的方形石头装上大卡车，不规则的石头装上拖拉机。

从清晨到黄昏，从日出到日落，从晴天到雨天，日复一日，青草变成黄草，绿叶变得苍黄，蒲公英的花絮早散尽了，还没有放我们走的迹象。

这期间，最难熬的是无法与外界联系，就像落进了巨大的天坑，白天盼望天黑，夜晚期盼天明，对疾病和死亡麻木不仁。不准写信，写了也没有地方邮寄，更没有电话可打。烈日暴晒下，几分钟前还搭讪的工友，几分钟后被石头砸破脚背，哭爹喊娘，简单包扎一下继续干活，大石头搬不动，就捡拾小石块。

南方的雨说下就下，不过渡不酝酿，与南方人的性格一点都不同，瓢泼大雨刚落下，立即艳阳高照，热浪滚滚，这种天气对冬穿棉袄夏穿衫的我来说，如同雪上加霜。

一位病病歪歪的工友，终于卧床不起，等我们收工回宿舍，发现一条黑蛇缠绕在他脖子上。一位海南工友举起铁锹用力一砍,蛇尾巴断开了。奇怪的是蛇的上半身一动不动,蛇头深埋在他脖颈处,一副不离不弃相互偎依的样子。胆大的工友纷纷凑上前去,费了一阵工夫,才把蛇从脖子上松开,松开以后发现蛇已经死去,工友也没了气息。原本还算略白的面容转眼间变得黪黑,与缠绕在他脖子上的黑蛇一个颜色。我们给他擦洗身体,穿好干净衣服,脸上盖一件干净汗衫。这汗衫不是他的,是另一位同乡的。

我们在他面前站成一排,刚站好,还没来得及鞠躬,就被几个腰上扎皮带、手里拿电棍的人驱散了。透过窗玻璃和惨白阳光,看到工友的尸体很快被装上卡车,遮脸的汗衫随车飘了一程,就不见了。

我在窗前站立,大脑一片空白。有人在我身后说,听说他们两口子来南方打工不到两年,因为没有暂住证,一直东躲西藏,大概受到惊吓,老婆一连流产两次,好不容易找到一间郊区出租屋,刚住下,就被生拉活拽到计生办,硬生生给上了环,冤枉的是,连一个孩子还没有呢。屋漏偏遇连阴雨,老婆在织布厂上班,不知怎么搞的,一只手被机器卷进去,压成了肉饼,厂子只赔偿了一万多块钱,就被扫地出门。女人一气之下跳了东江,他去老婆厂子找老板,老板久不露面,反把他弄到了这里。嗨,你相信灵异吗?相信鬼魂附体吗?缠在他脖子上的黑蛇,说不定就是他冤死的老婆呢。

南宫羽,你知道吗?那一刻,我脑子里冒出的是母亲变异的脸,她的脸肿胀得如同发面馍馍,唤我的声音飘来荡去,忽高忽低,忽远忽近。后来从时间推算,那个时候,母亲已经病重,除了对我的担忧,焦虑,杳无音信的等待,还能是什么病因呢?

工友的意外死亡对我们打击很大,急于获得自由的愿望,一天比一天强烈,几位工友叽叽咕咕了好几天,约定某个后半夜,最好是下雨时间,出逃。当我们在漆黑的夜晚,穿着暗色衣服,砸开一处铁丝网,狗一样往外钻的时候,一位工友反悔了,说马上就干够遣送我们回原籍的路费了，若是被抓回来，还得再做苦力，以前的工钱一笔勾销。

他的声音尽管很低，我还是听见了。就在迟疑的当儿，不远处响起了呐喊声。随即灯光闪烁，钻出洞的人拼命向山下跑去，没有钻出洞的人急着往外钻，也有撒腿向宿舍跑的。我稍稍犹豫了一下，就顺着铁丝网边沿，猫腰向宿舍方向奔去，爬进窗子，扑到床上，被单往脸上一蒙，喘出的粗气把被单顶起落下，落下又顶起。

嘈杂声起，房间灯火通明，我深深吸进一口气，紧闭双眼，强迫自己悠悠呼出。有人揭开我的被单，骂骂咧咧一阵才离开。

时光荏苒，一晃许多年了，此时此刻，依然耿耿于怀，那口气太漫长了，差点把我憋死。

终于有一天，我被告知，已经干够了购买火车票的钱，将被遣返原籍。我和几位工友被赶上篷布遮蔽的卡车，一直送到火车站进站口，才把身份证还给我们。我问他们要我的毕业证，一位目光四散的家伙说，从来没有见过，当初只代管身份证，没有其他任何证件。

我急得嗓子冒烟，汗水从两鬓往下滴，背部的汗水都流到了裤裆，双脚在地上用力踩踏，飞起阵阵尘烟，心想怎么能这样回学校，全校师生怎么看我，父母亲戚还有你南宫羽怎样看我，我咋就沦落到被遣返的田地了啊？

我想一头撞死那个家伙，细想如果撞死他，我就活不成了，就见不到父母和你了。你可知道，那一刻我多想家呀，多想你呀，多想有人拉我一把，把我拉出屈辱的漩涡，跟我说一句话，给我一碗热饭，一杯热水，吃饱喝足以后，我就去死，一点都不后悔，一分钟都不迟疑。

从进站口到站台之间，有一处悬空高架桥，桥上人头攒动，人声鼎沸，阳光炽烈。我的心却是冷的、凉的、冰的。手掌硬如生铁，手指弯曲困难，手背布满老茧，伤痕累累，虎口皲裂，血珠涟涟。

人可真多呀，男男女女老老少少，与我擦肩而过，把我胳膊撞得荡来荡去。我没有任何反应，任其自由摇摆。几个月以前，南下的时候还有一个提包，现在两手空空，只剩熟悉的汗臭。南腔北调高高低低，或急促或悠缓，或低沉或喜悦，与我一点关系都没有，我在人海中，却感到孤独。

前后左右，忙碌非凡，衣衫缤纷，我则如同进入深山洞穴，冷风飕飕，寒气逼人。在人群中停顿了几秒钟，四顾茫茫，没有人注意我，没有我要关心和留恋的事物。我变得无牵无挂，可有可无，以前的痛苦来自欲望，来自想法太多，那一刻，顿然麻木，不喜不忧，忽然就身轻如燕，有了飞翔的打算。

我向栏杆外面爬去，下面是奔驰的火车，停滞不前的火车，太多的火车纷纷扰扰，影响了我坠落的速度。

身后，有人说话，那声音冲我来的，向我一个人呼喊的，关于我的呐喊，关于我的对话，有人关心我了，真有些不习惯噢。

——赶快救他，要不回去没法交代。

——交代，交代个球，这种事还值得纠缠，多一事不如少一事，就说失踪了。

寂静，黑暗，一切回归到深山夜半状态。

细若游丝的记忆中，母亲在学校宿舍前的菜地里摘黄瓜，摘着摘着，从黄瓜藤蔓间飞出一只马蜂，嗡嗡一阵，母亲挣扎着就倒下了，倒在一片花丛中，那花是娇嫩的水芹菜。你只顾采水芹菜，却不救我母亲，我叫你，叫我妈，我妈流着眼泪，你手捧水芹菜，一个劲地大笑，笑得前仰后合。我叫着我妈，骂着你，焦急得手脚抽搐。

猛然间，阵阵轰鸣，震得我骨骼疼痛，身体随之被掀翻，又被掀翻，然后被反方向的气浪掀回去。意识渐渐复苏，睁开眼睛，发现自己正在两列反方向飞驰的火车之间打滚。呼啸声和热浪刚刚停歇，就被一个手提扳手、身穿黄色马甲的中年男人拎起来，并大声责骂，寻死也不找个僻静的地方，应该到山清水秀空气干净的地方去死。

我忐忑着，不知道一头扎向股道，让下一辆火车碾死，还是跟他走出铁轨密布的区域。

男人见我犹豫，高声对我说，人到世上就是吃苦来的，有啥想不开的？人死球朝天，一了百了，想过你爹你娘你老婆你娃没有，你死了他们咋活噢？寻短见的人，都是自私自利不忠不孝的逆子，你以为我愿意救你？你要是死在这里，我们工段这个月的奖金就泡汤了，我还得写检查。

我只好一声不吭，一瘸一拐地跟在他后面。走到一个方方正正的铁皮房子前，男人对我说，料场上扛包能挣到现钱，要是不想饿死，就去干吧。

顺着他手指的方向，我快速离开，头也没回。

他怎么就知道我缺钱呢？怎么不把我送进收容站呢？

多年以后，脑子里总是浮现这个男人的模样，手提扳手，身穿黄色马甲，说话不急不慢，不温不火。想起他的时候，充满感激，感谢他指给我一条活路。有时候也恨他，如果不救我，就没有后来的煎熬，病痛，度日如年。

火车站料场，竟然不要暂住证介绍信，只要肯卖力，就能留下来，工钱低得就是现在也不好意思告诉你。这里有无穷无尽需要搬上车皮和搬下车皮的东西，大蒜，大米，冻肉，玩具狗，沙发，插秧机，洗衣机，甚至连飞机上的反光镜都有，白天晚上都有活干。累得眼睛实在睁不开，随便蜷缩在麻袋与纸箱之间，迷糊一阵。好在夜晚气温适宜，无遮无掩也能入睡，一拿到钱，就向工友打听，哪里有邮局，想给家里寄信。工友说，你老土呀，现在谁还写信哟，打电话多方便。我说我们家在山里，没有电话，对象单位好像也没有电话。

有人说，最好别出料场，巡逻人员比苍蝇蚂蚁都多，要是被抓走，会被送去采石场、割橡胶、修路、建房子，到了那里如同服劳役，跟劳改犯差不多。

我像受到台风袭击，趴在包装箱上起不来。稍稍有一点力气，一眼一眼地瞅墙壁上、车厢上、过道上的标语口号：坚持四项基本原则；发展社会主义市场经济；革命化、年轻化、知识化、专业化……

嘴里念叨着，就是不过脑子，大脑跟身体一样呆板。

还是写了信，自然是写给你的，偷偷寄出去以后，听说不远处的街道上有部公用电话，前后左右看了几遍，确信没有巡逻队，大着胆子走近，小心靠过去，对电话主人说要打电话。

主人是个年轻女人，嬉笑道，打吧，打吧，随便打，按分钟收钱。

我掏出钱给对方，对方说不急，打完再给。

我说，我打电话，我打电话。

女人抓起黑色话筒递给我，打吧，打吧。

我把话筒用力攥在手中，不敢松手，攥得手心出汗，依旧重复那句话，我打电话，我打电话。

女人仔细瞅我，从头顶瞅到脚背，从脚背又瞅到头顶，然后，从我手中摘去话筒，双手捂住，生怕飞走一般。同时，轻言细语、小心翼翼地说：你去别处打吧，我这里打烊了。

我没有听她的话去往别处。第二天，又去了她那里，打了多个问询电话，才打到咱们镇邮电所，我不敢报自己的名字，只说请帮忙找你接电话，对方是个清脆的女声，明显受了惊吓。大约几秒钟，就在电话那头大呼小叫：哎哟哟，你是李青林吧，怎么才有消息？你还惦记那个破鞋呀？把你弄得五迷三道不知去向，还跟那个夏克打得火热，夏克就是咱们镇的团委书记，你应该认识他，把你妈都气死啦。

那声音飘忽不定，我定了定神，重新咀嚼她的话，才明白那声音的确来自遥远的家乡，尽管不确定具体是谁，但毋庸置疑，那是红薯洋芋魔芋豆腐的味道，山风泥土的气息。

哆嗦了好一阵，把话筒紧紧按住，稳稳地压在耳际，上牙紧咬下牙，生怕影响通话质量。

我说，你说我妈咋啦？

对方不耐烦地说，你妈咋啦？你妈死啦，你都不知道呀。

我说，不知道，真的不知道，真的不知道，真的不知道。

对方又说，真不知道？那我现在告诉你，你妈死啦，你被学校开除啦。

我一迭声地说，噢噢，我妈死啦，我妈死啦，我被学校开除啦，我被学校开除啦。

南宫羽，这就是你不知道的那段经历，我回不去了，只能苟且在南方。自从知道母亲去世，头发脱落严重，一抓一把。好不容易找到一家幼儿园，教孩子画画，你就来了。我尽一切能力帮助你，但我的能力太有限，没能实现你的愿望和理想。

我想忘记所有苦难，想轻松快乐地生活，想与你有个好的归宿，但那些经历挥之不去，长在身体里，梦一般地萦绕，多年不散。

我妈死了，你却在笑，我妈死了，你却在笑。

明明知道我妈的死，与你没有直接关系，还是混淆一团，撕扯不开。

南宫羽，以上这些文字，是我一生的耻辱，第一次向人倾诉，肯定也是最后一次。多么希望从此以后，关闭这扇记忆之门，生锈焊死，永不再现。

告诉你这些，是听说西藏太危险，如果真发生意外，你也落个明白，也能理解我的不易之处，无奈之举。

李青林

邮件三：

南宫羽：

  你好。

  你在西藏有什么困难一定告知，我当尽力帮你。

李青林

  三封邮件终于读完，南宫羽慵懒地坐在电脑桌前。小伙子走过来，给她续上热水，她没有反应，连倾斜一下身体的动作都没有。

  小狗在脚边转来转去，弯下腰，拥抱了一下，温暖立即爬满全身。蓦然，她感到脸颊一热，伸手去摸，摸了一缕唾液。拍一下狗尾巴，小狗跳跃着奔向门外。

  淅淅沥沥的雨水滴落在窗外，静静地听，细细辨析，西藏的雨果真与南国不同，也与秦巴山间的雨水不同。家乡的雨水同气候一样，四季分明，有序可循。南方的雨不打招呼，东边日出西边雨，上午大雨滂沱，下午艳阳高照。西藏的雨呢，还没有摸出规律，总之，是与南方和北方不同的。

  恍惚间，她看见了漂浮的水葫芦，火焰般的木棉花，高高的美人靠下，李青林踟蹰不前，顾盼张望。

  她默默念叨，青林，对不起，真的对不起，是我害了你全家，我是你的罪人。

  然后，她点开发件箱，给李青林写了一封短信，写完以后，关闭电脑，独自走进雨中，任凭喜马拉雅雨水相依相随，浸润周身。

青林：

  你好。

  感谢你对我的信任，将往事一一道来，真诚地道一声，对不起。

  我在喜马拉雅山脉中间一所叫雪莲花的小学，给孩子们上课，这里盛开着地球上最美丽的花朵，漫山遍野都是药材，但这里的百姓依然缺医少药。一位患乙肝的老人，因为买不起药品，只能等死。孩子们吃坏了肚子，只能用酥油治疗。从房顶上摔伤的男人，只能在家做简单的缝合手术，更不能及时输血。听说有的地区级医院连血库都没有，离城镇较远的农牧民，看病就医相对困难。如果方便，请给予支持。也希望你来林芝走一走，这里是西藏的江南，一定会有不同的感受。

少年时期的一位同学柳巴松，目前在林芝一家医院工作，他大致判断你患的是强迫症，我把他电话留给你，你随时可以与他联系。如果乘飞机进藏，先从广州或深圳飞成都，再从成都飞林芝机场。如果乘坐火车，有广州到拉萨的直达车，到了拉萨，再乘汽车到林芝。当然，从成都搭乘长途汽车走川藏公路，也能到达林芝，听说那是一条铺满鲜花的道路，风光绮丽，景观壮美，或许会有不一样的收获。

祝你一切顺利。

南宫羽

石锅宴

这天中午，一只白玉鸟在南宫羽头顶盘旋不去，南宫羽伸手去抓，鸟儿婉转啼鸣，带着水的声音、太阳的声音，飞向南迦巴瓦峰方向。

洛桑嘉措望着她笑一笑，什么也没说，走进教室，随即响起稚气的诵读声。

一位小伙子在这个时候走到她面前，自我介绍自己受电力部门领导安排，专程来请南宫老师参加青藏电力联网工程建设，并带来一份公函。

捧着写有自己名字的函，有种奇妙的感觉。这种感觉有些新奇，有些美好。大学毕业这么多年，从秦巴山地到南方，从南方到西藏，从事过多种职业，收到专门为自己一个人发的函，红色抬头，大红公章，还是第一次。

走得比较轻松，没有想象中的伤感和留恋，洛桑校长献给她和小伙子每人一条哈达，她把这条哈达与窗框上挂的那一条，一并折好放进包里，几位老师和学生送到校门外就止步了。

走出一段土路，回头去望，希望看到点什么，脑海中忽地冒出那位酷似童年柳巴松的男孩。顾盼中，那男孩神仙一般，真的就在眼前晃动，南宫羽还以为是幻影，愣怔不动。男孩握着一束铁锈红羽毛，高高举过头顶，敬献哈达一样，递到她手里。

男孩用汉语说：老师，阿妈说你的名字是羽毛，会飞的羽毛，专门从鸟窝里找到的，给你。

南宫羽弯腰低头，学着藏族人的样子，与男孩额头碰额头，习惯性地摸一摸男孩的脑袋，男孩笑眯眯地转身跑了。经过大学生村官房前的时候，偏过头去看，只看见那只温顺的小狗。她像招呼老朋友一般，嗨嗨两声，小狗仰起脖子，发出几声含糊的叫声，跟了几步，就不跟了。

这个时候，她才有点忧伤，就是在那扇窗户下的电脑前，读着李青林的邮件，这是她与外面世界联系的唯一通道，没想到他吃了那么多苦，还把好不容易找到的工作让给她。如果不是她当年蛊惑他南下，他就不可能遭遇磨难，不会患病，更不可能失去母亲，说不定祖孙三代正在享受天伦之乐呢。她默默念叨，青林，我怎么会亏欠你这么多呢？我该如何报答你呀？

阴囊被扎破的男人靠在一抱粗的柏树上，老远就与她打招呼，原本想问他恢复得怎么样，想一想还是没问，男人的私处与女人的私处一样，不能随便提起。见他没有挪动脚步，知道还没有完全好利索。挥一挥手，算是告别。暗自思忖，如果在内地，这样的缝合小手术，早活蹦乱跳四处行走了，而这里，即便是西藏的江南，伤口愈合依然缓慢。前一阵食指划破，找来创可贴贴上，三天以后，创可贴脱落，伤口还没有长好，只好抹上酥油，一周多才好转。进藏以前，这样的小伤口，连搭理都不需要搭理，两三天就会结痂愈合。

这是什么原因呢？同在一片蓝天下，西藏和内地怎么会有如此大的差别呢？见到柳巴松得请教请教。

一个女人坐在门前晒太阳，襁褓中的婴儿露出小脸，白里透红。她走了过去，逗那孩子，孩子微眯眼睛，笑模笑样。她把两枚羽毛放在襁褓上，其余的握在手中，女人不停地感谢：拉姆突及其，拉姆突及其。

小伙子帮她拎着包，恭敬亲和，跟在后面。

返程的路，并不艰难，没有过溜索，也没有过泥石流塌方区。走过摇摇晃晃的钢索木板吊桥，一辆半新不旧的越野车正等着他俩。吊桥护栏上飘荡着新旧不一的经幡、哈达，学着小伙子的样子，把一条哈达拴在护栏上，另一条还在包里。

吊桥上，空谷来风，洁白的哈达忽高忽低，高可与云朵媲美，低可与浪花窃语。河水湍急，水清浪白，珠花飞溅。想也没有想，就把男孩送给她的羽毛绑扎在经幡上，给艳丽的经幡增添了一抹铁锈红。

古树林立，枝叶葱茏，青稞泛着明黄的颜色，车过时，浪涛翻卷，核桃花早已消散，结出饱满的果实，有的压弯枝头，给人一种欣喜的气息。尼洋河谷深切群山，林芝城沿着尼洋河谷一路铺展，依河而蜿蜒。高处，林线雪线泾渭分明。蓝天与山巅接壤处，皑皑白雪，光鲜盈盈。分不清那岛屿般的白，究竟是积雪还是云彩，或者是旗云。

进入林芝城区，车速放缓，一侧是排列整齐高低错落的房屋，有的是藏式建筑，有的和内地房屋一模一样。一侧是河面宽阔、不急不缓的尼洋河，人影点点，水鸟蹁跹，湿漉漉的空气迎面扑来。

在一株枝丫向上生长的柳树下，一个背影引起了南宫羽的注意，接着是第二个，然后是第三个。当她千真万确地认出，三个人分别是李青林、欧美尼和马干果以后，惊得目瞪口呆，好一阵说不出话来，一个劲儿地拍打司机肩膀。

司机只好停车，莫名其妙地回头张望，南宫羽说：我在这里下车，边说边推开车门，向他们扑去。

稀疏的头发非常醒目，她想直接扑向李青林，从后面搂住他脖子，像多年以前在小小水电站旁的水渠边一样，手举水芹菜，勾住他脖子，吊在脖子上荡秋千，他就背着她，摇头晃脑，一路欢歌笑语。

真久远哦，已经许多年了。自从追随他去了南方，两人之间如同隔了一道深不见底的沟壑，知道彼此在对面，却没有渡到对方心里。这种状态已经成为固定模式，尽管从他的邮件中知道了隔阂的原因，此时此刻，却没有打破隔阂的想法，不想有任何亲昵举动，无论是心理还是身体，都没有恋人般的波澜与冲动，更多的是亲切，亲人相见的随意和喜悦。

马上就冲到三个人身后了，李青林正把花环一样的柳条帽子，往欧美尼头上戴，柳叶苍黄，摇曳轻盈，欧美尼双手高高翻转，漂亮的兰花指纤巧地扶住柳条帽，收腹提臀，单腿着地，脚尖旋转成芭蕾舞的姿势，笑声随着身体的旋转，露珠般撒向周边。

画面竟如此相似，那个时候，她走起路来蹦蹦跳跳，风吹杨柳一路窈窕，齐耳短发迎风飞扬，他为她采来水芹菜，为她编一顶柳条帽，那是垂柳依依的绵长柳丝，千条万条娇媚生辉。春天时挂一树鹅黄色小鸽子，纷纷扰扰，轻盈妖娆。夏季翠绿欲滴，阴凉沁心。秋天风卷枝涌，飘拂漫舞。冬季返璞归真，叶片小金鱼一样，一会游走一条，一会又游走一条，直到变成真正意义上的枯藤老树。

秦巴山间的垂柳，两条柳丝足可以编成一顶帽子，尼洋河畔的柳树枝条，努力伸向天空，与蓝天白云对话。隐约记得谁说过，这种柳树应该叫红柳，或者叫藏柳。

南宫羽收住脚步，生怕碰碎欧美尼银铃般的笑声，也怕撞飞旋转的天鹅。欧美尼真漂亮哦，身材丰韵，面容姣好，音域清亮宽阔，不但会唱花腔女高音，还会跳《天鹅湖》，而且，还有一个好性格，开朗活泼，富有爱心，浪漫且不失理想。

她是喜欢她的，欣赏她的。但此时，仿佛被什么东西刺了一样，有些疼痛，有些落寞，还有一丝一缕的遗憾。这种突如其来的思绪，令她惴惴不安，不知道应该一个箭步冲到面前，与他们紧紧拥抱，还是转身离去，反其道而行之。

当然，她是不能离开的，绝对不能离开，李青林是故乡人，曾经的恋人，有恩于她，以前想见都见不到，如今奇迹般地出现在眼前，怎么能离他而去呢？

刚镇定下来，马干果特有的乐呵声，便惊雷般炸响：哎哟哟，真道是说曹操，曹操就到，快瞅瞅，看哪个是谁？

欧美尼已经停止旋转，纤纤兰花指缓缓放下，侧目间，惊喜地叫道：南宫老师，你可回来啦，电话打不通，短信也不回，李总一直等你哩。

南宫羽伸手与欧美尼相握，欧美尼一把揽过她，往李青林身边推。李青林安静地看着她，她只好伸手与李青林也握了握。

她说：没想到你真的来西藏，欢迎哦。

马干果说：听柳大夫说你这几天回八一镇，快得很嘛。

南宫羽说：你认识柳大夫呀？

马干果说：哎哟哟，你真不了解西藏，西藏地大人稀，来个外乡人跟来个外星人差不多，不出一天，谁谁都知道。李总一到林芝，大街小巷都传开了，说来了一位医药代理商，有人问我，啥子叫医药代理商，我想了想跟人家说，大概就是药材贩子。李总从南方来，你和欧老师也来自南方，心想你们也许认识，就去问柳大夫。柳大夫是我们这里的名医，属于知名人士，眼观六路耳听八方，什么新鲜事他都知道，一打听，就找到李总了。

欧美尼说：你是想同李总做生意，要不怎么这样热心？

马干果呵呵笑道：真叫你说中了，我店里干果水果蔬菜都卖，积压了几麻袋天麻、大黄、三七、木灵芝，天麻都生虫了，还脱不了手。我请李总看过了，李总还没有收购的打算，南宫老师真是及时雨宋公明，请你和欧老师给李总说道说道，把我那堆药材收走得了。

南宫羽看看马干果，马干果笑容满面，不见丝毫焦虑忧愁。又看看李青林，依旧平静，如同千年前的绅士。

一辆白色越野车开了过来，南宫羽一眼就看见古铜色脸庞的柳巴松，正抻长脖子笑眯眯地看他们，最后把目光落在她脸上。

她发现柳巴松的眼里泛着柔和的波光，与她眼神相接的瞬间，波光跳跃了一下，又惶惶越过。他笑着，她也笑着。自从有了泥石流和溜索的遭遇，两人似乎有了秘密，有了心照不宣，这种感觉有些甜蜜，渗着幸福。她的心跳加剧了一瞬，就恢复到常态。

柳巴松握着方向盘，喊了一嗓子：上车啦，欧珠老总请咱们吃石锅鸡哩。马干果一个箭步上了车，欧美尼从头上取下柳条帽，顺手挂到路边的树杈上。李青林拉开副驾驶车门，请南宫羽坐上去，南宫羽没有上去，反而请李青林坐上以后，关上车门，才与欧美尼和马干果坐在后排。

待大家坐稳，柳巴松说：李总千万别客气，到了西藏都是朋友，时间久了你就知道，西藏人与内地人最大的区别，就是人际关系简单，没有那么多礼数规矩，既来之则安之，多在西藏走一走，看一看，说不定你会喜欢上西藏。

马干果接过话茬：柳大夫说得对，西藏是摄影家的天堂，林芝是养生圣地，空气干净，水质优良，如果在城里待厌了，我带你上山，山高林密的地方，药材能长上树梢。

欧美尼说：那还不如跟我到学校去，想代课就代课，不想代课就晒太阳，爬爬山，抓抓兔子，捉捉松鼠，采采菌菇。我们那里四季有花，点地梅，杜鹃花，格桑花，野菊花，雪花，哪一季都风景如画。饮食上也不会亏待你，牛羊肉，藏香猪，青稞油糕，包你吃好吃饱，怎么样李总，给力吧？

马干果说：好主意，李总你大概还不知道，欧老师待的学校在鲁朗林海，林芝是西藏的江南，鲁朗，则是林芝的白菜心，西藏的花骨朵，有小瑞士之称呢。

欧美尼说：是呀，上天眷顾小女子我，让我有缘走进鲁朗，生活在花园中，行走在画廊里，我敢保证所有到过鲁朗的人都会爱上那里，并且会感恩终身。

南宫羽原本想说点什么，话到嘴边却没有出声。她相信欧美尼的描述，林芝处处都是景，鲁朗林海自然更美丽，湿润的空气，甘醇的冰雪融水，炊烟鸟鸣，田园牧歌，非常适合患者疗养，对饱受病患折磨的李青林，无疑是最佳去处，于情于理，都应该鼓励他前往。

但为什么还有一点点酸楚呢？为什么不大声告诉李青林？去吧，和欧美尼一同去吧，到大自然中去，到森林、花海、冰川、青稞地、白唇鹿、松鼠中间去，敞开心扉，大声歌唱，把自己交给天空，交给大地，交给雨露和月光。在南方的都市里，不曾想起仰望星空，不曾有晾晒心思的地方，到了鲁朗，与热情奔放的欧美尼在一起，一定会把压抑长久的浊气一吐为快，一身轻装，重新上路。

想到这里，稍感轻松，如果李青林能减轻病症，从沉重的枷锁中走出来，成为一个正常人，承担正常男人的责任和义务，享受正常男人的喜怒哀乐，该有多大造化。应该感谢欧美尼，果真如此，压得她喘不过气来的愧疚，就能消解一些。

欧美尼，多好的女人，谢谢你的好意。她对心说。

欧美尼呵呵笑道：南宫老师，你同意啦？李总就跟我去鲁朗吧。

柳巴松也随声附和：好主意，那里适合休养，离林芝也不远，周末还可以来八一镇逛逛，一起聚聚。

南宫羽深感惊讶，只是在心里说给自己的话，竟然说出了口，欧美尼不但听见了，还引起了柳巴松的反应。

马干果向前倾着身子，拍一拍李青林的肩膀，说道：还是李总有艳福，有美女抢呢。你去那里最好，到时候我去看你，给你带核桃苹果，咱这的核桃皮薄肉满，林芝苹果跟藏族人一样，个个自带红晕，味道酸甜可口。

李青林偏着头，笑着说：谢谢你们，如果不怕我添乱，恭敬不如从命。

石锅鸡店也在尼洋河边，南宫羽有意走在后面，想等大家都落座以后，坐到不显眼的位置。按照内心的想法，她愿意同马干果坐在一起，这个家伙轻松快乐，没心没肺，走到哪里，欢乐就到哪里。李青林是她邀请来的，又有扯不断理还乱的过往经历，应该与他坐在一起，说说话，聊聊天。但跟他说什么呢？除了愧疚还是愧疚，总不能一直说"对不起对不起"，如果那样，相当于揭开伤疤挖脓疮。人生几十年，能够说得出口的苦和痛都不算苦痛，说不出口的，深埋心底的，数年不能忘却，甚至带往另一个世界，都不愿揭晓的苦难才是大悲哀，她给李青林造成的苦难就是这种。

这样算来，李青林就属于大众朋友，与他相处，不需要私密空间。

欧美尼呢，也有点微妙，李青林与她在一起，似乎比跟自己相处更快乐自在。这是她愿意看到的，衷心希望李青林摆脱凡尘烦恼，拥有快乐。她希望欧美尼多关心他，使他摆脱病魔纠缠。而且她觉得，欧美尼有这个能力，富于激情的人能够照亮黑暗，给人温暖，苦到心寒的李青林，需要的正是烈火烘烤，欧美尼就是一团熊熊燃烧的火焰。

而此时，她还不能对欧美尼敞开心扉，无话不谈，不能肆意鼓励她带走他，怕稍有不慎，事与愿违，反违初心。

想到这里，南宫羽脸颊有些灼热，慌乱再次撕扯内心。

不由自主地想起柳巴松，哪怕近在眼前，依然想着他。自从与他共同经历了生死考验，常常想起他，想起童年和少年那久远的成长记忆，想起自己腰缠葛藤营救他的情景，想起棕色大马坠入河中的轰然巨响，想起他面对患者全神贯注的眼神。

想起这些，恬淡安宁，温煦之情浸满全身。

有人叫她：南宫老师，来，坐这里。

随着声音望去，欧珠久美正向她招手，她笑一笑，双手合十，表示感谢。顾盼四周，差不多都落座了。坐下以后，发现自己的一侧是欧珠久美，另一侧是李青林，李青林的那边是欧美尼。似乎无意，又恰到好处，越过李青林的后背向欧美尼点头，欧美尼闪烁着明眸，甜甜地微笑。

马干果向几位男士让烟，几个人约定好了一般，全都摇头摆手。南宫羽暗自吃惊，自从来到西藏，竟然一支烟都没有抽过，甚至连想都想不起来，以前的自己是抽烟喝酒的呀。啊哦，是什么让她丢弃了从前的习惯呢？

记得有人说过，女儿家，能不抽烟尽量不抽烟，能不喝酒尽量不喝酒。谁说过的呢，柳巴松还是洛桑嘉措，或者是大安？不记得了，反正有人这样说过。

马干果把烟干脆收起来，她没有看清是什么牌子的烟，似乎也没有想知道的意思。

桌子是圆桌，中间凹陷处放着一个锅不像锅、盆又不是盆的器皿，热气氤氲，香气四溢，杯盘碗筷摆放整齐。

进藏几个月了，对许多事物已经失去了最初的好奇，这个既非瓷器也非铁器的东西，并没引起她过多关注，她的注意力一会儿在李青林身上，一会儿在欧美尼身上，一会儿又在想柳巴松。尽管大家都坐在一起，她还是思来想去，大脑繁忙。

见李青林抻长脖子一脸惊讶，欧珠久美对着热气指指点点：这是墨脱石锅，人工凿制而成，这种石头质地脆软。这也说明喜马拉雅山脉很年轻，地质结构很脆弱。内地人很少见到，今天特意请大家品尝当地美食，感谢你们对西藏的支持。

南宫羽暗自思忖，怪不得发生泥石流塌方呢，原来石头都是脆软的。

马干果乐呵呵地说：柳大夫是援藏医生，两位美女是支教老师，李总嘛，也算志愿者，他们千里迢迢来到西藏，帮西藏人做事儿呢。他们是援藏人士，我做点小本生意，赚西藏人的钱，无功受禄，算是蹭饭。

欧珠向身后的服务员招手，并说：普姆，青稞酒、拉萨啤酒、红景天饮料一起上，李总你刚上高原，喝点红景天饮料，能缓解高原反应。马老板你这么说就片面了，其实西藏与内地的交往自古就有，文成公主金城公主太遥远，暂且不说，自从新中国成立，中央政府一直对西藏进行支持援助，解放西藏的老兵，修建川藏公路青藏公路的解放军和汉藏民工，把青春年华乃至生命，都奉献在这片雪域高原，为西藏和平稳定与建设，立下了汗马功劳。你那杂货铺子，表面上看是赚西藏人的钱，实际是繁荣林芝市场，给人们带来了便利，八一镇已经成为林芝地区经济文化中心，也是藏东南重镇。援藏方式多种多样，资金技术文化诸多方面都有，这些年西藏发生了天翻地覆的变化，有时候连本地人都不敢相信，所以，要感谢你们这些各路神仙。

马干果说：欧总这么一说，忽然觉得自己好伟大，那我就跟文成公主金城公主一样，都是援藏干部啦。

说笑中欧珠提议大家端起酒杯，有人喝青稞酒，有人喝拉萨啤酒，有人喝红景天饮料，三种酒水都是易拉罐式听装，红景天饮料腰身纤细一些，同红景天花朵一样红艳。

南宫羽从石锅里夹起一只鸡腿，正想放到李青林面前的碟子里，欧美尼已经把一枚形似手掌样的小巧菜品，放到李青林的碟中，精致的瓷碟，浅白色的菜品，淡淡袅袅的热气，缭绕着李青林的面庞。

欧美尼侧着脸，向李青林介绍：这是林芝特有的手掌参，也是名贵的药材，你尝尝，跟高丽参和西洋参都不一样。这鸡是本地的藏香鸡，与藏香猪一样，散养在草地上，啄食百种花草，饮着冰雪融化的山泉水，日晒雨淋，肉质细嫩。

南宫羽只好把鸡腿放到自己的碟子里，心不在焉地看着石锅里咕嘟咕嘟冒泡的汤汁。

有些菜品南宫羽见过，有些还是第一次见到。白绒般的玉髯菌，还是那样皎洁，如同新月的光辉。红菇依然艳丽，是她熟悉的颜色。不由得抬眼看柳巴松，两人坐的恰是对面。热气散漫，酒味洋溢，透过迷蒙的雾气，发现柳巴松夹起一朵红菇，也在看她。

无言的，淡淡的，不易察觉的，隔着热气郁香，相视瞬间。

马干果说：欧总真是费心啦，菌菇全宴石锅鸡，就连筷子都是林芝红豆杉木的，我帮大家数一数，松茸、黄喇叭菌、红菇、豹皮菇、羊肚菌、云芝、金耳、红丝盖菌、光柄菇、侧耳，哎呀哈，可真全乎，把林芝的山珍都搬来啦。噢呀，汤里面还有贝母灵芝，普姆，这是木灵芝吗？

服务员女孩在身后应道：是的，昨天才从山里采的，现在这个季节松茸最美味，大家多吃点哈。

马干果又感叹：啊呀，还有竹笋哇，要是在四川老家，竹笋不算稀奇，西藏吃竹笋好稀罕的。

欧珠说：竹笋也是咱这里产的，察隅的箭竹、林芝的毛竹随处可见，可都比不上墨脱的竹。墨脱竹笋肥壮厚实，堪称上品，这盘竹笋肯定不是墨脱笋，从林芝到一趟墨脱比到成都都难。按照内地人的习惯，请客要吃鱼，年年有余，我们藏族人没有这个习俗，今天只吃山珍，没有海味。

服务员又端来一盘暗红色胶状菜品，晶莹水滑，无形无状，如同一团红翡翠，一捧红玛瑙。南宫羽迅速被吸引，见欧美尼、马干果也抻长脖子瞧，想必也不常见。

柳巴松用藏语询问服务员以后，再用汉语告诉大家，这道菜叫桃胶，桃树枝干上流出的汁液。

南宫羽惊讶万分，林芝人吃得真怪，连树脂都吃。

欧美尼惊呼道：咱们吃的是未来的琥珀嘛，我替大家先尝尝。哦呀，清爽，无味，煮熟以后或许更好吃吧。

欧美尼用白皙的瓷勺盛起一团美艳的桃胶，放进热气腾腾的石锅里。

马干果站起来，举着一听拉萨啤酒说：咱们西藏就是好，没有三六九等之分、高低贵贱之别，要是在内地，我这种小商小贩，哪有机会跟你们这些大人物同桌吃饭一起喝酒？感谢大家把我当朋友，我先干为敬。

欧美尼说：我也有同感，来西藏几个月最大的感受，就是这里的人非常友善，脸庞晒得赤红，内心则跟雪莲花一样纯净，我们鲁朗民风淳朴，人们安居乐业，堪比天堂。我到过世界许多地方，最美的还是我们西藏，真正是世外桃源，圣洁之地。

马干果抢着说：你见的只是冰山一角，西藏不都有树木，更多的地方寸草不生。

南宫羽再看欧美尼，发现她面容绯红，眼神柔美。这个精灵，竟然把西藏说成"我们西藏"，多好的女子哦。

南宫羽没有选择青稞酒和拉萨啤酒，看似随意，也很自然地，为自己斟了半杯红景天饮料。暗红色的红景天饮料在玻璃杯中荡漾，散发着山野的清香。

她站起来，越过李青林的座位，一只手放在欧美尼肩膀上，弯下腰，轻轻碰一下欧美尼的青稞酒杯，轻声说：美尼，我马上要去藏北了，希望你多关照李总。

欧美尼倏地站起来，发出一串脆响，并说：客气啦，咱们都是支友，李总是你朋友，也是我们西藏人民的朋友，说不定李总会爱上西藏哩。

南宫羽笑一笑，觉得这句话好熟悉，好像自己给李青林的电子邮件里说过的。

欧珠呵呵笑道：好多内地人都是先喜欢上西藏风光，再喜欢上西藏人，然后一生一世留在西藏，简简单单幸福快乐过一生，希望你们也能这样。当我们老了的时候，一起晒太阳，一同喝甜茶，回忆现在时光。南宫老师，你这次去藏北工作意义重大，青藏交直流电力联网工程的建设，将从根本上解决西藏缺电困难，使西藏与内地电能互通。

南宫羽说：感谢欧总的信任，其实我什么都不懂。

欧珠说：这你得感谢你自己，谁让你那么大能耐，帮助我们解除了水淹厂房的危急？也要感谢柳大夫的极力推荐，才使这件事变为现实。

南宫羽感激地望一眼柳巴松，他则一脸平静，什么事也没发生一样。

马干果说：欧总你说这些我不懂，单说对我本人有益没有。

欧珠说：电力联网以后，枯水季节咱们这里的水电站发不出电，电网的电能源源不断输送进来，你家杂货铺子照样灯火通明，房间里面还可能安装暖气，冬季人们就不会候鸟一样，飞到气温高的地方，林芝城里人气旺了，你的生意自然就好啦。

马干果说：天下还有这般好事，了不得，借花献佛，我敬大家一杯。

欧珠拿起南宫羽的筷子，在石锅里划了一下，挑起一缕淡绿色菜蔬，一边放到南宫羽的小碟里，一边说：你们猜这是什么？

欧美尼说：不像松茸，也不是玉髯菌，更不是冬虫夏草。

马干果说：欧总给南宫老师夹的菜，肯定名贵，我在林芝这么多年，还没见过这种蔬菜。

欧珠说：你年年都会收购，怎么没见过？尝一下就知道了。

马干果也从石锅里划拉起一缕，舌尖刚挨上，就大声赞叹：嗨嗨，原来是雪莲花呀，有点苦，不过是大补食材，难得这么煮着吃。

欧珠说：对呀，就是雪莲花，松茸被美食家视为珍品，灵芝、冬虫夏草也被认为是吉祥富贵美好长寿的象征，但这所有山珍野味加起来，都比不上雪莲花，雪莲花是地球上最具神性的仙草灵物，人工培育都难。

刚说完，包间门被推开，一个藏族男人一个汉族男人勾肩搭背，各举一杯白酒笑呵呵地进来。南宫羽还没有反应过来，心想怎么连门都不敲就进来了？见柳巴松和欧珠全都站起来，不知道该站起来还是继续坐着。

欧珠一手端起酒杯，一手在桌面上方画了一个圈，说一声：都是我朋友。然后拍着汉族男人的肩膀说：这位是电力局王局长。又拍拍藏族男人说：这位是珠峰水电站所在地的久美乡长，我俩同名，都叫久美。

大家纷纷站起来，端起杯子，欧美尼转过脸，悄声对南宫羽说：欧总不是叫欧珠吗？怎么又叫久美了？

南宫羽笑一笑，温和地望着来人。两位男人收住张牙舞爪的双手，规矩地站直，惊喜地望着南宫羽和欧美尼。

欧珠向两位男人一一介绍：这位女士是电力专家南工，这位是内地来林芝支教的欧老师，这位是医药代理商李总，这位是老西藏马老板。

马干果插话说：王局长是藏二代，他们家祖宗三辈我都清楚，我是什么老板噢，个体户一个。

王局长说：这位就不用介绍了，柳巴松柳大夫是自己人，我们在隔壁包间吃饭，知道你们在这里，专门过来敬杯酒。

久美乡长欧耶耶叫着，放下酒杯，双手握住柳巴松的手，大着嗓门说：原来你就是柳大夫，好几次都要登门答谢的，今天算是见到真人了，小卓嘎不吃土了，次仁达瓦能爬到树上收蜂蜜了，才旦旺堆也能蹚水过河了，突及其，突及其。

久美乡长握完手，端起自己的杯子与柳巴松碰杯，一仰脖子，干了杯中酒，自己给自己斟上，又去敬欧珠。

王局长也与柳巴松碰杯，喝完后拍着柳巴松的肩膀，请他归座。

两个男人敬完一圈酒，相跟着出去，欧美尼才说：欧总，你有两个名字呀？

欧珠说：我不但有两个名字，还有三个名字呢，欧珠，久美，欧珠久美，名字只是符号，同桌子墙壁衣服一样，方便人识别。

马干果说：你在你名字前面加个姓氏，就是贵族了。

欧珠说：改个名字就是贵族，多没意思，我家祖祖辈辈都是牧民，没有什么不好的。

柳巴松举着青稞酒易拉罐，说道：感谢我的父亲，把我从西藏带到内地，让我认识了南宫羽；感谢南宫羽，让我认识了李总和各位朋友。因为西藏我们结缘，因为西藏我们成为朋友，特别要感谢李总，带来大量药品，医院已经安排人送往乡村了，感谢你的爱心。

大家纷纷响应，喝下杯中酒水，唯有欧美尼惊讶万分，连珠炮般地询问：柳大夫，你在内地生活过？你是西藏人？哦哦，长相的确是藏族人哩。

柳巴松说：我父亲在西藏工作过，几十年以后，我又回到西藏，就是现在这个样子。

欧珠说：到内地读书以后才知道巴松是一种乐器，真还听过巴松演奏。柳大夫你父母一定喜欢音乐，才为你取名巴松，对吗？

柳巴松说：可能是吧，或许内心喜欢，但从小到大，只见过父亲喝醉酒的时候唱过歌，没见他演奏过任何乐器。

欧珠说：藏族人会说话就会唱歌，会走路就会跳舞，汉族人讲，丝不如竹，竹不如肉。藏族人心目中，鹰笛远比喉咙唱出来的声音美妙，好的鹰笛声会让人心颤，骨头融化，灵魂飞升。

欧美尼说：如果你听过格鲁贝罗娃的花腔女高音，也许不会这么肯定吧。

欧珠说：格鲁贝罗娃也是人，即使被喻为百灵夜莺，也是比喻，最美不过大自然，大美依托天然。鹰笛来自高空苍天，取自雄鹰翅骨，在藏族人心中，鹰笛极富神性。

马干果说：只是听说鹰笛好听，至今没有见识过，欧总你给咱们吹一曲吧。

欧珠抚一抚胸口，整理好衣领，才说：鹰笛不适合俗世烟尘，只适宜洁净安宁，下次有机会，专门为大家演奏。

欧美尼说：好呀好呀，届时一定洗耳恭听，大小提琴、黑管、扬琴、唢呐、板胡全都欣赏过，还没见过鹰笛呢。欧总，你们那么大的工程一定需要医疗队吧，为什么不邀请柳大夫去呢？

欧珠说：还真叫你说对了，上千公里的工程现场，多个省份上万电力工人会战，哪有不需要医生的？这个主意好，我向上级部门建议，柳大夫既懂西医又懂藏医，肯定受欢迎，柳大夫，到时候别打退堂鼓哟。

柳巴松望着李青林，回答的却是欧珠的问题：感谢欧总信任，能在家乡的土地上工作，是我的福祉。

南宫羽也看李青林，发现他不停地摸自己的衣角，反反复复，没有停歇的意思，看他脸，平静中稍显紧张。心想李青林又犯病了，便望向柳巴松，柳巴松微微点头，又微微摇头。

她明白，柳巴松示意她别惶恐。

唯有李青林静静坐着，大家似乎视而不见，轻言细语地推杯换盏，小心翼翼又随意自然。感觉一支烟工夫，或许更短暂，李青林说话了，表情活泛平和。

南宫羽暗暗吸一口气，压碎了，一小缕一小缕，从舌尖滑出去。

细细听来，其他几位与她大同小异，随即，喝酒吃菜，一切如故。

李青林说：柳大夫，刚才那位先生说吃土、收蜂蜜、过河是什么意思？

南宫羽见李青林一脸认真，再看柳巴松，恭敬谦和，一一解释。

柳巴松说：久美乡长管辖的一个村有个小孩，三四岁的样子，父母在县城打工修房子，老人年龄大，疏于管理，小家伙饿了就吃泥土生肉，后来肚子变成了圆鼓，亮晃晃透明，痛得在地上乱滚。我刚好下乡义诊，为他做了肝包虫手术，掏出许多包虫，小的胡豆大小，大的核桃那么大。

马干果哎哟哟大叫：这么大虫子，就是牦牛也会被咬死呀。

柳巴松说：是呀，用手术勺子，一勺一勺往出挖。这种患者只有在人畜混住的牧区才有，属于高原病的一种。现在生活水平提高了，生冷食品吃得少了，包虫病患者越来越少。

欧美尼连连咂嘴，南宫羽将夹起的松茸放进小碟，双手交叉，望着柳巴松。

柳巴松继续说：收蜂蜜的那一位，其实身体很健壮，经常爬到树顶悬崖，寻找蜂巢采集蜂蜜。有一次遭遇胡蜂叮咬，浑身上下红肿得厉害，几乎没有巴掌大一片好皮肤，因为治疗及时，恢复也算迅速。至于那位老者只是一个小的缝合手术，过河时一只脚踩进石头缝里，脚掌与脚跟骨分离，张得像鲤鱼嘴巴，缝合以后就好啦。

南宫羽想起那位扎破阴囊的男子，尽管只是小手术，性功能会减弱吗？想一想，脸腾地热了。

欧美尼说：你是不是也帮过那位局长呀？

欧珠说：王局长嘛，这个我了解，不说了，难言之隐，难言之隐。

马干果说：王局长好好的，几十年前我们就认识，夫妻关系和谐，不像阳痿病人。

欧珠说：不是妇科病，也不是男科病，是他儿子。

南宫羽想，难道他儿子不孕不育？

见大家好奇，欧珠叹了一口气，缓慢地说：他儿子在西藏出生，两岁以后送回内地与老人一起生活。老人去世以后，由姑姑阿姨照看。可能在娘肚子里缺氧，也可能一直在女人堆里长大，快三十岁了，见了女人亲近，见了男人不自在，与同事领导无法正常相处，工作生活总不顺利。

李青林喉咙响了一声，望向柳巴松，柳巴松也望着李青林。

李青林说：西藏就是这样的医疗现状吗？

柳巴松说：是的，藏北牧区地广人稀，远离城镇，医疗条件更差一些。

欧珠也说：是呀，那是我的家乡。

南宫羽发现，三个男人不慌不忙，仿佛闲庭信步，稳重练达，仔细辨析，还能听见李青林哦了一声。

轻微，悠长，如同榕树气根在风中飘拂的声响。

秦 姨

到了拉萨，南宫羽惊奇地发现，这个弥漫着酥油、藏香、桑烟气息的古老城市，似乎聚集了天下所有电力人，各路专家和技术人员，穿着印有不同省市电力公司和输变电单位的服装，金黄、湛蓝、橘红、墨绿，鲜艳的色彩在眼前晃动，很容易让人想起五彩经幡。

南宫羽领到一套宝石蓝工作服，左前胸和后背，印有藏汉两种文字的国家电网标识，低头去看，总也看不清楚，扭着脖子，伸长手臂抚摸背上的字样，一股暖流涌遍全身。

她知道，她将和众人一样，经幡般飘扬在西藏到青海之间的千里电力联网工地上，按照习服期间专家所讲，此工程是继青藏公路、青藏铁路之后，又一贯穿雪域高原的重大项目，被称为电力天路。

习服的几天里，她像一片树叶，飘来荡去。一会儿飘到布达拉宫，一会儿飘到拉萨河畔，一会儿飘到绘有宝瓶绿蔓图案的老宅门前，引起藏獒狂吼乱叫，追赶得她没命逃窜。在一家后间纺织氆氇、前面销售氆氇的店铺前，稍稍停留，好奇地打量颜色各异的手工羊毛织品，想起洛桑嘉措校长马背上那块粗布，就是这种织物，柳巴松的黑马背上盛装肉干药品的褡裢也是氆氇，溜索旁边乙肝患者人家和阴囊被扎破的男人家里也有这种物品，看来，氆氇像酥油茶，是藏族人家必不可少的物品。摸着一块枣红与淡蓝相间的氆氇，心想什么时候也给自己置一件氆氇用品，裙子、围巾、背包，或者一顶帽子，艳阳高照的拉萨城，几乎人人都戴帽子，氆氇帽子显得格外端庄和必须。

一抬头，看见墙壁上挂着两幅装框照片，一幅是几个披着绛红色袈裟，头戴金黄色僧帽的喇嘛，正行进在通往布达拉宫的高高石阶上，上方是巍峨的红宫和白宫，在璀璨的阳光下，闪着神性的光辉。另一幅，是一队黑色牦牛和白色山羊，还有两位骑着高头大马的红脸庞汉子，不慌不忙地走在荒原之上，腾起一些烟灰尘土，远处是银亮的雪山和碧蓝的天空，高处则是天仙一般自由自在的棉花云。奇怪的是每头牦牛和山羊背上，都驮着鼓鼓的包裹，包裹是黑白两色，与身边的氆氇一模一样。凑近细看右下方几个字，"西藏的最后驮队"。

喔，这就是驮队啊，柳巴松曾经说过，牧民驮着盐巴千里迢迢到农区换青稞，想必就是这个场景吧。最后的驮队，应该是吧。飞机早已通航，火车都开到拉萨了，汽车摩托车随处可见，应该没有人再如此辛劳，赶着驮队运输了。

她飘着，快乐如影相随，飘进人头攒动里，旋即又飘进空无人烟的小巷。青石板铺成的小径，悠长，寂寥，曲径通幽。顾盼间，只有自己的影子，忽长忽短，轻飘飘，美盈盈。偶尔，石墙窗台上绽放一束格桑花，两束太阳花。安详，明艳，静谧，与世无争，过目不忘。她奇怪自己不恐惧不孤单了，周身洋溢着快乐和更快乐。

飘着，飘着，就飘到了八廓街。她被人流裹挟，一圈又一圈，绕着大昭寺转圈儿。转了几圈有些恍惚，仿佛回到少年时光，全厂职工家属傍晚散步，绕着房屋一个方向转圈，避免相向而行重复见面又无话可说的尴尬。

那样的圈已经多年不转，但好几次在梦里，都在转圈，走在父母中间，有时挽着母亲的胳臂，有时父亲的一只手搭在她肩膀上，匀速前进，永远一个方向，总也走不到尽头。有时候，低头摘一朵小小的兰花，白皙，清香，放在口鼻间转着圈儿，忍不住嗅了又嗅。直到星星全都出来，栀子花香随着晚风阵阵飘来，三个人才手挽手回家。

陶醉中给父母打了一个电话，母亲问她什么时候回家，嫁妆都生霉了。她望着布达拉宫金顶，呵呵笑道：多准备点，少了我可不嫁。

欢笑中才注意身边，一手转动经筒、一手拨动念珠、口里还念念有词的人大多是藏族人，古铜色的脸庞，乌油油的头发，有的长辫垂胸，有的把发辫盘在头顶，发梢系着鲜艳的红须穗子。

她问一位长相酷似那位大学生村官的小伙子：你头上红艳艳的东西叫什么？小伙子的牙齿洁白整齐，如同粒粒润泽的珍珠。

他告诉她：叫康巴红，康巴汉子的特有标志。

边说边晃动脑袋，艳红的色彩旋转成彩霞。

她觉得奇怪，年轻的康巴汉子竟然会说一口流利的普通话，笑容灿烂得无遮无掩。拉萨可真奇妙哦，还有多少惊喜，还有多少不为人知的秘密呢？

这么想着，就飘进了大昭寺。众多磕头的善男信女，香气淡淡的酥油灯闪烁着金色光芒，照耀着精美高贵的佛像，在光彩照人的文成公主佛像前，她点燃一炷香，藏香。飘飘袅袅的香雾里，行进着一队迎亲车马，长裙依依，华盖迤逦，千里风雪进藏路上，是否唱着悠扬的歌曲，心存希望和忧伤？她将面对一个陌生的男人，陌生的地域，陌生的气候环境，这男人不同于父兄，不同于土生土长的长安人。她将面临一个全新世界，演绎一段历史传奇，举起两个伟大民族和平相融的火炬，因为她的照亮，雪域高原多了稍许温暖。一位窈窕女子，书写了一部汉藏友谊史，在这部鸿篇巨制中，文成公主体恤民众，教人耕织，被视为度母，尊为菩萨，深得藏族人民拥戴。从工程图纸上看到，青藏电力联网线路与文成公主当年进藏的唐蕃古道有一小段重合，想一想，真是一种巧合。

此时，来到文成公主生活过的拉萨，还将沿着文成公主走过的地方，架起一条电力天路，为青藏高原输送源源不断的电能，为藏地带来光明。她知道，这条线路贯通拉萨到格尔木，格尔木到西宁，然后与西安乃至全国相连。西安，是文成公主出发的地方，与秦巴山地相距不远。哦呀，与文成公主有缘呢，来自同一个地方，抵达同样的西藏，中间隔着万水千山，春秋千年。此时，还能见到她，拜谒她，亲近她，是一件多么幸福的事啊。

奇妙的是，文成公主眉清目秀，面庞丰韵，眉宇饱满光洁，她也是这个长相，只是眉心多了一颗朱砂痣。倒真是一方水土养一方人，自己与西施昭君相隔太远，要不长得就像她们俩，而不像文成公主了。雪莲花小学所在的小镇，有人叫她拉姆，当她是神仙度母，相比之下，文成公主才配得上这个称呼。千年前的文成公主，翻越雪山，走过荒原，漫漫进藏路上，一定思绪满怀。朝廷的旨意是以联姻为手段，达到国泰民安。她的心事，肯定是从希望得到一个男人的爱开始，进而热爱一方土地，融入一个民族，以爱的名义，温暖寒冷的地域和心灵，连接不同民族共同的爱心。

自己则是看风景来的，机缘巧合，成为一项重大工程的建设者。文成公主在藏生活的几十年里，幸福吗？孤单吗？想念长安的灯火阑珊吗？而她南宫羽，自从踏上西藏的土地，身体是愉悦的，内心是踏实的。

在一处佛龛前，她看见一位衣衫廉价的老头，将一张大面额纸币放进一个功德箱里，从功德箱里数出面值相同的零钱，再把零钱等分放在大小不同的佛像菩萨前。每放一次，都双手合十鞠躬三次，额头抵到佛龛上，良久而虔诚。而他身后，跟着一位气质华贵的女人，时不时与他耳语几句。来到街角，老人和女人依次向每一位伸出手的乞讨者，递上数额相同的纸币，一位年轻喇嘛还向老人返还一张纸币。乞讨者与布施者随意自然，其乐融融，没有丝毫焦虑与忧愁、得意与傲慢。

不由得想起马干果说过的话，西藏人没有三六九等之分、高低贵贱之别。原来西藏不但乞讨与布施平等，菩萨与菩萨、神仙与神仙也平等，人与菩萨和谐共存。为什么呢？是不是与西藏没有经历过封建社会，没有遭遇等级观念浸淫有关？

蓦然间，她感到寺庙是个神奇的地方，拉萨的与众不同，超越了她对城市的印象和概念，不同于曾经梦寐以求、心向往之的南方都市，也不同于北方小镇的闭塞。拉萨有什么呢？拉萨的特产大概就是安静、祥和、古朴、宗教、虔诚。她与所有初来乍到者一样，亢奋激动，庆幸自己终于来到拉萨，为灵魂找到了片刻栖息地，如果无缘相见，将会终身抱憾。

怪不得无数信众三步一磕头，历时多日，蹚冰湖，过牧场，千里迢迢来这里朝拜，原来这里是藏族人心目中的圣地，也是她欢天喜地的乐园。

拉萨，让她的身体和心灵倍感轻松，甚至有飞翔的感觉，飞向任何想去的地方，飞到文成公主身旁，陪伴她度过一段金色时光。

这一夜，她飞得有点远，飞到漆黑一片的郊区。就在她接近一处影影绰绰的建筑时，忽然之间，灯火通明，机器轰鸣。定眼望去，原来是一家工厂。有人告诉她，拉萨太缺电了，工厂只能夜半生产，这样才不大会影响居民照明，即便是街道学校，用电高峰期也会黑灯瞎火，限制用电。

正说着，几个人拉拉扯扯，吵吵嚷嚷，不敢走近。侧耳细听，却是为电炉子起争执。一方要用，一方非不让用，要用的和不让用的，就扭脖子动手，撕扯起来。

好奇地跟着，一路尾随，有人打开一间黑屋子，将没收来的电炉子随手一扔，发出咔嚓锐响。闭了好一阵眼睛，才看清屋子里不但有电炉子，还有电油暖、空调压缩机、取暖小太阳。看来拉萨缺电并非传说，而是千真万确。

凉风习习的一个午后，带着与文成公主相遇相知的心情，乘了火车，换乘汽车，来到藏北一个小镇，这里是她所在工程标段的驻地。

不需要翘首眺望，眼睛只要一睁开，皑皑雪山和荒芜大地就呈现在眼前。置身于茫茫戈壁间，一时辨不清方向，不知道自己身处何方。空气清冽，寒气袭人。张开双臂，展翅欲飞，身体刚刚前倾，便跟跟跄跄，差点摔个大跟头。惊慌中，一张嘴，冷风像机关枪一样直射喉头。

欧珠久美在她身后一个劲地叮嘱：慢点，这可是青藏高原。

南宫羽回头说：林芝、拉萨也是青藏高原呀。

欧珠说：此青藏高原不同于彼青藏高原，林芝有茂密的森林，拉萨有稀疏的树木，你看这里，连一株半尺高的牧草都没有。

南宫羽还想问点什么，呼啸声中，立即含胸弓身，飓风裹挟着沙砾击打而来，仿佛分秒之间，皮肤发生了变化，手心手背像长了毛刺，刚碰到脸庞，就生痛冰冷，手掌伸展不开，虎口木讷笨拙，嘴唇翕动时，疼痛便蔓延开来。

忽然，她听见一种奇怪的巨响，呼——呼——，呼——呼——

声音很快汇入狂风之中，像是拉锯，又如海浪，此起彼伏，声声相连。她感到胸闷气短，呼吸困难，每呼出一口气都艰难蹒跚，每吸进一口气都惊喜无限。

这种声音在刚进藏的时候出现过，如果把那时的声音比作华山，此时的一呼一吸，就是珠穆朗玛峰。

粗糙笨重的呼呼声，原来是自己的喘息。周身似乎都在变化，有点找不着北的感觉。

更令她尴尬的是肚子憋气，鼓胀得随时都会爆炸，用力忍住，难闻的气味伴随着丑陋的声音，无遮无拦地响起，连珠炮一样，一声连一声，声声不绝。耳膜胀疼，耳朵发出鸣响，眉毛也怪模怪样地跳动不已。

害怕欧珠听见自己不雅的声音，就像林黛玉羞于发出焦大的咆哮，杨贵妃不屑干出母夜叉的勾当，但她控制不住自己，想离他远一点，再远一点，这样她的羞涩就会减轻些许。

挪步间，双腿像麻花一样，绞在一起，不一会儿，就呕吐起来，吐得声嘶力竭，翻江倒海，四肢无力，后来感觉被什么东西绊倒了。

迷蒙之中，发现自己靠在热炕上，这一发现使她立即清醒、精神许多。一位老人安详地注视着她，手里的木碗已经空空。

气息告诉她，自己喝干了木碗里的酥油茶。

坐直身子，用微笑回报老人。老人头上戴一顶白色布帽，两鬓头发花白，面庞皱纹密布，睁眼的同时，更多皱褶拥向额头，黑色对襟棉袄裹着瘦小身体，单从黢黑面容分辨不出是汉族人还是回族人，只能从眼鼻颧骨判断，肯定不是藏族人。

老人点点头，踮着小脚转身去放木碗。就在老人转身的瞬间，她看见了炕头墙上的一幅画，画幅下沿有几个模糊的汉字——户县农民画。

这画是整间房屋唯一的装饰品，与普通藏族人家房屋里的菩萨活佛画像和唐卡迥然不同。斑驳的画面上，有头系白羊肚手巾的老汉，头戴白帽子的老年妇女，脖子上围着黄色围巾的中年妇女，身穿花衣服，辫子黑又长的大姑娘小媳妇，有胖嘟嘟的圆脸男孩女孩。男男女女老老少少，全都喜笑颜开，篮子里提的，篾筐里盛的，拖拉机上装的，有红艳艳的苹果，青翠欲滴的黄瓜，亮紫色的茄子，月白色卷心菜，饱满的番茄。头顶上的枝头，还挂着繁盛的红色果子。

南宫羽用力盯着这幅画，肚子的鼓胀减缓了许多，丑陋的声音不再响起，粗重的喘息声平复下来，酥油真是神丹妙药哦，雪莲花小学的学生吃多了巧克力，吃坏了肚子，就是酥油医治好的。

感叹的同时愈加奇怪，茫茫青藏高原，怎么会有这样一幅画？还有一盘大炕，藏族人家里不用这种炕的，这是内地北方农村特有的床。

喔，炕的另一头好像堆着一捆东西，又好像是两个人，身上盖着黑色与枣红色相间的竖格子氆氇，不露头不露脚，大概因为远道而来，走得太累，睡得太沉。尽管自己以前没有睡过大炕，但她知道与秦巴山地一山之隔的八百里秦川广袤乡村，以及更北的黄土高原陕北，数年以前家家都有这样一盘大炕，一盘大炕睡一家人，来了亲戚朋友，也挤在一盘炕上，冷时烧火，热时铺席。老人的穿着装扮与画中人物相似，户县不就在关中吗？难道老人是陕西人？哦啊，真是有缘哦，和文成公主来自同一个地方。

老人端来一盏没有点亮的酥油灯，示意南宫羽用手去蘸。她伸出右手食指蘸了一缕黄亮亮的酥油，往虎口手背上涂抹。四周望望，没有看见欧珠总工，脚头的人依然躺着，没有人注视她。又去蘸，往嘴唇鼻孔上涂抹，顿感清凉幽香，呼吸顺畅了许多。

老人指一指她的脸庞，笑眯眯地望着她。

她说了一声：难看。

老人把酥油灯放在炕沿上，在衣襟里掏了一把，变戏法一般，递给她一只淡蓝色的医用口罩，和缓地说：过路人送的，老有过路人送给我东西，我都过意不去，你戴上，这里风沙大。

老人一口秦腔秦调，南宫羽大声说：阿姨，你果真是关中人噢，我们是陕西老乡。

老人笑呵呵地说：好呀，老乡好，几十年没回过老家，都想不起老家啥样子了，只记得油泼辣子biangbiang面，想起来都流口水。以前我也做过，味道差远咧，现在牙齿掉得差不多了，啥都嚼不烂，只能想一想。

南宫羽说：你这么一说，我也想吃biangbiang面、肉夹馍、荞面饸饹了，阿姨，你说文成公主到西藏以后，是不是也想吃油泼辣子biangbiang面？

老人说：肯定想么，哪有不思乡的人？思乡不光有对父母亲人的思念，也有对花草树木，饭食方言的怀念。拉萨不产小麦，只能吃青稞面，想得实在不行了，说不定用青稞面充当白面，将就凑合着擀一回吃，可能不辣。

南宫羽问：她不喜欢吃辣椒吗？

老人说：小时候听我父亲说，辣椒是几百年以前从国外引进的，一千多年前的文成公主应该吃不上吧。

南宫羽愣愣神，看着老人的眼睛说：阿姨，您贵姓？我们来这里施工，说不定经常会叨扰您呢。

老人说：我只是比你来得早一点罢了，不麻烦的。我娘家姓第五，夫家姓秦，年轻的时候人家叫我秦第五氏，跟着老秦的魂儿到了这里，人家叫我秦女，现在大伙叫我秦姨，你随便叫，莫啥。

南宫羽说：那我就叫你秦姨，第五这个复姓不常见，很尊贵吧。

老人说：尊贵不尊贵都是祖宗的事，攀扯不上我。

南宫羽问：秦姨，在咱们陕西你这个年龄大都儿孙满堂了，这里气候寒冷，不适合老人久住。

老人说：守你秦叔嘛。

南宫羽疑惑地说：秦叔还硬朗呀。

老人笑呵呵地说：比我年轻硬朗多咧，风吹不着，雪冻不着，福气大着呢。

南宫羽坐直身子，享受炕的热度，张开嘴巴，欲言又止，睁大眼睛盯着秦姨。

老人紧挨着南宫羽坐下，她说：我这话呀，跟懒婆娘的裹脚布一样，说起来怕你嫌长。

南宫羽看着脚下躺着的两个人，他们睡得可真沉哦，连动都不动。

压低嗓音说：秦姨，我不嫌长，初来这里，啥都稀奇，你尽管说。

老人说：那我就唠叨啦，女人呀，好比蒲公英的种子，风吹到哪里到哪里。解放战争刚结束，老秦带了一身伤疤，终于回到老家，身体还没有完全调养好，就与我这个指腹为婚的第五家碎女子圆房。没来得及怀上娃哩，一声号令，就到这里修建青藏公路。我在老家天天等，月月等，年年等，等得自己都不好意思了，才大着胆子问公公婆婆，丈夫咋还不回来。

公公婆婆被问得泪水长流，我才知道他牺牲了。拎着包袱跑回娘家，娘家的油坊关门闭户，"三反""五反"运动还没有结束，一家老小唉声叹气，顾不上我这个嫁出去的姑娘泼出去的水。在娘家只住了一宿，就被侄子送回婆家。公公婆婆对我还算仁慈，几个妯娌阴阳怪气，指桑骂槐，恨不得我早早改嫁，就能顺理成章，瓜分我和老秦的三间瓦房。你知道咱们关中冬季特别阴冷，几妯娌的炕灶冒着热气，我的炕头冷得不敢挨身。我在被窝里蜷缩了两天两夜，忽而昏睡，忽而清醒。公鸡打鸣好几遍了，还迷迷糊糊，我像一具被遗忘的活尸，活着与死去一样。

就在这个时候，老秦的声音响起来，碎女子，碎女子——

一个激灵，掀被坐起，四下张望，没有看见老秦。穿上厚厚的对襟棉袄，点上油灯，搜遍三间房的角角落落，还是没有找到。鹦鹉的食杯里颗粒全无，正仰起脖子张着嘴，原来鹦鹉在叫我哩。

泪水模糊了我的双眼，以前老秦回家的时候，随时都这样叫我——碎女子，碎女子，我被叫得心花怒放欢天喜地，又不敢张狂，生怕公公婆婆妯娌叔伯看见。没想到鹦鹉竟然学去了，如今老秦不在了，鹦鹉还这样叫我，音调与老秦一模一样。走到近旁，打开笼子，摘掉拴在鹦鹉脚上的细链子，那精灵又叫了一声碎女子，扑棱棱飞向房檐。

走出去，想送一程，村头的高音喇叭唱歌的声音好大，接着是女广播员高高兴兴地说：经过数万名部队官兵和广大农牧民的艰苦奋战，在雪域圣城拉萨，青藏公路和康藏公路举行了通车典礼，两条公路山舞银蛇，横跨千里，世界屋脊从此结束了不通公路的历史……

青藏公路，老秦就是修建这条公路牺牲的呀，为什么不去寻一寻？说不定还活着呢。自从懂事起，就知道他是我未来的丈夫，是我将来的衣服和口粮。尽管圆房的时候才第一次见面，却有一种紧密长久，亲人一样的感觉，他在我心里一直生长，与我的害羞和年岁一起长大。

我连招呼都没打，拎起包袱就走，小脚走得慢，这一走，就是大半年光阴，问来问去，找到了这里。开始几年不适应，风沙大，没有人烟，后来过路的人多了，定居的人多起来，情形就好了。这里的人可真好哦，不受欺负，不遭白眼，个个都是活菩萨。

南宫羽急切地问：秦姨，这么说你到这里都五十多年了，秦叔有福噢。

老人说：老秦有福，我也有福，老白说他也有福，能在神仙居住的地方安度晚年，是我们上辈子修得的福分。

南宫羽问：老白是谁？

秦姨还没有回答，欧珠久美一头撞了进来，第一眼看的是炕尾躺着的两个人，第二眼才看秦姨和南宫羽，他的声音明显压低，问她好一些没有，他们要进行预设塔基复测，告知她一声。

听见要复测，南宫羽骨碌从炕上溜下来，快速戴上秦姨送的口罩，与欧珠一道走出房门。到了门外，看见门外还有一道玻璃搭起的走廊，走廊上温暖无风。伸手摸一下玻璃，前后左右欣赏，进来的时候怎么没有发现呢？想必当时高原反应太厉害了。

欧珠依旧小声低语：藏北风大，一年一场风，从春刮到冬，这几年条件好的人家都在门前装了这种玻璃暖廊，既采光取暖又防风沙，在暖廊上打酥油、织氆氇、晒太阳，挂上牛羊肉风干，非常实用。

南宫羽说：电力联网以后，是不是就不需要这种暖廊了？

欧珠说：这里原本就有电，只是电压不稳，线路一旦被风刮断，只能停电，有电也不一定代替暖廊，电可以取暖，但电不能防止飓风冰雹沙尘暴雪。

说话间出了暖廊，秦姨在身后咳嗽一声。两人回过头，南宫羽赶快去搀扶。秦姨拍着她的手背，指着不远处几块巨大的石头，平静地说：老秦和他的几位战友就埋在那里。

南宫羽一眼就看见三位老人从秦姨手指的方向缓缓而来。一位鹤发清瘦，身穿汉式藏青色棉袍。一位个头适中，穿中式棉衣，头上戴着棕色毡帽。另一位体态微胖，身着藏袍，腰挎藏刀，刀鞘闪着银色光芒，头戴宽檐毡帽，毡帽一侧有一根孔雀羽毛，在风中，摇曳着宝石般的蓝光。

还没走到近旁，欧珠就迎上前，亲热地打着招呼，与穿藏袍的老人额头碰额头，拥抱在一起。藏族老人拽着欧珠的衣袖，向两位同伴介绍：噢呀呀，这就是我给你们说过的电力专家，我的得意弟子欧珠久美，他们要把大大的电神菩萨请进西藏。

两位老人齐声说：嘎苏徐，突及其，嘎苏徐，突及其。

穿中式棉衣的老人笑着说：听说我们县出了你这么一位专家，今日一见，果然年轻有为，扎西啦，教学有方，功德无量喔。

欧珠久美走上前，握住老人的手，欢喜地说：王县长好，我们见过的，那时候我还小，你是大人物，几十年不见啦。

南宫羽刚才就发现王县长一人戴着两顶毡帽，鹤发老人却光裸着头，心生怪异。

欧珠又与鹤发老人握手，老人笑着说：我是你校长和县长的老朋友，白头发汉族人，大家都叫我老白。

扎西校长说：不需要介绍了吧，你肯定知道老白。

欧珠久美说：久闻大名，怎么会不知道呢？西藏和平解放不久就来援藏的医生，中央医生，大门巴，扎西德勒，突及其。

南宫羽惊讶万分，秦姨说的老白就是这位老者哦，这样算来，老白来西藏也已半个多世纪，天呐，这是什么概念呢？老者足有八十岁了吧，或者九十岁，头发稀疏银白，脸庞沟壑纵横，连指甲盖大小的平坦皮肤都没有。但他精神矍铄，声音洪亮爽朗，懂医的人真了不起，能把普通人过成神仙。

还有一点也奇怪，老白尽管说的是普通话，但那余音有些熟悉，在哪里听过呢？

南宫羽走过去，最先与鹤发老人握手，然后与扎西校长和王县长握手，她伸出的是右手，老人们不约而同，伸出双手与她相握，手掌尽管粗糙，感觉却很热情。

欧珠介绍说，这位是电力援藏专家，南宫羽，南工。

扎西校长说：噢呀呀，嘎苏徐，拉姆，扎西德勒。

南宫羽微笑着，望着欧珠，欧珠正要翻译，扎西校长用汉语说：欢迎仙女，吉祥如意。

南宫羽双手合十，连声说道：谢谢前辈，我是来学习的，大叔，以前只知道军医、中医、西医、藏医，不知道还有中央医生。

王县长说：你不知道中央医生很正常，我在西藏工作一辈子，见到老白以后才知道这个称呼，对吧，中央医生？

一边说一边拽老白的衣袖，阳光照耀在大地上，王县长帽檐以下显得黯淡，两只眼睛能同时睁开。南宫羽没有戴帽子，光照太强烈，只能一只眼睛睁开，一只眼睛闭上，看东西时，歪斜着脑袋，过一会又歪斜到另一边，交换着睁眼闭眼。老白像久经沙场的老兵，两只眼睛同时睁开，炯炯有神。

王县长望着南宫羽，笑呵呵地说：中央医生是个德高望重的称呼。新中国刚成立那几年，藏西牧区发生疫情，中央政府派出一支医疗小分队，从首都北京出发，经过新疆南部，翻越冰达坂到达西藏，出发的时候说好了援藏时间，医生们到了牧区，觉得找到了施展才华的地方，就留在了西藏，一晃就到了现在。

扎西校长说：我比老白年轻，不清楚当时的背景，但我知道西藏民主改革以前，农牧民生病以后请喇嘛、活佛医治，即便是找中央医生救治，也得请求喇嘛、活佛、宗本同意。如果偷着请中央医生治病，发现以后会被挖去眼睛割掉舌头。几十年过去了，这种事再也见不到了，变化多大呀。

老白说：是呀，西藏现在和平安宁，没有战乱，没有饥荒，从中央政府到各省市，从政策到技术，援藏力度越来越大。

南宫羽说：大叔，你喜欢"中央医生"这个称呼吗？

三位老人呵呵大笑，笑够了，王县长说：怎么不喜欢？喜欢得不得了，这个称呼让他显得年轻英俊。

扎西校长也说：喜欢得恨不得墓碑上都刻上这几个字呢。

欧珠笑着说：白叔，放心，如果你愿意，到了那一天，我们真给你墓碑刻上"中央医生"，你觉得如何？

老白呵呵笑道：谢谢你们费心，不过我更愿意火葬，来无影，去无踪。

王县长也附和道：这样好，我也希望火葬，一了百了，干干净净。

扎西校长说：欧耶耶，你们火葬吧，那是你们汉族人的习惯，我不要跟你们一样，我天葬，天葬最吉祥。

南宫羽见三位老人如此豁达地谈论死亡，就想，既然老白和王县长是汉族人，为什么不找一个适合养老的地方生活呢？

她努力睁开双眼望着王县长，王县长一定会给出答案，王县长比老白年轻，在藏时间自然要短，选择性更多。

王县长见她望着自己，笑一笑，拍着帽檐说：多年以前，我答应一位援藏教师，要送给他一顶帽子，等我回到县上，教师失踪了。我就戴两顶帽子，如果遇见他，方便给他，久而久之，就这么戴着，都换过几次帽子了，一直没有遇见，明明知道他可能冻死饿死或者被狼吃掉了，还戴着，如果不戴，就不习惯，风一吹都站不稳。

扎西校长说：都怪你那支破枪，显示你的身份，也祸害了你的清白。回内地出差探亲就轻装上阵嘛，带上枪逞能，被红卫兵以私持枪支罪名关押，好好一个副县长坐几年监狱，你说窝囊不窝囊？呵呵。如果你早点回来，你那班公柳有可能还活着，说不定现在都胳膊粗了，有树陪伴，楼卫东老师也不会太孤单，也不会活不见人死不见尸，还能多培养几位像欧珠久美这样的优秀学生呢。

王县长说：是呀，楼卫东老师一定是被孤独打垮的，后来我回内地，在多个地方找过他，一点线索都没有。

欧珠说：他送给我的口琴转场时丢了，几十年匆匆过去，还能想起当初的音色。

扎西校长说：土丹卓玛能活到现在就好啦，就能享到你的福啦。

欧珠说：阿妈在另一个世界享福哩，今天真幸福，一下子见到三位尊者。

扎西校长拍着王县长的肩膀说：都是这个老家伙，闲不住，一片牧场挨着一片牧场，一个县又一个县，调研草原沙化情况，摸清草场载畜量，推广退牧还草，还跟内地什么单位一起，研制醉马草疫苗，我和你白叔跟着当义工。

欧珠说：王县长常回内地老家吗？

王县长还没回答，扎西校长就抢着说：回去有啥意思？几十年在西藏工作，朋友熟人同事都在西藏，回到内地跟傻瓜一样，早年的同学亲戚如同早年的衣服，很难贴心贴肺，就连家人都相敬如宾，喝酒都找不到伴，无聊。

听见"无聊"二字，南宫羽不觉笑了，她说：老校长的汉语这般流利，跟内地人差不多嘛。

王县长说：扎西校长是语言天才，早年在拉萨读过师训班，还跟楼卫东老师学过汉语，现在又跟我们两个汉族人搅和在一起，就是到了内地，也能给大学生教授汉现代汉语。

南宫羽说：楼卫东，喔，援藏教师，怎么就失踪了呢？

秦姨的声音远远传来：河北人兴许快到了，都进屋暖暖吧。

三位长者相跟着离去，欧珠和南宫羽向标段驻地走去，银灰色的活动板房安然静谧，冷风呼呼。

红雪莲

车向广袤的原野驶去，没有谁能抵挡得住辽远对人的诱惑，这种旷野无人，这份空阔无边，此等天地相接，亘古苍茫，在许多人心中存在，就像母爱与欢乐，爱情与友善，人人向往，长久追寻。但时光荏苒，韶华不再，最终能抵达胜景者，屈指可数，寥若晨星。

大漠孤烟直，长河落日圆。南宫羽越来越多地想起这句古诗，想象诗句背后的意境，怎么也勾勒不出孤烟长河的模样，曾经想象能泼墨作画，但自己那点非专业水平，根本画不出大气磅礴的画卷。想起自己还当了一阵子支教美术老师，更觉得糊弄了学生，简直就是误人子弟嘛。

其实又明白，大美之处不能言，情到深处人孤单，眼前的气象就是这般。

> 太阳啊霞光万丈，雄鹰啊展翅飞翔，
> 高原春光无限好，叫我怎能不歌唱？
> 是谁帮咱们翻了身呃？是谁帮咱们得解放呃？
> 是那亲人解放军呀，是那救星共产党……

红领巾时代，母亲做饭的时候喜欢哼唱，印象并不深刻，奇怪的是，自从来到西藏，尤其是置身于无边无垠的藏北高原，这些歌词就像阳光和空气，雄鹰和羚羊，翩然而至，不离不弃，仿佛从来没有分开，属于肌体的一部分，血液的一部分，汩汩流淌，生命不息。

高宏伟，是的，就这样想起了高宏伟。

一同从广州白云机场登上飞机，一同前来西藏，他是那样热情高涨，想要画尽高原风光，雪山，戈壁，牦牛，牧羊女，等等，还想举办画展，作品卖个好价钱，但他没能实现愿望，便遗失在理想的半道上。如果有缘，希望在这里与他邂逅，谈天说地，欣赏画卷。

有人似乎说过，人世间不是所有人都有健康的体魄；有了健康体魄，不一定能迈开双腿；迈开双腿，不一定能抵达西藏；到了西藏，不一定能穿越藏北无人区。

喔，这里就是传说中的无人区吧，无人区原来是这般模样，以前的几十年不曾见过呢。行到水穷处，坐看云起时。会当凌绝顶，一览众山小。古人真是了不得，字字珠玑，言出如山。到得藏北，方才体会"气吞山河如虎"的气概。

车身颠簸得越来越厉害，嘭的一声巨响，心脏剧烈跳动，身体却往下沉。司机贡布轻声说，爆胎了，都下车吧。

贡布熟练地换着轮胎，大伙儿趁机抽烟方便，南宫羽发现，工程师们大多来自内地，中年人居多，除了自己清一色男士。黄工双脚一落地，就背对车门双手往下探，准备撒尿，像是想起什么，回头笑笑，往车身后面蹲去。

李工笑嘻嘻地叫她南工，然后哎哟哟几声，连忙补充：还是叫你南宫老师好，要不别人以为你是男工，千里冰封万里雪飘当中，好不容易开了你这么一枝桃花，不能与我们同流合污。

南宫羽笑呵呵地说：已经与你们同流合污了呢。

黄工说：咱们这个团队，除了欧总以外，都是援藏者。不久的将来，整个青藏高原灯火辉煌，不再缺电，咱们向上级部门请示，在唐古拉山顶立一块纪念碑，把我们的名字全都刻上去，就像青藏公路和青藏铁路的建设者们一样，光照后人，永垂不朽。

欧珠说：千万别灯火辉煌，雪域高原一旦灯火辉煌，冰川消融后，长江黄河断流，你们在下游只能黄沙漫卷西风。

李工说：黄工同志，你以为你是谁？咱们来这里是工作的，拿着单位工资，领着高原补贴，乘飞机搭火车，还有小车接送，医疗还有保障，当年那些解放西藏的老兵，青藏公路川藏公路的建设者连肚子都吃不饱，他们要求刻碑纪念了吗？估计他们连"纪念碑"几个字都想不到，他们才是名副其实的英雄，是值得纪念的人，可现在有几个人能记住他们？即便是记住了这些工程，享受到公路、铁路、光缆工程带来的便捷，也记不住具体的人。远的不提，单说秦姨和老白，他们难道不是英雄？他们干的工作，有谁能比得上？我就没听见他们标榜自己是援藏者，是对西藏有恩有德的人，要求地球人都知道……

显然，李工打开了话匣子，没有停下来的意思。刚开始，南宫羽有劝解的意思，怕李工与黄工发生争执，听了一会儿，发现李工完全是自说自话，一个人喋喋不休，黄工没事人一样，摘掉墨镜凑近嘴边哈气擦拭。

南宫羽见李工一边说话一边拉裤子拉链，准备下蹲的样子，只好向欧珠跟前走，说道：秦姨和老白很了不起吧？

欧珠小声低语：这事说来话长，以后告诉你。从低海拔地区到高海拔地区，人会亢奋，特别爱说话或一言不发，肚子鼓胀，打嗝放屁，大小便不畅，男人和女人一样，蹲下方便，都是高原疾病。

南宫羽说：既然是高原病应该看医生呀。

欧珠说：这是极其轻微的高原病，时间待久一点，自然会正常。

一个牧民骑着一匹高头大马由远及近，奔到近旁，收住鞭子，用藏语说着什么。欧珠摇着脑袋，回应了几句。牧民一甩鞭子，扬长而去，腾起阵阵雪尘。

见牧民走远，南宫羽说：牧民好像不高兴，生你气了吗？

欧珠说：没有生我气，生棕熊的气哩。他在寻找棕熊，棕熊吃了他家三只羊子，咬伤了两只，问我们看见没有，若是看见及时告诉他，他要杀掉这些家伙。

南宫羽说：第一次知道这里还有棕熊，棕熊还会吃羊。

欧珠说：别看藏北地广人稀，风大雪厚，却是野生动物的天堂，羚羊、雪豹、黑颈鹤、盘羊、黄羊、岩羊、野牦牛、藏野驴，有人把藏野驴叫野马。靠西边的无人区，听说还有一种毛发金黄的金丝野牦牛，非常珍贵，我还没有见过。

南宫羽说：西边是阿里地区吧，柳大夫好像说他父亲经过阿里到的藏北地区，是一位援藏教师。

欧珠说：我的一位小学老师也来自内地，不姓柳，姓楼，叫楼卫东，扎西校长记得比我清楚。从他那里，第一次知道什么是春天什么是秋天，世界上还有桃花苹果花海棠花，还能分清前后左右东南西北。小时候，在我们那里，能数得清羊子和牦牛头数，就能当大队会计，楼老师来我们学校之前，我敢说没有哪家牧民子弟，听说过这些新知识。大概就是受桃花苹果花的诱惑，我才用心学习，希望有一天能接触到这些奇珍异草。大一点以后，到内地读书，经过格尔木，第一次看见白杨树，抱住树干不放，心想这是苹果花还是海棠花，这花可真大呀，比我们家头牛还高大。楼老师送给我一只口琴，应该是方圆几百公里唯一的口琴，尽管锈迹斑斑，还是爱不释手，有一次转场，不知道丢到哪里了，阿妈去世以后，鹰笛算是我的传家宝和护身符。好几次到你们内地出差，一个人在街上走的时候，听见二胡和口琴声，看见某个男人的背影，真像楼老师啊，慌忙赶上去细看，根本不是。印象中楼老师英俊白皙，比我现在年轻许多，几十年过去了，明知道他不再年轻，还是愿意从年轻的面孔中辨认。

南宫羽说：可以去他老家找呀。

欧珠说：只知道他是江南人，在北京读过大学，没有其他线索，或许早冻死饿死在无人区了呢。

南宫羽说：一个人的童年会影响一生，那位启蒙老师意义重大，你有今日成就，多亏了他。

欧珠点头的当儿，李工黄工抻长脖子问，护身符一定珍贵吧，哪里能见到鹰笛？

欧珠拉开宝石蓝工作服拉链，从脖子上取下一截半尺长拇指粗的挂件。

南宫羽眼前一亮，外表粗犷豪爽的欧珠久美，竟然还有如此精致的饰品。直到看见管体上的几个小孔，才恍然大悟，难道这就是鹰笛？暗白细腻，包浆和沁绵密饱满，有种玉的质感和岁月的温润，连套鹰笛的羊毛细绳都婉约水滑。不久前在林芝吃石锅鸡的时候，想一睹鹰笛芳容，他说鹰笛不适合热闹，只适合洁净，心想初来乍到，不懂藏族人的习俗，就没有强求要看，今日这么轻易就能见到，看来藏北适合鹰笛展现。

欧珠把鹰笛捧在掌心，南宫羽很想摸一下，见李工黄工的口罩都快碰到欧珠脖子了，依然没有触碰的举动，便学着两人的样子，只看不动。

李工大声说：哎呀，欧总，这可是稀罕之物。鹰笛，啧啧，想摸又不敢摸，生怕碰碎了，我可赔不起。真是雄鹰的翅膀骨哇，上好的鹰笛音调优美，音色明亮，只有靠运气才能得到。

欧珠说：李工多才多艺，很懂噢。

李工没有被欧珠的插话打断，继续说：世上的鹰笛有两种，一种是藏族鹰笛，另一种是塔吉克族鹰笛。鹰笛历史悠久，传说雄鹰在生命最后时分会冲向太阳，直到化为灰烬，地面上很难见到鹰骨。偶尔由于极端气候，雄鹰没有飞过雪山被冻死，人们才有机会捡拾到鹰翅骨，因为过于奇缺，牧民才视为圣物。拥有这种稀世珍宝的人都不是凡人，欧总，说不定你是被遗漏的转世灵童哩。

黄工在一旁笑道：李工才是转世灵童，上知天文下知地理，中间还知道全人类，你说你一个电力工程师，咋还知道鹰笛的事？

李工说：来之前做了好长时间攻略，老婆帮我打印了一大本与西藏有关的资料，地质地貌，宗教，历史，民俗，传说，样样齐全。前几天老婆打电话，要我注意狼，还说现在提倡退耕还林退牧还草，无人区的野生动物比前几年多，要我野外作业的时候穿红色或橘红色外套，狼害怕火，火是红色，今天我就穿了这件红外套。

黄工大声叫道：好一个自私自利的家伙，这么宝贵的经验也不与我们分享。

欧珠抚摸一下鹰笛，使鹰笛重新贴着脖颈，拉上衣服拉链，指着百米开外一只似狗非狗的黑色动物说：李工，瞧，那就是狼。

南宫羽惊叫一声：狼，天呐，不会是真的吧？

李工黄工也连声呼叫：嗨呀，狼原来是这个样子，跟狗差不多，没有啥可怕的嘛。

欧珠说：孤狼不可怕，孤狼在旷野本来就是弱者，离群者或受伤者，不饿得眼冒金星，一般不会伤害比他强势的动物。可怕的是一群狼，汉语中有个成语叫人多势众，动物也一样。

一阵轰鸣，汽车已经发动，上车的时候，欧珠低声对李工说：咱这地方缺氧，说话也会消耗体力哟。

李工说：对的，对的，攻略上好像是这么说的，你们可别诱惑我，从现在开始，我要禁言啦。

几个人哄笑一阵，纷纷上车。

汽车沿着一条土路行驶，开出一段，停下来，几个人徒步走进砾石草甸，对即将开挖的高压输电铁塔塔基一一复测查看，施工点已经用彩条布围成一个方块，作为标记。

到一片浅草和水洼密布的沼泽旁时，窸窸窣窣飘起了雪花。南宫羽新奇地仰望天空，任由雪花飘落在身上，摘掉口罩，张开嘴，雪花飘然入喉，沁凉涌遍全身。进藏数月来，看见过雪山冰川，旗云雪线，下雪还是第一次遇见。她把手紧紧贴在脸上，不眨眼地望向远方。远方被白色渲染，全世界仿佛都置身于白茫茫之中。

欧珠指着彩条布围住的一个方框说：冻土和沼泽是开挖塔基最大的难题，再下几天雪，沼泽结冰封冻就可以施工了，这几天先开挖灰岩石膏土和冻土地带，你们意见如何？

李工向前凑了两步，又后退一步，一个劲儿地把棉衣上的帽子往头顶拉拽。

黄工棉衣棉帽口罩手套穿戴整齐，再看欧珠，也是全副武装的样子。南宫羽方才意识到，自己的确没有高海拔地区工作的经验，对欧珠说的冻土沼泽地陡觉稀奇，多年前课堂上学过，现在穿越到眼前了呢。

黄工说：沼泽地施工需要随时勘察。下几天雪沼泽刚结冰，冻住的可能是表层，地下温度不稳定，雪过天晴，一个烈日，气温升高，挖掘机一旦开进去，可能会陷进沼泽出不来，保险起见，入冬施工比较安全。

欧珠望一眼南宫羽，快速褪掉手套，递给南宫羽，示意她戴上，双手往衣服口袋揣，转身问：李工，你认为呢？

雪花开始斜着飘，越飘越大，李工眨巴着眼睛，眼睫毛上的雪花，随着睫毛上下闪烁而跳跃，闪着闪着，黄豆般大小一朵雪花掉下来，落在棉衣的一枚黑色扣子上，雪花落下又落下，雪花落在雪花上，黑色扣子很快被雪花盖住，瞬间变成白色。

南宫羽嬉笑一声，欢喜地欣赏这个细节。

欧珠又问：李工有何高见？

黄工说：他怕说话消耗体力，会高原反应。

李工搂着肚子，笑呵呵地说：肚子胀得实在难受，压制了好一阵，才把那股浊气憋回去，如果没有美女在场，早放出来，或许穿雪遇冷结冰成霜了呢。你俩说的都有道理，按照青藏铁路施工积累的经验，沼泽地施工在一年中气温较低的时候最佳，一旦施工，必须及时开挖，及时回填，及时遮阳，不能让冻土融化，而且，所有铁塔塔基，需要完成一个冻融循环。另一个难题是永久冻土施工，挖出来的如果全是冰碴，就得使用热棒，降低地下温度，确保地下土层永远处于冻土状态，防止冻土漂移，使地下温度与地表温度保持平衡，也可以防止地表翻浆。

欧珠说：我在青藏高原生活工作了几十年，了解这里的施工条件。不管是几十年前的青藏公路施工还是光缆工程铺设，以及前几年的青藏铁路建设，最艰险的路段是昆仑山，到念青唐古拉山之间这一段，青藏电力联网工程，从格尔木到拉萨两个换流站之间，咱们这个标段又是险中之险，六月雪，七月冰，八月封山，九月冬。永久冻土地带广阔，沼泽湿地湖泊众多，气压低，缺氧，风大寒冷，辐射强，还干燥。这个区间的工程项目，无论多急多重大，每年十月就得停止施工。一年中最低气温零下三四十度，眼下气温已经零下十多度，足有八级大风，施工已经很困难，若是在最冷的月份施工，工人和机械都受不了。

黄工说：咱有工期限制，只能提前，不能拖延。

李工说：马上就到十月了，得抓紧时间开挖塔基，先开挖灰岩石膏土地带，再开挖永久冻土地带，沼泽地施工放在最后。所有塔基挖好以后，组立铁塔的时候，顺序得颠倒过来，先组立沼泽地上的铁塔，然后是冻土地带，最后再是灰岩石膏土地带。咱们运气不好，没有签到地势平坦的标段，戈壁滩草原上施工相对轻松。

见欧珠没有回应，黄工说：组立铁塔，放线和紧线，附件安装，这些工序明年春天可以实施。当务之急是基础施工，完成所有塔基开挖，一个塔基四条腿，就得四个基坑，任务相当繁重。

李工说：咱这地方哪有春天呀？这里长冬无夏，只有冷、寒冷、极冷三种天气。是得赶紧调度钻机和挖掘机。在内地，挖掘机一挖一个坑，一天能完成好几个塔基开挖浇筑，这里必须得精细，稍不留神，会影响后面的组塔和架线。另外搅拌混凝土所需的沙石料和水温得严格监督，水温太低太高，都会影响混凝土质量。

欧珠说：搅拌站已经正常运行，对主管提出了要求，沙石料使用前翻炒搅拌，振捣时间必须足时，搅拌用水事先加温，全部使用燃油燃气锅炉。马上安排钻机和挖掘机布点，有一处施工比较特殊，当年青藏公路施工和光缆铺设，包括青藏铁路施工都绕着走，输电线路却绕不开。

李工问：哪座铁塔？

欧珠说：111号铁塔，当地人称为那冈措。

黄工说：就是那个湖心岛？

欧珠点头的瞬间，风雪交加，急急缓缓的风哨声，立即淹没了落雪的声音，改变了雪花的方向。

一个愿望自由生发，她希望广袤雪原狭小一些，再小一些，小到能看见人群和绿树，公路和房屋，炊烟和柴草，一树柑橘一朵蔷薇。想听见人的嘈杂声，车的轰鸣声，麻雀的啾啾声，哪怕一声犬吠。但没有，除了风声还是风声。此时的内地秋高气爽，走到哪里，都瓜果飘香，喜气洋洋，这里却寒风刺骨，风雪飘摇。

鸡飞狗跳，阳光雨露，人世间庸常的事物，几十年相濡以沫，日夜相随，不觉得至亲至善，珍惜珍贵，倒是理所当然、天经地义。就像生下孩子就得抚养，鲸鱼不会飞到天上，冰箱不会洗衣服，肚子饿了要吃饭，瞌睡来了要睡觉，从来没有想过有一天会失去，失去以后会如何。此时此刻，一切真的发生了，失去了赖以生存的人间烟火，偏离了惯常的笔直大道，如同小鸟失去了飞翔的翅膀，婴儿失去了甘甜的乳汁，怀春少女失去了恋爱对象。

仿佛约好了一般，全都不再言语，风声夹杂着粗重的喘息声。

南宫羽紧挨欧珠行走，佝偻着腰，双手压住腹部，使疼痛减弱一些。

近几个月生理期稍微有些紊乱，有时候量多一些，有时候量少一些，有时候延后一两天，有时候提前三四天，开始并没有在意。大姨妈是老朋友嘛，早来晚来总归是要来的，直到上个月快来那几天，肚子疼痛难忍，痛了两天，也倒来了。而现在早过了一个月周期，风信子一样的老朋友却没有如期而至，隐隐约约的疼痛倒缠绵了四五天。

自从少女时期有了风信子，就像发小闺密，定期要见个面逛逛街八卦一下，最近数日，毫无征兆不打招呼中断联系，难免如临大敌。

这种不安来自生理，也来自心理，中断时间越长，心理压力越大。

激情烧过头的那一年，追随李青林千里南下，风信子来得势不可当，隔一会儿就向卫生间挤去。火车驶出两个省，卫生护垫就用完了。眼巴巴地望着车厢，除过人还是人，根本见不到兜售东西的小推车。当她急得口腔冒烟的时候，火车竟然在一个小站停了下来，预计停车五分钟。车门刚打开，踏脚板还没有完全放下，她就一个箭步飞向站台，身后传来列车员的吼叫声：找死呀，哪像个姑娘？

小小售货亭只剩一包护垫。如果在小镇生活，在水电站上班，安闲平静，一包是够用的，但在火车上，眼下这个阵势，肯定是不够的。售货员指向百米开外的一个铁皮售货亭，说你去那里再看看。

望一眼火车，望一眼铁皮售货亭，迈开双腿就跑，冲到货亭，差点没站稳。一手交钱一手交货，女售货员说得给零钱，整钱找不开，火车就在这个时候鸣了一声笛。

飞一般扑向火车，车门已经关闭，车窗上正挂着一个屁股，滚圆肥硕，颤颤悠悠。顿时生出恶意，长这么大从来不清楚自己屁股大还是小，可以肯定的是，绝对比这个屁股精致灵巧，如此浑圆的屁股都能爬上车窗，自己也应该可以。

身后似乎有声音，女人的声音，高高低低，叠加反复。车窗车门在眼前移动，悠缓得如同耄耋老人。双手一举，抓住了车窗，弓腰撅臀间，勾住了小茶几，有人拉拽她，薅草一样将她扒拉到车厢里。轰隆声中，瞥一眼站台，女人一手叉腰，一手指着车厢，嘴巴一张一合。心想那女人比她倒霉，火车把她抛弃了。

待她擦干汗水，把护垫往旅行包里塞的时候，发现那张整钱安静地贴着护垫。轮一轮眼珠，方才明白，女人没有骂火车，而是在骂自己呢。

在东江边的幼儿园见到李青林的时候，风信子出发的地方正灼热难耐，当然是闷热出来的不适，过了几天，不治而愈。

第二次为生理期惴惴不安，是与大安缠绵的那段时光。

已经过了一个多月，风信子还没有到来，一遍一遍回忆与他的每个环节，拥抱、冲洗、浴巾微裹、刷牙、拥抱、亲吻、上床、抚摸。看似不经意，却早有预谋，单手撕那粉红色安全套，没有撕开，双手从大安臂弯伸出，默契得如同主人和影子，稍稍用力，花瓣一样，依次开放。

温柔似水、酣畅淋漓、耳鬓厮磨以后，小小的袋子有了内容，他把袋子拎在指尖，仿佛一枚透明的莲雾，一枚倒置的曼陀罗，莲雾和曼陀罗轻碰她腹部和乳房，感觉像风像雨又像云。他说这球蛋白很有营养的，很稀缺的。她咯咯地笑着，假模假样地娇媚、风骚、呻吟。

哦，经过就是这样的，每一次都美妙绝伦，没有一点纰漏。被他说成球蛋白的乳白色液体，一点都没有脱离组织，紧密团结在一起，全都集结在莲雾曼陀罗里，冲进马桶，烟消云散，应该没有遗失在自己体内。

没有播撒种子，怎么会有收成？没有安卧精子，怎么会怀孕？没有怀孕，风信子怎么还不来？

一天又一天，每一天都牵肠挂肚，异常慌乱，风信子怎么还不来？什么老朋友嘛？一点都不守时。再后来，不到一个小时就到卫生间查看一番，忐忍煎熬时，愈加觉得羞耻。

等待世间的朋友在阳光里，等待身体的朋友在卫生间里，怪不得不来呢，根本就不公平么。

她去了医院，进到医院大厅，发现比菜市场还纷繁热闹。菜市场拥挤归拥挤，人人表情轻松愉悦，自由散漫。医院的拥挤漂浮着焦灼、无奈、忧伤。医生从白帽子和白口罩中间的眼镜片后面，白了她一眼，递给她一条试纸，说用中流尿液测试。

心中思忖，中流尿液是什么呢。想问又不敢问，应该是中间段吧。

从卫生间出来，医生正训斥一个哭哭啼啼的女孩：舒坦的时候咋不哭？要死要活的时候，你男朋友咋不说忙？做流产的时候他就忙，就请不了假啦？

南宫羽捏着试纸递向医生，医生没有接，瞅了一眼，就说：阴性，正常。

她急慌慌地说：正常，是什么意思？

医生的眼珠在镜片后面转动，旁边一个女人搭讪：说明你没有怀孕，别有思想负担。现在化肥农药多如牛毛，转基因食品遍地都是，不孕不育的人列成队排成行。幸好，医疗技术同农业科技比翼双飞，花点钱，做个试管婴儿，要是养得起，双胞胎三胞胎都没问题。如果有兴趣跟我联系，这是我的名片。

直到现在，依然记得，当时只愣怔了一瞬，便不停地点头，连声说，谢谢。并伸手接过一张桃红色名片，精致的名片上印着一对男女婴儿，呆呆萌萌的样子万分可爱。

风信子飞哪去了哦？此时此刻，明明知道与床笫之事相去甚远，不会有怀孕的可能，担心还是有的，哪个女人一生中不会为此事担忧，不为身为女人纠结满怀呢？

有一次，在一家咖啡屋，两位中年女人小声嘀咕。开始她无意要听，稍许以后，便成为贪婪的倾听者。

卷发女说：我妈五十岁腰都没干，我还不到四十五岁，咋就干了？

短发女说：那你得小心，赶紧找医生看看，打一阵黄体酮。月经一旦没了，你老公就会找小姑娘，听说经济犯罪中女性犯罪有年龄特点。

卷发女说：罪犯还篡改年龄？监狱里装什么嫩呀？

短发女说：不是这回事，是说女性从犯，年龄大多在三十岁到五十岁之间，五十岁以上主犯相对多一些。

卷发女说：她们犯罪跟我腰干有啥关系？

短发女说：笨哦，这说明女人一上五十岁，连做情人的资格都没有啦。过了更年期，没有生理需求，人老珠黄，以前对你感兴趣的男人渐行渐远，以前对你不感兴趣的男人更不会走近。情人离你远去，老公找女孩子天经地义，饮食男女，需求第一，现实胜过幻想。

卷发女说：对呀，我怎么没想到呢？明天一早就去医院，你怎么样？正常吗？

短发女说：当然啦，我天天煲参汤练瑜伽，听音乐海滨浴，离更年期还早着哩。

南宫羽记得清楚，听见这些古怪言论的时候，认真地看了她们几眼，卷发女脸色如布，短发女面容得意。当时还想，平平常常的月经例假，原来还有这么丰富的外延。

雪花飘在脸颊上，南宫羽耸一耸肩，抖落些许冷意。

思绪漫漫，风雪将她拽回藏北。

欧珠和李工黄工说着什么，风没有停歇的意思，雪花绵密如织，连李工的红棉衣都模糊起来，她被裹挟着，牵引着，身轻如燕，雪花一样飞舞。

走着，飘着，跟着意念中的影子摇曳向前。

脸上有些温和，抬眼张望，雪花渐渐稀薄，风也弱了些，腹疼减轻了许多。

恍惚间，一道彩虹横空出世，横亘在空中。她从彩虹这一头飘向另一头，俯瞰时，看见了一丛鲜花，花叶淡绿，叶的边缘散布着小巧的绒刺，花瓣和花蕊有丝丝缕缕的红，若有若无的红，含蓄羞怯的红，整株花上结着羽翼一样微薄细密的冰晶。

她惊喜万分，茫茫雪原竟然有如此娇艳的花朵，鲜活旺盛的生命。伸手去摸，咔嚓声脆响，冰碴落满皮手套，这是欧珠久美的大手套哩。

褪掉手套，摘一朵最艳最硕大的花朵，只用了一小点力气，花朵连同花茎根须都到了手中，根须上携带着几粒细小的砾石雪沫，轻轻去拂，纷纷落下。生出睡莲绽放的声音，百灵啄食的声音，香烛燃烧的声音，簌簌娇弱，渺渺漫漫。

意识到这就是雪莲花，形状同林芝山间趴地杜鹃下的苞叶雪莲相似，只是色泽略异。柳巴松说林芝的雪莲有鹅黄色、淡绿色、藕荷色、蜜汁色，这种雪莲却是淡淡的红，难道这就是红雪莲？他好像说过，红雪莲开在冰山，千朵一红，百年一见，采到它的是圣人神仙，拥有它的人快乐无限。

她停顿了一小会儿，学着藏族人见到尊者的样子，双手合十，对着花丛作揖行礼。然后把那花朵举过头顶，双手轻轻托住，慢慢插进发辫。

平时搭乘长途汽车，会把头发结成辫子，两根发辫轻垂耳边，或独辫一侧低垂胸前，便于后脑勺靠在车座上，平日里则散着，随意飘在肩上。她想象着，如同女孩子徜徉在春天里，发辫上插几朵栀子花，老年妇女发髻上插一朵艳丽的绒线花，甚至想起拉萨街头的康巴汉子发辫上的康巴红。喔，她头上有了千朵一红，百年一见的红雪莲。如果真像柳巴松说的那样，自己就是快乐的神仙。

这是一件多么奇妙的事啊。

静静蹲下，手指一捏，轻轻一提，又带起一株，根须花朵非常完整，像一株精美的小树苗，又像一尊冰雕的微型火炬，握在掌心，沁新，冰凉，清冷，散发着丝丝寒意。躬下身，静静地嗅，最先闻到的是雪的味道，雪中溢着花的气息，那气息是什么呢？玫瑰牡丹芙蓉的味道？自然不是，这些花的味道太浓了，太是花了。怎么形容这味道呢？冰的味道，雪的味道，水的味道，风的味道，旷野的味道。

对，红雪莲的味道，就是这个样子，独一无二，丰韵娇骄，浸着雪的味道，染着冰的气息，合着水的温润，带着风的姿容，浮着辽阔的野趣。

一朵，一朵，又一朵，她采摘了所有能见到的雪莲。水红，雪红，晶莹中的红，第一缕朝阳的那种红，最后一缕晚霞的那种红。洁净，无法言说的净，无与伦比的雅，俗世间不曾有过的气质。

　　汇聚一起，静在掌心，仿佛捧着整个早春。

　　擎着花朵，飘飘欲仙，并肩飞翔的，还有一只雄鹰，一只黑颈鹤，一只斑头雁。紧随其后的有藏羚羊、鼠兔、香鼠、岩羊、盘羊。挥舞手中的雪莲花，奔跑着，像迎着糖果的孩子，久别归乡的游子，眷顾红土地的凤尾竹。

　　有几匹马，背脊为棕色，腹部和四蹄为白色，她差点脱口惊呼，那不是前往雪莲花小学骑过的马吗？

　　阳光灿烂，碧空万里，彩虹还架在天际。有些迷惑，记忆中好像风雪交加，与几个男人艰难同行，还没有斗转星移，天地就改变了容颜。她不相信自己的眼睛，不相信自己的记忆，放眼望去，远山白雪皑皑，原野白色苍茫，云是那样低矮。

　　她在雪中，伫立在雪域大地的正中央，记忆没有消散，灵魂贴服躯体。

　　没有发生任何差错，巨变的是环境，是头顶的天空，空中的飓风，地上的积雪。欧珠他们不见了，回基地了吧？黑颈鹤不见了，飞向喜马拉雅山脉南麓去了吧？斑头雁也不见了，去往有湖水的地方了吧？唯有那雄鹰，初恋一般，低飞，萦绕，依依回望。

　　马还在奔驰，扬起阵阵雪雾，雪雾与阳光全都映在脸上，灼热与沁凉相撞，忽而寒冷，忽而温暖。那花还在手中，羞涩的红里洋溢着旷远。追上马匹，将她带往有人烟的地方，就像当年毫无顾忌，冲向火车车窗一样。尽管那一冲，把自己冲进了女人行列，从此与纯情少女天各一方，少了青涩，多了世俗。有时候也会惋惜，世间万物，哪种获取不是以失去而赢得呢？天下没有免费的午餐。

　　马匹驰骋，雄鹰盘旋，思维还算正常。欧珠一定在找她，为她的不辞而别深感愤怒，如果找不到她，一定会顿足自责，后悔莫及，那她就是罪人。她得尽快回到团队，让欧珠知道自己无恙，前半生已经对不起李青林了，后半生不能再伤害任何人。

任何往来，就像一次展示、一场演出、一场战争，温馨也有，不留痕迹也有，争斗仇恨也有。有了利益冲突，斩断了常规链条，伤害了他人情感，自然就陷入战争，有了战争就有牺牲，战争没有绝对的赢家，歼敌一千自损八百，大凡如此。

多年以前，李青林因为她的怂恿盲目南下，遭遇磨难，患上强迫症，风雨数年，过不上正常生活，她则因为愧疚不能接受别的感情。生活扼杀一个人，真的是无声无息。岁月消耗了太多太多，消散了与李青林的青涩爱情，所幸友情还在，亲人般的情谊吧。柳巴松呢，也算是朋友，几十年时光如梭，稚嫩时期的小心思小淘气都是那样美好。还有欧珠，欧珠久美，多有诗意的名字哦，这位优秀的藏族汉子，热情博学，欣然接受柳巴松的推荐，应该也颇费周折吧，把她从雪莲花小学邀请到这里。对原本来西藏看风景的她来说，就像菩萨睁着眼睛，打了一会盹，出了一张错牌，为她降下一场甘霖，使她能够与众多电力专家为伍，参与电力联网工程。

其实她清楚，欧珠也自然明白，电力生产体系庞杂，火电、水电、风电、核电、潮汐发电等，分类不等，体系不一。单从水力发电来说，从电站勘察、设计、建设、设备修造，到安装、调试、运行、送电、变电，各种程序复杂严谨。尽管科班出身，离开电力生产一线多年，运行人员不熟悉检修工作也不稀罕。或许欧珠非常清楚，她对输变电工程知之甚少，依然请她来到这里，足可看出对她的信任和尊重。

怎么能辜负真诚的欧珠总工呢？得赶快追上马，老马识途，马匹会引领她回到凡间。

马蹄嗒嗒，一匹儿马跑在马群后面，她向它扑去，用尽全身力气，想要拽住儿马的尾巴。尾巴一扬，扫到她脸上，眼前黑了一下又敞亮，一个跟头摔到地上，飞起阵阵雪烟。地上是晶莹的雪，除了雪，什么也没有。她想站起来，去捡拾抛出去的雪莲花，双手撑地，撑在冰雪之上，向上用力的时候，手掌粘在雪地上，动弹不得。稍稍停滞一会儿，脸几乎挨到地上，与雪面摩擦，蹭掉口罩，嘴对着手掌哈气，哈一口气，喘息一阵，白雾袅袅，轻轻淡淡，飘一小会儿，不知去了哪里。

双手终于与积雪分开，衣襟却撕掉一缕，贴伏在雪地上，低眉去看，不喜不忧，茫茫雪原，多了一种色彩，添了一缕宝石蓝，倒也妖娆。

发辫上的雪莲掉了下来，弯腰去拾，捡拾那朵最为丰硕的雪莲，手指刚碰触到娇红花蕊，一种声音突兀响起，簌簌，簌簌，由脚下向外弥散。她被这种声音包裹，撕也撕不开，离也离不去。

一只斑头雁忽地落在眼前，扑闪灰褐色的羽毛，小巧的头顶有两道黑色横斑，以前从来不曾见过，这鸟可真勇敢呀，如此天寒地冻，这般广袤无垠，怎么还有活物存在？这样推断，无论什么领域，都有愣头青二杆子，都有离群的另类，这只斑头雁不就是自己嘛？她便细瞧慢看，忽视了自身存在。

待明白过来，发现已经身陷水中，水面结着晶莹的冰层，冰上覆盖着新雪，新雪散发着白色寒气。双脚在水里抖动，踢腾中多了疼痛。急忙张望，没有清晰的河岸走向，也不像浅浅的水潭，或许是高原湖泊吧。牦牛山羊驮队鼓鼓囊囊的氆氇袋子里面的盐巴，就是从这湖里取走的吧。

她在冰雪和湖水中浮着，牙齿咯吱作响，最初的刺骨疼痛逐渐减退，取而代之的是木然。

渐渐地，她习惯了这种状态，无痛无痒，不热不寒，一切回归到生命最初，没有忧伤，没有喜悦，没有辗转反侧，没有欲望贪婪。

睁了一下眼睛，天空依然蔚蓝，风声和顺，空气温热。云朵白得海鸥夜鹭一般，云是不规则的，随意画出来的，好像也不是画出来的，手工描绘不出这般丰饶诡异，漫卷绰约。

这是她能感觉到的，冰雪之上的一切，头颅、脸颊、脖颈，一会儿忙碌，一会儿淡然。冰雪之下，脖颈以下，什么知觉都没有，似乎有水草一样的东西纠缠，荡漾一下，又荡一下。

自己被冻住了，四肢不能动弹，与冰雪融为一体，成为雪域高原的一分子，思维还在，尚还清醒。

白色的雪原消失，碧青的天空消失，翩翩起舞的荒漠大风消失，雄鹰不在，马匹不在，斑头雁却在。斑头雁啄了一下她的手背，她感到了细微的痛,努力睁开眼睛,看见的是斑头雁嘴里叼着的红雪莲。

斑头雁叼走了她的红雪莲,一朵红雪莲。

她微微笑了一下,嘴角撕裂,鲜血就渗溢到冰面上。眨眼间,光鲜的血迹凝固了,成为冰雪的一部分。

眼帘渐次合上,更多的时候就这样闭着,再怎么用力,也难看见长空万里,艳阳蓝天。

寂静吞噬了大地,寂静主宰了雪原,她也成为寂静的一部分。

偶尔,有东西碰撞她的肚腹、双腿,在腿脚之间钻来窜去,好像还啃噬脚趾头呢,竟然痛了哩。她蹬了一下,感觉到痛,便一次一次踢腾,一次一次疼痛,一定是鱼吧,好像很多哩,蛮稠密的。

记得在拉萨进行习服训练期间,专家讲高原自救措施,如果在高原断粮断炊,可以打捞湖泊的鱼维生。还举例说明,一位边防战士巡逻期间迷失方向,与战友失去联系,奄奄一息之时,把枪杆伸进湖水里。从来没有见过人类的鱼群,顺着枪杆爬上来,战士得救了。从此以后,不敢看鱼,不管是生鱼还是熟鱼,一看就恶心。

自己还没有吃过高原湖泊的鱼呢,听说冷水湖泊里的鱼,就像低温下的植物,生长特别缓慢,数十年长不够一斤,鱼皮太厚,能做鼓面,一点都不细嫩。喔,盐湖里原来也有鱼类生存哦。

一幅画面微风般拂来,空中弯着一条弧线,弧线上颤悠一条银色小鱼,摇曳蹦跳间,银鱼飞到脚边,噼啪,噼啪,一串串水葫芦在爆炸。水葫芦?哪里来的水葫芦?明明是爸爸点燃的鞭炮嘛,每年除夕夜,电厂家属院都鞭炮声声,妈妈捂着她的耳朵,说女孩子不能放鞭炮,鞭炮太危险,不让她冲进烟火里。柳巴松举着树棍走在最前面,鼻涕出溜,出溜一下,变长,又出溜一下,变短。黑黢黢的脚趾钻出布鞋,噗踏,噗踏,脚抬高了,布鞋就飞进稻田里。呵呵,呵呵,笑声不断,前仰后合。

妈妈别拦我,就让我瞎跑一次,最后一次,最后一次跟在柳巴松后面,高高兴兴疯玩一次。还要向李青林道歉,向他父亲姐姐道歉,向夏克道歉,向李青林的堂弟道歉,夏克是谁?堂弟是谁?哦呀,不管是谁,都要原谅女孩子的躁动青春，情无所依。

　　最后一次，向李青林说声对不起，好好找一位心仪的姑娘，过好后半生。妈妈说李青林不愿和我结婚，是因为爱护我，也爱护他自己，两人如果生活在一起，一辈子陷进伤痛的泥沼，既然是泥沼，就应该爬出来，寻找另一处风景，祝福他有个好归宿，放弃也是一种和解，一种彼此尊重。过好自己的日子，就是对亲人朋友最大的慰藉，我跟你爸呀，退休以后没有闲着，打牌，登山，跳佳木斯舞，你大概还不知道，这舞还有个俗名叫僵尸舞。遛弯跳僵尸舞的间歇，还打太极拳练八段锦。山沟里的电厂家属院呀，适合养老，活一天领一天退休金，病了有医疗保险卡，不愿意做饭还有食堂，一起分配进厂的同学同事都老啦，以前还正装上下班，争当劳模争做标兵，为一个名额争得红脖子涨脸，现在都穿上运动服、软底鞋、宽松太极服啦。好不容易穿一次正经衣服，一定是同事的儿子结婚啦，同事的孙子中考啦。

　　山里工作几十年，都变成山里人了，人事关系单纯，社会关系简单，知根知底一辈子，就是死了，不用提前交代，彼此都知道谁乐意穿什么寿衣，贴身穿啥，外套穿啥。末了，还不忘戴上刚进厂时买不起金首饰，丈夫在车床上打磨出来的铁戒指。我跟你爸最大的愿望就是无疾而终，这样就不拖累你，省得你没有时间陪伴，找个护工我嫌烦，还得看人家脸色。听说有的单位老职工去世，去火葬场的人太少，怕家属脸上挂不住，老干办退休办积极动员，号召大家踊跃前往，条件是给每人发一份补助。咱们电厂多好哦，几百号人就像一个大家庭，只要见着讣告，不需要打招呼，呼呼啦啦全都去啦。

　　哎呀，这一次，显然是一条大鱼，狠狠地咬了一口，就飞起来了，飞到紫荆花、木棉花、棕榈枝上。太阳上挂着一束水芹菜，星星点点，朵朵燃烧，哪里是水芹菜呀？是一条哈达嘛，好熟悉的哈达，从雪莲花小学带走的哈达哟，洛桑嘉措献给她的吧。好像又不是哈达，是什么呢？是妈妈长长的手臂，妈妈的臂膀咋变长啦？足有尼洋河那么长呢。尼洋河，呵呵，娘曲，尼洋河也叫娘曲，好像柳巴松说过的。

　　寂静，还是寂静，旷野寂静，雪山寂静，雪原寂静，她也寂静。

扑棱棱，斑头雁飞来飞去，眼睛还是睁不开，肢体已经凝固，思绪依稀停滞。

忽然，她感到疼痛，后脑勺被狠狠啄击。

疼痛中，有声音传来，隐隐约约，远在天边，近在咫尺。雄鹰的声音，马匹的声音，岩羊的声音，羚羊的声音，鼠兔的声音，似乎都不是，似乎全都是。

那是一首歌曲，一首似曾相识的旋律，歌声过后，是旋律相似的笛声，鹰笛的声音，鹰笛，听过鹰笛的声音吗？没有，但见过鹰笛。哪里见过的呢？想不起来了。奇怪的是，竟然能想象鹰笛的声音，悠扬，婉转，绕梁三日。

年少时期，柳巴松说父亲在醉酒后，用筷子敲击桌沿，唱给郭汉山老师，反复唱了几遍，他就记住了，就唱给她听。

数月以前，在林芝的山涧花海，还唱过呢。

同样的旋律，同样的曲调，反反复复，荡气回肠。歌声刚落，鹰笛响起，鹰笛比歌声穿透力更强，穿越皮肤，透过血脉，直抵心脏，血液流动，魂魄飞升。

听着听着，她感到了异样，觉得这歌是唱给自己的，鹰笛也是呼叫自己的，歌声出自男人，笛声也来自男人。这是两个男人，两个男人都在向她走近，发自肺腑，用心音呼唤她、鼓励她、拯救她。

她动了一下，咔嚓，咔嚓，一片脆响。直觉告诉她，这是冰碴的响声，她把冰面弄碎了。

又动了一下，扭动身躯，冰面的响声更大，歌声和笛声更近，恍若就在耳畔，袅袅升腾。

接着，她抓住了哈达，碰到了手臂，听见了男人的声音，不是歌声，不是笛声，而是呼叫声。

风声，水声，冰声，雪声，斑头雁受惊的声音，光束破碎的声音，红雪莲散落的声音。

大胡子

毛茸茸的东西在身上爬来爬去。南宫羽缓缓地伸出手，小家伙顺着手臂爬到她怀里，她把它揽在怀中，发乎自然地用嘴去亲，轻吻小家伙柔和的小脑袋。

柳巴松一动不动地坐在身边，不眨眼地盯着她看，生怕眼帘跳跃间，她就变了模样，或者冰花般消失。抬眼间，看见了他的眼神，稍稍吃惊，然后装作没事人一样，继续抚弄着小家伙。

柳巴松的眼里流动着波光，稍不留神就会蒸发，仿佛晨雾中茉莉花瓣上的水珠，山巅的佛光，碰触不了，连清风都不敢拂动的，需要细心呵护。

欧珠独自坐在靠窗的位置，那是藏族人家惯常的矮床，如同自制的沙发，上面放有厚厚的氆氇和卡垫。洛桑嘉措马背上的那块粗布就是氆氇，前往雪莲花小学的途中，溜索旁边的患者家里也有氆氇和卡垫，那个时候柳巴松陪伴着她，此时此刻，柳巴松和欧珠都在她身边。

欧珠面向窗外，还在吹奏鹰笛，悠悠扬扬，曼妙婆娑。南宫羽奇怪，一位藏族电力专家，竟然会用鹰笛演绎经典名曲《小夜曲》，也会吹奏那首似曾相识的曲子。

铁皮炉子冒着热气，牦牛粪所剩无几，酥油茶的馨香弥漫空间。柳巴松的眼神有了变化，随着小动物的游走而游走，水光波影，含着丝丝妒意，又似怜惜。她不敢看那眼神，生怕那眼神坚守不住，磅礴爆炸，她想让那火焰熄灭，又有点渴望燃烧，熊熊燃烧。

有一些害怕，有一点期盼。心跳加速，不停地抚摸小家伙，以减弱内心的焦灼。

坦率地说，她是渴望的，渴望这种眼神，渴望眼神后面的内容，这是李青林不曾给予的，大安不曾赋予的，前世今生不曾有的，是一种全新的感觉，她有点迷恋，又有点抗拒。柳巴松，喔，柳巴松怎么会有这种眼神呢？什么时候生发的呢？如果不是柳巴松，换成另外一个男人，陌生男人，或许她就迎着那光了，享受那感觉了，有可能把那感觉扩展蔓延，花开四季，一盛千里。

而柳巴松不能，太不能了，稍不谨慎，就会难为情。

她觉得这是个千钧一发的时刻，她渴望，又害怕。不敢再看柳巴松，甚至不敢看他四周的空气，仿佛他是一个巨大无比的氢气球，一碰即爆，一点即燃。

偷偷望他双手，手背青筋凸出，紧紧握住拳头。难道，他也在纠结与挣扎，也在进退两难？如果她的眼神热烈一点，迎合一点，波光就会滑到这边，她就变成了他怀里的小动物，或者他变成了她怀里的小动物。如果她漠然一些，停止内心的渴望，对自己狠一些，克制脸上的踟蹰，他就会释然，会恢复常态，依然是同学，是发小，由友谊支撑起整个人生。

歼敌一千，自损八百，适用于战争，也适用于男女感情，适用于任何人际交往，还适合打鸡蛋。有一次约会回来，心情糟糕透顶，平时只吃一个鸡蛋，这一回偏取出三个，以此慰藉受伤的心灵。举起一个鸡蛋击打另一个，最先破碎的，是主动敲击的鸡蛋。她觉得奇怪，照着样子又打了几次，直到打碎半盆鸡蛋，终于得出一个结论：人与人交往，不能主动伤害他人，出手越快，败得越惨。

人与人最牢靠的关系，最不伤身与心的关系，最长久永存的关系，就是相安无事相互尊重。不是父子关系、母女关系、夫妻关系、情人关系、同事关系、同学关系、战友关系等诸多关系，而是君子关系，君子之交淡如水，大凡如此。

君子又是什么呢？君子是有担当、有责任、有德行的人。如此推理，匆匆几十年，艳遇过，一夜情过，还充当过大安的小三，抽烟喝酒，爱慕虚荣，世俗放荡，即便已经不沾烟酒，也一身毛病，算不上君子。柳巴松从一个懵懂少年成长为援藏医生，如果把他比作珠穆朗玛峰，自己则是林芝的一株趴地杜鹃。如果把他比作藏北高原，自己则是一只斑头雁。时光悄无声息，将自己扼杀在平庸里。时光也是一抹彩霞，将他渲染得沉稳练达。

自己是自由身，日行千里，来无影去无踪，无牵无挂，浮萍一般。柳巴松却不是，有妻子有儿子，有幸福的家庭和令人尊敬的职业。既然想友谊长存，就不能越线跨界。要站在远处，真诚祝福。

山峰与珊瑚，大象与彩虹，怎么能走到一起呢？但山峰有山峰的巍峨，大象有大象的吉祥。各自有不同的品格，有品格的人，就是君子。

那么，就君子之交吧。

怀里的小动物蹦了一下，发出急切的叫声，看似只有两三颗牙齿，还是异常尖利，一跃就跳到柳巴松身后。柳巴松身后挂着风干肉，没有完全风干的那种，散发着浓郁的腥味。

笛声停止，欧珠回回头，淡淡一笑，双手摩擦一阵鹰笛，将鹰笛放入胸前，拉上衣服拉链，蹲到风干肉旁边，拽下一缕带血的牦牛肉，大嚼起来。

然后拍了拍柳巴松的肩膀，一边递给他风干肉，一边说：奇怪，柳大夫怎么会唱这首歌呢？跟当年那位老师唱的一模一样。

柳巴松默然不动，眼眸却亮了一下。

她看见了这个瞬间，也看见了自己的内心，些微的疼痛，稍纵即逝的疼痛。也看见了柳巴松的疼痛，焦灼中的疼痛，疼痛中的忍耐，忍耐中的消解，消解中的友善。

所幸，一切随着欧珠递给他的小片风干肉，而烟消云散，一切归于平静。他恢复到泰然状态，她恢复到刚刚被人救出冰湖的状态。

柳巴松的声音忽然清亮，惊得她有些慌乱，顺手摸了一把脚背，沾了一手药液。她笑了一下，有点笑话自己的意思，也有点笑话柳巴松的蹩脚掩饰。

柳巴松说：我被借调到青藏电力联网工程医疗保障组工作，李青林李总知道以后，送给我们许多药品，特意让我多关照你。今天顺路到你们标段驻地去看你,大家都在找你,连你的物品也翻找了个遍,没想到你掉进了那冈措,幸亏救得及时,没有大碍。还要感谢这条哈达,我们把它打湿,差不多冻成了棍子,你抓住棍子,就拽到湖岸了。

南宫羽没有言语,微微笑着,看他。柳巴松变戏法一样,捧着一团洁白的哈达,一伸手,就到了自己手中。柔软,温润,她把它贴在脖颈处。

欧珠说:李总正与欧老师在鲁朗林海赏花晒太阳呢,还想到关心南宫老师,难能可贵。

南宫羽依旧微笑,看一眼柳巴松,看一眼欧珠,笑得坦然亲和,心里更加喜悦。这是她希望的,希望欧美尼陪伴李青林,希望在阳光雨露和鲜花盛开中,李青林的身心得以康复,这比刚才自己内心泛起的涟漪,要甜蜜得多幸福得多。

欧珠还在说着什么,她则脱口而出:谢谢欧美尼。

两个男人莫名地互相看了一眼对方,柳巴松从怀里掏出一个羊皮袋子,递给她的同时,说一声,李总给你的。

南宫羽捧在手心,细细抚摸,这是藏族人平日盛装糌粑及针头线脑的小袋子。喔,多年以前,第一次到李青林家,李青林的父亲和年岁大的男人手里握的,腰上吊的旱烟袋,不就是这个样子吗?只是这个袋子更肥硕结实一些。松开羊皮袋子的扎口,捏出一缕草药,不用细瞅,单凭嗅觉,就知道有雪莲、牛膝、月季。

捏一朵干枯的雪莲、几片薄薄的月季花瓣,暗自感念,青林,谢谢你的细致周到,有了这些调经补血的花草精怪,风信子大概就会到来,老朋友就会相聚。

厚厚的门帘就在这一刻挑起,透进雪原亮晃晃的光芒。

进到房间的男人惊愕了瞬间,就兴奋起来,与柳巴松和欧珠打着招呼,然后望了一眼南宫羽,乐呵呵地把鞭子往墙上一挂,就给杯子续酥油茶。南宫羽方才看到,自己面前也有一个黄色小玻璃杯,可能是欧珠或柳巴松斟满的吧,没有丝毫热的气息,香味似乎也已凝固。小家伙在三个男人脚边闲庭信步。男人抱着暖瓶还没有走到跟前,她就端起杯子一饮而尽,双手捧着空空的杯子，静静等候。

稍许，才想起柳巴松曾经告诫她，喝酥油茶的时候，如果杯底没有剩余，说明不想再喝。哦了一声，做错事一样，把杯子放回桌上。褐色的长条矮桌上，画有枣红色的经轮和绿色的藤蔓。

南宫羽细细地看了一眼男人，有些面熟，好像在哪里见过的。南宫羽弯腰去逗小家伙，欧珠与男人说着什么。柳巴松也用藏语搭讪，从表情上看不出谈话内容。

见南宫羽好奇，柳巴松用汉语说：他说没有找到咬死羊子的棕熊，只找到这只棕熊崽子，怕它冻死，就抱了回来，这里是他们的秋季牧场，下次转场的时候，小棕熊能自己觅食了，就放归原野。

南宫羽说：放归原野以后，不是又要伤害羊群吗？

欧珠说：即便是这样，牧民也不会伤害无辜生命。

南宫羽说：他不是去寻找棕熊了吗？

欧珠说：他是想知道棕熊到底在哪一带活动，摸清规律，尽量不与它们发生冲突，如果狭路相逢，一般也不会斩尽杀绝。

南宫羽再看那小家伙的时候，就有了别样的感觉。这种以前不曾见过的小动物，不同于藏羚羊，不同于狗，也不同于藏獒，与狼相似，年少时可爱，成年后凶猛。牧民只能爱恨交织，爱也不能太深，恨也不会长久，雪域莽原竟然也有感情纠葛哦。

汽车在门外鸣笛，柳巴松要搀扶她，被她谢绝了，尽管行动缓慢，步履不稳，还是能行走的。

上了车，贡布热情地问候南宫羽。南宫羽顾不上回答，一个劲儿地自责忘了带钱，应该给牧民留些钱才对。

欧珠安慰她：这里不比内地，钱不是万能的，有钱也花不出去，藏族人的意识里，布施和乞讨是平等的。你麻烦了他，用了他家东西，吃了他家食物，他挽救了一个生命，他的功德就会加分，会修得一个好的来世。

柳巴松也说：欧珠总工是土生土长的藏族人，对藏区习俗更了解。他说的有道理，藏族人是个精神至上的民族，具有高贵血统的民族，没有经历过封建社会，一下子从奴隶社会跨越到现代文明，与经历过封建社会洗礼的人，价值观有所不同，有些行为不被内地人接受也属正常。

贡布说：南宫老师初到西藏可能不清楚，藏族人威猛、强悍、豪爽、富有爱心。我们在藏区时间久了的人都比较了解，藏族人家大多不上门锁，尤其是帐篷，就是住混凝土砖瓦结构的牧民安置房，门上用羊毛绳子拴住，或者用一根羊骨头插上，防止牛羊野生动物进入，不为防偷防盗，谁想吃饭留宿尽可随便，刚才那户牧民大概就是这样吧。

欧珠说：夜不闭户路不拾遗，在藏区随处可见，一点都不是传说。

柳巴松侧过脸对南宫羽说：你会喜欢西藏的。

南宫羽拍着胸前的藏汉文标志说：你看我工作服上印着"西藏"二字呢，我已经是西藏人了。

欧珠说：西藏让你受苦了。

南宫羽抚摸衣服的破洞，心想如果有牧民或朝圣者看见那缕宝石蓝，一定会喜欢，说不定会带往拉萨，带往高高的山岗，点缀在经幡上，成为经幡的一部分，或者干脆揣进衣兜，当作护身符。听标段上的一个人说，陈年经幡会给人带来好运，有人把换下来的经幡贴身装在衣兜里，缠绕在牛羊犄角上，保佑家人平安，祈盼牛肥马壮。若是旅行的女孩子见到呢，一定会惊讶万分，茫茫雪原怎么会有一缕鲜亮的布条呢？可能会夹在攻略书里，就像怀春少女，喜欢在笔记本里夹一枚枫叶、两片花瓣、三根发丝一样。若是被小喇嘛发现了，会有怎样的结果呢？

柳巴松胳膊肘碰了一下她，她才回过神来，哦哦两声，随口便说：人来到世上大概就得吃苦，富贵有富贵的苦楚，贫贱有贫贱的忧愁。

欧珠附和着说，有道理，然后对贡布说：下次可不能把车直接开进草场。这里的草跟人的眼睫毛一样，碾压不得，好多年才长这么高，开挖基坑的时候得用垫子铺一下，你们认为草垫子和棕丝垫子，哪个更科学？

贡布说：挖掘机和运送沙石料的卡车通过的地方都要铺吗？那得要多少垫子呀，简直是劳民伤财嘛。

欧珠说：从成本来讲的确多此一举，多一事不如少一事，从高原生态保护来说，还得破这个财，这里的植被太脆弱。

南宫羽说：既然生态脆弱，怎么还有人放牧呢？应该禁牧才对。

欧珠说：当地政府已经出台了牧场载畜量标准，王县长他们就在干这种事。超量的牦牛和羊子得转移到其他草场或销售出去，保护草场其实也是保护生物链，草场，羊子，狼，棕熊，雄鹰，藏羚羊，藏野驴，相互依存，缺一不可。

贡布说：西藏不缺牧场，也没见少了哪种动物。

欧珠说：那是因为你不了解草原，我小时候见过金丝牦牛，毛发如酥油一般金黄，野生的，体格威武庞大，同格萨尔王一样令人敬畏。盘羊多如星星，听说现在少了许多，只在草场破坏小的地区活动。羚羊也一样，一方面人为猎杀，拿皮子毛绒换钱，一方面草场载畜量过大，沙进草退，荒漠和戈壁面积扩大。羚羊吃的草又很讲究，就导致羚羊数量锐减，才出台了保护藏羚羊的政策。

南宫羽说：藏羚羊吃的草有多讲究？难道是仙草不成？

贡布也说：难道羚羊吃的是天上的云彩，地上的雪莲？我是地地道道的藏族人，第一次听说羚羊吃草讲究。

欧珠说：羚羊是高原贵族，反正不吃普通草，具体情况不大清楚，柳大夫或许知道。医生是杂家，既是动物学家又是植物学家。

柳巴松说：许多动物紧密相连，构成一个生物链。比如鼠兔食草，雄鹰吃鼠兔，雄鹰吃羚羊的胎盘，羚羊吃禾本科和莎草科的嫩枝茎叶，冬季啃食干草茎和枯叶。忍耐干旱能力较强的鹅喉羚，则以冰草、野葱、针茅草为食。扭角羚以莎草科和禾本科植物为主，具有嗜盐习性，所以，盐湖四周总是游荡着成群结队的羚羊。普氏原羚，吃的草与其他羚羊也略有不同。

贡布说：你的意思光羚羊就有几种，每个种类所食草料还不同？以前只知道羚羊，不知道羚羊还多种多样。

南宫羽说：青藏高原看起来荒凉寂寞，原来还有这么多学问，动植物才是这里的主人，看来不敢冒犯主人。

贡布说：那你就不该采摘雪莲花，雪莲花也是这里的主人。

柳巴松说：那是南宫老师与雪莲花有缘，缘分到了，就见到了，何况又是红雪莲，南宫老师是有福之人。

南宫羽摸摸口袋，摸摸发辫，发辫上还有残余的花瓣，心里乐着，微微点头。

欧珠说：贡布停车，等那几头野驴过去了再开不迟。

越野车戛然而止，南宫羽抻长脖子去看，那不是幻境中出现的马匹吗？皮毛光溜水滑，背部为棕色，腹部蹄子嘴唇一圈为白色。野驴受到汽车惊扰，一溜烟从东向西，腾起阵阵雪沫。奔腾时，尾巴翘起，如同一个弯弯的括弧，比马的尾巴小巧许多。

南宫羽脱口而出：我以为是马呢，原来是驴。

几个人抢着说：没错，野驴也叫野马，藏野驴。

汽车还没有开到标段驻地，就见一团火焰，要燃不燃的样子。有人往火堆上泼着什么，火苗猛然上窜，火光冲天。过了一会儿，火焰小了许多，又泼些东西，火苗复又跳跃。

南宫羽心想，那一定是油，有人往火堆上泼油呢。紧贴车窗，好奇地观望，生怕一眨眼错过了火苗的变化。车里顿时鸦雀无声，连喘息的声音都不复存在。

直到南宫羽哎哎几声，然后叫出声来：那不是秦姨吗？秦姨在那里干什么？

没有人回答她，仿佛车里只有她一个人。

接着，她看清了火焰中燃烧的东西，这一看，令她毛骨悚然。

火焰中竟然是两具尸体，尸体架在几个汽车轮胎上，轮胎已经歪斜变形，冒着浓浓的黑烟，轮胎上的尸体还没有完全燃烧，需要泼上油料助燃。透过黑烟和火苗，她看见一具尸体的胸部，有一块巴掌大的粉红色布料如同铁板，任凭烟熏火燎，没有任何燃旺的迹象。

自从看见火焰，车速就放缓，欧珠抬了抬胳膊，贡布把车停下。欧珠下车的时候叮嘱贡布把南宫老师送回板房休息，柳巴松向她摆摆手，一言不发，跟在欧珠后面。

车已开出几十米，南宫羽拍着贡布的肩膀，请他调转车头往回开。

贡布说：欧总没有让我这么干。

南宫羽说：我在这里下车，你把车开回去。

贡布又说：欧总没有让我这么干。

南宫羽放缓声调，温和地说：那请贡布兄弟把车往后退一点，让我再看一眼。

贡布说：火葬有啥好看的？

南宫羽想着可能是火葬，但没有想到能亲眼看见，嘴里啊啊不停，声音还不敢太恐惧，依旧低声央求贡布。

贡布果然把车往后退了一段距离，南宫羽再次看清了那块粉红色布料，两具尸体已经燃烧得差不多了。老白把一根棍子伸向那块粉红色，一挑，粉红色立即变成了万花筒，爆竹一样缤纷飞扬，烟花、火星、红色、明黄、橘红，各色艳丽飘摇升腾，直至消失。

贡布小声说：雪莲花真耐火，应该拿去作防弹衣。

南宫羽急急地问：雪莲花在哪里？

贡布说：飘起来的花絮就是雪莲花，跟你头上的雪莲花大概一样，都是红雪莲。

南宫羽伸手摸了一下发辫，摸到一小截雪莲的花茎，花瓣早不见了踪影。她把花茎取下来，揣进衣服口袋。透过车窗，看见秦姨怀里抱着东西，东西有些沉，压得她弓腰驼背，柳巴松、欧珠站在近旁，好像帮不上忙。

贡布说：你们内地人到西藏，看见啥都稀奇，到死怀里还揣着西藏的宝贝。

南宫羽问：你怎么知道他们是内地人？

贡布说：我从青藏电力联网线路勘察开始，就跑这条线，对沿途的大事小事略知一点，还知道你刚到这里就高原反应，还在秦姨家休息过。

南宫羽说：是呀，是在秦姨家休息过，没想到我们是陕西老乡，她家还有一盘大炕。

贡布说：知道和你躺在一起的两个人是谁吗？

南宫羽说：好像是人，用氆氇盖着，没看清楚。

贡布一手放在方向盘上，一手指着火焰说：就是那两具尸体。

南宫羽猛地发出一声若有若无的叫声，疼痛燕子一样回到体内。她屈膝弯腰，双手紧紧抓住小小的羊皮袋子，压住腹部，张开嘴大口呼吸，氧气似乎还是不够。

贡布继续说：听说这对夫妻是河北人。男人的络腮胡子很有特点，大伙叫他河北大胡子，两口子说是鱼贩子，好像又不太像生意人，既不在那曲阿里这样的地级城市常住，也不长期在某个县城久待，整个青藏高原瞎跑，哪里都有他们的影子。藏族人因为有水葬习俗，大多数藏族人并不吃鱼，汉族人喜欢吃鱼，他们就把藏布和湖泊的鱼，从一个地方贩到另一个地方。这里不是来了电力施工人员嘛，贩皮子的，贩鱼贩肉的，理发洗脚的，开饭馆的，候鸟一样，纷纷飞来，标段驻地搬到哪里，他们就跟到哪里。前几天夜里，为了保持鱼的鲜活，给鱼供氧，汽油机持续发电消耗大量氧气，同时释放一氧化碳。为了保暖，门窗紧闭，结果两口子一氧化碳中毒，就这样死了。

南宫羽大口吸气，仍然觉得胸闷气短，喘气声越来越粗。

贡布说：你斜靠在后座上，均匀呼吸，会好受一些。要是在内地，尸体上浇一次油就烧成灰了，咱们这里缺氧，浇几次油，大风还呼呼助威，火葬起来还这样费劲。

南宫羽有气无力地说：汽油易燃，应该用汽油。

贡布说：有人浇汽油，有人浇柴油，最讲究的人火葬时浇上菜油，藏族人会用酥油。你大概第一次看火葬，心里不舒服，还是走吧。

南宫羽忽地问：人死了为什么不直接火葬？在秦姨家炕上躺着干吗？

贡布说：说了怕吓着你，秦姨家其实是死人收容所，也救助病人，收容过冻死、饿死、高原反应而死的各种人，旅行者、登山者、小商小贩、捕猎者、部队官兵。据说很早以前经常有重刑犯、逃荒者从内地跑到这里，有一次犯人死在铁笼子里，押解犯人的人奄奄一息，秦姨把尸体和病人同时弄到热炕上。病人得救了，爬起来同秦姨一道，烧一盆雪水给尸体清洗，然后裹上氆氇掩埋。后来秦姨再遇见病人和尸体，一定先扶到炕上暖一暖，说不定能救活一条半条人命，即便救不活，给尸体最后一点温暖也好。老白因为是医生，来了以后，帮了她大忙。

南宫羽说：原来我是被热炕救活的哦，河北大胡子夫妇为什么在青藏高原跑来跑去呢？

贡布说：听说他爷爷是解放西藏的一个老兵，牺牲在阿里地区某个地方。他父亲成年以后到西藏寻找过，在途中不知道是饿死冻死，还是被狼或棕熊吃掉的，反正活不见人死不见尸。孙子长大以后，打着贩鱼的幌子又来寻找自己的父亲，你看秦姨怀里哭得死去活来的女孩子，大概是孙子的女儿，这样算来，就是第四代了。你们汉族人真奇怪，喜欢寻找祖先，人死只是身体消失，灵魂还活着，还会转世，用不着苦苦找寻。这下也好，爷爷、爸爸、孙子全死在西藏，喝拉萨啤酒的时候，有了碰杯的人。

南宫羽撑起身子，真就看见秦姨怀里不是什么东西，而是一个半跪着的女孩子，柳巴松和老白面向她弯下腰，好像说着什么。

从女孩子大幅度扭曲的四肢看得出，她痛苦到了极点，便想下车去帮她，刚要张口，贡布已经发动了汽车。

南宫羽随口问道：既然你知道这么多，那你知道秦姨和老白是两口子吗？

贡布吐吐舌头，诵经一般呢喃一阵，才轻声说：藏族人只说俗世间的事，对菩萨活佛只能顶礼膜拜，不敢妄言。

赎　罪

　　柳巴松建议南宫羽将羊皮袋里的草药拿出来，用高压锅煎服给她喝，增强体力，还能调解内分泌。

　　他没有说痛经活血月经不调的话，但她的脸色神情明摆着，作为医生，不用把脉就心知肚明。她把袋子抱在怀里，就像小家碧玉捧着窝窝头，大家闺秀抚着绸扇，安静，素雅，恬淡。

　　柳巴松看着她，不催促，也不离去，心里则生出丝丝怜惜。尽管李青林和南宫羽都没有告诉他，他们曾经经历过什么，但他清楚，两人肯定不是萍水相逢，他们的相互体恤、互相关照，是曾经沧海的人才具备，行云流水，自然天成。这次他借调来藏北，一方面为电力联网工程当随队医生，救死扶伤，减轻施工人员疾病困扰，另一方面受李青林的委托，照顾南宫羽。藏北毕竟海拔较高，氧气比林芝和拉萨都稀薄，更容易患上高原疾病。

　　其实心里清楚，他甘愿跟在南宫羽身边，保护她，关照她，就像少年时期一样，天天相见，才踏实满足。

　　时刻想念的，当然还是父亲，父亲的藏北，父亲与藏北应该有千丝万缕的联系。他曾经寻找过家人，追寻过父亲的足迹，均以失败告终。尽管如此，还是想多在藏北逗留，故乡故土应该在这里，或许，会有奇迹发生呢。

　　前不久，李青林和欧美尼一同到林芝的医院去找他，递给他羊皮袋子的同时，还给他一张药品清单，回头看那小货车，全是李青林捐赠的药品。不由自主地把手放在李青林肩膀上，拍一下，又拍一下。好几次，都想与他拥抱，或者额头抵额头，就像两位藏族朋友重逢一样，南宫羽的影子却不停闪现，心里酸楚一瞬，甜蜜一瞬，望一眼尼洋河边的曼妙红柳、山巅积雪，努力控制情绪，伸出右手，不但与李青林握手，还与欧美尼相握，握手的力度不重也不轻，不特别兴奋，也不特别冷漠。有意看了一眼李青林，对方的表情似乎与他如出一辙。

酸楚什么呢？说不清道不明，反正不是豪爽欢畅。

刚来电力施工标段驻地，就听说南宫羽走失未归，板房内外找了许久，不见踪迹，便翻找她的提包衣服，或许能找到日记或遗书，从中可能会知晓本人去向。

越来越多地，经见着闻所未闻的人与事，有人对他说，一些来西藏执行任务的内地人，离家以前，私房钱随身带走，给父母妻子儿女留一份或多份遗书，当然一般不会当面交给亲人，而是与家里的存折、现金、夜光杯、茅台酒、名人字画放在一起，或者干脆压在钢琴下面。给组织当然也要交一份，哪怕不是党员，有的还会一并上交入党申请书，有的会补交以前拖欠的党费。还有把遗书交给媒体的，文后缀上一句：如果本人某年某月某日以前没有返回，请将遗书公之于众。

留给家人的遗书偏重感情，愧对父母养育之恩啦，愧疚没有照顾好妻子儿女啦，请父母妻子一定抚养孩子阳光快乐成长，让孩子成为有用之才。留给单位领导的遗书一般不谈感情，只说工作，常常会用排比句，不时跳出一定怎么样，一定怎么样，假如怎么样，假如怎么样。

有一次，几位援藏朋友小聚，有人悄声对他说，大舌头老王太马虎了，遗书一式两份，不是手写的，而是电脑打印的，既谈感情也谈工作，还谈理想和未来，内容大致相同，只把称呼抬头替换了一下，家里留一份，组织上交一份，感觉遗书不是生离死别的交代，而是学前班娃们交作业。

另一位醉眼迷离，拇指中指端起酒杯，食指翘成兰花指，对着空气指指点点，洋溢得酒水不停飞溅，另一只手在空中翻卷，像一只残疾的海鸥，一边奋力飞翔，一边诉说衷肠。

那人说，递交遗书也有讲究，一般不交给县长、市长、处长、局长，而是直接交给党组书记或党支部书记，交的时候一定在办公室，必须在上班时间,而不能在上下班路上或者家里。领导呢,一改往日四平八稳的坐姿,赶紧起身,握手,沏茶,有时候不需要亲自动手,工作人员已经沏好。或者递交者手疾眼快,上前几步,先给领导杯子续上水,再给自己沏茶。领导首先对递交者的奉献精神大赞一通,递交者立即总结以前工作,放大自己缺点,再说一定不辜负组织信任,把援藏工作干好。

接近尾声的时候,缓缓站起来,慢慢掏出口袋里的遗书,立正站直以后,轻轻展开,称呼抬头冲自己,落款对领导,双手捧着,作鞠躬状,如同向一面之交的人奉上借条。还没有挪步,领导已经接住,就像自己当年,向组织递交入党申请书或决心书一样,表情肃穆。仅仅几秒钟,爽朗的笑声响彻空间,顺势拍拍递交者的肩膀,再一次肯定表扬外加鼓励,最后一定会说,有困难直接说,一定为你解决后顾之忧。递交者点头哈腰连声说,感谢组织关心,感谢领导信任,没有困难,困难就是怕完不成光荣而神圣的使命,给组织抹黑,给领导添乱。

说完以后端起茶杯,深也罢浅也罢,得象征性地喝一口,细细地咽进去,后退着出门,出门的时候顺手拉上领导的办公室门,同时说不送了,不送了。其实领导可能已经在转椅上坐稳,拿起桌上的文件或鼠标了。

柳巴松睁大眼睛,一动不动地盯着这位援友,对方被盯得恍然大悟,仰起脖子喝干,将玻璃酒盅倒立成一枚曼陀罗,一滴,两滴,酒水洒落,如同静谧的晨露,晶莹,可心。

对方推一把柳巴松,呵呵笑道,每个行业有每个行业的规矩,每个人有每个人的活法,就说援藏吧,有人是怀抱理想,守边固土,为边疆人民做事来的。有人为了职位提升一级半级来的,正科级升副处级,副处级升正处级,还有在原岗位十年八年上不去,自己无奈,后面的人更着急,在同事的鼓动和期待中一走了之,皆大欢喜,让出位置,自己也升职半级。还有在工作中犯了错误,无奈之下拍屁股走人,来到西藏。这种情况行政干部多一些,报名积极竞争激烈。

技术援藏并不火热,有的行业为了完成任务,上级直接将援藏指标分派到单位或部门,部门内部论资排辈,资历最浅,又希望提升的人,就轮上了。当然也有从小立志当兵，报效祖国，保家卫国，阴差阳错没有当上，和平年代的援藏干部，就是战争年代的出征将士，这是谁都明白的道理。一拍脑袋，就来援藏了。有的明明是高血压，体检前偷偷喝醋喝药，蒙混过关，终于实现了援藏梦，为农牧民的确做了许多工作。

那人继续说：咱们这么多援藏者，每个人都有援藏目的，柳大夫你的目的是什么呢？

柳巴松说：赎罪。

那人晃晃脑袋，又推他一掌，一边指挥服务员斟酒，一边歪着脖子说：赎罪，何罪之有？是不是援藏以前做了对不起藏族姑娘的事？呵呵，关羽关二哥说，兄弟如手足，妻子如衣服，连妻子都是衣服，情人不就是抹布吗？较什么真噢？

柳巴松起身，那人拽住他说：听说来了几位志愿者，有几位妹妹还是少妇，怎么样，哥们去钓钓，姑娘睡一辈子，不如少妇睡一夜。

哎哟，翻找南宫羽的物品，怎么瞎想这么多呀？

那一刻，板房外有人喊叫：柳大夫，南宫老师肯定没有回来，就这么几间板房，若是回来早看见了。

柳巴松摇摇头，是哦，南宫羽会不会被哪位援藏者钓走了呢？

随着时间的流逝，愈加觉得西藏并非一尘不染的净土，特别是外来人员大量涌入以后，不管是本地人还是外来者，就像鱼儿一样，常常被鱼饵诱惑。

进藏以前，不觉得男人女人有多大区别，孤身在外的女人有什么不方便，直到尼洋河畔彩霞丰饶的一个傍晚，一位曾经的患者打来电话，张口就泣不成声，忙问她是不是哪里不舒服。对方说：救救我，我在红绿灯……

话没说完，电话就挂断了，拨打过去，提示该手机转入秘书台，心想可能手机没电自动关机了。不用猜就知道对方在红绿灯大转盘那里，伸手拦了一辆出租车，赶过去，女人正在街角抹泪。四周开满了格桑花，花瓣稀薄妖艳，微微荡漾。见他走近，一个男人快速闪进小巷，巷子深处有茂密的木瓜树和红柳，树影婆娑，暖风习习，背影似乎并不陌生。

来到身边，女人反倒不哭了，反反复复地道歉：对不起哦柳大夫，把你招来，给你添麻烦了。

柳巴松说：你手机没电啦？

女人伸出双手，一手抓着机身，一手抓着电池，噘着嘴向小巷方向努，并说：他喝醉了，拉拉扯扯，说要把我送到床上去。我给其他人打电话，一听是来解围的，要么说上班，要么说下乡调研，只好给你打。一句话没说完，他就夺过手机扔到地上，不知道摔坏没有。

柳巴松接过机身和电池，拨弄一阵，组装完毕，一手举起自己的手机，一手举起女人的手机，用自己的手机拨打女人的手机，嘹亮的女高音悠扬回荡：那是一条神奇的天路，把人间的温暖送到边疆，从此山不再高路不再漫长，各族儿女欢聚一堂……

女人高兴地原地转圈，摘苹果一样，摘了自己的手机，歌声戛然而止。

柳巴松看见女人脸上还挂着泪珠，就说：我先走啦。

女人说：柳大夫陪我走走吧，别人看见我俩在一起，就不敢对我有想法了。

柳巴松再看女人，真看不出她有多迷人，就说：前几天好像看见你在主席台上讲话嘛，怎么会受欺负呢？

女人说：武则天也坐主席台，照样有男人欺负。不但当朝当代人欺负，千年后的现在，还有人欺负。身为女人，就这样可悲，无论是拾破烂的女人，还是贵为王妃，永远不被人尊重。稍微有点姿色的，被说成权色交易钱色交易，像我这种既不年轻又不漂亮的，被说成有家庭背景，好歹我还是有职位拿工资的女人，吃不上葡萄说葡萄酸。

柳巴松安静地听着，不知道她想表达什么意思，就一言不发。迎面碰见熟人，招呼一声，擦肩而过，立即引来窃窃低语。

女人继续说：看吧，我和你一起走走，就招来闲话，真有故事的男女，就不这样大摇大摆走在街上。知道吗？我们一起来的一位专家，前几天差点被强奸，幸亏拼死喊叫，强行推开那人，才算脱身。

柳巴松惊愕地说：既然是专家，年岁应该不小吧，怎么还有人下手呢？

女人说：这你就不敏感了，援藏者差不多都是男人，一年半载见不到老婆，见到女蚊子女野马都稀罕，见到女人，尤其是内地来的女人，时尚白皙，反正大家都孤单，闲着也是闲着，闲着也是资源浪费，有的自然走到一起。荷尔蒙发达又放任自流的，饥不择食，吃饱一顿是一顿，哪管是专家学者、半老徐娘？一个女人，从小姑娘到小姑娘的外婆，从初潮到绝经，一生都被觊觎，若要成为女强人女人精，随时都得提高警惕拳脚出击，付出比男人多得多的心劲和体力。一个女人能够站在一米高的舞台上，一定遭遇过三尺吐沫，六吨石块，九千嫉妒，拥有十一寸厚的心脏。

喔，往事怎么总在萦绕，春燕一样激情明快，恋恋不舍？

风雨几十年，南宫羽没有消失在尘埃中，说明她足够坚强，一定吃了不少苦头。南宫羽，尚还年轻，也算漂亮，又是单身。内地数年，无缘相见，既然在西藏重逢，还有共事机会，就应该保护她，让她觉得世间还算温暖，西藏依然圣洁。

南宫羽竟然不见了，失踪了，遗失在自己家乡，菩萨保佑，得找到她，她留有遗书吗？

感觉她没有留下遗书，还是翻找一番，就找到了那条哈达，心想带着哈达寻找吧。哈达和经幡风马旗一样，有祈福保平安的意思。大风吹拂哈达，如同一声声呼唤，一次次祈祷，南宫羽，南宫羽，不要出事哦，等着我，好好等着我，一定要活着，活得好好的。

那是怎样的场景啊？茫茫雪原，白茫茫大地，空旷和辽阔让他不知东西。

刚援藏的时候，来这里寻找故乡，就是被旷远和飓风吓跑的。前不见古人后不见来者，连雄鹰、乌鸦、羚羊都少见，哪里还有人烟呢？

最先发现斑头雁，这种雪域水泊的精灵，冬季飞往喜马拉雅山脉南麓，翱翔在印度河、恒河上空，徜徉在水草丰美的平原湿地，沐浴印度洋的暖风波光。任何物种都有脾气不对卯、性格怪僻者，一小撮特立独行的斑头雁，没有随大部队南迁，集中在这里，盘旋缭绕，起起落落。鸟儿集聚的地方应该有腐烂动物，一只羚羊，一只鼠兔，一匹野马，或者一个人。紧张的同时默默祈祷，可别是南宫羽呀，千万别被狼和棕熊伤害，变成一堆残余的尸骨。又希望是南宫羽，当然希望她活着，哪怕稍微受一点伤也好。

苍天有眼，南宫羽没有腐烂，没有死亡，而是被冰湖冻结在一起，只是在那冈措的边缘，没有陷进深水区，也没有误入盐湖中间的孤岛。有呼吸，就有生还的希望，太庆幸了，前世修了多大的福祉才换来的啊。

南宫羽获救以后，他给李青林打去电话，告知南宫羽遇险的情况，李青林在电话那头好一阵沉默。

忽然想起他是一位正在疗养的病人，不能受刺激，便放缓声说，南宫羽完全康复了，不会留下后遗症。

李青林才说：谢谢你，我亏欠她太多。

欧美尼的声音悠扬传来：请柳大夫多多关照南宫老师，大家都是朋友嘛。

柳巴松不急不慢地说：放心，咱们都是朋友。

嘴里说着朋友，却有别样的感觉。

从内心来讲，他希望一直陪伴着这位女同学，小时候就喜欢与她在一起，从她身上，知道了生活不仅有缺衣少穿、蓬头垢面，还有漂亮的裙子、干净的书包、码放整齐的课本。南宫羽，可不是别人，是他童年的太阳、少年的向往、久远的无数梦想。

以前与妻子师子伊通电话，口若悬河，无话不说，尤其是夜深人静的时候，电话粥就煲得绵长，说到激动处，连声轻呼，亲爱的，想你，想你的身体，想你的茂密丛林。通完电话，脖子一歪，呼呼入睡。有时候手机举得太久，手臂发麻，耳朵发烧，干脆把手机放在枕头边，按了免提键，喋喋不休。儿子，父母，同事，郭伯伯，转着圈儿说，吃好喝好休息好，自己照顾好自己，车轱辘话碾过无数遍，嗯嗯应答，迷蒙中，万籁俱静，鼾声响起。

自从在前往喜马拉雅山脉中的水电站，救治欧珠久美的路上，与南宫羽不期而遇，送她去了一趟雪莲花小学，似乎发生了些微变化。再与师子伊长夜通话，总是兴奋不起来，不好意思说想你，想你的身体。有一次试着说了，像在大会上念发言稿，或者电台的都市夜话，感觉老有眼睛盯着自己，一点都不像夫妻间的床幔私语。

睡眠也大不如前。一个月明星稀的夜晚，忽然惊醒，侧过脸，细看窗外，木瓜已经有核桃般大小，如同暗色蝙蝠，在枝叶间慵懒地点头，在星光中颤悠摇曳，有一下没一下，轻一下重一下。远处，是尼洋河对岸的山巅，黛色朦胧，隐约可见。一个黑点，忽地一下，雄鹰般划过，哦呀，那不是溜索嘛，是他与南宫羽的溜索。他们在溜索上相拥而飞，生怕碰痛她腰上的勒伤，只小心揽着她双肩，她的腰肢还是小蛮腰呢。涂抹三七艾草汁的时候有些激动，子伊的年龄比南宫羽略小，但腹肚上已经有了赘肉，而南宫羽的皮肤细腻紧致，明显是没有生育过的身体，但又检阅过男人，对男人依然有着极强的诱惑力。

一个声音即刻冒出，响彻耳畔、枕边、房间：南宫羽，南宫羽，我想你，想你的身体，想你的茂密森林。

男人的声音？自己的声音？天呐，竟然是自己的声音。

倏地坐起，大口喘气。没有开灯，不想落入光明。摸索着，拉开抽屉，生疏地撕开一盒烟，摸到半尺长的高原专用打火机，打了三次，火苗才呼呼蹿起，连吸几口，烟味肆虐，猛地吹熄跃跃火光，向后靠去，床头咯吱作响。

他有个习惯，不抽烟，只适量饮酒，与年少时期的疯狂不羁判若两人。但他不缺烟，也不缺酒，患者家属、同事朋友，时常给他送烟送酒，也送酥油和风干肉，实在推脱不掉，只好收下，回家探亲的时候，给岳父和郭伯伯带回去。

烟雾缭绕中，生出一个念头，如果一直生活在藏区，当一名无忧无虑的牧民就好了。这样就可以主动出击，将儿时的好感、少年的冲动、中年的欲望，全都变为现实，将南宫羽据为己有，相守一生，终老在自己的故乡。

念头一闪而过，闪过之后就笑了，如果一直在藏北，怎么能与南宫羽相识？

他对本民族的婚姻形式已经有些了解，无论农区还是牧区，还有一夫多妻一妻多夫存在，如果有师子伊和南宫羽两位妻子就好了，藏区一个，内地一个。

南宫羽是多么可心的女人哦，人已中年，还是他的女神。但他既不能把她变为自己的女人，也不能抛弃妻子，师子伊也是千里难寻的女人，心地善良，富有爱心。他不能易妻，更不能一夫两妻，只能有师子伊一个妻子，只能视南宫羽为朋友。这一点，他得向李青林学习，从他身上，更加明白友情远比爱情长久，友情可以贯通一生，也可以情系几代人，成为世交，郭伯伯与他家不就是实例嘛。

师子伊的好是经过时间检验的。

父亲去世后的很长一段时间，他陷入巨大的孤独和恐惧之中，世界上唯一的亲人不在了，他像一只断线的风筝，不知道飘向何方。不知道自己从哪里来，到哪里去，整日低头叹息。

幸好他有一个集体，大部分时间消磨在医院里。一天值晚班，看见有人把死者往太平间推，哭声一片，有人叫"爸爸"，有人叫"爷爷"，有人叫"姑父"，还有一个颤巍巍的声音，凄楚地说：老伴呀，咋舍得丢下我？你好狠心呀。

柳巴松盯着这群人从身边经过，开始是伤心，然后是羡慕，直到这群人消失在楼道拐角处，哭声还在耳畔回响，一推门进了值班室，大声说道：我想我爸，我想我爸。

重复着，哭着，趴在桌子上，一声接一声：爸爸，爸爸。

哭到后来，只有哽咽声，不再叫爸爸。

房门不知什么时候开的，或者根本就没有关上，实习医生师子伊站在旁边，不拉他也不劝他，只从白大褂口袋里掏出一张纸巾，塞到他手里。

瞬间，哭声更大，语无伦次：我爸怎么就没有人叫他老伴、爷爷、姑父？只有我一个叫他爸爸，只有我一个人叫他爸爸，我爸多孤单呀，生前贫穷，死后无声，一生一世都可怜。

师子伊转过身，拧了一条湿毛巾，往他额头一搭，他双手捂住，呼出一口长气，胡乱抹了一阵，哭声停止。站起来，走到水池边，洗了一把脸。

师子伊安静地出了房门，又进来，进来的时候，端着一个烫手的铁皮饭盒，端端正正放到他面前。

不久以后，两人并肩走在遮天蔽日的广玉兰树下，明媚的光影照在师子伊手中的花瓣上，使玉兰更加馨香光泽，一片一片举过头顶，仿佛跃动的天鹅。

她喃喃低语：你说南丁格尔和特蕾莎修女喜欢广玉兰吗？我想她们是喜欢的，所有女人都喜欢纯洁无瑕。

他说：从那盒土豆烧羊肉里，吃出了父亲的味道。

师子伊将一片宛若小船的玉兰花，放到他手心，才说：爸妈之所以同意咱俩恋爱，是因为你有一颗仁慈之心，一个人有善良做底子，其他条件都不是条件。

柳巴松重重地捏了一下她的手，继续走在香息漫漫的春光里。

按照当地习俗，结婚以前，男方得请人到女方家提亲，最好是父母、舅舅、叔伯、姑父、姨夫等等，总之是直系亲属，男性为主女性为辅。去的时候送上彩礼，女方父母同意以后，一对新人才提上礼品，先到女方家的七大姑八大姨家认亲，再认男方家亲戚。他对这些礼数毫无概念，也无人指导提醒，师子伊与父母沟通商量以后，两个人象征性地走了一圈。

让柳巴松感激不尽的是，师子伊的父母给了他真实的父爱和母爱，让他这个孤儿享受到家庭的温暖。杀一只鸡，鸡腿一定给他吃；煮了牛羊肉，不管他出诊几天，都要给他留一份，冰箱冻的时间久了怕变味，抹上花椒食盐酱油放到阴凉处，几天以后，有了腊肉的醇香。久而久之，柳巴松习惯了岳父岳母的手艺，也习惯了师子伊的温柔。可亲的是岳父岳母像约好了一般，总是给他做藏族人喜欢吃的牛羊肉，从来不勉强他吃鱼虾螃蟹鳝鱼一类的食物，也不太烧猪肉，大概知道他厌吃猪肉吧。他也不知从什么时候开始，对食物有了偏好，小时候瞎胡闹乱折腾，捉着小鸟连羽毛一起烧着吃，掏着鸟蛋烧着吃，连泉水里的小鱼、稻田里的小虾泥鳅都不放过，大有雁过拔毛的匪样。

有一次，他给郭伯伯量血压，顺便带了两盒降压药。

郭伯伯小声嘀咕：巴松小子，人家说女大十八变，你咋十九变啦？

柳巴松笑着说：郭伯伯，我是变好了还是变坏了？

郭汉山说：难为情。

柳巴松再要聊天，郭伯伯目光呆滞，望向窗外，窗外的银杏树上掠过一只飞鸟，布谷布谷叫个不停。盯视良久，发现了一个鸟巢，鸟巢随枝丫逸动，泰然自若，悠然祥和。望着望着，微微一笑。

自从做了师子伊的丈夫，岳父岳母的女婿，儿子柳玉珏的父亲，发现天也变了，地也变了，以前天马行空，无拘无束，一个人吃饱全家不饿，方便面、肉夹馍、凉皮子、干馒头，能填饱肚子就行。现在一下班就往家跑，希望早一点抱着儿子，早一点看见岳父岳母，早一点端上铁锅做的热饭热菜，月亮还没有爬上丁香树梢，就把师子伊往卧室推，门还没有关严实，急吼吼搂住师子伊往床边挪。

有一次，正与师子伊耳鬓厮磨，一睁眼，儿子玉珏眼睛笑成两弯小小的新月，小拳头在空中挥舞，嘴边挂着口水，粉嘟嘟的小枕头也粘了几缕。眉骨与鼻梁凸出，一眼就看出是藏族人，简直就是自己的微缩版。

一动不动地盯着儿子，师子伊吻他脖颈，不见回应，睁眼也看见了，向儿子做个鬼脸，赶忙拭干口水。

推他，还是不动，双手捧住他脸庞，手掌立即沾湿。惊愕地坐起来，发现丈夫正在流泪。

师子伊帮他擦拭眼泪，急急地说：是我哪里做错了吗？巴松？

柳巴松轻抚一下儿子的小脑袋，小家伙咯咯一阵，安然入睡。给儿子掖好被角，才说：我爸要是有玉珏这么快乐的童年该有多好，要是有你这样温良的妻子该有多好，要是有咱们这样幸福的家庭该有多好。别人家的孩子长得不但像父母，还像爷爷奶奶外公外婆，玉珏长得一点都不像我爸。子伊，我多么希望玉珏长得像我爸，多么希望儿子的血液里流淌着父亲的血液，多么希望我爸同玉珏一起玩耍，一个叫一个大孙子，一个叫一个爷爷。当初我爸如果把我送进福利院寺庙，或者干脆扔掉，他是不是也能过上正常人的生活？娶妻生子，儿孙满堂。

师子伊抚摸着他的手背，肩膀，胸脯，轻言细语地说：巴松，咱们并不清楚爸爸以前的生活状况，但人是有灵魂的，他在天上，你在地上，他能看见你，咱们过得好，他的灵魂就能安息。痛苦和回忆有时候毫无用处，过好当下，不让咱们的儿子成为孤儿，就是对他老人家的最好报答。

捧住妻子的脸庞，深情地说：子伊，放心，无论世界怎样变化，我都不会让玉珏成为孤儿，如果以后独生子女政策松动，咱俩再生几个孩子，儿女长大以后，生更多的孩子，子子孙孙无穷尽也，让我们柳家枝繁叶茂。

说完以后，愕然不已，我们柳家？我们柳家的祖宗在哪里？自己根本就不是父亲的亲生儿子，父亲是汉族人，自己是藏族人。父亲的祖辈在哪里？自己的故乡在何方？郭伯伯只说自己来自西藏，有红雪莲的地方，西藏那么大，哪里才生长红雪莲呢？

小时候，他并不知道自己同其他人有什么不同。

一次，他被炸麻花的香味吸引，抻长脖子往油锅边挤，一个声音忽然炸响：嗨，你们看啦，藏族人。

他环顾四周，想要看看藏族人长什么样子，却发现所有目光都集中在自己身上。他惊恐地盯着人家，一眼一眼地看，看得人家纷纷转身，避着他走。

回家以后，想问父亲，又怕父亲不高兴，毕竟自己只有这么一个亲人，不能让闷闷不乐的父亲更难受。

记得有一次数学测试考了满分，老师把他叫到操场边的冬青丛旁，问他是不是抄了同桌的答案。他气得想跳起来打人，从此恨起了那位老师。所以，不能问父亲自己是不是他的亲生儿子，是不是藏族人。怎么能让父亲仇恨自己呢？怎么舍得欺负头发花白、病病恹恹的父亲呢？

随着时间的推移，对自己是不是藏族人失去了兴趣，汉族人藏族人不都是人嘛，没必要分那么清楚。重要的是，父亲几乎不打他不骂他，给他洗脸洗脚洗衣服，晚上睡一个被窝，大一点以后同床不同被，高兴的时候给他讲故事，醉酒的时候哼唱那首雄鹰和雪莲花的歌曲。

父亲去世以后，从郭伯伯和郭伯母的只言片语中，知道父亲原名柳渡江，在江南生活过，"文革"期间改名楼卫东，还到过西藏。柳渡江的名字应该与长江有关，至于为什么没有亲戚来往，就不清楚了。

这让他想起父亲的后事。

当时的丧葬习惯，土葬是大多数人死后的去处，火葬是新生事物，政府大力提倡火葬。许多人还不大接受，死后为了能土葬，家人想尽各种办法，使出各种招数：半夜偷着抬上坡安埋的；打点送礼，请管事人睁一只眼闭一只眼，避开熟人，把棺材运到山里土葬的。父亲却要求死后火化，并把骨灰撒到江河里。

南宫羽的父母上班的单位，就是将这条江河拦腰截断，在江上建起的水电站。

如此推理，父亲应该受过藏族人丧葬习俗的影响，对生死无常有自己的理解。此河流在几百公里以外汇入长江，长江自然流向江南水乡，再入东海，可见父亲的用心良苦。尽管漂泊一生，疾苦一世，还想回到生命原初，回到江南水乡，回到年少时光，那里应该有他的父母亲人、绵长念想。

郭伯母告诉他，父亲当过援藏教师，后来不了了之。

什么叫不了了之？不就是逃兵嘛。一个男人怎么能当逃兵呢？如果不当逃兵，后半生也不可能那样凄惨，自己也不至于没有母亲。感知到这些，对父亲产生了不屑，觉得父亲是个罪人。

人生真是一盘棋，不知道什么时候棋子就会随着思维改变去向，不久以后，柳巴松把自己这颗棋子放回到西藏。

援藏这件大事，是他与师子伊商量的结果，他觉得只有援藏，到西藏工作一段时间，为家乡人做点事，内心才能安宁，才能为父亲赎罪。

医院把他的申请以快件形式上报相关部门。刚好上一届本省对口援藏工作接近尾声，正在部署下一届对口援藏工作。行政干部名额已经爆满，水利、电力、电信、医疗、教育等技术类名额还有空缺，柳巴松的申请为领导缓解了压力，体检审查以后，正式成为一名援藏医生。

到了拉萨，迫不及待地到藏北走了一趟，发现自己连一天都待不住，饮食习惯不同,语言不通,高寒缺氧,吃顿饭都像受刑,真正体会到什么叫度日如年。这也是他为什么最终待在林芝,而没有到西藏其他地区工作的原因。林芝是什么地方哦,林芝是西藏的江南,青藏高原的白菜心,中国的瑞士,所有高原人魂牵梦萦的地方。

那一次藏北寻亲,让他完全理解了父亲,父亲不是罪人,不是逃兵,不是懦夫,而是新中国较早几批援藏者之一,是名副其实的援藏教师。

在西藏工作几年,也有了许多新认知。比如轮回来世,他认为自己就是父亲的来世。人一生大部分光阴是为生活而活,停留在生活层面,而父亲有几年或者更短时间,是为生命而活,为理想而活,身体和心灵同时放飞,有什么比得上放飞的幸福呢?

他随父亲而来,踏着父亲的足迹,继承父亲的未竟事业,越来越把父亲当作前辈和榜样,就像藏族人对战神格萨尔王的由衷敬仰一样。如果说当初是为赎罪来到西藏,现在则是为大众,为挽救更多的生命,治愈更多的患者,只有这样才不枉为一名医生。

他把这个想法告诉给师子伊,子伊在千里之外沉默良久,然后和缓地说:能为理想活着,真好。

年龄越长,对郭伯伯和郭伯母的感激之情越深,如果没有他们相助,他与父亲不知流落何处,能否活着都不知道。进藏以后,对藏药稍微有些了解,每样藏药都很珍贵,但不能是药就吃,药与药搭配极其讲究。再给郭伯伯寄药就十分谨慎,怕他们一锅炖。直接把药邮寄回家,好在师子伊学会了开车,周末带上儿子和父母一同到郭伯伯家,指导老两口煎药服药。

就在前不久,接到郭近都打来的电话,一再感谢柳巴松一家对他父母的关照,并说师大夫的父母真是天下最最贤德的人,对他患病的父母没有嫌弃之心,倒有亲人之意,还大赞柳玉珏聪明可爱,经常与父母嬉闹玩耍,老人的思维正常多了。

末了,郭近都把电话递给郭伯伯,郭伯伯在电话那头不停地重复:老家还有亲人吗?找到楼卫东当年教书的学校了吗?有没有老师学生提到他?

那一刻,他握着手机,眼眶湿热,豁然理解父亲为什么让他学医,如果不学医，郭伯伯还在混沌之中，自己也不会细腻敏感，对事对人也不会太包容。亲人，能找到当然好，找不到关系也不大，尽其所能救死扶伤，就是走近亲人回归故乡。有没有人提起父亲，根本不是事。

周末，会给岳父岳母打电话，他知道电话一响儿子就会冲过去接。果真是儿子接的，儿子一迭声地叫着爸爸、爸爸。他感到这声音不是出自儿子柳玉珏之口，而是出自多年以前自己之口。年少时期，每次疯玩回家，最怕父亲不在家，只要看不见父亲，就会这样着急上火地呼喊，有时候不见父亲，还会哭出声来。有时候，父亲脸色黯淡，听见他的叫声，眨眼间，微笑就呈现眼前。

柳玉珏叫了几声"爸爸"，不见回应，把话筒扔到一边。

岳父及时抓起话筒，刚喂一声，柳巴松就失控地唤道：爸爸，爸爸。

岳父像明白女婿的心境一样，旋即转移话题，说这几天下雨，天气凉快许多，今天是周末，你妈和子伊买菜去了，顺便把你郭伯伯郭伯母接来，一起吃火锅聊天，热闹。

柳巴松喉结上下滚动几下，才说：爸爸，感谢你和妈照顾他们二老，不过，不过，郭伯伯不是我亲伯伯。

岳父在电话那头说：巴松哟，这话就不对了，你郭伯伯是不是你亲伯伯不重要，重要的是他们是儿孙不在身边的老人，恰好我们脾气合得来，就算是朋友嘛，你在西藏一样也会得到别人帮助的。

柳巴松客气几句，放下电话，愈加觉得自己是个有福之人。婚姻对一个人来说不是全部，但非常重要，家庭和谐，幸福指数就高，也会延年益寿。父亲的英年早逝大概也与他没有婚姻生活，长期压抑孤单有关吧。

如此想来，柳巴松舒朗多了。

他曾经考虑过是否长期留在西藏工作，身边发生的诸多事情，令他不敢轻易做出决定。

晚饭后大家一起散步，几乎全是成年人，男士居多，夫妻俩甚少，即便是夫妻，中间也空空荡荡，感觉隔着万水千山，与内地常见的一家三口手牵手,其乐融融的样子大相径庭。

这件事让他百思不得其解,后来,他才逐渐知晓,一眼望去看似相同的人,其实由不同类型组成。

当地大部分农牧民生活相对简单,年轻一代有的在家务农放牧,有的到城镇打工,当一名拿工资的公务员是他们的最高理想。

在藏干部藏二代们,希望子女能考到内地西藏班读书,读完初高中读大学,电话和视频是联系感情的桥梁和纽带。一家几代,几口人,分居几处是常态。

援藏干部,家属子女大多在内地,几年以后返回原地,被戏称为"有期徒刑"。而其他在藏工作人员被称为"无期徒刑","有期徒刑"的人则备受羡慕。

还有一类是边防军人,身处一线,更加艰辛。

不管是"有期徒刑"还是"无期徒刑",都有各自的苦楚和困惑。在阳光空气和自然环境面前,人人平等,毫无高低贵贱之分。

一天下午,一位中年男士一进诊室,就关上门,并环顾四周,确定房间没有其他人,才吞吞吐吐地说病症,说了两句,脸就红到了脖子根。

柳巴松以为他患了尖锐湿疣或艾滋病,便不追问,任其自说自话。

原来男士在藏西一个县城工作,妻子在藏东一个县城工作,两人相距一千多公里,山高路远一年见不上两次面。每次见面,前几天最难熬,不好意思面对面坐在一起,连手都不好意思牵,吃饭的时候互相给对方夹菜,夜里躺在一起,生怕碰着对方,几天以后,才像正常夫妻一样相处。结婚十余年,流产五六次,至今没有一个孩子,心想林芝海拔低,植被茂盛,氧气充足,两人专门请了年休假来林芝休养,希望能怀上一个健康宝宝。眼看假期快要结束,仍无喜讯,妻子正在旅馆流泪,听说柳大夫在高原病治疗方面有建树,特意来请教他。

他没有任何良方,只劝他慢慢来,别着急,在低海拔地区多调养一段时间,身心完全放松,或许就水到渠成了呢。

有一次,一位穿便装的军人找到他,低着头说,自己马上要回内地探亲了，既渴望见到家人，又害怕见到，回到家彼此兴奋，血压升高。告别时痛不欲生，尤其是奶奶，每次都哭得死去活来。久而久之，头发脱落，脾气暴躁，害怕接到家信和电话，总是担心家人出事。

一天夜里，一位援藏干部敲开他宿舍，伸出两条粗壮的胳膊，哭笑不得地说，好不容易盼来妻子，想要好好表现，显示男人的威力，便找来新鲜的牦牛鞭，高压锅炖着吃了两碗，几个小时以后，全身浮肿，口干舌燥，这不，胳臂肿得蟒蛇一般。

还有一次，一位刚到西藏才一周的援藏干部，由于感冒没有及时治疗，送到医院以后，已经没有生命体征。

有时候，他把这些病例告诉给师子伊，子伊在电话那头连连感叹。然后东西南北瞎扯一通，内容丰富庞杂，比如有的省向西藏派出短期医疗队，到牧区义诊啦；某学者专家进藏传授技术啦；请西藏本地人到内地挂职培训学习啦；组团到内地巡回演讲演出啦。

在交流和实际工作中，柳巴松学到了不少知识，觉得援藏形式多种多样，身体力行到西藏工作是援藏，走出去请进来，授之以渔，变输血为造血，培训当地人员，提供技术支持，增进人员往来，也是援藏。众多幕后推手、政策制定者、积极响应者，都是援藏。

说白了，他本人，南宫羽，李青林，妻子师子伊，儿子柳玉珏，都在援藏，都生活在与西藏有关的氛围中。

追 寻

冀苗苗从生下来就被寻找笼罩着，祖父寻找曾祖父，最终寻着了一个坟冢。

父亲寻找他的父亲，兼顾寻找他的爷爷，也只找着了他爷爷的坟冢，他的父亲就像一阵清风，在世上吹过一遭，就不见了。

听父亲描述过，那坟冢只是一块墓碑，可能连衣冠冢都算不上，在西藏阿里地区的烈士陵园里，与多位战友的墓碑高矮胖瘦一模一样，肩并肩，手挽手，就像迎风出征的战士，整齐地屹立在黄沙漫卷中。

父亲没有找到他的父亲，现在把他自己也搭上了，还赔上了夫人。

自己出生时的细节，冀苗苗早已烂熟于心，小时候常常伤心，对父亲还生过恨意。大一点以后，感觉那些事像传说，跟同学说起时，会哈哈大笑。她当然不知道生命起始的情形，全是外婆唠叨的，谁的外婆不唠叨呢？

当初，父亲在贴有"一胎上环二胎结扎"的产房门外，知道自己生的是闺女，而不是崽子，扭头就走。一走三天不回家，气得母亲呜呜大哭。外婆怕女儿哭坏了身子，把奶水哭回去，就央告老头子四处寻找，最终在冀家祖坟找到了女婿。女婿蹲在荒草萋萋的坟包与坟包之间，灰突突的脸拉得老长，见到岳父，叹息声更响，岳父只好把自己的烟袋递给他。若是往常，父亲会恭敬地起身，双手接过旱烟袋，这一次，却没有挪屁股，目光呆滞，望着坟头，狠狠地咂纸烟。

那一天，他们家两座只有坟包没有内容的空坟前，多了两堆烟灰，两摊口水。父亲觉得自己生了个女儿，按照计划生育政策又不能随便生第二胎，觉得对不起列祖列宗，特意来向祖宗谢罪。

外婆还说，外公以前从来没有向晚辈敬过烟递过茶，这一次为了自己的女儿才破了先例，还在女婿面前感叹，命，都是命。

为这，外婆好几天不理睬外公。闺女怎么啦？几十年前你娶的不就是闺女吗？世上没有闺女，哪来混账男人？

或许因为这些缘故，冀苗苗从小跟外婆亲，常年住在外婆家，任由父亲母亲候鸟一样，伴着雪花飞回，合着梨花飞走。后来才知道父母主要在青藏高原游荡，从一个地方到另一个地方，打着贩鱼的幌子，干着寻找祖宗的事业。

每当这个时候，她就嗤之以鼻，干什么不好，非要寻找不存在的东西。

外婆就说：小声点，可不敢让外人听去，会说我没教好你，将来寻不着婆家。幸亏你是女孩，要不就跟你们冀家男人一样，犟得八匹骡子都拉不回来。听说西藏那地方苦寒，这么几十年，一辈找一辈，多不易啊。

冀苗苗说：外婆你说的不全对，以前小，不懂事，以为爸妈在外风餐露宿吃尽苦头，这几年他们回家，总是那么快乐。一个人幸福不幸福，从眼神就能看出来。感觉他们到青藏高原不是吃苦去了，而是享福去了，以寻找祖宗为由，沐浴幸福阳光哩。

外婆说：我估摸也是，两口子没有一点焦苦样子，从头到脚全是乐呵。听说藏族人信佛，你爸妈在那里待久了，喜欢和习惯了那里的生活，有宗教信仰的地方，人会自然舒朗。

冀苗苗说：这么推理，我曾祖父和爷爷，尽管没有入自家祖坟，其实也是幸福的，因为他们死在西藏。

外婆说：可不敢说死，你曾祖父是英雄，是解放西藏的烈士，如果活到现在，应该是百岁英雄了。

一老一少两个女人，经常这样说古道今，家长里短。

冀苗苗如同三冀大地上的一株雏菊，香雪梅或葡萄蔓，自由自在，快乐成长。高考以后，自己给自己估分，没有征求任何人的意见，就填了师范学院学前教育专业。其实也用不上与谁商量，父母一年半载回不了一趟家，隔三岔五打一次电话，连风筝都算不上，顶多是两团看得见摸不着的云彩，来有影去无踪，如果与父母说事，就是通报，并非请教和商量。

她对外婆说，自己以后要生一群女孩子，如果发现怀上男孩，就流产打胎，理由是从小自己跟自己玩，不觉得男孩有多好，也不觉得女孩有多不好，比较起来，女孩要顺眼一些。

一个周末，闲得无聊，同学邀她去看电影，是一部军事题材电影。观众稀稀拉拉，荧幕上的官兵正在翻越大雪山。

同学胳膊肘碰她一下，说：没意思，一点都不时尚，走吧，逛去。

冀苗苗说：再看看吧，现在出去也没事，票价还死贵，刚看个头不划算。

对方说：陪你看也行，一会儿在门口给我买桶爆米花。

她随口答应：好的，好的，咱俩一人一桶，反正青藏高原好赚钱，我爸我妈也花不完，咱河北没有这么高的雪山，多稀罕。

画面中穿着厚重棉军装的官兵竟那么亲切，尤其一位大胡子军人好像在哪里见过。

慢慢地，她理清了故事脉络，新中国成立不久，为落实毛主席进军西藏、解放西藏的战略决策，新疆军区派出一个连的兵力，先期进入西藏阿里地区，执行侦查情况、发动群众的先遣任务，直到把五星红旗插上世界屋脊的屋脊阿里地区，全连官兵因冻死、病死、饿死、高原疾病等原因，牺牲近半。

片尾字幕徐徐消失，放映厅刹那间明亮，有人说：冀苗苗咋还不动呀？睡着啦？

车轮在身边溪水般流淌，嘈杂声声声入耳，爆米花的香脆悦耳动人，胳臂被挽着走了许久，她才和缓地说：影片中有我曾祖父的影子，这些人是解放西藏的功臣，也是我们这个民族的伟大英雄。怪不得我爷爷要去找他，找得把自己都找丢了，怪不得我爸我妈也去西藏，把寻找当毕生事业，现在看来，太值得寻找了。可惜我在学校身不由己，说不定哪一天，脑门一热，也去寻找，寻找我爷和他爸。

同学说：怎么能确定那就是你曾祖父呢？

她说：我们家的男人有一个最大特点，都是须髯美男。曾祖父和祖父的照片几十年如一日，端端正正挂在堂屋正中，曾祖父穿着军装，非常年轻。曾祖父、祖父、我爸，三个人的照片放在一起，分不清长幼，活像三胞胎，我爸你见过的，胡子跟恩格斯差不多。

同学说：三代以上谁认识谁呀？迎面吹来的尘土其实都是祖辈的骨灰，寻找亲情我能理解，寻找祖宗毫无意义。

冀苗苗说：好像是没多大意思，但有人前仆后继寻找，可能在寻找过程中有其他收获呢。

同学说：那你就去寻找吧，记住到拉萨以后，给我带一本仓央嘉措的诗集，听说他是情圣，读懂他的诗就会谈恋爱了。你见，或者不见我，我就在那里，不悲不喜。你念，或者不念我，情就在那里，不来不去。

冀苗苗连声说：这么好的诗呀，比口水诗羊羔体押韵多了。一定帮你买，你一本，我一本，把咱俩塑造成情场高手，通吃帅哥无敌手。

女孩仰起脖子，将一粒含苞待放的爆米花丢进嘴里，嘎嘣一阵，拽一拽冀苗苗的衣袖，嗲声嗲气地说：那你快去西藏吧，什么时候去呀？说不定你一去，你们家祖宗三代三个大胡子，齐刷刷全站在你面前，异性相吸嘛。

说完以后，推推搡搡，没心没肺地哈哈大笑。

谁也没有想到，不久以后，这位女生搂着冀苗苗的肩膀，抹着眼泪，一个劲地道歉：苗苗，对不起哦，不该撺你去西藏，不该怂恿你去寻找。

冀苗苗的灾难，来自一个长途电话。

接到西藏来电，以为父母手机没电了，或是信号不好，才用座机跟她通话。直到一个苍老的男声告诉她父母生病，她立即严肃起来，向老师请了假，乘上前往西藏的火车。没费多少波折就到了藏北，见到秦奶奶和白爷爷，才知道电话是白爷爷打给她的。

父母早在几天以前就断气了，没有告诉她实情，是怕她过于激动，乱了分寸。

扑在两具僵硬的尸体上大哭，触摸到尸体下的热炕，哭声更加嘹亮。

小时候每当父母回家，一家老小全都挤到炕上，吃地瓜干嗑瓜子，循环着无边无际的车轱辘话。父母拿出奶渣串子，项链一样挂到她脖子上，有时候还拿出干爽的羊肉牦牛肉，和荞麦面馍馍一样的窝头，母亲说这不叫窝头，叫糌粑。她觉得牦牛肉干可难吃了，颜色也可疑，跟啃食树皮一样，有一次趁父母不注意，把一块肉干扔进炕眼，火苗躲闪一阵，悠悠攀升，呼呼啦啦欢唱。

父亲展开她手掌，想打又舍不得，黑着脸说：丫头片子胆子好大，竟然敢扔牦牛肉。牦牛是天底下最勇敢的动物，不管风多硬，雪多厚，冰雹多大，牦牛都巍然屹立，踏雪散步，毛发都不抖动一下，就像一位常胜将军。

冀苗苗知道父亲下不了手，噘着嘴说：外婆说牦牛是动物，跟狗差不多，咋会是将军？

一边说一边揪着父亲的大胡子，父亲捂着她双手，认真地说：当年，我爷爷和他的战友为了响应毛主席解放西藏不吃地方的号召，踏冰卧雪，断粮断炊，枪杀了驮运粮草的军马和骡子，都不打牦牛的主意。再后来猎杀野马、岩羊、羚羊、鼠兔为生，就这样还是有人饿死冻死。我爸爸，就是你爷爷，可能也是饿死冻死的，我和你妈在西藏一向节俭，大老远给你带回肉干，你倒不珍惜。

冀苗苗知道自己家是烈属，但很少有人提起先烈前辈，更不知道传说中的曾祖父是怎样牺牲的，惶恐地望着父亲黑中透红的脸庞，觉得这个男人更加陌生。自己的爷爷和爸爸的爷爷，原来都在西藏，西藏在哪里？既然两位爷爷都死了，为什么爸爸妈妈还要去那里呢？

后来，她随外公外婆舅舅舅妈一起，住进了统一修建的砖瓦房，席梦思电热毯取代了大土炕，对奶渣的喜爱却从未间断。方方正正的奶渣太坚硬了，只能一颗一颗从羊毛绳子上捋下来，舍不得分给邻居亲戚小伙伴，只分给外公外婆。这种酸甜过后满口留香的零食一直伴随着她，而热炕早已消失。

父母化为灰烬以前，能躺在记忆中的热炕上，室外则天寒地冻，大雪纷飞，她第一次，也是有生以来第一次，发自内心，心甘情愿，想要给父母以外的人跪下，感谢他们给了父母最后一次温暖，临终前的体面。

刚有下跪的意思，秦奶奶就牢牢地扶住她，令她惊讶的是，这位年迈的老妪身体硬朗，气力不亚于母亲。

自从下了火车，一种气息迎面扑来，似曾相识，仿佛在哪里闻到过的。

此时，差不多都投进秦奶奶的怀抱了，那种气息愈加浓郁，才恍然大悟，原来是奶渣的味道，风干羊肉牦牛肉的味道，糌粑的味道。

心里慌慌了一阵，终于理出头绪，自从出生到现在，这种味道从来就没有离开过她，伴随她走过童年，走过少年，正在步入青年，难道这就是西藏的味道？哦哦，西藏的味道一直相随，不离不弃。

目睹父母被架在废弃的汽车轮胎上，泼上柴油酥油燃烧，白爷爷、王爷爷、扎西爷爷，向火焰抛撒青稞粉和风马。喔，印有经文和奔马，方方正正的彩色纸片儿叫风马，亲切又奇怪的名字。浓烈的香味中，弥漫着不曾闻到过的，说不清道不明的气味。她更加坚信，这就是西藏的味道。

火葬还没有结束，柳巴松和欧珠久美叔叔也来了，与大伙一起焚烧了父母的尸体，捧了一些骨灰装进小小的羊皮袋子，勒紧袋口，待她情绪平稳以后，才交给她。

冀苗苗抱着这个比香囊大一些的袋子，一根一根拔袋子上残存的羊毛。每一根羊毛都晶莹雪亮，泛着银光。袋子颈部的褶皱细密均匀，如精心捏出的包子封口，又如深秋最后一朵雏菊，温厚，孤寂，楚楚动人。袋口细软的羊皮，像一朵刚刚绽放的牵牛花，每一丝脉络，都流动着强劲的生命力，蓬蓬勃勃，势不可当，恰似飞跃着的芭蕾舞姑娘。绑扎袋子的羊皮绳上，同样长着羊毛，绳子摆动到哪里，羊毛就荡到哪里，苔藓一样，呼吸一样，紧随主人前后左右。细绳的两端，结合在一起，蝴蝶一样，翩然欲飞。以前，父母曾经用过这种袋子，她还翻来覆去地看过，里面有小药瓶小针线包，还有一张压过塑的照片，是她的周岁照，胖嘟嘟，眼睛乌黑有神，婴儿肥十足。

见她不哭不闹，大家知道她大概伤心过度，不便劝慰，走也不是，不走也不是。

秦姨说：你们该忙什么就忙什么，我陪姑娘。

冀苗苗抬起头，静和地说：我们家祖坟没有空坟，没有衣冠冢，都是实实在在的坟墓，曾祖父埋在我们家祖坟里，爷爷也埋在我们家祖坟里，我爸我妈也将埋进祖坟。

几个人听得一头雾水，又不敢当面叹息，只好小心翼翼，缓步离去。

南宫羽没有力气走来走去，只能抻长脖子望向窗外，门窗关得严严实实，不敢漏进一丝风，随便一阵风，都穿肠过肚，直入骨髓。不知道张望到第几回，才看见柳巴松和欧珠肩并肩，边走边聊。稍许，柳巴松向这边走来，欧珠向另一个方向走去。

还没等柳巴松走近，门已经打开，柳巴松朝她笑了笑。

南宫羽深情地望着他，柳巴松假装没看到。

要过南宫羽的小袋子，羊毛扎了他指肚，愣怔了一下，盛装冀苗苗父母骨灰的袋子，与这只袋子简直就是孪生姐妹么。

水龙头冻住了，水管裂缝处吊着长长短短粗细不一的冰溜子，清新剔透，寒气漫溢。房前屋后的积雪太薄，不足以拿来饮用，恰好有人挑着担子卖水，就买下一担水。从袋子里取些草药放进高压锅，南宫羽早从口袋摸出一缕红雪莲，举到唇边嗅了嗅，走到门外，将雪莲在积雪上滚了一滚，投进锅里。

煎熬草药期间，肚子依然隐隐作痛，柳巴松给铁皮炉子添了两次牦牛粪。

南宫羽忽然问道：雪莲花为什么那样耐火？

柳巴松盯着她看，不知从何说起。

南宫羽再说：红雪莲真的千朵一红，百年一见吗？

柳巴松愕然地望着南宫羽，见她脸色蜡黄，眼睛微闭，不知是高原反应说胡话，还是说梦话。

煎煮好以后，倒出两小碗汤汁，一碗让南宫羽趁热喝下，另一碗准备端给冀苗苗。

见南宫羽看他，便说：小姑娘初来高原，遭受这种打击，看起来健康坚强，脾胃脏器其实已经受到损伤。

南宫羽说：早要去秦姨那里看她，想起炕上躺过众多死人，还与她父母的尸体躺在一起过，就膈应得慌，这会儿你要去，我跟着一起去。

说完，急急喝下汤药，苦腥得她连喝几口白开水，才好受一些。

银灰色的标段驻地板房，与秦姨家的土坯房相距不到百米，汤药端到，结了一层羽翼样的冰。老白接过碗，放在炕头上，要给两人倒酥油茶。柳巴松一步上前，给两只木杯子斟上，又给老白和苗苗的杯子斟满。

柳巴松端起杯子就喝，南宫羽看着酽酽的酥油茶，翕动鼻子，坐在离热炕远一点的位置。冀苗苗欠着身子坐在炕沿上，唤了一声叔叔阿姨，凄楚地低下头。

南宫羽原本要挨着女孩坐的，脑海中总是闪现面目各异的死人，死人不在别处，死人全都躺在眼前这盘土炕上，临死以前，全都用这些木杯子，喝过秦姨和老白端给他们的酥油茶。

柳巴松说：秦姨不在哦？

老白说：你秦姨被扎西校长拽去请喇嘛了，说只要你秦姨出面，寺庙上下就会非常重视。

柳巴松说：僧人也势利呀，怪不得有人说，穿袈裟的不一定都是喇嘛，拿佛珠的不一定都行善。

老白说：这里的喇嘛同牧民一样，没有不善良的，人人都是菩萨，你秦姨去请，是对僧人的尊重。

柳巴松说：王县长一同去了吗？

老白说：王县长一如既往，又去牧场了。夏季去夏牧场，冬季去冬牧场，一年四季，从不间断，不知道什么时候，才能研制出醉马草疫苗，也不知道什么时候草场不再退化，荒漠不再蔓延。

南宫羽问：醉马草是什么东西？

老白说：醉马草是草原上一种常见的牧草，和狼毒草一样，自身带毒，牲畜误食以后会中毒，严重者倒毙死亡。几十年来，王县长一直想研制出一种疫苗，为牲畜注射疫苗以后，啃食再多毒草都不会死亡，目前还没有最终结果。为了防止草场沙化，要减少载畜量，将超载的牛羊卖掉，或赶到更远的牧场，他也干这些工作。

柳巴松说：我以为王县长退休了呢。

老白说：扎西和王县长都退休了，我算离休。

南宫羽问：念佛经做法事真能超度亡灵吗？

老白说：这你得问柳大夫，我和他是同行。

柳巴松惊愕地说：原来白叔是医生呀。

冀苗苗发话了，她说：千真万确，是白爷爷救活我的。

老白说：你是伤心过度，身心疲惫，喝几粒藏药药丸，体力恢复就好了，不是什么大毛病。

南宫羽还想问点什么，冀苗苗抢着说：回家后我告诉外公外婆，西藏的白爷爷秦奶奶是我们家的大恩人，外婆也吃斋念佛，让她多念阿弥陀佛，保佑你二老长命百岁，儿孙满堂。

南宫羽豁然轻松，望着冀苗苗，女孩的自我修复能力可真强哦。

老白呵呵笑出声来，然后说：我们两人离百岁差不远，倒是希望儿孙满堂，但一个都没有，不过嘛，也有许多，你就算其中之一。

冀苗苗说：你们俩难道不是两口子，只是性伴侣吗？

南宫羽吃惊不小，赶忙拿眼神阻止冀苗苗，年纪轻轻的女孩儿，怎么能冒出这种词儿？

老白依旧笑着，一脸慈祥。

柳巴松问：白叔，你什么时候当的医生？学的是中医西医还是藏医？一定有许多高原病防治方面的经验，给晚辈传授传授。

老白拍一下藏青色棉袍，朗声说道：好久不曾提起这个话题，今日闲着也是闲着，说说倒也无妨。我是南方人，家门前有条江叫东江，江面宽阔，浩浩荡荡，流出不远汇入珠江，然后出虎门入大海……

南宫羽看着老人，原来老白是东江人，来自木棉花盛开的地方，怪不得初听老白说话，觉得在哪里听过的，经他这么一说，细细品味，果然是东江口音，只是有些变异。

老白打开了话匣子，慢条斯理地絮叨开来。

——年少的时候跟着郎中学医，想着能够治国平天下。年长一点到了国民党部队，接诊的第一个病人，是给连长锯断被子弹打穿的腿，小腿腐烂处，白生生的肉蛆爬来爬去，刚用上麻药，我就呼哧呼哧，从他大腿根部锯掉了那条腿，锯掉以后，恶心得哇哇呕吐。连长痛醒以后，大骂只伤着膝盖以下，咋把整条腿都锯了，起身要打我，挪挪屁股起不来，便命令手下人用马鞭子抽我。我被打得满地翻滚，只能蜷缩一团，开始还争辩抗议，之后的十多天里，每天都遭毒打，有时候一天打一次，有时候一天打几次，有时候一个人独处的时候挨打，有时候当着其他官兵的面挨打。

一天清晨，正给一个老兵屁股注射肌肉针，马鞭子抽了过来，吓得老兵提着裤子就跑，注射器和针头还在屁股上扎着，随着奔跑起伏，颤颤悠悠，晃晃荡荡。

那天夜里，我就当了逃兵。

出了连队驻地，扛着锄头的农民见到我就跑，悄悄来到村外一户人家院子。房门上挂着锁子，左右观察，见没人注意，扬起胳臂扯下晾衣绳上的粗布褂子和粗布裤子，把一块银圆放到门墩上，走出几步又回头，取了银圆，放进飘飘欲仙的碎花衣服口袋里。脱掉军服，随手扔进金银花丛。在米兰花飘香的密林中，为自己编了一双像模像样的草鞋，和一顶模棱两可的草帽。

往后的时光里，学着田间地头农人的样子，低头走路，大口吐痰，眼睛却四处打量，没过几天，鼻子还没凑近腋窝，汗臭就扶摇直上，直冲蓝天，窃喜中，加快了脚步。

不敢搭乘汽车，偶尔乘几回渡船，竭力用双脚丈量土地。穿烂了几双草鞋，还不见荔枝林，更不见木棉树。途中听到各种信息，大致意思是八路军不拿群众一针一线，深得百姓拥护，国民党像过街老鼠人人喊打。渐渐地，我动了心思，回家顶多开个药铺诊所，像师傅一样当一辈子郎中，一点新意都没有。自小身处人杰地灵之乡，熟悉众多故乡名人典故，明末名将袁崇焕，太平天国农民领袖洪秀全，虎门销烟头领林则徐，民族英雄邓世昌、孙中山、康有为、梁启超等等。这些男人中的男人，豪杰中的豪杰，有两个共同特点，其一是从军或背靠一个集体。其二是远走他乡，孔子、孟子、平原君、孟尝君、商鞅，就是周游列国的典范，扁鹊、华佗、孙思邈、李时珍，也喜欢在人间走来走去。看来，为了实现个人抱负人生理想，就不能龟缩在旮旯角里，好男儿志在四方。

到部队当军医的初衷，也是想远走他乡。军医总比冲锋陷阵，出生入死的一线官兵安全得多，既能救死扶伤，还能实现生当作人杰的志向，说不定哪一天成为著名军医或将领，没想到才穿上军装，就落荒而逃。

不行，我得对得起自己的满腔情怀，父母给了我躯体，走上金光大道或人间地狱，全靠自己，自己的命运掌握在自己手中……

南宫羽伸手端起木杯，看着老白的满头银发，浅浅地喝了一口，随手放下，抿了抿嘴。冀苗苗双手捧住脸庞，晨雾中的莲花一般，安静、迷蒙、纯净。柳巴松一脸肃穆，静静地倾听。

渐渐地，南宫羽能从老白每句话的稍长尾音，听出东江的风，东江的雨，闻到了番石榴和榕树气根的味道。

——自从有了这个想法，就放缓脚步，更加仔细地观察年龄相仿的人的衣着气质，神态语言，反复审视自己的一言一行，企图把自己彻底变成一个乡村青年。

傍晚时分，凑近几个割稻谷的人，打听参加八路军需要哪些手续。大家先是觉得稀奇，然后哈哈大笑，末了说没啥手续，只管去，连老头子都收呢，何况你是精光光的小伙子。

有一天，飞机由远而近，擦着树梢飞，轰鸣声震天响。我跟着人群躲进青纱帐，渴了喝小沟小渠的水，蚊虫蛾子尸体飘满水面，吹一吹，吹皱层层涟漪，吹散一些蚊虫翅膀，双手掬水，猛喝一阵。饿了，顺手扳下玉米穗子芦苇秆子充饥。不多时，青纱帐除过风吹绿叶发出的沙沙声，就是知了声，经验丰富的农民听见轰鸣声渐行渐弱，纷纷跑出青纱帐，回到农家小院。

彩霞染红天边的时候，听见了脚步声，不是一个人两个人的脚步声，而是一支队伍，直觉告诉我，这是八路军。紧张了一阵以后，走出青纱帐，迎着队伍站立，那个时候的我灰头土脸，蓬头垢面，双手缩进袖管里，标准的农家小子模样。

  打头的中年男人，骑一头骡子，服装显然与国民党不同，虽然在国民党部队当过军医，连一个八路军都没见过。看见这位长官腰上挎着短枪，赶紧向后退了几步，后脑勺都碰到弯弯的玉米叶子了。心想不能再退了，再退就引不起官兵注意了。仰起脖子看骡子上的长官，他也看了我一眼。我们的眼神对视，下意识地又退半步，长官向我点点头。

  我紧张地说：我要当八路军。

  长官和骡子都没有反应，我提高嗓门，连声说：我要当八路军，我要当八路军。

  长官弯腰说：后面，后面，后面。

  忐忑立即消失，说明后面部队招兵，这支队伍应该是先遣部队。队伍经过以后，四周又恢复平静，等待中，用心体会青纱帐的味道。

  知道吧，这种味道直到几十年以后的现在，依然记忆犹新。这是一种什么气息呢？不同于南方的甘蔗林，也不同于打游击时，漫山遍野的野菊花馨香，更不同于延安到乌兰巴托之间的草原气象，自然也与西藏的格桑花青稞穗不同。这种清香伴随我风雨几十年，那是一种命运转折时期，内心与环境交相辉映的情绪，青纱帐倒映在心湖中，波澜起伏的感觉……

  听到这里，南宫羽睁大眼睛，惊讶地望着这位沧桑老人，心里涌起无限敬意。

  冀苗苗把眼睛从老人身上稍稍移开，热炕早暖化了汤药上的冰层，也暖热了药汁，端起汤药一饮而尽，抻一抻脖子，能感觉到暖流从上到下，直入心怀。顺手把空碗放在炕沿上，喉结滑动的时候，眉毛似皱非皱，她看见南宫羽也喝了一口酥油茶。

  ——约莫半个小时以后，一支松散的队伍走来，有女兵，有伤员，还有骑马的中年长官。这一次我的胆子大了许多，弯着腰，双手继续缩在袖管里。骑马的军官还没走近，我就重复刚才的话，我要当八路军，我要当八路军。

  一位骑马的长官，呵呵，我是当了八路军以后才知道，军官不叫长官，而叫首长或班长、排长、连长、师长。

那位骑马的首长叫了一声：小秦。

队伍中一位年龄同我相仿的人，冲我叫道：进来，进来，进来。

我跑了几步就进到队伍里，一边走，小秦一边问我：为什么要当八路军？家里人知道不知道？

我把早就编好的话，一股脑儿说出来，而且尽力说着当地的土话。家里太穷吃不饱饭，听说八路军给饭吃，不打人不骂人，家里人知道的，能活命咋不同意呢？

走了不多远，部队在一片槐树林休息，我挨着小秦坐下，有人问：识字吗？

我不敢说识字，更不敢说自己在国民党部队当过军医，便双手下垂，低头不语。

有人递给我一张传单，我瞄了一眼，是《八路军进行曲》，心里嘀咕，要假装不大识字，就磕磕巴巴地念出了声。

有人咂嘴说：小子今天是来炫耀文采的嘛，看起来还灵光，小秦你安排吧。

小秦立即起身，宣布我为某团某连某班战士。我激动得想给他敬军礼，手都抬到腰间了，捏一捏拳头赶紧放下，面向他弯腰鞠躬。

现在你们明白了吧，小秦就是后来的老秦，秦姨的丈夫，那个时候他们还没有成亲，后来才知道他们是指腹为婚，呵呵。

当兵数年，最艰苦莫过于打游击，连夜雨下得经常断炊，夜间上厕所也可能会被敌人杀死。为了避开敌人围追堵截，昼伏夜行，冒雨行军，冬天没有棉袄，一年四季穿草鞋，有时候连草鞋都没有，只能光脚板。好几次我都想回家当郎中，国民党的军人不好当，共产党的军人也不好当。

没有再当逃兵的主要原因是，战友对我太好，舍不得离开这个集体。有一次用刺刀割了一些稻子，像嗑瓜子一样，一粒一粒剥着吃，老秦用两块石头研磨，速度比别人快得多。老秦把磨好的第一捧稻米让给我吃，我狼吞虎咽地吃了，发现他在咽口水，眼里便湿热起来，那是我第一次为友情感动。

在一户地主家，发现了一双绣花鞋，老秦让我穿，说我光脚一个月了。我不穿，觉得穿女人的鞋不好意思，让他穿，他脚底板早磨破了。老秦把绣花鞋涂上一层锅底黑灰后给我，说来也奇怪，大概地主家小姐牛高马大，我穿着竟然合脚。

打拉锯战时，一颗子弹从一只绣花鞋的底子穿过，没有伤着脚，正在庆幸，我被炸弹掀起的尘土掩埋，只露出一双绣花鞋。战友们以为我牺牲了，伤心不已，老秦抱住我的双脚往外拽，拽出来以后，用行军壶的水，冲洗我鼻子耳朵口腔，还喂我喝水，不多时，我被救活了。从那以后，对老秦更加敬重，不愿离开他半步，心里暗下决心，一定要保护好老秦。

机会还真来了，一次收拾完战场，大家蹲在地上吃饭，发现老秦的小腿肚子上趴了一只"苍蝇"，饭快吃完了，"苍蝇"还没有飞走。我朝那"苍蝇"啪啦一拍，一粒子弹咣当一声，掉在石板上，一股污血喷涌而出。放下搪瓷缸子，快速给他包扎。

他停止了咀嚼，惊讶地盯着我的双手不停翻转，然后盯着我的眼睛看了两眼。我被盯得心慌意乱，脸上一阵一阵发热。还好，老秦什么也没说，继续吃饭。

另一场战役中，他的一条胳臂，被弹片炸成粉碎性骨折，战地医生要给他截肢，我坚决反对，就用刺刀削了两根木板，用绷带固定住他胳臂。

顺理成章，我当上了卫生员，当然与老秦的推荐密不可分。

按理说，一名普通战士不可能从一支部队调到另一支部队，但我是卫生员，卫生员就有这个便利，只要首长点名要谁，就能从基层连队调到高级将领身边，我则被调到抗日根据地开展敌后工作。离别的时候，部队为我们拍照留念，算是奖励。

开始也是以卫生员的身份工作，由于一线人员稀缺，我就成为延安到乌兰巴托一线的国际交通员，将第三国际的情报文件传递给延安，从延安护送学员伤员和首长家属，到乌兰巴托，再由乌兰巴托的工作人员送到莫斯科，前往苏联学习疗伤。

从农区到牧区，好长时间不适应，从吃大米白面到吃牛羊肉喝奶茶，从步行到出门就骑马，从天明骑到天黑，指南针和启明星为我们指引方向，苦中也有快乐的事，竟然在莫斯科休养生活过一段时间，增长了不少见识。

解放战争结束后，我到了北京，与一位护士结婚。老秦回到陕西老家完婚，不久他随部队来这里修筑青藏公路，从西宁到拉萨。另一支部队修建康藏公路，从西康省修到拉萨，西康这个省，已经不存在了，康藏公路就是现在川藏公路的前身。修筑这两条公路，牺牲了许多官兵和大批民工，老秦就是其中之一。有一首歌叫《歌唱二郎山》，这首歌其实是从《歌唱大别山》改编而来，后来总结的老西藏精神，也是大别山精神的延续和完善。

在北京工作不久，西藏需要医疗支援，援藏时间为一年。我被抽调到援藏医疗小组，从北京出发，经兰州、乌鲁木齐和叶城，翻越喀喇昆仑山和昆仑山到达西藏。那个时候没有航班，更没有公路，部队给我们派了一支驼队，爬过雪山蹚过冰河，经过四五十天的行程，终于到了藏北阿里。阿里氧气稀薄，长冬无夏，语言还不通，工作起来非常困难。我们不但内外科兼治，还给产妇接生，为牛羊牲畜治病，遇到疫情更是没白天没黑夜地到羊圈牧场。没过多久，当地百姓亲切地称我们为中央医生，直到现在，还有人这样叫我。

几年以后，才回北京探亲，婚姻对我来说太奢侈。由于连续在高海拔地区生活工作，加之没有先进的X光辐射防护，身体受到严重损害，不能过正常夫妻生活，离婚是对妻子的最后关照，所以，我们就分开了。

在阿里工作几年以后，我被调到拉萨一家医院工作。由于一头白发，被人称为中央医生老白，也有人称我为白头发汉族人。

有一年到内地出差，顺便回了一趟南方老家，返回拉萨经过这里的时候，同一位援藏教师一道，在这里投宿，没想到居然进了秦姨家。秦姨追寻老秦到了这里，连一具尸体都没找到，就长期住在这里，陪伴老秦的灵魂。当时炕头上挂着老秦和战友的合影，自然也有我。喏，镜框就挂在户县农民画这个位置，照片被风刮走以后，就贴了这张画，农民画是你秦姨老家的土特产。

知道她在这里收容病人和死人，对患者实施救助，对亡者给予临终关怀，离休以后，我就从拉萨来这里陪她，一晃也几十年了。

死者如果是汉族人一般火葬，如果是藏族人，会送到天葬台，请天葬师或喇嘛帮助天葬。有一段时间，天葬被视为陈规陋习，寺庙被拆，僧人还俗，只能偷偷摸摸天葬，你秦姨和死者家属，吃过不少苦头，这些年又光明正大起来了。天葬程序更讲究，有一次一只野狗叼走了死者一只脚，引起藏族同胞不满，下次再送亡者的时候，就特别注意，一定要等秃鹫啄食干净彻底才离开，按照藏族人的说法，尸体被啄食干净，亡者功德才会圆满，来世会更幸福。

这几天忙苗苗爸爸妈妈的后事，忽然想起曾经救助过一位，长相酷似苗苗父亲的男子，有人叫他河北大胡子，忘记患的什么病，在这盘炕上躺了几天也没暖活，也在这里火葬的。

听到这里，柳巴松南宫羽即刻把目光转向冀苗苗，冀苗苗哇地哭出声来，语无伦次地说：那是我爷爷，肯定是我爷爷，河北大胡子，我爸找了他一辈子，没想到他们躺过一个热炕，就是这个炕吧，火葬在同一个地方。爸爸，这下你心安了吧，你和爷爷同在这里。白爷爷，既然你是中央医生，医术一定高明，为啥不把我爷我爸我妈救活呀？

南宫羽起身，搂住冀苗苗的肩膀，为她擦拭眼泪。

老白哎哎地说：你长大就会明白，世上没有什么是万能的，活着不一定好，死去不一定不好。如果现在让我死去，我会特别欣慰。

冀苗苗说：我不信，谁都希望活着，哪有把死亡当幸福的人？

见没人言语，柳巴松才说：等我们活到秦姨和白叔的年龄和境界，大概才能看清人生，直面死亡。

酥油茶依然飘香，窗外雪花飞舞，南宫羽想，要经历多少艰辛、多少坎坷，才能达到白叔的豁达啊。

过了一会儿，冀苗苗仿佛醒悟过来，茫茫地说：原来你和秦奶奶真是性伴侣呀。

老白朗声说道：我们只是暖脚的伴儿，活到我们这个岁数，男人女人差不多，搭伴过日子，解闷说话，互相照应。

柳巴松说：白叔，还记得那位援藏教师的样子吗？

老白说：名字早忘了，长相嘛，英俊干练，风华正茂的年纪。噢，他随身带着一只巴松管，一把二胡，好像还有一只口琴。对了，他的巴松吹奏得很好，还即兴创作过一首歌曲，青藏高原上，这样多才多艺的人可不多。

柳巴松身体前倾，继续问道：是从北京来的吗？是师范大学毕业的年轻教师吗？还记得那首歌曲怎么唱吗？

老白拍打着棉袍，笑呵呵地说：年龄不饶人，记性越来越差，忘性越来越好，真记不得了。

南宫羽为每人杯子续上酥油茶，老白、冀苗苗都说了谢谢，柳巴松却痴痴地坐着。

新　生

南宫羽冻醒以后，眼睛闪烁了好几下，睫毛上掉落几粒雪沫，眼睛才算完全睁开，抬眼间，能瞟见眉毛上的雪花。

枕边落了厚厚一层雪，头发与枕头冻结在一起，被子有些僵硬，双臂用力支撑，咔嚓一阵脆响，碎裂些许冰碴，从被窝爬出来，发梢缀些细小冰棍，相互碰撞，叮当作响。

板房被积雪压塌了，好在板材落下碎成了条状，没有伤着她。四周银装素裹，分不清东南西北，几头牦牛在雪地游弋，如同银河中明亮的星辰。

谁也没有料到，这场雪竟然下了六天六夜，沼泽地和那冈措冻得严严实实。飘雪稍微停歇，挖掘机和旋挖钻机纷纷进入沼泽地带，挖掘基坑的同时，密切注意地下温度与地表温度是否一致，旋挖钻机钻头磨损严重，有的干脆断掉。幸好，挖出的全是冻结的冰块，钢筋混凝土及时加固回填，一个个基坑随之完成。趁着地面坚硬如铁，输变电人员迅速组塔，一座座银色铁塔矗立在白茫茫大地上。

111号铁塔的基坑挖掘和组塔，却没有这么顺利。

小岛宛在那冈措中央，与湖岸相距百余米，冰面蓝莹莹，白森森，蓝中透青，白中渗幽。波浪似的冰曲线凸现在湖面上，想必是湖水结冰前被风吹过的涟漪，涟漪被冻住了，显出麦浪般的波纹。湖岸与孤岛之间，有一条若有若无的草木灰小径，可见已经有人畜上过小岛。

岸边有一小堆一小堆残存的盐粒，还有一个石头垒砌的祭台，几乎被哈达和经幡遮住。欧珠告诉她，那冈措是优质盐湖，在贫瘠广袤的藏北无人区，盐湖是菩萨赐予人们的琼浆玉液，取之不尽用之不竭。每年开湖以后，都有牧民来盐湖收盐，小时候经常看见牦牛和山羊驮队，把盐巴驮运到农区，换取一年的粮食，如果哪一年没有驮盐，就得饿肚子。现在有汽车、拖拉机、摩托车了，驮队自然消失，但下湖以前和离开盐湖的时候，都要祭拜和感恩盐湖。盐湖就像伟大的母亲，毫无怨言地养育藏北人民。更要感谢越来越富裕的大环境，有了现代化交通工具，解放了盐人。但还解决不了我们眼下的难题，这个111噢。

为了防止跌滑，从秦姨家炕下和别处找来烧过的牦牛粪灰烬，往小径上再撒一层。脚下不滑了，最担心的还是冰面开裂。因为不清楚冰层厚度，更不知道湖水有多深，所有人都走得忐忑谨慎。

计划上岛的人原本没有南宫羽，她却跟了去。走在冰面上，一个劲地幻想，要是有飞机就好了，小型飞机可以把挖掘机和旋挖钻机空运到岛上，把组装好的铁塔直接吊装到位，电缆架设也用飞机完成。

踩着牛粪灰，一边想，一边挪步，上岛以前还是滑了一跤，嘴脸几乎贴到冰面上。仰起脖子观望，发现湖岸一圈冰层略高出湖面，像一道低矮的冰门槛，堆砌在冰湖边沿。

岛上荒草分外茂盛，一些草丛冒出雪面，叶上挑一弯积雪，婀娜悠悠。几只绵羊散落其中，呼吸之间，生出缕缕白烟。稍许，才消散，散尽的时候，唇鼻边缘增了几分温润，栀子一般涌出霜花雪瓣，冰清玉洁，晶莹水亮。低头食草，咀嚼漫步，新霜就变成了冰凌。瑟瑟中，胡须和腹部毛发，坠吊着长短不一，形状各异的冰凌，尾巴则像柔枝烟絮，甩动时，撒出雾霭阵阵。

环顾四周，没有见到牦牛，也没有见到牧民，大概怕牦牛体量太大，结冰承载不了，只赶来体重轻微的绵羊。

111号塔基的开挖，基坑浇制，组塔，架线，只能用最原始的方式完成。挖掘机和旋挖钻机开不上小岛，骡马牲口运输不过来，就用铁镐铁铲人工挖掘，成箱成捆的塔架铁片在湖畔拆整为零，然后一片一片，一根一根，分期分批，或扛或拖到孤岛上，小到一颗螺丝钉，重到几吨混凝土，都得人工运输。

看着大伙肩挑背扛，欧珠感叹道：现在牧民转场、进城、参加赛马会，都有车辆，如果有驮羊运些小物件，咱们就不用这么辛苦了，但一时半会找不到驮羊。

李工说：是呐，太原始了，辛辛苦苦几十年，一夜回到解放前。

欧珠一脚没踩稳，一根电热棒骨碌碌滚到牛粪灰小径以外的冰面上，试图去追，刚迈出两步，啪的一声，四仰八叉仰面摔倒。南宫羽笑着去拽他，脚下一滑，溜冰一样，荡出好远，弯腰抬腿间，战战兢兢，不敢挪步。柳巴松赶忙找来牛粪灰，直接撒到两人面前，欧珠挣扎着爬了起来，南宫羽站在原地动不了，靴子与冰面冻结成一体。柳巴松帮她解开靴带，背着她上岸，再回来用冰镐撬走靴子。

冰天雪地之中，人工开挖基坑显得尤为艰难。大家一起动手，就地取材，扒拉开厚厚积雪，割来成堆荒草，码放到一处，用高原专用打火机点了两次，才点燃枯草，噼里啪啦，火苗上蹿，映红人们的脸庞，升腾着欢快的气息，飘荡在喜悦的微风里。

欧珠指着火星闪耀的地面，大声说：这就是111号塔基位置，开挖。

柳巴松盯着忽明忽暗的火焰，感觉在哪里见过，思绪良久，自言自语地说：我也烧过这火的，和我爸一起烧过。

南宫羽说：巴松，你高原反应啦？

柳巴松说：记忆尽管模糊，但千真万确，我爸怕我冻着，把我放在燃烧过的灰烬上。我们走过很长一段雪地，吃过雄鹰胎衣，好像还吃过生鱼，遇到过龙卷风，那风是垂直的，柱子一样，在戈壁滩上移动。

南宫羽说：喔，大漠孤烟直哦，你们到过这里吗？

柳巴松说：那时候太小，不懂地理方位，记得有一条河，比那冈措宽阔，白花花亮闪闪，我们过不去，饿得头昏眼花，好像是野马救了我们，吃了许多毛绳一样的东西，后来才知道，那叫面条。

南宫羽问：没有牧马人吗？难道是神马救了你们？

柳巴松说：可能是神马，来无影去无踪。

南宫羽说：神马现在出现就好了，可以省去许多劳力。

铁镐铁铲闪着寒光，一锹一锹挖出泥土，挖至半尺，当当作响，铁镐挖下去，冒出火花的同时，溅起细小冻土，飞到身上，生痛。

继续点燃荒草羊粪，燃烧一阵，趁热挖掘。如此反复，一个基坑终于成形，立即浇灌混凝土，固定塔基基础。一个塔基四个基坑，机器施工两三天就能完成，这处塔基却耗时数倍。

因为点火燃烧融化冻土，草木灰自然增多，就在湖面撒出多条小径，防止单走一条路，冰层变薄。没过几天，那冈措便天女散花一般，出现条条灰烬小径，如同加长的哈达，漂浮在湖岸与孤岛之间。

混凝土的运送和保温也颇费周折，为了保证混凝土不被迅速冻住，要及时为盛装混凝土的铁桶加温。好在孤岛上荒草萋萋，免去了缺少燃料之忧，也能保障施工人员取暖。

最难抗拒的还是缺氧，原本氧气就不足，现在全是人工开挖基坑，人工融化搅拌好的混凝土，人工浇筑塔基，人工组装塔架铁片，人工竖立铁塔，竖好铁塔，还要人工架设电缆。电缆架设属于后期工作，要等到来年气温回暖那冈措开湖，划上小船，运来电缆，再完成架线工作。

尽管气温较低，出力并不流汗，只干一小会儿，就气喘吁吁，站也无力，坐也心慌。氧气罐笨重且体量大，无法整瓶运到岛上，柳巴松和医务人员，只能把便携式氧气瓶从湖岸送上小岛，定时为施工人员吸氧。组装铁塔的时候，干脆让上高爬低的工人背上氧气瓶，避免刚爬上铁塔就因为缺氧下来。

南宫羽在岸边眺望孤岛，感觉铁塔上的施工人员就像蜘蛛侠，一边忙着组装调试规整，预留未来架设电缆的配件位置，一边理顺腰上的安全绳，稳定头上的安全帽。偶尔，一手抱住铁塔，一手举起氧气瓶吸氧。

藏北朔风，一刻也没有停止过，远处近处，风鸣九皋。

好几次，都为蜘蛛般的同行捏一把汗，如果从高空坠落，安全绳能保障他们安全吗？如此花费人力物力财力，才在孤岛上竖起一座铁塔，而这铁塔又是千里青藏交直流电力联网工程中的一座，单从数量上讲，小到微乎其微，但从整个工程来讲，缺一不可。就像长江与黄河，中间任何一处溃堤决口，就不能畅通奔流，后患无穷。也像一架飞机，缺一个零部件，就不能翱翔长空，飞越万里。111号铁塔如同电力线路上的任何一座铁塔，既是桥梁又是纽带，既是另一座铁塔的邻居，又是支撑强大电网的主力军。

幸亏，幸亏其他众多铁塔施工技术尚还先进，机械化程度较高。

将来的某一天，如果有缘再次踏上这片土地，拜谒气贯长虹的电力天路，眺望无际的原野，与蓝天为伍，与白云为伴，源源不断的电流往来自如，大电网与区域电网合并互联，无论是机关学校、饭店客栈、农家牧户，全都用上清洁便利的电能。柴油发电机退出历史舞台，牛羊粪和草皮作燃料成为传说，酥油灯不再照明，只当作佛龛前的供灯，朗玛厅的饰品。供电部门再也不会把部分精力放在拉闸限电上，而是考虑推广利用电能。拉萨的工厂再也不会夜晚生产白天停工，没收来的电炉子、小太阳、电油汀、空调主机，或许会放进展厅成为历史。工厂灯火通明，房间窗明几净，空调冰箱洗衣机想开就开。秦姨家的土炕被暖气代替，花鸟鱼兽有专门供氧供暖的设施，冀苗苗父母那样的小商小贩，就不会轻易命丧黄泉。

正在她浮想联翩的时候，三个男人从冰面上的草木灰小径蹒跚而来，走到近处，发现是欧珠和李工扶着柳巴松，柳巴松耷拉着脑袋，举步艰难。急忙过去搀扶，欧珠说赶快通知标段卫生室，先启动高压氧舱，柳大夫一到就进仓治疗。

南宫羽举起手机拨打，电话无法接通。幸好，贡布的车停在湖畔，几个人匆匆上车，不一会儿就到了驻地。有人在维修板房，有人指挥吊车，从大卡车上卸铁塔部件，有人在遴选旋挖钻机的钻头。

柳巴松被扶进高压氧舱，氧舱里已经有几位高原反应严重的人，有工程施工人员，有旅行者，欧珠建议南宫羽进去，享受一下吃饱氧气的待遇。她说害怕密闭空间，舱外缺氧但感觉安全。

舱门很快关闭，透过观察窗往里看，才几分钟时间，就看见柳巴松抬头向外张望。

南宫羽感叹道：高压氧舱可真神奇，柳大夫恢复这么快。

欧珠说：与普通吸氧相比，高压氧的力度更大，效果更好。人体离不开氧，氧气进入到肺里，就会立刻溶解到血液中，就像一勺白糖放到水中一样，很快会被溶解。

南宫羽说：如果以前镇子上有高压氧舱，苗苗的父母就不会死，对吗？

欧珠说：有可能，高压氧舱不但能治疗高原病，还能治疗多种气体中毒疾病，你看，柳大夫状态好多了，你可以用对讲器与他交流。

南宫羽说：让他好好休养吧，记得你说过，说话会消耗体力。欧总，我有个问题一直想请教你，你其实很清楚，我根本不是电力专家，为什么还邀请我来这里工作？

欧珠说：我当然明白电力生产分门别类，水电专家不一定熟悉输变电工作，修造专家不一定通晓火电生产。但西藏不一样，因为太艰苦，没有多少内地专家心甘情愿来这里工作，但来了以后，又非常锻炼人，就像你们说的，一锅烩，呵呵。什么工作都干，什么担子都能挑起来，时间一久，稀里糊涂的人会成为专家，专家会成为全才。你不是喜欢雪莲花嘛，雪莲花在很多场合不是以花的形式出现，而是以雪莲花精神存在，高尚纯洁，坚韧不屈。你来这个团队，一方面因为柳大夫推荐，他是一位名声颇高的援藏医生，他推荐的人不会差，另一方面有我自己的打算。尽管你没有发挥多大作用，但给许多人鼓励，就像一面旗帜，一朵百年难见的红雪莲。即使你将来回到内地，这段西藏经历，也是你一生的财富，你会以此为荣，在不同场合以不同方式，宣传西藏，成为西藏文化的传播者，西藏精神的传承者。星星之火可以燎原，自然也会有追随者，蝶恋花一样，前仆后继，来到西藏，支持西藏，一本万利之事，何乐而不为呢？

南宫羽说：欧总，感觉你不像一位电力专家，倒像是一位政治家。

欧珠呵呵笑道：在内地读大学的时候，学的是电气工程及其自动化，回西藏工作以后，人才稀缺，什么工作都干，就混成了现在的万金油。

南宫羽连声感叹：我们学的是同一个专业哦，不会是同门弟子吧？

聊了一会儿，两人不约而同地说：遗憾，遗憾，不是一所大学，还错好几级呢。

说笑着，欧珠进了标段指挥部，南宫羽的宿舍板房还在修补，忽然想起冀苗苗，就向秦姨家走去。

秦姨家的土坯房可真热闹，暖廊上，堆放着大小不一的行李，一辆溅满泥土的摩托车上，驮着鼓鼓囊囊的袋子和一个铁皮油箱。炕上炕下横七竖八，或躺或坐着几个人，搭眼望去，大致能分辨出各色人等。有大雪封山无法继续上路的骑手，朝圣途中的牧民和喇嘛，游走四方的说唱艺人。艺人怀里抱着一把六弦琴，神情萎靡，一时半会没有弹奏的意思。

见南宫羽进来，冀苗苗倾身坐起，拍拍身边巴掌大的地方，招手让她过去。她只好扭动腰肢，高高地抬脚，轻轻地放下，放下以前仔细观察，以免踩着昏睡者的衣衫。待她欠身坐在冀苗苗身边，苗苗再次向后挪了挪。抬手间摸着了身边一个人的脸颊，低头去看，脸色绛紫，呼吸急促。

南宫羽慌忙叫秦姨白叔，没人应答，想起秦姨和扎西校长到寺庙请喇嘛去了，就告诉身边人，附近板房里有高压氧舱，可以治疗高原疾病，关键是能快速吸上氧。大家纷纷起身，搀扶着病人离去，一个喇嘛盘腿坐在炕头，一动不动，闭着眼睛诵经，过了一会儿，双手合十，向她俩点点头，走了出去。

南宫羽和苗苗有一句没一句地说着闲话，白叔抱着一只羊羔进来，说这小羊不像是放生羊，可能走散了，找不到妈妈了，先在屋里暖一暖，说不定一会儿主人就来认领。

冀苗苗一边抚摸羊羔，一边说：白爷爷，秦奶奶怎么还不回来呀？

老白说：该回来的时候自然就回来，回来不回来，她都在这里。

冀苗苗说：你念，或者不念我，情就在那里，不来，不去。她回来，不回来，她都在这里。白爷爷真了不得，你是诗人呢，是不是在西藏待久了，离仓央嘉措太近，也成诗人了？一位同学想要一本仓央嘉措的诗集，你这里有吗？

老白说：拉萨的玛吉阿米或书店应该有，你如果想要，我请人带给你。

冀苗苗问：玛吉阿米是什么东西？

老白说：玛吉阿米是待嫁新娘的意思，是仓央嘉措幽会情人的地方，当然，只是传说。

冀苗苗说：还有这么神秘的地方，下次我去拉萨也到那里，看能不能艳遇一位帅哥。

老白呵呵笑着，向外走去。

一对男女就在这个时候走了进来。

开始，南宫羽只顾着和苗苗说柳巴松在高压氧舱的迅速变化，没有注意门口动静，一声脆生生的女高音响起，惊得她跳了起来。

来人说：南宫老师好骄傲，有了新朋友，不理老朋友啦。

南宫羽一把抓住欧美尼的手腕，欧美尼从容优雅的褪掉软皮手套，两人才拥抱起来。笑过闹过之后，把冀苗苗介绍给他俩，三个人分别握手问好。

李青林却没有与南宫羽握手，只拿眼睛盯着她看。

南宫羽大方地说，感谢你俩的草药，我和苗苗都喝了，效果很好。

李青林这才坐在炕沿上，取掉头上的宽檐毡帽，和缓地说：柳大夫打来电话，说你不见了，问有没有你的消息。再打电话，就打不通了。我们俩不放心，赶来看你，健康就好，就是黑瘦了一些。

欧美尼说：是青林不放心你，我陪他来，顺便一睹藏北风光，也不枉来西藏支教一回。没有什么带给你，只带了一点桂花。有好几次，真想把花香收拢起来，从手机里传给你，可惜无法实现，只好摘了花粒儿带给你。

一边说，一边递给她一个牛皮纸小信封。刚刚打开，芳香四溢，仿佛整个世界都是香的，温馨的。金灿灿的花粒儿，那样熟悉，又恍若隔世。

冀苗苗凑近信封，深深地嗅了嗅，好奇地说：咿，真的是桂花耶，西藏还有桂花？

欧美尼说：西藏原本没有桂花树，属于外来树种，是援藏人员从内地引进的。不但引进了动植物，还引进了先进技术和管理方法。当然，互通有无，也有把老西藏精神传播出去的。

南宫羽说：啊呀，你才来西藏几天，都知道老西藏精神了，好端庄哦。

阳光在说笑中一会儿明亮，一会儿暗淡。空气像阳光的影子，随着明暗的变化，一会儿变暖，一会儿变冷。南宫羽和苗苗主人翁一样，为两位来自鲁朗的客人煮酥油茶，给木杯子斟满，喝尽，再斟满，完全是汉族人喝啤酒的生猛样子。南宫羽端着木杯，自然随意，似乎忘却了木杯上的众多印痕，这些手印来自不同国家、不同民族、不同年龄、不同身份，甚至是犯人或奄奄一息的病人。

洁白的小羊羔游来荡去，咩咩轻唤，偶尔在几个人脚边钻来窜去。

蓦然，一阵哭声由远及近，穿过雪地，透过玻璃暖廊，飘到热炕上。

说笑声戛然而止，只有风声忽高忽低，隔着墙壁，威风依然。

李青林最先站起来，接着是三个女人，几个人像迎接贵宾一样，恭敬地立在门两侧，注视着门外。

柳巴松和欧珠搀扶着一位身着藏袍的女人走在前面，后面跟着秦姨和老白。

南宫羽一眼就看见，女人高耸滚圆的腹部和平缓的胸脯，因为腹部硕大突兀，显得重心下移，随时都有滚落的危险。

女人仰着脖子，斜着身子，双手兜住腹部，一声接一声号哭，哭得气喘吁吁，脸颊上泪汗闪烁。来西藏这么长时间，第一次看见人流汗，南宫羽手忙脚乱赶紧把女人扶到炕上。

女人一上炕就滚来滚去，滚也只能滚到半圈，肚子太高耸，一点不灵活。双手在空中乱抓，一抓就抓住了南宫羽的双手。从女人手的力度，能感知女人有多疼痛。这让她想起支教的时候，被从房顶上摔下来的那个男人抓住的情景。看来人在危难中，什么东西都可能是救命稻草，人在疼痛中会失去理智，与从容平和毫无关系。

张望间，看见欧珠和李青林一脸紧张，柳巴松则一脸平静，三个男人转身离去。冀苗苗躲在欧美尼身后，抻出脖子想看又不敢看的样子。羊羔噙住女人的藏袍一角，脑袋摇来晃去，犄角变换成一个一个环。秦姨和老白往铁皮火炉添加牦牛粪，往高压锅里添了满满一锅水。

不一会儿，柳巴松拎来一只药箱，南宫羽的双手更紧地被钳住。女人眼睛睁了一下，忽然松开南宫羽，双臂在空中挥舞，又捂住脸庞，呜呜大哭。

老白回望一下牦牛粪炉子，才说：有的藏族妇女生孩子，忌讳男人看见，咱们出去，留下女人接生。

冀苗苗的脑袋搭在欧美尼的肩膀上，急急地说：看见她这么痛苦，我就害怕，害怕以后我生孩子的时候也这么难受。

欧美尼说：那你就在这里捡捡经验，以后知道怎样生孩子。

老白说：有你秦奶奶在，不用紧张，不过她体力不济，你们得帮忙。

柳巴松打开药箱，跟着老白出了房门，出去的时候，拽了一下羊羔的犄角。羊羔对他不理不睬，向墙角踱去。只好关上房门，几个人站在暖廊上，焦急地等待。

孕妇没有看见男人，才滑落捂住脸庞的双手，又在空中舞动，一会儿抓住炕沿，一会儿抓住女人的手，南宫羽和欧美尼的手心手背很快被抓破了。

在女人歇斯底里的哭喊间歇，秦姨说：从现在开始，我让你们干啥，你们就干啥。我没有生过孩子，但我接生的孩子和羊子一样多，有的都当阿爸阿妈了，所以你们不必担心。

三双春风般的眼睛对视了一下，冀苗苗吐了吐舌头，南宫羽仿佛明白女孩的好奇，秦姨足有八十岁或者九十岁了吧，怎么会没有自己的孩子呢？

秦姨一边把一块绵软的暗色氆氇铺在女人身下，一边说：帮她取掉戒指耳坠，脖子上的佛珠，辫子上的红珊瑚绿松石，解开上衣，脱下裤子，按住手脚，别让她乱动。你们也取下自己的手镯戒指，剪短指甲，洗净胭脂。

三个女人互看一眼，立即行动，一一照办，只在脱去女人裤子的时候稍稍迟疑。

南宫羽想，苗苗还是个孩子，长这么大，大概只脱过自己的裤子，从来没有脱过别人的裤子。不像自己不但脱过自己的裤子，还脱过男人的裤子。脱过男人裤子的女人，胆量自然大些，遇事自然想得开些，但女孩子应该尽量长久地保有自己的纯真，纯真如同沃土，也是补给一生的营养。这种场合不适合女孩子在场，还是让她出去为好。

便顺口说：苗苗你领羊羔出去玩吧。

冀苗苗说：不怕的，学点经验，以后生多多的女孩子，还可以传经授道。

南宫羽说：你不是说自己学的是学前教育吗？怎么能给小孩子讲生孩子的事呢？

冀苗苗说：你不是说自己学的是电力专业吗？怎么当起了接生婆啦？

女人张开的下体和咕咕涌出的血水，还是吓住了三个女人，冀苗苗啊呀惊叫，血腥味夹杂着怪异的热气，不断升腾弥漫，南宫羽闭了闭眼睛，才没有呕吐出来。从女人反弹的力度判断，女人已经使出了浑身力气，像要睡着一般。一个圆圆的东西，在女人的下体动来动去，却没有钻出来的意思。

秦姨说：一个人给脸盆打热水，一个人按住她双手，一个人接生。

冀苗苗从炕上一跃而下，拾起脸盆就往高压锅旁边走，南宫羽抬起头与欧美尼的眼神相撞，彼此都有些不知所措。女人的哭声早变成了呻吟，一声连一声，低缓无序。

欧美尼摇着头，叹息声起。秦姨拍拍女人的脸颊，用藏语说着什么。刚说完，女人的肚子鼓胀起来，四肢像上了发条，蹬腿用力，圆圆的东西继续在女人下体显现。

秦姨说：南宫姑娘，我气力不足，怕孩子卡在命门上。听好了，你一只手伸进去，握住娃儿脖子，同时手背用力往外扩，另一只手在外面迎接，记住虎口不要捏紧，捏紧怕娃儿窒息。

南宫羽浑身打战，手抖得更加厉害，秦姨握着剪刀，佝偻着腰，小脚挪了挪，站在她身边，如同一位等待指令的下属。

不由自主的，向窗外望去，人影晃动，看不清楚是李青林还是柳巴松。陡然生出气愤，有些伤心，内地医院还有男性妇产科专家，柳巴松是医生，接生肯定没有问题，这里的女人为什么忌讳男人接生呢？愚昧，太愚昧了。自己只是藏北一个过客，普通的电力施工人员，产妇或者婴儿若是死在自己手中，罪孽该有多大呀。转而又想，瓜熟蒂落，不生出来，可能会憋死在子宫里，只能拼一回了。

她为自己鼓气，万一有危险，柳巴松会随时出现。

秦姨说：柳大夫的药箱里有缝合包，大胆接吧。如果会阴撕裂，缝合上就好了,快,头出来了。你把手伸进去,我让她继续用力,她用力的同时,你马上握住娃儿脖子,记住用手背扩开会阴,扩开越大,婴儿越容易出来,也不能扩得太大,太大撕裂会严重。

抬起胳膊,擦了一下眼睛,捋顺一缕刘海,低头间,看见欧美尼正向她点头。

卷起衣袖,呼出一口长气,真就将右手伸向女人,刚一碰到圆圆的东西,就明白那是婴儿的脑袋,光滑湿热,毛发蜷曲。随着女人的哭喊,缓缓握住婴儿的脖子,手背用力向外扩开,会阴像暮春的牡丹一般开放,用力拉拽时,小小脑袋最先冒出,然后是肩膀、双手、双脚。婴儿像一个圆圆的球体,蜷缩着,抖动着,随即带出一汪血水。秦姨迅速剪掉脐带,婴儿一声啼哭,引起窗外一片啧啧声。

冀苗苗端着脸盆,大声说道:哦啊,是个男孩,太不可思议了。生孩子跟打仗一样,南宫阿姨,你像一个刽子手,双手沾满了劳动人民的鲜血。

女人的哭声再次响起,欧美尼说:天呐,太神奇啦,还有一个脑袋往外钻哩。

南宫羽也惊讶万分,回头去看,果真一个脑袋已经钻出子宫,正等她伸出双手去捧呢。

第二个婴儿出来得分外顺利,竟然是个女孩。

与哭声嘹亮的男婴相比,女婴显得格外安静。秦姨臂弯托住女婴小小的身子,干枯的手掌握住娇嫩光洁的双脚,另一只手轻轻拍打屁股,小小的屁股并不白皙,有块核桃大小的乌斑。

南宫羽们忘记了哇哇大叫的男婴,也忽略了轻轻呻吟的女人,注意力全都集中在秦姨手上。

许久,或者只是瞬间,她听见柳巴松在门外轻声说:南宫羽,接住氧气袋,赶快给婴儿送氧。

听见柳巴松的声音,冀苗苗一个箭步冲到门口,从门缝接住枕头一样的天蓝色氧气袋,手忙脚乱一阵,欧美尼将输氧管口对准女婴鼻孔处,女婴还是没有反应。秦姨把两个婴儿肩并肩平放在氆氇上,双手在衣襟上摸来摸去，一个哭，一个不哭。

见秦姨这般模样，南宫羽的心往下沉去。

羊羔悠闲地爬到炕上，温婉地舔着产妇的手臂和脸颊，女人渐渐平静下来。

柳巴松隔着门说：把氧气管直接伸进喉咙，不要太深就行。

南宫羽和欧美尼照着办了，同时缓缓地按动氧气袋，只一小会儿，女婴哭出了声。咯哇，咯哇，清脆程度，一点不比早出生几分钟的小哥哥逊色。

欧美尼最先冲出房门，接着是冀苗苗，待南宫羽洗净手，来到暖廊，看见几个人惊喜异常，个个眼角潮湿温润。

见南宫羽走近，欧美尼一把拽过她，手拉手转着圈儿，笑声盈盈。

隔着玻璃暖廊，望出去，薄雪明亮，晴空万里。几个披着绛红色袈裟的喇嘛，双手合十，伫立风中，袈裟飘飘，举止虔诚，面朝火葬冀苗苗父母的地方。远处，是青藏高原的东方。

离喇嘛不远的地方，有一座高耸的铁塔，银色灼灼，熠熠生辉。真是神奇哦，为孕妇接生以前还没有这座铁塔，眨眼工夫，一座完整规范、庞大伟岸的铁塔，就屹立在雪原上了。喔，如果再有几个新生儿出生，铁塔会不会像排兵布阵的将士，一座座铺排出去，延展到远方，彩虹一般，飞架汉地与藏地，连接现在与未来？就像当年文成公主华盖逸动的送亲队伍，将工匠、种子、锦缎一同携带，播撒一路文明，架起和平之桥。电力天路，这道银色彩虹，也将传播现代文明，温暖这方高寒之地。

自然而然的，踮起脚尖，将目光投向阳光下最蓝的那冈措，盐湖幽幽，冰清玉洁，小径逶迤，孤岛上同样竖立着铁塔，一座，单只一座，就这一座，也是万马奔腾中最矫健的一匹，千里彩虹桥上，披金挂银的一座。那铁塔以刀耕火种的方式建起，闪烁着现代之光，格萨尔王一样令人敬仰。

格萨尔王，哦，竟然想起了格萨尔王，藏族人心目中的战神，所有人心中的豪杰。英雄不分国界不分民族，精神不分朝代也无内外，欧珠久美，柳巴松，李青林，其实也是英雄呢，当然，还有老白。

秦姨，了不起的秦姨，还有这盘土炕。这盘炕其实就是一个世界，一段历史，送走亡者，温暖患者，迎接新生命。

一阵冷风拂来，将她拉回世间。

一个藏族男人，油亮的古铜色脸庞，仿佛中年，又仿佛青年，魁梧健壮，帽檐高翘，藏袍阔逸，踏着积雪，越过喇嘛。早有人拥住他，额头抵额头，相互拍着肩膀，哈哈大笑。

有人举起两个手指，向他重复：普姆，普，昵，普姆，普，昵。

欧美尼悄声说：相信转世轮回吗？说不定这一对龙凤胎，就是苗苗的父母投胎转世呢。

冀苗苗眼睛瞪成了黑珍珠，嘴巴张开合上，合上又张开。

南宫羽疑惑地望向酥油飘香的远方，桂花淡淡的近旁。

男人一头钻进房间，过一会儿又出来，牙齿洁白，笑声爽朗。变戏法似的，举起哈达翻飞雀跃，雾凇一般，飘逸飒飒。有人向秦姨、南宫羽、欧美尼、苗苗献上哈达，几乎所有人脖子上都有了哈达。

太阳还挂在天上，浑圆白亮，温文尔雅，既不刺眼也非炫目，近在咫尺，伸手可摘。月牙儿，清辉的新月，一弯，点唇一般，柳叶一样，静谧地，姣好地，弯在天宇，不经意的，日月同辉。

越来越多的人加入到男人的舞蹈之中，独舞很快变成了集体舞，贡布竟然在高压输电铁塔上，挂起一盏白炽灯，柴油发电机轰隆隆作响，歌舞海浪一般漫卷开来。

南宫羽走近柳巴松，小声问他：只是生个孩子，怎么这么大动静？感觉十里八乡的人都来了。

柳巴松说：高海拔地区顺利生个孩子都不容易，同时生了一对龙凤胎，简直就像卫星升天，许多人从来没有经见过。荒原人多寂寞，找个理由欢聚一堂，热闹一番，手机一拨，摩托车一骑，全都来了。

放眼望去，气氛热烈，歌舞升平，真就看见了穿工作服的李工黄工们，离开高压氧舱的旅行者，穿藏袍的牧民，弹六弦琴的说唱艺人，拨弄手机的小喇嘛，陌生而欢快的脸庞蜂拥飘扬。小羊羔也夹杂其间，游来荡去，犄角上多了一缕五彩经幡,想必主人已经将它变成了放生羊。

南宫羽置身于如此磅礴热闹的歌舞现场,既兴奋又好奇。太阳渐渐退去,新月愈加明亮,星辰并不繁多,灯光格外耀眼。

欧珠吹起了鹰笛,舒缓的曲调缓缓升腾,柳巴松一只手搭在欧珠的肩膀上,一只手在空中挥舞,合着笛声唱了起来。

一个美丽圣洁的地方

蓝蓝的天上雄鹰翱翔

牛羊悠悠雪莲花绽放

那是自由幸福的天堂

多么亲切的乐曲,多么美好的记忆。年少的时候,柳巴松教她唱过的,在林芝的花海山间,也唱过的。误入那冈措冰湖的时候,柳巴松唱过,欧珠好像也吹奏过,记忆太模糊,霞光落在晨露上一般,蝴蝶扇动翅膀一样,她正是听着这首歌曲,脱离幻境,回到人间的。

哦,这首歌已经伴随她走过童年,穿越青春,直到现在。

南宫羽正想跟着一起哼唱,一个沧桑浑厚的声音,惊雷般横空炸响:楼卫东,楼老师——

楼卫东,楼老师——

南宫羽还没有反应过来,听见欧珠叫了一声:老校长。

就见扎西校长雄鹰展翅一般,向柳巴松扑过来,身后依次跟着老白、王县长、李青林、欧美尼、冀苗苗……

歌舞停歇,笛音消失,弹奏六弦琴的手停在胸前,所有人都惊诧地盯着扎西校长。

扎西校长还没到近旁,柳巴松已经转过身,稍稍愕然了瞬间,就伸出双臂,快步奔去。

同时高声叫道:楼卫东,阿爸啦,爸爸——

几个人很快拥抱在一起。

稍许，扎西校长伸手从王县长头上取下一顶枣红色氆氇宽檐帽，戴到柳巴松头上。

王县长摸了摸自己的帽檐，动情地说：从此，我的脑袋不再沉重。

老白最先笑出了声，融雪一般送来阵阵欢笑。

柳巴松笑着的时候，喉结不停颤动。

又几年。

冀苗苗在温暖的双层玻璃教室里，为学生教唱那首歌曲，稚嫩的声音活泼甜美，纯净盈盈。墙上挂着两幅照片，一幅是朝霞中的金色珠穆朗玛峰，一幅是特蕾莎修女。无意间，碰响了一只明黄色的巴松，乐音缭绕，挥之不去。

她稍稍吃了一惊，抚了抚南宫羽送给她的卡其色氆氇长裙，将目光投向远方，透过灿烂阳光，越过银色铁塔，长久地注视碧空下的皑皑雪山，和天宇间翩然起舞的阵阵雄鹰。

后记：牧草样的生命

现在是2017年2月底，手机显示在天涯区，我在南中国三亚的木棉椰风里，在凌霄与云彩之间的阳台上晒暖阳，品尝莲雾释迦，四下张望，发呆。

某个夜晚，听见雨声，挑了帘儿，俯瞰园景，原来是人工喷泉。一抬头看见了雪山，洁白连绵，巍然屹立。愕然中，仔细辨析，并非雪山，而是崇山峻岭般的白云。云山也在流动，只是滞缓一些，静谧一些。云山与云山之间，是不规则的空阔，空阔呈黛色，没有星星，也无月亮，则有天光。

我坚信，夜空一定有星星，只是去了另一个地方，成群结队，纷至沓去，那个地方，我不想说。

或躺或卧，看藕荷色的窗帘逸动，无数的浮尘颗粒在光束中鱼儿一般游走，有的竟闪闪发光。倏忽间，想起广袤的大陆，我的家人，我的朋友，我生命中经历的众多男人和女人，依然在雾霾与冷风中，日出而作日落而息。

西藏的空气中有尘埃吗？

摇摇头，眨巴着眼睛，对心说，西藏的空气当然纯净，但又犹豫，眼睛见到的真实，与想象中的存在是有区别的。这属于哲学范畴，我无力判决，也不想纠缠。

喔，怎么又想起西藏了。我得屏蔽所有与西藏有关的信息、思绪，哪怕一点点联想。

常常地，穿了浴袍凉鞋，散着长发，走进绿荫里。棕榈疏密有致，长叶点点，仿佛曼妙的垂柳。榕树独木成林，气根飘飘。木棉鹤立鸡群，染红半边天，那木棉的青绿果实，铃铛一样，在温热的风中摇曳。最常见的自然是红树，根系发达，盘根错节，树树比肩。海南多红树，也是到三亚以后才知道的，水边滩涂，处处皆树，既能防风固沙，又为小鱼大蟹和鸟类，提供了良好的繁衍生息场所。

面对此情此景，总会思考一个问题，这里的山川真热闹呀，没有一寸寂寞的土地，插根扁担大概也能长成树吧。而有的地方，同样是一国之土，同样在边疆，却冰天雪地、亘古荒凉，插根柳树立即会变成扁担，扁担也不会长久，风雪一冬，化为灰烬。

我在蔗田稻香里，流连忘返，惊诧复惊讶。

走过芭蕉，越过三角梅，绕过大小不一、曲直不等的泳池，最终是要到美食街的。似乎所有的春夏秋冬，生命历程，喜怒哀乐，都是为了这一件事。

的确，我在回避，在逃离，在忘却。

历史又不是电脑里的文件，树上的鸟巢，删除捣毁就算结束。

那一切能丢失吗？那是我的青春记忆，是我十多年的所有经历，一个人有多少个十多年呢。我把我的风华正茂，风华正茂中的激情飞扬，激情飞扬中的才华锦句，全都给予了那方高寒之地。

那就是我的西藏，流淌在血脉中的雪域情怀。

第一次决定去西藏是2001年夏季，购买机票的时候我被告知，西安到拉萨的航班天天爆满，青藏铁路已经开工，大批技术人员赶赴西藏。只好飞往乌鲁木齐，打算从新疆转机进藏，这个计划自然落空。几年以后我才得知，新藏天路连雄鹰都难逾越，何况一架飞机。当然，再高的雪山也难抵挡人们对蓝天的向往，十多年以后，喀什到阿里正式通航。

2003年8月，第一次进藏，从西安乘火车到格尔木，再搭乘越野车到拉萨。夜宿沱沱河畔的小客栈，我被满天的繁星震撼，头顶，肩膀，指尖，睫毛上，无处不闪烁着星辰，河流般游弋，这大概就是银河吧。

那一夜，几乎无法入眠，头痛、恶心、呕吐、如影随形。

围着牦牛粪炉子等饭吃的时候，端饭的女孩子手里端着饭碗，眼睛却瞅着比碗大不了多少的黑白电视机。催得急了，快走几步，端一碗递过来，不催不问，便双手端碗，取暖一般，偏着头喜滋滋乐呵呵。有人说怎么连一点服务意识都没有，咋做生意的。立即遭到一位资深旅人的反驳，在这前不见古人后不见来者的洪荒之地，有碗热乎面条吃就不错了，人家是积德行善，给咱们行方便，别用内地人的观念要求藏族人，况且，她根本听不懂你的汉话。

我便多看了女孩子几眼，对她充满了羡慕和喜爱，藏族人原来这个样子呀，皮肤黢黑，脸庞黑中透红，从容自在，祥和欢乐。而我们的脸上，除过焦虑欲望和失落，就是得意狂妄和傲慢。

2006年7月，从成都出发，过了雅安才知道，从成都到拉萨两千多公里，不出意外的话需要六七天时间。当时我穿一套单薄便装，包里只背两件内衣。每天晚上停车后，最先背上轻便小包，双手插在裤兜，瞪大眼睛看同行者从车上卸下大包小包，汽车尾气直冲小腿肚子。终于有人发出惊叹，你怎么连一件装备都没有呢，这个样子也敢走川藏线，简直是天方夜谭嘛。

就是这一次，我不但到了珠穆朗玛峰大本营，还沿途写专栏稿发回内地。每天傍晚找好住处以后，驴友们还在吃晚饭，我就独自走街串巷，四处打听网吧在哪里。理塘在地图上有另一个名字，叫高城。从理塘的网吧出来，天空飘着雪花，我请网管送我，小伙子把伞举到我头顶，自己则远远地侧过身子，快到旅馆门口，直奔过去哗哗踢那卷闸门，余音缭绕中，小伙子已经消失在无尽的风雪夜。在巴塘的网吧里写完稿子，大约凌晨三点。皎洁的月光洒满大地，一袭绛色袈裟走在不远处，我顿时平静下来，惶恐与惧怕烟消云散。我走在后面，他走在前面，整个世界似乎只有我们两个人，百灵鸟不鸣，杜鹃花不艳。忽然，我觉得这个画面似曾相识。黄昏去会情人，黎明大雪飞扬，莫说瞒与不瞒，脚印已留雪上。喔，他不会是仓央嘉措吧。

在横断山脉深处的左贡县城，一个小时就写完了稿子，发送一个多小时，还是发不出去。深夜的网吧热闹非凡，打游戏的、骂架的、唱歌的、喝酒的，吐沫星子在头顶飞来飞去，藏刀在眼前晃来晃去。我问网管有网速快点的地方吗？答曰，有的，在地区。地区在哪里，地区在昌都。多远，不远，开车四五个小时就能到。

当时我哈哈大笑，四五个小时还不算远，这是什么鬼地方呀。

在拉萨街头，晚上十点多还有兜售皮带帽子的吆喝声，长长的杆子上挑一只昏暗灯泡，火锅热气升腾。这个场景令我无法挪步，几年前的此时此地，街头一片宁静，所有亮光来自月亮和星星。

西藏一定发生了什么，青藏铁路为西藏带来的变化竟如此巨大。

然后，一路西行到了阿里，翻越喜马拉雅山脉，走过千里羌塘无人区，愈加觉得那次大笑多么浅薄。辽阔无垠的藏北大地，几乎只有三种颜色，一望无际的褐色裸石，白雪皑皑的连绵山峦，河流湖泊岸边的苍茫牧草。同样是草，内地的草娇嫩水灵，藏北的牧草却沧桑凛冽，刚冒芽就像中年男女，肩负沉重使命一般，即便是这种牧草，也不是随处可见。车行数日，就没有见过一株高过脚踝的牧草，更见不到树木。一天又一天，见不到一顶帐篷，偶尔邂逅一位牧羊女，兴奋得互相招手，如同见到久别的亲人。汽车一会断了钢板，一会陷进冰河，一会遇见狼群。终于到了县城，所有人靠买水度日，整个县城没有一辆出租车，只有到靠近青藏铁路的县城，才有几辆出租车，每见到新绿的出租车，就亢奋得大呼小叫。

这里不适合人居，为什么还生活着众多藏族百姓和外来者呢。

一位县教育局的人指着"惟余莽莽"的雪山对我说，那边就是邻国了，有的地方还属于争议区，边境上如果没有边民居住，多年以后，这地方可能就是别国的领土了。

我暗自思忖，这里长冬无夏，风吹石头跑，氧气吃不饱，连一棵树一株草都不长，人怎么生存呀，这些边民牺牲太大了，祖祖辈辈，与飓风雪山为伍，孤寂一生，穷困终老。

脑海中，第一次冒出边疆这个词。边疆，原来不仅仅是名词，而是真真切切的动词，一生一世，从出生到老去，当地人，边防军人，援藏者，千千万万，芸芸众生，流水般来到边疆，来到西藏，目的只有一个，稳定边疆，建设边疆。治国必治边，治边先稳藏，边疆稳定了，内地才会繁荣富庶，长治久安。

后记：牧草样的生命

当我翻过一座又一座雪山，爬过一条又一条沟壑，终于俯瞰到喜马拉雅山脉褶皱深处的一个县城时，有人指着荒芜中的小城对我说，这个地方原本没有树木，有位县长从新疆带回了白杨树苗子，几十年过去了，县城终于有了几十棵白杨，风过时哗啦啦响，那声音真醉人噢，这是方圆几百公里内唯一的树木，许多人骑马步行几天，专为看一眼树木风采。

我问县长在哪里。对方说，退休后回上海了，听说回去以后也不适应上海生活，年轻时来到西藏，为了修通从县城到阿里地区狮泉河镇的公路，带上锅碗一走数天，翻山越岭勘察路基。一个春节，发现他不见了，四处寻找，原来他在丈量一个沟坎。老县长也不容易，从参加工作到退休都在西藏，同事朋友全在西藏，夫妻长期分居，得不到家庭温暖，也照顾不了妻儿老小，回到上海多孤单呀。

有一次，我请一位当地官员帮忙寻找从阿里到拉萨的长途汽车。他是一位藏二代，父辈是西藏和平解放以后较早一批援藏者，他兴高采烈地对我说，曾经有一位知识青年，从内地千里迢迢来到西藏，有关部门希望他留在拉萨工作，所有部门任由他挑。可他希望到最艰苦的地方工作，就把他分配到藏北一个县当老师，校园里第一次响起了二胡笛子声，人们争先恐后地看热闹，两个月以后，什么声音都没有了，那位老师也不知去向，有人到内地打探过，一点消息都没有，感觉他从来就没有来过西藏。

记得非常清楚，听完这个故事，我俩相对而立，哈哈大笑，高原阳光照耀在脸上，刺得两只眼睛不能同时睁开。

在西藏自治区驻内地一家干休所，我拜访了一位九十多岁的老西藏。他面容慈祥白皙，靠滑轮支架行走，听力和口语都不错。我把自己的作品《阿里 阿里》双手递到他手里，他摸着四个大字，嘴角抽动，眼睛亮了一下。我说，中央医生，我来看你来了。他望着我，看了许久，脸上忽地腾起笑容。

那一刻，我有点控制不住自己的情绪，因为在不同场合，听过他的故事和传说。他曾经在国民党部队服过役，新中国成立不久，随一支中央医疗小分队从北京到阿里，原本援藏时间为一年，为了工作需要，往后的几十年都在西藏度过。由于长期在高海拔地区工作生活，身体受到严重伤害，终身未娶，却抚养了多名孤儿。

十多年间，数次进藏，经历见识了许多。

一个黄昏，我在狮泉河镇街头拦车，想去因为气温升高冰雪融化，河水暴涨造成泥石流灾害的现场探访。一辆私家车停在我旁边，问我是不是陕西来的作家，我反问他怎么知道。对方说，阿里这地方平时很少来陌生人，好不容易来了个女人，还是内地女人，不出三天全城人都知道。我说自己的确才来了三天。

由于西藏地域辽阔人烟稀少，从一个县城到另一个县城，通常四五百公里，从一个乡到另一个乡，动辄上百公里，翻雪山蹚冰河是常事，之间还没有班车，加之物价昂贵，食宿困难，经常得求助各方支持。

一次我被安排到一家能洗热水澡的旅馆住宿，尽管洗澡水滴滴答答连不成线，依然感激不尽。刚住下就被请去吃饭，亢奋激动地吃过饭，有人对我拉拉扯扯，说我送杜老师，我要把杜老师送到床上。我举起手机求助熟人，对方夺过我的手机摔到地上，机身和电池纷飞两地。次日清晨，还处在高原反应期，服务员打来电话，让我马上退房，立即走人。

我带上所有行李，站在街道上，身旁就是万岁山，仰望嶙峋的山峦，寸草不生的烈士陵园，陵园里不仅躺着解放阿里的烈士遗骨，还有孔繁森的衣冠冢。一只雄鹰从狮泉河以南，飞向昆仑山方向，那一刻，我哇地哭出了声。哭了几声强行止住，哭泣伤神也伤身，更需要足够的氧气，在这空气稀薄的万里碧空之下，号啕大哭是件极为奢侈的事，一口气上不来，倒地身亡庸常如水。

第一次讨饭，实在有些难为情。

那是从神山冈仁波钦下来，口干舌燥，肚子饿得咕咕叫。全身上下除过一根登山杖，一个空空如也的背包，连一个雪团都没有。正在我发愁怎样才能填饱肚子，走完后面的几十里夕阳土路时，发现几个藏族人正围在荒滩上，吃肉干喝酥油茶。迟疑了一会，还是走了过去，连比带画，并说能买一点食物吗？有人听懂了我的汉话，把一条风干的生羊腿递给我，还摇摆着手，意思是送给我的。我抱着讨来的生羊腿，面对高高的冈仁波钦雪峰，嚼得有滋有味。

往后，无论在寺庙还是村庄，藏西还是藏东，经常能讨到饭吃。一位藏学专家对我说，藏族人的理念中，乞讨与布施对等，这与宗教有着千丝万缕的联系。这位藏学专家，几年后在欧洲讲学的时候去世，只比我年长三岁。

非常感念有机会接触公益慈善领域，特别是西藏公益慈善，我随志愿者一起四处走访，过县进村，救助大病儿童，将他们送进拉萨医院，送上去往内地的火车和飞机。回到内地，我把在西藏的所见所闻讲给众人，尽微薄之力宣传西藏，得到了爱心人士的支持，有人因此走上援藏和支教之路，捐款捐物属于常事。

有一次，我在陕西省图书馆讲座，一位老师当着听众说，几年以前，杜文娟脸上布满惆怅嫉恨，现在满脸都是温和友善。这位老师的评价一点不过分，西藏的确赐予我宽容和悲悯，这种变化，以经历死亡和无常为代价。

人到中年，自然要思考过去展望未来，希望对前半生有个总结，对十余年行走西藏做个交代，用一部长篇小说完成这个夙愿，是我多年的心愿。一旦要付诸行动，发现这一工程浩繁庞杂，掌握的素材只是冰山一角。

那位被当作笑谈的知识青年，是怎样来到西藏，又是什么原因当了逃兵？九十多岁的中央医生，几十年间在西藏经历了什么？小说是一个民族的秘史，这段历史，其实就是西藏和平解放六十多年的历史，这段恢宏的历史星空中，几代内地人在青藏高原如何生存，与藏文化藏民族发生了怎样的交融与碰撞，他们的命运如何？这便有了柳渡江和老白的形象，柳渡江也携带着我父亲的气息。那个非正常女人南宫羽，自然有我的影子。尽管是小说，虚构想象和感觉是主体，但历史背景必须严谨，细节一定得真实。

为此，我查阅了大量资料，走访了众多学者专家，土生土长的西藏人，老西藏，藏二代，援藏工作者，边防军人等等。随着走访的深入，逐渐发现生活工作在雪域高原的人，有着共同的品质，牧草样的生命，雪莲花般的精神。普通坚韧，生生不息，给人力量，使人坚强。为了确定雪莲花是否与杜鹃花生长在同一植被带，醉马草疫苗是个什么样子，喜马拉雅山地、羌塘无人区的气候、植被、食物、装束、动物间的食物链等，每一个细节，都花费了我大量精力和热情。

如此算来，素材准备远远长于伏案写作时间。

2014年11月26日清晨，洗澡沐浴，播放仓央嘉措的《那一天》，点燃藏香。香炉是红色的莲花瓷盆，藏香插在藏香上，前一种藏香是尼木藏香，后一种是藏医院一位老师送的粉末状藏香，立着的藏香快燃尽的时候，粉末状藏香呼呼燃烧起来，整间书房烟雾弥漫，赶紧用水泼熄。这一刻，我听见了自己心跳的声音。

前面数月写得比较顺利，越往后烦躁越重，亲人重病，体力透支，小说人物命运沉浮，三股力量撕扯我，使我焦虑不安，身心疲惫。我对一位鲁院同学说，什么时候写出好作品心就安了，她说你心安了，就写出好作品了。

还是没有支撑住，有好几次，趴在沙发上，呼唤着离去的亲人，祈求他们保佑我写完这部作品。一次去给学生讲课，终于脱掉家居服，穿上正装，走着走着，裙子莫名滑到胯部，赶紧找来别针收腰，讲到中途，再次滑落。一位熟人说，杜文娟咋搞的，瘦得都变形了。在药店买完药顺便称了一下体重，不到九十斤，小说没有写完，体重怎么就减了十五斤呢。不敢相信这是真的，但事实的确如此。

2016年3月底，初稿已经完成。一直惦记陪母亲去泰国旅行，她是一位老年以后才吃斋念佛的居士，对佛国世界非常向往。过机场海关的时候，工作人员反复查看我的护照，盯着我的脸看来看去，并要求我出示身份证。心中的痛汹涌澎湃，一部作品不但使我身心疲惫，还摧毁了我的容颜。

从此，光鲜亮丽，不再与我相依。

前半生，就这样在我眼皮上，永远与我告别。

2017年春节前两天，我将《红雪莲》全文发给杂志编辑，留言中写道：这一刻，我点燃藏香，听着《那一天》，给您发稿子，这份邮件对我是多么重要。点着尼木藏香，听着佛说，是写作《红雪莲》的常态。十年走访，四个年头书写，为了一朵雪莲花开。此时此刻，却是如此纠结。昨天才知道，今天是腊月二十九日，我得买年货了，首先得买一把挂面。

清楚地记得，点击发送键以后，再次潸然泪下。

所好，一切都过去了，当又一个春天来临，来到南海之滨，面朝大海春暖花开，已经到了小鹿都要回头的天涯海角，还能干什么呢，只能写后记呗。

以上后记文字是2017年2月至3月，在三亚完成，连同整部小说在杂志发表。

2017年6月6日，年届八旬的母亲离开了我们，与我命运多舛的父亲在天国相聚。四顾茫茫，更能体悟柳巴松父子的无处话凄凉。

时光江河一般，流淌到了2019年9月3日。

再次修改这部作品的时候，无限感慨，当初没有匆忙出版单行本，是多么明智的选择。在有限的生命中，完成一部尽量少遗憾的长篇小说，足矣。